图书在版编目（CIP）数据

一品医女.完结篇/沧海明珠著.— 重庆：重庆出版社,2016.10
ISBN 978-7-229-10224-1

Ⅰ.①一… Ⅱ.①沧… Ⅲ.①长篇小说-中国-当代 Ⅳ.①I247.5

中国版本图书馆CIP数据核字(2015)第171985号

一品医女（完结篇）
YIPIN YINÜ（WANJIE PIAN）
沧海明珠 著

责任编辑：王 淋
责任校对：刘小燕

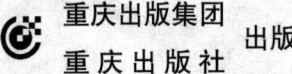 重庆出版集团
重庆出版社 出版

重庆市南岸区南滨路162号1幢 邮政编码：400061 http://www.cqph.com
重庆市国丰印务有限责任公司印刷
重庆出版集团图书发行有限公司发行
E-MAIL:fxchu@cqph.com 邮购电话：023-61520646

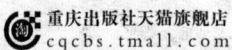 重庆出版社天猫旗舰店
cqcbs.tmall.com

全国新华书店经销

开本：710mm×1000mm 1/16 印张：37.25 字数：778千
2016年10月第1版 2016年10月第1版第1次印刷
ISBN 978-7-229-10224-1

定价：59.80元

如有印装质量问题，请向本集团图书发行公司调换：023-61520678

版权所有 侵权必究

第一章	1
第二章	19
第三章	34
第四章	51
第五章	67
第六章	86
第七章	106
第八章	127
第九章	148
第十章	167
第十一章	181
第十二章	204
第十三章	221
第十四章	242
第十五章	258
第十六章	278

卷三　灵燕扶摇

第一章

姚燕语安安稳稳地在家里养了一个月，直到十月底，才被卫将军给放了出来。原因么，自然还是张苍北老院令一句话：养了一个月差不多也该出来透透气了。于是姚御医开始去医馆透气，而苏玉薇也该收拾东西回去了。

这一个月的将军府生活，让苏苏姑娘跟唐将军熟悉起来，以至于这次她回府，姚燕语吩咐唐萧逸送她回府也没有反对。

唐萧逸自然借机表现，把不知从哪个倒霉蛋那里敲诈来的"绿云仙子"一并送进了苏姑娘的闺房。唐萧逸言谈得当，举止文雅，妥妥的儒将一枚，完全没有卫章身上的戾气，不知道的还以为这人是书香世家的公子哥儿，把苏玉薇的嫡母梁夫人看得心花怒放。虽然唐将军没了父母，家世也不显赫，但却是妥妥的五品职衔，年轻的将军里面品貌最好的一个。而且此人跟着大将军卫章，前途不可限量。最重要的是，梁夫人以过来人的目光扫一眼，就知道这位年轻的将军对苏玉薇的心思。

于是待唐萧逸告辞离去之后，梁夫人便把苏玉薇叫到跟前，把旁边的下人全都打发出去，低笑着问苏玉薇，苏玉薇自是愿意。晚上梁夫人便和苏光岑议定，由梁夫人的姑母——丰宰相的夫人梁氏安排为苏玉薇提亲。

话说姚御医终于在养好了身子之后来国医馆处理公事。姚燕语来国医馆的第一件事，就是见第一批考核合格已经有职衔的医女们，并为翠微和翠萍补一份履历交给张老院令，老家伙看过后用了印，连同那十二名医女的履历一起封存留档。

许是姚御医人品太好，太过抢眼，她几乎是一回国医馆，皇上那边就得到了消息。所以午饭还没到，御前总管大太监怀恩便到了。

姚燕语默默地叹了口气，摸不准皇上召自己进宫是有什么事，但不管有什么事，她都不能抗旨不遵。只能跟着怀恩走一趟。

皇上的召见不是在御书房，也不是在紫宸殿，而是在御花园。已经是十月底的天气，纵然艳阳高照，也挡不住丝丝北风寒。皇上看姚燕语穿得单薄，叫怀恩取来一件白狐斗篷，说本是四公主的生辰礼，披在身上既轻且柔又暖。

姚燕语陪着皇上慢慢地走在摆了松石盆景的小径中，小羊羔皮制成的官靴踩在鹅卵石上，微微有些硌，但却是恰到好处地舒服。

"朕找你来，是觉得，一年的时间好像不够。"皇上忽然出声，把姚燕语给吓了一跳。

一年的时间不够？姚燕语的思绪飞速旋转，立刻就明白了皇上说的是萧帝师，只是，一年不够，多久才够呢？姚燕语不敢轻易地开口。毕竟她只是个医者，不是阎王爷。其实就这一年的时间，如果萧帝师保养不当也随时会离开，何况一年以后的事情？

"朕的这几个皇子，需要有个称职的老师来教导。朕寻了这么多年，还是觉得萧老是

1

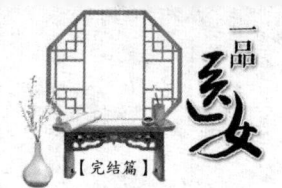

最妥当的。"皇上停下脚步，转身看着姚燕语，低声说道，"其实一年的时间也不算短，只是恩师的身体状况，陪着朕说一个时辰的话就精神不济了，恐怕根本无法担当太傅之职。"

姚燕语听到这里，再不明白皇上是什么意思就白活了，于是她一掀袍角再次跪下去："臣愿竭尽所能，为皇上分忧。"

"朕想让你负责萧老的身体，不管你用什么法子，只要保证他能给朕的皇子们授课一年，便是头功一件。"皇上看着跪在地上的姚燕语，低声说道。

这种事情，姚燕语根本不能拒绝，于是叩头应道："是，臣领旨。"

皇上抬了抬手，说道："好，你起来吧。"

君臣又商定将国医馆作为授课之所，饮食用药都方便。从皇宫里出来，姚燕语吩咐申姜直接回将军府。一路上，姚燕语裹着原本属于四公主的狐裘靠在马车里，想着皇上说过的每一句话，最后不得已苦笑着叹了口气，看来不管自己愿不愿意，终究还是要卷入皇子们之间的争斗中去。好吧，就算自己什么也不做，凭着卫章在军中的地位，将来皇上驾崩之时，也难免会卷入旋涡之中去。而自己与其等在家里忐忑不安，还不如直接面对。

卫章回来的时候已经是入夜时分，今日他安排新选上来的六十名烈鹰卫跟着贺熙和赵大风去了凤城进行实训。之后又去了一趟北大营，了解了一下那位借着自家夫人官升三级的军医现在的状况。

一回府长矛便把夫人被皇上召进宫并陪皇上一道用膳的事情跟卫将军说了，卫章一听这话不禁愣得顿住了脚步，皱起眉头问长矛："还有别的事情吗？知不知道皇上找夫人是什么事？"

"夫人没说，不过奴才见夫人身上的那件簇新的狐裘着实不一般，那宫绦像是皇室御用之物。"长矛颇有几分嘚瑟的口气，说道，"肯定是皇上御赐给夫人的。"

"御赐的东西是那么好拿的么？"卫章低声斥责了长矛一句，抬脚往燕安堂去。

长矛吓得一个激灵，没敢多说，悄悄地退了下去。

卫章喂姚燕语喝了药，又洗过澡，与姚燕语躺在床上，方开始讨论正事。姚燕语把事情的始末原原本本地跟卫章说了一遍。

卫章听完，沉默了许久，才轻轻地叹了口气。姚燕语往他的怀里靠了靠，低声说道："这事儿躲是躲不过去了。"

"若是在国医馆的话，恐怕你以后没安静的日子过了。"卫章担心的不是躲开这件事情，而是姚燕语即将面临的状况。

每个皇子身后都有一股势力，四个皇子里面，就算是年纪最小的七皇子，说起来也是安国公的外孙子。他的母亲谨贵人是慧贵妃的胞妹。慧贵妃所出三皇子在大皇子被贬至岭南之后，便是皇子里面最长者，皇上十分看重，今年夏天曾经代天子祭天求雨，朝中大臣几乎都以为三皇子便是皇储的人选。四皇子乃贤妃所出，贤妃的父亲武安侯掌西南兵权，比起那些文官来更是不容小觑。还有六皇子，就算他母亲淑妃许身佛门，他的外祖父乃是当朝正三

卷三　灵燕扶摇

品御史大夫,御史台的总领官员,为天子耳目,不仅"纠察百官善恶",也有指陈"政治得失"的职责。所以,如果那些人有个什么不如意,便只能冲着国医馆去了。张苍北那老家伙孤身一人,又是常年跟在皇上身边的,有皇上在,他自然也是天不怕地不怕的主儿。所以那些人如果冲着国医馆去,便是找姚燕语的麻烦。

现在皇上要对四个皇子进行初步的遴选,萧旦自然是不怕的,他一个老朽之人,又顶着帝师的名头,离开京都二十多年了,朝中众位大臣的脸色他都不必看。萧霖现在虽然在朝中为官,但他是凝华长公主的乘龙快婿,有镇国公府撑腰,谁敢轻易地得罪?

想到这些,卫章自然为姚燕语担心。她这性子看着和软谨慎,实则最是耿直不过,对上那些人,恐怕只有吃亏的份儿。

姚燕语听卫章叹息,便笑道:"叹什么气啊?是福不是祸,是祸躲不过。皇上现在春秋鼎盛,就算是遴选皇储,也不会即刻让位。只要皇上在,我就不会有危险。"

卫章叹道:"皇上高高在上,整天操心军国大事,怎么可能时时刻刻想着国医馆这边的事情?"

"我也不是那么好欺负的。"姚燕语轻轻地揉了揉卫章的脸,低声劝道,"国医馆里再住进个帝师,就有两个老家伙坐镇了。再说,人吃五谷杂粮,谁敢保证自己这辈子不生病?医者可不是轻易能得罪的人。"

卫章失笑道:"你总是这样。"看上去谨慎胆小,实际上什么都不怕。我不会让你受委屈的,绝不会。那些曾经欺负过你的人,我会让他们加倍地还回来。卫章低头看着她安静的容颜,见她已经快要睡着了,忍不住又把人往怀里搂了搂,低头轻轻地吻了吻她香软的头发,阖上眼睛,安心睡觉。

第二天,姚燕语醒来的时候卫将军早就没了踪影,不用说,肯定又是练剑去了。梳洗吃饭之后,姚燕语一身从三品医官的朝服,再披上斗篷准备去国医馆。至于皇上御赐的那件狐裘?开玩笑,那能随便穿吗?肯定是高高地挂起来留着瞻仰啊!

姚燕语和张苍北一商量,便把医馆后院西厢房给收拾出来,对外明着说是方便萧帝师养病用。也就是说,萧帝师会借着病的由头,光明正大地住进国医馆。韩明灿第二天便带着两大车东西进来,连装饰用的字画都是萧老爷子最喜欢的那幅青绿山水。

第三日一早,萧老爷子还没搬过来呢,宰相府的丰老夫人倒是先上门了。

"我呀,今儿来是跟你提个喜事儿的。"丰老夫人笑眯眯地看着姚燕语,说道。

但凡上了年纪的老太太,对说媒拉纤儿这样的事情都特别地有兴趣,上到尊贵的皇后之母,下到大街上卖菜的老婆子,一个个都怀着一颗说媒拉纤儿的雄心。

"不知老夫人说的是什么喜事?"姚燕语此时满脑子都是萧帝师要住进来的事情,完全没更多的精力去猜测这位老太太想要提哪一壶。

"我是为苏家那三丫头来的。"丰老夫人依然是笑眯眯的。

"苏家?三丫头?"姚燕语眼前一亮,立刻福至心灵,"老夫人说的是蘅儿?"

3

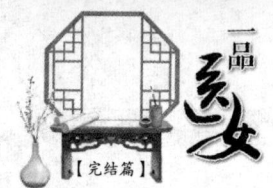

"是啊。"丰老夫人笑着点头。

姚燕语仔细地想了想,终于想起来这位老夫人跟苏玉蘅什么关系来了。苏玉蘅的嫡母是这位老夫人的内侄女,她们俩都姓梁。好像,之前被二哥整下去的那个梁大人是她们的娘家人。

嗯,姚燕语想到这事儿就觉得这老夫人有点可怜,娘家人被整下去了,还能这么笑眯眯地跟自己说话。这是何等的大度啊。不过其实姚燕语想多了,那位太常寺卿梁大人到死也不知道自己的牢狱之灾是姚家的二爷暗中做的手脚。

"蘅儿的母亲看中了你们府上的唐将军,想把这两个孩子撮合成一对儿。可唐将军现在没有父母做主,又在将军府住着,所以我老婆子就想到了姚御医。"

"这可真真是天大的喜事。"姚燕语真的是很惊讶,她前几日还在想该找谁去苏家提亲才能给足定侯府二房的脸面,却想不到定侯府这位二太太却首先出手了。

实在是太好了!

"既然姚御医也觉得这是喜事,那就是我老婆子没白来。"丰老夫人笑道。

"我得谢谢您老。"姚燕语说着,站起身来朝着丰老夫人深施一礼,"说心里话,蘅儿我是拿着当亲妹妹看的,萧逸呢,又是我家夫君的生死兄弟,他们两个若能喜结连理,那是我最喜欢看到的事情。"

"那既然这样,等回头咱们找个时间,正式坐在一起把这事儿商量一下?"

姚燕语自然满口答应:"行!全听您老人家的安排。"

"那我们说定了,我选好了日子就派人去告诉你。"丰老夫人说着,便拄着拐杖站了起来。

姚燕语忙上前搀扶了,笑道:"您老人家真是辛苦了。"

"我听你的话,没事儿就出来走动走动,比闷在家里强。"丰老夫人说着,已经出了大堂的门口,"你这里是朝廷衙门,也不能总耽误工夫儿,你忙去吧,我走了。"

姚燕语把这位老夫人送出了大门口,看着她上了马车才转回来。翠微见她满脸堆笑,便低声笑问:"这老太太说了什么事儿让夫人这么高兴?"

"她来替蘅儿提亲。"姚燕语喜滋滋地说道,"想不到那位二太太还真是慧眼识珠的人。"

翠微笑道:"唐将军的确不差,而且苏三姑娘将来嫁给唐将军,有夫人在,她也绝对亏不了。"

姚燕语点点头,又长长地叹了口气:"哎!这阵子不是这个病就是那个病的,今儿总算是有一件喜事了。晚上好生庆祝一下。"

丰老夫人没走多久,韩明灿又带着人带东西来收拾萧老爷子起居的屋子,姚燕语便拉着她把丰老夫人提亲的事情说了。

韩明灿笑道:"我倒是忘了这一茬,早想到,该让我那嫂子去玉成此事。"

"还说呢,当时老夫人一说是为了喜事来找我,我都蒙了。后来她说到了蘅儿,我还老半天没想明白其中的关系呢。"

卷三　灵燕扶摇

韩明灿拍了拍姚燕语的手背，叹道："你呀，你满脑子里除了你那些药，就是你的针和刀，哪里还有工夫想这些交错的姻亲关系？"

"说到这个，我正好想起一事，姐姐务必帮我。"

"什么事，你只管说。"韩明灿满口答应。

"蘅儿那边有父母亲友，唐萧逸这边却只有我跟将军，还有几个兄弟们。贺夫人怀了身孕，我又对这些事情一窍不通。将来他们婚事上那些小定，大定，一应六礼什么的，只能求姐姐操心了。"

韩明灿笑道："这个还用你说？都包在我身上。"

姚燕语又笑眯眯地说道："事成之后，让他们小两口谢你。"

"他们谢不谢我的倒无所谓，我只希望唐萧逸能真心对蘅儿。"

"这个姐姐放心，他现在也是求之不得，寤寐思服呢。"姚燕语轻笑。

回府后，姚燕语见到长矛大总管第一句话就是："唐将军今日可在家？"

长矛点头应道："已经回来了，在南院书房，夫人找将军有事？"

"无事，晚饭准备了什么？"

长矛赶紧地报上一串菜名，都是姚燕语喜欢的。姚夫人听完后说道："吩咐厨房，加几个唐将军喜欢吃的菜，晚上请将军过来一起小酌两杯。"

"是。"长矛大总管偷偷地看自家夫人神秘莫测的脸色，心想不知唐将军做了什么事情得罪了夫人，今晚的小酌怕是不寻常啊！

唐萧逸看着饭桌上自己喜欢的菜肴，笑得见牙不见眼："还是嫂夫人疼我。"

卫章看了一眼姚燕语，没说话，直接端起自己的酒杯来朝着唐萧逸举了举，兄弟两个各自干杯。

姚燕语伸手夹了一个鸡翅送到唐萧逸的碗里，笑眯眯地："多吃点。"

"谢嫂夫人。"唐将军受宠若惊，放下酒杯赶紧地端起碗来接着。

姚燕语又吩咐旁边的丫鬟："斟酒。"

旁边丫鬟执着酒壶上前斟酒，姚燕语又举起自己的酒杯，笑眯眯地说道："萧逸，嫂子我不能多喝，陪你半杯，算是点心意，你能喝，就多喝点。"

"当着卫章的面呢，嫂夫人敬酒唐萧逸哪敢怠慢，忙举起酒杯往前倾身："嫂子，您太客气了。"

两个人碰了一下，姚燕语居然喝了半杯。唐萧逸被卫章扫了一眼，顿时心虚，赶紧把杯中酒都喝了。

一番劝酒劝菜，唐将军越发坐不住了，心里把自己最近做的大事小事都盘算了一个遍，没觉得有哪里做得不对的地方啊！最后实在想不出什么事情不对劲儿，唐萧逸便想起之前兄弟们说的等将军娶了夫人会嫌弃他们这些粗人的笑话来。可是……自己平时的表现还可以

吧？难道是嫂夫人嫌弃赵大风和葛海两个？

可姚夫人怎么看都不像是那种人啊！唐萧逸前前后后想了个遍，最终也没有答案，于是只好明着问了。因为在他看来，嫂夫人是个讲理的人，看她这样子肯定是有很为难的事情，不然绝不会这样。有事情就拿到桌面上来说，不管是什么事儿，就没有不好商量的。

"嫂子，您是有什么话想对兄弟说么？"唐萧逸借着几分酒意，貌似不经意地问。

"唉！"姚燕语轻轻地叹了口气。

姚夫人一声叹息，更加坐实了唐萧逸的想法，于是唐将军大手一挥："嫂子有什么事情这般为难？若是用得到兄弟的，只管说一声，兄弟赴汤蹈火，在所不辞。"

"的确有一件事，我又不得不跟你说。"姚燕语为难地看着唐萧逸。

"嫂子您讲。"

"今天，宰相府的丰老夫人来国医馆了。"姚燕语皱着眉头，说完这句话又叹了口气。

"宰相府？"唐萧逸有点摸不着头脑，别的事儿好说，这宰相府有什么事情还真是不好弄。跟朝中的文臣，他说不上什么话啊。

"是啊，老夫人来找我是为了蘅儿的婚事。"

"蘅儿……苏家三姑娘？！"唐萧逸恍然大悟，一开始心里还生起一丝喜悦，但看见姚燕语一脸愁容时，一颗心慢慢地落了下去，脸色也渐渐地黑了。

丰宰相府给苏玉蘅提亲，丰老夫人亲自出马，会是为了谁呢？丰家二老爷的那个病秧子丰少琪？

"嫂子！你不能……"唐萧逸焦急地说。

姚燕语亲自拿了酒壶给唐萧逸倒酒，并打断了他的话："萧逸，你放心，嫂子一定给你寻一个好姑娘。"

"嫂子……"唐将军苦笑着摇了摇头，"可是我……算了，不着急的。"

"怎么能不着急呢！现在对我来说，你的婚事可是头等大事。"姚燕语说着，又问卫章，"将军说是不是？"

卫章无奈地看了她一眼，点点头，继续保持沉默。虽然他不知道自家夫人为什么要整自己的兄弟，但有一句话不是说嘛，兄弟本来就是用来挡刀的嘛。

"好了，不说了。"唐萧逸苦笑着举起酒杯，朝着卫将军，"老大，喝酒。"

卫将军默默地端起酒杯，喝酒就喝酒吧。于是，今晚将军喝了不少酒。当然，唐萧逸喝得比卫将军多了不止一倍。最后，当卫章看着长矛半扶半抱把唐萧逸送出去之后，方揉着眉头看姚燕语。

姚燕语被卫将军的目光盯了没多久就自己招了："丰老夫人替蘅儿提亲，看中的是萧逸。"

"我不问这个。"对于这件事情卫将军早就猜出来了。苏玉蘅有父母兄长，丰老夫人若是为自家孩子提亲根本不可能去找姚燕语，她找上姚燕语自然是看中了自己这边的人，那么这个人自然是非唐萧逸莫属。

卷三 灵燕扶摇

姚燕语轻笑:"那你问什么?"

"你为什么捉弄他?"

"我没给他喝鹿鞭酒就不错了,这还叫捉弄?"

卫将军无奈地笑了:"你还不如给他喝鹿鞭酒呢。"

姚夫人优雅地拿了帕子擦了擦嘴角,笑道:"放心,我有比那个更好的东西,只是不到时候罢了。"

卫将军默默地在心里为自己的兄弟叹了口气,萧逸,你自求多福吧。

第二日一早,姚夫人离开府里的时候吩咐长矛:"贺熙将军旁边的那片空地买下来,叫人去画个图纸,给唐将军盖一座宅子。钱么,让老冯给。"

长矛昨晚亲自扶唐萧逸回房的,对唐将军失落的心情看得清清楚楚,夫人说给唐将军寻一个好姑娘成家的话他也知道了,只是……大总管小心翼翼地看着夫人的脸色,小心地问道:"不知夫人看中了哪家的姑娘?"

姚燕语瞥了大总管一眼,凉凉地问:"怎么,唐将军娶媳妇,还要你把把关?"

长矛赶紧躬身下去,赔着笑脸说道:"奴才岂敢,家里的事情自然都是夫人做主,奴才是什么东西,哪里敢管唐将军的事情。"说着,又屁颠颠儿地跟上去,回道:"夫人,将军已经给唐将军留了一笔银子,说是给他修建府邸用的。"

"嗯,将军给的那笔银子且留着给他以后过日子用吧。宅子是我送他的。"姚夫人说完,便人镫上马,骑着桃夭往国医馆去了。

长矛深深一躬,看着他家夫人英姿飒爽地离去,又忍不住叹道:夫人果然是有钱人啊!出手就是一座宅子!

唐将军这几日很是郁闷,他的郁闷随着长矛把新宅子的图纸送到他面前时,涨到了极致。

"修什么宅子啊!滚一边儿去,烦死了!"唐将军郁闷地坐在廊檐下的栏杆上,靠着廊柱,抬手把长矛递过来的图纸甩到一边儿去。

"二爷!这可是夫人送您的宅子。"长矛习惯性地叫贺熙大爷,叫唐萧逸二爷。

"夫人?"唐萧逸睐了睐眼睛,"送我的?"

"是啊,老冯已经给了一万两银子,说不够再给。二爷您可想好喽!这可是夫人给您的新婚之礼。"

不提新婚还好,一提新婚唐萧逸的火气又上来了:"你看着办!反正有钱有地还有图,不用请了!"说完,唐将军霍的一下站起身来,匆匆离去。

长矛看着唐将军风一样的背影,无奈地叹了口气,二爷这是发的哪门子火儿啊!夫人如此相待,难道不该高兴吗?

唐萧逸风一样冲进卫章的书房,书房里坐着兵部的一位员外郎和两个主事,不知在跟卫章商议着什么,唐萧逸一进来,几个人住了声音同时看过来。

"唐将军。"两个品级不如唐萧逸高的主事起身打招呼。

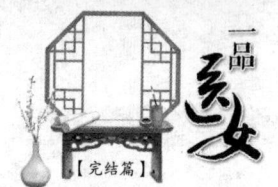

唐萧逸点点头，上前朝着卫章拱了拱手："将军。"

"有什么事？"卫章一看唐萧逸的脸色就知道这家伙还是为了姚燕语的几句话烦恼呢，所以没给他好脸色，"慌慌张张的像什么样子？我这里正忙着呢，你若有要紧的事情就说，没事儿出去给我把门带好。"

"是，我没什么事，先出去了。"唐萧逸欠了欠身，转身走了。

兵部的三位官员并不是军队里出来的，说起来算是文官，平时只听说辅国大将军驭下很严厉，是个厉害的主儿，却只是耳闻罢了。

今日看着唐将军在卫将军面前避猫鼠儿一样的神情，不由得各自震惊纳罕嘴上却什么都不敢说，只匆匆汇报完了军务便起身告辞，辅国大将军果然厉害，五品将军在他这儿随便呵斥啊！咱们还是长点眼色吧。

忙完公事之后，卫章出了书房，在偏院的小花厅看见正在舞剑的唐萧逸。一柄三尺长剑被他舞得密不透风，月白色的身影和剑影纠缠在一起，肉眼难辨。

卫章双手抱臂站在那里看他把一路剑法舞下来方抬手拍了几下，表示赞赏。

"老大。"唐萧逸抬手把长剑入鞘，抚摸着剑鞘上的铜饰委委屈屈地走了过来。

"嗯。"卫章转身走到院子里摆着的藤椅上，借着冬日的太阳，喝杯热茶。

"嫂子怎么能这样啊！！！"唐萧逸坐下来就开始埋怨，把这几天压在肚子里的郁闷都倒了出来，"她之前答应我的！不对，是她先跟我说的！到现在又不管了！你说这叫什么事儿啊？！"

卫章微微皱了皱眉头，小子胆儿挺大，冲着我抱怨我的夫人？

"老大，你说说话啊！"唐萧逸起身坐到卫章身边，咧嘴皱眉摆出一副无赖样，"嫂子当初问我喜不喜欢那苏家三姑娘，我说出身不高，门第怕是配不上。嫂子说只要我愿意，事情包在她身上的嘛！"

卫章笑了笑："这事儿我不知道。你也别问我。"

"我怎么问啊！"唐萧逸哀号，"我一看见嫂夫人那目光，那神色，我就……"

卫将军剑眉一挑："怎么，这世上还有你怕的？"

"老大老大！"唐萧逸朝着卫章拱了拱手，"这事儿你得帮我啊！"

"我帮不了你。"卫章看着这个被爱蒙蔽了双眼的傻兄弟，沉声叹了口气，明明挺聪明的一个人，怎么一遇到女人就傻成这样了呢！

"那我怎么办啊？总不能抢亲吧？"唐将军无奈地叹了口气，靠在竹椅的靠背上，仰面朝大，十分颓废。

"行了！没事儿别在家里耗着！陪我去西大营。"卫章把杯中的茶喝完，起身拍了拍唐将军的肩膀。

有公事，唐萧逸自然不敢怠慢，忙起身跟了出去。

国医馆这边，一切收拾妥当之后，萧霖和韩明灿二人把萧老爷子用的大马车给送了过来，

卷三　灵燕扶摇

同时送过来四个丫鬟两个婆子近身服侍着。皇上又派了八名侍卫过来，以免有不长眼的人过来骚扰。国医馆这下可热闹起来了。

安置好了萧老爷子，姚燕语便把早就定好的食谱递给了萧老爷子近身服侍的人，并叮嘱："一定要按照这食谱上写的安排饭菜，不许胡乱吃东西，更不许饮酒。"

萧霖和韩明灿出国医馆门口的时候，见外边停了十来辆大车，车上装的都是粗麻袋，便问："这是什么东西？药材么？"

姚燕语笑道："这是银杏叶，我早就让他们去弄，现在才给送来。"

韩明灿皱眉问："你要这么多这个干什么？这也是一味药材？"

"银杏叶可是好东西。"姚燕语微笑着说道，"老爷子的病，可就指望这些银杏叶了。"

"真的假的？"萧霖十二万分地不信。

"你当我这几天忙什么？"姚燕语自信地笑着，她这几天都在弄银杏叶萃取的事情，当然，这事儿少不了张老院令的帮忙，这老家伙是炼毒高手，最近有了姚燕语的那些实验器材，从各种植物本体或者动物身体里萃取毒素的技术越发地炉火纯青。相应地，他能萃取毒液，就能萃取精华。

银杏性平，味甘苦涩，有小毒，入肺经，有益肺气、定痰喘、止带浊、缩小便、通经、杀虫等功效，特别对老年人的多种疾病有很好的疗效。

萧老爷子的症状，就是典型的老年病，五脏六腑都进入了老化状态。单靠太乙神针自然也可以保住他一年的性命，可姚燕语的身体状况现在不允许，所以必须借助药物治疗。而注射药物精华液则是药物治疗里疗效最快的一种办法。

这也是姚燕语建议萧老爷子住进国医馆的主要原因。药剂注射时病人可能会有点药物反应，需要医者当即采取相应的措施，这不是在家里能办到的。当然，这些姚燕语不需要跟萧霖和韩明灿解释，所谓术业有专攻，跟他们解释这些也蛮费劲的。她现在要为萧老爷子的身体负责是皇上的旨意，就算是为了自己的性命，她也得竭尽全力。

韩明灿上车的时候又问了一句："蘅儿的事情怎么样了？"

姚燕语忙道："看我这记性，刚还要跟姐姐说，丰老夫人派人送了话来，说定在后日跟梁夫人见个面。我是没时间了，姐姐就全权办理吧。"

"行，你就等好儿吧。"韩明灿点了点头，上了马车，跟萧霖一起回去了。

当日，姚燕语把之前萃取的一小支银杏提取液取出来，用注射器给萧老爷子缓缓地推进了血管里。开始的时候萧老爷子还很紧张，后来发现除了开始刺那一下稍微有点疼，跟蚊子叮一口一样，整个过程都没有痛感，于是也放轻松了很多，还能跟姚燕语闲聊几句。

注射完毕之后，姚燕语交代今晚翠微守在这里，若是老爷子有任何不适，立刻回府通知，然后又交代了几种可能出现的症状应该如何应对，云云。临走之前，姚御医又叮嘱了近身服侍的两个婆子一遍，不准如何如何，只能如何如何。

剩下的便是外围的安全问题了。姚燕语出了萧老爷子的屋子，在院子里站了一会儿，

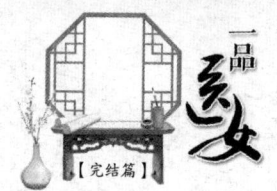

总觉得那八个侍卫虽然是皇上的人,可她还是不怎么信任。你说若是自己治病护理都没问题,反而因为护卫出了什么问题,自己是不是死得太冤了?

这事儿左想右想都是个不放心,于是姚燕语又派人回府把卫将军给叫了来。

卫章听了姚燕语的话,二话没说便叫了葛海过来,直接吩咐:"以后你晚上就来这里守夜,务必保护好萧老爷子的安全。否则,我们将军府满门都推卸不了责任。"

这边安置好了之后,卫章和姚燕语刚想回府,萧霖又来了。原来是他不放心,吃过晚饭后又来看看。因见姚燕语全部安排妥当,卫章又专门把葛海叫了过来,放心之余自然感动不已。对着卫章姚燕语夫妇抱拳一躬:"二位的大恩,萧某此生难报一二。"

姚燕语笑道:"既然这样,那就下辈子再来报吧。"

卫章便笑着斥责:"这叫什么话?"

萧霖听了这话也笑起来:"若真的有来生,萧某必当结草衔环以报。"

姚燕语继续笑嘻嘻地开玩笑:"我可不要你结草衔环,我下辈子没准备当牛做马呢。"

听了这话,众人都跟着笑起来。

回去的路上,卫章跟姚燕语说了这几天唐萧逸的各种痛苦颓废,最后问:"你准备折腾他到什么时候?"

姚燕语忍不住笑问:"这家伙不是你的军师么?素来是最有主意的那一个,怎么在这件事上就这么糊涂呢?"

"没听说过那句话么?"卫章微微叹了口气,为自己不争气的兄弟辩驳。

"什么话?"

"英雄难过美人关。"

"哦?"姚燕语闻言凑过去,马车里只点着一盏牛油灯,光线十分的昏暗,他冷峻的五官朦朦胧胧的柔和了许多,姚夫人的手指在他的剑眉上轻轻划过,低声问道:"那你呢?"

卫章一把把人抱到腿上,低头狠狠地吻住了她的唇。

良久之后,放开:"你说呢?"

"可我觉得你在我面前挺冷静的呀。"

"嗯?"卫章侧脸咬了咬她的耳垂,引得怀里的人一阵扭动,他再死死地扣住她的腰,低声问,"何以见得?"

"当初在马场,教我骑马的时候。我真的很佩服你这位铁面无私的大将军哦!"

"我那是为你好。不然你现在能骑马骑得这么好吗?"卫将军平静地反问。

姚夫人扁了扁嘴巴,哼道:"那当然,任谁有个几次差点摔个狗吃屎的经历,都能练好的。"

卫章终于忍不住笑了,却被夫人狠狠地掐了一把。

为了避免唐萧逸郁闷到极点,再一个想不开豁出去做出什么出格的事情来,卫章干脆把他留在了西大营，督促军务。

这边姚燕语连着给萧旦注射了三天的银杏提取液并配合每日两刻钟的针灸之后，萧老爷子的精神有了极大的好转。别的不说，讲书授课是没问题了。于是姚燕语上奏皇上，可以请皇子们来上课了。

本来姚燕语还让国医馆的人用心准备了一番，茶水点心什么的都预备了四份。却想不到真正来上课的只有两个皇子。

三皇子和四皇子呢？姚燕语心里纳闷，却不好明着问。

六皇子云瑛跟姚燕语是熟悉的，便笑吟吟地说道："三哥和四哥现如今都入朝听政了，也就我跟七弟学业未成，让父皇操心。如今来这里上课，真是麻烦姚御医了。"

姚燕语忙道："食君之禄，为君分忧，这都是应该的。二位殿下，萧老爷子身体不好，讲课的屋子便设在他的起居室里。二位请随我来。"

"好，姚御医请。"云瑛带着七皇子云瑞随着姚燕语往萧帝师房里去。

姚燕语每日必须守在国医馆，唐萧逸的婚事便交给韩明灿去操办。

别看韩明灿在闺阁之中的时候娇生惯养，如今已成家，她天生就是主理中馈的能手，唐萧逸跟苏玉蘅的事情，她代表男方，问名，采纳，一应婚嫁六礼都操办得有模有样。

定侯府那边不说梁夫人没挑出什么毛病来，连丰老夫人都夸奖到底是长公主的女儿，行事做派那叫一个体面。

苏玉蘅的婚事，自然瞒不过陆夫人去，梁夫人甚至还专门在这边弄了一桌精致饭菜把陆夫人婆媳四人请过来，妯娌娘们儿坐在一起说了半天家常话儿。

陆夫人听说苏玉蘅的终身定给了卫章的属下唐萧逸时，淡淡地笑道："当初他们西征凯旋归来时，侯爷曾与我商议过，想把蘅儿许给卫章。当时卫章只是个五品衔，算起来也是老大的下属。可是大长公主觉得蘅儿性子爽朗，若再配个武将，将来免不了打打闹闹地不素净，便说要在春闱的举子里选个世家子弟给她。却不料一而再再而三地有事给耽误了。恰好大长公主又一病而去，说起来，蘅儿的婚事竟是有些误了。"

言外之意，若不是大长公主从中阻拦，现在的辅国大将军就是苏玉蘅的夫婿。

这话说出来，梁夫人还好，姚凤歌先是不乐意了。就好像卫章是苏玉蘅挑剩下不要的才许了自家妹子一样，这话若是传了出去，姚家人脸上着实无光。别的事儿能忍，这事儿不能忍。姚凤歌便轻声笑道："瞧太太这话说得，辅国大将军跟我妹妹可是皇上钦赐的姻缘，太太这话若是被小人传出去，怕是藐视皇权的罪过？"

陆夫人跟姚凤歌不和早就是明面上的事情，只是没想到这个儿媳妇居然能当众给自己没脸，于是脸色一冷，不悦地哼道："这是自己家里，我说的也是实话。当初我们娘们儿一起说这些话的时候你也在旁边，怎么你早没有去皇上面前揭发我，好治我个藐视皇权之罪？"

封氏见这两个人当着二太太的面居然也杠上了，只得出面调停，笑道："说起来，这婚姻也不过是个缘字，姚家妹妹跟卫将军有缘，如今喜结连理和和美美地过日子。我们三妹

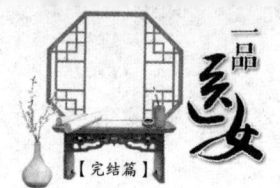

妹也算是跟唐将军有缘。那唐将军之前我见过，端的是一表人才。咱们家有这样的乘龙快婿，很是值得庆贺。"

陆夫人冷冷地瞥了姚凤歌一眼，没再说话。姚凤歌则淡定地喝茶，看都不看陆夫人一眼。脸皮反正早就撕破了，也不差这一回。

梁夫人倒是有些意外，她之前就听闻这位三少奶奶跟大太太之间不和，前些日子甚至因为老三的事情闹得不可开交，只是她没亲眼见着，还以为是下人夸大其词，如今看来倒是真的了。

其实刚刚陆夫人那几句话说完，最生气的不是姚凤歌而是苏玉薇。

苏玉薇跟姚燕语的感情比亲姐妹还亲，在苏玉薇的心里，自己跟姚姐姐那是亲密无间可以生死相托的，如今却被陆夫人说这样的话！她当能不生气？！

只是她一再想要说什么，都被梁夫人的眼神给压了下来。但思来想去，这口气终难咽下，听她们话题岔开几句后，方忽然说道："我前日晚上做了个梦，梦见大长公主怪我，说我没良心，这么久了也不去看看她。说起来也真的是我没良心，终身大事都定了，居然也没跟大长公主告诉一声。今儿若不是大太太说起大长公主，我还没明白过来那梦是什么缘故呢。母亲，我想趁着天还没大冷，去看望大长公主一下，想来等再去，也该是清明时分了。"

苏玉薇说这话的时候，悄悄地注意着陆夫人的脸色，但见陆夫人脸上的笑容果然淡了下来，眼神恍惚，竟像是心虚的样子。

梁夫人对苏玉薇这话自然没什么可反驳的，便叹道："我叫人准备东西，你就去看看吧。大长公主疼了你这么多年，你如今终身已定，也应该去告诉她一声。"

苏玉薇便站起身来，福了一福，应了一声"是"，又说道："那女儿先去打点一下，前些日子女儿还替大长公主抄了些《往生经》，明儿一并带去，叫那些守墓的人时常念诵。"

"好。"梁夫人点头道，"你就去吧。大太太也不是外人，你不陪在跟前，她也不会怪你。"

苏玉薇便向着陆夫人福了福身，告了罪，又跟封氏妯娌几个道了"失陪"，便回自己的闺房去了。

封氏见坐下去也没什么意思了，便借口说瑾云早起有些受凉，要回去照顾一下，想要先退。

姚凤歌便道："三爷跟前也离不得人，我跟大嫂子一起回去吧。"

她们两个一走，孙氏也不好干坐着了，但借口又不怎么好找了，便转头看向陆夫人。陆夫人便道："我也乏了，今儿谢谢二太太的好酒好菜。我们且回去了，改日请二太太过来坐。"

梁夫人只好起身相送。看着这婆媳几人各自坐了车离开，便轻轻地叹了口气回去看苏玉薇去了。

苏玉薇见梁夫人进来，忙起身奉茶。梁夫人看着她正收拾衣物，便道："天气已经很冷了，刚刚当着大太太的面我也不好说，你怎么忽然想起这个时候去给大长公主扫墓？"

卷三　灵燕扶摇

　　苏玉蘅转头看了一眼琢玉，琢玉忙福了福身，带着小丫鬟们退了出去。

　　梁夫人见状十分纳罕，便问："到底是怎么回事儿？"

　　苏玉蘅便把当时大长公主临去之前的症状以及自己如何去寻姚燕语，回来后大长公主便忽然去了，跟前居然只有大太太一个人在，大长公主近身服侍的安嬷嬷、田氏、芝香、菱香等人一个也不在，并且大长公主去后，停灵吊唁期间大太太夜里都做噩梦的事情一五一十地跟梁夫人说了。

　　梁夫人听完后，良久没说话。这事太大了，若是真的，恐怕这一家子老小几百口子人都会万劫不复。

　　苏玉蘅又道："大长公主下葬后，按照规矩，安嬷嬷和田氏应该放出去各自过日子，就是芝香菱香两个丫鬟也应该善待。但大太太却把人都放出去守墓了。如今说别的怕都是妄言，若她真的犯了那种滔天大罪，捅出去也是灭门的罪过，女儿也不想因为此事葬送了一家老小。但我实在不放心安嬷嬷她们，我怕……她们也会遭到不测。"

　　梁夫人这才反应过来，忙一把抓住苏玉蘅的手，低声问："你这些话还跟谁说过？"

　　苏玉蘅苦笑道："太太不要惊慌，我又不是傻子，这些话自然不会随便乱讲。除了太太，我没跟任何人说过。而且，我也只是无端猜测罢了，太太也不要着急害怕。许是我胡思乱想呢。"

　　"这可不是小事！"梁夫人焦躁地站起身来，在屋子里来回地转了两圈，忽然说道："明儿我陪你一起去给大长公主扫墓。"

　　苏玉蘅一愣，说道："这……就不必了吧？太太这样兴师动众的，倒像是真的有什么事儿似的。"

　　"嗯，你说的也有道理。"梁夫人这会儿是全然没了主意。

　　"太太不必担心，我悄悄地去，悄悄地回来。对外太太只说我去寺里还愿了。"

　　梁夫人着急地说道："可你刚刚已经跟大太太她们说你要去给大长公主扫墓了。"

　　"我是想诈一诈大太太的。若她心里没鬼，自然不会怎么样。若她心里有鬼，怕今日回去便会有所行动。太太只悄悄地叫人去注意外边当值的人，看大太太今日会不会派人出门。"

　　"你！"梁氏只觉得心里突突地跳，一颗心好像要从嗓子眼儿里跳出来一样地怕，"原来你早就想好了！你这丫头，这么大的事儿，怎么不早跟我说！不行，我得跟老爷商量一下！"梁氏说着，便转身要走。

　　"太太！"苏玉蘅忙转身把梁氏拉住，索性跪在她的面前，"太太先别去！本来老爷便因为没见大长公主最后一面而万分难过，太太若猛然去说这个，还不怕老爷去跟大太太拼命？"

　　"你这孩子……"梁夫人摸着苏玉蘅的头，叹了又叹，"你这孩子……可不是要把天给捅破了吗！"

　　"太太只管装作什么都不知道的样子才好。这事儿就算是将来没有结果，我也不过是

13

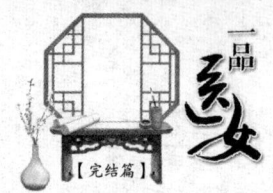

落一个胡闹。"苏玉薇说着，便已经掉下泪来，"若真的是那样……却不知道能不能为大长公主……报仇……"

梁夫人这会儿心都乱成了麻，身子也是抖的，站都站不稳。她虽然也出身名门，跟着苏光岑在南边这些年，也算是顶门立户的当家主母，可毕竟南边天高皇帝远，民风淳朴，跟大云帝都有天壤之别。像这样弑父弑君的事情，她也只是从戏文里听过罢了。

苏玉薇自小在大长公主跟前长大，跟嫡母并不亲近。因看她在自己的婚事上特别地上心，便觉得她是个可以依靠的人，而且苏玉薇在这件事情上也的确不能一个人，所以才会照直说了。却没想到这位嫡母如此不经吓，苏玉薇只得又安慰她一番，又唤了琢玉倒了滚滚的茶来小心翼翼地喂她喝了半杯，这才慢慢地缓了过来。苏玉薇又劝梁夫人不必担心，梁夫人又叮嘱了苏玉薇一些话，无非是小心谨慎之语，方才离去。

却说陆夫人婆媳四人从二房院这边回去，姚凤歌多余的话一句也懒得说，跟封氏说了一声便回自己的院子里去了。

苏玉祥的尾椎骨养了这么久也差不多了，但他的身体却大不如前，如今出门都离不开拐杖，旁边更少不得两三个人伺候，所以索性也不怎么出门了，只在家里跟那些妾室丫鬟们瞎混。

姚凤歌进门，见苏玉祥靠在榻上，旁边灵芝给他捏着肩膀捶着背，另有小丫头给他捏腿，还有一个正服侍吃点心，他苏三也完全一副悠然自得的大爷样儿，心里便有些生气，一句话不说直接往西里间去。

苏玉祥便不高兴地哼道："瞧瞧，咱们家的大忙人回来了！"

姚凤歌行至屋门口，一手挑着珠帘转身，嘲讽一笑："哟，原来三爷在家里呢？今儿大好的天气，怎么没出去逛逛？"

因为前些日子苏玉祥忍不了寂寞，骨伤没好透便跑出去跟狐朋狗友喝了顿酒，回来便趴在床上起不来了，被陆夫人好一顿数落。这会儿姚凤歌又问他怎么不去逛逛，可不就揭了他的短？苏玉祥一脚踹开跪在脚踏上给他捏脚的小丫头，想要猛地坐起来，无奈腰不给力，只气得扶着炕桌喘息着骂："没用的小蹄子，给我滚！"

姚凤歌冷笑着看苏玉祥发脾气，然后吩咐珊瑚："把我跟月儿的东西都收拾一下，我要去庄子上住些日子。"

"奶奶！"珊瑚低声叫了一下，又皱着眉头看苏玉祥。这种时候若是去庄子上住，天气冷不说，侯爷和太太怎么想？

"怎么，人家都叫我们滚了，我们还不麻利地滚么？"姚凤歌说完，用手放下珠帘往里面去了。

苏玉祥气得大骂："滚！趁着腿还能走路，都给爷滚！滚得远远的，大家各不相干，反倒干净！不然爷哪天不高兴了，把你们的腿都打断喽！看哪个还敢跟爷炸毛起刺儿的！"

灵芝在一旁低声劝道："爷就少说两句吧。奶奶也在气头上，这气话无好话嘛。"

卷三　灵燕扶摇

　　苏玉祥索性一脚又把灵芝踹到了地上，破口大骂："你这贱人也不用在爷跟前充好人！你当我不知道你心里怎么想的呢？你是觉得爷我残了，没用了是吧？你怕是早就盘算着攀高枝儿去呢吧？"

　　"我告诉你，妄想！你们这些贱人都翻不出爷的手心！爷这辈子下不了床，你们都得在爷跟前伺候一辈子！爷就算是死了，也得拉上你们这些小贱人去跟爷陪葬！"苏玉祥跟只疯狗一样，逮谁骂谁。

　　姚凤歌在里面听了这话，实在忍无可忍，便吩咐珊瑚立刻收拾东西，又叫人去备车。珊瑚劝也不是，不劝也不是，只得叹息着跟珍珠一起把姚凤歌随身用的东西都包了包袱，又叫奶妈子把苏瑾月的东西都收拾好，随时准备去庄子上。

　　祺祥院这边又吵又闹的情景，早就被下人们传到了各处院落。

　　封岫云听完婆子的回话，摆摆手命人退下，方同封氏叹道："三爷这伤难道是真的好不了么？"

　　封氏皱眉哼道："怎么就好不了？不过是骨裂而已，世子爷比这更重的伤都能养好，他这算什么？就是老三自己不好生养着，刚略好些，就急着出去瞎折腾，可不是旧伤新伤么？"

　　封岫云淡淡地叹了口气，又道："但他们这样子下去也不是个办法。为何不请姚御医来给看一看呢？这么近的亲戚，三爷又是在那边伤的，难道她就这样看着不管？"

　　封氏冷笑道："听说是三爷不让她给瞧伤。"

　　"这倒是奇了。"封岫云轻笑道，"三爷为何这样防着自己的妻妹？好没道理。"

　　"这就是他自己的事情了，我们哪里知道。"封氏摇了摇头，不欲多说。

　　"哎——对了。"封岫云恍然大悟的样子，说道，"听说有位姓刘的军医对外伤很有办法，这次北征，听说因为他配制了极好的外伤药，深受皇上看重，还连晋三级。姐姐何不跟太太提一提，若是请了这位刘大人来治好了三爷的伤，也省得那边鸡飞狗跳的闹不是？"

　　封氏笑道："这倒是个好法子，不管那刘军医的药管不管用，且请来试一试，也让老三消停消停。你这办法很好，晚饭的时候去太太房里，说给太太听。"

　　封岫云笑着点头。

　　晚饭时，封氏带着封岫云去陆夫人房里伺候，才听说姚凤歌已经收拾了东西带着女儿去了姚府。陆夫人正因为此事生气呢。封氏便把封岫云的话大致跟陆夫人说了。陆夫人听了，便一迭声地叹道："明儿就叫老二去北大营寻这位刘军医来。治好了老三的伤，我重重有赏！"

　　孙氏便答应着："晚上二爷回来媳妇就给他说。"

　　陆夫人心里有事，便摆摆手打发几个儿媳妇各自回去。封氏孙氏和封岫云知道陆夫人近来不喜欢人多在跟前，也没了往日说笑的习惯，便都识趣地起身告辞各自回房。等人都走了之后，陆夫人起身进了静室，进门时吩咐连嬷嬷："我的白檀香没了，你叫连瑞进来。"

　　连嬷嬷忙答应着出去吩咐人去找自己的儿子连瑞。不过一刻钟的工夫，连瑞请见，陆

15

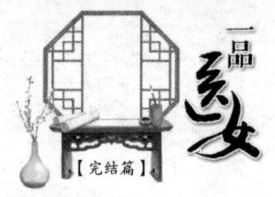

夫人给菩萨上了香,在西小花厅见他。

这边连瑞一进内宅,便有人报给了二房院的梁夫人。梁夫人听了苏玉蘅的话,派了自己的一个心腹婆子去二门上守着,明着是给那些守门的小厮们送烤白薯去,实际上就是看今晚会不会有外边的人进内宅。

果不其然,连嬷嬷的儿子连瑞现如今管着陆夫人的一个香料铺子,就算陆夫人急着用白檀香,也不能大晚上地急着把人找来。

梁夫人此时已经从震惊和恐惧中清醒过来,这件事情是把双刃剑,弄不好,苏家满门抄斩,弄好了,便只是陆夫人一个人的死期。而且事情到了这一步,她已经没了退路。就算苏玉蘅不去查,谁也不能保证大长公主近身服侍的那些人永远不开口。

此时梁夫人的心里自然是恨意难平的。大长公主若是健在,那是多大的一把阴晴伞?可以为苏家的子孙带来多大的荫庇?尤其是二房,用得着在这里混吃等死吗?大房的女儿都有了好姻缘,自己的儿子还未成年呢。若这样下去,怕是连个像样的媳妇都娶不到。帝都这些家族,哪个不是一颗富贵心,两只势利眼?

梁夫人听婆子回了话之后,便私下里安排了自己从南边带来的可靠的人专门去盯着连瑞。

连瑞从陆夫人房里出来并没有什么异常,跟往常一样先回了自己的家,第二日一早,他依然先去铺子打点,安排好了一些事情之后,方跟店铺的掌柜说自己有事要出几天的门,铺子里的事情让他多多费心。

连瑞交代好了铺子里的事儿,也没急着出城,而是去了一家酒楼,要了一个雅间。梁夫人派去盯着连瑞的两个人便在酒楼对面的茶摊上坐下来喝大碗茶等着他出来。这期间,酒楼的人进进出出,没有一百也有几十个,其中有三个江湖侠士打扮的人进了酒楼,梁夫人的眼线并没在意。

一顿饭的工夫,连瑞一个人悠闲地从酒楼里出来,便牵了马往城外去了。梁夫人的眼线一个负责跟上,另一个回去报信。

只是到了晚上,跟着连瑞的那个人一直没有消息传来,报信的这个根据自己的联络方式也找不到那个人。跟连瑞的那个人都没有消息,梁夫人的心又揪了起来。

如此等了两日,苏玉蘅再也等不下去了,便带着琢玉和自己的奶娘等人坐车出城。

梁夫人一再劝说苏玉蘅不要轻举妄动,无奈苏玉蘅打定了主意要走这一趟。梁夫人只得又选了从南边带来的可靠护卫十二名一路护送。

苏玉蘅自己也害怕遭人算计,便派人悄悄地给姚燕语送去了一封信说自己去了大长公主墓地,若两日不回,请姐姐赶紧派人去接应。她没敢跟韩明灿讲,因为这不过是她莫须有的猜测,不宜让太多的人知道,所以就只告诉了姚燕语。

当时姚燕语正在国医馆,便立刻写了一封书信交给了葛海,叫他把这封信去交给唐萧逸。

葛海不明所以,还跟姚燕语开了个玩笑:"夫人不怕将军知道后把二哥给绑到靶子上

卷三　灵燕扶摇

让烈鹰卫们练箭么？"葛海一直叫唐萧逸二哥，虽然论模样葛海看上去比唐萧逸大三四岁。

姚燕语笑道："这事关乎萧逸后半辈子的幸福，所以你废话少说，赶紧去，越快越好。"

"明白。那我这就去了。"葛海忙收起玩笑之色，匆匆而去。

却说苏玉蘅出门这日，陆夫人果然叫人请了军医刘善修来给苏玉祥治伤。

刘军医对自己当初剽窃姚燕语的那一剂养外伤的方子颇为自信，这厮也算是个刻苦钻营的主儿，就算在北大营被众人排挤，依然顶着各种压力没有退缩，而且还借机翻阅了一些相关医书，然后把方子改良，又加了几味药材，然后居然制成了药丸，卖给了云都城里的几家药铺。

这一种用毛冬青、板蓝根和延胡索三味中药为主，命名为"活血散瘀丸"的药卖得还挺好。短短一两个月便为刘军医赚了不少银子。这次刘军医有幸被定侯府的大夫人请来给三公子治伤，自然又带上了他引以为豪的药丸。刘善修把膏药和药丸留给灵芝，又叮嘱了用法后方告辞出去。连嬷嬷又引着刘善修出了祺祥院，往陆夫人这边来。陆夫人打赏了刘军医二十两纹银并两匹尺头，刘军医道了谢，方喜滋滋地拿着东西走了。

再说苏玉蘅出了京城直奔大长公主的坟墓所在地，一路上马不停蹄，虽然辛苦，但还算安稳。

只是等她到了地方，寻着那些守墓人的时候，一个老者却说安嬷嬷已经死了。苏玉蘅顿时蒙了，半晌才问："怎么就死了？你们这些人也真是大胆，人死了居然也不给府里送个消息？！"

那老头儿摇了摇头，说道："奴才只管大长公主墓地的杂草，至于守墓人员的具体安排，都是曹管事的事情，请姑娘问曹管事。"

苏玉蘅立刻怒声吩咐："曹管事人呢？叫他出来见我！"

"呃……昨天晚上，曹管事的家人来，说他娘病重，叫他回去一趟。他连夜回老家去了。"

苏玉蘅听了这话更是恼怒："这么说，现如今大长公主身边的事情竟是无人料理了？！你们这些人真是胆大包天！是不是觉得大长公主不在了，她的事情就没人管了？！"

"姑娘息怒，曹管事是昨晚才走的，这里几十口子人都各司其职，并没敢耽误了差事。"

苏玉蘅懒得废话，直接问："安嬷嬷死了，她的儿子媳妇呢？"

"安大娘的祖籍在占华县，她儿子媳妇送她的尸骨入祖茔，才走了两日。"

"才走了两日？！"苏玉蘅简直要气得吐血，两日！居然自己说来给大长公主扫墓的第二天，安嬷嬷的儿子媳妇就送她的尸骨回祖籍！这其中必有缘故！

只是人都走了两天了，纵然派人去追也来不及了。苏玉蘅想到这些又忍不住苦笑，追什么追？说不定他们夫妇二人也已经被灭口了。

怎么办呢！该怎么办呢！苏玉蘅站在冷风里看着大长公主高大的汉白玉墓碑，只觉得浑身上下从里到外都是冰冷的。这彻骨的寒冷几乎连她的思维也给冻结了，让她无法思考，心底一片茫然。

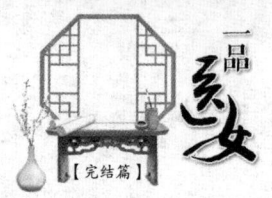

在她来之前，梁夫人告诉她大太太就找过连瑞一个人，说是要白檀香，连瑞也没什么特别的动作，只是去外地跑货去了。但如今想来这都是人家玩的障眼法，梁夫人派出去的人被人家耍了。

"姑娘？"琢玉上前来悄声回道，"奴婢找到芝香了。"

"在哪里？"苏玉薇的心里立刻燃起了希望。

"在后面，奴婢叫她过来见姑娘？"琢玉低声回道。

苏玉薇目光一冷，看着大长公主墓碑上苍劲的字迹，说道："不必了，你带我过去。"

琢玉应道："姑娘跟奴婢来。"

芝香是服侍大长公主的丫鬟，虽然她是后来选上来的，在大长公主身边服侍了四五年的光景，但她为人细致体贴，又有一双巧手，做得一手好膳食。大长公主很喜欢她，算是身边得力之人。

之前苏玉薇跟芝香是常在一起说笑的，能选在大长公主身边当差的丫头，自然是俏丽可人的。

但是一年多不见，当苏玉薇再见到她时，眼泪便忍不住往外涌，差点哭出声来。

现在的芝香，面黄肌瘦一脸菜色，一身青灰色的麻布衣裙，衣服单薄得不像样子，整个人在寒风里瑟瑟发抖。再看那双巧手，如今竟生满了冻疮，红肿溃烂，哪里还有当时模样的一二分！

"给姑娘请安。"芝香福身下去，被苏玉薇一把拉住。

"你怎么成了这个样子！"苏玉薇哽咽着。

"姑娘不要难过。"芝香忙安慰苏玉薇，"奴婢还过得去。"

苏玉薇流着泪摇头："是我对不起你们！我对不起大长公主……是我无能，我无用……"

"姑娘不要自责，这不是姑娘的错。"芝香拉着苏玉薇进了自己的小屋去，小小的屋子里雪洞一样冰冷，琢玉带着几个人七手八脚地把马车上的手炉脚炉都拿进来，填了满满的炭火。

苏玉薇把自己的手炉塞到芝香的怀里，又问菱香现在怎样了。

芝香苦笑道："菱香上个月跟曹管事的儿子成婚了，昨日曹管事回家，带着儿子媳妇一起走的。"

"那安嬷嬷她们到底是怎么回事儿？"

芝香无奈地叹道："安嬷嬷身子早就不好了，这里条件有限，姑娘也见了。安嬷嬷年纪大了，能熬这么久已经很不容易了……"

其实不用说，苏玉薇只看芝香的状况也能明白。

大长公主身边的这些人之前过的是什么日子？像安嬷嬷的饮食起居怕是比陆夫人也差不到哪里去。如今一下子被送到这荒郊野外来，再加上有人故意折腾磨搓，能活一年多真的

卷三　灵燕扶摇

已经是奇迹了。

苏玉薇真是恨自己，当时为什么只顾着悲伤，没想到这些人的处境。现如今人死的死散的散，只剩下这么个孤苦伶仃的小丫鬟了！

这边苏玉薇拉着芝香的手淌眼抹泪之余，又把当时大长公主去世的情景回忆了一遍。

芝香忍不住叹息："当时太医说大长公主总还有十几日的光景，奴婢还特意去做大长公主喜欢吃的小米牛乳粥，只可惜一盅粥还没炖好，大长公主就去了！"

苏玉薇听了这话，便问："你是说，当时大长公主还说想吃粥？"

"是啊。所以奴婢才去膳房么。"芝香点头说道。

"那当时还有什么人在？"

"侯爷和各位爷都在。还有安嬷嬷也在跟前。"

苏玉薇轻轻地叹了口气："那么多人在跟前……可大长公主临去的时候，眼前只有大太太在。"

正说着，外边有人回："奴才霍二给姑娘请安，曹管事走之前把这里的大小事宜交给了奴才。奴才不知姑娘来，未曾准备，让姑娘受委屈了，奴才真真该死。这里阴冷，且请姑娘移步往正院去用茶。"

苏玉薇懒得跟这个什么霍二多说什么，只拉着芝香的手起身说道："从现在开始，你跟着我吧。"

芝香愣愣地没回过神来。苏玉薇又吩咐琢玉："带人把她的东西收拾一下，明儿跟我回城。"说完又环顾这破烂的屋子，叹道："捡着要紧的收拾，不要紧的就丢掉吧。"

芝香这才跪下去："奴婢谢姑娘大恩。"

大长公主身为皇室公主，守墓的这些人自然也不会太苦，朝廷早就拨下银子来在这边修盖屋舍，定侯府自然也会出钱出力安排。旁边一带的空地早就成了一个小庄子，主子们来祭祀时歇脚住宿的地方也早有安排。就算是管事不在，这些人也不敢怠慢。

天寒地冻，这里自然不比家里，苏玉薇也无心睡眠，只拉着芝香守着火盆说了一夜的话。至第二日一早又去大长公主墓前上香祭拜一番后，便带着芝香返回。

对于芝香被三姑娘带回去这件事情，这些守墓之人是不敢有什么怨言的。他们都是定侯府的奴才，主子说让谁来，谁就得来，说让谁回去，谁就回去。多说无益。

回去的路上，苏玉薇让芝香坐在自己的马车里取暖，自己则疲惫地闭上了眼睛。

第二章

马车一路颠簸而行，行至半路，在穿过一片山林的时候，旁边山里忽然滚出来几个大

石头，骨碌碌滚到路上，挡住了马车。

随行的护卫低声咒骂了几句脏话，前面几个人下马去搬开石头的时候，山林里冲出一伙儿人。

人不多，也就七八个。但个个儿都是一身黑衣，黑布蒙面，只露着两只眼睛。

"保护姑娘！"护卫头领一声高喝，十几个人把马车围在了中间。

这伙人号称是劫道的，什么此山是我开云云，嚷嚷了一大通，反正就是留下银子，就让你们过，否则谁也别想过去。

这若是一般富户，说不定丢下些银子也就罢了。可这是定侯府的马车，岂容这些蟊贼放肆？于是护卫们二话不说直接操兵器开打，甚至还有人想着活捉了这几个蟊贼回城去，说不定还能领个功劳。

开始护卫们还挺勇猛，但真正地过了几招之后他们才发现，这些人真的是高手啊！身手比他们强了可不止一两倍。所以没几个回合，十二个护卫个个都带上不轻不重的伤。

此时，护卫们如果还有理智就会发现这些人无心杀人，若是想杀人，他们恐怕早就血溅三尺而亡了。

只是习武之人身上都有一股不服输的信念，个个儿都有一股越挫越勇的精神。何况，身为定侯府的护卫被几个江湖鼠辈伤了，还让主子姑娘遭劫，他们回去也没脸再活。

于是——拼了！

外边乒乒乓乓打成一团，马车里琢玉、翠玉等四五个丫鬟则战战兢兢地把苏玉蘅围到了中间，生怕哪个不长眼的手里的兵器飞过来，伤了她们的姑娘。

苏玉蘅被几个丫鬟挤在中间，心里却异常地冷静——她果然是心狠手辣啊！居然不惜对自己下狠手。只是不知道这些护卫们本事如何，若是就这么死在这里……苏玉蘅不由得苦笑，也着实太窝囊了些！

认真开杀，护卫们真的不是这些劫匪的对手。

不多会儿的工夫已经有三个重伤的趴在地上不能动了，而剩下的那九个人也都带了伤，越发地吃力。正在护卫们应付不暇之时，一个劫匪从打斗中抽身，纵身往马车跟前跃过去。

马车的车夫惊慌之下一带马缰绳，马儿嘶溜溜叫着往一侧躲闪，带着马车一阵晃动。那劫匪目露凶光，挥起手中的钢刀便往车夫的头上砍。

在此千钧一发之际，一支轻弩带着一声轻而尖锐的啸声破空儿来，"噗"的一声穿透那劫匪的脖子。

"啊——"车夫吓得一个激灵，差点从马车上栽下去。

然后，一支支轻弩便如飞羽雪片一样，嗖嗖嗖，接二连三地射中那些劫匪。

只是除了第一个劫匪是被射穿了脖子当场毙命之外，其他的全部伤在了腿上。伤口出奇地统一：贯穿伤，伤及筋脉，没伤骨头，也没伤大血管。

于是，劫匪们统统跪了。

卷三　灵燕扶摇

　　不过是转眼的工夫，一场原本注定的败局被硬生生地扭转。

　　安全了！马车里的苏玉薇听见外边一声声的哀号声，长长地舒了口气。

　　"姑娘，没事吧？"琢玉搂着苏玉薇。

　　苏玉薇立刻推开琢玉，掀开车窗帘子往外看。

　　车外边，一身戎装的唐萧逸正在给定侯府的护卫们分发外伤药。

　　仿佛感觉到了背后的目光，唐萧逸忽然转过身来。

　　俊逸非凡的面孔，温润如水的目光，浅绯色的薄唇轻轻地抿着，在看见自己的时候微微地挑了起来，带出一个淡淡的，若有若无的微笑。

　　只这么一眼，苏玉薇那颗揪到嗓子眼儿的心顿时落回了肚子里。

　　"此地不宜久留，我们赶紧回城。"唐萧逸说完，目光从旁边的几个丫鬟身上扫过后转身，从腰里解下一盘细细的绳索，一挥手抖开，招呼受伤不重的护卫过来，把那些劫匪绑成一串。

　　因为绑匪们都伤了腿上的筋脉，根本不能走路，而梁夫人派出的那些护卫也全都挂了彩，唐萧逸只得发出信号招来自己的亲兵，吩咐他们负责把这些绑匪暂且押回去，交由刑部看押，而自己则和那些受伤的护卫一起送苏玉薇回城。

　　这一场厮杀虽然不到半个时辰，但却耗去了护卫们八成的战斗力。幸亏伤口处理得及时，又有治伤秘药，那几个重伤的才不至于当场毙命。

　　但如此一来，回去的速度便远不如之前快，等回到云都城门口的时候天色已经完全黑下来了。唐萧逸不敢耽搁时间，直接送苏玉薇回定侯府，苏玉薇却在将要进入侯府的巷子时叫车夫停住了马车。

　　唐萧逸见状便转身从马上跳了下来，至马车跟前问："姑娘有什么事？"

　　苏玉薇掀开车窗帘子探身过来，借着微弱的灯光看着唐萧逸，低声说道："以将军看来，今日之事该如何了结？"

　　唐萧逸想了想，问道："不知姑娘想怎样了结？"

　　苏玉薇想了一路，觉得此事若是一不小心便会让整个苏家万劫不复，事情发展到今天这个地步梁夫人的力量仅限于此，父亲的脾气不好，伯父那边更不敢指望。她唯一能够依靠的人唯有自己未来的丈夫了，于是低低地叹了口气，说道："我觉得那些劫匪很是蹊跷，希望将军能够亲自审讯，并对那些人的供词保密。"

　　唐萧逸迟疑了片刻，点点头说道："好，姑娘放心。"

　　"将军，谢谢你。"苏玉薇微微苦笑。她有父母有家人，而眼前能够相信和依靠的，却只有他。

　　"不用谢。"唐萧逸看着苏玉薇美丽而苍白的脸，心里涌起无限疼惜。纵然今生无缘与她牵手，也不希望她有任何闪失。可怜唐将军，此时还不知道眼前的姑娘就是他的未婚妻。

　　"将军有了消息，可让姚姐姐找我。"沉沉的夜色遮去了苏玉薇脸上的一抹羞涩。

　　而这句话在唐萧逸听来却是男女大防，他们二人不便相见，有事情还得由姚燕语来转达。

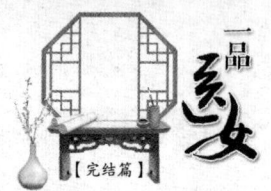

不过这样也好，总归是未出阁的姑娘家，名声最重要。

于是唐萧逸点了点头，应道："好，有消息我会跟夫人讲，她会及时转告你。你也要多保重，有好的身体才能有将来。"

苏玉蘅有些依依不舍地放下了车窗帘子，马车继续前行，唐萧逸把苏玉蘅送至定侯府门口才匆匆转回。

三姑娘去给大长公主扫墓回来的路上遇到劫匪的消息把定侯府给震了个底朝天。此事上至定侯和陆夫人，下至洒扫的婆子，无不震惊。

苏光崇、苏光岑也气得变了颜色，苏玉安几个正在商议着怎么整饬那些劫匪，外边有个小厮匆匆进来回道："回侯爷、二老爷：三爷刚刚晕过去了，太太说请侯爷赶紧过去。"

"好好的怎么会晕过去？"侯爷气急败坏地拍桌子，"叫人去传太医了没有？！"

苏玉安忙吩咐人去传太医，苏光岑则劝道："听说侄媳妇的妹子就是个神医，怎么不请来给老三看看？"

"这孽障不知中了什么邪，说什么也不让人家看。再说，男女有别，他也不是什么大病，不看就不看吧。虽然是亲戚，但男女大防还是要有的。"侯爷叹了口气，起身往后面去看儿子。

自古以来就是疼长子，宠幼子，苏玉祥再不成器也是侯爷的亲骨肉。

此时祺祥院里已经乱得不成样子，姚凤歌不在，琥珀和琉璃都怀了孩子，不便上来伺候、只在自己的小院里养胎。珊瑚和珍珠则随着姚凤歌回了姚府，苏玉祥跟前就灵芝、冬梅还有几个小丫鬟们伺候。

这两日苏玉祥用了刘善修的膏药，腰疼得轻些，便觉得这人的药着实不错，所以那药丸也没敢耽误，都是看着时辰吃。

孰料今儿一早就觉得身子像是被抽干了一样，一点力气都没有，还有些拉肚子。完了还没胃口，早饭就喝了点白米粥，然后又按时吃了药。巳时的时候又觉得肚子难受，于是赶紧地往净房里跑。进去便通泻了一次，出了净房腰带还没系好，苏三爷就一个倒栽葱昏倒在地上。

陆夫人比定侯先一步赶来，此时苏玉祥还没醒，已经被婆子丫鬟们抬到了榻上。灵芝和梅香跪在旁边一边唤人一边哭，其他的婆子丫头都慌作一团，端水的，递手巾的，叫嚷着掐人中的，还有匆匆往外跑想去叫人的。

陆夫人一边哭着数落苏玉祥，一边上前去掐苏玉祥的人中穴。良久，苏玉祥才迷迷糊糊地睁开眼睛，看见陆夫人，虚弱地喊了一声："母亲。"

"我苦命的儿……"陆夫人见儿子醒了，方长长地舒了一口气，把人搂在怀里哭了起来。

等侯爷等人匆匆赶来时，陆夫人正抱着苏玉祥一口一个"苦命的儿"哭得伤心。苏光岑见状便转头催身后的管事："怎么太医还不来？快些去催催！"

管事连声答应着转身往外跑，差点跟闻讯赶来的封氏撞了个满怀。

卷三 灵燕扶摇

随后而来的孙氏皱眉问:"这是怎么了?哎!自从大长公主去世以后,这家里真真是没有一天安宁过。"

封氏淡淡地笑道:"你这话可别让太太听见了。"

孙氏扁了扁嘴没说话。自从大长公主去世之后,每次提及大长公主太太的脸色都不好看。这在定侯府都不是秘密了。

妯娌两个先后进了祺祥院,却又因为苏光岑也在里面,便没好进去,只问被陆夫人赶出来的灵芝到底是怎么回事儿。

不多时太医匆忙而至,苏光崇忙叫进去给儿子诊脉。

为了怕出差错,侯府的管事这回请来的是白家的大爷,太医院的四品内医正白景阳。

白景阳给苏玉祥诊脉后,皱眉叹道:"三爷近日可曾吃过大量凉性的食物?或者药?"

苏玉祥摇了摇头:"近几日我胃口极差,吃什么都没滋味。药也只吃过活血化瘀丸,别的就没有了。"

白景阳忙问:"三爷说的活血化瘀丸是什么?可还有?拿来给在下看一眼。"

陆夫人忙叫人拿了过来,白景阳闻了闻那药丸的味道,又掰了一点放在口中细细地嚼了嚼,之后方叹道:"这药丸用的都是清热解毒活血化瘀的药,且分量极重。三爷身子本来就虚寒,这清热的药吃多了肯定伤身子。三爷说这几日没有胃口怕也是吃此药的缘故。"说完,又问:"这是谁的方子?这药如此猛烈,可不能随便吃啊。"

"原来是这药丸的缘故!"陆夫人恨恨地骂道,"都说这姓刘的医术怎样高,原来竟是祸害人的!像这等行径,无异于草菅人命,实在可恨!"

"夫人说的可是那位连升三级的军医?"

陆夫人气得脸色都变了:"可不就是他!"

"哎!"白景阳叹道,"若说这药也的确没错,只是军营里那些人都常年习武,自然身体强壮,这些虎狼之药给他们用倒是正对了症候。可三爷却是富贵窝里长大的凤凰,身上虽有点外伤,但到底已经养得差不多了,这阴凉之药如何能用得这么猛?"还有一句话白太医没说,就是这位三爷的身子早就被酒色掏空了,这种时候吃补药尚且来不及呢。

听了这些话,连定侯也忍不住骂道:"这个姓刘的到底懂不懂脉息?难道就因为这丸药是他配制的,又得了皇上的嘉奖,便可以什么人都吃么?这样的人如何能行医济世?!"

床榻上苏玉祥则直着脖子叫嚷:"当初我就看他不顺眼,还说保证我这伤十来天就好。这才不过三两天的工夫,就要了我的命了!等过了十日,怕是我早就死得透透的了!"

陆夫人忙呵斥:"你个口没遮拦的!都这样了还胡说八道的!"

苏光岑则劝道:"好了,幸好发现得早,还是请白太医给开药方子吧,小三这身子是该好生调养一下,年纪轻轻的,若是落下什么病根儿可是一辈子的事儿。"

苏玉祥又补了一句:"是谁说要请这狗杀才来给爷瞧病的!真真该一顿棍子打死。"

陆夫人皱了皱眉,不满地哼了一声,说道:"你只管好生养你的病吧!有那个闲心管

别人也管管你自己,你这伤早就好了!"

廊檐下,孙氏听见这话转头问封氏:"哎?这刘军医好像是嫂子荐的人吧?"封氏心里正烦着,便淡淡地瞥了孙氏一眼,一言不发地走了。

那边白景阳开了一剂汤药,又道:"最近国医馆的姚御医刚研制出了一剂新方子,叫镇痛散,倒是很适合三爷的症状。若是三爷的旧伤疼得受不住,可取这镇痛散来贴一贴。伴着在下这副温补的方子,好生养一段时日,自然就好了。"

苏玉安忙道:"都听白太医的。只是那国医馆的药却不是那么好求的,不知道这镇痛散府上的药铺可有卖?"

白景阳笑道:"尊府上跟姚家是正经的姻亲啊,三爷是姚御医的姐夫不是?想要一两剂药还不容易?何须去买?"

苏玉安笑了笑,说道:"话是这样说没错,可近日来一直麻烦姚家,为了这一两剂药,倒是不好再跑去了。府上的药铺若是有,待会儿让他们一并连汤药一起抓回来,岂不省事?"

白景阳点头道:"那好,我把服用方法都写在这里了,其实这镇痛散跟平时的膏药也没什么不同,镇痛的效果却极好。三爷的伤在腰上,实在不宜过多地走动,只多多卧床静养要紧。"

这边定侯府送走了白景阳,又派了人去白家药铺拿药,陆夫人则命苏玉安去了一趟北大营,把刘军医给揪出来狠狠地惩治了一顿,之后又叫定侯爷写了一道奏折,参奏军医刘善修身为军医食君俸禄却不思君恩,暗地里用虎狼之药谋不义之财,云云。

皇上见了这本奏折,先是皱着眉头想了一阵子,才想起这军医乃是自己提拔起来的,便问怀恩:"这刘善修真的私下配制了虎狼之药害人了?"

怀恩身为御前总管大太监自然是眼观六路耳听八方的主儿,听了皇上问话,赶紧地把定侯府三爷因为吃活血化瘀丸差点出人命的事儿跟皇上从头到尾汇报了一番。经过陆夫人的大肆宣扬,这事儿一夜之间就传遍了云都城,早就不是什么秘密了。

皇上听完之后,冷冷地笑了笑,把奏折丢到了一旁,一个字也没说。怀恩忙躬了躬身,悄悄地退到了角落里。

今儿也巧了,有关定侯府的折子居然不止那一本。皇上翻了几道奏折之后,又有一本却是刑部递上来的,是有关定侯府三姑娘去给大长公主扫墓回来遇到劫匪的事情,劫匪除了一个当场毙命之外,其他全部捉拿归案,刑部已经审过,这些人都是谋财害命,虽然没伤及三姑娘,但却把定侯府的侍卫给伤得极重。

刑部对这些人根据认罪的态度做出初步的判决建议,分别是八年、五年的牢狱不等。因事情牵扯到了大长公主,所以刑部特别奏请皇上圣裁。

皇上看完这本奏折后,脸色立刻沉了下来,抬手把茶盏往龙案上重重一放,生气地说道:"我大云王朝居然乱到了这种地步?城门外不出五十里便有匪类出没?!并且敢袭击侯府的护卫!如此,夜间朕还能安睡么?!"

卷三　灵燕扶摇

紫宸殿里当值的太监宫女都吓了一跳，一时间呼啦啦都跪了。

皇上却很是愤懑，从龙案前站起身来就往外走，怀恩不敢怠慢，赶紧地跟了出去。

出了紫宸殿，皇上被冷风一吹，心里的怒火多少降了些。回头看见怀恩，便吩咐道："去叫人传卫章来见朕。"

"是。"怀恩心里想着京城周围的防务都是诚王爷管着，皇上这会儿为什么要找卫将军呢？不过想归想，怀恩身为一个资深的太监，对皇上的话自然不敢有半点质疑，匆匆地转身叫了自己的徒弟过来，吩咐去卫将军府传人。

卫章恰好今天没去军营，而是在兵部跟几位官员商议西北的防务之事。但饶是这样，从兵部到宫里，也需要两刻钟的时间。这两刻钟里，皇上站在紫宸殿外的汉白玉栏杆跟前吹着萧瑟的北风，心里的那股火气也渐渐地压了下去。等他近前参拜时，只剩下了理智。

"进去说。"皇上不等卫章三叩九拜便已经转身进了紫宸殿。

卫章忙起身跟了进去，皇上便把刑部的折子递给了卫章："这件事情想必你已经知道了？有什么看法？"

卫章仔细地看过奏折，躬身回道："回皇上，这事儿臣是听唐萧逸说过两句，但具体情形知道得也不详细。不过，据臣看来，在京城附近打劫，实在不是什么明智之举。若不是这些人穷疯了，那就一定是另有缘故。定侯府三姑娘的马车也不是寻常富商家可比，况且还有十几个护卫在，这些人居然敢出手，要么是断定了车上有很多的钱财，要么就另有所图。"

"说得不错。"皇上点点头，说道，"朕把这件事情交给你，你只管细细地去查。刑部问出来的这个结果朕不满意！哼！在天子脚下居然出现了劫道的？这事儿实在是荒唐！"

卫章也知道刑部审出来的这些东西瞒不过皇上去，便躬身应道："臣领旨。"

"嗯。你先去吧。"皇上终于恢复了应有的高深莫测，摆了摆手令卫章退下。

卫章从紫宸殿里出来，正好遇见了诚王爷。于是又赶紧躬身问安："见过王爷。"

"显钧。"诚王朝着卫章点了点头，他自然也是被皇上召来的，身为锦麟卫的总头子，负责京城的安全，城郊发生劫匪抢劫杀人之事，诚王爷自然不能袖手旁观。

紫宸殿外不是臣子们交谈的地方，卫章跟诚王打完招呼后便离开了。至于诚王进去见皇上会怎样，那不是他关心的事情，现在当务之急就是去找唐萧逸，把这些劫匪的事情弄清楚。

姚府，东跨院，姚凤歌的屋子里。姚延意无奈地坐在椅子上，轻轻地吹着一盏香茶。宁氏靠在一旁的暖榻上，她的肚子已经十分明显，算算日子临盆也就这几天了。

定侯府今日派人来接姚凤歌回去，理由是苏玉祥病得厉害，跟前没有贴心人照顾。来人是苏光崇派来的，说话倒也客气。只是姚凤歌一想到回去听苏玉祥指桑骂槐，心里就不痛快，根本不想回去。

姚延意自然明白姚凤歌的心思，便幽幽地叹了口气，劝道："不是哥哥不疼你，你这样子下去也不是个长久之计。你们毕竟是两口子，有什么事情不能明着说？"

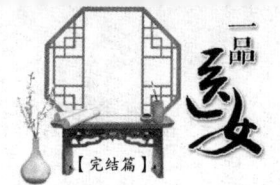

"他贪心不足，吃着碗里看着锅里的也就罢了。却不应该拿我当出气筒。"姚凤歌说着，又拿帕子拭泪，"他一口一个'滚'字把我骂出来，现如今病了又叫我回去伺候？我生下来就是为了伺候他的么？"

宁氏自从听了那些烂事儿之后，心里也很气愤，便对姚延意说道："大妹妹身子原本也不好，这条命说白了也是捡回来的。他们两口子心里有结，便是把妹妹送回去，也是一对乌鸡眼儿，谁也瞧不上谁，对两个人都没益处。二爷不如给定侯府的人说，就说我这几天就要临盆了，身边也没个贴心人，就多留妹妹几天。虽然嫁出去的女儿不能总顾着娘家，但在这种时候，她回来照应一下也是常理。"

"你这话说的！"姚延意叹道，"圣人有训，出嫁从夫。你这样的说辞，只会让定侯府的人说我们不讲道理，为了自家的事情，让嫁出去的女儿不顾夫君的死活，只顾着娘家。"

虽然这话很窝火，但也是正理。宁氏听了这话也只有叹气的份儿。

姚凤歌便哭道："罢了，这本来就是我的孽障，我自己去受吧。"说着，便转身吩咐珊瑚，"收拾东西，准备回去。"

姚延意看妹妹哭，心里自然不是滋味，便劝道："你且回去忍耐两日，父亲过些日子就来京了。等父亲来了，定然会为你讨个说法。"

宁氏也拉着姚凤歌悄声劝道："你回去住两天，等我临盆的时候再打发人去接你。说不定也没三两天的工夫，妹妹又回来了。"

姚凤歌只得含泪点头，当下收拾了东西带着女儿坐车又回了定侯府。

苏玉祥因被父亲教训了一顿，这几天也着实过得凄凉。侍妾再好，怎比发妻？姚凤歌在家的时候，饮食起居都被打点得井井有序，她不在的这几日，虽然有侍妾们在旁照顾，但却总是少了这个缺了那个的，日子过得着实不顺心。所以这回苏玉祥见了姚凤歌也没再冷言冷语，指桑骂槐。

姚凤歌回来后，自然打起精神把自己小院子里的事情都打点妥当，灵芝梅香还有其他几个小丫鬟也都绷紧了皮肉，不敢再炸毛起刺儿地胡乱挑唆，怀着身孕的琥珀和琉璃也都往跟前来服侍伺候。

苏玉祥见了这两个大着肚子的姜室，心里对姚凤歌多少生起那么几分歉疚来，说话的口气便又和软了几分。只是，姚凤歌心意已冷，不管苏玉祥曲意逢迎也好，继续摆少爷架子也罢，她只是淡然处之，不高兴，也不生气，一切事情都按照常理来，不叫人挑出什么毛病来，当然也不给苏玉祥所谓"和好"的机会。

本来陆夫人见着姚凤歌是满肚子的气，一百个不高兴，只是现如今她有更烦心的事情要料理，自然也就顾不上了。

静室里，陆夫人跪在菩萨跟前，手里握着一串紫檀木念珠儿闭着眼睛默默地念经。连嬷嬷则守在一旁淌眼抹泪。

连瑞那日出门，原本说好三日便可回来，只是到了今天，足有七日了仍没见人影。

卷三　灵燕扶摇

最最重要的是苏玉蘅在城郊遇到了劫匪的事情让陆夫人心神不宁，连嬷嬷更是焦急万分——那些劫匪可是都被唐萧逸给捉住并送进了刑部的大牢！

刑部大牢的十大酷刑可是出了名的，若是刑部的人真的较真给这些人都用上，就算是神仙也扛不住的！到时候刑部的人顺藤摸瓜，可不就把自己的儿子给牵出来了吗？！

一想到儿子要被刑部的人拘了去受那些戏文里才有的酷刑，连嬷嬷便觉得自己浑身上下没有一处不疼的。那可是自己的亲儿子啊！

站了半个时辰，连嬷嬷实在忍不住开口："太太……您看这事儿……"

"放心，我已经暗暗地叫人去打听了，那些劫匪不过是谋财而已，如今刑部都已经下了判书。根本没牵连出你儿子来。"陆夫人心里万分烦躁，但也不得不出言安慰连嬷嬷。

"可是，已经七日了，会不会出了别的事儿？"连嬷嬷心里想的是那些劫匪进了大牢，他们肯定还有同伙，或者亲友，那些人是不是已经寻仇寻到了自己儿子身上？毕竟这件事情是自己的儿子出面办的。

落在刑部的大牢或许还能留一条命，但若是落在那些江湖人的手里，可就真的完蛋了！

"明日再多派些人手去找人。"陆夫人也正是为这事儿担心，连瑞帮她做过太多的事情，若是被那些江湖上的人给弄了去还好，若是落在官府的手里，事情可就不是自己能掌控的了。

"是。"连嬷嬷无奈地应了一声。陆夫人的这个承诺并没让她更安心，但除了加派人手去找，她也想不出更好的办法来了。事情仿佛进入了一个僵局。

姚府那边，宁氏肚子里这个娃娃，生生比预计的时间晚了十日。

姚燕语接到消息时正是晚饭之后，卫章正陪着她在院子里散步消食。这段时间姚燕语的生活很是规律，每天晚饭后会散步一刻钟，然后回房练习八段锦调理自己的内息。虽然不求大成，但为了自己的身体也必须如此。

姚延意派人过来，说宁氏临盆，请二姑奶奶回去坐镇。姚燕语高兴之余，匆匆收拾了东西出门。卫章不放心，自然随行左右。

夫妇二人回到姚府的时候，姚凤歌已经带着女儿到了。她是下午过来的，那时宁氏刚觉得肚子疼便打发人去接姚凤歌了。虽然姚燕语懂医术，但姚凤歌是有分娩经验的。

宁氏因是第二胎，这个孩子很顺利就生出来了，是个儿子。卫章随后进来，也顺便看了一眼包在大红襁褓里的小孩，眼神闪烁不定，转头看向姚燕语。姚燕语却浑然不觉，全副心思都在小孩子那里。卫将军忍不住轻轻一叹，别开了视线。

因为天色已晚，姚燕语也不便来回地折腾了，便和卫章在她未出阁时的小院里住下，反正一应寝具都是妥当的。洗漱完毕，夫妇二人上床。躺下后姚燕语却没有睡意。卫章看她睁着眼睛看帐子顶，便问："你还不累么？"

"嗯，是挺累的，但却睡不着。"哥哥姐姐们都有了自己的孩子，儿子也好女儿也罢，总归将来都算是有了依靠，可是自己……

自己的身体如何姚燕语心里很是清楚，现在看上去她活蹦乱跳没有任何不妥，还能行医济世，私底下被人称为无所不能的神医。可是她的月信自从受伤后就一直不规律，这对一个女人意味着什么，身为医生她如何不知道？

"怎么了？"卫章侧转身子看着她。

"哎！我二哥也终于有儿子了。"姚燕语轻轻地叹了口气。

"是啊。"卫章也笑着叹了一口气，"不知道我什么时候也能有儿子。"

此言一出，姚燕语原本睁得溜圆的眼睛缓缓地垂下了眼皮，脸上的表情也渐渐地垮下去，像霜打了的茄子一样没了精神。"累了，睡吧。"她翻了个身面向里面，把被子拉高裹住自己。

这明显是生气了啊，若是卫章真的听话睡觉，不知道明天还敢不敢醒？"夫人，先别睡啊。"卫章伸手去扳她的肩膀。

"我困了。有话明天再说吧。"姚燕语不想回身，她不知道该如何去面对这个问题。直接跟他说现在不适合要孩子，还是找别的理由搪塞？她不是那种七窍玲珑之人，也编不出完美的借口来，何况身后这个人是自己这辈子最在乎的，是她早就发誓以诚相待的那一个。

"对不起。"卫章往里靠了一下，抬手扶过她的头让她枕在自己的肩窝里，"是我不好。"

"不是的。"姚燕语闷声说着，把被子拉高蒙住了自己的脸。

"我问过李太医了，他也说你的身子现在不适合有孕。这都是因为我……"卫章的声音低沉喑哑，带着掩饰不住的歉疚，"是我对不起你，身为男人，我没保护好自己的妻子，居然让你为我挡箭……"

姚燕语忍不住转过身来，低声叹道："终究是我自己习医不精，平日里给这个治病给那个治病，却连自己的病都治不好。"

卫章轻轻地抚着她的脸："不，不是你治不好，是你的身体需要时间养息。李太医说了，女人伤及宫房，至少要养一到两年的时间才宜受孕。我们都还年轻，不着急。刚刚我那样说，不过是跟你开个玩笑而已。你看你，什么时候也变得这么多愁善感了？"

他这样说，对姚燕语来说无疑是最大的安慰。自己的身体自己调养，不管怎么说，一二年的时间总还是够的。他们还都年轻，孩子总会有的。

姚燕语放心地点点头，往他的怀里挤了挤，闭上眼睛安稳地睡去。

第二日是冬至，萧霖把萧帝师接回府中去过节，姚燕语也顺便休沐一日。

只是她却没工夫过节，一早起来洗漱妥当，换了一身出门的衣裳便坐车往定侯府去瞧苏玉蘅。唐萧逸已经把他审到的东西整理成一封信件交给了姚燕语。里面的内容姚燕语也不知道，但她却明白这封信对办玉蘅甚至整个定侯府的重要性。

前些日子的劫匪事件让苏玉蘅受了惊吓，如今索性不出闺阁半步，只安心等姚燕语的消息。而这日，姚燕语以关心好姐妹身体登门拜访，在别人眼里再也正常不过。

下人进来回说"辅国大将军夫人来访"的时候，梁夫人正在看自家年终的账目，于是忙叫跟前回话的管家退下，又叫人收拾账簿，自己则整理了衣裳迎了出去。

卷三 灵燕扶摇

梁夫人的诰命不低，苏光岑虽然没有爵位，但也是正二品的职衔，梁夫人的诰命随丈夫，也是正二品。但卫章除了是正二品大将军外，还有郡伯的爵位，姚燕语本身也是三品御医，此时正是圣眷极重的时候，梁夫人也不好托大。

梁夫人对姚燕语十分客气，在她的屋子里让座奉茶，又叫人去叫苏玉蘅过来。姚燕语忙道："妹妹受了惊吓，身上不好，我去她房里瞧她就是了，这大冷的天，就别让她跑这一趟了。"

"都说你们姐妹感情好，我之前还只不信。今儿见夫人这样，将来蘅儿嫁过去，我也能放一百个心了。"梁夫人笑道。

姚燕语笑道："夫人只管放心，唐将军对蘅儿也是痴心一片的。他们两个都喜欢音律，说起来也算是天作之合。"

梁夫人连声称是，又叫过自己的贴身丫鬟来吩咐她送姚燕语去苏玉蘅房里，又握着姚燕语的手说道："夫人先去蘅儿房里，我收拾妥当了就过来。"

姚燕语含笑答应，便被丫鬟婆子前簇后拥着往苏玉蘅房里去。

苏玉蘅正靠在榻上围着棉被精心地绣一个荷包，便听见外边琢玉请安的声音："奴婢给夫人请安。"她还只当是梁夫人来了，便把手里的针线放下，下榻穿鞋往外边迎。门帘一掀，姚燕语微微笑着一脚迈进来，着实让苏三姑娘惊喜了一把。

"姐姐！"苏玉蘅一愣之后上前去，伸手抱住了姚燕语的脖子，"姐姐你可来了！"

"是不是想死我了？"姚燕语笑着捏了捏苏玉蘅的脸，又嗔道，"瘦了这么多，小心我们家唐将军不高兴。"

"姐姐又打趣我。"苏玉蘅绯红了脸。

苏玉蘅拉着姚燕语进了里间，两个人上了暖榻。姚燕语笑着吩咐琢玉："这里不用人伺候，我跟你们姑娘说几句话儿，都出去吧。"

琢玉答应着退了出去，并把房门关好，自己拿了丝线和香薷坐在门口。

苏玉蘅待房门关好，脸上的笑容便已经褪了去，一把抓住姚燕语的手，低声问："姐姐，可是唐将军有话要姐姐传给我？"

姚燕语从袖子里拿出那封书信递给苏玉蘅："你自己看吧。"

苏玉蘅接过信来，焦急地撕开，拿出几页信纸展开来匆匆读了一遍，未曾读完便咬牙切齿地叹道："居然是连瑞！连嬷嬷的儿子！"

"连瑞？找那些劫匪想杀你的人？"姚燕语对这个连瑞不熟悉，不过她知道连嬷嬷是谁。

"是。"苏玉蘅气得脸色都变了，"连瑞给了那些人两千两银子！拿钱买凶，她可真做得出来！"

"两千两银子买你的命？"姚燕语听了这话也气得不轻。人命在这些人的眼里到底算什么？苏玉蘅这样的姑娘还算是大家千金，在他们的眼里也不过是两千两银子而已。

"不是杀我。"苏玉蘅脸上的怒色未减，抬手把那几页信递给姚燕语，低声说道，"是

要杀芝香。"

　　姚燕语接过信来大致看了一遍，果然那些劫匪的目的是一个粗使的丫鬟。虽然在姚燕语的心里生命是不分贵贱的，但一个芝香就能让他们如此大手笔？便问："芝香知道什么内情？"

　　苏玉蘅苦笑道："她什么都不知道。大长公主临去的那一会儿，她在小厨房做粥呢。"

　　"那他们这不是欲盖弥彰吗？"

　　"可最终还是没有证据。"苏玉蘅无奈地叹了口气。

　　是的，唐萧逸审完了这几个劫匪，便根据他们的招供悄悄地扣押了连瑞。但连瑞是根本进不了大长公主府邸的，他充其量也只是替陆夫人管理外边商铺的一个奴才罢了，就算是三教九流无不结交，也跟大长公主的事情隔着十万八千里。从连瑞的身上，可以审出陆夫人很多很多不法之事，但没有一件事情能够跟大长公主之死有关系。

　　姚燕语细细地想了一会儿，忽然冷笑道："其实这件事情若想弄清楚也不难。我们可以从连瑞身上找连嬷嬷。我想别人不知道内情，连嬷嬷肯定知道。"

　　"对！"苏玉蘅的眼睛立刻亮了。

　　姚燕语伸手拍拍她的手，劝道："还有，我觉得这件事情你一个人做不来。你必须跟你父亲商量。"

　　"我知道，但我不知道该如何开这个口。"苏玉蘅为难地叹道，"我怕，或者他们不相信我，把我斥责一顿，说我目无尊长什么的，这还好。我更怕父亲一下子就相信了我，然后做出什么过激的事情来。要知道，这可是株连九族的大罪。"

　　"你都能想到株连九族，难道你父亲就想不到了？"姚燕语低声劝道，"何况，你自己把这件事情查清楚之后呢？你想怎么样？她的地位在那里，是你一句话就能把她怎样的吗？还不是要通过你父亲和侯爷他们？"

　　苏玉蘅点头："姐姐说得没错。我只是不知道该如何跟父亲开口。"

　　姚燕语想了想，问："二太太知道吗？"

　　"嗯，我已经把自己的想法告诉她了。不过她很害怕，差点乱了手脚。"

　　"那她到现在还没告诉你父亲，可见她也没真的乱了手脚。"

　　苏玉蘅再次点头："姐姐说的是。"

　　"所以，这事儿你不要再一个人担下去了。大长公主是你的祖母没错，也是侯爷和你父亲的母亲。他们两个岂能对此事坐视不管？！"

　　"我听姐姐的。"

　　"你要记住，这个世上有很多很多的烦心事，而你并不一定要独立承担。直爽率真固然是好，但你也要学会让你身边的人站在你的身边，帮助你，团结你。你不能让自己孤立无援，那是不明智的，绝对不可取。明白吗？"

　　苏玉蘅听了姚燕语的话，愣了半晌，方起身离榻，朝着姚燕语深深一福："姐姐的话，蘅儿铭记在心。"

"好啦！我也不过是就事论事。这本来就不是你一个人的事情，你非要自己扛，岂不是傻到家了？"姚燕语抬手拿了一个橙子捏了捏，转身找刀子。

苏玉蘅笑道："姐姐的手是用来治病救人的，这点小事还是让妹妹来吧。"

姚燕语只得笑着把甜橙递给她，苏玉蘅拿了帕子擦了刀，把甜橙切成一片一片的放到玻璃果盘里递过来，笑道："姐姐叫人制的这盘子真是好看。"苏玉蘅心里最纠结的事情被姚燕语点拨开来，此时眼前豁然开朗，心情自然好转了许多。

"嗯，回头叫他们弄些新样子，制一套完整的给你做嫁妆。"

"我听说姐姐在贺将军府邸旁边盖了一座新宅子？"

"是啊，图纸他们拿过来给你看过没有？我记得吩咐过了，不知道那些人听不听话。"

"长矛大总管已经叫人拿来给我看过了。而且还说，那座宅子是姐姐的私房钱。妹妹真是不知道该说什么好了。"苏玉蘅的小脸红红的，泛着羞涩的光泽。

姚燕语笑道："那就什么也别说了，安心地等着当新嫁娘吧。"

两个人相视而笑，朗朗的笑声透过厚重的门帘传到了外边去。梁夫人的声音从门外传来："你们两个丫头怎么坐在这里打络子？可不怕冻裂了手？"

苏玉蘅和姚燕语忙从榻上起身，梁夫人已经进了门，因又笑问："你们两姐妹聊得倒是开心。蘅儿好多天都没个笑容了。"

"也没什么大不了的事儿，那些人都已经落网了，据说刑部已经下了判书，只等皇上的御批了。"姚燕语安慰道，"妹妹可以把心放到肚子里了。"

梁夫人点头说道："夫人这话说的很是。蘅儿到底年纪还小，不如夫人虑事妥当。"

几个人又说了些可有可无的闲话，眼看到了午饭的时候，梁夫人便叫下人把饭菜送到苏玉蘅屋里来，她自己只陪坐一会儿，便有管家婆子进来回话，于是早早地退了，临走前说让她们姐妹两个慢慢吃慢慢聊。

姚燕语和苏玉蘅一起起身送梁夫人出门，然后方转回来重新落座。一顿饱餐之后，姚燕语同苏玉蘅告辞，再回姚府看过宁氏和小婴儿，晚饭后才回将军府。

再说苏玉蘅听了姚燕语的劝说，晚间跟梁夫人细细地商议了一番，又把唐萧逸托姚燕语带给自己的书信让梁夫人转交给了苏光岑。

苏光岑听了梁夫人的话之后便暴怒了，摘了墙上的宝剑就要去杀了陆夫人。梁夫人苦苦相劝，又把一大家子百十口人的性命摆出来，劝苏光岑冷静。在梁夫人的倾心劝告下，苏光岑把冲天的怒火暂时压制下去，又叫人把苏玉蘅叫到近前来，细细地盘问。

苏玉蘅自然把跟姚燕语商议过的，经过自己内心揣摩了上百遍的话缓缓道来。从那些劫匪说到连瑞，又从连瑞说到连嬷嬷。最后，父女二人便商议成了一条计策。

第二日，苏玉蘅以给陆夫人请安为由去了陆夫人的上房院，然后"偶遇"了连嬷嬷。

跟连嬷嬷说了几句话,然后忽然看见连嬷嬷手里的帕子,便笑道:"嬷嬷这帕子上的花样好生有趣,给我瞧一眼吧。"

连嬷嬷自然说好,便把自己的帕子递给了苏玉薇。

苏玉薇拿在手里正反看了看,又道:"这双面绣针线着实细致,我想拿回去学一学,不知嬷嬷可舍得这块帕子?"

连嬷嬷忙道:"姑娘可折煞奴才了。不过是方用旧了的帕子,姑娘若是喜欢这针线,奴才那里还有新的,奴才这就去给姑娘拿来?"

"不用那么麻烦,就这方好了。"苏玉薇笑着把帕子递给了琢玉,又道,"嬷嬷莫要心疼,回头我叫人给你送一打新帕子来用。"

"姑娘这话从何而来,奴才的所有东西都是主子赏赐的,姑娘喜欢,那是奴才的福气。"连嬷嬷一边说一边欠身,等抬起头来时,苏玉薇已经带着琢玉走远了。

苏玉薇拿了连嬷嬷常用的帕子回去后便给了苏光岑。苏光岑不知从哪里弄了一根血淋淋的手指来用帕子包了,叫心腹给唐萧逸送了去。唐萧逸何等聪明,立刻有样学样,取了连瑞的无名指并手指上的戒指一起叫来人带回去给苏光岑。

苏光岑拿到连瑞的那只戴着戒指的手指之后,便叫梁夫人悄悄地把连嬷嬷叫了过来。

连嬷嬷来的时候心里十分忐忑,一路都在想二太太忽然叫自己过去有什么事情。等进了梁夫人的屋里后,却发现二老爷也在,看二老爷那阴沉如锅底的脸色,连嬷嬷一时间连请安的声音都是颤抖的。

苏光岑淡淡地哼了一声,直接开门见山地问:"有些日子没见你儿子了,听说他去给大太太的香料铺子跑货去了?什么时候能回来?"

连嬷嬷的心肝儿肺都颤了,却还竭力地维持着冷静,回道:"回……二老爷,这个奴才也说不好。"

"今儿有人给我送来了这个。"苏光岑说着,抬手把一块带着血渍的白色帕子丢到了连嬷嬷的脚下。

连嬷嬷蹲下身子捡了起来,率先看见那帕子一角的刺绣,断定这帕子是自己儿子的东西,待颤颤巍巍地把帕子打开,看见里面那根断指并那枚绿宝石的戒指时,顿时眼前一黑,叫了一声"我的儿"便栽倒在地上。

苏光岑看了梁夫人一眼,梁夫人亲自端着一盏凉茶上前泼在连嬷嬷的脸上。连嬷嬷悠然醒转,在神思回笼的那一刹那,又捧着那根断指闷声哭起来。

"你且不必哭,你儿子现在还活着。"苏光岑冷声说道,"不过,如果你今天胆敢有半句假话,我自有办法把你儿子剁碎了喂狗。"

"求二老爷开恩!"连嬷嬷忙跪在地上往前爬了几步,至苏光岑脚边,连连磕头,"二老爷让奴才做什么奴才就做什么,只求二老爷放过我的儿子……我只有这一个儿子!呜呜……"

卷三　灵燕扶摇

苏光岑一脚踹开她，并厉声道："你儿子助纣为虐，做了多少坏事，你自己心里有数。单凭他买凶劫杀蘅儿这件事情，我就可以让他死无葬身之地。"

连嬷嬷身子一颤，哭声顿了顿，却不敢分辩半句，只是一味地求饶："求二老爷饶了奴才儿子的一条贱命……奴才感激不尽，奴才愿为二老爷做任何事！"

"你说你愿意为我做任何事？"苏光岑冷冷问，"那你告诉我，大长公主是怎么死的？！"

连嬷嬷的身子一僵，脸上的悲伤渐渐地龟裂，露出惊骇之色。

苏光岑在福建海宁一带独当一面，也不是善茬。他目光如鹰，冷冷地盯着连嬷嬷，放满了语气说话，却更加叫人胆战："不要告诉我，你、不、知、道。"

"奴才该死！奴才该死！"连嬷嬷吓得浑身筛糠。

"你是该死！但我念你只是个奴才，又上了年纪，就算是做了什么糊涂事，也只是奉了主子的命令，是不得已而为之。所以只要你肯说实话，或许可饶你一命。否则——我不介意让你跟你儿子一起去狗肚子里团圆。"

"奴……才……奴才……"连嬷嬷磕磕巴巴地趴在地上，想说又不敢说，不说又不行，实在是为难至极。

苏光岑又重复道："我再说一遍，你今儿说实话，我可以饶你不死。我的耐心是有限的，你不要把我的耐心耗光了，到时候你想说，我还不想听了呢。"

"是！是！"连嬷嬷又磕了几个头，满口应道，"奴才说，奴才都说……"

"大长公主到底是怎么死的？！"苏光岑抬手"砰"的一声拍了一下桌子。

"是……被太太用帕子捂住了口鼻……闷死的。"连嬷嬷被吓得失了魂，这句话脱口而出，说完之后便趴在地上号啕大哭起来。

"砰！"又一声巨响。

却是旁边的一扇汉白玉雕万马奔腾的屏风被人从里面踹开。定侯爷一个箭步从里面冲了出来，上前拎起连嬷嬷的衣领，怒声骂道："你个狗奴才再说一遍！"

"是……是……"连嬷嬷陡然看见苏光崇，最后一丝心神也被吓得没了踪影，话没说出口便再次昏厥过去。

定侯爷气急败坏地骂了句脏话，抬手把人丢到了地上。连嬷嬷的脑袋咚的一声撞到了地砖，剧痛之下，人又悠悠醒转。

"我要杀了那个贱妇！"苏光崇转身就往外走。

苏光岑忙上前去一把拦住："大哥！你且莫要冲动！要冷静！冷静！"

"你让我怎么冷静！"苏光崇恨不得掀翻了屋顶，甚至一把火把定侯府整个都烧光去给大长公主陪葬。

大长公主虽然为人严厉，但两个儿子都是亲骨肉，平日里也是疼爱得很。驸马爷定国公死得早，苏光崇兄弟两个可以说是母亲一手养大，可谓母恩如海。母亲寿终正寝，做儿子的尚且哀哀欲绝。何况是这种状况？！

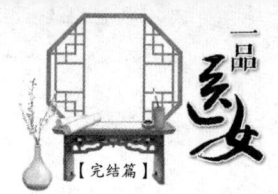

苏光岑一把搂住暴怒的兄长，无奈而又悲痛地劝道："大哥！你若是直接去杀了她，那府里几百口子人都要跟着一起陪葬！这不是母亲想看到的！"

苏光崇看着年过半百的兄弟那张有八分跟母亲相似的脸，一时间心如刀割。

"此事须得从长计议。"苏光岑自然也恨不得把陆夫人千刀万剐。可是他已经从暴怒中走了出来，知道纵然把那贱妇千刀万剐母亲也回不来了。而母亲这辈子为了自己兄弟二人操碎了心，是绝不希望看着这一家子老小都去地下陪她的。

苏光岑好歹把兄长拉回了座位上，然后唤了心腹下人进来把连嬷嬷带下去看管，闲杂人等一律遣散至院子外边当值，书房前院后院都不留一人。兄弟两个才又坐下来，忍着悲愤痛楚，商议接下来的事情。

"且先把刑部的那桩公案了却了。我听说皇上对刑部的审讯结果不满意，已经下令让卫将军彻查了。"苏光岑说道。

苏光崇点点头，悲愤地叹道："若是皇上知道此事，苏家必定满门抄斩。可恨那贱妇做下如此天理不容之事，我们却还要替她遮掩！将来你我弟兄死后，该如何向母亲请罪？"

"一码归一码。遮掩是必须的，但那贱妇也决不能轻饶。那贱妇猪狗不如，总不能让一众儿孙都跟着遭罪。你我老哥俩就不用说了，下面的孙子孙女不也都是大长公主的血脉？"

苏光崇重重一叹，无奈地点头。

辅国大将军府，卫章的书房里。卫章把唐萧逸送来的折子细细地看了一遍，又沉思片刻，方抬头看向唐萧逸，问："你确定就这样给皇上呈上去？"

"事情查到这里，也差不多了。虽然连瑞只是个奴才，但若说他为了自己的利益铤而走险，买凶杀人，也说得过去。毕竟这也是一笔不小的财富，也值得这奴才狗急跳墙了。至于再往深里去，就伤筋动骨了。"唐萧逸说到这里，无奈地笑了笑。

后面的话他不说，卫章也知道。定侯府跟姚家是姻亲，跟自己也是正经的亲戚，若是定侯府满门获罪，姚凤歌肯定也在其中，那么姚家跟自己这边就会受到波及。

如今之计唯有把罪名都扣在连瑞一个人的身上，弄成奴才贪心不足，谋夺主子财富，后被发现，又不得不买凶杀人这样的事情，或许皇上会看在逝去的大长公主的面子上，不再深究。

至于其中真正的原因也不是自己能操心的事儿了。反正说起来也只是他们的家务事。卫章没再多说，把那份奏折重新抄写了一遍署上自己的名字，用了印，便换了官袍进宫去了。

第三章

卷三　灵燕扶摇

　　与此同时，定侯府。
　　陆夫人因为连嬷嬷两日没上来服侍，心里便有些紧张，浑身也不自在，正烦躁之时，梁夫人匆匆进门，焦急地问着外边的丫鬟："大太太呢？"
　　"怎么了？"陆夫人对梁夫人的举动深感不满，就算是妯娌，也都上了年纪，没有如此鲁莽硬闯的道理。
　　"哎哟喂！可了不得了。侯爷和老爷老兄弟两个忽然去了祠堂，管家跟我说他们两个在祠堂里跪着呢。这不年不节的，你说他们老兄弟两个这是要做什么呀！"
　　"怎么回事儿啊？"陆夫人的心狠狠地揪了一下，不自觉地站了起来。
　　梁夫人一把拉住她，叹道："我哪里知道！嫂子你快跟我去瞧瞧吧！康儿也跟着去了，听说被他父亲给骂了一顿，叫在院子里跪着呢。"
　　陆夫人下意识地不想去，无奈梁夫人不管三七二十一拉着她就走。她本来心里就慌，身上没什么力气，就那么被拉着出了房门，斗篷都没来得及披。秋蕙见状忙拿了一件松香色的羽缎斗篷追了出去。
　　苏光崇命人开了祠堂的门，和苏光岑兄弟二人跪在大长公主的灵位跟前一动不动。
　　梁夫人拉着陆夫人进来便放开了她的手，两步上前去，跪在了苏光岑的身边。
　　陆夫人的两只手紧紧地绞在一起，压抑着内心的惊慌，迟疑着往前走了两步，硬着头皮问："侯爷，发生了什么事情吗？"
　　苏光崇缓缓地回头，目光犀利如刀锋，盯着陆夫人，即便是他跪在地上，抬头仰视的角度，也依然威严不减："是早就发生了一件欺天灭祖的事情，只怪我无能，没有发现。"
　　陆夫人双腿发软，不知该如何对答。
　　苏光崇却已经缓缓地站起身来，目光却一直锁定着陆夫人的脸，冷声说道："我一直想不明白，大长公主在世的时候，并不喜欢你。却为什么会在临终之前绕过我这个亲儿子，把遗言都说给了你？"
　　陆夫人脚下一个趔趄，被苏光崇逼视的目光压得倒在地上爬不起来。
　　"你倒是说啊？"苏光崇缓缓地蹲下身去，依然冷硬地盯着陆夫人的脸。
　　这是自己八抬大轿娶进门的结发之妻。她为自己生育了四个儿女，且都养大成人，各自成家。
　　这女人与自己夫妻几十年，早已经息息相连，血肉相融。
　　可为什么她会对自己的母亲痛下毒手？她图的是什么？害死一个病重且活不了几天的人，她又有什么好处？！
　　陆夫人倒在地上一点一点地往后瑟缩着身子，苏光崇却步步紧逼。
　　"父亲！"祠堂的门被猛地冲开，苏玉安惊慌地闯了进来。
　　"母亲！"苏玉祥拄着一根拐杖随后进来，看见倒在地上的陆夫人，把手中的拐杖一扔，上前去跪在地上，想要把母亲拉起来。

"谁叫你们进来的？！"苏光崇暴怒地喝问。

"父亲……"苏玉安从未见过定侯爷发这么大的火，他活了二十多年，从没见过。所以一时间被父亲暴怒的样子吓了一跳。

"滚出去跪着！！"苏光崇劈手一个耳光，抽得苏玉安一个趔趄。

"是。"苏玉安不敢忤逆父亲，答应一声，乖乖地退了出去，跟苏玉康一起跪在了院子里。

封氏姐妹二人和孙氏听见消息先后赶来，进了院子见了跪在青砖地面上的苏玉安和苏玉康，顿时傻了。

"怎么回事啊？"孙氏上前去问苏玉安。这大冷的天让人跪在青砖地面上，是得犯多大的错儿啊？还让不让人活了？

"闭嘴！"苏玉安皱眉低喝，"回房去，不叫你别出来！"

"这……"孙氏舍不得，还要转身去问苏玉康，"老四，到底怎么回事儿啊？"

"滚回去！"苏玉安低低地一声暴喝把孙氏吓得打了个哆嗦。

看见丈夫杀人的眼神，孙氏不敢多嘴了，忙答应了一声转身走了。

封岫云见状，低声劝封氏："姐姐，我们也回去吧？"

封氏看了一眼跪在地上的苏玉安和苏玉康，又看了一眼紧闭的祠堂屋门，摇头说道："你跟二奶奶回去吧，看来这事儿不关女眷的事情。不过世子爷不在家，我替他跪。"说完，封氏往前走了两步，越过苏玉安和苏玉康二人半步，缓缓地跪了下去。

"哎，姐姐？"封岫云上前去想要拉封氏，却被封氏一挥手，吩咐道："回屋里去，照顾好云儿。"

"是。"封岫云也知道自己在分位上不足以在祠堂里跪着，便答应一声转身走了。

孙氏见封氏跪在地上，心里着实地犹豫了一番。

封氏是宗妇，世子爷又没在家，她替世子爷跪自然说得过去，而自己也是明媒正娶进门的，虽然是二房，但也是正房妻子，若是回去……

想到这些，孙氏又低头看了看冰冷的青砖，砖缝里尚自残留着冰碴白雪，而看这情形，还不知道里面发生了什么事，不知道要跪多久，这一场跪下来，这双腿怕是要废了。

想到自己双腿的命运，孙氏最终还是胆怯地选择了跟封岫云一起离开。

祠堂里，苏玉祥跪在地上，搂着陆夫人哭着哀求："父亲，母亲也是一把年纪了，她到底犯了什么大错，您非要这样对她？您看在我们兄弟的分上，看在母亲这么多年为府里操心的分上，就不能消消火，好好说吗？"

苏光崇本来有十分的火气，听了苏玉祥这几句话之后便又添了十分。于是他上前去一脚踹开苏玉祥，骂道："孽畜！给我滚出去！这里没有你说话的份儿！给我滚！"

苏玉祥被踹了一脚，依然抱着陆夫人不放，却痛得扭曲了脸，一边哭一边嘶喊："我不滚！父亲责罚母亲，连儿子一起罚好了！我替母亲受过！我替！"

"你替！好！你替！"苏光崇被气疯了，转身想找称手的东西。

卷三　灵燕扶摇

梁夫人忙上前去拉苏玉祥："老三你不要火上浇油！听你父亲的话赶紧出去！这里没你的事儿！"

"我不走！"苏玉祥不知哪里来的力气，一把甩开梁夫人，疯了一样骂道："都是你挑唆的！母亲这么多年含辛茹苦，上面服侍大长公主，下面管着家里千千万万的琐事！没有功劳也有苦劳！你们凭什么这样对她！"

陆夫人此时已经肝胆俱裂。她这辈子生育了四个儿女，却只有小儿子跟自己最贴心，在这种时候还能这样死抱着自己不放开，这辈子也算没白活。

于是她转身推开苏玉祥，哭着劝道："老三，你听话，先出去吧！不要惹怒你父亲……"

"母亲！"苏玉祥反手把陆夫人搂进怀里，死也不放手。

"好！很好！好一个母慈子孝！"苏光崇气得只喘气，指着苏玉祥和陆夫人，反反复复就那么几句话："好得很！你们要一起生，一起死，也好！"

"老三！你出去！"陆夫人看见苏光崇眼睛里闪过的一丝杀机，便不顾一切地推开了苏玉祥。

苏玉祥到底身子弱，又折腾了这么久，身上早就没什么力气了。

陆夫人一把把苏玉祥推开，转身上前扑到苏光崇面前，跪在地上抱着他的腿，求道："我自己作的孽我自己受！跟孩子们没有任何关系！你放过他们！放过他们……"

苏光崇本来也没心思杀儿子，却对陆夫人这一副大义凛然为儿子的行径给气坏了，他若是此时让苏玉祥出去，恐怕这辈子都会被这个三儿子记恨了。而陆夫人就是死了，在苏玉祥的心里眼里也是个慈母。

这不是他想要的结果。儿子是不该死，但这样的儿子还不如死了。

于是苏光崇抬脚把陆夫人踢开，怒声质问："好，那你就当着列祖列宗的面，告诉你的宝贝儿子，你是如何用帕子把大长公主给闷死的？！"

那一刻，苏玉祥还以为是自己的耳朵出了问题，又或者是他一口气没上来，掉进了一个匪夷所思的空间里？他听见了什么？如何用帕子把大长公主给闷死的？！

这是什么意思？这是什么意思？！

苏玉祥呆呆地趴在地上，看着几步之外同样狼狈的母亲。用帕子把大长公主闷死这样的事情……就算大长公主的身份只是祖母，那也是不可以的！何况她还是金枝玉叶，是当今皇上的姑母！这就等同于"弑父弑君"啊！！弑父弑君是什么样的大罪？！苏玉祥直接傻掉了。

苏光崇看着三儿子呆鹅一样的表情，冷声哼道："让你滚你不滚，那你现在就替你的好母亲跪在大长公主的灵位之前请罪吧。"说完，他又转头问着陆夫人："这几十年来我待你不薄，你为什么要下此狠手？"

"我……我不是故意的……我是一时糊涂……我甘愿受罚……我去死，我这就去死……"陆夫人又跪过来求道，"小三什么都不知道，侯爷别让他跪了……"

37

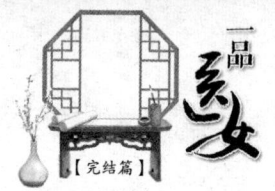

"你想死？"苏光崇冷笑道，"想死也没那么容易。"

陆夫人惊恐地看着苏光崇，颤声问："你……杀人偿命欠债还钱，我甘愿一死，以了结此事。你……你到底还要怎样？"

"你先在这里跪三天三夜，看大长公主是否准你死再说吧。"苏光崇说完转头看了一眼苏光岑，"让她在这里跪着。"

苏光岑没有说话，只是冲着大长公主的灵位恭敬地磕了三个头，然后起身带着梁夫人出去了。

"你让小三回去，这事儿跟他没有关系。不管怎么说，他也是你的儿子。"陆夫人再次为儿子求情。

"晚了。"苏光崇冷冷地看了一眼苏玉祥，不是他不心疼儿子。他的儿子他知道，看儿子这种情形，已经临近崩溃的边缘，出去还不知道会说什么。若是这事儿传了出去，必定会为苏家招来灾祸，他的一番苦心就白费了。

"虎毒不食子！你怎么可以这么心狠！小三的身子本来就弱，你分明是想要他的命！"陆夫人豁出去了，反正自己难逃一死，决不让儿子陪自己受罪。

"不是我想要他的命。"苏光崇气极反笑，"是你。若不是你一味地宠溺他，好像这几个孩子里面只有他才是你亲生的，不管他多么胡闹你都依着他，让他听你的，离不开你。他今天会死活都不出去吗？这就是你养的好儿子。他愿意陪着你，你该高兴才是啊！"

陆夫人无话可说，便转身趴到苏玉祥的身边，想要把儿子搂进怀里。

"不——"苏玉祥却忽然叫了一声，仓皇地躲开。

"三儿！"陆夫人诧异地看着自己最疼爱的儿子。

"不……你不要碰我……"苏玉祥瑟缩地往后躲，看陆夫人的眼神竟像是看着什么怪物。

"三儿？！"陆夫人心神俱裂，自己最爱的儿子怎么能这样看自己？

苏玉祥一脸警惕，不应不答。陆夫人终于崩溃，伏在地上呜呜地哭起来。

祠堂里，苏光崇跪在母亲的灵位之前一动不动一直跪了一夜。

十一月的天气，可以说是一年之中最冷的时候。祠堂里没有炉火，青砖铺地，连个毯子都没有。苏玉祥自然是扛不住，在半夜时分昏迷过去，渐渐地发起了高热。

陆夫人自从大长公主去世之后也没断了汤药，且又年过半百，一向在富贵窝里养着，更没受过这样的罪，甚至比苏玉祥更先昏厥。只是他们母子二人并头昏迷，苏光崇却连看都没看他们一眼。

外边院子里，苏玉安和封氏并没有跟苏光岑离去，叔嫂二人各自笔直地跪着。半夜孙氏和封岫云各自拿了厚厚的猞猁裘和棉垫子来。苏玉安只吩咐她们两个带人来把冻僵了的封氏抬了回去，而他自己则依然跪在寒风里。孙氏怒不敢言，更不敢哭，于是也要陪着跪，被苏玉安骂了回去。

苏光岑回去后也没有安睡，只打发梁夫人和苏玉康各自回房，他一个人在书房里枯坐。

卷三　灵燕扶摇

直到五更十分，苏光岑才叫心腹下人来询问祠堂那边的境况，下人如实回禀。苏光岑长长地叹了口气，吩咐："安排人把侯爷、二爷和三爷都各自送回屋里去，请太医来给他们父子三人医治。至于大太太……这一病怕是难好了，就让她先去后面的小佛堂静养吧。"

一番安排之后，定侯府里的奴才们立刻忙碌起来。

侯爷病了！受了风寒，高热不退。

大太太也病了！不仅高热不退，而且还胡言乱语，梁夫人请了个法师过来看，说是中了邪，必须在菩萨跟前静养，于是送去了后院的小佛堂。

二爷也病了！除了受到极重的风寒，一双腿也失去了知觉，站都站不起来了。

还有世子夫人也病得厉害，躺在床上连药都喂不进去。

所有的人里面，三爷的病最严重，直接昏迷不醒，连白太医都摇头叹气，说自己无能为力，要不请姚御医来试试。

如此大的动静，姚凤歌自然不能再在姚府住下去了，只是她把女仆和奶妈子都留在了姚府，自己带着珊瑚和珍珠两个丫鬟回来了。

姚凤歌回府后先去看望了苏光崇，当时孙氏正守在床前，看着苏光崇跟前的两个姨娘给他喂药。

"弟妹来了。"孙氏看见姚凤歌，淡淡地笑了笑。虽然只是一夜的时间，她已经是心力交瘁。

"侯爷怎么样？"姚凤歌说着，上前去给定侯福身请安。

苏光崇虽然病了，但因他平日善于保养，身子骨儿还不错，所以并不至于怎样。靠在榻上看着姚凤歌行了礼，方道："你去看看老三吧。太医院的人已经没什么办法了，恐怕非得请你妹妹过来一趟才能保住他的命。"

姚凤歌福身答应着告退出去。

姚凤歌回到祺祥院，在昏迷不醒的苏玉祥跟前坐着，听灵芝和冬梅两个侍妾在跟前哭了一阵子，便心烦意乱地摆摆手让她们住嘴，并遣散了屋子里的闲杂人等。

琥珀和琉璃两个人方上前来请安，然后细细地把自己知道的跟姚凤歌说了一遍。

虽然她们探听不到祠堂里发生了什么，但从所有生病的人都各自回屋养病只有陆夫人被送到了后院的小佛堂来看，姚凤歌猜也猜个八九不离十。

听完这些事情，姚凤歌又淡淡地看了一眼昏迷在床上的丈夫，无奈地苦笑着摇了摇头。

"奶奶，三爷的病……怎么办？"琥珀自然着急，年纪轻轻的，谁也不想守寡。在侯府这道大门里，哪怕守着个无用的男人，家里也算是有男人。若是没了他，世子爷和世子夫人还好，真不知道二奶奶要怎么踩到祺祥院的头上来。

姚凤歌淡淡地笑了笑，说道："我会想办法的。你们两个现在最重要的是保重自己的身子，不能让孩子有什么不妥。三爷的病，先让灵芝和冬梅照顾吧。"

"是。"琥珀和琉璃一起答应着。

"我去看看大嫂子。"姚凤歌说着又站起身来。

姚凤歌抬脚往外走,行至屋门外,吩咐廊檐下的灵芝和冬梅:"你们两个好生照顾三爷。"

灵芝和冬梅忙躬身答应。看着姚凤歌带着珊瑚出了院子,灵芝转身问琥珀:"你说,奶奶会请姚御医过来给三爷诊治吧?"

琥珀淡淡地笑了笑,说道:"你说呢?"灵芝一哽,脸上闪过一丝不快。

琉璃上前去挡在琥珀前面,看着灵芝和冬梅,冷笑着说道:"有一件事情我想提醒二位别忘了——奶奶才是三爷三媒六聘八抬大轿抬进来的正妻。而我们,不过都是些奴才罢了!当奴才要有当奴才的样子,要谨守自己的本分!这些还用得着我来教你们么?"

灵芝上前一步,想要跟琉璃争吵,却被冬梅一把拉住:"我们进去瞧瞧三爷吧。"

琉璃冷笑着看着灵芝,丝毫没有惧意。不过是被奶奶接回来的一颗棋子而已,想要碾死也不过是一念之间的事情。

清平院,封岫云正守在封氏的床前,小心地喂药。

门口的小丫鬟回道:"三奶奶来了。"

封氏便抬手把药碗推开,说道:"快请三奶奶进来。"

封岫云忙把药碗放到旁边的高几上,起身迎了出去,见到姚凤歌,忙轻轻一福:"三奶奶来了。"

"大嫂子怎么样?"姚凤歌一边问着一边往里走。

"太医过来看过了,说受了很重的寒气。姐姐本来身子就弱,这回必须要好生将养一段时日才行。"封岫云一边说着,一边陪着姚凤歌往内室走。

小丫鬟已经把封氏扶了起来靠在枕上。封氏脸色灰白没有一点血色,连笑都没有力气。

姚凤歌上前去握住封氏的手,叹道:"嫂子你怎么样?你怎么这么傻?不知道躲,还往枪口上撞,你自己的身子自己不知道吗?"

"我不得不这么做。"封氏虚弱地笑了笑,拉着姚凤歌在自己身边坐下,"我也只能做到这样。"

苏玉平在凤城镇守,家中之事自然无暇顾及。经过这一场,陆夫人的命应该是保不住了,侯爷的身体也大大地受损,就算不会出大差错,将来府中之事也会撂给儿子。而苏玉平虽然是世子,但膝下没有嫡子,连庶子也没有。

若是侯爷真的有什么万一,家族里便有可能因为子嗣之事改立世子。

封氏此举,志在引起侯爷和苏光岑夫妇的另眼相看,也是要引起全侯府的人注意。如此,将来若有变动,这些人会看在她替丈夫跪这一晚的分上,有所顾虑。毕竟,一个有德行重孝道的宗妇,是难得的,也是不容忽视的。

这些,封氏不用明说,姚凤歌心里也明白。因为她知道在封氏的心里,定侯府的爵位,志在必得。她都已经容许庶妹进门做贵妾了，哪里还会在乎跪这一晚上。

"你呀！也是个痴人。"姚凤歌轻轻地叹了口气，功名利禄，生不带来，死不带去，如此折腾自己又是何苦？

封氏无奈地笑了笑，低声叹道："我总要对得起世子爷。"

姚凤歌看着封氏眼睛里的光彩和笑意，那种说起世子爷时眼神绽开的绚烂，一时间顿悟——原来这世上最狠毒的东西不是利益，而是这个"情"字。它夺人的性命不但不见血，甚至还让人心甘情愿。

所以说，还是做个无情的人更好。

陆夫人被关在小佛堂里，在连一口热水都没有的情况下，撑了三天便不省人事了。

守着佛堂的人是梁夫人从南边带来的两个粗使的婆子，两个人一个耳聋，一个眼瞎，倒是绝配。但为了时刻掌握陆夫人的状况，梁夫人每日早晚都亲自过来看视。

眼看着人不行了，梁夫人方回去跟丈夫说了。苏光岑又来定侯这边跟兄长商议。

苏光崇说道："这贱妇一直没说为何要害大长公主，所以暂时不能让她死。叫人照应一下，好歹留着她一口气。她这个样子去了地下，也是惹母亲生气。况且，她若是死了，平儿就得回来奔丧，他们兄弟们又要加上三年的孝。"

苏光岑应道："大哥说的是，我这就去安排。大哥好生养着，不要想太多。"

"嗯。"苏光崇点点头，缓缓地闭上了眼睛。

苏光岑出去之后，苏光崇缓缓地睁开眼睛，对进来的一个侍妾说道："你去请三奶奶过来。"

那侍妾福身领命，出去叫人请姚凤歌。姚凤歌听见侯爷传唤，心里猜不透所为何事，但还是收拾仪容匆匆往前面来。

姚凤歌进了苏光崇的书房之后，苏光崇把屋子里服侍的人都打发出去，又命近身服侍的小妾去门外守着，任何人不许进来。方指了指床前的一个鼓凳，说道："你坐吧。"

"是。"姚凤歌福了一福，方侧身在凳子上坐下来。

"老三的病怎么样了？"

"服用了我妹妹给的补心丹，已经见效了。不过那药也不能常用，所以他醒了之后，还是用白太医开的汤药养着。"

"嗯，这要多谢你的妹妹。"

"侯爷客气了，燕语医者仁心，只要有办法能救人一命，她绝不会坐视不理的。"

苏光崇点点头，说道："今儿我叫你来，是想托付给你一件事。"

姚凤歌想着无非是请燕语来给侯爷治病，顶多再加上二爷和封氏，于是起身应道："请侯爷吩咐，只要媳妇能做的，一定竭尽全力。"

"嗯。"苏光崇满意地点点头，"陆氏现在不能死。你想办法保住她的性命。"

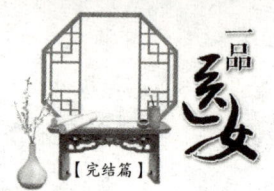

"……"姚凤歌还以为自己听错了。

"还有好多事情没安排好,我怕有人会钻了空子。所以……"苏光崇定定地看着姚凤歌,话没有说完,但意思却表达得很清楚。

"是,媳妇尽最大的力量。"姚凤歌是聪明人,知道听话是没错的。

辅国大将军府,燕安堂。

姚燕语靠在暖榻上听姚凤歌把话说完,低声问:"姐姐确定要这样吗?"

"现在不是我说了算的。"姚凤歌摇了摇头,"是侯爷发了话。你若是有管用的药就给我点,也省得我去找别人。找别人也没什么,只是他们总会问起病因,甚至还要上门诊脉。这就不好办。"

现如今陆夫人娘家的人已经够难应付了,若是再有其他人起疑心,定侯府岌岌可危。

姚燕语点点头,这事儿是挺不好办的,只是,就算她了解陆夫人的病因,也不好不诊脉就给她开药。于是思来想去,给姚凤歌支了个招:"你回去多给她喝热水,让她发汗。发一身透汗估计她就能好些。然后我给你点银翘丸,你每隔两个时辰给她吃一次,这样应该足以保住她的命了。至于其他的,我就不敢说了。"

"行,只要能保住她的命就行了。"姚凤歌拿了姚燕语给的药丸也没多说,便回了侯府。

前面书房里的卫章听说夫人的客人走了,方把手里的公文收好,起身出了书房往后宅去。

厨房早就备好了晚饭,之前还以为姚夫人会留姚凤歌用晚饭,所以一直等盼咐,后见姚凤歌走了,香蕈方进来问:"夫人,晚饭好了,是不是请将军过来用饭?"

姚燕语刚要说去请,卫章已经自己打起帘子进来了。香蕈听见动静忙转身:"啊,将军回来了,奴婢去盼咐他们传饭。"

卫章摆摆手让香蕈出去,方走到姚燕语身边坐下来,问:"怎么没留客人饭?"

"侯府那边正一团乱麻呢,姐姐哪有工夫在这里吃饭?"姚燕语把自己的茶递给卫章,又问:"你今儿回来得倒是早,外边不忙吗?"

"那边都理顺了,不怎么忙了。"卫章喝了茶,伸手把心爱的夫人抱到腿上,低声说道:"明儿我休沐,可以陪你一天。"

"可是明儿我不休沐啊。还得去国医馆。"

"那我陪你去啊,顺便请姚御医给我调理一下身子……"卫章说着,装模作样地揉了揉自己的腰,"哎哟,我这旧伤这几天又有些疼了。请问姚御医可有什么好方子?"

"装!"姚燕语抬手捏了他的手臂一把,无奈将军手臂上的肉太硬,没捏动,于是转手再去捏脸。

卫章的头往后一仰,张口咬住了她的手指,得意地笑。

"你属狗的吗?"手指微疼,姚燕语立刻瞪起了眼睛。

卫章轻轻舔了一下她的手指肚,然后笑着放开:"不,我属猫的。"

卷三　灵燕扶摇

"叫你胡说！看我怎么收拾你！"姚夫人双手推着卫将军的肩膀。卫章顺势往后一倒，躺在了榻上。

姚燕语立刻骑上去挠他的痒。

"哈哈！"卫将军天不怕地不怕就怕人挠痒，于是赶紧伸手去抓夫人的手，并一边解释："我是属猫的啊！不过是吃人的大猫！哈哈……"

香薷和半夏带着人抬了大食盒来，行至走廊下便听见屋子里将军的笑声和求饶声，于是只得摆摆手，让后面的小丫鬟停下脚步。

翠微姐姐说过了，这种时候是不应该进去的。可是，如果不进去的话，这晚饭要耽误到什么时候？

香薷和半夏对视了一眼，十分为难地叹了口气，心里无比怀念留在国医馆守着夫人那些珍贵仪器的翠微翠萍两个姐姐。这近身服侍的活儿可真是不好做啊！

幸好有人来了，解了香薷和半夏的难题。

"你们怎么都在这儿站着？"唐萧逸看着廊檐下提着食盒的一溜儿丫头，奇怪地问。

"唐将军来了！"香薷笑嘻嘻地上前行礼，"请将军安。"

"嗯，老大笑什么呢，这么开心？"唐萧逸说着，便自行掀起门帘进去。

香薷在后面默默地祈祷，但愿唐将军不会触怒了将军。

里面卫章早就听见唐萧逸的声音，把身上的姚燕语抱到一旁，坐起身来整理好了衣襟，唐萧逸进门后看见的是衣衫整齐道貌岸然的大将军一枚。

"刚回来？"卫章看着唐萧逸一身外出的衣裳没换，问道。

"是啊。"唐萧逸在暖榻对面的小方椅上坐下来，叹了口气，说道："军饷都已经发下去了，伤残的都加了一倍，一切都是按照老大的意思办的。"

"嗯。那就好。"卫章点头说道，"你还没吃饭呢吧？叫人传饭，一起在这里吃吧。"

唐萧逸邪气地笑着，看向姚燕语："我刚看见小丫头们提着食盒等在廊檐下，还以为老大你跟嫂夫人在说什么重要的事情，不许她们进来呢。"

姚燕语淡淡地笑了笑，没接这个话头儿，而是直接吩咐香薷："摆饭。"

香薷不敢怠慢，忙带着小丫鬟们把饭菜一道道摆上了饭桌，另有小丫鬟端着铜盆，执着香皂巾帕服侍三位主子洗手。

三人落座，卫章拿了筷子先给姚燕语夹菜。姚燕语则拿了卫章的碗给他盛汤。唐萧逸在对面看着，只觉得自己的眼都要被晃瞎了。于是抓起筷子端起饭碗，埋头扒饭。

卫章和唐萧逸吃饭都是神速的，姚燕语晚饭则用得极少，所以不过一刻钟的工夫，三个人先后要茶漱口。香薷带着丫鬟把杯盘撤下去，重新上了香茶来，方只留下半夏和乌梅在里面伺候，其他人则退出去了。

"嫂子。"唐萧逸呷了一口茶，一本正经地看着姚燕语，"兄弟有个事儿想请教您。"

"说吧。"姚燕语淡然一笑。

43

一品医女
【完结篇】

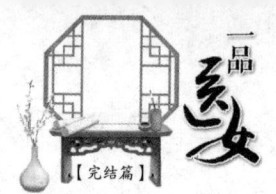

唐萧逸也不废话，直接问："听说您给兄弟订了一桩婚事，却不知是哪家的姑娘？"

姚燕语无奈地皱了皱眉头，不答反问："怎么？你信不过我挑人的眼光？"

"不不，我怎么会信不过嫂子？"唐萧逸赶紧赔上笑脸。开玩笑，当着老大的面儿质疑嫂夫人识人的目光？这不是找死吗。

姚燕语满意地笑了："那就行了！你就等着当你的新郎官吧。总之嫂子不会坑你。"

唐将军无奈地转头向卫将军苦笑，嫂子这是明着坑我啊？让我当新郎官，又不告诉我新娘子是谁。

卫章则回给他一个鄙夷的眼神，笨死了笨死了！就这么点儿事自己还弄不清楚？本将军英明神武怎么会有这么笨的兄弟？说出去都丢人！

唐将军的自尊心严重受挫，从燕安堂出来便去找长矛，又问了申姜和田螺，甚至用起了审讯里面的问话技巧，但绕来绕去，唐将军悲催地发现，这几人是真的不知道。唐萧逸无奈地摇了摇头，暂时放下了这件事情。

卫章今日不是第一次来国医馆，但之前每次都是来去匆匆，没仔细逛过。今日有空，索性就把这三进的院子里里外外转了一遍，自然，他主要查看的是这里的安全防务布置得如何。萧帝师在这里，两位皇子每日都来听讲，这里虽然不是万分机要，但也是被许多人惦记着的。

那里，翠微和翠萍两个带着十来个医女在忙碌。她们全都穿着淡蓝色的防水工作服，头发全都绾成利落的独髻用浅蓝色的防水帽子扣住，脸上戴着口罩护住了口鼻，只露着一双眼睛，乍一看，根本分不出谁是谁来。

姚燕语用大量的银杏叶萃取了药液，再配合相关的药材，制成了银杏叶注射液和银杏口服药丸。这一系列药品的研制成功对老年人来说简直是福音。

别的不说，就萧帝师现在的精神状态，简直是回到了十年前。他在姚燕语的医治下，除了每天给皇子讲课两个时辰之外，还能看半个时辰的书，然后在国医馆的院子里早晚各散步两刻钟的时间，眼花的毛病都有了一定的改善。照这个样子下去，别说一年，恐怕再活两年都没有问题。这在别人的眼里，简直就是奇迹。

连张苍北老头子都不得不竖起大拇指，称赞他的得意门徒："虽然这医治的方法闻所未闻，但不得不说，成效之好，简直令人惊喜。说妙手回春一点也不为过。"

因为实验房的特殊要求，姚燕语只让卫章在门口站了一会儿便带着他走了。卫章老大不乐意地问："你这技术，是个医女都能进来学，就单独对我保密啊？"

姚燕语轻笑道："不是保密。是你我没穿防护服，身上有灰尘什么的，一不小心就会影响实验结果。"

"这么神奇？不穿防护服就会出事儿？"

"也不一定，反正小心些总是没错的。"

卷三　灵燕扶摇

"那万一有人故意破坏呢？你这儿岂不是全完了？"

"这些东西不值钱。"姚燕语无所谓地笑了笑，"也就是一套器皿，一些药材而已。真正值钱的东西都在这里。"说着，她指了指自己的脑门儿。

"走吧，我请你去喝茶。"姚燕语挽着卫章的胳膊，两个人从实验房出来，沿着长廊慢慢地往后面的茶室里走。

"咦？这不是卫将军么？"四皇子云琸和燕王世子云珩从对面过来，正好跟卫章走了个对脸。

云琸便邀卫章夫妇在国医馆的茶室喝茶，闲话几句军务之事，卫章都是雷打不动地一问三不知。不一会儿两人起身告辞。看着这两位皇室子弟上马离去之后，卫章方低声问："他们常来吗？"

姚燕语摇头："没有，说起来今儿也真是巧了。之前燕王爷都是打发宗正院的人过来的，今儿却忽然派了世子爷来，倒是叫人猜不透。"

卫章淡淡地看了一眼阴沉沉的天空，低声说道："他是跟憬郡王一起来的。说是偶遇，实际上是早就约好的。"

姚燕语心思一动，环顾四周，院子里空荡荡的并没有什么人，于是低声问道："这么说，燕王府跟憬郡王府的关系很好啊。"

"他们本就是骨肉至亲，好也是正常的。"卫章忽然淡淡一笑，抬手敲了一下姚燕语的额头，"不要胡思乱想了。赶紧回去吧，要下雪了。"

姚燕语不满地哼道："你对我还有所保留？"

"不是保留。"卫章攥着她的手拉着她往回走，低声说道，"现在说这些都为时过早。一切都还是未定之数。你呢，就踏踏实实地摆弄你的那些药水药丸，凡事都听皇上的，感觉有什么不妥的事情多跟为夫我说，就绝对没错。"姚燕语轻轻哼了一声，没说话。

卫章知道她心里不服气，不过，朝政之事，他自己都要独善其身，自然也不希望姚燕语多想，于是岔开话题，问："对了。岳父大人快来了吧？我是不是要准备些什么？成婚以后，我这还是头一次见岳父呢，有点紧张。"

姚燕语扑哧一声笑弯了腰："原来辅国大将军也有紧张的事情啊？"

卫章理所当然地说道："这有什么好奇怪的？试想，有谁娶走了人家的宝贝女儿，夺了人家的心头之爱，还会不紧张的？"

"嗯，说得有道理。"姚燕语点点头，又笑道，"不过你不用紧张。我不是家里的宝贝，更不是父亲的心头之爱。所以他不会把你怎么样的。"

卫章闻言一怔，忽然把她拉近了，低声问："你之前在家里的时候，过得不好吗？"

"呃。也还好。"姚燕语平静地笑着，抬手理了理他的衣领，"该有的我都有，况且在家族的庇佑下长这么大，又这么风风光光地嫁给你。我很知足。"

嫁给你，我很知足。卫将军自动忽略了前面的话，只听见了后面这七个字。这对他来说，

45

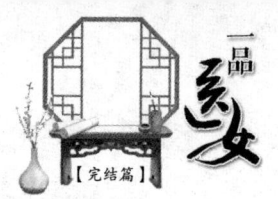

无疑是最好的鼓励。若不是因为在国医馆,他真想把她搂进怀里狠狠地亲一顿。

雪后初晴,抬头是碧空万里,俯首则是银装素裹,皓然一色。

这日,两江总督姚大人的马车压着积雪,咯吱咯吱,一路进了云都城。姚延意早早去城外迎接,这会儿正跟父亲一起坐在马车里说话。

"定侯府的境况就是这样子,虽然皇上也派人送了补品给侯爷,但大长公主人已经不在了,定侯府的事情皇上也就是睁一只眼闭一只眼了。只是凤歌这段日子算是忙坏了,又要照顾老三,还得照顾世子夫人还有侯爷夫人,不过幸好她的身子一直调理得不错。说起来这也多亏了燕语。"姚延意把定侯府的事情跟姚远之详细复述之后,最后做出总结。

"那苏世子还在凤城镇守?家里这么多人病重,皇上都没有召他回来的意思?"

"听说侯爷没有上书,皇上自然也不会下诏让苏世子回来。"

"嗯。"姚远之点了点头,定侯府的事情,应该在定侯的掌握之中,否则这种时候他不可能还让大儿子在边疆镇守。

姚远之这次进京,除了要觐见圣上述职之外,还因为皇上已经下了调职的圣旨,提姚远之为从一品都察院右御史大夫,年后到任。

父亲荣升,进入庙堂权力的中央范畴,姚延意心里自然高兴。只是,他从小受姚远之的教导,又在外历练这一年,早就练就了喜怒不形于色的本事,进城的路上,除了跟父亲汇报京城各府各家的动向之外,便只关心父亲的饮食起居。

"父亲面圣之后回府,一切都是妥当的。源儿三日后满月,奉父亲之命,并没有铺排宴席,只是请几位来往亲密的姻亲朋友小聚而已。"

"嗯,就是这样。除非圣上有恩旨下来,必须铺排张扬之外,家中诸事必须谨小慎微,低调而行。京城不比江宁,多少双眼睛都盯着呢,一步错,步步错,千里之堤毁于蚁穴,便是这个道理。"

"是。儿子谨记父亲教诲。"

姚远之进京后第一件事便是递交觐见的牌子,然后入住驿馆等候皇上召见。

恰好皇上近日为西北的布军劳心费神,便降下口谕,让姚远之先回府听旨。姚远之便叩谢了皇恩,又悄悄地塞给怀恩一个小翡翠把件儿,便收拾东西回了姚府。

岳父大人进京,卫将军自然不能怠慢。听说皇上下了口谕,准姚远之回府听旨,卫章便早一步从兵部衙门回来,去国医馆叫上夫人来姚府。却比姚远之还快了一步。

姚远之进门,看见儿子媳妇女儿女婿一起在门口迎接,心里甚是安慰。又高兴地抱过小孙子,笑呵呵地把一套长命锁,手铃脚铃放在孩子的褓褓里,说道:"这孩子的名字我已经想好了,就是'盛桓'二字,你们觉得如何?"

姚延意笑着叹道:"桓桓武王,保有厥士。这个'桓'字很是威风。"

姚远之笑看着卫章,叹道:"我们姚家一直以诗书继世,对于源儿,我倒是希望他能

卷三 灵燕扶摇

多几分英武之才。"

一时家宴即开，姚远之方问："凤歌怎么没来？"

宁氏忙回道："大妹妹早上派人过来说，侯府有些急事走不开，明儿再来给老爷请安，请老爷恕她不孝。"

"哎！这有什么恕不恕的。一家子亲骨肉，孝顺不在这一朝一夕。况且，女儿家本就应该出嫁从夫，侯府现如今有诸多麻烦事，她自然以夫家的事情为要。"姚远之想到定侯府那一烂摊子事儿，心里也不免为女儿心烦。

其实此时，姚凤歌的心烦是无人能理解的。

因为陆夫人的病情严重又没有叫太医看视，陆家人非常不满意。陆夫人的父亲不在了，但还有兄弟陆常柏，陆常柏现在是翰林院大学士并太子少傅衔。陆家家学渊博，陆常柏曾是皇子们的启蒙老师。就是现在的六皇子和七皇子在萧帝师进京之前，都还跟着陆常柏做学问的。

长姐病重，定侯府却不召太医看视，这是什么情况？陆常柏岂能善罢甘休？

这晚，陆常柏就请了太医院的两名内医正来到定侯府，非要见陆夫人。

苏光崇卧病在床，对陆常柏闭门不见。姚凤歌和孙氏实在没有办法，便请了苏光岑过来应付。

奈何陆常柏有一张好嘴皮子，苏光岑也说不过他，又不好把陆夫人的所作所为给抖落出来，于是不得已答应他见陆夫人。

姚凤歌早就料到会是这种结果，便在请苏光岑过来的时候暗暗地派人去小佛堂收拾了一番，又把自己的奶娘和封氏的奶娘都派过去守着，另外又挑了两个新买进来的丫鬟过去伺候。

因为一早定侯府便放出话来，陆夫人感染了时疫，且定侯和苏玉祥的病皆是夫人的病气所致。后用药不见效验，且更添了病症，所以梁夫人才请了法师过来。法师又说陆夫人撞了邪气，需在菩萨跟前静养一百日，所以才把她送到了家里的小佛堂。

这些话虽然是瞎编的，但也算编得有板有眼，陆常柏心里就算是不相信，嘴上也挑不出毛病来。毕竟定侯病了，世子夫人病了，三爷苏玉祥也病了！定侯府的主子一下病了大半儿，说是过了病气所致一点也不突兀。

小佛堂里此时不比往日的冷寂，炭盆有了，帐幔也有了，汤药和服侍的奴才都十分妥当。虽然人不多，屋子里也比较冷清，可这里是佛堂，总以清净朴素为主，陆常柏也挑不出什么毛病来。再看陆夫人，昏昏沉沉地躺在榻上，双目紧闭，脸色灰白，乍一看还只当是已经没气儿了。

陆常柏哭着上前去，伸出手指在她的颈侧一试，脉搏跳动还不算太弱。于是忙止了悲声，转身吩咐带来的太医："快请诊脉。"

两位内医正互相对视一眼，其中一个上前去给陆夫人诊脉。

47

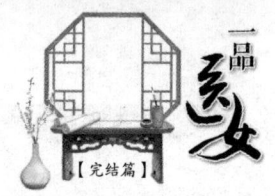

以脉象看，陆夫人果然是风寒之症，且有内外交迫之象，病得着实不轻。不过病症虽然重，但却不至于要了性命，只要好生医治，加以保养，不过一两个月的工夫，差不多也能痊愈。

于是太医又问平日所用何药。

姚凤歌便把银翘丸、补心丸等常用的几种成药拿了出来给二人验看。另一个太医见是国医馆的药盒，便道："是姚御医配的药吧？这银翘丸刚好对风寒的症状，用这个药不会有错的。"

给陆夫人诊脉的太医也道："是的，这几种丸药既方便喂灌，又正对了病症，十分妥当。我等若是用药，也不过如此。所以，就不必开药方了，还是服用姚御医的药就很妥当。"

陆常柏听了这话不免怀疑："真的假的？这姚御医的药这么管用，为何我这老姐姐病了这些时日还不见好转？"

姚凤歌上前回道："回舅父，太太这几日已经有好转。因为前些日子一直噩梦连连，整日整夜都睡不好，所以这几日病得好些，反而睡得沉了些。"

陆常柏又看太医，太医点点头，表示这话没错。

如此，陆大学士就没什么可说的了。于是又回头看了一眼他的老姐姐，叮嘱姚凤歌和孙氏好生照顾，方才离去。

姚凤歌和孙氏二人送陆大学士出了小佛堂，方各自默默地舒了一口气。两位少夫人一走，李嬷嬷和封氏的奶娘也随着走了，新买来的丫鬟也跟着撤了，只剩下之前梁夫人打发来的两个婆子进来看守，小佛堂又恢复了之前的冷清。

第二日，姚凤歌回姚府给父亲请安，姚远之又问女儿一些侯府的状况。并说要去侯府看望侯爷。

姚凤歌劝道："女儿来的时候，去侯爷跟前说过了。侯爷说，这几日身上的确不痛快，不能为父亲接风洗尘，还请父亲包涵些个。侯爷也料想父亲会过去探病，不过侯爷也说了，定侯府现在是非太多，父亲可过些日子再去，也请父亲不要多想。侯爷还说，不管怎样，侯爷都把父亲当成至亲兄弟。"

姚远之听了这些话心里便有数了，只是心里到底对苏玉祥不满，又问姚凤歌："你屋里那些乱七八糟的事情是怎么回事？"

姚凤歌明白，父亲问的自然是嫡子未出，妾室先后有孕的事情，于是只得照实说："以我跟三爷现在的境况，是不可能再有孩子了。就算是为了月儿打算，我也必须这样。将来月儿还有个庶出的兄弟或者妹妹相互扶持，总好过一个人孤苦伶仃。"

"你这是什么糊涂打算！"姚远之对此事深为不满。

姚凤歌便上前去半跪在姚远之跟前，低声说道："父亲，这是女儿自愿的。这事儿您就别管了。"

"你呀！这是要自讨苦吃。"姚远之叹了口气，又道，"过了年老太太和你母亲就过来了。到时候让你母亲帮你料理一下。那两个妾室是我们陪嫁过去的丫头吧？"

卷三　灵燕扶摇

"是的，琥珀的父亲是咱们家的管事呢。"姚凤歌说道。

姚远之又叹道："这还好说，他们的家人都在府中，将来有什么事情也好控制。"

姚凤歌听了父亲的话，心中感慨，不免又伤感了一回。

却说姚燕语瞧着定侯府的情形，不容乐观，陆夫人若是死了，苏玉蘅还得为她守孝，这就要耽误唐萧逸的婚事了。于是和韩明灿商量一切从简，抓紧将婚事办妥。便命长矛抓紧时间把辅国大将军府的西跨院收拾出来，又把常年关闭的西角门拆了，重新修建了一个宽敞的西门，然后把西跨院给独立出去。

长矛纳闷地问："夫人，西跨院虽然暂时没人住，但也没必要给独立出去啊。这样将军府的格局可就小了。"

"不用那么多废话，让你怎么做你只管怎么做好了。"姚燕语皱眉说着，又补了一句，"如果人手不够的话，把给唐将军修宅子的人先调过一部分来。西跨院这边务必在年前弄好。"

"是。"长矛不敢多言，只躬身答应。

姚燕语这才出辅国大将军府的二门，认镫上马，往国医馆去了。

"哎！这眼看快过年了，夫人怎么跟宅子较上劲儿了！这过年的东西还都没准备呢！"长矛无奈地叹了口气，转身往回走。

唐萧逸从南院出来，刚好听见长矛的感叹，便笑道："你这刁奴，竟敢背后说夫人的坏话？"

"呃，二爷。"长矛忙朝着唐萧逸躬了躬身，"早。"

唐萧逸已经接受了不知道自己将娶谁当媳妇的事实，索性也淡定下来。反正不是苏玉蘅，其他是谁都无所谓了。于是有些玩笑地问长矛："夫人又让你办什么差事？爷的宅子什么时候修好？"

长矛无奈地回道："现在，爷您那宅子不重要了。夫人吩咐了，先把西跨院收拾出来，还要把西角门拆了，单独盖个大门，把西跨院独立出去。"

"为什么？"唐萧逸纳闷地问，"难道我的婚事取消了？"

"哟，呸呸！这进了腊月就是过年，二爷您说话可悠着点。好好的婚事怎么能取消呢？"长矛一边吐着唾沫一边摇头摆手。

取消了最好，爷现在完全没有娶亲的打算。唐萧逸笑了笑，抬手拍了他的后脑勺一把："赶紧地办差去吧，小心误了差事，夫人抽你鞭子。"

"才不会呢。夫人只会用针扎我。"长矛扁了扁嘴巴，蔫儿头耷拉脑地走了。

唐萧逸看着长矛那累得跟狗一样的背影，好不厚道地笑了。

盖一座宅子不容易，把一座完整的跨院单独分出去却很容易，能干的长矛大总管带着工匠们，只用了半个月就把事情办成了。

一品医妃

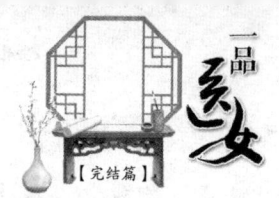

【完结篇】

将近新年,各部衙门都封了大印,萧帝师的授课也结束了,国医馆那边很多事情都停了下来。大云帝都从上到下都在准备辞旧迎新。

"爷,夫人,二爷,这边请。"长矛带路,请卫将军和夫人一起检验自己的劳动成果。唐萧逸被姚燕语专门叫过来陪看。

西跨院本来在卫章要娶姚燕语的时候就已经重新装饰过了,只是姚燕语嫁进来之后一直住在燕安堂,这西跨院一直空着。所以如今收拾起来并不费劲,只是把门窗都换成了玻璃的,院子里添了几株梅花和山石盆景,便更添了几分生机。

唐萧逸看着里里外外还算精致的院子,笑道:"哎哟我说,你这奴才做事还挺麻利的。"

"你还满意?"姚燕语回头看着唐萧逸,问。

"很好啊,这院子。"反正跟自己没关系,唐将军乐得夸人,大过年的,不都是图个喜庆么。再说,这院子也确实布置得不错,青砖灰瓦,粉白垣墙,精致简约的雕花长窗镶着明净的玻璃,一道曲廊掩着几株红梅相伴,不奢华,但却雅致,挺符合自己的品位。

长矛赶紧偷偷朝唐萧逸抱拳,感谢二爷替自己说话。

"行,你觉得好就行。"姚燕语点点头。

"为什么?"唐萧逸奇怪地问,"这又不是给我准备的院子。"

"谁说这不是给你准备的院子?哦,我忘了告诉你,你娶亲的日子定下来了,是明年二月初六。"

"啊?!"唐萧逸顿时傻愣傻愣地瞪大了眼睛。

"聘礼我已经叫人给女家送去了,嫁妆呢,定在正月二十六进门……哦,对了,别的事情你都不用操心,就这大红吉服的事儿还真少不了你。今儿你先别出门,我叫了绣娘来,等会儿给你量身。"

"不是……我说嫂夫人……"

"对了。你族中还有什么人是我不熟悉的吗?如果需要宴请,你回头拟个名单给老冯,他会妥善安排的。"姚燕语伸着手指点着下巴,又转身吩咐长矛,"这事儿还挺重要的,回头你帮我提醒一下老冯。"

"哎,好嘞。"长矛赶紧答应着,心想原来这小院就是给二爷准备娶媳妇的!之前见夫人催得那么急又事事那么上心,还以为是给姚家老大人下榻用的呢。

"嫂夫人……"唐萧逸忙拱了拱手,想要插话。

"女家那边出了点事儿,所以婚期提前了。虽然很匆忙,不过你放心,那边的宅子过了年接着盖,等你媳妇进了门,你们两个细细地商议着收拾妥当再往里搬,到时候还多一个乔迁之喜。"

"嫂……"

"至于成婚所需要的东西你也不用操心,我都替你准备好了,保证万无一失。"姚燕语说完转身便走,又回头叫卫章,"走了,今儿不是要去镇国公府给国公爷送年礼吗?"

卷三　灵燕扶摇

"夫人！"唐萧逸赶紧追上去拦住姚燕语。

"哎呀，好了，废话少说，你留在家里等绣娘来量身，顺便在前厅坐一会儿，若有人来拜访送年礼什么的，你就替将军应付应付。贺将军刚回来，夫人还没出满月，你有工夫也过去帮帮那边。"姚燕语说完，拉着她家卫将军走了。

"嫂夫人——"唐萧逸看着那对夫妇匆匆而去的背影，仰天长叹：你到底给我定的哪家的姑娘啊喂！

姚燕语跟卫章去镇国公府上拜访，韩熵戈很高兴，一定要留卫章用过饭再走。

用过饭，又小坐了一会儿，夫妻俩从镇国公府告辞出来，姚燕语没有骑马，而是钻进了马车里。卫章看她似是有心事，也跟她一起进了马车。

姚燕语靠在垫子上，双手插在白色的貂毛手套里，双手的拇指互相围绕着转。"想什么呢？"卫章在她身边坐下来，把人拉过来搂进怀里，轻轻地把她耳边的一缕碎发塞到耳后。

姚燕语轻声叹道："今天，凝华长公主说，有人在皇上面前说国医馆配制的药延误病情，徒有虚名。"

卫章眸色一暗，剑眉微微蹙起。姚燕语往他怀里靠了靠，轻声叹道："这事儿皇上没有找到我的头上，肯定是凝华长公主给压下去了。你说，会是谁呢？"

"回头叫人去查一下。"卫章的下巴抵着她的额头，低声说道。

"嗯。"姚燕语点点头。不是她斤斤计较，也不是她不容许有人质疑自己的医术，实在是这人太过分了，居然去皇上耳边说这样的话，这是往死里逼自己的恶奏啊！

第四章

且不说卫将军如何去查在皇上耳边嚼舌根的人，先说陆夫人病重，定侯爷上书给皇上，请皇上把长子苏玉平调回京城侍疾。说是侍疾，其实皇上心里明白，等苏玉平回来，也差不多是奔丧了。皇上以仁孝治天下，这样的事情自然不能驳回。

苏玉平听说母亲病重，接到圣旨后立刻动身，快马加鞭往云都赶，几日的工夫便回到了云都城。

时值年底，定侯府却并没有多么热闹，上上下下也不见几分喜气。

苏玉平回来后先去见父亲，苏光崇的病虽然有所好转，但也还没好透，只守着火盆靠在榻上，偶尔还咳嗽几声，汤药也没断了。看脸色，精神，果然大大地不济，原本一头乌发中不过鬓角处稀稀落落的几根白，现在不到半年的工夫竟白了一半儿。

"不孝子给父亲请安。"苏玉平在榻前跪下给定侯磕头，心里可谓又痛又乱。他北去

51

的时候家里都好好的，不过几个月的时间，父母和妻室皆病重，任凭他是铁血男儿也受不了这样的打击。

定侯咳嗽了两声，方道："起来吧。"

"是。"苏玉平缓缓地起身。

"坐。"定侯指了指身边。

"谢父亲。"苏玉平说着，在定侯身边坐了下来。

定侯又咳嗽了一阵子，又抬头看了一眼屋子里服侍的众人。这些下人极有眼色，忙一个个躬身退了出去。

苏玉平见状便知道父亲有重要的话要跟自己说，便垂首恭听。

定侯把府中之事原原本本地跟苏玉平说了一遍，自然，主要是大长公主的死，然后明确表明了他自己对陆夫人现在的看法："我决不能让她久活于世。不过，她现在之所以还不能死，是因为你的子嗣问题。"

苏玉平听了大长公主的死因后人已经傻了，定侯再说什么他根本没听进去。半晌才流下泪来，喃喃地说道："为什么会这样？祖母当时的状况，就算是请医延药尽心服侍，怕也没有多久的……"

"她是怕姚家的那丫头来了，会让大长公主起死回生。所以才赶在蕙儿和你媳妇回来之前下手。她说，她这些年受够了……我想，她怕是早就得了失心疯，只是掩饰得好，我们都没看出来罢了！"定侯冷笑道。

"这是何苦呢！"苏玉平仰起脸，缓缓地闭上眼睛，深深地吸了一口气，把鼻间的酸楚逼回去，"这是何苦！害人害己，害了一家几百口子人……何苦……"

苏光崇已经从悲痛愤怒中缓了过来，此时心里多是冷静。见儿子这样，便沉声劝道："好了！她何去何从，你且不必管。一切有我。你回来这些天，最最重要的任务必须让小封氏尽快怀孕。实在不行赶紧去找太医！子嗣是重中之重！现如今定侯府头等重要的大事！"

"是。"苏玉平欠身答应着。

定侯又抬手指了指那边的书案，说道："你去那边书案的暗格里拿出那道奏折来看一看。"

苏玉平答应着，转身过去找出那份奏折，看过之后忙转身跪在榻前："父亲春秋鼎盛，爵位之事现在说太早了！"

定侯摆摆手，说道："我让你看，就是让你心里有个准备。好了，我累了，你把奏折放回去，赶紧回房瞧瞧你媳妇去吧。那晚她也陪着在院子里跪了大半夜，病得着实不轻。"

"父亲，这爵位之事……"

"我自有主张，你不必多说了。你要记住，你是苏家的长房长子，你身上负担的不是你一个人的荣辱，而是我苏家上下百十口人的安危和幸福以及苏氏家族上百年的基业！你不能意气用事，不能逞一时之勇，但也不能优柔寡断，畏缩不前。你要懂得韬光养晦，更要着眼大局，谋定而动。你要担得起一家之长的责任！明白吗？"

"是。儿子谨记父亲教诲。"苏玉平说着，又跪下去给定侯磕头。

"行了，你去吧。"定侯摆摆手，自行往棉被中缩了缩身子闭上了眼睛。

苏玉平上前去给父亲把棉被拉高，掖好被角，方躬身退出。

清平院，封氏把妹妹封岫云叫到跟前，递给她一张写满了字的泛黄的纸片，说道："这是我找人淘换来的求子古方，已经找太医看过了，从今儿起，你每日都照着这个方子服药。"

"姐姐……"封岫云双手接过药方，面色尴尬，不知道说什么好。

"你我是亲姐妹，有些话我就直接说了。这次侯爷叫世子爷回来为了什么，你我心里都应该明白。"

"是。"封岫云忙福了福身，"谢姐姐为妹妹周旋打算。"

"不必谢我，我也是为了自己。现在你我是一条藤上的。你的肚子再没消息，说不定一等又得三年。三年之间能发生多少事？你是个聪明人，也不需要我多说什么。世子爷回来这段日子，我会劝他每天晚上都去你院子里。"

"是，姐姐放心，我一定尽心尽力。"

"嗯，你先去吧。"

苏玉平回来，看见靠在床上的封氏，心里自然又添了几分悲伤。只是他也知道，此时不是悲伤的时候。于是又打起精神来喂妻子汤药，与她一起用饭，劝她好生养病。

封氏果然劝他去封岫云房里歇息，说自己身子不好，别过了病气给世子爷。苏玉平无奈地叹了口气，在封氏床前坐了半个时辰才走。

此时的祺祥院里，苏玉祥靠在东里间的榻上看着榻前灵芝跟冬梅两个人凑在一起对着头描画样子。而对面的西里间，姚凤歌正坐在椅子上看着今年铺子里送来的账册，她的旁边，琥珀和琉璃两个人挺着大肚子凑在一起绣小孩的衣服。

一屋子里人不少，却没有人说话，十分安静。

但不知怎么了，苏玉祥忽然就不高兴了，抬手把手边的一只盖碗拨拉到地上，把灵芝和冬梅吓了一跳，两个人忙放下手里的笔上前来，一个捡茶盏的碎片，一个询问："爷怎么了？是哪里不舒服？"

西里间，姚凤歌像是没听见一样，依旧安静地翻账本。

"爷这病什么时候能好！咳咳……"苏玉祥愤怒地捶着矮榻，刚发了一句脾气就没命地咳嗽。

冬梅忙上前去替他捶背，又把自己的帕子递给他。苏玉祥忙拿了帕子捂着嘴巴死命地咳嗽了一阵子，等终于平了气息，把帕子拿下来一看，上面居然有一块殷红的血迹。

"啊？！这可怎么好！"冬梅顿时魂飞魄散！

"哎哟！"灵芝起身看见帕子上的血迹，也吓得变了颜色，"这……这可怎么办哟！"

53

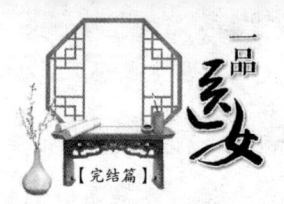

西里间的姚凤歌听见这二人的动静，便皱着眉头把账册合起来叫珊瑚收好，起身往这边来，问："怎么了？"

"哟，三奶奶终于肯放下你那宝贝账册了？"苏玉祥靠在榻上喘着气，他脸色苍白如纸，嘴角还带着一丝血迹，他面容消瘦，身形如柴，却因天生俊秀，而生出一丝妖异之感，仿佛嗜血的鬼族。

"我不看账册，你连看病吃药的钱都没有了！三爷知道你这一天的汤药丸药要花多少银子吗？"姚凤歌冷笑着比了个手势，"这个数。你的月例银子加上我的，再加上这满屋子的妾室通房你所有小老婆的月例，刚好够了。托三爷的福，我们这些人只喝西北风就可以过年了。"

苏玉祥嘲讽一笑："真不愧是姚家的人，这精明算计，真是无人能敌……"

姚凤歌冷笑道："你还有精神跟我拌嘴，看来这病是无碍的。这大晚上的就别折腾人了。灵芝，倒杯茶来给三爷漱口。"说完，姚凤歌转身要走。

"奶奶！"冬梅转身跪在姚凤歌跟前，抱住了她的双脚，"奶奶！求您还是派人去找个太医来给爷瞧瞧吧，爷都咯血了！这……这可是了不得的大事儿啊！"

姚凤歌回头看了一眼苏玉祥，苏玉祥梗着脖子把脸别开。

"奶奶！"灵芝见状也跪了下去，"奶奶，还是给爷请太医来吧！奴婢们的月钱都不要了……"

"你们真是情深义重，你们爷也没白疼你。可见我是个刻薄的，这几年的夫妻之情倒还比不上你们。"姚凤歌自嘲地冷笑。

灵芝忙道："奶奶宅心仁厚，刚才那些也不过是跟爷斗气的话，奴才们心里都知道，爷生病，奶奶岂有不心疼的？况且奶奶跟爷还有月姐儿……"

"奶奶，白老先生来了。"珊瑚从外边进来，福身回道。

姚凤歌低头看着跪在脚边的灵芝和冬梅，冷笑道："二位姨奶奶现在可以起来了吗？"

地上跪着的两个才明白原来她们三奶奶早就打发人去请太医了，而自己刚才那样做怕也只是招了三奶奶的记恨而已，于是一时间再也不敢多说，忙从地上爬起来躲去了角落里。

其实姚凤歌白天就叫人去请了白家的老爷子，只是这白老爷子白日里没在家，说好了晚上过来。

姚凤歌就算再不喜欢苏玉祥，也还要为女儿着想。再有，定侯爷忍着不共戴天之仇也不计陆夫人现在就死，为了什么？无非是为了定侯府，为了苏家上下百十口子人的将来。

一是苏玉平子嗣未立，大云朝律令，世袭爵位，若无子嗣，爵位便以无人承袭而终止，也就是说，旁支子弟是没有权利继承爵位的。苏玉平没有子嗣的话，定侯的侯爵之位不能永续，是整个苏家的损失。

二是苏玉蕙即将出嫁，若家中有丧事，那么苏玉蕙的婚事势必要往后推。苏家长房人丁凋零，二房嫡子年幼，苏玉蕙的婚事在这种时候无疑是给苏家的助力。若婚事后推，苏

卷三　灵燕扶摇

家将会在很长一段时间里消沉着，这对苏玉康的前程极为不利，同样也影响整个苏家。

以上这些道理，定侯爷明白，姚凤歌又何尝不明白？苏玉祥再浑也是自己女儿的父亲，月儿才一周岁多，怎能没了父亲？

只是姚凤歌没想到的是苏玉祥会咯血，更没想到灵芝和冬梅会说出这样的话。不过都无所谓了，她连苏玉祥都不在乎了，难道还在乎两个奴才怎样？

屋子里的诡异气氛因为白诺竟老先生的进入而打破。

姚凤歌先上前深深一福："老先生来了，这大半夜的麻烦您亲自走这一趟，真是深感歉疚。"

白老先生忙客气地微笑："少夫人不必客气，白家与府上也算是世交，走这一趟也是应该的。何况为医者，首要便是治病救人。"

"老先生积德行善，必定福寿无穷。"姚凤歌客气地笑着，转身让开苏玉祥的床榻，又抬手道："老先生，请。"

白老先生点点头，上前坐在床榻跟前给苏玉祥诊脉。

半晌，白老先生微笑着点了点头，对苏玉祥说道："三爷安心静养，按时吃药。"说着，又回头看了一眼姚凤歌。

姚凤歌忙微笑道："老先生请这边来开药方。"

"好。"白老先生又朝着苏玉祥点了点头，转身出去了。

灵芝和冬梅这才从角落里出来，凑到苏玉祥跟前，柔声劝道："爷，没事儿了。白老爷子医术精湛，按他的药方吃，这病肯定能好的。"

"是啊，白家的医术可是世代相传的，连皇上都对他们高看一眼。"

苏玉祥却哼了一声，说道："爷的病耽误到今天，都是那个姓刘的害的！"

"谁说不是呢！"灵芝恨得咬牙，又低声啐道，"那该死的狗杀才居然给爷用虎狼之药！爷如此尊贵的人，哪里经得住。"

"哎？"冬梅压低了声音说道，"我听说，那姓刘的药方是拿了姚御医的方子配的？不是说姚御医是神医么？怎么她的方子到了姓刘的手里，配出来的药就能害人？"

"这话真的假的？"苏玉祥立刻瞪起了眼睛。现在他是防火防盗防姚御医，一听说"姚御医"这三个字，他的心肝肺都是颤的。

"外边有人这么传呢。"冬梅低声咕哝道。

"可恶！咳咳……"苏玉祥攥拳，一口气上不来，又用力地咳嗽着，恨不得把五脏都咳出来的样子。

外边正陪着白老先生开药方的姚凤歌听见苏玉祥又撕心裂肺地咳嗽，便转头吩咐珊瑚："快进去瞧瞧。"

珊瑚应声而去，一进东里间便听见苏玉祥喘着气，恨恨地说道："这口气爷咽不下去。今儿大哥是不是回来了？灵芝你去清平院，告诉那边的人请大哥有空儿过来一趟。"

55

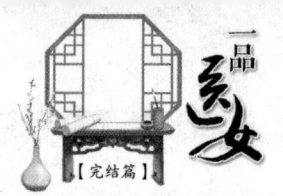

灵芝忙应道："是，只是这会儿大爷刚回来，奴婢不好过去打扰，明儿一早奴婢就去请大爷来。"

珊瑚便劝道："爷正病着，便该好生保养，少生些闲气。二位姨奶奶也该劝着爷些，怎么没事儿反倒挑事儿？"

灵芝素来惧怕珊瑚，听了这话便没敢言语。冬梅却不服气地看着珊瑚，轻笑道："哟，这屋里什么时候轮到李大管家娘子当家做主了？奴才们受教了。"

珊瑚冷笑道："姨奶奶有本事就伺候好爷的病，对奴才夹枪带棒的，有意思么？"说完，便转身出去了。

冬梅指着珊瑚的背影说道："瞧瞧！果然是个蹬鼻子上脸的……"

本来已经出去的珊瑚忽然又转身回来，冷眼瞪着冬梅。冬梅被吓了一跳，不由得往后退了两步。

"白老先生还在呢，我劝你给府里留点脸面！好歹你也是太太跟前的人。"珊瑚说完，又鄙夷地给了冬梅一记白眼，转身摔下帘子便走了。

"你……"冬梅气得指着门帘子，半天说不出话来，转身朝着苏玉祥哭诉。

苏玉祥却已经转过身去睡了。

姚凤歌等白诺竟开好了药方，方拿了一个小匣子递上去，笑道："听说老先生前些日子刚得了一个胖孙子，我因大长公主的孝在身，且家中事情繁杂，也没去给老先生道贺。这点东西是我的一点小心意，还请老先生不要嫌弃。"

白诺竟忙双手接过小匣子来，打开看里面是一块上等的和田玉佩，玉质莹润通透，一看就不是凡品，于是忙双手递回去，笑道："少夫人客气了！这玉实在太贵重了，他小孩子家家的如何担当得起。"

姚凤歌笑道："老先生这是嫌我们了？抑或以后再不想我们去府上麻烦了？"

"不敢。"白诺竟忙笑着收回去，"那老朽就谢谢少夫人了。"

"老先生太客气了。"姚凤歌说着，又吩咐旁边的李嬷嬷，"替我送老先生。吩咐门上的人，好生用马车把老先生送回家去。"

李嬷嬷送走了白诺竟回来跟姚凤歌回话，姚凤歌已经听珊瑚把东里间的那些话都说了一遍，便冷着脸问李嬷嬷："之前太太跟前的那些大小丫鬟们现如今都安顿在哪里？"

"这事儿是二奶奶调停的。那几个大的配了人，小的散在了各房。"李嬷嬷回道。

姚凤歌冷冷地哼了一声，又恨恨地吩咐道："你这几天替我听着点，看谁背地里嘴巴不干净，居然敢诋毁燕语的名声！"

"是。"李嬷嬷忙欠身答应着，又悄悄地看珊瑚。珊瑚给了她一个无奈的表情，又把眼风扫了一下东里间，李嬷嬷便立刻明白了。

第二日，姚凤歌早饭时便说这院子里不怎么干净，让李嬷嬷找了个神婆来在院子里念念叨叨地折腾了半日，最后，那神婆说，因为今年是龙年年底，明年是蛇年，大龙小龙首尾相连，原本是好事。但因这院子里有人属猪，正好跟蛇犯冲，所以主不安宁。

若想破解，便得这属猪之人去安静之处，请了天齐大帝和碧霞元君下界，每日寅时起跪拜供奉，至过了小龙年上元节，方可免除灾难。

姚凤歌便皱着眉头问这院子里谁是属猪的。李嬷嬷欠身回道只有冬梅一人是属猪的。姚凤歌于是叹道："怪不得爷的病总是不见好转呢，这段日子可不都是她在爷身边伺候着么？这是因为犯冲呢！"

李嬷嬷点头应道："是啊！神灵的事情是最准的。"

"行了，多给这位道婆些香油钱，请她在道观里再做一场法事。"姚凤歌说着，便站起身来，一边往外走一边继续吩咐，"叫人给冬梅收拾东西，今儿就去城外的家庙里，好生替三爷跪拜供奉。务必诚心诚意，你再替我告诉她，三爷的病好不好，全看她的心诚不诚了。"

"是。"李嬷嬷答应着，回头看向东里间的窗户，嘴角浮现一丝若有若无的微笑。

姚凤歌出了自己的院子，便直接去了清平院。

一路走着，姚凤歌便在心里冷笑，冬梅不过是个死心眼的丫鬟罢了，不值得她动什么肝火。倒是有的人你不把她当回事儿，她还以为大家都怕她，还真当自己是夫人了！这定侯府里的人都死绝了，也轮不到她来兴风作浪！

封氏听见姚凤歌来了，忙欠起身来让座。"妹妹快请坐，难为你一天两次地来看我。"说着，又苦笑道，"家里如今忙得一团乱麻，我不但帮不上忙，还给你们添累赘。"

姚凤歌劝了几句，又回头看了一眼屋子里服侍的丫鬟，问："岫云妹妹没过来吗？"

封氏淡淡地笑了笑，说道："爷这几日都在她那边休息，她照顾爷已经够辛苦了，我叫她在屋子里歇息呢，我这里凡事有丫鬟们，她也帮不上什么忙。"

姚凤歌点点头，说道："大嫂子一向都是仁义心肠，不像我，一贯地刻薄。"

"瞧你这话说得。"封氏笑着看了旁边的丫鬟一眼，众人忙欠身退了出去。

屋子里只剩下了封氏和姚凤歌两个人，封氏看着姚凤歌精致的面容，微笑道："有什么话请弟妹直说，咱们两个如今可不用弄那些弯弯绕。"

姚凤歌低声叹道："也没什么，只是因为那些奴才的事儿，心里堵得慌。"

"那你说出来，我替你排解排解。"封氏说着，拍了拍姚凤歌的手。

姚凤歌便道："前些日子三爷不是吃那位刘军医的药吃得身子差点给毁了么？这事儿按说只是那姓刘的害人，可如今下头人风言风语，不知怎么就扯到燕语的身上去了。说那姓刘的用的是燕语的方子，所以才让三爷吃坏了身子，如今算起来，竟是燕语害三爷。大嫂子说说，这话可气不？"

封氏立刻骂道："这可真是胡说八道，丧良心了！是谁在传这样的话？弟妹就该直接叫管家把人绑了打死算数！姚妹妹现在是皇上御封的三品医官，岂容这些奴才们诋毁？！"

姚凤歌轻笑道："马上就过年了，况且府里又是这种境况，我不绑人不打人，都已经人心惶惶了。若再打再绑，怕不是哀号遍地，这年还过不过了？"

57

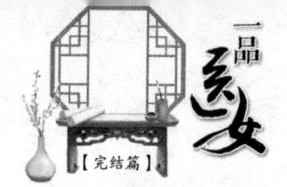

"那也不能任由奴才们造谣生事！"封氏生气地说道。

"好了！"姚凤歌拍拍封氏的手，劝道，"嫂子若是真想惩治那些刁奴，就赶紧养好了病起来当家理事，拿出你长房长媳的威风来。"

封氏叹道："你说的是，我的确病得不是时候。"

"嫂子又来了。"姚凤歌笑道，"难道我来是为了让你生气的？"

封氏笑了笑，舒了口气。姚凤歌便趁机转了话题："其实呢，我来找嫂子不是为了告状来的，是真心想跟嫂子提个醒儿。"

"哦？"封氏立刻警惕起来，"什么事？"

"嫂子想想，三爷的身子如今是这个样子，我是生不出儿子来了。我早就想好让琥珀生个儿子，到时候记在我的名下养着，长大了跟月儿好歹是个伴儿。我也不盼着别的，只盼着他们能跟我和燕语之间这样就很好。"

封氏点点头，叹了口气说是。

姚凤歌继续说道："可后来也是巧了，琉璃也怀上了。当时我还在想，这可不好，琥珀和琉璃若是因为孩子明争暗斗的，我做主子的也不好调停啊！可现在却又有些庆幸，幸好是她们两个都怀上了。"

"为什么？"封氏心想你弄一个庶子还不够堵心的？反而庆幸有两个。

"因为我找了个有经验的稳婆来给她们俩看过，稳婆说，琥珀肚子里的是个丫头，琉璃肚子里的才是个小子。"

封氏一怔，不由得直了脖子看姚凤歌，半晌才问："真的？"

姚凤歌笑道："这事儿我能骗你吗？"

封氏抿了抿干涩的唇，幽幽地叹了口气，靠在枕上若有所思。姚凤歌看她的脸色也不再多说，只端了旁边小几上的温水递了过去："嫂子，喝口水吧。"

"哎！你这话果然提醒了我。"封氏接过茶盏来，喝了一口水，又微微地苦笑，"别说岫云现在还没怀孕，就算是怀上了，也不能保证就是个儿子。况且……"怀了孩子还有可能生不下来。

姚凤歌低声叹道："现在家里这个状况，有些事也是迫不得已。我说句不中听的话，虱子多了不痒。大嫂子既然已经容忍了一个，又何必在乎两个三个？再说，以小佛堂里那位的状况，嫂子又能有多少时间耗呢？"

"你说得不错。"封氏的目光由茫然转向坚定，心中主意已成。

姚凤歌接过封氏手里的茶盏，低声笑道："听我说了这么多，嫂子该累了。我先走了，嫂子好生养着。"

封氏微笑着点头："闲了再来，我整天躺在床上很是无聊，就盼着你能来跟我说几句话。"

姚凤歌点头答应着，起身告辞去了。封氏靠在榻上安静地想了半日，最后自嘲地笑了笑，

卷三 灵燕扶摇

叫了心腹陈兴媳妇进来:"你替我去办件事儿,要悄悄地,要快。"

姚凤歌从清平院里出来并没急着回祺祥院去,而是往后面的花园子走去。

定侯府的后花园子今年冬天比往日萧条了很多,虽然各处的花草依然精致,但之前的欢声笑语都不见。姚凤歌踩着石子小径看着两边花木上的皑皑白雪,同样有些心不在焉。

绕过一片竹丛,李嬷嬷从对面的小径上走了过来,至姚凤歌面前,福了福身:"奶奶,冬梅已经送走了。"

姚凤歌低声吩咐道:"嗯,你注意这些日子陈兴媳妇的去向,如果我猜得不错的话,她应该会买好看的丫鬟进门。你去挑几个长相清丽些又可靠的给她,要做得不露痕迹。"

"是,奴才明白,奶奶放心。"李嬷嬷答应了一声。

姚凤歌又吩咐道:"叫人准备马车,午饭后我要去看望父亲。"

"好,奴才这就去准备。"李嬷嬷答应着,福了福身退了下去。

午饭后,姚燕语小睡了一会儿,刚醒来便有前面当值的小丫鬟进来回道:"夫人,姚老爷子派人来,说接您过去尝南边带来的新茶。"

姚燕语推开身上的被子起身,一边拢着头发一边吩咐:"好,你去告诉来人,我这就过去了。"

香蕴和乌梅忙近前来服侍她梳洗着装,姚燕语又问:"将军呢?"

乌梅回道:"赵将军说西边新送来了两千多匹好马,将军听了便跟赵将军出去了。将军走的时候说若是晚饭时还没回来,叫夫人就不必等他。"

姚燕语笑了笑,心里暗骂了一句,原来在这混蛋的心里,好马比媳妇重要。

一时坐了车往姚府这边来,下车后却看见姚凤歌的马车停在旁边,便问:"大姐姐也回来了?"

姚府门口的家人忙躬身回道:"回二姑奶奶,大姑奶奶来了有一会儿了。您里面请。"

姚燕语笑了笑,扶着香蕴的手进了院门,刚进二门,宁氏已经带着丫鬟婆子迎了出来。

姑嫂二人含笑问安,宁氏笑道:"今儿好不容易人齐全,今晚可要住下!"

姚燕语笑道:"家里一大堆事儿,怕是住下也难安静。还不如等过了年再过来,索性还能多住些日子。"

宁氏笑道:"就这么说定了啊。等过了年,你和凤歌都回来,咱们好好地乐呵几天。"

说笑着,二人进了上房院的西厢房,现如今这里是姚大人的书房,里面早就重新收拾布置过。

姚凤歌正在为父亲冲茶。"父亲,二妹妹来了。"宁氏拉着姚燕语进门。

姚远之朝着姚燕语招招手,让她过去。姚燕语忙上前福身给父亲请安。

"坐,尝尝你姐姐冲的茶。"姚远之指了指身边的座位。

姚燕语又朝着姚凤歌微微福了一福,方转身在父亲身边落座。宁氏微笑:"妹妹先

请坐,我去小厨房看看点心。"

"有劳嫂子了。"姚燕语忙道。

宁氏朝着姚远之福了福身,微笑着退出去的同时,把屋子里的丫鬟们也带走了。

房门关好,父女三人各自品过香茶后,姚远之问姚燕语:"前日听你二哥说,有人在皇上身边诋毁你?可查清楚是何人所为了吗?"

姚燕语轻笑着摇摇头:"皇上身边的事情,哪里是那么容易探听到的?显钧也为这事儿恼火呢。真不知道是得罪了谁。"

姚凤歌给姚燕语续了一杯茶,低声叹道:"妹妹,这事儿是姐姐对不起你了。昨日我才发现,定侯府中一些下人有闲言碎语,我顺藤摸瓜,查到最终散布这些话的人是封岫云。"

姚燕语听了这话一点也不吃惊,她不知道封岫云为何会这样,但却觉得凭着定侯府里的几个丫鬟婆子,怕是还没有本事把风吹到皇上跟前去。于是轻笑道:"姐姐何必自责?那姓刘的剽窃我的药方也不是什么秘密。他当初也在军中效力,这方子也是我当时口传给他让他去配药的。我连个字迹都没留下,如今更没有他剽窃的证据。所以拿他没办法罢了。"

姚凤歌皱眉道:"据说这事儿定侯爷还专门上了折子给皇上,不知道是不是皇上没看见,居然一点动静都没有?"

姚远之轻声哼道:"苏老三只是昏了过去,又没真的怎么样,皇上怎么会为这样的事情去处置一个亲自提拔的人?"

姚凤歌和姚燕语姐妹俩对视一眼,都没再说什么。其实姚远之说得很对,姚燕语早也就想过,在自己看来是极重要的一件事情,而在皇上看来却不过是芝麻小事而已,或许连费心思想的必要都没有。

姚远之看着自己的两个女儿,又道:"燕语你刚才也说不知何处得罪了封家的那个女儿。按说,你救过她嫡姐一命,封家上下都对你心存感激,她也不应该例外。可为什么偏偏要背地里制造这样的谣言诋毁你呢?就算这些话传不到皇上的耳朵里去,难道就不怕'三人成虎'吗?这样做,对她有什么好处?"

姚燕语又看向姚凤歌,对这些事情她实在是不擅长,所以想听姚凤歌的意见。

姚凤歌叹了口气,说道:"估计她想对付的人是我吧。毕竟我们是在一个屋檐下过的,侯府三方之间,从来都没真正的太平过,哪一时哪一刻她们不在算计?"

"不,她针对的绝不是你。"姚远之摆摆手,虽然他很不屑去指点女儿这些内宅里鸡毛蒜皮的争斗,但这事儿牵扯到了姚燕语,便是牵扯到了姚家在朝堂上的势力,身为姚家的掌舵人,他不得不说。

姚凤歌一愣,回头看了一眼姚燕语,又看向姚远之,不解地问:"父亲何以见得?"

姚远之淡淡地冷笑:"你回去之后,着手查一下陆家和封家。我觉得,十有八九是陆家。"

"难道,他们把太太病重的事儿归咎到了燕语身上?"姚凤歌心里一凛,继而蹙眉冷声说道,"那他们也太蠢了些!"

"牵扯到至亲的性命，人总是很容易做出愚蠢的判断。"姚燕语倒是释然了。
　　姚远之看了一眼一脸怒容的大女儿，又看着超然淡定的二女儿，忍不住轻笑出声，叹道："凤歌啊！你得多跟燕语学学。"
　　姚凤歌忙笑道："父亲这可真是为难女儿了。燕语的本事，女儿下辈子怕是都学不到呢。"
　　姚燕语忙道："姐姐可千万别这么说。"
　　姚远之又笑着摇摇头，说道："燕语的医术，都是机缘造化。旁人怕是不能学的。为父的意思是让你学学燕语的这份淡然。不管遇到什么事情，都不要着急，一着急便会失了分寸，做出错误的判断，要知道，人生如棋，一步错，步步错。唯有超然局外，才能看清楚啊。"
　　姚凤歌和姚燕语忙站起来，一起福身应道："女儿谨记父亲教诲。"
　　姚远之抬了抬手，示意二人都坐下。姚凤歌把已经冷了的茶倒掉，另取了新茶，重新冲泡。
　　新茶第二泡刚斟上，门外便传来姚延意的声音："今儿两位妹妹都回来了？好巧。"
　　姚氏姐妹相视一笑，姚燕语起身去给姚延意开门，姚凤歌另拿了一只茶盏，给姚延意倒上茶。
　　"二妹，回来了。显钧呢？"姚延意进门看见姚燕语，微笑着点头。
　　姚燕语微微一福，叫了声二哥，又笑道："马场来了两千匹良驹，他去看马去了。"
　　"啊，是了！听说皇上也去了。自然少不了他。"姚延意点点头，又进了里面给父亲请安。
　　宁氏带着丫鬟端了四样刚出炉的小点心进来，姚燕语笑着斟了一盏茶递过去："有劳嫂子了，嫂子辛苦了，快请喝杯茶吧。"
　　"好。"宁氏笑着接过茶喝了，又道，"小厨房还煲着汤呢，妹妹且陪着父亲聊着，我去瞧瞧。"
　　姚凤歌笑道："嫂子让他们去做也就是了，我们又不是外人。"
　　宁氏知道姚凤歌在这种时候来见父亲，父亲又特意把姚燕语接来肯定是有事情谈，她不愿参与其中，所以笑道："这是我刚学的一道汤，最适合冬天喝的。可不敢假手他人，妹妹们先坐，我去了。"
　　姚远之抬手让儿子女儿都落座，然后又问姚延意："你的事情处理得差不多了？"
　　"嗯，药场已经封起来了，留了妥当的人看守。账目也都对好了。今年的收获真是不小。"姚延意说着，转头看向姚燕语，"二妹妹的钱我也放到恒隆钱庄了，账本让老冯拿回去了。"
　　姚燕语笑了笑，说道："这些事情有哥哥做主就好，反正我也不懂。"
　　姚凤歌笑道："二妹妹现在可是我们兄弟姐妹里面最富有的人了。"
　　"这都是二哥照应得好，我这个人，唯一喜欢的事情就是摆弄那些药材，别的都是二哥在操心。"姚燕语说着，忽然又笑道，"说起来，我前儿还想跟父亲和姐姐商议个事情，因为杂事太多又混过去了。"
　　"哦？"一直在专心品茶的姚远之抬头问，"什么事？"

一品医女【完结篇】

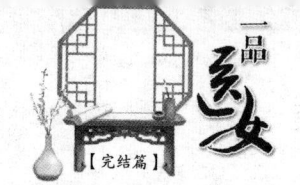

"是有关玻璃场的事情。"姚燕语说着,又看了一眼姚凤歌,笑了笑,"我想,让大姐姐和大哥也出点钱,这样我们兄弟姐妹四个人合起来去江南建一个大的玻璃场,当然,这事儿需要父亲拿主意,若是父亲觉得可行,我便管着出玻璃制造的技工。其他的,让哥哥姐姐们操心去。"

姚远之听了这话也不由得笑了:"你呀!明明是一片好心。"

姚凤歌的眼睛亮了亮,看向姚延意。

姚延意笑道:"燕语早有这个想法,只是怕父亲不同意。她也知道我们这样的家族不适合再弄这些事情。可谁跟银子有仇呢?这银子我们不赚,也是别人赚。再说,这玻璃器皿既美观又实用,造价比那些水晶琉璃低了数倍,大家都喜欢,我听说我们这边的玻璃水杯花瓶被商贩们弄到那边去,价钱竟翻了十倍。其实我们去江南建个场,也算是为民造福。"

"狡辩!"姚远之瞪了姚延意一眼,轻声斥道,"你现在是朝廷官员,言谈举止都要注意。"

"是。"姚延意忙收了笑容,恭谨地低头答应。

姚凤歌笑道:"你们怕,我不怕,我现在都成了孤儿寡母了,幸亏有父兄和妹妹提携着,不然的话再过两年,我跟月儿都得喝西北风去。"

姚远之看了一眼女儿,叹了口气,说道:"文定的病就没好办法了吗?"

姚凤歌轻笑道:"他不许二妹妹给他瞧病,别的太医给的药又没那么快的效验。昨儿我刚请了白家的老太爷来给他诊了脉,开了方子。"

"嗯。"姚远之点头说道,"白家的医道也是很精深的,那老爷子给开的药方,应该管用。"

"吃吃看吧。"姚凤歌满不在乎地轻笑着,"不怕父亲骂女儿不懂事,其实他这样我倒也放心。最起码不用跑出去招猫逗狗的,惹些麻烦回来。不过是吃药调养,花点银子罢了,我乐得养着他,倒是少生些闲气。"

"你这也是胡说!"姚远之沉下脸来,瞪了姚凤歌一眼,"女人家都是出嫁从夫!你这些话若是让人传出去了,名节性命要是不要?"

姚凤歌垮了脸,低下了头。

姚燕语忙劝道:"父亲不要生气,凡事都有个两面性。姐姐这也是被逼无奈的。"

姚延意也忙劝道:"二妹妹说的是,文定那个人,文不成武不就的,又生了一副花花肠子,实在难当大任。若不是生在侯门里,有父兄约束着,还不知要怎样呢。"

姚远之对苏玉祥的事情自然也都了解过,对于自己的大女儿现在这个样子也着实无奈。他本来是想找定侯爷好好地谈谈,但定侯现在称病谢客,作为父亲,姚大人很是无奈。

一时间气氛有些沉重,半晌后,姚凤歌才又开口:"父亲不必担心。我不求其他,只求带着月儿在侯府安稳地过日子罢了。反正以后定侯府那边无论如何也轮不到三房当家。我只求余生安稳,这应该不难。"

姚远之幽幽地叹了口气,说道:"如此,燕语刚才说的那个玻璃场的事情,就写书信让你们大哥帮着办吧。你们兄弟姐妹能够守望相助,将来我与你母亲百年之后也能放心了。"

卷三　灵燕扶摇

这句话一说，姚凤歌的眼圈儿立刻红了，忙别过脸去悄悄地拭泪。姚延意叹道："父亲放心，有我跟大哥在，一定会照顾好妹妹们的。"

姚燕语心里一怔，忽然想起还留在南边的姚雀华。心想难不成二哥还有心思管姚雀华的事情？

"哎！你这话，倒是让我想起了雀华。"姚远之叹道。

"她怎么了？"姚延意皱眉，心想难道又不安分了？上次吃了亏难道还不醒悟？

姚远之摇了摇头，没有说话。姚燕语则开口了："不管雀华怎样，玻璃场的事情，跟她没有关系。我的初衷是想着大姐姐以后的日子，还有在南边打点上下的大哥。雀华……她似乎也不喜欢我。我不想跟她牵扯太多。"

姚远之忍不住皱眉，不知道姚燕语为何独独对雀华如此反感。

"行了，反正她还小。"姚延意心里是有数的，所以忙用话题岔开，"如果将来她还这么幼稚，做事不懂规矩，我们会另外为她打算的。玻璃制方是二妹妹一个人的，所以玻璃场的事情你说怎么样就怎么样。"

姚凤歌虽然不知道姚燕语为何如此讨厌雀华，却也随着姚延意点头："这个自然，二妹妹现在又不缺钱，肯拉上我们凑份子，自然是想拉我们一把的意思。"

"这些小事，你们自己去商量。"姚远之本就对这些事情不怎么上心，作为一家之主，他需要操心的是整个家族的大方向。至于银钱小事，小辈儿们只要不走了大褶，爱怎么样就怎么样吧。况且姚延意这两年在京城历练得越发沉稳成熟，做事张弛有度，有他把关，应该错不了的。

当下，姚远之又跟自己的儿子女儿说了些闲话，冬天天短，眼看着天色就暗了下来。

外边有人进来回："回老爷，二爷，二姑爷来了。"

"哟，显钧来了？快请。"姚延意笑呵呵地起身相迎。

卫章已经从外边进来，锦大氅上沾着点点白雪。姚燕语便抬手帮他掸掉，问："竟然下雪了！"

"刚刚开始下。"卫章抬手把猞猁裘解下来递给旁边的丫鬟，又细细地看了一眼姚燕语的脸色，笑道："这屋里的炭火到底是足，瞧你热得脸都红了。"

姚燕语瞪了他一眼没说话，转身往姚凤歌身边去了。卫章方跟着转过屏风，先去给姚远之见礼。

在姚远之的眼里，辅国大将军乃是乘龙快婿，自然十分看重的。于是笑呵呵地说着"免礼"一边又盼咐姚燕语："给将军倒茶来。"

当着自己的父亲，姚燕语也不好任性，便亲手去给卫章倒了一盏茶递上来。卫章微笑着接过茶，还客气地说了一声："谢夫人。"

姚燕语翻了他一个白眼，回了一句："不谢。"

姚凤歌便咯咯地笑道："瞧他们两个相敬如宾的样子。"

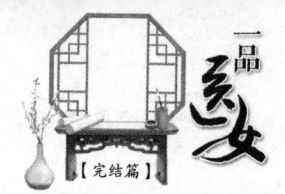

姚延意笑道："燕语其实还是很任性的，将军不跟她计较也就罢了。"

卫章又笑着看了姚燕语一眼，笑道："还好，也不是太任性。"姚燕语又瞪他，不是"太任性"是什么意思？

难得一家人聚在一起吃顿团圆饭，姚远之刚来京的时候姚凤歌没来，再后来姚凤歌来了，卫章却因有事没过来。今儿除了苏玉祥之外，可算是都齐全了。于是宁氏早早地叫人预备了一桌丰盛的宴席，并开了一坛子好酒。笑说："平日里都忙，今儿总算是齐全了。"

姚燕语笑道："难道说咱们现在就开始吃年酒了？"

宁氏笑道："年酒却算不上，今儿这顿算小团圆吧。"

这顿饭吃得十分热闹，姚远之看重卫章，但凡卫章敬酒便都一饮而尽。如此一来，姚延意也十分高兴，频频举杯敬姚家的乘龙快婿。宁氏也分别给两位妹妹布菜劝酒，这顿饭一直到二更天方才散了。

宁氏便说房间已经收拾好了，外边又下雪，两位姑奶奶就都别回去了，住一晚上明日再回。

姚凤歌不放心女儿，执意要回。姚延意便吩咐下人套好马车，要亲自送妹妹回去。卫章便道："不如我和燕语送大姐回去，不过是绕个弯儿而已。二哥喝了不少酒，就别再出去吹冷风了。"

姚延意想想也好，便又叮嘱了李忠一番，亲眼看着两个妹子各自上车，又劝卫章："你也别骑马了，这雪越下越大，你虽然身体强壮，但也要注意保养。"

卫章不过六七分的醉意，正是半醉如仙，恰到好处的时候，便含笑应着，上了姚燕语的马车。

定侯府和卫府两家的护卫家丁足有三四十人，前后簇拥着两辆大马车离开了姚府，先往定侯府方向去。

姚凤歌靠在马车里抱着手炉默默地想心事。今晚她也喝了不少酒，但却没有醉意。多久没有这么痛快地喝过酒了？好像自从嫁入定侯府就没这么开怀畅饮过。

看着姚燕语跟卫章举案齐眉互敬互爱，姚凤歌心里着实地羡慕。再想想家里躺在床上的苏玉祥，又觉得无限心酸。可是又能怎么样呢？各人有各命，半分不强求。

想当初她十里红妆嫁入定侯府的时候，满云都城的贵女们都艳羡不已。

定侯府是皇亲国戚，亦是开国功勋之家。谁都知道苏家的三少爷是定侯夫人的心尖子，人又出落得俊逸风流，为人谦和有礼温文尔雅，是云都城里出了名的佳公子。

当时的姚凤歌想着，能得如此郎君相伴一生，纵然没有刻骨的爱，也应该有平静的幸福。

可谁知道温润如玉的佳公子也不过是金玉其外罢了。

其实他风流成性也好，无所事事也罢，定侯府的基业在这里，姚凤歌又有丰厚的妆奁，只要他不寻事，不找碴，安稳的日子还是有的。

只可惜，人心不足蛇吞象。家里正妻妾室一屋子还不够，偏偏看中了不该看中的人，

卷三　灵燕扶摇

而他看中的人又不是那种任人揉搓之辈。

按说，求之不得，明智之人也该罢手了。毕竟一个有通天本事的女人，又得皇上赐婚，并御口亲封了品级职衔，绝对不可能随随便便拉进屋子里去给谁做妾。

可悲的是，这世上还有"执迷不悟"四个字。

执迷不悟啊！姚凤歌轻轻地叹了口气。

"奶奶，您头晕么？"旁边的珊瑚忙问。

"没有。"姚凤歌摇摇头。

珊瑚看自家主子一脸的落寞，又小心地问："这就要到了。奶奶累了吧？要不奴婢给您捏捏肩？"

"不用了。"姚凤歌笑了笑，又问珊瑚："李忠待你怎样？"

珊瑚一怔，不由得低了头，说道："挺好的。"

"真的挺好？"

"还行吧。他那个脾气是有些急，不过再急也就是骂两句，却从不敢跟奴婢动手。"

"他凭什么骂你？"姚凤歌皱眉问。

珊瑚是她身边的头等大丫鬟，当时嫁给李忠的时候，姚凤歌给了她一份丰厚的嫁妆，在那么多丫鬟中也算是独一份儿了。再有李嬷嬷也是近身服侍的，自然知道珊瑚在主子心里的分量。怎么这还不能让他李忠好生相待吗？

珊瑚笑着叹了口气，说道："嗨！奶奶是尊贵人，自然不知道下人们的那些事儿。其实哪家的勺子不碰锅沿儿呢？不过是凑合着过罢了。就大奶奶的陪房陈兴家的，三天两头都被他男人抽两下，两个人不也还是一样过？孩子都生了三个了。"

姚凤歌"哧"的一声笑了，笑过之后又轻轻地叹了口气。是了，这世间哪有那么多的举案齐眉？哪有那么多的情深义重？不过是凑凑合合过日子罢了。

马车行至定侯府门口停了下来，珊瑚扶着姚凤歌出了车棚。

雪下得越发大了，一片一片鹅毛一样从墨色的夜空里飘落下来，定侯府门口的石狮子在高挑的灯笼下变成了橘色的雪狮。

后面马车里，卫章扶着姚燕语也下了车，夫妇两个踩着厚厚的雪走到了姚凤歌的面前。

姚凤歌笑道："你们两个进去喝杯热茶吧。"

姚燕语摇头说道："这么晚了，我们就不去打扰了。姐姐快进去吧，月儿这会儿怕是该睡了。"

"嗯，如果你们不进去的话就早点回家吧，天太晚了。"姚凤歌抬手拂去姚燕语斗篷上的雪花。

姚燕语微笑着说道："我今天说的玻璃场的事情，姐姐尽快找个时间过来，我们商议好了就得选人，过了年就派往江宁去找大哥。"

"好，我会放在心上的。改天我再去你府上。"姚凤歌答应着。

65

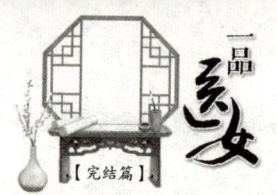

姐妹两个道别后，姚凤歌看着卫章把姚燕语抱上马车，然后带着家丁护卫旖旎而去，又轻轻地吐了一口浊气。

时至此时，她是多么庆幸当年姚燕语来定侯府的时候，她没有因为苏玉祥对她喜欢而针对她，多么庆幸她一直尽量放宽自己的心去接纳这个庶妹。即便她竭力地想摆脱自己两不相干的时候，她也尽量地以长姐的姿态去笼络她。虽然姚凤歌不知道雀华对燕语做过什么，但从今天她对雀华决绝的态度来看，姚燕语绝非软弱可欺之辈啊！

却说姚燕语靠在卫章的怀里，卫章展开自己的猞猁袭裹着她，低声问："你有没有觉得你姐姐今儿对你有些特别？"

"嗯。"姚燕语摇摇头，"是啊！我给了她一个发大财的机会，她能对我不特别嘛。"

"发什么大财？"卫章纳闷地问。

"玻璃场啊。"姚燕语轻笑道，"过了年我要去江宁再开一个玻璃场，让她和大哥入股。一个帮我管账，一个帮我看场。"

"你缺人手？"卫章纳闷地问。

"不缺。"姚燕语摇头。

"银子不够？差多少？"

"银子也尽够。"姚燕语轻轻一叹，又哧哧地笑道，"我现在穷得就只剩下银子了。"

"那你为什么要他们入股？如果只是想拉她一把，不如直接给银子好了。这样清楚明白，省得将来牵扯得太深了反而伤了姐妹感情。"

姚燕语轻笑着摇摇头，想了想，问道："你身为将军，手下有将士兵勇数万。我问大将军一个问题可好？"

"嗯，问。"卫章轻轻地扶着怀里妻子的面颊，低声应道。

"你敢保证你手下的那些将士们永远不会背叛你吗？"

卫章没想到她会问这个问题，于是沉思片刻后方道："不敢。我不怀疑这世上存在绝对的忠诚。但也很明确地知道，绝对的忠诚不会在每个人每件事上都有。"

"对。"姚燕语点头，"人之所以忠诚，那是因为背叛的砝码不够。"

将士们忠于自己的将领，忠于朝廷，忠于自己的民族，除了因为他们知晓民族大义之外，还因为他们有家人，有爹娘儿女，有一份安身立命的家业。他们身后的一切都不容许他们背叛。

他们为国尽忠，也是为自己的幸福前程而战。

如果你把一个将士的家人都杀了，家业都烧了，你看他会不会叛国？

卫章点了点头，表示对姚燕语的话赞同。

"所以，我觉得我手下那些人也不会绝对地忠诚于我。就连老冯，我都给了他我所有铺子生意里一成的股。"姚燕语轻声说道。

卫章点了点头，接着姚燕语的话说下去："就算这样你也不能完全相信他，你把药场的事情交给你二哥，又让长公主府的人参与。玻璃场的事情交给老冯完全负责，又给了你二哥两成的股儿,如此,账目由三方监督,谁也别想从中牟取私利。"然后,江宁的玻璃场情同此理。

姚燕语轻轻点头,微笑着往卫章的怀里挤了挤。卫章把她往上抱了抱,让她更舒适地枕着自己的肩膀,问:"那,你跟靖海侯夫人在城郊弄的那个玻璃场又是怎么回事?"

"这件事情其实是我自己的私心。韩姐姐跟我情同姐妹,我们互相欣赏,性情相投,甚至相见恨晚,恨不得八拜结交。但不管怎样,这份感情毕竟少了血缘的维系。这只是闺阁女儿家的情谊,若真有牵扯到家族利益的大事时,这点感情势必会为利益退让。"说到这里,姚燕语忽然一笑,转了话题:"你看看,连泱泱大云朝,对那些番邦外族的怀柔之策里,都有一条非常英明非常好用的政策——通婚通商。"

卫章立刻明白了。就目前来看,这是姚燕语跟韩明灿二人互相绑紧的最直接有效的办法。

"为什么这样?"卫章微微皱眉,为她如此精打细算而感到非常不舒服。

姚燕语轻轻一叹:"我们现在风头太盛了!一棵小树若想长大,必须先把根深深地扎下去。否则,它是长不稳的。"

卫家势力单薄,卫章现在不但手握重兵,且身居高位。再加上自己也是出尽了风头,这样的夫妇二人,若不能跟几个大家族绑在一起,说不定从哪儿来一阵风就吹倒了,甚至连根拔起!

一时之间,各种各样的情绪汨汨地冒着泡涌上卫章的心头。

有失落,有惊讶,有震惊,有庆幸,还有些心疼……这些情绪汇聚在一起,有一种说不清道不明的……惆怅。身为丈夫,不能让自己的女人完全依靠,这让他觉得自己很没用。

姚燕语这样做,不仅仅把姚家跟卫家紧紧地绑在一起,还顺便绑住了定侯府,靖海侯府,镇国公府,再往远了说,还间接绑住了远在江南的姚延恩的妻族以及姚延意的妻族。

卫章不是傻瓜,相反他是个极其聪明的人。

想通了这些之后,卫将军微微仰起头靠在车壁上,默默地长叹——怀里这个娇小柔软的人是有一颗怎样的七窍玲珑心啊!

姚燕语说完那番话后,酒劲儿终于反了上来,便靠在温暖的怀抱里渐渐地睡着。等到了家门口时,她已经睡得沉了。

卫章把她身上的斗篷裹好,又把马车里备着的一条波斯产的羊羔绒毯子裹在她的身上,才轻轻地抱着她下了马车。

第五章

转眼便到了除夕。

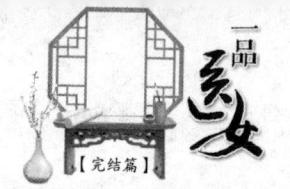

按照大云朝的规矩,过年是要请祖宗们回家来享受子孙们的香火供奉,跟子孙后代一起过年的。所以到了腊月三十这日,家家户户都是拿着香火鞭炮去城外请祖宗的人。

大户人家前簇后拥,小户人家也是携子抱孙,以上告祖宗,咱家后继有人。

这件事情卫章他们自然也是要遵循的,只是他们这些人常年在外带兵打仗,极少能在家里过年,所以家里的祖宗一般都是家里的管家管事们代主子们去请。

就像去年过年的时候卫章和贺唐赵葛四人都在凤城,而且正是杀得血雨腥风的时候,哪里顾得上请祖宗过年?

再往前列数,这十来年的从军生涯,卫章也只是前年的时候在云都过年,只请过一次祖宗。

所以今年辅国大将军府把这件事情安排得十分隆重。

再者,辅国大将军府的祠堂也跟别家不同,正堂旁边还有偏堂。正堂里供奉的是卫章的列祖列宗。偏堂里供奉的则是当年随着卫老将军征战沙场的一部分将士们。

之所以这些人会被供奉在卫家祠堂的偏堂里,自然是有缘故的。

开国之初的这些将士,大多是经过连年战乱的,所以他们之中有一部分是遗孤,比如赵大风和葛海的父亲就是卫老将军从逃难的人群里带回来的没爹没娘的少年。还有一些人跟着老将军征战沙场,根本没来得及娶妻生子就丢了性命,算是绝后。当然,这些能够被卫老将军记挂的,自然都不是平庸之辈。

卫老将军在年老病重之时,时常缅怀这些跟自己一起拼杀过的老兄弟,老部下,觉得亲兄弟也不过如此。所以才在自家祠堂旁边修建了偏堂,每年祭祀祖先的时候,就叫家里的仆人顺便把这些跟自己都有过命交情的老兄弟都叫回来过年。

这事儿曾经被卫氏旁支的叔公叔祖们指责过,但卫老将军一意孤行,再说他也不是什么好性子,惹急了就是一顿臭骂甚至一顿棍棒。那些旁支骂不过也打不过,只得罢休。

后来这座将军府被卫二斗占了去时,祠堂里的偏堂曾经被破坏得不像样子,后来卫章回来,又叫人重新修了起来。

现如今,别的不说,就唐萧逸的祖父和父母,葛海和赵大风的父母的灵位都在偏堂里供奉着。贺熙的祖父和父亲的灵位之前也在,后来他自己修建了府邸,便把祖宗的灵位请回了自家。

这日早饭后,卫章便带着唐萧逸、葛海、赵大风请祖先回家过年,长矛等十几个年轻的下人各自挎着一个大竹筐,竹筐里装着香火、纸钱、鞭炮等。

去的时候要点着鞭炮去,卫章要去城郊卫氏祖坟请祖先回家。

而唐萧逸、葛海、赵大风也要去各自的祖坟走一趟,唐萧逸的祖坟上只有父母的坟墓,祖父是衣冠冢。葛海赵大风则只有父母的坟墓。说起来,可谓是凄凉无比。

不过赵大风却一路都很开心,用他的话说,他父亲本是孤儿,逃难的路上被老将军带回家,养了两年送去了军营,打了几年仗才赚了点银子回家娶了他娘。现如今他赵大风好歹也是从五品的朝廷命官,父亲看见自己该笑得合不拢嘴了。葛海跟赵大风一样,所以两个人一路有说有笑。

唐萧逸心里也很是感慨,能有今天,是他从不敢想的。再想想过了年自己就要成家了,成了家也会有孩子。不管嫂夫人给自己定了哪家的姑娘,他唐萧逸也将是有家有口的人了!以后再出征打仗,也不怕没人给自己收尸了。

兄弟们各怀心事地去请祖宗回来过年,姚燕语在冯嬷嬷的辅助下也忙得脚不沾地。

因为过年的安排太多,将军府几个兄弟只能在除夕这日的中午正经凑在一起吃个饭。所以准备得特别丰盛,差不多就抵了年夜饭。

阮氏穿戴整齐裹着长绒斗篷随着贺熙一起过来,身后跟着奶妈子抱着襁褓里的儿子。贺熙家新鲜出炉的长子这会儿睡得正沉,当时这小子刚生下来的时候姚燕语想了几个名字,卫章挑了一个:贺成凯。阮氏又给他取了个小名儿叫吉儿,取吉利吉祥之意。

五个大男人两个女人加上一个小婴儿,围坐在一起也算是一大家子。

一会儿,咕咕滚开的锅子端上来,香喷喷的肉味在屋子里弥散着,男人们高谈阔论,猜拳行令,厢房里,小婴儿醒了,哇哇地哭着找奶吃,奶妈子轻声细语地哄。

姚燕语坐在卫章身边,看着这些鲜活的面孔,听着这热闹的喧哗,一时间竟有些恍惚,有种不知身在何处的感觉。

"夫人。"葛海在前面几个兄弟都敬过酒之后,端着酒杯站了起来。

众人一愣,都纷纷转头看着他。卫章扬了扬下巴,微笑道:"有话坐下说。"

"不,我今天是有事求夫人,所以我得站着说。"葛海嘿嘿一笑,一张凶巴巴的脸竟也有些憨实。

姚燕语笑道:"你是有什么事儿,非等到今天说?"

坐在贺熙旁边的唐萧逸一怔,忙转头看向葛海。只是葛海根本没看见唐萧逸看过来的目光,话已经说出口:"我觉得嫂夫人身边的翠微姑娘很好,我愿意娶她为妻,求嫂夫人成全。"

姚燕语顿时愣住,下意识地回头看翠微。

翠微已经变了脸色,把手里的酒壶塞给身后的麦冬,匆匆走了。

这是什么时候的事儿?怎么翠微没跟自己说过?姚燕语一时有些无措。

若是别的事情,杀伐决断她根本用不着含糊。可这是翠微一辈子的幸福,她却马虎不得。

在别人的眼里,翠微是姚燕语的丫鬟,只要她一句话,让她嫁给谁就得嫁给谁。

可在姚燕语的眼里,不管是丫鬟也好,姐妹也罢,婚姻大事都得你情我愿,男女相悦才行。就算自己是主子,也不能随随便便一抬手就把两个人给拴到一块儿去。

就在姚燕语发愣的时候,卫章已经呵呵笑了:"这是好事儿啊!你小子什么时候动了这个心思?"

葛海嘿嘿一笑,说道:"早就动了,就是没敢说。怕夫人舍不得。"

69

一品医女【完结篇】

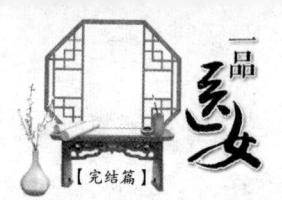

"笨！夫人再舍不得，也没有留一辈子的道理。"说着，卫章抬手握住姚燕语的手，笑道："我说得对吧？"

姚燕语终于回过神来，勉强笑了笑，说道："是，将军说得没错。"

卫章高兴地举起酒杯对贺熙等人说道："来，咱们一起干了这杯，恭喜老四。"

"恭喜恭喜！"众人自然高兴，都忙举杯向葛海庆祝。唯有唐萧逸担心地看了一眼姚燕语，心想怎么看夫人的意思像是不怎么愿意啊？

姚燕语心里的确是别扭，但又不好当着众人的面怎样，况且刚刚连卫章都说了话，若是她当场驳回，那就等于打了卫章的脸。

可是，看翠微刚才的脸色好像并不是那种小女儿家的羞涩，或许她根本不愿意这桩婚事。她又怎么能强人所难？于是姚燕语应付了一会儿，便拍了拍阮氏的手，跟众人说了一句失陪，便起身往后面去。

姚燕语找到翠微的时候，她正一个人躲在放东西的耳房里哭呢。看那样子，姚燕语不由得轻叹一声，知道她肯定是不愿意嫁给葛海了。

"夫人！"翠微听见有人叹息，忙抬起头来，看见来人是姚燕语后吓了一跳，忙胡乱抹了把脸站了起来。

姚燕语走到近前，在一张椅子上坐下来，看着翠微红肿的眼睛，问："你不愿意嫁给葛将军？"

"不，奴婢没什么愿意不愿意。奴婢的事情自然是夫人做主。"

"你愿意，我给你做主。你不愿意，我也给你做主。"姚燕语皱眉叹道，"我现在问你愿意不愿意，你只如实告诉我。"

"奴婢……愿意。"翠微低声迟疑地说道。将军已经当众答应了，夫人怎么可能再去驳将军的话？

"愿意就是这个样子的？"姚燕语好笑地看着她，反问，"大过年的你哭成这样子是因为愿意？"

翠微依然低着头，不说话。

"行了！你也别哭。这事儿我还没说话，别人谁说也不算数。"姚燕语说着，站起身来，"你且回燕安堂去吧，待会儿我叫人送了饭菜过去你陪着冯嬷嬷吃饭。前面有香薷她们伺候就足够了。"

"是。"翠微福了一福。

姚燕语又无奈地看了她一眼，叹了口气走了。

众人喝酒喝得痛快，不过一个时辰，两坛子酒都见了底。

卫章还说再喝，贺熙劝道："我们也还好，夫人怕是累了。再说，下午我们也该休息一下，晚上还要守夜，新年一早还得进宫朝贺。接下来天天都是酒，难道还怕喝不够？"

唐萧逸忙道："贺大哥说的是。我们已经喝得差不多了，你看两坛子酒都见了底。还

卷三 灵燕扶摇

是留着点量晚上喝吧。"

卫章也想着姚燕语天不亮就起来了，这会儿肯定累了。便吩咐上饭，大家各自吃点东西就散了。

卫将军跟那几个兄弟不过多说了几句闲话，等进来时，姚夫人已经靠在榻上睡了。

跪坐在脚踏上捏腿的香蓣看见卫将军进来，忙起身上前，接过将军解下来的氅衣。

"怎么不劝夫人去床上睡？"卫章看了一眼榻上的姚燕语，微微皱眉。

香蓣把氅衣挂好，转身应道："夫人进门就躺在榻上了，估计是太累了，不想动。"

"嗯，你们下去吧。"卫章摆摆手，上前去把姚燕语连同锦被一起抱起来送到了床上，然后自己在她身边躺了下来。

卫章刚掀起被角想躺进去，被子就从手里被拽走，却是被姚夫人卷着被子翻身转向里面。

"醒了？"卫章轻笑着凑过去，扳过她的肩膀。

"没有。"姚燕语扭了扭肩膀，想甩开他的手，无奈，将军力大无穷，不是她一个弱女子能抵抗的。

"干吗不高兴啊？"卫章有些莫名其妙。

姚燕语不理他，只拉了被子盖住了脸。

"谁惹到你了？"卫章微微皱眉，伸手把被子拉下来，手上稍微用力就把人给托过来抱在怀里。

姚燕语忽地睁开眼睛看着他，小脸绷出十二万分的严肃。

这还真的生气了？卫章看着她，无奈地笑："大过年的，有事儿说事儿啊，可不许自己跟自己过不去。"

"葛海的事儿。"姚燕语不悦地说道。

"葛海的事儿？不是好事儿嘛？"卫章觉得纳闷。按说葛海想要娶翠微为妻，这的确是好事儿。葛海这个人虽然长了一副穷凶极恶的脸，但人心不坏。而且又有军功在身，也算是年少有为。给翠微做夫婿是绰绰有余了。

这事儿姚燕语也理智地想过了。她活了十几年，又进了这云都城，对这些人的行事准则早就摸得透透的。也知道婚姻这样的事情，讲究的是利益最大化。而且男人娶妻从来都是挑出身的。相反，女人嫁夫的话，多半会先挑一下男人的本事。有道是英雄不问出身。男儿不靠家族的庇佑也可以建功立业，博得锦绣前程。所以说，葛海能看上翠微，愿意娶翠微为妻，这是翠微的福气。

如果翠微不是跟了姚燕语这么多年，一直近身服侍，宛如亲人，姚燕语甚至要为这婚事庆幸。可是，当她看见翠微哭红的双眼时，心里想的却是翠微的心里或许已经有了别人。

"你就这样一口答应了，也不问问翠微愿不愿意？"姚燕语不乐意地哼道。

"她有什么不愿意的？"卫章觉得好笑，葛海这样的还不愿意？

姚燕语笑了笑，反问："那我问你，你为什么要娶我？"

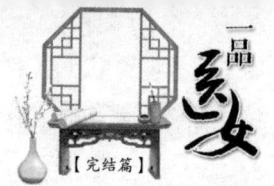

卫章无奈地笑了笑，半响才问："你说为什么？"

"因为皇上赐婚吗？"

"夫人。"卫章伸手捧住姚燕语的脸，诚恳地问，"咱能不胡搅蛮缠吗？你明明知道为什么的。"

姚燕语认真地说道："是因为你喜欢我，你爱我。"

卫章宠溺地笑了笑，低头吻了吻她的鼻尖："真乖。"

"因为你爱我，所以这云都城中有那么多比我身份尊贵的姑娘，甚至连郡主你都不要。"

"是的。"

"那你知道我为什么答应嫁给你吗？"姚燕语反问。

卫章轻笑道："因为你知道这世上除了我再没有对你这么好的人了。"

"为什么不是我爱你？"姚燕语翻了他一个白眼。

卫章想了想，说道："你起初答应嫁给我的时候，好像还没爱上我。你那个时候最多不讨厌我。然后呢，在你不得不选个人嫁的时候，你聪明地选择了我。"

"……"姚燕语默然，心想你丫能不能别这么犀利？

"不过后来你是真的爱上我了。否则你不会为了我去挡那一箭。"卫章说着，手指滑向她当初受伤的地方，准确地按在了曾经的伤口上。

虽然那道伤疤已经用最好的药粉去掉了痕迹，现如今看上去是完好如初的，卫章依然能一下子就找到那里，好像那道伤疤是在他自己的身上一样。

这个男人在谈情说爱的时候都这么准确犀利，让姚燕语无话可说。

"葛海这个人，虽然看上去狠辣无情，长了一副恶霸的样子，但其实心地不错。是个顶天立地的汉子，说到做到，绝不含糊。

"我知道长矛也喜欢翠微。但跟葛海比起来，长矛还是差了些。况且，今日葛海当着众人的面说出这番话，就算翠微不嫁给他，也不能嫁给长矛。

"还有，我知道你怪我当时多嘴。但葛海举着酒杯站在那里，你却一直沉默着，你让兄弟们怎么想？"

卫章说完，看着姚燕语依然沉默，便轻轻地叹了口气，说道："如果翠微执意不肯嫁给葛海，那我去跟他讲，另寻一门亲事给他。"

"别。"姚燕语摇头道，"我刚才问过她了，虽然她哭红了眼睛，但还是说愿意。"

卫章倒是一愣："那还有什么好说的？"

"我想她不过是不想你我因此事生了嫌隙罢了。"

卫章轻笑："那她也太小瞧本将军了吧？"

姚燕语也笑了："谁知道呢，你们男人不都小心眼儿？"

"有吗？"卫将军欠起身来看着夫人妩媚慵懒的神色。

"是谁嫌我发愣慢怠了他的兄弟了？"姚燕语抬手推开下巴上的大手，侧转了身。

卷三　灵燕扶摇

卫章笑着扣住她的肩膀，把人压回来霸住："好吧，看来夫人是真的生气了，那本将军得好好地服侍一下夫人，将功赎罪了。"

"唔……我都累死了，你还闹。"

"我给你松散松散，你再好好地睡一觉。"

"多谢，不用了……"

"别客气。"

……

小睡一觉，醒来时天色已经暗了下来。确切地说姚夫人是被外边的爆竹声给吵醒的。

"唔……什么时辰了？"姚燕语翻了个身。

"夫人醒了？"翠微的声音从帐子外边传来，然后紧接着是有人挑起珠帘的声音，然后帐子被撩起，四个小丫鬟端着铜盆捧着巾帕、香皂等物一溜儿站在屋子里。

翠微拿了一套新衣裳来，夫人洗漱后，穿上新衣，翠微又把姚燕语散乱的长发细细地梳理顺滑，细细地绾成朝云近香髻。

姚燕语坐在梳妆镜前，看着镜子里仪态万千的自己，不由笑道："不就是吃个年夜饭么？又不是上花轿，用得着这么麻烦？"

冯嬷嬷在一旁笑道："待会儿吃了年夜饭要守岁一直到子时，辞旧迎新，夫人总不能还穿旧日的衣裳。"

姚燕语忽然又问："将军呢？"

"将军说有点小事出去一下，这会儿也该回来了。"

正是说着，外边门帘一响，有丫鬟请安的声音，却是卫章进来了。

"夫人醒了没？"卫章一进门便问。

外间的小丫鬟回道："回将军，夫人正在梳妆。"

说话间卫章进了卧室，看姚燕语正坐在梳妆台前，偌大的梳妆台上摆了两个托盘，托盘上依次排开各式簪环珠钗。于是卫将军走到近前，看着镜子里的美娇娘，轻笑道："夫人今天真好看。"

姚燕语轻笑着看了他一眼，说道："谢将军。这还是你头一次说我好看。"

"不是吧？"卫章诧异地反问，听见旁边丫鬟们都在偷笑，又环顾众人，"真的是头一次说？"

姚燕语看着他那傻乎乎的样子，忍不住笑道："行了，帮我看看哪支钗子好看。"

卫章低头在几十件首饰中一扫，抬手选了那支最为华丽的赤金点翠的凤钗。

姚燕语忍不住失笑："罢了。将军的眼光……哎。"说着，她自己选了一支赤金如意头镶细碎红宝石的簪子递给了翠微。

翠微在发髻上比了比，簪在一侧。

卫章看着手里的那支凤钗，惆怅地笑了笑——被嫌弃了呢，这可怎么好？

一品 完结篇

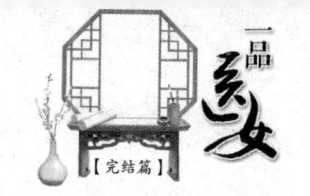

年夜饭贺熙夫妇没有过来，赵大风原本想拉着葛海去贺熙那边吃饭，无奈葛海一门心思想着翠微，便硬是把赵大风也留在了这边。

唐萧逸看着这两个活宝，无奈地摇了摇头，指挥着家人把他准备的烟花爆竹早早地摆在院子里，等会儿到了时间好燃放。

自从入了军营至今年，卫章家里这是头一次有女眷们一起守岁，因为不知道安排什么乐子，所以长矛便把戏班子、杂耍班子以及说书的唱曲儿的都请到了。

开宴后，长矛把单子递进来，问夫人是想听书还是听曲儿，或者听戏，好叫那些人赶紧装扮起来。

姚燕语笑道："虽然说过年了应该热闹些，不过我还是喜欢文文雅雅地吃顿饭。唱戏的就不用了，有安安稳稳唱曲儿的叫她们唱两支来听听。"

长矛答应着下去，不多会儿的工夫，便有几个伶人各自抱着胡琴琵琶竹板儿鱼贯而入，先至跟前请了安，然后至一旁，胡琴声起，琵琶轻弹，伶人甜润的嗓音，唱的是一曲《满庭芳》。

这软绵绵的曲调，别人听还好，赵大风和葛海听得心里都要长毛了。

极爱音律的唐萧逸也不怎么喜欢这个调调，于是转头悄悄地看姚夫人，却见姚夫人也是一脸的不耐烦，于是笑道："这曲儿唱得我都快睡着了。换一个吧？"

"就是，咱们还指望着弄点乐子守岁呢，就这个跟催眠曲一样……啊哈——"赵大风说着，打了个大大的哈欠。

其实这几位都没有守岁的习惯。守岁是为了让父母高寿，可他们都没有了父母，守岁都不知为谁。不过，这些强悍的家伙们曾经连续几日几夜地拼杀，什么困熬不过？这会儿哈欠连天的也不过是想换些乐子罢了。

"行了，叫她们停了吧。赏！"姚燕语也听不下去了，这古曲儿真的跟催眠曲一样，本来就困，再听下去真要睡着了。

麦冬忙拿了赏钱出去，那几个伶人隔着帘子磕头谢赏，又说了些吉利话方退了出去。

赵大风便道："不如我们猜拳？"

"等会儿过了子时将军和夫人都要进宫朝贺，虽然是过年，但一身酒气到底不好。"唐萧逸说着，转头看向姚燕语，又问，"不如咱们玩别的？"

姚燕语笑道："有什么好玩的尽管说。"

一屋子人热热闹闹地玩了一个多时辰，冯嬷嬷见饭菜冷了，又叫人撤下去换了热的上来。

眼看着到了子时，更漏一响，唐萧逸便说去放鞭炮。小丫鬟们都欢呼着跟他跑了出去。申姜田螺他们早就等着这一刻了，也不用人吩咐，便忙忙活活地把烟花在院子里摆好，捏着香争先恐后地点。

卷三　灵燕扶摇

乒乓之声顿起，灿烂的烟花在夜空里绚烂地绽放。

姚燕语裹着斗篷站在廊檐下看烟花，卫章凑到她耳边问："你要不要也去点？"

"啊？"姚燕语回头看他。

卫章借着廊檐下大红灯笼的光看她傻愣愣的样子，笑着重复："你要不要也去点烟花？"

姚燕语摇了摇头，笑道："算了，我笨手笨脚的，还是老老实实地在这儿看吧。"也不知道这制造烟花的技术能不能过关，说到底这玩意儿也是火药，万一一个不小心被轰一下，说什么都晚了。

"这有什么好怕的？我带你去。"卫章看她明明很想去却又不敢的样子，低声笑道，"不过是响一下罢了，又不能真的怎么样。"

"谁说的？这个搞不好也会出人命的好吧？"姚燕语立刻反驳，她可是珍爱生命从不玩火的。

"出人命？"卫章轻笑，"怎么可能？"

"怎么不可能？"姚燕语扭头看着他，好笑地问，"怎么你不信？"

卫章轻轻摇头："我不信。"

姚燕语看他不像是开玩笑，不由得一怔。大云朝打仗依靠的是刀枪剑戟斧钺钩叉，甚至有改良了的弓弩等。常有小孩在放鞭炮时受伤，姚燕语小时候从不敢自己放鞭炮。如果将鞭炮改良成武器……姚燕语深深地叹了口气。

"怎么了？"卫将军就见不得夫人叹气。

"这事儿你得让我好好想想。"姚燕语轻轻摇头，这句话可不能轻易地说，一种兵器的发明和创造的后果必定是生灵涂炭。

"什么事儿？"卫章有些摸不着头脑，看她如此严肃，绝不是小事。可……不就是放鞭炮吗？不过卫将军的思维之灵敏也非常人能及，不过是转瞬之间便猜到了几分，于是拉着姚燕语的手问："你说，鞭炮可要人性命？"

姚燕语沉默不语。卫章看着她的神情，竖起一根手指，说道："不是鞭炮，是鞭炮里面的炭灰？"

"那不仅仅是炭灰吧？"姚燕语好笑地反问。

"是，还有硫黄粉……"卫章蹙眉，缓缓地说道，"孙药王在《千金方》中记载了硫黄伏火法，用硫黄、硝石、皂角三种东西按照一定的比例烧制。起初是为了炼丹，后来人们用来驱赶邪祟，再后来便用在年节庆祝还有喜庆之事上。"

姚燕语接着说："但是那些东西如果积累到一定的数量——呃，就是说，如果有一人高的大爆竹掉进人群里炸开的话，会是什么后果？"

"会伤不少人，甚至死人。"卫章的脸色也凝重起来。他是将军，打仗对他来说是刻进骨血里的事情，一说到伤人死人，他立刻就能想到战争。

姚燕语轻笑道："看来我不用多说了。"

"你是怎么想到的？"卫章握着姚燕语的手，手心微微汗湿。

姚燕语轻轻摇头，说道："这没什么特别的，我只是比较怕死而已。其实你也可以想到，只是你是武将，习惯了勇敢。"

卫章沉默不语，显然还沉浸在自己的思绪里。

姚燕语伸手拉着他进屋，劝道："先别想了，赶紧休息一下，也该进宫了。"

唐萧逸三个人可着劲儿地把院子摆放的烟花都放完了才各自回去，姚燕语则困得不行，先一步回卧室去躺了一会儿。而卫章靠在旁边的榻上，心里却想着爆竹和伤人、杀人之间的关系，想着等过完了年该找谁商量一下，寻工匠做几个大大的爆竹，看看到底有何等威力，能不能远程投放。能是个什么效果？

两个人各自休息了一个多时辰，翠微和翠萍便端着热水巾帕进来伺候洗漱。

这回是崭新的例制朝服，配朝冠，朝珠，千层底黑丝履。

姚夫人可以以辅国将军夫人的身份随着诰命们进宫，但她还是选择穿自己的医官官袍，代表国医馆进宫向皇上拜年朝贺。用她的话说，国医馆本来就人丁不旺，五品以上也就她跟张老院令两个人，若她还以夫人的身份进宫，以后谁还瞧得起国医馆？

宫外的天街上被一只只宫灯照得宛如白昼。今日这条街也比往日热闹了数倍。

各王公侯伯以及朝中五品以上大臣今日都要进宫给帝后拜年，前两年太后孝期，皇上便只是接受百官朝贺之后便叫众人散了，今年太后孝期已过，边疆平稳，国泰民安，年前已经有消息放出来，今年皇上会留百官在宫中饮宴，君臣同乐。

乾元殿外，官员们互相打着招呼，张口便是过年的话，好不热闹。过得一时，帝后驾临乾元殿。皇上着皇后的手下了龙凤辇，踩着汉白玉雕的九龙阶在群臣的山呼之中一步步登上乾元殿。然后大云朝五品以上的各部官员以及三公九卿，皇室宗亲等足有一二百人，根据各自的职衔等级，一拨一拨进殿向皇上和皇后娘娘恭贺新春。

朝贺完毕，也快中午了。接下来是君臣同宴的时间。宴席自然也按照各部官员的职务安排，张苍北和太医院的院令、院判等几个老家伙一桌，姚燕语则跟几个三品以上太医、御医等八个人坐在一桌上。

一时众人向姚燕语敬酒，姚燕语见人举着酒杯过来，又说着奉承的话，便怎么也不好拒绝。七八杯酒下了肚，饶是男人都会有些醉意，何况姚燕语一个女人家？而且她这两天都没好好休息，本来精神就不怎么好，更撑不住这些酒。一时之间觉得头有点晕。便对众人道了一声失陪，离开了座位，行至角落处，问了旁边的小太监一句何处可更衣，便顺着小太监指的方向出去了。却不知有三四个人追着自己的身影寻了出去。

姚燕语出了大殿在外边晒着太阳吹着冷风，酒气散了不少，头也不怎么晕了。只是她再也不愿回去了，便靠在汉白玉栏杆上发呆。只是今儿这种日子，想清静是很难的。刚站了没一会儿便有人凑了过来。

卷三　灵燕扶摇

"咦，这不是姚御医么？"

姚燕语回头，看见来人面熟，细细一想，忙拱了拱手："陆大人。"

"姚御医怎么在这里站着吹冷风？"陆常柏笑眯眯地停下脚步，背负着手，问。

姚燕语轻笑道："刚吃了几杯酒，有些头晕，在这里散散酒气。"

"噢，原来是这样。"陆常柏点点头，却不急着走，"按说今儿这种日子，我也不该跟姚御医说这件事情。只不过我那老姐姐的病实在是让人挂心。所以也顾不得了。"

姚燕语无语，陆夫人的病她心里太有数了。

"姚御医，我听说萧帝师之前病得那么严重，你都能给他治好了，不知我那老姐姐的病……能不能请姚大人你帮个忙？救我那老姐姐一命。"陆常柏说着，朝着姚燕语拱了拱手，竟是在求人。

姚燕语忙拱手还礼，叹道："陆大人这话下官实不敢当。"

"只要姚大人肯救我那老姐姐……"陆常柏说着，居然有些哽咽。

姚燕语正为难之际，抬头看见苏玉平走了过来，不由得心头一松。

"舅舅？"苏玉平走过来，朝着姚燕语点了点头，方问陆常柏，"刚在想找舅舅敬酒的，他们说舅舅出来了。原来是在同姚御医说话。"

"少初啊。"陆常柏看见苏玉平，长长地叹了口气，说道，"我是担心你母亲的病啊！这大过年的，我也有几天没去看她了，你舅母今儿早晨还念叨呢，你母亲这两日可有好转？"

苏玉平就料到陆常柏拉着姚燕语不会有别的事情，但又不好多说，只叹了口气，劝道："母亲的病暂时无碍。今天是大年初一，舅舅该高兴才是，这个样子若是让有心人看见了回给皇上，皇上怕要不高兴了。"

"嗯，也是。"陆常柏点点头，又朝着姚燕语拱手，"姚御医的姐姐也在侯府之中。说起来，姚御医与我同定侯府是一样的亲近。我那老姐姐的病，在姚御医来说也不过是举手之劳，就是不知道姚御医愿不愿意医治……"

"舅舅！"苏玉平皱眉道，"母亲的病我们一直在请医延药。皇上之前有过圣旨，国医馆只管研究疑难杂症的药方，教导医女，不出诊。"

陆常柏立刻不乐意了："你这是什么话？姚家跟定侯府是姻亲，你母亲的病就算是亲戚之间帮个忙，难道皇上还会问罪不成？或者你根本不愿意你母亲的病能好了？"

"好了舅舅！今儿是什么日子？这里又是什么地方？我们不要说这个了，快进去吧。"苏玉平不欲多说，拉着陆常柏便往里面走，走了两步又回头歉然地朝着姚燕语点点头："外边风大，姚大人也进去吧。"

姚燕语微笑道："多谢世子爷。"

苏玉平扶着陆常柏刚走，便见龙柱后面转出一个英俊的武将和一个华服公子，正是韩熵戈和云琨。

二人带着姚燕语七绕八绕地绕到一处僻静的小院，宫女紫苏认真地冲茶，云琨一直不

77

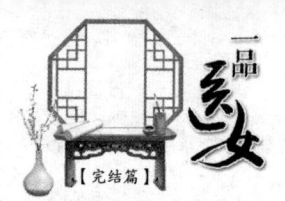

说话，倒是韩熵戈曾经跟姚燕语同行去过凤城，一路上互相照应，倒是比别人更加熟稔。所以便随便聊些诸如茶艺、养生之类的闲话。

不过是几盏茶的工夫，便有个伶俐的小太监寻二人而来。

云琨应了一声："知道了，这就来。"

韩熵戈却问姚燕语："你是跟我们一起去呢，还是回去？"

"可以回去了吗？"姚燕语喜出望外，看戏什么的谁稀罕，她这会儿最想的就是家里那张床。

韩熵戈笑道："卫将军应该还不能，不过你若是不想去可以悄悄地回去了。大不了皇上问起来的时候我和表哥替你回一声。"

"那可真是太好了。"姚燕语忙起身朝着二人拱手道谢，"谢谢二位了，谢谢！"

"不用谢。卫将军那边我替你说一声，不用担心。"韩熵戈笑眯眯地说着，又对紫苏说道，"你帮忙把她送出去。别叫不相干的人瞧见。"

紫苏微笑着应道："二爷放心。"

顺着紫苏指的路姚燕语很快就到了天街，然后找到了自家的轿子。

回了府，姚燕语进春晖堂一看，吓了一跳，正厅里乌压压地坐了一屋子人。却原来都是卫氏族人跑来拜年，姚燕语气恼长矛办事不妥当，竟将人放进来，表面上少不得打起精神来一番周旋。待众人散去，又将长矛叫来训诫了一番，之后姚燕语方疲惫地躺到床上。

卫章回来的时候天色已经晚了，长矛大总管总结经验教训，所以在卫将军一进门的时候便把族人过来拜年的事情如实汇报给他。

"夫人怎么说？"卫章皱着眉头问。

长矛赶紧回道："夫人好像不怎么高兴，但也没说什么，只说反正他们早晚都会来，趁着初一拜年的由头，大家也省得撕破了脸皮。"

"嗯，家里的事情虽然都是夫人做主，但你这个总管也不能徒有虚名，一些乱七八糟的事情能处理就处理了！"卫章说着，又转头看着长矛，"是不是这两年在京城里混，你小子有些心慈手软了？"

长矛低了低头，惭愧地应道："是，奴才是觉得，爷现在已经官居二品了，若是奴才再跟以前那样做事顾前不顾后的，怕是会招人闲话。"

卫章微微皱着眉头，哼道："怎么做官是我的事儿，怎么料理家里这些乱七八糟的事儿是你的职责。"

"是，奴才明白了。"长矛再次躬身。

卫章回到燕安堂的时候姚燕语已经醒了，只是懒得动，便躺在被子里睁着眼睛发呆。

帐幔被轻轻地掀起来，外边的灯光照进来，黑影一闪，却是卫章探身上床，因见她睁着眼睛看着帐子顶，不动也不说话，便笑道："想什么呢这是，这么入神？"

卷三　灵燕扶摇

姚燕语轻笑着摇摇头，低声咕哝着："好累。"

"没睡着？"卫章伸手把她拉起来搂进怀里，顺手给她揉着后背，"不必为了一些不相干的人和事情烦心，一切以自己是否高兴为首要，嗯？"

"怎么可能？"姚燕语失笑，"就算没有这些事儿，也不可能以自己高兴为首要啊。"

"剩下的事情交给我。"卫章低头吻了吻妻子的额头，低声说道。

"你能行吗？"姚燕语抬头看着他，言语神态皆是怀疑之色。

卫章失笑："还信不过我？本将军的人品有那么差吗？连我的妻子都不相信我了？"

"我是怕你用极端的手段。这事儿还是我来办吧，他们好歹也算是你的族人，而且事情做得太过的话，回头坏的也是我们两个的名声。"姚燕语无奈地笑，想当初是谁一怒之下灭了高黎人全族的？这事儿姚燕语到现在想起来还心有余悸。她不知道的是，卫将军到现在也是心有余悸，因为她当日受伤的事情。

大年初二回姚府，姚燕语算是比较轻松的。

宁氏知道她闹了两天必然辛苦，一进门便把她带去了之前的闺房。宁氏笑道："今儿没有外人，将军和老爷在那边吃酒，我就陪着二位妹妹在这边休息一日。明儿起，你们两个都不得闲了呢。"

姚凤歌笑道："我还好，各处的年酒都可以借着三爷的病推一推，只怕二妹妹是不得闲了。"

姚燕语则长长地叹了口气，说道："我从没想过过个年有这么累的。昨儿从宫里回来，我一口气睡到天黑，醒了也没吃东西，又一口气睡到天亮。今儿早起来这身上还酸呢。"

宁氏笑道："我听你哥哥说了，昨儿你竟是半路悄悄地回来了？好像皇上还问起你了，将军说你吃多了酒，怕御前失仪，先回去了。亏了皇恩浩荡，居然也没怪罪。昨儿老爷还说当时真是揪着心呢。"

姚燕语笑了笑，没说话。

外边一阵孩子的哭声，宁氏忙道："我去瞧瞧。"便起身出去了。

姚凤歌便悄声问姚燕语："我听世子爷说，昨儿在宫里陆家的人为难你了？"

"谈不上为难，陆大人一心想要治好他姐姐的病罢了。"姚燕语说着，又轻声笑了笑，"不过这事儿也不能再拖着了。难道就不怕夜长梦多？"

"谁说不是呢。"姚凤歌叹道，"我想侯爷是在等世子爷的子嗣。要我说，这命中有时终须有，命中无时莫强求。拖来拖去，谁知道是个什么结果？"

姚燕语淡笑道："这也是人之常情。"以定侯府的现状来看，若是改立世子，封家自然不愿意。但若是不改立世子，子嗣也的确是件大事儿。

姚凤歌笑道："这也罢了，不管他们怎么折腾，反正与我无关。我这几天正好想了想玻璃场的事情，我觉得李忠还是可靠的。珊瑚做事也谨慎，就派他们夫妇两个过去帮着大哥。其他下面使唤的人，去江宁那边再安排也就罢了。妹妹觉得怎样？"

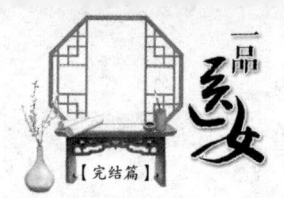

姚燕语笑道:"行,姐姐这边看着谁好就是谁,我这边只出技工。"

"那么说,过了十六就让他们去南边?"姚凤歌现在只想管自己的事情,像这个玻璃场,是越早建起来越好。

"好啊。"姚燕语也对赚钱的事情比较上心。

这边两姐妹又商议了一些细节,宁氏便抱着瑾月从外边进来。

宁氏笑着问:"二妹妹也快了吧?等今年新年,我们家再多个小娃娃才好。"

姚燕语笑着摇了摇头:"这种事情,快慢……我也说不好呀。"

宁氏笑道:"你自己懂医术,难道还不知道如何调理?这事儿尽早不尽晚,早些生个儿子,也好早些放心不是?卫将军家里单薄,你要多给他生几个孩子,他这辈子还不把你捧在手心里?"

"我一直以为,孩子的事情就是个缘分,或早或晚,只能随缘。"姚燕语说着,便低下头去喝茶。

姚凤歌奇怪地看了宁氏一眼,宁氏也有些茫然。二人直觉姚燕语不喜欢这个话题,于是便抛开了不再多说。

后来吃了饭,闲聊的时候,姚燕语偶然同姚凤歌说到了卫氏族人上门拜年的事情。

姚凤歌一听便明白了,笑道:"他们自然是瞧着将军和你日子过得好,身份又显贵,变着法地巴结上来,想寻个财路吧?"

姚燕语点头:"自然是这个意思,恐怕有了银子还想着做官儿。"姚燕语跟姚凤歌提及这事儿也是想听听这位嫡姐的意见,别的不好说,单说在处理这些关系上,姚凤歌甩自己十条街。

姚凤歌笑问:"这事儿你家将军怎么想?"

姚燕语笑着叹了口气:"他的意思很简单,只一句话,家事全凭夫人做主。这事儿可不就推到我的身上了?"

"要我说这也没什么,你若实在推不过去,也可以拣着一些没要紧的差事派给他们去做。不然这起小人背后里胡乱嚼说,也是坏了你们两个人的名声。不过,这世上的人总是贪心的,用是用,总得把人调理得忠诚可靠了再用。"

姚燕语笑着摇头:"姐姐知道,我是最不会调理人的。"

"不如你把人交给二哥。让二哥帮你调理调理,我想他自有办法。"

"也是啊。"姚燕语笑着点头,"前儿二哥还说药场那边人手不够呢。"

姚凤歌笑道:"这可不就是现成的机会?那些人听话还罢了,不听话二哥自然有办法让他们听话。再说,二哥也是朝廷命官,收拾他们也是名正言顺的,你放心就是了。"

姚燕语笑着点头:"姐姐说得有道理。回头我就跟二哥说。"

……

算起来初二这一天还是很轻松自在的,初三去靖海侯府也不算太闹,只有姚燕语和苏

卷三 灵燕扶摇

玉蘅两个人。韩明灿怀孕了，不喜吵闹，而且靖海侯多年不在京城，现如今虽然回来，却也不想卷入朝堂各派之中，所以并没有邀请太多的同僚来吃年酒。

初四这日姚燕语回请韩明灿和苏玉蘅，同时叫上了姚凤歌以及封氏、孙氏。同来的自然有苏玉平、苏玉安、苏玉康、萧霖。

唐萧逸听说苏玉蘅同三位嫂子一起过来，便找了个借口把之前定好的酒宴给推了，安心留在家里替卫章陪酒。

要说唐将军这婚事也挺有意思。之前他变着法地问家里人自己定的是哪家的姑娘，可到了这会儿，他反而没办法问了。

你想啊，所有人都知道他二月初六要娶亲了，如果他再去问人家：你知道我要娶的是哪家姑娘么？人家一准儿会以为他得了失心疯，否则就是缺心眼缺到了极致。

所以，唐将军想着不管娶谁，反正二月里自己就当新郎了，问与不问，知道与不知道都没那么重要了。一切都听嫂夫人安排吧。那不是有一句话说"长嫂如母"嘛！

卫章见他肯替自己挡酒心情自然很好，但也不会放过这个奚落兄弟的机会。便问："你不是跟大风和下面的兄弟们约好了出去喝酒？怎么又不去了？不怕他们回头合起来灌你？"

唐萧逸笑道："哪能呢？我说是老大你不准我去的。他们谁敢说半个'不'字？"

"你小子心里打的什么算盘当我不知道？"卫将军轻轻叹了口气，"罢了，娶不到人家，看看也好。"

"老大！"唐将军立刻垮了一张脸。

辅国大将军府的酒宴自然是丰盛无比，更有一些精致的南方菜色十分美味。萧霖、苏玉平都是受过姚燕语的恩，跟卫章又是过命的兄弟，苏玉安和苏玉康虽然跟卫章交情不深，但因为有唐萧逸在，大家谁也不能落了面子，所以这顿酒喝得都相当痛快。

当酒宴过后，大家都有了八九分的醉意。萧霖便提议："咱们大家该去瞧瞧将要做新郎官的唐将军的院子。"

苏玉平等人立刻说好。本来苏家也是要派管事过来丈量屋宇院落，好核算嫁妆怎么安置的，但能亲自瞧一眼岂不更好？

不过这话儿却不好当面说，免得唐萧逸觉得苏家人别有用心而心里不痛快。毕竟这里是卫章的府邸，唐萧逸自己的府邸还在修建。而婚期提前的原因是苏家等不及了而不是唐萧逸这边有什么问题。

于是大家都抱着各自的小心思，在长矛大总管的引路下，出了前院的正厅往西小院去。一进门，便有银铃般的笑声从院子里传来，几个男人都忍不住一愣。卫章问院门口的婆子："是夫人在里面吗？"

婆子忙回："夫人带着侯爷夫人、世子夫人、二少夫人还有大姨太太和苏姑娘在里面喝茶。"

都是自家女眷，说起来也没那么多避讳的，于是萧霖笑道："说起来也没外人，叫人进去通报一声，说我们进来了。"

婆子答应一声进去回话，卫章萧霖等人随后进了小院。

本来唐萧逸觉得，没办法娶一个自己喜欢的姑娘为妻也不是多么要命的事情，男子汉大丈夫何患无妻？他从没觉得自己是离了哪个姑娘就不能活的人。

可是，他再次看见苏玉薇妩媚的身影出现在将军府西小院那个将是自己新房的雕花长窗跟前时，他自以为平静无波的内心波澜骤起。

唐萧逸呆呆地站在那里，任凭耳边欢声笑语，他的眼前却只留下那一抹剪影，仿佛石落湖心，一片碧波被打碎，涟漪一层层荡漾开去，再也回不到从前。

"萧逸，萧逸？"苏玉平同唐萧逸说了一句什么，见他全然没有反应，便不得不抬手在他眼前晃了晃。

"呃，啊？"唐萧逸回神，旁边卫章、萧霖等人都哈哈笑了。

苏玉平轻笑着问："你想什么呢，这么入神？"

唐萧逸掩饰地笑了笑，说道："没想什么。世子爷刚说什么？"

"说你媳妇呢。"萧霖是知晓真实情况的为数不多的人之一，刚唐萧逸盯着人家苏姑娘的眼神绿油油的跟狼一样，几个人都是过来人，哪里能错过这个瞧热闹的好机会？

倒是苏玉平，因为苏玉薇是自己的妹妹，反而不好多说。便笑道："刚酒喝得多了，站在这里暖日头一晒，倒有些懒懒的。咱们就别在这里傻站着了，不如过去讨杯茶喝。"

"我？媳妇？"唐萧逸警惕地看着萧霖，此时他若是再不回神真的该去死一死了。

"嗯。"萧霖笑眯眯的，"说你这小院子收拾得不错，将来你媳妇娶进门应该会喜欢的。"

唐将军长眉一挑："你怎么知道我媳妇会不会喜欢？"

"因为这院子布置得很是迎合姑娘家的品味。"萧霖笑眯眯地看着唐萧逸。

连你这家伙都知道我媳妇是谁，为什么我还不知道？！唐将军在心里咆哮了一句，悲愤地一转头，恰好对上苏玉薇看过来的目光。

她似嗔还喜，粉面含羞，正是小女儿家最动人最美丽的表情。

唐萧逸看得心里一颤，又在这一瞬间转忧为喜。心头闪过一丝灵念，但还来不及福至心灵，她便转回头去，躲开了他的目光。

算了，不管怎样，只要她嫁得开心就好。此时此刻唐将军根本不敢想太多，以至于以后的许多年想起今日的情景他都忍不住要抽自己一巴掌——为自己这简直蠢到家的想法！但这是以后的事情，就在此时，就在此刻，唐将军是钻进了牛角尖里，怎么钻都钻不出来了。

因为卫章等人的到来，姚燕语、韩明灿等女眷们倒是不好多待下去了。

大家只是简单地见礼后，韩明灿便笑道："刚不是说这西小院的后面还有个小园子么？我们去瞧瞧吧。"

姚燕语便道："好，那就请侯爷和世子爷几位在这里吃茶，我们失陪了。"

卷三 灵燕扶摇

萧霖和苏玉平点头微笑着说好，众女眷便匆匆撤了。

西小院被长矛收拾成了三进的小院子，此时刚过了年，天气尚冷，珍奇花卉都养在屋子里，小院里只有几竿修竹青葱翠绿，倒也清幽雅致。

几个女眷们到了后院，各自落座，韩明灿笑着说起苏玉蘅的亲事。几个女人便对唐萧逸评头论足，都说唐将军俊逸非凡，又前途无量，苏玉蘅必然是有福气的。

"哎？刚才我看唐将军好像不怎么开心的样子？"孙氏忽然转头问姚凤歌，"可是我看错了？"

姚凤歌笑道："我倒是没看出来，我只瞧见唐将军刚刚看见咱们三妹妹的样子那叫一个深情款款，若说不开心，怕也是嫌我们这些人太碍眼，他不得跟妹妹互诉衷肠？又或者是嫌婚期太靠后了，巴不得明儿就把妹妹娶进门。"

众人一听这话都笑起来，苏玉蘅瞪了姚凤歌一眼，啐道："三嫂子越来越没正经了。"

姚燕语笑着揽过苏玉蘅的肩膀，问："妹妹看这小院可还满意吗？"

苏玉蘅羞红了脸不好说什么，姚燕语又笑道："不满意也只能这样了，等那边唐将军府建好之后，你自己再重新收拾，到时候我只管出银子，别的一句话也不多说。"

"姐姐！"苏玉蘅彻底羞怒了，推了姚燕语一把背过身去。

"好啦！蘅儿害羞了，你们都别说了。"韩明灿笑着走过去，揽着苏玉蘅回来坐下，又笑着跟姚燕语说道："不许再欺负蘅儿了。"

"好！我们都不去欺负她啦！"姚燕语笑着咬着一块酥饼，笑道，"我们得留着点力气等着闹洞房。"

"不是吧？"封氏笑道，"姚夫人身为家长，还要去闹洞房啊？你该出面护着我们蘅儿吧？"

"就是啊，闹洞房这事儿哪有你的份儿。"姚凤歌也笑。

姚燕语笑道："我当然不能亲自上阵，不过倒是可以出出主意什么的。"

"韩姐姐，你看她说什么！"苏玉蘅滚到韩明灿的怀里撒娇。

韩明灿笑着搂着她，说姚燕语："越说越没正经了。"

众人又一起笑起来，笑声欢快悦耳，在精致的小院上空回荡，午后温暖的阳光温和地笼罩着院子，几个贵妇人凑在一起说笑喝茶互相打趣，打发这难得的闲暇时光，这场景就像是一幅老照片，留在姚燕语的脑海里，经过时光的冲洗，虽然会渐渐地泛黄，却清晰如初。

身为武将有太多的身不由己，唐萧逸甚至都没等这日的聚会结束，皇上的口谕便到了辅国大将军府。

卫章带着唐萧逸匆匆入宫之后便去了锦城，长矛回来说是锦城出现了倭国的奸细，皇上不放心锦城守备，所以派了将军和唐将军一起去处理。

姚燕语摸着手腕上的紫珍珠手链，无奈地笑了笑，说道："我知道了。唐将军的婚期

就要到了，这件事情是府里的头等大事，你们务必尽心尽力，务必做到尽善尽美。"

"是，奴才明白。"长矛答应了一声，"夫人若没有别的吩咐的话，奴才先退了？"

姚燕语点点头，说道："去吧。"

长矛退出去的时候不经意地抬头，看了一眼站在旁边的翠微，然后又迅速地收回目光。

姚燕语顺着他的目光看了一眼翠微，心里默默地叹了口气，想着还有一件重要的事情没解决呢。于是叫住长矛："你等一下。"

"是。"长矛刚出了屋门又转身回来，"夫人还有什么吩咐？"

"帮我找一下葛将军，叫他有空过来见我。"

"是。"长矛心里咯噔一下，忍不住又看了一眼翠微，翠微却已经无声地转身去了里间。

第二日早饭后葛海来后花园的花房里见姚夫人的时候，夫人正独自一个人坐在一丛盛开的兰花旁边品茶。

葛将军觉得连话都不怎么会说了："夫人，您……找我？"

姚燕语微微笑了笑，看了看对面的那把藤椅，说道："坐。"

"是。"葛将军比第一次上战场都紧张。

在军队里，大家都怕卫章，被卫将军的眼神一扫，很多人腿肚子都会打战，可更怕葛海，葛海这个人阴狠无比，而且手段极其残忍，被人暗地里送了个外号叫"恶鬼"。但凡明着暗着跟卫将军一系作对的人都怕这只恶鬼，因为被他缠上，求死都是一种奢望。在军队里，他以狠戾出名。

可就是这样一个男人，此时却在姚燕语面前有一种束手无措的感觉。坐在藤椅上看着面前那个认真斟茶的女子，葛将军的一双手都不知道该握着还是展开，放在身侧不停地动，十根手指总也找不到一个合适的位置。

"葛将军，大年三十那天，你跟我说你喜欢翠微。"姚燕语微笑着递过一杯茶来，说道，"那应该不是醉话吧？"

葛海双手接过茶，微微低了低头，说道："谢夫人。那天我说的喜欢翠微姑娘的话，绝对不是醉话，而是我的真心话。"

"你是堂堂将军，前途无量。说不定过一两年你再立战功，也可以封伯封侯了。到那时候，难道你就不怕人家笑话你的妻子是个丫鬟出身？"

葛海喝了一口茶，压了压心神，方笑道："有什么好笑话的？我父亲曾经是逃难的难民。若不是被老爷了带回来，早就饿死在路边了，这世上根本就不会有我。"

"那不一样。"姚燕语笑了笑，给自己也斟了一杯茶。

"怎么不一样？"葛海捏着空茶盏，通过晶莹的玻璃茶盏看着藤编茶桌。

"人家说，英雄不问出处。你是男儿，可建功立业，光宗耀祖。历史上，叫花子也有做皇帝的。何况你是出生在将军府的人。可女儿家就不一样了。就算你不在乎，将来翠微也要面对这样的问题。"

卷三 灵燕扶摇

姚燕语想了想，又轻笑道："而且，你听没听说过一个词叫作'众口铄金'？先不说等将来你封公封侯，就说现在你一个从五品的将军娶她一个丫鬟出身的小小医官，还不知要引来多少非议。而她如果嫁给你，那么就要作为你的夫人去应付各府的夫人太太们。那些人都是什么样的人你可能还不知道，不过我却早就了解。那些人的唾沫也会把翠微给淹死的。"

葛海顿了顿，说道："夫人说的这些，我的确没想过。我就是个粗人，做事喜欢直来直去，我喜欢翠微，是绝没有掺假的，至于夫人说的那些事情……我觉得也没什么大不了的。若是那些人只知道盯着出身这样那样的，也没有交往的必要，不理就是了。人活着已经够难了，为什么还要给自己出那么多难题？"

姚燕语笑了笑，说道："你倒是洒脱。"

葛海也干笑了两声，接下来不知道该说什么好。然后心里一再地琢磨，也不知道唐二那家伙平时是怎么应付夫人的，能把夫人哄得替他保媒拉纤儿的。而到了自己这里，反而横加阻拦。

"翠微虽然是我的丫鬟，但她五岁那年就到了我家，陪着我一起长大，左右不离。在我的心里她比我妹妹还亲。"姚燕语认真地看着葛海，看着这个凶名在外此时却明显紧张得不得了的男子，轻声叹道："所以我……不怎么放心把她交给你。"

葛海猛然抬头看着姚燕语，问："那夫人要怎么样才肯把她交给我？"

姚燕语也平静地回视他："除非你让我相信她嫁给你会幸福。"

可你都不让她嫁给我，我怎么证明她嫁给我会幸福？！这句话到了嘴边葛将军又咽了下去，他知道顶撞姚夫人的结果可能会更坏。若是让唐萧逸和卫章知道，一向阴狠无比又喜欢用硬手段的葛将军忽然也变得优柔寡断有话不敢说了，真不知道这两位会怎么想。

姚燕语看着沉默无语的葛海，微微笑道："当然，这件事情我也没拒绝。我对你，拭目以待。"

"是，夫人。"葛海把手中的茶盏放下，恭敬地站起身来，"我不会让夫人失望的。"

"好。翠微也不小了，我也不能耽误她终身的幸福，我们就以半年为限。"

这样的条件让葛将军既高兴又为难，不过他还是微微地笑了笑，点头应道："好。谢夫人。"

姚燕语笑了笑："不用谢，我不是为了你。"

"我知道，所以我才要谢谢夫人。"谢你真心真意为我喜欢的姑娘做打算。葛海阴冷的五官难得晴朗了一回，笑了笑，转身离去。

姚燕语又给自己倒了一杯茶，一边闻着茶香一边淡笑着喊了一声："出来吧，别躲着了。"

兰花花架子之后转出身穿碧色衣裙的翠微："夫人。"

"都听见了？"姚燕语认真地品茶。

翠微福了福身，低声说道："回夫人，奴婢听清楚了。"

"坐啊。"姚燕语笑着看了一眼翠微，"这里没有别人，咱们且抛开夫人奴婢这样的身份，

85

好好地说几句话。"

"是。"翠微福了福身，在之前葛海坐的位置上坐了下来。

姚燕语不想用什么大道理来对翠微进行说教，她只是告诉她了一句话："有时候幸福只能握在自己的手里。你自己要努力，才会有更多的机会。"

翠微跟了姚燕语这么多年，有时候姚燕语一个眼神她都能心领神会。今天夫人为自己做的这些，她不可能不明白。

第六章

年还没过完，大家又都投入到忙碌之中去。

国医馆新招的七十六名医女已经全部办完了相应的手续，翠微和翠萍两个人被姚燕语委以重任，全面担任起教导的事情。帝师萧旦也在过了正月十五之后重新回到了国医馆，开始六皇子和七皇子的课业。而姚燕语则重新进入国医馆的新药研发之中去。

这些都不是重要的，重要的是眼看着二月初六这日一天比一天近了，长矛大总管把家里的事情都准备得妥妥当当，而卫将军和唐将军却一直没回来。这可把定侯府里的人给急得半死。

到了送嫁妆这日，定侯府的二太太把苏玉平和封氏找到了这边，担心地叹道："这如果到了成婚的日子，唐将军还不回来，可怎么好？"

苏玉平皱眉，低声叹道："朝廷的事情真的不好说。"

封氏想了想，劝道："唐将军只是被公事给缠住了，暂时回不来。不过他也知道自己的婚期，这一辈子一次的大事儿，我想应该会尽量赶回来的。而且，卫将军跟他在一起，也肯定会为他做主的。"

"哎！我就是担心啊！"梁夫人叹了口气，看了一眼封氏，又看着苏玉平，低声叹道，"其实我最怕的是……唐将军不会有什么事吧？平儿，这些事情你最了解，你替我拿个主意……"

苏玉平听了这话，忍不住笑了："萧逸是奉旨去查一些事情，又不是上战场。锦城是我们大云的土地，那里有装备精良的大云海军。他们怎么可能出事？再说，您刚才也说了，不是还有卫将军在吗？"

"说得也是。那婚事如期举行吧。"梁夫人点头说道。

"可是……"封氏为难地看了一眼苏玉平，又低声说道，"若是唐将军不能赶回来的话，这婚事要怎么举行啊？"

"哎！"梁夫人叹了口气，摇摇头，又笑道，"不是有老办法吗？"

卷三 灵燕扶摇

"老办法?"封氏诧异地看着梁夫人,半晌才吞吞吐吐地问,"二太太的意思是……公鸡?"

梁夫人笑了笑,点头不语,封氏又转头看了一眼苏玉平,苏玉平也只是无奈地笑了笑:"这也是没办法的事儿。"

嫡母和兄长都这样说了,身为嫂子的她也没什么可说的了。

……

"公鸡?!"姚燕语手里的一本医书"啪"的一声拍在面前的书桌上。

她已经写了书信给卫章,提醒他务必要在二月初六之前让唐萧逸回来娶媳妇。可是唐萧逸不但没回来,他们索性连一封书信都没送回来。若不是朝廷方面没有任何坏消息,她还以为他又跟上次凤城那边的事情一样玩失踪呢!

外边,苏家的嫁妆一件一件地搬进了将军府的西小院,都已安放妥当。还有十天,姚燕语着急地在屋里来回地走着,还有十天,唐萧逸这混蛋不知道能不能回来?!

"要不,我们把婚期往后推一推?"姚燕语抓着阮氏的手,说道。

阮氏劝道:"夫人,定侯府那边不希望推后。那边的二太太说了,唐将军是为了朝廷的事情,先有国才有家,苏家同意苏姑娘同公鸡拜堂。这事儿在大云朝也不是没有先例的,夫人就不要想多了。"

姚燕语叹了口气,摇了摇头没说话。是的,这事儿在大云朝并不少见。尤其是在寻常百姓家里,那些儿子出门在外的,家里父母要给儿子娶媳妇,便可以捉一只公鸡来跟新娘子拜堂。

还有那些给儿子冲喜的,儿子若是病入膏肓不能起床,有钱人家也会买个姑娘进门跟一只公鸡拜堂,拜过堂之后那姑娘跟三媒六聘娶进门的媳妇是一样的。只是这些人从来没有考虑过那些姑娘的感受。

姚燕语想来想去,最后同阮氏说道:"你留下来照应一下,我去一趟定侯府。"

阮氏应道:"好的,夫人尽管放心。"

姚燕语匆匆回房换了衣服便带着人往定侯府去了。苏玉蘅和所有的待嫁新娘一样沉浸在一种焦虑的幸福里,甚至比其他新嫁娘更加急切。姚燕语进来的时候她正一个人在屋子里用心地给一对荷包穿穗子。大红荷包,上面绣了一对比翼双飞的鸟儿,绣工十分精致,穗子都是用极小的玉珠子穿成的,一看就花费了极多的心思。

"姐姐?你怎么这个时候过来了?"苏玉蘅抬头看见姚燕语,高兴地笑着下了榻,上前帮姚燕语把斗篷解下来挂在衣架上。

"我来看看你。"姚燕语在苏玉蘅之前坐的地方坐下来,拿起那对荷包来细细地看。

苏玉蘅红了脸,笑道:"我手工不好,姐姐别笑话我。"

"你这还不好?"姚燕语笑嘻嘻地叹道,"你这还不好真不知道还有哪个好,你是不知道我的针线,怕不会让你笑话死。"

"姐姐不喜欢针线活，我是知道的。不过想来将军也不稀罕这些。姐姐有绝妙的医术就好了。"

"现在不说我的事。"姚燕语握住苏玉薇的手，叹道，"我来是为了你的事情。"

"啊？"苏玉薇惊讶地问，"我的事？"

姚燕语认真地看着苏玉薇，问："唐萧逸现在在锦城，因为公事回不来。他们说婚期不能往后拖，所以要弄只公鸡来跟你拜堂成亲，你愿意吗？"

苏玉薇笑道："这有什么不愿意的？"

姚燕语惊讶地看着苏玉薇灿烂的笑脸，完全不能相信自己所看到的："你真的愿意？"

苏玉薇看着姚燕语，纳闷地说道："别人不都这么做的吗？唐将军因为朝廷的事情没办法如期赶回来举行婚礼，可我的婚事又不能再拖了。这是唯一的办法，也是最好的办法啊。姐姐你怎么了？"

姚燕语压低了声音，问："跟一只公鸡拜堂，你不觉得……这是一种屈辱吗？"

"这跟屈辱有什么关系啊？"苏玉薇笑道，"虽然这事儿是有点儿委屈。不过，我家里的事情姐姐也知道。我只想早一天看见那个狠毒的女人去地下给大长公主请罪。看着她在小佛堂里好好地活着，我就吃不下饭，睡不着觉，恨不得拿刀去把她砍了。"

姚燕语忙拍拍苏玉薇的手，劝道："别让仇恨蒙蔽了你的眼睛。"

苏玉薇轻笑："怎么可能，唐萧逸可不是我闭着眼睛撞来的。"说着，苏姑娘收了笑容，认真地说道："就算没有大长公主这件事情，为了他，去跟一只公鸡拜堂，我也愿意。"

姚燕语震惊地看着苏玉薇，半晌说不出话来。她从来都知道苏玉薇是个敢爱敢恨的姑娘，但却万万没想到她会说出这样的话，更没想到她爱唐萧逸已经是这么深。

苏玉薇看着沉默的姚燕语，忐忑地问："姐姐你怎么了？"

"没什么。"姚燕语恍然回神，轻轻地叹了口气，"只要你不觉得委屈就好了。"

"这有什么可委屈的？有姐姐为我忙前忙后的，我开心都来不及呢。再说，嫁过去之后就能天天跟姐姐在一起了，你都不知道我有多开心，我有多盼望到这一天。"苏玉薇握着姚燕语的手，低声笑道，"其实我那么愿意嫁给唐将军，有一半儿的原因是因为姐姐你。"

姚燕语再次错愕。

苏玉薇又压低了声音："我说的是真的哦！姐姐可别把这话告诉唐将军。"

姚燕语失笑："你个疯丫头。"

成婚的事情定了下来，姚燕语纵然再觉得愧疚也无法再多说什么。她能做的就是看着家里的人把婚礼准备得更加妥当，每一个细节都亲自过问，力求做到尽善尽美。

只是，没有新郎的婚礼怎么看都是最大的缺憾。姚燕语看着西小院里铺天盖地的红，忍不住长长地叹息。

不管人们多么着急，二月初六这天依然不紧不慢地到了。吉时定在巳时，不算太早也不算晚，不过姚燕语这天起得比当初自己出嫁那日都要早。阮氏也一早就过来帮忙照应，见

卷三　灵燕扶摇

了一身盛装的姚燕语，笑道："夫人不要着急，一切都安排好了。"

"嗯。"姚燕语点点头，笑得灿烂又无奈。

辰时刚过，迎亲的队伍就敲锣打鼓地出门了，一路吹吹打打往定侯府，在巳时刚过一点便迎了新娘子回到了将军府。

西小院单独开的大门门口贴着大大的双喜字，早就挂好的爆竹乒乓地燃放起来。喜娘掀起轿帘，伸手把新娘子接了出来。门口的乐手卖力地弹奏着《良宵引》，喜庆的乐声和围观的人里三层外三层，围得密不透风。

街头，一匹白色的骏马驮着一个风尘仆仆的人正疾驰而来，那人一脸的征尘，身上的一袭白色的袍服都变成了脏兮兮的灰色，全身泥污没有一片干净的地方。

这人一路催马疾行，飞奔至这边的人群之外匆忙下马，然后就往人群里冲。一边分拨着人群一边喊着："让开！麻烦让开一下！"来人疯子一样地挤开了人群，甚至用上了拳脚功夫，专门拿捏这些人的软肋。

众人开始没反应过来，不过十几个人倒地之后，立刻有人喊了一嗓子："不好！有人抢婚！"然后立刻有人附和："抓刺客！有刺客！"

辅国大将军府的家丁护卫就算是从战场上退下来的，那一个个也都是打仗的好手。众人一听见"有刺客"三个字，哪里还敢怠慢，纷纷抄家伙上了！

开玩笑，唐将军的新娘子是说抢就抢的吗？！

围观的闲人们一看打起来了，纷纷抱头躲到一旁去看热闹。敢在将军府门口抢新娘子的，那绝对不是一般的刺客啊！这热闹有得看，错过可惜了！

而在此时，头上顶着大红盖头正准备进门的新娘子却被身旁的丫鬟一把拉过去，躲在了几个家丁身后。

只是，打斗声不过几下，便听见一声暴喝："都他娘的住手！"

众护卫听见这声音都忍不住一愣，腿脚动作便慢了一分。那位浑身脏兮兮的刺客便跳开几步的距离，再次挥着长臂，喊道："住手！别打了！别耽误老子娶媳妇！"

"咦？这好像是唐将军的声音啊。"站在大门口的长矛大总管忽然说道。

"什么？"头上蒙着红盖头的新娘子一听这话立刻不淡定了，抬手就要掀盖头看看来人到底是谁。

幸亏旁边的喜娘手疾眼快，一把按住了新娘子的手，低声劝道："哎哟喂，我的新夫人！这盖头可不能随便掀啊！"

"唐将军？"护卫中也有人问了一声。

"妈的！赶紧给老子闪开！"脏兮兮的唐将军抬手抹了把脸，把散乱在额前的碎发拨到一侧，露出了真实面目。

要说这人长得俊就是有好处，这面白如玉便是犹如谪仙一样的望尘脱俗；这一脸征尘胡子拉碴却又是一种刻骨的沧桑美。不管是干干净净的白面小生，还是一身征尘的酷跩将军，

一品医女
【完结篇】

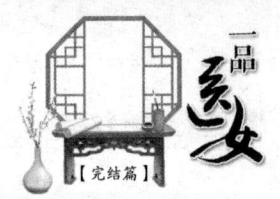

唐萧逸都把英俊二字诠释得淋漓尽致。

"哎哟！真的是将军！"长矛抬手一拍脑门，赶紧跑上前去，"我的将军哎！您总算回来了！"

"将军回来啦！新郎官回来啦！"有人一路飞奔喊着进去报信。

"娘的，累死了！"唐萧逸长长地出了一口气，拍拍长矛的肩膀，"没耽误吉时吧？"

"没有没有，将军，您快去沐浴更衣！"长矛大总管长长地呼了一口气，拉着唐萧逸就往里面走，走了两步又转头朝着傻了的乐队吆喝："赶紧！奏乐！老子没给钱吗？！"

乐队班子的头儿闻言忙一抬手，《良宵引》又欢乐喜庆地奏了起来。

"原来是新郎官回来了！"围观的人们这才反应过来。

"是啊！没看那位总管叫那人将军吗？"

"这新郎官当得！真是辛苦啊！娶媳妇这么大的事儿……啧啧！"

"谁说不是呢！"

……

在纷纷议论和欢庆的乐曲中，唐将军快步进门，却在经过蒙着大红盖头的新娘子身边站住了脚步。两个喜娘以及后面的两个陪嫁丫鬟琢玉和惜玉都赶紧福身见礼，齐声道："将军安。"

唐萧逸伸出手去，喜娘和两个丫鬟面面相觑之后，各自躲开了半步。唐萧逸上前拉住新娘子的手，低声说道："娘子，跟为夫回家。"

脏兮兮的手指上有一层薄茧，而他又太过用力，苏玉蘅纤细的手指被他抓得有些疼。但这酥酥麻麻的疼痛却让她特别安心。苏玉蘅就这样跟着自己一身征尘的丈夫一步跨过那道门槛，在众人的前拥后簇中进了将军府。

阮氏听下人进来回报说唐将军回来了，一时有点蒙，不过很快便回过神来，一迭声地吩咐："快准备水，给唐将军洗把脸，再去把新郎的礼服拿过来！要快！"

唐萧逸便被四五个丫鬟七手八脚地服侍着洗脸梳头换上大红礼服，然后匆匆忙忙地出去拜堂。幸好家里的丫鬟们都是训练有素的，再忙也没出什么岔子，没耽误了吉时。

姚燕语看着站在大厅里并肩而立的一对新人，默默地舒了口气，低声跟阮氏说道："这个唐萧逸，可真真是折腾人！回头得让他好生谢谢咱们。恐怕将来娶儿媳妇都没这么累。"

阮氏轻声笑道："夫人说的是，赶明儿让他们小两口多敬您两杯酒。"

说到酒，姚夫人神秘一笑，点头："这还真是个好主意。"

由靖海侯萧霖主婚的婚礼以司仪官高声的"送入洞房"四个字告一段落，新郎官牵着新娘子往后面的洞房去了，前面院子里的酒宴正式开始。

且不说前面的热闹，先说唐萧逸把新娘子牵入洞房后，新婚夫妇两个往喜床上一坐，喜娘上前来说了些吉祥话，把花生红枣栗子桂圆往床上撒过，然后捧上一只海棠花式的托盘，托盘上放着一杆红木镶金的小秤。唐萧逸抬手拿了金秤挑起新娘子的大红盖头来，看着那张

卷三　灵燕扶摇

在心里描摹了千百遍的娇媚容颜，会心地笑了。

苏玉蘅听见他笑，不由得红了脸，低声问："将军笑什么？"

笑什么？笑的事情可多了！笑我终于娶到了梦寐以求的姑娘；笑我日夜兼程终于赶上了一辈子一次的拜天地；笑我真是够傻，被夫人的一句话带歪了思路，居然这么久都没转过弯儿来……一肚子的感慨都被唐将军压下去，此时此刻，他只来得及伸出手把新娘子搂进怀里，在她眉心轻轻一吻，低声说道："终于娶你进门，我很开心。这是我一生中最开心的时刻，当然要笑。"

"唔……"苏玉蘅长这么大第一次被男人搂着，心神难免有些恍惚，下意识地问了一声："你身上什么味儿？"

"呃。"唐将军的脸一红，忙把新娘子放开了，"我去前面敬酒，你先休息。"说完，便匆匆起身出了洞房。

苏玉蘅愣神之后忽然反应过来，又忍不住笑红了脸。

唐将军并没急着去敬酒，而是叫人预备了一桶水，跑去净室洗了个澡，换了干净的里衣中衣，又套上大红喜服才往前面去。

刚刚怕耽误了拜堂的吉时，那些丫鬟们只来得及给他洗了手和脸，他没日没夜地赶回来，身上早就馊了。可怜唐将军一向骚包，就算是在军营里也保持着洁净，除非日夜酣战之外，他从没有过两日以上不沐浴的记录。却在自己的洞房里出了丑。

哎！能怪谁呢！唐将军一边往前面走一边拍了一下自己的脑门。之前因为不知道新娘子是谁，所以他有意要赖不回来，临近婚礼才听卫将军说新娘子是苏玉蘅，这才又心急火燎地赶回来。这就是聪明一世糊涂一时啊！

唐萧逸因为高兴，所以喝酒便有些多。旁边贺熙、赵大风、葛海三人自然也替了他不少，但架不住他自己要喝。所以等入洞房的时候，连续四日三夜不眠不休的唐将军因为高兴，因为疲倦，因为提着的一颗心终于放到了肚子里而酩酊大醉，被人扶进洞房之后，也只来得及朝着新娘子笑了笑，便倒在床上睡着了。

苏玉蘅轻轻地叹了口气，上前去把他脚上的靴子脱了下来，然后把人往里推了推，拉过大红锦被给他盖上。

"姑娘！"琢玉和惜玉端着醒酒汤进来，见状忙放下醒酒汤上前帮苏玉蘅整理了一下被子，微微蹙眉叹气，"姑爷这就睡了？这交杯酒还没喝呢。"

"你看他赶路赶成那个样子，又被他们灌了酒，哪里还有精神？"苏玉蘅轻声笑道，"行了，天色不早了，你们也去休息吧。"

"姑娘……"琢玉还想说什么。

苏玉蘅瞪了她一眼："你们要给我记住一句话：古人有训，夫为妻纲，从今儿起我们都是将军的人。好了，都下去吧。"

琢玉和惜玉一起福身应了一声，悄声退了出去。苏玉蘅则转身去了床边，把自己的凤

91

冠霞帔一件一件摘下来，穿着大红嫁衣上了床。

外边院子里等着听墙根儿的兄弟们等了半宿也没见动静，只得各自笑笑散了。

燕安堂的姚燕语听了小丫鬟们打听来的话儿，忍不住笑着摇了摇头，转身一边进卧室一边抬手捶着自己的肩膀叹道："这一天可真是累死了。"

翠微端着温热的洗脸水进来，笑道："这里里外外的都是夫人操心，几十桌喜宴，几百口子人，能不累嘛。"

翠萍则笑道："唐将军回来了，咱们将军应该也快回来了吧？"

姚燕语轻笑道："唐将军是回来娶媳妇的，他急着回来干吗？又不给他娶小老婆。"

"瞧夫人说的。将军这一去都快一个月了，也该回来了。"翠萍一边帮姚燕语把衣服脱下来挂到衣架上去，一边说道，"这一个月夫人忙里忙外地操心唐将军的婚事，将军回来可要好好地谢谢夫人。"

"说的是。咱们夫人为了自己都没操这些心。原来还想着将军府没有兄弟姐妹，必然没有多少家事，如今看来，这几个兄弟哪个也不是省心的。"

是该回来了！姚燕语默默地叹了口气，离开这么久，还真的很想他。也不知道这次的差事办得顺利不顺利，唐萧逸先回来，会不会影响事情的进度……锦城是大云朝的海滨重镇，时常会有倭人出没，也不知会不会有危险……想着这些，姚燕语又添了几分担忧。

一夜无话，第二日一早姚燕语还没起身，翠微便进来说唐将军和夫人来请安了。

不多时，唐萧逸和苏玉蘅二人并肩而入，姚燕语起身迎过去，一把拉住要行礼的苏玉蘅，笑道："你们两个是还不够累？这么一大早地过来，害得我想睡个懒觉都不成。"

苏玉蘅笑道："姐姐为了我们的事情日夜操劳，我们过来给姐姐请个安也是应该的。"

"你我姐妹，何必说这些话？"姚燕语拉着苏玉蘅去榻上落座，又笑着看唐萧逸，"唐将军气色不错，想必连日赶路的辛苦也比不过洞房花烛夜的得意啊。"

唐萧逸忙对着姚燕语深深一躬："萧逸谢夫人大恩。"

姚燕语忍不住笑道："不用了！你不从心里骂我就好了。"

"不敢。"唐萧逸忙躬身道，"长嫂如母，夫人为萧逸连日操持，萧逸感激不尽，岂敢再对长嫂不敬。"

"好了，你也坐吧。"姚燕语笑着指了指旁边的椅子，又转头看着一脸娇羞的苏玉蘅，笑道，"你们小两口好生过日子，便是对我最好的谢意了。"唐萧逸又道谢后，才入座。

姚燕语问过卫章在锦城的境况，知道事情已经办妥，卫章也在回来的路上，一颗心方落下来。又拉着苏玉蘅说了几句闲话，便有小丫鬟进来回说早饭已经妥当了，问夫人摆在何处。

一时饭菜一道一道地摆上来，三人一起用早饭。

早饭后，唐萧逸说卫章估计过两日才到，他提前回来虽然是为了娶亲，但也应该进宫一趟。

卷三　灵燕扶摇

　　姚燕语笑道："那你就去吧，早去早回。中午我还安排了团圆饭呢。"

　　"不等将军回来么？"唐萧逸问。

　　姚燕语笑道："两日后你们该回门了，而且，你们新婚的第一日，理应跟家里的兄弟们正式吃顿饭。蘅儿跟将军也不算陌生，就不必专门等他了。"

　　唐萧逸微笑着应道："都听嫂夫人安排。"

　　"嗯，你去吧。"姚燕语微笑着说道。

　　"是。"唐萧逸临走前又看苏玉蘅。见苏玉蘅温柔一笑，朝着自己点了点头，他才微笑着离去。

　　姚燕语看着他们俩你侬我侬的样子，忍不住笑道："他对你还算不错？"

　　苏玉蘅低头笑道："嗯，挺好的。"

　　姚燕语轻笑："好到昨晚一入洞房就睡了，连交杯酒都没喝？"

　　苏玉蘅的脸蓦地一红，转身拉住姚燕语的胳膊，低声道："姐姐又打趣人家。"

　　"洞房花烛夜可是一辈子一次哦！良辰吉日错过了，以后再怎么样也弥补不回来。"姚燕语笑着打趣。

　　"也……不算错过。"苏玉蘅的脸更红了，头也低得更低。

　　"没错过？"姚燕语一愣，伸手把苏玉蘅从自己怀里拉了出来，笑问："我可是听说昨晚萧逸喝得烂醉如泥呢，你这话又怎么说？"

　　苏玉蘅低笑而不语，但经不住姚燕语再三追问，只得低低地回了一句："他……四更天就醒了。"

　　四更天就醒了？姚燕语惊讶地看着苏玉蘅，忍不住笑了起来。按照他们过来的时辰算的话，这是闹腾了一个多时辰才起床啊！

　　苏玉蘅羞红着脸，听着姚燕语越笑越开心，且引得屋里的丫鬟们也都跟着笑了，便索性转过身来，生气地问："姐姐笑什么笑嘛！"

　　"好啦好啦！"姚燕语搂着苏玉蘅，笑着安慰，"不笑了不笑了。看蘅儿羞得小脸都成桃花了。"

　　说笑间，阮夫人带着吉儿过来见姚燕语，见了苏玉蘅，二人又互相问好。

　　三个人在燕安堂说了半日的闲话，眼看着到了午饭的时候。姚燕语吩咐下面的小丫鬟："去瞧瞧唐将军回来了没有。若是回来了，就把各位将军请到春晖堂，安排摆饭。"

　　小丫鬟应声而去，没多会儿的工夫便回来回道："回夫人，唐将军已经回来了，贺将军，赵将军，葛将军也都到了前面大厅。"

　　"好，我们也过去吧。"姚燕语拉着苏玉蘅起身，又吩咐香蘅，"传话下去，摆宴春晖堂。"

　　三个人说笑着从春晖堂的后门进去，转过屏风便见贺熙、唐萧逸、赵大风和葛海四人坐在一起说话，而旁边那张大大的紫檀木圆桌上已经摆满了菜肴，布好了杯盘碗箸。

　　见姚燕语进来，这兄弟四人都起身拱手行礼："夫人，早。"

93

姚燕语笑道："打今儿起，咱们府中又多了一位夫人了，这是可喜可贺的事情，虽然将军不在，大家也都别拘谨。都坐吧。"

大家都落座，姚燕语转头吩咐身后的香薷："去把我准备的好酒拿来。"

香薷答应一声，转身去屏风后面搬了一只玻璃质的酒缸来，药材看上去很丰富。

贺熙身为四兄弟的老大，在下面几个兄弟的眼神催促下不得不开口询问："不知夫人藏的这是什么酒？"

姚燕语轻声一笑，别有深意地看了唐萧逸一眼，淡淡地说道："这是我专门收集了十几种珍贵药材泡制的好酒，一直没有取名字，不过非要取个名字的话，就叫龙精虎猛百鞭酒吧。"

"噗——"赵大风一口茶喷了出来。幸亏他是练武之人，反应比较灵活，及时地转过头去，不然这一桌子好菜就得被喷了。

葛海则抬手拍了拍唐萧逸的肩膀，给了他一个"善自珍重"的眼神，明智地保持了沉默。以前还以为夫人对唐二这货是特别的，如今看来，不过如此啊！

贺熙还是最沉稳的，他只是看了看自家夫人，沉吟片刻，说道："夫人对萧逸真是疼爱，这么好的东西都拿出来了。萧逸，可不要辜负了夫人的一番心意。"说完，不等唐萧逸说话，贺将军转头吩咐自家的一个丫鬟，"给唐将军倒酒。"

苏玉蘅就算再不懂，也能从那什么'龙精虎猛'之类的字眼里琢磨出几分意思来，再看在座的这几位的表情，再不明白就是傻瓜了。只是，她一个刚过门的新媳妇，一些话就算是对着姚燕语也是没办法说出口的，何况在座的还有这几个爷们儿？

唐萧逸左看右看，最终豪迈一笑："我的娘子是夫人的妹妹，夫人自然是最疼我的。"

"嗯，那这些就都给你留着，我们不跟你抢。"贺熙见好就收，赶紧看向自家夫人，"夫人，叫人把前几日我得的那一坛子老烧酒拿来给大家助兴。"

"好。"阮夫人当娘的人了，依然被那无敌的"龙精虎猛"四个字给弄了个大红脸，这会儿丈夫发话，她赶紧借此机会起身出去了。

至此时，姚夫人睚眦必报的性子已经在贺唐赵葛四兄弟的心里刻下深深的一笔。

姚夫人那一只玻璃酒缸里的好酒除了唐萧逸之外没人敢喝一口。

席间唐将军曾想要拉着赵大风跟自己做伴，无奈赵大风早就看清了风向，乖乖地选择站得远远地看热闹，省得一不小心得罪了夫人，下次轮到自己可能就是什么什么"千鞭酒""万鞭酒"了。

不过唐萧逸这次学乖了，没再逞强。不学乖也没办法，姚夫人现在是张太医的得意门徒，据说最近对各种毒药很是感兴趣……女人心，海底针啊！身体和媳妇都是自己的，一定要珍惜爱惜。

姚燕语看在苏玉蘅的面子上也没再跟他计较什么。一顿团圆饭吃过之后，大家便各自

卷三　灵燕扶摇

回去了。

　　三日后苏玉蘅要回门，一早起来和唐萧逸二人来跟姚燕语告辞，姚燕语笑着叮嘱了些话，看着他们出去，方回去换官袍准备去国医馆。

　　翠微香薷上前刚解开襦衣的扣袢，半夏便匆匆进来回道："夫人，将军回来了！"

　　姚燕语自然惊喜，忙问："人呢？"

　　"在前面书房。"半夏说着，又有些犹豫。

　　"是有什么事？"姚燕语看着半夏的脸色，不由得皱眉问。

　　半夏的声音降低了八度，迟疑地说道："将军……受伤了。"

　　"将军受伤了你不赶紧说，还在这里犹豫什么？！"姚燕语生气地瞪了半夏一眼，匆匆往前面去。

　　卫章的伤势并不严重，伤在了腿上，没动着筋骨。只是行动有些不便。姚燕语也不是没见过比这更狰狞的伤口，也不是没见过卫章受伤，但是面对他的伤口她依然无法冷静。

　　翠微和翠萍都去了国医馆，剩下的小丫鬟手法都不熟练，姚燕语再心疼也只能自己来。本来不算严重的小伤却被她处理了半个时辰，把旁边打下手的香薷和乌梅给紧张得不行，看夫人苍白的脸色，她们还以为将军的伤有多严重呢。

　　处理完伤口之后，姚燕语洗过手把帕子丢到水盆里，冷着脸转身坐去了椅子上。

　　香薷等人见状都有些无所适从，傻傻地看了卫章一眼，又无奈地看向姚燕语。卫章咳嗽了一声，摆摆手让众人都退下。香薷和乌梅对视一眼，不得已端着铜盆拿着香皂等退了出去。

　　卫章看了一眼背对着自己的夫人，无奈地笑了笑，说道："夫人，昨天一天都没吃饭，饿得前胸贴后背了，家里有没有吃的啊？给弄点来。"

　　姚燕语生气地转过身瞪他："你只是伤了腿，又没伤了嘴，为什么不吃饭？"

　　"我这不是急着赶路嘛！"卫章一边说一边看着姚燕语的脸色，见她愠怒未消，便扶着炕桌慢慢地起身，单腿往她身边跳。

　　"你做什么？！"姚燕语立刻冲过来一把扶住卫章的胳膊，生气地把他推回去，"坐好！腿不想要了吗？"

　　"哪有那么严重嘛。"卫章笑眯眯地坐好，顺手把她拉进怀里，双臂把人拢住，近距离细细地看她。分开一个多月，她竟然瘦了这么多，本来圆圆的脸，这会儿都有尖下巴了。

　　他粗糙的手指在她脸颊上轻轻地摩挲。

　　"放开。"姚燕语抬手拨开他的手指。

　　"让我抱一会儿。"卫章握在她腰间的手用了用力。

　　姚燕语抬手推他："我叫人给你弄吃的。你不是饿了吗？"

　　卫章刚要说什么，房门被人从外边推开。

　　姚燕语和卫章同时看过去，同时出声发问："什么事？！"

　　"夫人！不好了！"来人是葛海的一个手下，"萧帝师出事了！"

95

一品医女
【完结篇】

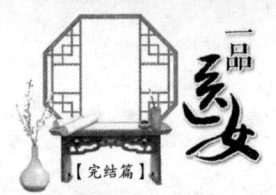

"什么？！"姚燕语大惊。卫章则沉静地问："到底怎么回事，你说清楚。"

来人听见卫章的问话，心里反而没那么慌张了，拱手回道："今天早晨萧帝师起床的时候还好好的，吃过早饭还在院子里转了两圈儿散步，但到了辰时该上课的时候，萧帝师从廊檐下走过要去课室，刚走到门口便晃了晃，旁边的小厮一个不防备没扶住，萧帝师便倒在了地上，属下出来的时候人还昏迷着，将军叫属下来请夫人速速过去。"

"我去看看！"姚燕语二话没说便往外走，出门的时候吩咐香薷，"照顾好将军。"

卫章皱了皱眉头也要跟着去，走到门口便被香薷拦了下来："将军，您腿上的伤还没愈合，不能走动。"

"没事，我去看看。"卫章根本没把香薷的话放在心上，这点小伤对他来说跟蚊子咬一下差不多，刚刚不过是想博得夫人的关注才装出一副可怜的样子来罢了。

姚燕语穿了一身家常襦裙出了二门，伸手拉过桃夭的缰绳翻身上马，卫章直接出门后随便拉过一匹不知是谁的马，飞身而上，匆匆骑马追了出去。

幸好翠微和翠萍都在，而且近身服侍的也是国医馆的医女林素墨，之前早就学过年老者如果摔倒时应该怎样紧急救护的知识，所以当时萧帝师摔倒之后，林素墨一边叫人去找翠微，一边扶着萧帝师原地平躺，并拿出随身备用的药丸喂他吃下。翠微和翠萍赶到后确认可以挪动，才安排人把萧帝师平缓地抬进屋内。

姚燕语到的时候萧帝师已经苏醒过来，翠微和翠萍两个人都诊过脉，两个人一致认为是一般的昏厥，心肺等五脏并没有大碍，是一时气血不足引起的昏厥而已。但因为毕竟年纪大了，骨头脆弱得很，在倒地的时候，老爷子下意识地伸手撑地，前臂骨因吃不住整个身体骤然压下来的力量，硬生生地断了。

不过是转瞬之间，萧帝师消瘦的手臂便肿胀起来，断骨之痛非比寻常，萧老爷子面色苍白，汗湿如雨，几近昏厥。

姚燕语近前先给萧帝师诊脉，又查看了左手的手臂骨，便皱眉吩咐："先针麻，然后准备接骨，取石膏和夹板来。"

一般的针麻并不能麻醉至骨头，姚燕语想到萧老爷子年纪大了，身体根本吃不住这断骨之痛，等会儿接骨的时候要捋顺骨头，疼痛会加倍。所以不得已之下，姚燕语再次使出太乙神针给萧帝师做深层针麻。然后又是好一通忙活。

然而，好事不出门，坏事传千里。

这边姚燕语刚给萧旦把前臂骨接好，打好石膏弄好夹板，麻醉的银针还没取出来，皇上跟前的怀恩公公就到了，一起来的还有国医馆的老院令张苍北。

"姚大人，皇上问萧老师的伤没什么大碍吧？"怀恩一脸关切地问。

姚燕语把银针从萧帝师的肩膀上拔了出来，方叹道："请公公替臣下回皇上，萧老的前臂骨骨折了，需要休养一段时间。这次是我失职，等会儿我便进宫向皇上请罪。"

那边病床上的萧老爷子开口了："这事儿怪不得别人，是我自己不小心。那个姓林的

卷三 灵燕扶摇

小丫头提醒我，说我今天的身体状况不是很好，要我不要走太多的路，是我自己不听，在这院子里多走了两圈，所以才这样。不怪他们。"

怀恩叹了口气，又无奈地笑道："诸位不必担心，圣上并没说要问谁的罪。圣上只是让咱家过来问一问，自然是不放心萧老爷子的身体，张老大人刚刚也在皇上身边，皇上的原话老大人想必也听见了？好啦，只要萧老爷子的伤没什么大碍就好。别的事情，诸位还是等皇上的圣旨吧。"

姚燕语闻言看了一眼张苍北，张苍北朝着怀恩点头："公公所言甚是，那就请公公将这里的情况如实跟皇上汇报吧。"

"老院令说得是，诸位且忙，咱家告辞了。"怀恩微微一笑，朝着张苍北和卫章等拱了拱手，转身离去。

姚燕语送怀恩出门后转回来，看见卫章依然站在那里，便皱眉问："卫将军的腿还要不要了？"

张苍北闻言看了卫章一眼，皱眉吩咐："来人，送卫将军去厢房歇息。"

卫章还想说什么，但看见姚燕语不悦的脸色，便没再开口，只一瘸一拐地出去了。

恰好萧霖得到消息匆匆赶来，跟卫章走了个对过儿。萧霖记挂着祖父，也没多说，朝着卫章拱了拱手便进屋去了。

萧霖进屋后自然先去看自家祖父，然后又向姚燕语道谢。张苍北却冷冷地哼了一声，说道："萧老侯爷不怪别人，可却挡不住有心人利用这件事儿来兴风作浪。"

"老院令的意思是？"萧霖一怔，立刻皱起了眉头。

张苍北冷声哼道："朝中早就有人妒忌一个女子能有三品职衔又得皇上重用，之前没事还编造出一些事情来诽谤中伤，如今有了这件事儿，他们岂能错过？如果我猜测不错的话，明日朝堂之上，必定有人弹劾国医馆的姚御医一个渎职之罪。"

萧霖不悦地皱眉："我萧家不说这话，谁又有权利说？"

"有权利弹劾的人多了。御史台就坐着几十位。"

"姚大人……"萧霖想说姚远之身为都察院右御史大夫岂能容手下人胡乱弹劾。但话未出口便先叹了口气。御史台的使命便在于弹劾一切可弹劾之人，就算是弄错了，大不了也只是被皇上斥责一句言语过激而已，又不会获罪，还能博得一个直言上谏不与权贵同流合污的美名，何乐而不为？

姚燕语轻笑："二位不要为难了。大不了脱了这身衣服回家去，不当医官，我还是个二品诰命夫人呢，怕什么？"

萧霖摇头笑道："这可不行。你脱了这身官袍回家当夫人去，我祖父的病怎么办？"

"老爷子的身体已经恢复得差不多了。只要按时用药，细心调养，三两年内不会有什么大碍。"姚燕语说着，又转头看了一眼躺在榻上头发胡子都已经花白的萧帝师，又叹了口气，"皇上把萧老交给我医治，我就有责任照顾好萧老的方方面面。现在老人家在国医馆出

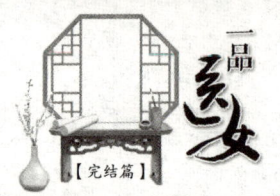

了事儿，作为主治医官我难逃责任。不管皇上怎么处置这件事情，我都会听从旨意。"

萧霖还想说什么，姚燕语则摆摆手，说道："侯爷不必多说，我有些累了，先去休息一会儿。侯爷在此陪一陪老爷子吧。"说完，她朝着萧霖拱手一礼后，转身出去了。

"子润。"萧帝师叫了一声萧霖，疲惫地说道，"别人怎么说，我们堵不住他们的嘴，但我们……应该我们做的事情一定要及时去做。你去见皇上……把此事的经过说清楚。姚御医为了我的病兢兢业业……此事与她无关。皇上是一代明君，你只需叙述事实就好，至于如何处理此事，皇上自有圣断。"

"是，祖父放心，孙儿这就去。"萧霖说着，又转向张苍北，说道："老院令放心，我萧家绝不是忘恩负义之辈。"说完，他转身翩然而去。

且说当时萧帝师摔倒之后，赶来上课的六皇子和七皇子二人并没有先行离去，而是看着翠微和翠萍两个赶来后，确定老师只是摔断了胳膊，并没有性命之忧后，才放了心。七皇子年幼，当时便由老太监带着回宫了，六皇子云瑛则一直留在国医馆。

下午，苏玉薇和唐萧逸从定侯府回来没有回府而是直接来了国医馆。

此时卫章正在姚燕语的屋子里休息而姚燕语则在一旁的书案跟前翻看着一本药典书籍，面色沉静如水，跟平时没什么两样。

"姐姐？"苏玉薇叫了一声上前去，焦虑地看着姚燕语。

姚燕语抬头见是她，便笑了："怎么回来得这么早？"

"姐姐，我听说……"

"没事。"姚燕语没等苏玉薇说完便握住了她的手，"不会有事的。你若是真关心我，先回府去替我看着家里些。别让那些奴才们胡思乱想，再胡乱嚼说。"

"嗯。"苏玉薇被姚燕语沉静的目光打动，两个人认识了这么久，似乎还没有她处理不了的事情，于是点点头，答应着："姐姐放心。"

那边唐萧逸跟卫章只是交换了一个眼神，便带着苏玉薇回将军府去了。

看着他们夫妇出门而去，卫章看了一眼姚燕语，说道："渴了，麻烦夫人叫人给我倒杯茶来。"

姚燕语横了他一眼，起身把自己的茶盏送过去。卫章抬头在自家夫人的手里喝了两口茶，又默默地躺了回去。

姚夫人转手把茶盏放到旁边的小几上，又掀开卫将军身上的毯子，看着他腿上伤口渗出来的血渍，哼道："你这会儿成了大爷了？叫你在家里养着偏生不听话，非要把伤口玩儿绷了再跟我面前充大爷？"

"下次不敢了，夫人饶过我这次。"卫章伸出手去抓住夫人的手，两人都冷战了大半天了，连午饭都没说句话。本来他心里还有气，但看见唐萧逸夫妇俩妇唱夫随的样子，卫将军绷不住了。夫人对自己凶巴巴的也是因为心疼嘛。

卷三　灵燕扶摇

"你还想有下次？"姚燕语又凶巴巴地瞪他，"我早就说过了，你现在是我的丈夫，就是我的人！不许你再受伤！你听了吗？"

卫章握着夫人的手放到唇边亲了一下，认错的态度十分好："是是！都是我不好，没替夫人保护好自己。"

"光动嘴有用吗？每次有事你就不知道自己是谁了！"姚燕语生气地拍开卫章的手，"你还真当自己是金刚不坏之身啊？！"

"嗯，知道了。"卫章再次把夫人的手握在掌心里，"你今儿当着那么多人不给我面子的事儿……"

"面子比命重要啊？"

"……"卫将军默默地叹了口气，好吧，命最重要了。

事情果然不出张苍北所料。第二日上朝便有言官弹劾国医馆医女玩忽职守，致使当今圣上万分尊敬的老师萧太傅好端端的摔倒。而姚燕语身为国医馆的从三品御医官居然过了辰时依然还没到国医馆上任，致使萧帝师出了事儿却没人敢动，只能任凭八十多岁的太傅在春寒料峭之时躺在冰冷的地上。因此，奉皇上圣旨医治萧太傅的御医官姚燕语渎职抗旨，罪在不赦。

皇上看了一眼站在大殿之中侃侃而谈之人——杨光润，御史台的一个从五品。

但看这个从五品的言官自然看不出什么，不过是一次普通的弹劾而已，御史台的人不就是干这个的么？如果出了这样的事情他们没有人站出来说话，那才不正常呢。

只是，这个从五品言官刚刚退下，便又有人上前弹劾，这次说的居然不是姚燕语，而是辅国大将军卫章。

"辅国大将军身为朝廷重臣，手握兵权，受吾皇重用却不知自重，只顾夫妻恩爱，致使姚御医延误公事，这分明是恃宠而骄，今日姚御医可因夫婿耽误了公事，明日卫将军便可因夫人而误了军情。此事牵动军情国本，不可忽视。请皇上圣裁！"

这位也是御史台的，是一个正六品。

皇上听了这话倒是一愣，想不到这些人居然能扯这么远。于是问："以爱卿之言，辅国大将军如今倒是成了蓝颜祸水了？"

此言一出，朝堂之下顿时一片闷哼，还有人憋不住，低低地笑出声来。

"回皇上，臣不是这个意思。"六品言官绷着脸，挺着腰杆儿，好像天地之间唯有他一人有铮铮铁骨一样，"臣是觉得，身为辅国大将军，只顾儿女私情，是不对的。萧帝师这件事情，卫大将军也有不容推卸的责任。"

"皇上，请恕臣直言。"萧霖实在憋不住了，原本他是计划好了先让那些言官们说够了自己再站出来的，可此时他觉得若是再等下去，恐怕那些狗屁言官们会把造反忤逆这样的罪名都扯出来了，于是不等皇上说什么，便上前一步从队列中站了出来。

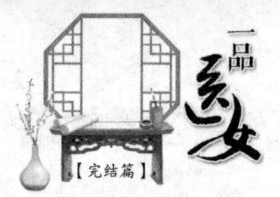

皇上看了一眼萧霖，平静地问："萧爱卿怎么看这件事情？"

"回皇上，昨日臣一听说祖父出事便匆匆赶去，臣到了国医馆的时候，祖父的手臂已经被姚御医妥善处理过，而且臣看祖父的面色，虽然有些苍白，但却无大碍。昨日祖父虽然摔断了手臂，但神志十分的清醒，祖父说，此事是他自己不听医女林素墨的劝告，在院子里多逗留了一会儿，体力不支才有些恍惚，然后不慎摔倒。跟姚御医没有半点干系，所以请皇上不要误信他人之言。"

"皇上！"萧霖话音一落，旁边立刻又闪出一个人来，朗声道，"皇上，臣要弹劾靖海侯萧霖的大不孝之罪！"

朗朗有力的一句话，把大殿之内所有人的目光都吸引了过去。

"杨光润！你一派胡言！"萧霖生气地呵斥。

"萧侯爷，你祖父的手臂都断了，你却在这里替别人说话，这不是大不孝，是什么？"

"姚御医是我祖父的主治医官不错，但我祖父摔断了胳膊的事情完全是意外，我不因此污蔑姚御医就是大不孝么？杨光润你这样的话跟市井泼皮有何区别？！"萧霖怒声质问。

"皇上把萧太傅的安危托付给姚御医，萧太傅有任何差池，都跟姚御医脱不开干系！你这样弃祖父的伤病于不顾，一味地维护姚御医，难道是有什么难言之隐？！"杨光润说完，脸上闪过诡异的微笑。

那笑脸实在太过讽刺，是个男人都能从那一丝微笑里看出什么。

萧霖气急，正要说什么，卫章却先他一步质问杨光润："杨大人，你的难言之隐是指什么？我卫章一介粗人，不像你们文人一样喜欢咬文嚼字。可否请你说个明白？"

卫章的声音很平静，但也正是因为平静才有些可怕。

杨光润在卫章刀锋一样的眼神中不自觉地弯下了腰，嗫嚅了两句，竟是半句话也没说出来。

偌大的殿堂里，顿时没了声音。

"好了！"皇上沉声打破了殿内的平静，淡淡地说道，"萧太傅这事儿，六皇子和七皇子都在场。云瑛，你怎么看？"

云瑛还不够上朝的年龄，今天能出现在朝堂之上完全是因为萧太傅这件事。皇上也曾想过今日这些言官们会揪住此事对姚燕语不放。毕竟当初设国医馆并提拔姚燕语的事情朝中有很多人不赞同，是皇上让诚王一手操办此事，那些人才不敢多说。

后来姚燕语的表现一直抢眼，姚家父子步步高升也的确挡了一些人的官路财路。今日既然有这个把柄，这些人肯定不会放过，必然借机生事，就算不能给姚家人扣上什么罪名，先铺垫一番也好。

只是皇上却没想到，堂堂朝廷命官，为了让姚家难看竟不惜胡说八道至此！

云瑛把昨日之事客观地叙述了一遍之后，又道："儿子以为，萧太傅摔伤一事，实属意外。姚御医也因为此事而深深自责。并说，不管皇上如何处置，她都没有怨言。"

皇上听完这话后，微笑着点了点头，又问众臣："众位爱卿，你们怎么说？"

众臣全都沉默，在拿不准皇上是什么意思之前，都三缄其口。

但皇上问话，又不能没人回答。于是丰宰相身为文臣之首只得站了出来，躬身回道："回皇上，臣以为，此事原本是萧太傅的家事，应该全凭萧侯爷料理。这件事情，是有些人小题大做了。"这便是息事宁人的意思了。

皇上淡淡地笑了笑，问丰宰相："那以宰相之言，此事该如何了结？"

"皇上仁爱，萧太傅托皇上鸿福，并无大碍。以臣所见，请萧太傅安心养伤，令姚御医细心医治也就罢了。至于六殿下和七殿下的课业么……臣以为，陆大学士学贯古今，可暂时替二位殿下解惑。"

丰宰相三言两语就把事情化去，并顺理成章地把心腹陆常柏给推了上去，再为两位皇子授课。真真打得一手好算盘。

皇上微微笑了笑，捻着几根龙须点头不语。此时，都察院右御史大夫姚远之闪身而出，朝着龙座上的皇上深深一躬，朗声道："皇上，臣有本奏。"

"姚爱卿请讲。"皇上笑眯眯地看着姚远之，自动忽略了丰宰相的提议。

姚远之朗声道："回皇上，臣以为萧太傅摔倒之事，御医姚燕语，医女林素墨都有不可推卸的责任。国医馆虽然不是政事衙门，但却也是食君俸禄之所。皇上有圣旨，令姚燕语负责萧太傅的安危，萧太傅又是在国医馆摔倒，所以就算当时姚御医不在国医馆，她也有疏忽之罪。医女林素墨身为萧太傅近身服侍的医女，不能妥善地照顾太傅，更是失职。按照我大云律令，玩忽职守和失职的官员，根据造成后果的严重程度，都应该给予相应的降级、罚俸的处罚。"

话音一落，大殿里的众人便开始窃窃私语。

有人猜测姚远之这是什么意思，为了彰显自己大公无私吗？

有人说不愧是新上任的都察院御史，真真刚正不阿。

有人则说姚远之居然当朝弹劾自己的女儿！果然是沽名钓誉之辈。

……

丰宗邺则朗声打断了殿内的窃窃私语："回皇上，姚大人身为都察院御史，刚直不阿，实乃众臣之典范。臣钦佩之至！"

这一声"钦佩之至"之后，立刻有几个丰氏嫡系上前恭维："臣等钦佩之至！"

皇上见状不由得笑了。大殿里一众臣子见皇上笑得神秘，个个都有些摸不着北。

"好吧。"皇上的目光在殿内众臣的头顶上扫了一遍，方缓缓地说道，"姚爱卿说得有道理，有功则赏，有过则罚。功过分明才能服众。萧太傅之事，御医姚燕语和医女林素墨都有责任。那么就罚她们二人半年的俸禄吧。至于降职……就不必了，萧帝师去年的时候生命垂危，经由姚御医给他医治了这几个月，朕看老师的身体恢复得很好，这也是姚御医的功劳嘛。"

"皇上圣明！"殿内众臣齐声高呼。

皇上心满意足地笑了。

接着，姚远之再次躬身进言："回皇上，御史台杨光润身为朝廷命官，于公不知自身责任，妄言污蔑，歪曲事实，于私，品行不检，苛待老母，丧尽天良，实是御史言官之败类。臣请皇上明察严办，以整我大云官员之风纪。"

"姚远之，你血口喷人！"杨光润脸色苍白，歇斯底里地指着姚远之骂，"你胡说！你挟私报复！"

姚远之冷冷地回头看了杨光润一眼，说道："我是不是胡说，只需叫大理寺卿一查便知。前些日子你收了一个富商孝敬的一座外宅，养了一房外室在那里。而你的老娘却还在老家庆南县耕织自养。杨光润，你敢说没有这事儿？你今天还有脸说靖海侯大不孝？你简直猪狗不如！"

"你……你……"杨光润的嘴里像是塞了一个核桃，顿时什么也说不出来了。

"像你这种人怎么配在御史台为官？"姚远之冷笑一声转过头来，朝着皇上深深一躬，"杨光润不孝于老母，不忠于朝廷，且收受贿赂，私养外室，不义于正妻，却还有脸在这庙堂之上大放厥词，混淆圣上视听，按大云律令，当免官罢职，流放两千里，永不录用。不过请皇上看在他老母年迈，无人赡养的分上，且只罢了他的官职，免去流放之刑，让他回家赡养老母吧。"

说完，姚远之便恭敬地跪了下去。

皇上早就盛怒，听姚远之最后还为杨光润求情，便再也忍不下去了，抬手重重地拍了一下龙案，怒道："杨光润，你还有什么可说的？！"

"臣……臣……"杨光润早就腿软，趴在地上，姚远之说的那些是铁一样的事实，虽然他自以为做得机密，但只要皇上想查，什么查不到？所以此时的他一个字也说不出来。

皇上见了杨光润这副样子，更加生气，于是怒道："来人！摘去杨光润的顶戴，先送刑部大牢！等这些罪名都查清楚了，必重重发落！"

殿外的护卫应声而入，上前拉了杨光润拖着就走。杨光润这会儿倒是能说话了，一声声地喊着："皇上饶命！皇上饶命！"

大殿内，一个敢求情的人也没有。而刚刚那个附和杨光润的六品言官则吓得浑身发抖，站都站不稳了。

处理了杨光润，皇上脸上的怒气并没减少。群臣没有人敢多说什么，皇上冷冷的目光从众臣的身上扫一遍，起身拂袖而去。

等众臣们纷纷跪地恭送皇上离开之后，丰宰相才想起来自己提议让陆常柏给六皇子和七皇子授课的事情皇上竟没说准，也没说不准。到底怎么个意思嘛！丰宰相从心里哀叹一声，起身时回头看了姚远之一眼，又从心里骂了一句，这个投机钻营的家伙倒是占尽了便宜。自家女儿不过是罚了半年的俸禄，而对方却损失了一个从五品的言官。

卷三　灵燕扶摇

其实还不止。表面上跟姚家作对的这一派系只是损失了一个从五品的言官，实际上他们今天的举措已经让刚刚结盟的萧、姚、卫三家紧密地拴在了一起，并达成了共进退的局势。而一向静而不争却深受皇上喜爱的六皇子也因此事开始得到这几个家族的暗中支持。

最重要的是今天的朝堂之上，皇上对丰宰相的建议恍若未闻，而对姚远之却言听计从。皇上的这一举动，令满朝文武尤其是丰氏嫡系的官员隐隐地不安起来。

医官是没有上朝议政的权利的，所以姚燕语一直在国医馆里等消息。

张苍北跟在皇上身边三十多年，自然也有点自己的眼线，朝堂之上的风云变幻没过多久就传到了国医馆。听到结果后，张苍北哼了一声，说了一句："姓杨的罪有应得，这样真是太便宜了他！"

姚燕语则只是淡淡地笑了笑。她明白这姓杨的不过是个小卒子，他今日能在朝堂之上大放厥词，肯定背后有人撑腰，父亲一举发难，把这个身先士卒的杨光润一气儿打压到最低，也不过是给对方一个警告罢了。这才是刚刚开始吧？以后还有得热闹可瞧呢。

倒是林素墨原本还以为自己这次性命不保，却没想到只是罚了半年的俸禄。暗暗地舒了一口气的同时，自然也明白此事多亏了有姚御医主动承担责任。若是姚御医跟别的大人一样，出了事儿一口把事情推在属下的身上，自己这回就是有九条命怕也活不成。

林素墨是工部员外郎林丛立的庶女，当初送进国医馆来也是想为这个庶女寻一条出路，同时也为自己将来在庙堂之上博得一些机会。若此事林素墨获罪，只怕不单单是她一个人的事情，将来还可能连累家人。

于是林素墨忙给姚燕语磕头，连声道："谢大人恩典，奴婢这条命以后就是大人的，不管刀山火海，只需大人一句话，奴婢绝无二话。"

姚燕语笑道："不必如此。你也被罚了俸禄，只要别伤心难过就好了。"

这件事情对姚燕语来说已经是过去式，而由自己的父亲提出来的惩罚也是她最能接受的方式。不过是半年的俸禄而已，她也不在乎那点东西。如此，对于萧老爷子的伤她心里的内疚还能好一些。

只是她这样想，并不代表卫将军也这样想。

那杨光润当时被皇上一怒之下关进了刑部，刑部的官员奉旨查办此案，其实也没什么可查的，皇上都震怒了，杨光润肯定是罢官免职了。

不过跟他拴在一条藤上的人却各怀心思，怕他攀咬，便想要使点银子把人弄出来，远远地打发了。

然卫章却先一步行动起来，在刑部去调查的时候，把杨光润做的那些见不得人的事情都挖了出来。

什么狎妓不给银子，什么剽窃别人的文章，什么收人钱财为人扬名，反正他一个穷秀才出身的从五品言官，没有什么实权，便只能靠着一些鸡零狗碎的手段弄些零花钱，上不得台面的事儿做得多了。

如此一件一件地抖搂出来，倒成了云都城里的百姓们茶余饭后的闲话，连说书的和唱戏的都用这位杨大人的事儿编成了段子、戏文等，在茶肆酒楼里传说演绎。

当然，杨光润的这些烂事儿绝不是他一个人的精彩，同时被揪出来的还有跟他一起弹劾的那个六品言官。而且没过三五天的光景，又有人爆出杨光润跟翰林院编修、康平公主的驸马爷梁峻交往甚密，两个人曾经一起狎妓，之后还是驸马爷替杨光润给了花酒钱。

这事儿一传出来，梁驸马可倒了血霉。

大云朝的公主乃是天家娇客，驸马爷连通房都不准有，更别说去狎妓了。

康平公主是皇上的长女，身为皇上的第一个女儿，简直是被皇上捧在手心里长大的。她的母妃静妃娘娘是皇上龙潜时的侧妃，虽然比不上皇后这位结发妻子，但也是从小的情谊。如今在后宫地位也是超然的。

驸马爷狎妓这样的事情，在康平公主和静妃娘娘那里，是绝对不能容忍的。

康平公主先是跟梁峻闹了一场，把梁府闹了个鸡犬不宁，然后又进宫去找静妃娘娘和皇后哭了一通，说什么也不回公主府了，只在静妃娘娘这里住下，任凭梁峻的母亲进宫来请，也不理会。

事情最终传到了皇上的耳朵里，皇上便命人把梁峻和他的父亲太史令梁思阡一并叫进宫里，训斥了一顿，并撸了梁峻的翰林院编修一职，令其在家闭门思过。

这事儿表面上好像跟姚燕语的事情八竿子打不着，梁峻似乎是被无辜迁怒了。但想想梁峻的父亲梁思阡乃是丰宰相之妻丰老夫人的娘家侄子，而梁思阡这人一向以丰宰相马首是瞻，便不难想通了。

这事儿传到姚燕语的耳朵里时，苏玉蘅也在旁边。姚燕语便叹道："倒是这位驸马爷跟着吃了瓜落了。他父亲是你母亲的哥哥，说起来你们脸上也没什么光彩。"

苏玉蘅则淡淡地冷笑："这位舅舅素来眼高得很，从没把母亲放在眼里过。他眼里只有丰家，一味地巴结奉迎。咱们也不必担心这个，人家再不济还有皇后娘娘撑腰呢。"

姚燕语笑了笑，没再多说。

苏玉蘅离开之后，姚燕语进了卧室，问正在家里养伤的卫将军："这一连串的事儿你能跟我解释解释吗？"

卫章伸手把人搂进怀里，低声笑道："有什么好解释的？这就是多行不义必自毙。"

"难道不是某人背后下黑手？"姚燕语轻笑着，指尖在他的眉眼上轻轻地拂过。

"难道只许他们随便往你身上泼脏水？就不许我阴他们两下？"他微微地笑，借着她指尖的触摸，缓缓地用额头抵住她的。

这一连串的烂事儿一件比一件热闹。直到定侯府里传出丧事，才把这些热闹给压下去了几分。

是的，就在萧太傅摔断胳膊之后第七日，病重了将近三个月的定侯夫人因治疗无效，去世了。

卷三　灵燕扶摇

陆夫人这一死，可以说惊动了整个云都城。

定侯府苏家乃百年大族，旁系支系族人在京城的不下百余家，这百余家又各有姻亲，一时牵动的亲友没有上千也有几百。

而姚燕语这边因为跟姚凤歌的关系，再加上个苏玉蘅，还有卫章跟苏玉平的交情，不管怎么说这场凭吊是躲不过去的。

陆夫人去世三日之后开吊。姚燕语和宁氏约好，在第五日上带着阮氏前去吊唁。

灵堂里，封氏、孙氏、姚凤歌以及在苏玉蘅出嫁之时赶来一直没回去的苏玉荷还有苏玉蘅等女眷都在灵前跪着陪哭，姚燕语同宁氏、阮氏一起至内宅灵堂，各自上香祭拜，之后便被管事媳妇请至厢房用茶歇息。

这边刚喝了两口茶的工夫，便听见外边有人吵嚷。姚燕语微微皱眉看向宁氏，宁氏也颇为不解。姚燕语再回头看旁边负责茶水的管事媳妇，这两个媳妇脸上有些愤愤的。

"怎么这么吵？"姚燕语淡淡地问。

正好陈兴媳妇在旁边，她是封氏的心腹，自然也不把姚燕语当外人，便无奈而又生气地回道："这是我们故去的太太娘家的嫂子又来了。这位舅太太前儿来过一次了，非说太太的死是被人害的，说我们世子爷不孝，母亲死于非命却无动于衷，他们还说要告呢。"

"这可不是胡闹吗？"宁氏皱眉道。

"是啊，这话是随便说的吗？"阮氏也皱起了眉头。

姚燕语哼了一声，说道："你们世子爷也太好欺负了。这话若是传到了外边，他将来还做不做人？若是皇上知道了，这事儿可如何收场？"

陈兴媳妇叹道："夫人说的是。只可惜我们太太这一故去，侯爷的病又重了，而且还不吃药，哎！这可真是雪上加霜啊。"

这里正说着，外边吵嚷的声音更大了，各家前来吊唁的亲友有的坐不住，已经起身出去看了。宁氏便吩咐陈兴家的："你快去瞧瞧你们世子夫人，我们也不是外人，不必弄这些虚礼了。"

陈兴家的忙道："谢舅奶奶体谅，奴才去了。"说着，又吩咐身后的小丫鬟，"好生伺候舅奶奶和两位夫人。"

姚燕语看着陈兴家的出去后，又问身后那个小丫鬟："你出去，悄悄地请了你们三奶奶过来，我们有几句话说。"

小丫鬟应了一声出去，没多会儿的工夫一身重孝的姚凤歌便过来了。

姚凤歌一进来便把屋里服侍的丫鬟婆子都遣了出去，方长长地叹了口气，说道："当初幸亏没让妹妹过来给她瞧病。这一家子真是无赖，如今竟是要闹到顺天府去呢。"

"真的要撕破了脸皮闹起来？"宁氏十分地不解，"这于他们家又有什么好处？！"

姚凤歌冷笑道："他们能有什么好处？侯爷也不是好惹的。其实说白了，他就是想让这场丧事不痛快罢了！不过我们不痛快，难道他就能痛快了？走着瞧罢了！"

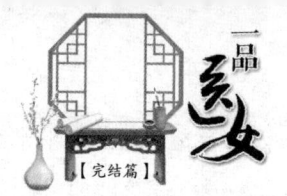

宁氏和姚燕语都无奈地摇摇头，她们是亲戚，有些话不好多说。

外边吵闹了一会儿，后不知怎样劝下，终于消停了。姚燕语便起身告辞，姚凤歌又求宁氏将月儿带去照看几天，吩咐珊瑚去帮奶妈子收拾瑾月的东西，一会儿跟着宁氏走。

这边又说了几句闲话，封氏便抽了个空儿过来了。封氏悄悄地同姚燕语说道："不知妹妹可有保胎的好方子？"

姚燕语轻轻摇头："这还真没有。夫人要这个，是……"

封氏无奈淡淡地笑了笑，叹道："岫云有孕了，还有一个良妾也有孕了。太医院里的人现在听说我们家的事儿都躲得远远的，胡乱找个理由支吾过去，平日里几个好的竟都不上门了，现在家里出了这些糟心的事儿，妹妹说我能怎么办。"

姚燕语闻言也是无奈地一笑，说道："这也没什么，等事情过去了也就好了。保胎的方子外边的药铺也有，夫人可悄悄地让两位姨娘去问诊，直接从白家拿保胎药，也是妥当的。我素来对妇科没什么研究，说句不怕夫人笑话的话，我自己的事儿到现在还没个结果呢！若是有办法，可不早就用了？"

封氏拍拍姚燕语的手，叹道："妹妹不要着急，你积德行善，必有福报。"

姚燕语淡淡地笑了笑："谢夫人吉言。"

没多会儿的工夫，珊瑚便进来回说姐儿的东西已经收拾好装上了马车，宁氏便起身道："府上也忙，我们就不多待了。有事尽管打发人来说，大事儿我们帮不上，小事儿能帮的自然不会推托。"

封氏忙起身，客客气气地把姚燕语等人送了出去。

第七章

姚燕语从定侯府回来没再去国医馆。

自从萧帝师手臂受伤之后，萧霖便把他老人家接回家去养伤了，皇子的课业暂停，国医馆那边没有什么要紧的事情，姚燕语跟张苍北告了假，说身体不舒服，只在家休息。因为陆夫人去世，丰宗邺也没再提让陆常柏暂时给皇子授课的事情。皇上似乎也把这事儿给放下了，没有再说什么。

一进家门，长矛便迎上来说诚王府世子爷来半日了。姚燕语速速回燕安堂把身上的素服换下来，穿了一件碧青色深衣，把发髻上的素色首饰也都换了，方往前面来见客。

云琨见了姚燕语，起身见礼。原来云琨是为诚王妃求诊。说年前王妃便似是有些眼花，病情越来越严重了，这几日索性看不见东西了。太医都没什么好办法。这才登门来求姚燕语。

姚燕语闻言，皱眉问："那么说，这病已经快三个月了？"

"是啊。"云琨又沉沉地叹了口气。

姚燕语抿了抿唇，心想你早干吗去了？但凡什么病，延误三个多月，也都错过了最佳治疗时间，不那么好治了。

云琨看姚燕语不说话，又问："不知姚御医现在有没有时间，能不能去一趟王府？"

其实他在这里等了一个多时辰就是为了这事儿，这件事情若是听他的，早就在过了年的时候便请姚燕语去王府了，只是诚王妃不喜欢姚燕语，一听说让她来给自己看病就不高兴。为了母亲高兴，云琨一直没找姚燕语，但现如今母妃连人都看不清了，云琨哪里还顾得上她高兴不高兴，难道真的要等她瞎了吗？

其实这一点姚燕语也想到了。诚王妃那么疼爱女儿，而云瑶为了跟自己争卫章又闹了那么一出。虽然她不知道后来云瑶回京后怎么跟诚王妃解释的，但以诚王妃那样的性格，迁怒是必然的。所以她病了不找自己也是情理之中的事情。

明白这层关系，姚燕语也知道自己该拒绝的。但是云琨这样的人在府里坐了一个多时辰，就是为了替母亲求医，就算不看他跟卫章的同袍之义，单看他的一片孝心，姚燕语也无法拒绝。

再说，自己一个医者，跟病人较什么劲呢。于是姚燕语又换了医官的袍服，带上香薷、乌梅，以及申姜、田螺两个小厮，上车随着云琨去了诚王府。

诚王爷今日也在家，云瑶也没去校场，侧妃李氏还有庶女云湄也都在。

姚燕语随着李氏往后面去。云瑶和云琨兄妹两个先后相随跟了过来。

"瑶儿来了？"诚王妃刚喝了药。

"母妃。"云瑶上前去坐在诚王妃的身边，看着母亲漱口后拿了帕子给她擦拭嘴角，"你今儿觉得怎么样？"

"好多了。"诚王妃笑了笑，伸手摸了一下云瑶的脸，又猛地把手拿开，笑容有些尴尬，低声叹道，"其实我能看见瑶儿的。"

"当然了。"云瑶握着诚王妃的手，苦涩地笑了笑，却欢快地说，"母妃当然能看见我。母妃你看，哥哥找了太医院最好的太医来给您诊脉。您的头晕很快就好了。"

姚燕语讶然。云琨则朝着姚燕语拱了拱手，眼神里带着几分歉然和哀求。原来是要配合着演戏，要当个做好事不留名的无名英雄。姚燕语淡淡地笑了笑，轻轻点头。无所谓了。

李氏把诚王妃的手扶至小几上，姚燕语默默地伸手去搭脉，片刻后，又换了另一只手。

因为是瞒着诚王妃的，所以姚燕语不便说话，诊脉后给云琨使了个眼色，云琨便道："母妃，儿子带太医出去开方子，您先歇着。"

"行了，去吧。"诚王妃也没在意，只摆了摆手。

云琨带着姚燕语匆匆至旁边的偏厅，一进门便着急地问："怎么样？能不能治？"

姚燕语轻轻地叹了口气，说道："从脉象上看，是有些血脉不通。但具体怎么样，现在还不好说。你得跟我说一下王妃发病前是不是有过其他的病症，或者说是否磕着碰着，还有，我能看看之前太医给开的药方吗？"

云琨二话不说立刻吩咐人去把之前太医开的药方拿来，然后又道："年前腊月二十那场大雪，母妃不小心摔了一跤。当时是磕到了脑门，但只是有些瘀青，后来敷了些伤药就没事了。我们都没怎么在意。难道是那次？"

姚燕语微微苦笑："这可不好说。"

一时丫鬟把一叠药方拿来交给云琨，云琨又递给姚燕语。

姚燕语翻看这些药方，见也都是活血化瘀，清热解毒的药。倒是很对诚王妃的症状，若是让她开药方的话，也无非就是这些药罢了。只是这样的汤药吃了两个多月却不怎么见效果，可见自己也没有开方子的必要了。

"怎么样？"云琨看姚燕语神色凝重，心里的焦急又加了几分。

姚燕语迟疑地说道："以脉象看，这些方子自然都是不错的。只是，如今却不怎么见效……我想，是不是王妃的病还有其他原因？"

"那还有更好的办法吗？"云琨心里是想着姚燕语的太乙神针。

姚燕语自然知道云琨的算盘，于是淡淡地笑了笑，说道："我以针灸试试。不过不一定有效果。"

"好。"云琨现如今把满怀的希望都放在姚燕语身上。他母妃做事再偏激，那也是自己的亲娘。天下没有哪个孩子看着自己的亲娘瞎了还能坐视不理的。

姚燕语给诚王妃针灸，自然不会傻乎乎地尽全力，来个一次性医好，然后把自己累晕。就算太乙神针可以让诚王妃重见光明，她也得悠着点。

姚燕语以银针刺睛明穴，并把自己的一丝内息通过银针注入诚王妃的脑颅里。

然后，她很明显地感觉到气息受阻，而且阻塞十分明显，可以说基本不通。稍微再加一些内息，诚王妃便会发出痛苦的低吟。

收回银针后，姚燕语微微摇了摇头。依然不能当着诚王妃的面讲话，姚燕语心想这可真是憋屈。

至偏厅，云琨又焦急地问："姚夫人，怎么样？"

姚燕语无奈地叹了口气，说道："王妃的头颅里有瘀血，血块压抑了眼睛的经络，导致失明。"

云琨暗暗地出了口气，问："找到原因，便可以医治了吧？"

姚燕语点头说道："可以用汤药，并以针灸辅助，活血化瘀，等瘀血散了，王妃应该可以重见光明。"

"那就有劳夫人了。"云琨说着，朝姚燕语拱手欠身。

姚燕语忙抬了抬手，客气地说道："其实王妃这病也并非只有我能治，太医院里也不乏针灸高手，或许他们只是没想到这一层罢了。王妃对我有排斥心理，所以我建议世子爷还是另请其他太医来给王妃诊治。"

云琨微微皱眉："针灸之术，太医院里用得精的也就是内医正白景阳了。只是，他们

卷三 灵燕扶摇

的针灸术跟夫人的差之千里，不知能否达到治愈的效果？"

"针灸术中，太乙神针固然神奇，但五龙针法也很精妙。据我所知，白家老爷子的五龙针法就用得出神入化。如果内医正白大人不行的话，世子爷可请白老爷子来试试。其实，这治病也讲究个医缘，要病人和医者合得来才好。如果病人对医者排斥，再好的医术也是没用的。"姚燕语微笑着说道。

"好，姚夫人的意思我明白了。多谢姚夫人。"云琨是聪明人，姚燕语这话说得也够明白。

"不必客气。"姚燕语欠了欠身，"若没有别的事情，我先告辞了。"

"好，请姨娘替我送夫人。"云琨客气地同李氏说道。

李氏答应着，陪同姚燕语出了屋门。

姚燕语前脚出诚王府的门，诚王爷便知道了她在诚王妃那里的一言一行。

"你怎么看？"诚王把手里的茶盏放到旁边的桌子上，淡淡地问云琨。

云琨欠身道："儿子以为，应该跟母妃讲清楚，然后请姚御医来给她诊治。"

"可是她一听到姚燕语这三个字就生气，你又怎么跟她说。"诚王爷的眉头微微皱着。

"母妃生气无非是因为瑶儿的婚事，只要瑶儿去劝她，她应该可以想通。另外，儿子觉得，母妃的心结在父王这里，父王若是能劝劝母妃……"云琨话说到这里，便不好再说下去。不管怎么样，身为嫡子，都不愿意让父亲的侧室出来主理中馈。

诚王哼了一声，没有说话，但意思却表示得很明显——他不想去劝。

"父王。"云琨上前两步单腿跪在诚王面前，低声劝道，"求您看在儿子的面上，去劝劝母妃。"

诚王低头看着自己的儿子，半晌才勉强点头。

云琨看着父亲点头，心里暗暗地松了一口气的同时也暗暗地下了决心，等母妃的病情好转，他一定尽快娶未婚妻进门。诚王府的家事无论如何不能让侧妃主理，因为那样的话，母妃的病只怕再也好不了了。

而与此同时，皇宫内院，御花园里。卫章正陪着皇上在繁花丛中缓缓地散步，大太监怀恩带着两个小太监和两个小宫女远远地跟着。

"定侯府的事情到底是怎么回事？你之前是不是有什么瞒着朕的？"皇上的语气似是漫不经心。但卫章却不敢大意，忙一撩袍子跪了下去："臣万万不敢！请陛下明察！"

皇上顿住脚步，看着跪在地上的卫章，淡然一笑："起来说话。"

"谢皇上。"卫章谢恩后起身，回道，"当时定侯府的三姑娘在给大长公主扫墓回来的路上遇刺，臣奉旨调查此事，后来从那些刺客的嘴里撬出真相，原来是定侯夫人手下的一个奴才因为贪墨了主子的一笔数额极大的财产，却不慎走漏了风声，才会买凶杀人。而那个奴才却在刺客失手后逃匿了，至今没有下落。后来臣又去查这奴才的家人，才知道他的母亲是定侯夫人的陪嫁。这婆子的儿子无故失踪，她神不守舍，后来便病了。她一病，定侯夫人

109

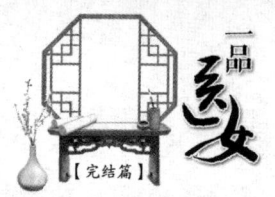

也病了,之后便一病不起。定侯府三少夫人是臣内人的嫡姐,少夫人曾来臣府中跟内人讨要银翘丸给定侯夫人治病。再后来的事儿,臣没怎么在意,至于定侯夫人因何而死,太医院里有四位太医给她诊过脉,用过药,皇上一问便知。"

皇上听了这番话后,微微点了点头,又道:"朕怎么听说,自从大长公主去世之后,这位定侯夫人便一直疾病缠身,时好时坏?还有人说,是大长公主找她索命?"

卫章忙道:"回皇上,鬼神之说……臣不敢全信。不过臣也听说大长公主去世后定侯夫人便一直小病不断。不过,这跟大长公主的去世有没有关系,臣就不敢妄言了。"

皇上笑了笑,说道:"行了!看你紧张的样子。朕也不过是随口问问。"

"是。"卫章拱了拱手,没再多说一个字。

……

从宫里出来,卫章直接回府。此时姚燕语已经从诚王府回来,因见他脸色凝重,便让屋里的丫鬟们退下,递过一盏茶给他,问:"怎么脸色这么难看?"

卫章喝了一口茶,方轻声哼道:"皇上今天忽然问起定侯夫人的死是否另有隐情。"

姚燕语也吓了一跳:"难道是有人说了什么?"

"肯定有人说闲话。"卫章低声说道,"只是这人也不过是捕风捉影罢了。如果有真凭实据,恐怕皇上就不是问话这么简单了。"

"那我们怎么办呢?"姚燕语心里一阵阵的烦恼,虽然此事说起来跟自己没什么干系,但若是当初审讯连瑞的事情被皇上揪出来,卫章和唐萧逸可就要背上欺君之罪。

"静观其变。"卫章看姚燕语紧张的样子,忍不住抬手刮了一下她俏挺的鼻子,笑道,"这事儿跟我们又没什么关系,你害怕个什么劲儿?"

姚燕语瞪了他一眼:"那你刚才绷着个脸色是给谁看?专门吓唬我的吗?"

"也不是。"卫章收了笑,拉着姚燕语去榻上落座,又低声在她耳边说道,"此事幸亏做得干脆利索,定侯那边也没留下什么把柄。不然还真是一件麻烦事儿。"

姚燕语侧身靠在他的怀里,焦虑地问:"那现在我们真的要静观其变吗?"

卫章沉默着,一时没说话。

姚燕语等了一会儿没等到答案,便抬头看他一副锱铢在握的样子,便轻声哼了一声,背过身去。

"这事儿不能再让陆常柏纠缠下去了。"卫章抬手把姚燕语搂进怀里,手指捏着她的轻轻地摩挲着,低声说道,"想办法给他找点事儿做。"

姚燕语迟疑地看着卫章。卫章又抬手捏了捏她的鼻子:"怎么,不相信为夫的话?"

"没有。只是不知道你能给他找什么样的事儿做?"

"这个你就别操心了。"卫章把人往怀里一抱,低声笑道,"你呀,能不能操心点分内的事情?"

"哦?那请问卫将军,什么是我分内的事情?"姚燕语回头看着他微微一笑,脸上两个浅浅的梨涡窝。

"比如说，关心关心你夫君我。"卫章低头，轻轻地吻住她那只醉人的小梨涡。

"唔……"大白天呢！这人！姚燕语想躲，但整个人都被箍住，也不知道他用了什么手法锁住了她的身体，她竟是一分一毫也动不得。只得乖乖地靠在他的怀里被亲了个够。

三日之后，紫宸殿内，诚王、谨王、燕王以及恒郡王、憬郡王等皇室宗亲以及宰相和几位朝廷重臣都在。

皇上面色不虞，众人也不敢妄言，一时间殿内的气氛有些凝重。

其因有二，一是御史台言官参奏大学士陆常柏教子无方，草菅人命；二是定侯爷昨晚上了一本奏折，要把爵位让给长子苏玉平，并言明待夫人下葬后，他自己要去给大长公主守陵尽孝。

第一件事情很好解决，弹劾的奏折上写得清楚，是陆常柏之子陆敏为了几幅古字画，对一个老乡绅大打出手，于天子脚下，行强盗之事，把那老乡绅打得一命呜呼，他却带着画跑了，只留下一个老奴与那老乡绅的家人周旋。

此等仗势欺人草菅人命之事，断不能容。皇上直接下旨令顺天府把陆常柏之子陆敏拘拿审问，若真有此事，则按大云律令处置。

至于第二件事情，皇上有点犹豫。按理说，爵位的承袭，只有长者去世后才能继承，定侯此举，却有些不妥。但定侯府的实际情况又不容乐观。见几位王爷和重臣倒无异议，皇上便命恒郡王代为拟旨，同意定侯世子苏玉平袭爵。

皇上念及定侯府乃大长公主一脉，苏玉平又战功卓著，便下旨，不予降爵，令他袭了这侯爵之位，只把封号改为定北侯。之后，皇上又下了口谕，说定侯年纪也不小了，身体又带着病，孝自在心中，只要真心孝敬大长公主，便只在家里缅怀大长公主也就罢了，不必去墓地守陵。旨意下达之后，苏玉平换了朝服带着夫人封氏进宫谢恩。

只是谁也没想到的是，新封的定北侯和夫人进宫谢恩还没回来，家里的老侯爷便交代完了后事，与世长辞。

苏玉平和夫人从宫里出来便迎见了匆匆来寻的管家，还很纳闷地问："你怎么来了？"

本就一身重孝的管家哭红了眼，忙又上前把一根孝带子缠在苏玉平的腰上："大爷！呜呜……老爷……去了！"

"去……去哪儿了？"苏玉平一时有些反应不过来。

"老侯爷和夫人一起追随大长公主去了天上……"管家说着，呜呜地哭着弯下腰去。

"……"苏玉平只觉得眼前一黑，差点一头栽倒在地上。

"侯爷！"封氏忙伸手抱住了他的腰，连带着自己也一个趔趄。

"侯爷！"管家也赶紧上来搀扶，苏玉平便在恍惚中渐渐回神，哀声道："回家。"

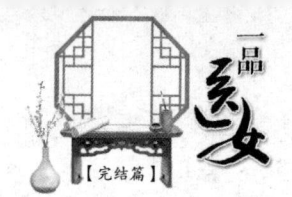

定侯苏光崇去世得十分突然。

之前苏玉平带着封氏进宫谢恩的时候还来他跟前请了安，听父亲叮嘱了一些话。他们离开之后，苏光崇又叫人把二子、三子夫妇以及兄弟苏光岑都叫到了跟前说了些将来家里的事情应当如何如何的话。

大家都没多想，只当是当家人权力交接时的一些必须程序。唯有姚凤歌感觉不怎么好，悄声跟孙氏说了一句，孙氏也没在意。

苏光崇盼咐完就叫儿子媳妇退出去，只留下苏光岑，说老兄弟两个说几句知心话。

之后，苏光岑在里面待了两盏茶的工夫也就出来了，守在外边的苏玉安和苏玉康二人见苏光岑出来，也没多想。苏玉康跟着父亲回去，苏玉安又进去服侍汤药。

定侯又跟二儿子说了几句话，喝完汤药后，便沉沉睡去。谁知道这一睡居然没有再醒。

苏玉安也没察觉异样，还是一个侍妾觉得侯爷这一觉睡得太沉，之前睡着了也总是咳嗽，这次居然一声也没咳，所以觉得很是诧异，便轻着脚步掀开帐子瞧时，才发现人已经断了气。

那边陆夫人还没有入殓，这边定侯又去世了。这一来，定侯府真是雪上加霜，悲上加痛，满门上下，入目皆白，完全没有一丝一毫欢喜的样子。

苏玉平一路哭回府中，伏在父亲的身上哭得几乎断气。

皇上得知此事时也颇为伤感，下旨追封定侯为国公，谥号"颖"。

苏光崇一死，陆家倒是消停了。不知是因为不孝子的官司还是其他什么缘故，总之再也没来闹过。

姚燕语带着阮氏会同宁氏再次去定侯府吊唁归来，想着那阖府上下男女老幼全都是一副悲痛的样子，心情自然也好不起来。

一月之内父母双亡，这在云都城可真不多见。

关于颖定公夫妇先后去世的传言在云都城里渐渐地散开。

有的说国公爷夫妇伉俪情深，颖定公的去世是为妻子伤心所致。

也有的说是陆家几次三番上门找碴，颖定公一气之下才故去了。

还有人说颖定公对夫人不满，厌恶致使夫人病死，之后又良心难安，所以也一病呜呼了……

还有人说，颖定公本就病入膏肓，已经大限将至，若再熬个两三年也无非一死，倒不如跟夫人一起死了，还能让子孙们少一两年的孝。

更有人说，颖定公是被陆家人下黑手害死的，公临死前喝的汤药有毒。

当然，不管外边传言如何，定侯府里的丧事是双份儿的，哀伤也是双份儿的。丧礼上的一切都是双份儿的，唯有孝期——父母的孝期一起守，确确实实少了三年。

时光进入三月，大地回暖，一片葱茏。整个云都城也渐渐地苏醒，入目皆是春意融融的繁华景色。

卷三　灵燕扶摇

　　这段时间定侯府忙着丧事。萧帝师忙着养伤。诚王拒绝劝说诚王妃，云琨再着急也没办法请姚燕语去给王妃治眼睛。国医馆的医女们都交给了翠微和翠萍。所以这些日子姚燕语是难得地清闲。

　　一早起来，姚夫人只觉得身上懒懒的，卫章便携她到郊外西大营校场散心。

　　姚燕语专拣着没有人的地方，一路纵马穿过大半个校场，远远地看见那边的骑射场上有人在练射箭，便放慢了速度缓缓地往前面去观望。靠得近了，姚燕语才看清楚原来这么多护卫围在这里是有原因的。

　　几十个护卫之中，一身墨色长衫、雌雄莫辨之人正指导一个暗紫色骑装女子射箭。再仔细看，那骑装女子姚燕语也认识，正是曾经在凝华长公主府里有过一面之缘的康平公主。

　　而那个指导康平公主射箭的人，姚燕语只能看见他四分之一个侧脸，所以不知道是谁。但用脚心想也知道，此人绝不是被勒令闭门思过的驸马都尉梁峻。

　　面首？姚夫人很不厚道地想到了这个词，然后调皮地笑着回头看了卫章一眼。

　　卫章无奈地眨了眨眼睛，示意：走吧，别在这里凑热闹了。

　　姚燕语抿嘴笑了笑，刚带了一把马缰绳准备离开，不料却已经有人看见了卫章，且上前行礼："属下见过卫将军。"

　　被围在护卫之中的康平公主听见声音便转过身来于人群之中寻找卫章，且问："卫将军何在？"

　　卫章只得下马，从分开的护卫之间上前两步，躬身道："臣卫章，参见公主。"

　　康平公主看见卫章微微一笑，又抬眼看了一眼卫章身后的姚燕语，笑得更加灿烂："原来将军夫人也来了，今儿这校场可真是热闹。"

　　姚燕语一边上前请安，一边从心里腹诽，原来这西大营校场竟也是皇室贵胄的半个游乐场。她之前还想好了为训练受伤的兵勇们试验新药的借口，看来根本没必要啊。

　　卫章拱手朗声道："回公主，内子近几日配制了一剂治疗瘀伤的新药，为了试验药效，所以今日趁着空闲才来校场。"

　　康平公主笑道："原来是公事啊。"

　　姚燕语福身回道："是的。臣等无意搅了公主的好兴致，请公主宽恕。公主若没什么吩咐，臣便告退了。"

　　"不着急。"康平公主笑着看了一眼卫章，说道，"这几日我烦闷得很，所以求了父皇来这里学骑射。只可惜教头水平有限，学了大半天竟也不能射中一支箭。本宫素来听闻卫将军在我大云骑射无双，今儿恰好遇见了，就请将军教教本宫吧。"

　　姚燕语看了一眼旁边的卫将军，脸上微笑如初，心里却不怎么高兴。康平公主看着卫章时那笑意妍妍的神色怎么看怎么碍眼。

　　姚夫人这会儿算是品尝到了山西老陈醋的味道。我男人是专门给你们这些庸脂俗粉当教头的吗？！咳咳，若是让人知道大云公主被人称为庸脂俗粉，不知道皇帝陛下会怎么想？

113

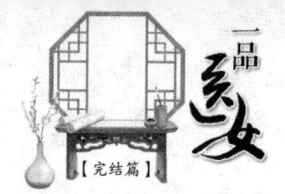

只是纵然姚夫人喝一缸醋,也挡不住她男人要为康平公主指导射术的事实。谁让对方是公主呢!

康平公主一发话,早有人拿了弓箭来递给卫将军。

卫将军回头看了一眼姚夫人,方淡淡地同康平公主说道:"公主手里那把弓乃是陛下早年用过的'弯月',此弓乃难得一见的玄铁弓,但因玄铁沉重,需要极强的腕力,所以不适合公主。公主不妨换一张轻便的短弓试试。"说着,卫将军拉弓搭箭,随随便便那么一射,长箭便"嗖"的一声穿进了远处箭靶的红心。

"将军果然好箭法!"康平公主开心地笑着。

姚燕语站在一旁微微地眯起眼睛,康平公主身边的人就算是普通的护卫也绝非平庸之辈,然而即便这些人个个英勇挺拔,或俊逸或英挺,一个赛一个地好看,却依然被卫章那伟岸冷峻的身影统比了下去。

"姚夫人!"有人凑近了低声叫了一声。

姚燕语蹙眉回头,看见一张阴柔俊美的脸,这人有一双妖艳若狐的灿眸。薄唇的笑意伴随那诡异而妖娆的弧度轻佻起来,神秘而危险。姚燕语心里一阵恍惚,总觉得这双眼睛好像在哪里见过,却又实在想不起来。

"久仰夫人大名,今日有幸得见。"这人朝着姚燕语拱了拱手。

姚燕语咧了咧嘴角,轻轻点头:"客气了。"不过一个陪练而已,护卫一样的角色,还不够她这个二品夫人看的。

"夫人有兴趣射箭么?"那人微笑着递上一把弓。

姚燕语微微摇头:"多谢,不必了。"

"怎么?"那人手里的弓又往前举了举,"这把弓不重,夫人可试一试。"

姚燕语依然不伸手,只淡然一笑:"我夫君不许我碰这些凶器。"

"哦!"那人微笑着看了一眼旁边的卫章,"想不到将军纵横沙场,杀敌无数,居然还计较这个?"

卫章虽然在教康平公主射箭,但心神却都在自家夫人这边。听见那不男不女的家伙同自家夫人搭讪,心里早就一阵阵犯堵,此时又提及自己,他便转过身来冷冷地看了那人一眼,说道:"你对射术如此感兴趣,为何不用心地教公主?"

康平公主刚射出一箭,虽然没中红心,但好歹那箭能蹭着靶子了,一时很是高兴,便转过身来笑道:"崖俊,你果然藏私。"

那位不男不女的狐狸眼眉梢轻轻一扬后,转身媚笑着凑过去:"公主竟不知崖俊苦心?"

康平公主被这位叫崖俊的美人魅惑了心神,低低地笑着与他眉目传情。姚燕语看了一眼卫章,淡淡地笑了笑,悄悄地往外围撤。

"卫将军,你来。"康平公主好像后脑勺上长了眼睛一样,及时叫住了卫章。

"将军先陪公主练习射术,我去那边营房找军医。"姚燕语实在不想再看这些狗男女

卷三　灵燕扶摇

当众调情，便索性大大方方地告退。

康平公主轻笑道："姚御医你请自便，本宫先借你家将军一会儿，待会儿就还给你。"

姚燕语见她笑得轻佻，心里自然鄙夷不屑，脸上却淡然笑道："公主说笑了。臣告退。"说完，便退出众护卫之中，伸手拉过桃夭的缰绳，认镫上马，调转方向疾驰而去。

夫人生气了。卫章心里明镜似的。只是康平公主贵为公主，还说了那样的话，卫章也不好就此离开，一时之间心里气闷非常，便想找个法子脱身。

卫将军的法子还没想好，忽然一支利箭从众人身后嗖的一声射过来，越过众人的头顶，"咚"的一声钉在前面的靶子上，正中红心。

众护卫一时慌乱，纷纷拔剑回身。崖俊更是护住康平公主，厉声喝问："谁在公主身后射箭！活得不耐烦了！"

"哈哈……"一串银铃般的笑声传来，一匹黑马驮着一位黑色骑装的女子疾驰至康平公主面前，然后翻身下马，身形矫健利落，一看便是下了苦功的。

"康平姐姐，我跟你开个玩笑呢！"来人笑嘻嘻地站到康平公主面前。

"大胆！"崖俊指着来人怒斥，"你是什么人，敢在公主面前放肆？啊——！"崖俊话音未落便惨叫一声，伴着惨叫的是一声脆响，众人忙抬头看时，崖俊那俊美无俦的脸上多了一道血印。

"瑶儿！"康平公主怒声喝道，"你想干什么？！"

云瑶满不在乎地笑了笑，瞥了崖俊一眼，说道："姐姐，你这是从哪里找来的狗奴才？一点规矩都没有，敢对本郡主出言不逊！我替你教训教训他，省得将来冲撞了比姐姐更尊贵的人，给姐姐惹祸上身。"

"云瑶！"康平公主看着爱宠脸上的血印子，气急败坏地呵斥："你太过分了！"

"哟！姐姐心疼了啊？"云瑶笑嘻嘻地凑上前来，完全是一副玩笑的样子，看了一眼崖俊的脸，又抬手从腰间的荷包里拿出一只小瓷瓶丢到崖俊的怀里，"这个是外伤良药，抹上就好，绝对不留疤。"

说完，云瑶又看了一眼旁边的卫章，敛了几分玩笑之色，"这可是辅国大将军的夫人独门配制的伤药，大云朝独一份儿。"

崖俊再得康平公主的欢心也只是个爱宠而已，在云瑶郡主面前屁都不算。

而康平公主也不可能因为一个上不了台面的爱奴给云瑶下不来台。于是这个闷亏只能咽下，冷着脸问："你怎么会在这里？"

云瑶又看了一眼卫章，说道："我跟哥哥来的，哥哥听说卫将军来了，正好有事商量。却不知道姐姐正拉着将军说话，所以叫我过来问一声，姐姐何时跟卫将军说完了话，就请卫将军过去一下。"

"你传话就传话，总也改不了这暴脾气，动不动就挥鞭子，以后可怎么办？"康平公主心疼地看了一眼爱宠脸上的那道血痕。

115

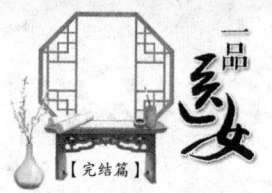

"哎呀，我都给他药了嘛。姐姐还揪着不放？那我给姐姐赔个不是？或者，明儿我叫人找几个更绝色的来给姐姐送府上去？"云瑶笑嘻嘻地看了崖俊一眼，满脸的玩笑之色。

"够了。"康平公主脸皮再厚也架不住云瑶这番话，只冷了脸说道，"你不是来找卫将军的吗？我这里没事了，你们可以走了。"

在一旁看热闹的卫章终于开口："臣告退。"

康平公主从鼻子眼儿里嗯了一声，拉着崖俊率先走了。云瑶看着他们离去的背影淡淡地冷笑一声，又瞥了卫章一眼，转身上马，飞驰而去。

卫章有些莫名其妙，但也没多想，拉过黑风的缰绳纵身上马，循着姚燕语离去的方向追了过去。等他找到姚燕语，又把营地的主事校尉叫过来问了一声才知道云琨根本没来。

姚燕语看着卫章的神色，顾不得自己心里的那点不悦，关切地问："是谁告诉你诚王世子来了？"

卫章淡淡地笑了笑，把云瑶抽了康平公主爱宠的事情说了一遍，又道："她说世子找我有事，我还当是真的。不想却是个借口。"

"哈！卫将军好威风，皇室的公主和郡主为了你争风吃醋，都动了鞭子。"卫将军原本是想让姚燕语释怀的，却不料这番解释不仅没让姚夫人释怀，反而让她更加不高兴了。

"你这话怎么讲？"卫章见夫人策马欲走，忙伸手拉住桃夭的马缰绳，"好端端的生什么气嘛。"

"我哪里有生气？我不过是喝多了醋罢了。"姚燕语抬手推开卫章的手，狠狠地给了桃夭一鞭子。

桃夭吃痛，长嘶一声，撩开四蹄疾驰而去。

"哎！别跑那么快！"卫章喊了一声，忙催马急追。

姚燕语专门拣着僻静的地方冲，没多会儿的工夫便冲出了校场，进了一片山林之中。桃夭冲进山林后便慢了下来，寻着一处山溪缓缓地踱步过去低头喝水。

姚燕语环顾四周，觉得此处清凉幽静，倒是个休息的好去处，于是翻身下马，也蹲到溪水旁掬了水洗了把脸，又从衣襟里扯出帕子来擦拭脸上的水渍。

卫章随后追了过来，看见蹲在溪水旁的夫人后轻轻地舒了口气。卫将军拍了拍黑风，让马儿自去吃草。

"你真是越来越任性了。"卫将军挨着夫人蹲下来，伸手捧了水喝了一口。

"嫌我？"姚燕语挑眉看了他一眼，抬手把帕子摔到他身上，起身离去。

卫章接过帕子擦了擦脸，忙起身跟上："哪有你这样的，简直不讲理嘛。"

"公主郡主都讲理，你去找她们啊。"姚夫人哼了一声，在树下一块光秃秃的青石上坐下来。

卫章又跟过去坐在她身边，笑道："好了，别生气了。除了你我谁都不稀罕，给个天仙女都不多看一眼。好吧？"

卷三 灵燕扶摇

"你爱看不看。"姚夫人心头的火气还没平复呢，什么花言巧语都没用。

卫将军一时犯了难，他本就不善于甜言蜜语，这会儿夫人明摆着是不依不饶，一般的三言两语是哄不好了。这可怎么办？

姚燕语心里是有些委屈，但却没到失了理智的程度。她自然知道卫章对自己的真心，也明白他不会因为康平公主怎么样，更不会喜欢云瑶。

可话又说回来，但凡女儿家吃醋的时候，大多是需要好好哄的。姚夫人自然也不例外。只是她扁着嘴巴坐在这里一等再等，等了又等，身边的男人就是不开口哄。这是什么状况？

姚夫人等得不耐烦了，回头一看差点气岔了——卫将军居然反剪着双手躺在身边，睡着了！！

面对如此状况，姚夫人心里原本只有一二分的委屈，这会儿一路飙到了十二万分！

"哼！"她把手里的一片草叶子狠狠地往某人脸上一摔，起身欲走之际，某人忽然出手，一把拉住了她的脚腕子。

"啊——"姚夫人惨叫一声直接砸在某人的怀里。

于是一阵七手八脚的挣扎夹杂着怒骂。

"你滚……唔……"

一路肆意狂吻，把姚夫人逼得眼角泛红，甚至渗出点点清泪，卫将军才放过她。

"讨厌！你怎么这么烦人……"姚夫人窝在将军的怀里，不满地哼着。

"还闹脾气不？"卫将军粗糙的手指拂过夫人的眼角，喑哑的声线性感到爆。

"放开我！"姚夫人又不高兴了。

"不放。"卫将军双臂用力，搂得更紧。

"我饿了！"姚夫人扭着身子抗议，"这都什么时辰了？你要把我饿死在这荒山野岭啊？"

卫将军抬头看了看日头，果然已经是正午时分了。于是把怀里的夫人抱起来放到一旁，轻声叮嘱："你乖乖在这里等着，我去弄点吃的来。"说着，将军站起身来，理了理腰封和衣袍便往林中寻去。

"哎——你快点啊！"姚燕语对着他的背影喊了一嗓子。

"放心，很快。"卫将军头也不回，大步流星地进了山林。

姚燕语看着他的身影没入浓郁的绿色里，方轻轻地叹了口气，抬头透过茂密的树叶看了看太阳，然后把身后的披风一撩，跷着二郎腿躺在了青石上。

春日暖，山风轻，林间的空气带着甘洌的青草香，姚夫人躺在青石上，没多会儿就迷糊了。之后，她是被一阵怪异的感觉给惊醒的，好像被什么东西给盯住了一样，浑身泛起一阵寒意。

她慌张地睁开眼睛便对上一对深潭般的眸子，冷冽中带着戏谑的笑，陌生中夹着一分熟悉，白皙的脸颊上一道血痕，触目惊心——可不就是被云瑶抽了一鞭子的崖俊？

117

"啊……"姚夫人刚要惊叫,那人便抬手捂住了她的嘴巴。

"别动……呃!"崖俊话未说完,一颗小石子从一侧飞过来,啪的一下打在他的手腕上,钻心的疼痛让他不得不收手。

之后一阵劲风从一侧袭来,他下意识地往后一闪,堪堪躲开飞来的一脚,身形未住,便又是一脚踹向他的小腿。

"咔"的一下轻响,是骨头断裂的声音。

姚燕语万分惊恐,只来得及坐直了身子便被一道身影搂进怀里。熟悉的气息扑面而来,她下意识地伸手搂住对方的腰。

"别怕。"卫章一手搂住她,一手扶住她的后脑勺,把人摁在怀里。

"卫将军好狠辣的身手!"一声轻叹从树林之中传出,康平公主一手摇着马鞭缓缓地走了出来。

十几个护卫从四面八方出现,把卫章和姚燕语团团围住。另有人上前去把崖俊扶起来。崖俊的小腿骨已经折了,此时的他完全不能独自站立,而且疼痛让他面目扭曲,目光阴冷而凶狠。

卫章却根本不理会他,只转身看向康平公主,冷漠地问:"公主意欲何为?"

康平公主轻笑一声,淡淡地说道:"卫将军多心了。崖俊刚跟我说,觉得尊夫人有些眼熟,却想不起来在哪里见过。所以才想要仔细看看。"说罢,她神色一冷,眼神带了怒火,"却想不到卫将军竟如此狠毒,一脚踹断了他的腿骨。"

卫章冷冷地看了崖俊一眼,哼道:"他意图对我的妻子不轨,我没要他的命已经是看在公主的面子上了。"

康平公主不悦地反问:"这么说我还是好大的面子?"

卫章冷冷地扫了崖俊那只右手一眼,没有说话。此人若不是康平公主的人,他必要取了他的性命。敢用手捂着他夫人的嘴巴,断他的手腕和小腿算是太便宜他了!

"卫将军随便出手伤人,难道就没个说法吗?"康平公主不依不饶。

"不知公主想要什么样的说法。"卫章正在气头上,说话的口气十分不善。

崖俊反而淡淡地笑了:"公主别生气了,属下无碍。想必卫将军也是爱妻心切,把属下当坏人了。"

"你还替他说话?"康平公主蹙眉轻嗔。

"卫将军是国之栋梁,属下不过区区草芥,还请公主以朝廷为重,不要为难卫将军了。"崖俊拱手,那样子端的是大义凛然。

"哼。"康平公主瞪了卫章一眼,勉强道,"好吧,既然你都这样说了,那这事儿就这么算了!不过卫将军——你也好自为之。"说完,康平公主一摆手,带着她的几十个护卫和瘸腿断手的爱宠,走了。

姚燕语始终在卫章的怀里,等那些人走了,卫章才放开手把她从怀里拉出来仔细地打

卷三 灵燕扶摇

量着:"没事吧?"

"没事。"虽然被他搁在怀里,但刚刚那些人的话她听得一清二楚,"他们好奇怪。"

"嗯?"卫章理了理她散乱的碎发,没领会自家夫人的意思。

姚燕语认真地看着卫章,问:"你不觉得他们很奇怪吗?那个男人招惹我,然后又替我们求情?这没道理。"

"不过是欲擒故纵的把戏罢了。不必在意。"卫章不屑地笑了笑,今天这事儿就算是康平公主闹到皇上那里他也不怕,一个陌生男子接近自己的妻子,身为丈夫如果还能忍气吞声的话,他就不是男人。

"你是说康平公主对你?"姚燕语奇怪地问。

卫章轻笑:"她暗中拉拢朝臣,已经不是什么秘密了。"

姚燕语心里一惊:"她想干吗?"

"不知道。"卫章笑了笑转身把自己刚丢到一旁的一只灰色的野兔拎过来挂在树杈上,从靴子里抽出匕首,三下两下把皮给剥了,拿到溪水旁边去剖开了肚子,清理兔子的五脏。

姚燕语又跟过去蹲在卫章的身边,皱着眉头说道:"我觉得那个狐狸眼有些眼熟,你有没有觉得?我们好像在哪里见过他。"

卫章停下手里的动作转头看着她一张纠结的小脸,轻笑道:"我不觉得在哪里见过他,想不起来就别想了。"自家夫人满脑子想别的男人,这种感觉实在太不好了!

"哎,你!"姚燕语看卫章把兔子处理干净,用两块石头夹住丢在水里冲着便起身离去,忙捡了块石头堵了一下,保证兔子不会被冲走才起身跟了上去:"你又去干吗?"

"去弄点柴火来生火。"

"我跟你一起去。"

两个人没有走远,只是在附近捡了些干枯的树枝,这期间卫章还摘了些树叶子草叶子什么的。姚燕语问他要这些作甚,他微笑着把那些叶子递到姚燕语的鼻子下面:"闻闻。"

"嗯?"姚燕语嗅了嗅,一股清香的味道冲入鼻息之中,"五香?"

卫章点头轻笑:"野生的五香叶。等会烤兔子的时候用。"

"这个呢?"姚燕语捏着另一种青色的小叶子问。

"这个是花椒叶啊,那个就是花椒树。"卫章指着一棵枝丫错综的树给姚燕语看。

"哦!"姚燕语点点头,她当然知道这是花椒叶,不过没想到原来这家伙不单懂行军打仗。

"你知道得还挺杂的。"姚夫人跟在自家夫君身后,用帕子兜着五香叶和花椒叶。

被自家夫人崇拜的感觉十分美好。卫章回头笑了笑,抬手揉了一下夫人的额角,低声说道:"行军打仗嘛,断粮草是常有的事情。能让自己吃得更舒服些,干吗不呢?"

两个人捡了不少的枯枝回去,生起火堆后,卫章削了一根新鲜的树枝把肚子里塞了五香叶花椒叶的兔子穿好架在火堆上烤着,然后又去黑风的马鞍上拿了一个囊袋过来,从里面

119

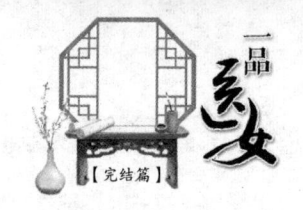

翻出了一包盐粒。

姚夫人忍不住感慨:"你东西带得还真全。"

卫章回头看她,宠溺地笑了笑:"是啊,随时准备着嘛。"

姚夫人轻笑:"随时准备着什么?离家出走啊?"

"嗯,哪天万一被夫人赶出家门,也总不至于饿死。"

"去!胡说八道!"姚夫人轻声笑骂。

明媚的阳光,幽静的山野,香喷喷的烤兔肉,还有心爱的人陪在身边。如果忽视掉康平公主等人带来的那些不愉快的话,所谓"偷得浮生半日闲"竟也是如此惬意。

两个人分食了一只美味的烤兔之后,姚燕语又在青石上盖着卫章的披风睡了一觉。卫将军则守在她身边闭目养神,安静地等她睡足之后,两个人才收拾东西,策马回去。

卫章在前面书房忙到二更天才回来,回房时夫人已经睡下,躺下后,卫章还想了想刚刚跟唐萧逸说的有关康平公主的事情,一个公主若能安分守己,自然是富贵荣华到老,但如果做了不该做的,哪怕她爹是皇上,也难免凄惨的下场。

卫章想得迷迷糊糊的,刚要睡着之时,身边的夫人忽地"啊"了一声,猛然坐起。

"怎么了?"卫章忙起身把她搂进怀里,轻轻地抚着她的背,柔声说道,"是不是做噩梦了?不怕,乖,不怕,我在呢。"

"是他……显钧,是他……"姚燕语紧紧地攥着卫章的睡衣衣领,满额头都是汗,连声音都颤了,"是那个行刺过我们的人……"

"谁?"卫章搂着全身汗湿不停颤抖的夫人,心疼得要死,"别怕,乖,告诉我是谁。"

"崖俊。"姚燕语靠在夫君的怀里,呼吸着他身上的气息,渐渐地稳了心神,"那个叫崖俊的人就是当初在仙女湖旁行刺我们的人……他那双眼睛……我不会记错的。"

刚刚的梦境那么真实,漫天白雪,突如其来的刺杀,许多人死了,还有人受伤,她只是一回头,便看见那人一剑刺入卫章的心口,鲜血弥漫开来,他笑得得意而狰狞,狐狸一样的眼神诡异莫测。以至于现在醒来,姚燕语似乎还能闻见铺天盖地的血腥味……

"真的?!"卫章心头一震,如果是这样,那事情可就非比寻常了。

"绝对是他!"姚燕语笃定地说道,"那日他的剑划破了我的衣裳,他看我的眼神那么诡异,我确定就是他!他居然来了云都城!居然进了公主府……这太可怕了!"

"不要怕,之前不知道他是谁,或许还有些可怕。但是,"卫章不过一瞬的震惊,之后便稳定下来,他轻轻地拍着夫人的后背,另一只手顺着她的长发,低声哄着,"现在我们识破了他的身份,他就没什么好怕的了。"

"我记得他武功很好啊!那天我们那么多人,他们不还是逃了?为什么今天却被你打断了腿?"姚燕语又担心地问。

"应该是苦肉计吧。"卫章轻声说道,"这不难懂,他一个男宠,若是有绝世武功,怕是康平公主也不放心他在身边的。"

卷三　灵燕扶摇

姚燕语听了卫章的话觉得有道理，便渐渐地平静下来，又问："你说他接近康平公主，混进公主府是想要弑君吗？康平公主想要造反？"

"这不好说。"卫章淡淡地冷笑，康平那个蠢货恐怕只是被美色所迷惑了，若说通敌叛国，弑父弑君，恐怕她还没那个胆子。不过这些话他不想说，这些丑陋邪恶的事情，应该离她远远地。

姚燕语沉默之后，猛然抬手捧住卫章的脸，焦急地说道："对了！他是高黎人，你把高黎灭族了，他是来找你寻仇的！你一定要小心！一定要小心！"

卫章轻笑着握住她的手，满不在乎地说道："夫人放心，这个世上有本事拿走我的命的人，还没出生呢。"

"不许轻敌！"姚燕语一想起梦里那刺入卫章心头的利剑，便怕得要死。

"嗯，知道。瞧瞧，衣裳都湿透了，你到底梦到了什么？"卫章低头吻了吻她的眉心，又摸了摸她被汗水湿透的衣衫，轻声叹了口气。

"……"姚燕语摇了摇头，那么不吉利的话还是不要说出口的好。

卫章抬手拉过被子裹住她，又转身下床去另拿了一套睡衣来给她换上。

夫妇二人重新并头躺下，姚燕语却因那个梦而再也无法入睡。一味地往卫将军怀里挤，紧紧地搂着他的脖子，像是一不小心她的夫君就会没了一样。

第二日清早，诚王府。

云琨五更天起来在院子里练了一套拳，一套剑，出了一身透汗后回房洗漱更衣，往前面去给父母请安。在诚王妃的院门口恰好遇见同样来请安的云瑶。

"哥哥早安。"云瑶朝着云琨微微一福。

云琨听说了一件事很是关心，便问："昨儿你西大营校场，遇见了康平公主？"

云瑶轻笑："是谁这么快的大嘴巴，这就告到哥哥跟前来了？"

"不管是谁说的，你二话不说甩鞭子就抽人，实在不对。何况那人还是康平公主的人。这事儿让静妃娘娘知道了会怎么样？"云琨语重心长地教导妹妹，"况且现在母妃是这个状况，你还嫌家里不乱么？"

云瑶淡淡地哼了一声，冷笑道："卫章乃是大云朝堂堂辅国将军，不是她康平公主私养的脔宠。她那样做，实在过分。"

云琨皱了皱眉头，叹道："卫显钧是何等人？岂会任人欺负？哪里用得着你出手？！"

"我也不是为了他卫显钧。"云瑶一本正经地说道。

云琨奇怪地问："那你为了谁？"

"我为了姚燕语。"

"为了……姚燕语？"云琨十分不解。她不是妹妹的眼中钉吗？

云瑶冷笑一声，说道："康平也就这么点能耐了。自己男人看不住，偏偏见不得别人

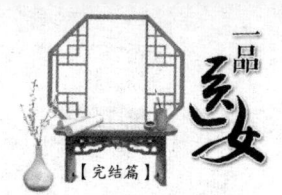

夫妇恩爱，这种人若非生在皇家，根本就是个贱妇！"

"闭嘴！"云琨吓了一跳，伸手握住云瑶的手腕，低声怒道，"这是你能随便胡说的吗？"

云瑶很是淡定地看着云琨，抬手推开他走了。

"哎！"云琨看着妹妹的背影，重重一叹，心想她这性子，到底该找个什么样的夫君才好！

诚王妃的眼睛一直没有明显的好转，她现在勉强能感觉到光亮，若是阳光下来个人，她能看见个影子，具体来的人是谁根本看不清楚，男女也分不清楚。

云瑶进来的时候她还没起身，却已经醒了，正靠在床上絮絮叨叨地跟丫鬟说今天自己想穿哪件衣裳戴哪件首饰。

"母妃。"云瑶进来先给王妃请安，然后上前去扶着母亲坐起来，并亲自服侍她穿衣服。

云琨进来的时候，诚王妃已经下了床。兄妹两个一左一右一边陪诚王妃说话一边看丫鬟给她梳头。

"昨儿李氏跟我说，你娶亲的日子定在了六月里？"诚王妃瞪着面前的镜子，问。

"可能是吧，这事儿是钦天监办的，由父王做主，儿子没上心。"

诚王妃点点头，又自顾说道："那靖国公家的女儿性子模样都不错，皇后娘娘早先也看中了她，最重要的是，她姐姐嫁给了恒郡王，进门第二年就生了个儿子。可见他们家的女儿都宜男之相。"

云琨笑了笑，只道："母妃看着好就好。"

诚王妃又笑着问右边的女儿："瑶儿呢？可有了意中人？"

云瑶脸上的笑意渐渐地淡了，半晌才说："母妃，我不想嫁人。"

"胡说。"诚王妃一下子拉下脸来，"姑娘家哪有不嫁人的？难不成你还想着那姓卫的？"

云瑶轻笑："怎么可能？我一辈子不嫁人也不可能去找有妇之夫。我可不想给人做小。"

"那就是了！你是王爷的女儿，大云朝的郡主。这天下的男人还不尽着你挑？何必非守着一棵树使劲儿呢！"王妃说着，又叮嘱儿子，"你也帮你妹妹参详着些，若有合适的，也不要错过了。"

云琨忙答应着："是，儿子知道。"

云瑶不想说这事儿，便扶着诚王妃起身，劝道："今天天气很好，桃李木槿各色花都开了，母妃不如出去走走，转一圈好回来用早饭。"

"好，走。"诚王妃今天心情不错，扶着女儿的手起身往外走，行至门口的时候方叫了一声儿子，并叮嘱："你去给你父王请安去吧，不用守着我了。"

云琨忙应了一声，看着妹妹搀扶着母亲往后面去了，才转身往前面书房去见诚王。

诚王这些日子都歇在侧妃李氏那边，所以云琨一早请安都是先去诚王妃那边，而且最近诚王爷身体不怎么好，向皇上请了假并不去早朝，一般都是从李氏房里用了早饭才往前面来。

卷三 灵燕扶摇

今日倒是巧了，云琨过来的时候，诚王也才刚刚起身，没用早饭便往书房来了。

请安毕，云琨扶着诚王在院子里的紫藤架下落座。

诚王蹙眉问："我听说瑶儿昨天又胡闹了？"

云琨笑了笑，说道："是啊。儿子刚刚已经说过她了。"

诚王倒是冷笑了一声，说道："康平真是太过分了。"

云琨没有多言，康平公主乃是皇上的长女，算起来自己还得叫她一声姐姐，而且虽然都是皇室子女，但毕竟君臣有别，她再过分也没自己说话的份儿。

不过就事论事来说，康平也的确不能把云瑶怎么样。那个男人她再喜欢也只是个奴才，她总不至于因为一个奴才就跟诚王府闹翻了脸。

诚王在这件事情上没有多说，直接转了话题："定侯府那边的快要出丧了吧？"

"是，还有十来天，下葬的日子定的是这个月十七。"

"这事儿一定要办好。不管怎么说，定侯也是大长公主一脉。少初跟你也是从小玩儿到大的兄弟。现如今他遭逢突变，正是伤心之时，我不方便过去，你有时间便过去看看他。"

"是，儿子知道。"云琨忙答应着，"前儿还去看了他，这次的事情对他来说打击实在是太大，儿子看他整个人都木木的，没什么精神。"

诚王又叹了口气，说道："昨日进宫，皇上跟我说起老侯爷的死，说总有蹊跷。依你看，如何？"

"外边传言自然是不可信的。但老侯爷和夫人去年冬天就病了，这一场病断断续续时好时坏，太医们轮番上阵，他们夫妇的病一直没有好转。想来这也是天意。"

诚王听了这话，惨然一笑："他们夫妇，倒是同年同月去了。"

云琨听了这话，不由得转头看着诚王的脸色，犹豫着叫了一声："父王……"

"嗯？"诚王只顾把玩着手上的那只祖母绿戒指，"有话就说，为什么吞吞吐吐的？"

"这些日子儿子请了白老先生来给母妃施针，姚御医说五龙针法同样有疗效，只是如今看来，疗效甚微……"

诚王回头看了云琨一眼，轻声叹道："罢了，回头我去劝劝她，想办法请姚御医过来给她医治吧。"

"谢父王。"云琨赶紧躬身。

"谢什么谢？她是我的王妃。"诚王轻轻地叹了口气——她再不好，也是自己的结发妻子啊！

云琨听了这话，一颗心终于放进了肚子里，开始盘算着如何去跟卫章说，请姚燕语过来给母妃医治眼睛。

眼看着定侯府大丧的日子一天天逼近，姚燕语身为辅国大将军府的主母，那日也是要过去送葬的。

123

这日，冯嬷嬷叫人专程为她做了素服，趁着姚燕语从国医馆回来，赶紧拿过来比量修改。阮氏又送来一套海棠花样珍珠缧银丝的素色首饰，做工极精细，说这金银匠的祖父曾去波斯带回一套制作工具，所以做出的首饰既精巧又独特，姚燕语看着也觉不错。

晚间卫章回来，同姚燕语一起用了晚饭便没去书房，拉着她的手要去后面园子里遛弯儿。

花园里如今正是桃李争艳，兰蕙吐芳之时，晚风微醺，花香在夜色里浮动，爱人在侧，并肩而行，姚夫人眯着眼睛靠在夫君的肩膀上，人都要醉了。

"对了，你刚说有事？什么事啊？"姚夫人问。

"那个崖俊，我悄悄地去查了。"

"哦？怎样？"姚燕语立刻来了兴致。

"这应该不是他的真名字。真正叫崖俊的人是京郊一个落魄的秀才，人长得倒是俊俏，可惜为人迂腐不堪，亲戚朋友都得罪尽了，又穷得叮当响。据说去年冬天病了一场，后来就不见了。我想真人应该是死了，那人顶替了他的身份，前些日子康平公主因为驸马狎妓的事情去京郊散心，跟他偶遇。一眼就看上了，便简单地问了他的出身，就带在了身边。"

卫章说完这些，轻轻地叹了口气，"现在他有身份，还背着个秀才的功名在康平公主身边，如果做事不是很过分的话，我们还真不能把他怎么样。"

姚燕语皱眉道："可是他就在京城，还在皇室公主身边……这太危险了。"

"我们没有证据，就算告诉皇上，皇上也不一定会相信。"卫章无奈地叹了口气，如果这人不是跟在康平公主身边，他有的是办法让他莫名其妙地消失。

可是现在他是康平公主的人，而且还被康平公主视为心头肉，别说卫章，就算是镇国公也不能轻易地动他。

姚燕语想了想，又问："那你可以派人暗中监视他吗？"

"我已经派了人暗中监视……但你也知道，康平公主乃是皇上的女儿，康平公主府的护卫也不是吃素的。我的人不敢太过靠近公主府，否则被发现的话，就等于被康平公主抓住了把柄。到时候她往皇上面前一哭，我纵然浑身是嘴也说不清楚。"

也是，私自监视皇族公主可不是小罪过。姚燕语无奈地点了点头。

"所以我现在很担心你。"卫章说着，抬手放在夫人的肩膀上，把人揽进怀里，手指轻轻地拂过她耳边的发丝，说话的口气无奈而惆怅，"我找人给你打造了一套袖箭，过两天就好了，回头我交给你用，如果遇到危险，或许可以抵挡一二。"

"袖箭？"姚燕语觉得这个词很是遥远。

"嗯。用起来挺简单的，一学就会。"卫章低声解释，"有点像——极小的弓弩，通过机关发射，威力虽然不是太猛，但对付近身攻击的人足够了。"

姚燕语心里默默地叹了口气。卫章见自家夫人沉默不语，只当是她害怕了，忙又安慰道："我会派足够的人守在你周围的，这也不过是以防万一罢了。他们知道你懂医术，也知道你师从张苍北，应该不敢随便对你用毒。"

卷三　灵燕扶摇

　　姚燕语心里一热，伸手攀上卫将军的肩膀，低声问："你怎么知道他会冲着我来？"
　　"我多希望他不会冲着你来。但他们也不是傻瓜，应该已经摸准了我的脉门，知道你是我的软肋。想要对付我，十有八九会在你身上动手。"卫章伸手把人紧紧地搂进怀里，吻着她的发丝低声叹道："你该知道，如果他们挟持了你，要我做什么我都会听的。"
　　姚燕语侧脸吻了吻将军的脖子，低声笑道："放心，我也不是那么好对付的。"
　　卫章低声叹了口气："我真想拿你叠吧叠吧装到怀里随身带着，这样才放心。"

　　两日后，诚王世子云琨带着丰厚的礼物亲自登门拜访，向卫将军表述了想请姚夫人给诚王妃治疗眼疾的意思。
　　卫章看在同袍之义上根本无法拒绝，况且云琨还说，知道国医馆的职责是配药，解决疑难杂症而非问诊治病，所以王爷已经禀明了皇上，皇上已经恩准，并请姚御医不要有后顾之忧。
　　在大云朝，天大地大，皇命最大。姚燕语轻笑，心知给诚王妃治病已经成了必须的事情。
　　忙里添乱的是，诚王妃的病还没开始看，姚府那边就有人送信来，说老太太和太太两日后到京，二奶奶准备了宴席给老太太和太太接风，到时只请二姑奶奶按时回去。
　　姚燕语轻叹，她能"按时回去"吗？她必须得"提前回去"啊！她得提前回去看看家里有什么可帮忙的，以尽一点做女儿的心意啊！于是姚夫人放下眼前所有的杂事，立刻换了衣裳坐车回姚府。
　　宁氏已经把姚府里里外外又收拾了一遍，把自己平日住的屋子腾了出来给太太，而她则带着两个孩子搬去了后面的一座小院。给老太太的屋子更不能马虎，要选府里最大最宽敞的院子。另外，书信中说三姑娘也跟着来了，宁氏还得收拾布置一处院子给姚雀华。
　　"这府邸还是小了些。"宁氏拉着姚燕语的手无奈地叹道。
　　宁氏又笑道："大嫂子叫人写了书信来，说太太原本是不想过来的，只是老太太说不放心老爷，都说儿行千里母担忧，这话真真不假。"
　　是不放心还是不甘心？这老太太这么大岁数了还这么能折腾人。姚燕语心里叹气，嘴上却只得含笑应着："老太太就只有老爷一个儿子，岂能不牵挂？说起来以后咱们家要在京城安家了，老太太过来也是早晚的事儿，正好借着侯府这档子事儿过来，也省了一趟麻烦。"
　　宁氏笑道："妹妹说的不错。"说完又转头吩咐身边已经开了脸正式成为姚延意的侍妾的金环："去看看厨房给二姑奶奶的汤好了没有。"
　　没多会儿工夫金环回来说汤已经好了，饭菜也齐备了，请奶奶示下，饭菜摆在何处。
　　宁氏笑道："就送去后面花园子的棠棣园。"说着，又转头向姚燕语，"妹妹去看看那边收拾得可还满意。"
　　姚燕语对宁氏如此对待自己心里很是感动，因为之前姚延意借助自己在朝堂立脚，姚燕语对宁氏的讨好并没上几分心思。但以现如今的状况来看，利益是相互的，她同样也离不

125

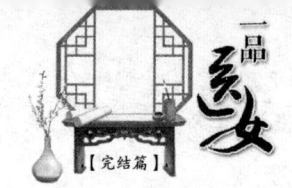

开二哥的帮扶。所以宁氏能这样对自己，应该含了几分真正的情谊。

午饭便摆在棠棣园的海棠树下，这边刚开吃，便有小丫鬟进来回："回奶奶，二姑奶奶，二姑爷来了。"

说话间卫章已经随着小丫鬟进了棠棣园，宁氏起身笑道："姑爷先请坐，我失陪一下，去瞧瞧两个孩子。"

卫章欠了欠身："二嫂子请自便。"

宁氏又笑着看了一眼姚燕语，才转身走了。姚燕语便问："怎么急急忙忙地寻到这里来？"

"我刚从宫里来，要出门办点事，差不多三到五天回来。"卫章说着，把手里的一只盒子放在小炕桌上打开，"这是我叫人做的袖箭，手伸过来，我教给你怎么用。"

姚燕语伸出右手，卫章摇头："换左手。"

"为什么？"姚燕语不解，"右手比左手灵活。"

卫章伸手抓过她的左手，一边把袖箭的羊羔皮箭袋展开裹上她的手腕，一边解释："所以才用左手。右手还要做更多的事情。这个东西操作起来很简单。看好，是这样的……"

卫章一边弄一边耐心地讲解，力求每个细节都讲清楚。

姚燕语却借机看着他低着的脸，明明是那么冷睿理智的人，那么认真严肃的表情，她却硬是读出了款款情深。

卫章把袖箭给她绑好，仔仔细细地讲了一遍，抬头看见夫人深深盯着自己的双眸，不由得失笑："我刚才说的你倒是听见了没有？"

"没有。"姚夫人轻咬着唇，眨巴着眼睛看她。

卫将军无奈而宠溺地笑了笑，抬手捏了捏她的小鼻子："我再跟你说一遍，不许走神了。"

"这好像很难哎。"姚夫人无奈地叹了口气。

卫章好笑地问："这有什么好难的？很简单，比你国医馆里的那些瓶瓶罐罐的简单多了。"

姚夫人戏谑地笑道："可是你这么帅的一个人在我面前，我怎么都没办法集中精力听啊。"

"……"

费了九牛二虎之力，卫将军终于教会了姚夫人如何用袖箭，虽然准头有待提高，但好歹是会了。

临行前，卫章又把赵大风和葛海叫到跟前，一再叮嘱："皇上要微服出行，我必须扈从。别的事情都可放到一旁，不管怎样你们两个人必须有一个不离开夫人左右。"

卷三　灵燕扶摇

第八章

　　姚家的船果然在两日后到了云都城的东郊码头，姚延意这天早就空了出来，带着姚燕语一起往码头去迎接祖母和母亲，宁氏则在家里准备饭菜酒席给老太太和太太接风洗尘。

　　宋老夫人笑着拉着姚燕语的手下船，在左拥右护中上了最大的那辆马车。织造府王家的家眷们也都纷纷上来跟姚燕语见礼，姚夫人现在是二品的诰命，又有三品的职衔在身，按照规矩，除了宋老夫人和王夫人之外，这些品级低的和没有品级的都该向她大礼参拜。只是码头上，人来人往的，姚燕语抬手便免了她们的礼，并吩咐随身来的管事媳妇服侍大家各自上车。

　　姚延意看着老太太坐进去后，方转身扶着王夫人，笑道："母亲，你的车在那边。"王夫人欣慰地笑着点点头，随着姚延意和姚燕语去上了后面的马车。

　　姚燕语同姚延意点了点头，看姚延意上了王夫人的马车，才上了自己来的时候坐的马车。姚燕语抬手摸了摸左手手腕上的袖箭，慢慢地闭上眼睛，往一侧靠在引枕上。随着马车的颠簸，姚燕语闭目养神，趁便放肆地想着那个聚精会神给自己绑袖箭的男人。

　　马车猛地停下的时候，姚燕语差点就睡着了。

　　香薷第一反应是扑过来护住姚燕语，乌梅则从另一边护住姚燕语。

　　"怎么回事儿？！"姚燕语下意识地攥紧了左手的手指。

　　外边已经乱了起来，护卫家丁们惊慌地叫嚷着："保护老太太！保护太太！"

　　"保护二姑娘！"

　　"保护夫人！"姚燕语听见马车外赵大风阴沉狠戾的声音。

　　叫喊之中姚燕语隐约能听得见嗖嗖的箭雨声以及兵器格挡利箭的声音。姚燕语的心疯狂地跳着，几乎要冲出嗓子眼儿。香薷和乌梅一前一后护着她，更是吓出了一身的汗。

　　厮杀并没有多久，对方也不过是放了一阵乱箭，连面都没露就撤了。

　　护卫们要追，赵大风一挥手："不要追了！保护夫人要紧。"

　　众人方都收起了兵器，受了伤的各自包扎。赵大风则匆匆至马车跟前询问："夫人！你怎么样？"

　　"我没事。"姚燕语大口地喘着气，"你们不用担心。我母亲和兄长怎么样？"

　　赵大风转头看了一眼前面的马车，显然那边遭受的袭击比这边重，那是姚燕语平时坐的马车，是这次袭击的主要对象。马车的车棚上此时扎满了箭羽，里面的人不知道怎样。于是他皱了皱眉头应道："夫人放心，我去看看。"

　　前面的马车里真的不容乐观，姚延意的手臂受了一箭。后面织造府的女眷们因为坐的马车都很寻常，不是那些人攻击的主要目标，所幸有惊无险。

　　赵大风过来询问时，王夫人只顾着抱着姚延意哭却说不出话来，还是姚延意忍着手臂

的疼痛问赵大风："我二妹怎么样？她有没有受伤？"

赵大风忙道："夫人无碍。大人的伤需要及时处理，我这就去请夫人过来。"

"再麻烦你去看看老太太。"姚延意忍着疼拍拍王夫人的手，低声劝道，"母亲莫怕，我无事的。"

有家丁受伤，也有家丁中箭丧命。队伍不得不停下来整顿。姚燕语下了马车，先把随身带的静心丸给宋老夫人吃了一粒，安慰了她几句后便匆匆给姚延意处理伤口。

宋老夫人虽然受了惊吓，但到底是年纪大了见过世面，却比王夫人镇静了许多，还能吩咐管家们先给受伤的家丁处理伤口，再把死去的抬到车上，回去后再好生安葬。

姚燕语给姚延意包好了伤口，赵大风带着人也把乱七八糟的局面收拾好了。

"二哥，疼得怎么样？"姚燕语问姚延意。想想这一箭姚延意是为自己受的，她的心里很是愧疚。

"没事，你的伤药很管用，这会儿已经不怎么疼了。"姚延意勉强笑了笑，又转头安慰众人，"好了，大家都先上车，先回家再说。"

一场刺杀来得快，去得也快。在官道上来往的百姓的围观之中，姚家人已经收拾利索各自上车，往城门口的方向而去。

姚燕语这次跟宋老夫人上了一辆马车，姚延意还是跟王夫人上了之前的车。赵大风吩咐自己的人前前后后把这两辆车围在中间。后面田氏和姚雀华的马车旁边却只有姚家的护卫。

姚延意兄妹以及姚家老夫人，夫人在路上遇刺的事情很快就报了上去，大理寺和顺天府联合发出告文，悬赏缉拿刺客。

京城权贵自然也为之震惊。诚王府、谨王府、燕王府、镇国公府等皇室权贵都派人来姚府探视，镇国公府、靖海侯府和诚王府更送了各种补品至辅国大将军府。一时间，姚家在京城权贵之中，风头无两。

姚府之中，一切纷扰过去之后，姚远之和姚延意父子二人安静下来，坐在书房里商讨今日遇刺之事。

"是不是我们的政敌？"姚远之一天都在想这段时间自己在朝堂上得罪的人。

姚延意摇了摇头，说道："那些文臣怕是还使不出这样的手段。"

"那是之前的那些人？薄家？"姚远之又问。

姚延意摇摇头："应该也不是。他们就算是想复仇，也找不来这样精干的人。再说，弓箭这样的东西，受朝廷管制，不是谁都能弄得到的，私藏弓箭罪同谋反。况且还是在京郊行刺。"

"嗯，能在云都城附近私藏弓箭的，绝不是一般的人。"姚远之点了点头。

"父亲，我想到一个可能。"姚延意若有所思且慎重地说道。

"说。"姚远之侧脸看过来。

卷三　灵燕扶摇

"今天那些人虽然朝着我们放箭，但据我后来查看的状况，应该是以我坐的那辆马车为主，老太太的马车和后面燕语坐的车虽然也受到了袭击，但明显比我坐的这辆轻多了。似乎只是为了牵制那些护卫而做的。"

姚远之皱起了眉头："所以，你说他们是冲着你去的？"

姚延意轻轻地摇了摇头，低声说道："不，父亲。我和母亲坐的是燕语的马车。"

"燕语？！"姚远之手里的茶盏一抖，"你的意思是说他们的目的是燕语？！"

"但愿不是。"姚延意无奈地笑了笑，"父亲，这话不要让别人知道。"

"我明白。"姚远之点了点头。

姚家父子都明白，此事若是让王夫人、老太太以及宁氏知道，恐怕她们会多想。不过姚远之又皱眉问："可燕语知道吗？这些人今天没得手，肯定不会罢休的。"

"她身边高手如云，应该不会有危险。"姚延意笃定地说道，"只是我想我们应该尽快查一查她和卫章到底得罪了谁。"

姚远之沉吟道："应该不用查，直接去问燕语，她心里应是有数。"

姚延意点了点头，他也觉得卫章不是寻常之辈，不可能连自己能猜到的事情都想不到。

果不其然，第二日姚燕语过来给姚延意换伤药的时候，便把闲人都打发出去，朝着姚延意深深一福："二哥受伤全是因为我，妹妹心中深感歉疚。"

姚延意伸手扶起她，轻声叹道："伤在我身总比伤在你身上好。我好歹是个男人，比你能扛。"

姚燕语一时感动，不知说什么才好。

"昨日这事应该不是偶然吧？"姚延意看着姚燕语，叹道，"显钧知道吗？你们能不能猜到是得罪了谁？"

娘家父兄本就是女儿家的依靠，有时候丈夫都比不过。

姚燕语不是傻瓜，当然能分得清谁对自己好，谁对自己不好，更不会把自己的爹跟哥哥当成外人。所以便把康平公主和崖俊的事情详细地跟姚延意说了，包括这个崖俊的真实身份以及自己在仙女湖旁遇刺的经过还有后来在图母河边受的那一箭，也都原原本本地告诉了姚延意。

姚延意听出了一身的冷汗。半响才幽幽叹道："这么说，这个崖俊是个极大的麻烦。"

"是啊！将军为了这件事也是一筹莫展，这次出门，把葛海和赵大风都留下了。只是我千算万算，也没想到他们会在城郊出手，而且还如此明目张胆。"

"或许他们要的就是这种打草惊蛇的效果。"姚延意的手指在紫檀木的椅子扶手上轻轻地摩挲着，狭长的凤目微微虚起，陷入沉思之中。

姚燕语看他思考也不打断，只安静地坐在一旁品茶。良久，姚延意才轻声叹道："我觉得他们的目标还是显钧，而不是你。"

"哥哥为何会这样想？"姚燕语纳闷，心里闪过当初在那片雪原中被行刺的情景，那

些人的目标分明是自己。

"就算他们朝你下手，最终目标也是显钧。"姚延意用没受伤的左手端起半凉的茶盏，缓缓地喝了一口，方仔细地替姚燕语分析，"灭了高黎族的人是显钧不是你，而且，他们对付你，最终目的也是激怒显钧，你一个区区女子，一技之长是医术，他们没伤没病，劫持你去也没用。就算是杀了你，换来的也是显钧的暴怒，显钧生气的后果么，是鱼死网破，他们也捞不到什么好处。"

"难道他们不是想借我威胁显钧吗？"姚燕语疑惑地问。这是卫章的话，他说如果对方挟持了自己，要他做什么他都会去做。

"如果说是，也是为了逼得显钧乱了方寸而已。但就目前的状况来看，很显然，就算是显钧乱了方寸，他们也不能奈他何。"姚延意轻声冷笑，"如果我猜得不错的话，他们这一招是声东击西。显钧那边才是重点。"

"啊？！"姚燕语心头一慌。

孰料此事早有人回了老太太和太太，宋老夫人又打发人来问，姚燕语只好换了衣裳往老太太跟前去亲自回话。从老夫人房中出来，姚燕语便去了宁氏那里喝茶，没来得及留下用午饭，冯嬷嬷便打发人来，说府里有要紧的事情，请夫人赶紧回去。

姚燕语闻言心头又是一慌，冯嬷嬷是老成稳重之人，一般的事情她都料理了，但凡她催，那肯定是出了大事。宁氏便道："既然这样，叫人备车赶紧回去瞧瞧，有事立刻打发人来告诉你哥哥。"

姚燕语便匆匆出门，连跟宋老夫人和王夫人道别都忘了，只急急忙忙地要了一匹马，策马回府。

她策马疾驰，可把随身来的葛海给吓了一跳，赶紧招呼手下或骑马或飞檐走壁急匆匆跟上去。街上来往的百姓见状都匆匆躲避，唯恐惹祸上身。

一路疾驰回将军府，一进门便见长矛面色焦虑忧心忡忡地迎上来请安。姚燕语把马缰绳丢过去，皱眉问："发生了什么事情？"

长矛低头回道："回夫人，城东北琉璃巷子那儿的场子……炸了！死了十二个人，重伤者二十六个，其余人全部轻伤……有一对工匠一家三口都死了，只留下一个八个月的孩子……"

"什么……"姚燕语顿时呆住，站在二门的门槛下一动不动。

"奴才们请夫人赶紧回来，是因为冯叔也受了重伤……冯嬷嬷……已经哭得晕死过去，奴才没有办法，所以才想请夫人回来，看如何医治。"

姚燕语心中一痛，攥紧了拳头问："老冯在哪里？"

"已经抬了回来，就在他自己的屋子里。"

"带我去……"姚燕语说着，慢慢地伸出手。

香蕙忙上前搀扶住她，随着长矛直接往后面的偏院去。

卷三　灵燕扶摇

　　冯友存的伤主要是大面积的皮肤灼烫，伤基本在背上，冯友存是为了救一个技工才伤得这么严重，被他救下的那个技工只伤到了腿，在众多受伤的人之中，算是微不足道的小伤了。

　　熔炉爆炸，大块的炭火四散开来，沾到谁身上都会起火。虽然玻璃场里早就做好了防火措施，但爆炉这样的事情一点防备都没有，众人手忙脚乱，各自逃跑，谁也顾不上谁。

　　姚燕语看到冯友存时，心念一动，立刻吩咐长矛："你赶紧派人去姚府，告诉我二哥玻璃场的事情，然后就说我说的，让他千万派人去守好了城外的药场！另外你再派人去萧侯爷那边，告诉他们城外的那家玻璃场暂停做工。"

　　长矛答应着转身就走，姚燕语又叫住他："你再派人去把这次事故的重伤员全都运到府中来治伤。轻伤者先送回他们的家中安置，另外请了郎中过去医治。"

　　"奴才记下了。"长矛重重地点了一下头。之前他是有些惊慌失措，但夫人回来了，他的心神便定了，说话办事已经有了章法。

　　这边姚燕语给冯友存处理好了伤，府里的下人已经把其他的重伤者都送了过来。半夏、麦冬、香薷、乌梅四个丫鬟全都忙碌起来，其他的丫鬟婆子打下手，姚燕语一边吩咐众人如何碾药如何配置药膏，一边用太乙神针给这些伤者清热镇痛。

　　这一通忙活一直到了夜里才算忙完，算起来从回府到这会儿工夫，姚燕语连一口水都没喝。身上的衣服早就被汗浸透，看着屋子里或趴或躺或歪的几十口子人，心底的那股愤怒才渐渐地涌了上来。

　　"不管怎么样都要查清楚这次事故的原因！"姚燕语看着玻璃场两个轻伤的管事，咬牙道。

　　"是，夫人。"冯友存已经从最难过的时候挺过来了，听了姚燕语的话，趴在床上答应着，"据老奴所见，这次事故十有八九是人为的。夫人放心，老奴一定会把这件事情查个水落石出。"

　　姚燕语点了点头，目光从每一个伤患身上掠过。很好，姚燕语从心里默默地想，如果有胆子混进辅国大将军府，也算是个人物了。

　　翠微和翠萍已经从国医馆赶回来，正带着几个仆妇配制以后要用的药膏。香薷从外边匆匆进来，低声回道："夫人，萧侯爷和夫人过来了，奴婢说您刚忙完正在洗漱……"

　　"走。"姚燕语没再犹豫，立刻回房去沐浴更衣，她现在这副样子实在无法见人。

　　只是想不到的是，萧霖留在了前面的偏厅喝茶，而韩明灿却直接来了燕安堂看姚燕语，姚燕语疲惫地进门，迎面看见韩明灿，心里不由得一阵酸楚。

　　门外忽然有小丫鬟似是惊慌地说了一声："将军回来了！呃，奴婢请侯爷安！"

　　这边二人皆是一怔，门帘便哗的一下被掀开，卫章一步跨进来，迎面看见韩明灿也只是点了点头，便盯着姚燕语看，目光再不错开一丝一毫。随后进来的萧霖则朝着韩明灿笑了笑："夫人事情可办完了？咱们也该回去了。"

　　韩明灿笑眯眯地起身走到萧霖身边，却转头看姚燕语。姚燕语被卫章灼热的目光盯得

131

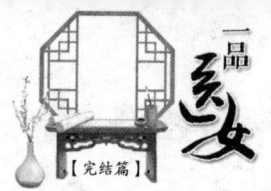

莫名惊慌，忙站起身来傻乎乎地问："将军回来了？可曾用过晚饭？"

卫章这才又看了一眼韩明灿，依然没说话。

韩明灿失笑道："行了，时候不早了，我也该回了。"

"我送姐姐。"姚燕语嗔怪地瞥了卫章一眼，这人傻乎乎的连声招呼都不知道跟客人打，真是没礼貌！

卫章紧紧地抿着唇朝着韩明灿欠了欠身，算是相送。萧霖扶着韩明灿出了屋门，韩明灿忙回身把姚燕语往回推了一把，悄声笑道："人家怕是担心坏了，你赶紧回去安慰一下吧。我走了。"

姚燕语苦笑："这都什么时候了，姐姐还跟我说笑。"

韩明灿依然低笑着，有些调侃地说："这可不是说笑，这是实打实的大实话！"

"姐姐慢点。"姚燕语看着韩明灿明显凸起来的肚子，又担心地叮嘱。

"放心放心！快回去吧。"韩明灿被萧霖半护在怀里，又回头朝着姚燕语摆摆手。

"回去吧。"萧霖也微笑着朝姚燕语点头。

姚燕语又忙吩咐翠微翠萍好生相送，看着她们转过长廊没了影子，才轻轻叹了口气转身往回走，却一步撞进一个结实的怀里。

"你……"姚燕语想要挣出去，却被狠狠地抱住。

许久以后，姚夫人从疲惫中醒来的时候，已经是半夜三更时分了。屋子里灯光暗淡，她身上盖着薄被，身边没有人。

"人呢？"姚夫人喃喃地喊了一声。

卧室门口的珠帘哗的一声响，卫将军背着光线的身影异常的高大："喝水？"

"什么时辰了？"姚夫人欠了欠身，靠在夫君递过来的靠枕上，接过一盏温水喝了两口。

"才半夜呢，接着睡。"卫章把茶盏放到旁边的高几上，扶着夫人又躺下去。

姚燕语躺好后看着夫君穿着贴身的长衫而非睡觉的中衣，因蹙眉问："你刚做什么去了？"

"我跟萧逸他们说点儿事情。"卫章拉了拉薄被给她掖好，又低声叮嘱，"你先睡，我一会儿就回来。"

"这么晚了，还说？"姚燕语伸手抓住夫君的衣袖，蹙眉撒娇，"我不要一个人睡。"

卫将军低声笑着在夫人的耳边吻了吻："那你等我一下。"看着夫人点头，卫将军起身出去了。没多会儿的工夫果然回来，换掉长衫穿着贴身的中衣上了床。

外边，唐萧逸跟在贺熙身后出了燕安堂的偏厅，一边伸着懒腰一边叹道："哎！将军太不讲义气了，只顾着去他的温柔乡！贺大哥你也有嫂子在等，就我一个孤独鬼了……"

"没几天你夫人也就回来了，坚持一下。"贺熙拍拍兄弟的肩膀，潇洒地走了。

"哎！"唐将军望着满天繁星幽幽一叹，那什么丧礼赶紧举行吧！完了之后夫人就可以回来了。

　　姚燕语等卫章回来也没什么睡意，只是靠在他的怀里说道："玻璃场的事情我觉得太过蹊跷了。"

　　卫章低声说道："都交给我去处理吧。"

　　"你要怎么做？"姚燕语不放心地问。

　　"这事儿不管是不是他们做的，也必须是他们做的。"卫章淡淡地冷笑。他正愁找不到借口呢，如今可好，现成的借口送上门了，这么好的机会怎能错过？

　　"嗯？"姚燕语有些不解。

　　"你不要多想了，好好睡。"卫章侧了侧身，拢了拢她的长发。

　　"你到底怎么打算的，总要跟我说一说啊。"姚燕语皱眉问。

　　卫章看着她一定要知道的样子，便低声说道："我觉得玻璃场里有他们的人。之前我们俘虏了高黎不少族人，其中十六岁以上的男丁都杀了，十六岁以下的都送去了军营做军奴。女人官卖为奴，散在各处。崔俊如果真的是高黎王室后裔的话，就肯定会利用这些人在京都内布防。所以我想，你的玻璃场里肯定有他的人，这人十有八九是女工，也有一点可能是男的。我们要仔细盘查。"

　　"如果没有呢？"姚燕语皱眉问。

　　"必须有。"卫章冷笑，"这人是我们的人证。"

　　姚燕语有些懂了："你要揭开崔俊的身份之谜？"

　　卫章捻着她的一缕乌发，低声说道："我们要给皇上一个合理的理由。"

　　姚燕语点点头，像这种敌国奸细之类的，并不需要十分充分的证据，只要莫须有便可置他于死地。"只是康平公主怎么办？"姚燕语担心地叹了口气。女儿和江山比，皇上应该会选江山，但江山稳定之后，做父亲的皇上肯定也会疼惜女儿的。到时候来个秋后算账，可够麻烦的。

　　"走一步看一步。"卫章低声说道。

　　玻璃场炸炉的事情很快在云都城里散开。

　　定侯府现如今正办着丧事，人来人往，消息最为灵通。苏玉蘅是听梁夫人说的，梁夫人对姚燕语没什么太深的感情，只不过觉得她受损，对苏玉蘅也没什么好处，只是苏玉蘅听说后急得哭了，当时就随便换了身衣裳回去了。

　　姚凤歌听说此事的时候心急火燎，立刻叫了珊瑚到跟前，吩咐："你悄悄地换了衣裳去将军府看看妹妹怎么样，劝她不要着急，若是需要银子，我这里还有一些……"说着，姚凤歌又叹了口气，说道："算了，你干脆去告诉李忠把我在恒隆钱庄里放的那一万两银子取出来给她送过去。你再告诉妹妹，若不够，我再想办法。"

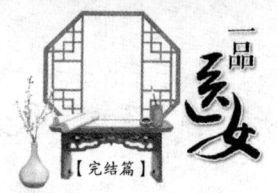

珊瑚忙点头答应："奴才知道了，奶奶放心。"

姚凤歌又低声叮嘱："快去快回，或许妹妹有些事情不愿意说，你再悄悄地打听一下贺将军的夫人。问问具体情形到底是怎么样，就说我有重孝在身，现在丧事还没办也不好出门，别的帮不上，些许银子还是有的。"

珊瑚连忙答应着转身往外走，却跟匆匆赶来的封氏走了个对过，原来封氏也拿了一叠银票并一些珠宝要给姚燕语。姚凤歌把银票交给了珊瑚，珠宝却归还给了封氏，一时封氏跟姚凤歌对坐叹息。

侯府后花园某处僻静的角落里，封岫云和孙氏则对坐在一起说私心话。

"姐姐居然拿了几千两银子去送给那姚燕语，还有她平日里自己都舍不得戴的那些珠宝。"封岫云无奈地叹道，"真真不知道姐姐到底欠了她什么，居然如此相待。"

孙氏似笑非笑地哼道："你这话说得可就不对了，夫人当初小产，差点就活不成了。是人家姚御医妙手回春救了她一命，如今不过几千两银子而已。"

封岫云淡笑一声，哼道："当初不是已经重谢了吗？不仅仅是这边，就连我们家太太都预备了一份丰厚的礼给送了过去，这一次的恩情，难道这辈子就还不清了？"

"这可说不好。"孙氏笑得有点幸灾乐祸，"又不是你的东西，你何必那么心疼？"

"我有什么好心疼的？"封岫云抬手摸着自己尚未隆起的小腹，叹道："我不过是为了我可怜的儿子犯愁罢了。"

孙氏看了一眼封岫云的肚子，轻笑道："说的也是，你进门的时候就说好了，生了儿子便记在夫人的名下。如此，夫人便是这孩子的亲娘，她的东西将来除了给云丫头陪嫁些之外，也都该是这个宝贝蛋儿的。"

封岫云抿了抿唇，没说话。孙氏的话算是说到她心里去了。只是她心里烦的还不只是这一件事。

孙氏看着她的神情，又笑道："其实我劝你也不要高兴得太早了，那陈氏跟你差不多日子怀的身孕，说不定还能生在你前头呢。若是她那儿子生在你前头，夫人怕是不稀罕你肚子里的这个了。"

封岫云轻笑："这却不能，陈氏再怎么样也越不过我去。"她是贵妾，地位只在正室夫人之下，而那个陈氏只是个良妾罢了，娘家不过是个商人，哪里比得过封家？

孙氏笑道："论身份她自然比不过你去，不过若是她生儿子，你生女儿的话……"

封岫云不等孙氏说完便猛地抬头看向她，面带不悦："不会的！"

孙氏笑了笑，没说话。封岫云也觉得自己有些过了，方缓了缓语气，说道："我母亲已经找人推算过了，我怀上的那日是极易生儿子的。"

"是吗？那可真是要恭喜你了。"孙氏淡淡地笑着，眼神中带着几分戏谑，这句恭喜说得尽是嘲讽之色。

封岫云的脸色变了又变，最终还是没说话。

卷三　灵燕扶摇

"行了，我们坐得够久了，也该回去了。"孙氏款款地站起来，轻笑道，"宣儿这几天哭灵哭得嗓子都哑了，我得回去给他弄些润喉的汤水。"

封岫云身为贵妾，自然不能跟孙氏这个正室比，见她起身，也只好站起身来微微一福："二奶奶慢走，我也该回去了。"

孙氏摇了一下手里的帕子，丢下一句："回见了。"便径自走了。封岫云站在那里看着她没了影子，才轻轻地啐了一口，转身往回走。

……

康平公主府西苑，精致的小院落里。

"这个贱妇居然派人去炸了玻璃场？！"崖俊怒声低喝。

一旁的少年忙低声回道："回少主，奴也刚收到消息，咱们安插在那边的三个人一个重伤，两个轻伤，现如今都在辅国大将军府里。因为将军府戒备森严，暂时没办法跟他们通气儿。"

"成事不足败事有余！"崖俊气急败坏地把手边的一只汤碗掀翻在地。

"少主息怒，奴打听到他们是因为治伤才被送进将军府。等伤好了肯定会出来的。再说，这也是一次机会嘛，如此我们至少可以了解一下那将军府里到底是什么样子。"

"愚蠢！"崖俊怒骂，"你当那卫章是那么好糊弄的吗？！这三个人怕是保不住了，平日里都是谁跟他们联系的，你赶紧想办法处理掉！不许留下一丝线索！否则，这公主府可由不得我们住了！"

"这……"那少年还有些犹豫。

"立刻去办！"崖俊歇斯底里地吼了一嗓子。

"是，奴这就去办。"

"一群蠢货！"崖俊看着退下去的少年，又抬手掀翻了旁边的高几，怒骂："都是废物！"

对着一屋子里的狼藉，断手断腿的俊美公子面目狰狞，恨不得一把火烧了这一切才解恨。

崖俊的担心一点都不差，将军府此时表面上没什么两样，甚至比平时还乱，只是却暗地里加紧了防备，如果是心有不轨的人，便会觉得处处都似是有一双眼睛盯着。

其实这也不奇怪，卫章本来就是严防部署的高手，只看姚燕语当初买的那座小庄子的名字就知道了——六如山庄。

什么是六如？那是兵法的精髓：疾如风，徐如林，侵略如火，不动如山，难知如阴，动如雷霆。

将军府乃是卫章的窝，也是他的祖父生前居住的老府邸，虽然后来翻新休整，但整体的布局一点都没变。这座府邸看上去也只是阔朗大气些，甚至没什么精致之处，实际上每个角落都有它的精妙之处。只需在关键处布防，整个府邸便如在眼下。

最重要的，是那些玻璃场的工匠们不管男女，不管伤得轻重，都被重点看护起来。且由卫将军亲自过问伤情。当然，卫将军亲自过问的结果，就是这些人的祖宗八代都被查得清清楚楚，而那些查不清楚的自然就被单独转到另一个安全的所在。

而卫将军的神速动作和雷霆手段也在这一刻突现出来，他只用了几个时辰便顺藤摸瓜查到了太史令梁思阡的府上。不过对方的动作也不容小觑，卫章的人赶到的时候，那个人已经死了。

听完了唐萧逸的话，卫章的眉头慢慢地紧锁起来。

"将军，我已经横向查过了，这些人都十分的谨慎，所有的消息都是单线联系。"

"那个人怎么死的？"

"服毒。"唐萧逸说完后又补充了一句，"不过不一定是自杀，也有可能是他杀。"

"去查一查，看她有没有什么亲戚。这人能进太史令府，就一定不是什么小卒子。"

"好，我这就去办。"唐萧逸答应着，转身欲走。

"等一下。"卫章冷睿的眸子微微觑起，声音更低更缓，"这件事情肯定跟康平公主府有关，所以不管查到哪里，最后必须指向她那边。"

唐萧逸微微一怔，旋即明白："是，明白了。将军放心。"

那边崖俊在盘算着下一步该怎么做。只是他万万没想到他的下一步棋还没布好，卫章已经出手了。

玻璃场炸炉这样的事情是无论如何也瞒不过皇上的。所以卫章赶在皇上从别人的嘴里知道这事儿之前把此事上报给了皇上。皇上听完后皱眉不语，半晌才给了两个字："彻查。"

敢在云都城里掀起这么大动静，岂能不彻查？！今天玻璃熔炉可以炸，明天炸的还不得是皇宫？还有那些人胆敢在京郊行刺，真是胆大妄为！当今圣上在下令彻查之后，又深深地反思了一件事：怎么最近京郊的行刺事件竟如此频繁了？先是自己遇刺，让六皇子受伤，然后是定侯府的三姑娘遇刺，如今又有姚远之的家眷，接着竟然是玻璃场炸炉！这连番的事件背后是不是酝酿着更大的阴谋？

皇上身居高位，整天面对的便是那些阳谋阴谋，所以哪怕是屁大的小事都得往阴谋上套一套，何况如此人命大事？

于是卫将军揣着皇上的圣谕，彻查之后便把查出来的几个人证直接交给了大理寺。大理寺卿对卫将军送进来的人基本没怎么审，这些人就全招了：我们是高黎族俘虏，被辗转卖了好几遍，受尽苦楚，所以我们拼着一死，也不让大云朝狗皇帝好过，云云。

大理寺卿听了这些话，吓得魂儿都没了。立刻飞奔进宫，把此事上奏圣听。

皇上听完这话岂能不怒？二话不说便下了一道圣旨给户部：彻查当初那些高黎族俘虏被卖去了何处，把这些人都拘拿回来，严加看管！不老实的就杀了，省得再犯上作乱！

户部尚书得到这道圣旨都快哭了，当初那些俘虏除了送进军营当军奴的之外，便被官

卷三　灵燕扶摇

卖为奴了，虽然户部都有登记造册，可过了这么久，谁知道那些人被转卖了几回？认真要查的话，可不是要把人给累死？

只是，圣命难违。即便是累死，也比被皇上一怒之下推出午门给咔嚓了强。

且不说户部的大小官员们如何去忙活，只说到了定侯府出丧这日，姚家王夫人、宁氏，辅国大将军府姚夫人，阮氏，靖海侯老夫人，封家、孙家、镇国公府等各公侯世家的夫人少夫人们全体出动，都来定侯府为颖定公这对同年同月死的夫妇送葬。

等定侯府送灵的队伍出了城门后，姚燕语的马车和亲戚们的马车一起调转方向往回走，各自回府。

马车停下的时候，姚燕语已经靠在软软的靠枕上睡着了，习惯性的颠簸停下来，让她迷迷糊糊地睁开了眼睛，问："到家了？"

身旁的香蕷低声说道："夫人，是恒郡王，说有几句话要跟夫人说。"

"恒……郡王？是不是找将军的？告诉王爷将军没在车上。"姚燕语皱眉，自己跟恒郡王素来没有什么瓜葛啊，他找自己能有什么话说？

香蕷又低声解释："不是找将军的，王爷跟前的人说，恒郡王在那边的苏月斋，说请姑娘过去尝尝苏月斋的茶水点心。"

姚燕语伸手撩开车窗的纱帘往外看，犹豫地抬头看了一眼街对面的苏月斋，起身下车。

恒郡王在苏月斋最精致的雅间里坐着，正用心地品着今年的新茶。姚燕语进门后，接姚燕语的那人便闪身出去并把房门带上。屋子里一时只剩下了恒郡王和姚燕语二人。

"见过王爷。"姚燕语一身素服，微微福身。

"姚御医，请坐。"恒郡王抬了抬手，示意姚燕语在自己对面坐，并顺手递过一杯香茶，"尝尝本王冲的茶如何。"

姚燕语欠身谢座后，接过那只精巧的双层玻璃小茶盅。闻香、品茶、回味，然后微微一笑："黄山岩壁上的毛峰，甘冽清香，难得的好茶。"

"姚御医跟令姐一样，都是品茶的高手。"恒郡王微微笑着，自顾品茶。

姚燕语一直就在默默地琢磨这位王爷究竟为何会无缘无故地把自己叫到这苏月斋来，却一直百思不解。直到此时听见"令姐"两个字，她忽然福至心灵，明白了一点什么。

"王爷跟我姐姐很熟？"摸到了脉门，姚燕语的心便稳定下来。至少，看这位王爷说起自己姐姐的神情，虽然有几分落寞，但却没有敌意。

"几年前我奉父皇的圣谕去江南办差，曾与令姐偶然相逢。有缘在一起品过一次茶。"恒郡王微微笑着，笑意中带着几分幸福的回味，"当时喝的是你们姚家的茶园里自产的茶，那种特别的茶香，本王至今想起来犹自回味无穷。"

姚燕语忍不住轻笑，心想这话说的应该是凤歌未出嫁之前，这说起来至少六七年了吧？我们家的茶到底是有多香啊，让恒郡王您这么多年都回味不断。

恒郡王看着对面的女子笑得轻快，那种发自内心的笑是他许久未曾见到的。虽然她的

137

容貌跟梦中的容颜并不相同，只是她们一笑的时候，总有三五分神似。

他忽然盯住她，如饮鸩止渴。

姚燕语被恒郡王的眼神看得有些不自在，便主动伸手拿起水壶来冲茶，然后分给恒郡王一杯后，又给自己添满，敛了笑，拿起茶盏来轻声问："王爷在这种时候把臣唤来，难道只为回味多年前的一盏茶？"

恒郡王唇角的笑意更深："姚御医果然不是寻常女子。"

姚燕语也跟着轻笑："请王爷恕臣愚钝，实在猜不透王爷深意，还请王爷明示。"

"那好，既然姚御医喜欢直来直往，那本王就爽快直言了。"恒郡王笑眯眯地看着姚燕语，又问，"本王听说，姚御医和令姐在江宁城又建了一个玻璃场？"

姚燕语无奈一笑："王爷的消息可真是灵通得很。"

恒郡王一哂，轻笑道："琉璃巷子那么大的动静，本王想不知道也难啊。"

姚燕语脸上的笑意渐渐收敛，平静地直视着恒郡王，等着他继续说下去。

"姚御医不要多想，本王只是觉得既然那玻璃场有危险，那么以后这样的场子还是不要建在城区好，免得有个万一，伤及无辜。"

姚燕语放下茶盏，从座位上站了起来，恭敬地回道："王爷教训得是。"

恒郡王又抬了抬手，微笑道："你坐。本王说这话绝没有问罪的意思，只是想给你一个建议罢了。"

"姚燕语恭请王爷指点。"姚燕语怎么可能坐下？原本她还想着这恒郡王是不是跟凤歌有过什么小儿女的情谊，如今看来，自己真的是太天真了。

"你那场子出了事儿，可宫里订下的货必须得交吧？"恒郡王见姚燕语全然一副戒备的样子，失笑着摇了摇头。

姚燕语答应着："是。不过请王爷放心，城郊还有一个场子，宫里要的东西应该不会耽误。"

"那是你跟靖海侯夫人两个人的产业，我说得对吧？"

"是的。"姚燕语此时的心情已经可以用全神戒备来形容了。这个恒郡王到底是打的什么主意？

"据本王所知，你们那个场子里接到的订单也能排到年后了。你若是再赶制宫里的货，岂不是要耽误了这些生意？失信于人可是万万不可取的。"

姚燕语轻笑："这个却不怕。"

"哦？"恒郡王想不到自己把话说到这个份儿上了，这位将军夫人却轻松了。

"因为玻璃制方只有我有。我纵然失信于他们又怎样？他们也跑不到别人家去订制。只要他们还想做这个生意，我的东西依然不愁卖。"

恒郡王呵呵笑着站起来，且抬手拍了几下，赞道："外人都说辅国将军的夫人精干聪明，绝非一般女子可比。本王还只当是谣传，如今看来，果然不错！"

此时，姚燕语完全猜不透这位恒郡王磨磨叽叽到底想要干什么，于是在心里腹诽了一句，都说了直来直往，爽快直言了，还在这里拐弯抹角地绕！然后脸上带上淡淡的微笑，只干等着对方摊牌。

所谓"以不变应万变"，此时姚夫人根本没得可变，也只能不变了。

恒郡王看着姚燕语反而淡定下来的脸色，笑道："本王是这样想的——你在琉璃巷子的玻璃场算是毁了，如果再重新建的话，想来你也会另作安排。而本王正好在南郊靠近你姚大人的药场有一处闲置的庄子。"说到这里，恒郡王伸出修长的手指指了指姚燕语又指了指自己，笑道："姚御医，不如，你我合作一下，如何？"

姚燕语不知道恒郡王此举算是伸出了橄榄枝呢，还是算是乘人之危。只是不管他打的什么算盘，好像自己都没有拒绝的余地。于是轻笑一声，反问："不知王爷想怎样合作？"

"我只出地和房舍，其他都不管。姚御医看着给我点分红就好了。"

姚燕语疑惑地看着恒郡王，不解地问："王爷这是为何？"

恒郡王笑道："我那个庄子闲着也是闲着，反而每年花费不少银子去打理。倒不如给姚御医用，每年还能赚回点银子。"

姚燕语好笑地问："堂堂恒郡王府难道还缺这点银子用？"

"怎么，堂堂恒郡王府的地里不生银子，天上不掉银子，为何不缺银子用？"恒郡王笑眯眯地反问。

好吧，你是王爷你说了算。姚燕语心想跟这些人打交道可真是费劲。要不说这些权贵之中她还是觉得家里的那个好相处呢，有什么说什么，高兴不高兴都写在脸上，一看便知，完全不用她费心思去猜这猜那。

"那具体事宜请王爷安排人跟我的人商议。王爷也知道，我对这些事情并不怎么精通，以前的玻璃场都是由我的一个老家人负责打理，现在他受了重伤，需要将养一段时间，我这边暂时还缺能干可靠的人。如果王爷手下有合适的人的话，还请不要吝啬。"姚燕语说到最后，嘴角顽皮地翘起，笑意多了几分玩笑之色。

"好。"恒郡王一口答应，"回头本王派人去找你。"

姚燕语又轻轻一福："那就多谢王爷雪中送炭了。"

从苏月斋出来，上车前姚燕语又回头看了一眼这家饭馆的铺面。带着些江南风格的建筑在这条街上多少有点突兀。不过因为门口的生意不冷不热，却降低了几分存在感。这个恒郡王看自己的时候那种微笑却迷茫的目光，真是叫人捉摸不透。

有了恒郡王的庄子，新建的玻璃场很快便张罗起来。

恒郡王不但给了地和房舍，还给了两房能干的奴才，而且也不知为了什么，索性把这两个人的卖身契一并送给了姚燕语，恒王府的大管家亲自把人和契约给姚燕语送来了，并恭敬地说道："王爷说了，这两房人一家老小都是夫人的了，以后再与王府没有瓜葛，若有不

139

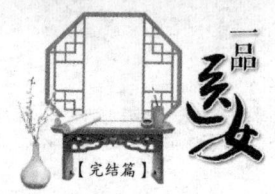

驯，任凭夫人或打或卖，都不与王爷相干。"

姚燕语当时就愣了，心想我原本的意思是请恒郡王派个账房来啊！这是我语言表达能力不好还是他恒郡王听力有问题啊？姚燕语差人把姚四喜叫了来，带着这两房家人去了恒郡王的庄子里。

重新修盖玻璃场除了地、人，就是银子了。这两年玻璃场为姚燕语赚了不少钱，还有姚延意那边的药场每年也能有十来万的利钱，说白了姚夫人现在不差钱，所以账目一算出来，她便把大笔的银子拨了下去，叫长矛和姚四喜亲自盯着把这事儿办好。之后，自己又寻了个空闲把前些日子姚凤歌和封氏叫人送来的银票分别装好，亲自送到定北侯府。

此时，定北侯府已经换了当家人。苏玉平袭了爵位，封氏成为定北侯夫人，主理中馈。

二房三房虽然还在侯府里住着，但平日的琐事却不怎么掺和了，大家关起门来各自过日子，只不过还在定北侯府一个大门口里进出罢了。只是有大事的时候或者逢年过节了，兄弟妯娌们才会坐在一起。

封夫人正在偏厅里查看府里前些日子丧事的开销账目，府里几位管家和管事媳妇都立在下首，各自屏息凝神，随时准备回夫人的问话。

忽然有人进来回说辅国将军夫人来了，封氏便忙忙放下手里的账册起身相迎，又吩咐身边陈兴媳妇："派人去请三夫人过来。"

姚燕语随着领路的婆子来到上房院的小花厅时，姚凤歌也已经过来了。

姐妹相见，自然先是一番问候，然后姚燕语把两个小匣子分别交给姚凤歌和封夫人，微笑道："多谢夫人和姐姐对我的关照，玻璃场的事情已经解决了，银子也够了。我什么时候需要，再来问夫人和姐姐借。"

封夫人惊讶地问："哪能这么快？妹妹可千万别跟我们客气，把我们当外人。"

姚燕语笑道："哪能呢？夫人跟我姐姐是一家人，而我也只有这么一个亲姐姐。我若是把姐姐和夫人当外人，可不成了傻子了？真的是已经解决了。有道是好借好还，再借不难。"

封夫人听了这话，便含笑把自己的那份银票接了回来，转手交给身后的丫鬟。

姚凤歌则笑着问："我听说你新场子建在了南郊，跟药场离得挺近的？"

"是恒郡王的一处庄子给了我用，算是入了股。"姚燕语随口说道。其实也不算是随口，她觉得这样的事情瞒是瞒不住的，等将来大家都传得满城风雨了，倒不如自己先坦坦荡荡地说出来。

"恒郡王？"封氏先惊讶地问了一句，"妹妹可真是得贵人相助。"

现在大皇子被发配到了岭南，二皇子幼年夭折，现在这几个皇子中以三皇子恒郡王为长，很多事情皇上不喜欢出面的，总是让三皇子代替，这在京城权贵们的心目中，恒郡王的身份基本已经跟储君画等号了。

恒郡王这样做明摆着就是拉拢辅国大将军府嘛，这可是极其重要的事情，牵扯到未来几十年的家族兴衰，想不心动都难。

卷三 灵燕扶摇

倒是姚凤歌神色一怔，若有若无地笑了笑，没说话。

因为玻璃场有了恒郡王的参与，众人倒是不好多问了。姚凤歌更是率先岔开话题，说月儿这两天正闹肚子疼，让姚燕语去看看。

"妹妹先去瞧瞧月儿，我叫人在后面的芍药园里摆饭。"封夫人便说，又轻声叮嘱彩珠，"再顺便瞧瞧给岫云和佳慧（良妾李氏）的饭菜，叫他们一定要仔细着。"

这边彩珠答应了一声下去，那边姚燕语已经同姚凤歌一起站起身来，同封氏说了一声便往后面去了。

在办理老侯爷夫妇丧事的时候，为了方便应酬，封夫人和苏玉平搬到了上房院，原来的清平院便空了出来，孙氏曾跟西院的梁夫人透了个口风，说宣儿渐渐地大了，需要个正经像样的书房。梁夫人便知道她打的是清平院的主意，于是当着面没说什么，回头便把话带给了封夫人。

封夫人之后跟苏玉平商议了一下，说让苏玉安夫妇带着宣儿搬至清平院，之前的安居院空出来，让苏玉祥和姚凤歌搬过去，再把苏玉康搬过来住苏玉祥的院子。

如此一动，整个定北侯府动了大半儿，孙氏嫌麻烦便婉拒了。苏玉康也不想过来，只跟封夫人道了谢，也婉拒了。于是清平院现如今是封岫云和李佳慧住着，倒是平白便宜了两个妾室。这事儿又引得孙氏心里极大地不痛快。

不过这些都跟姚燕语无关，她只随着姚凤歌去祺祥院东面的雅馨居去看苏瑾月。路上，姚燕语问："月儿这么小就单分了院子？"

"那边乌烟瘴气的，孩子以后也渐渐地大了，不该见的那些烦心事还是不要见的好。"姚凤歌一边走一边苦笑着。

姚燕语沉默了，对此事她觉得自己完全没有发言权，说什么都不合适，于是闭嘴。

姚凤歌侧脸看了一眼姚燕语，又对身后的珊瑚使了个眼色，珊瑚忙慢了半步，拉着香蕊低声说些什么。姚凤歌方挽住姚燕语的手臂，低声问："恒郡王拿庄子入股儿，是因为卫将军么？"

姚燕语无奈地笑道："应该不是的，为了这事儿，他跟我还闹了好大的别扭呢，差点拿醋泼翻了天。"

姚凤歌听了这话不由失笑，打趣道："这事儿也怪不得人家。好端端的你忽然跟恒郡王合了伙儿，是个男人都会吃醋。他若是不醋就该轮到你哭了。"

"姐姐也笑话我！"姚燕语扁了扁嘴巴，又忽然笑道，"不过那日恒郡王召我去苏月斋说这件事情的时候，倒是提及了姐姐。"

"嗯？"姚凤歌立刻笑不出来了，转头警惕地看着姚燕语，"怎么好端端的又提起我来？"

"王爷说，年轻的时候去江南办差，曾有幸喝过姐姐冲的茶？"姚燕语想起当日恒郡王说这话的表情，又偷偷地看姚凤歌的神色，心想莫非这两人真的有点什么。

姚凤歌淡淡一笑，说道："说的那次啊。你不说我早忘了。"

141

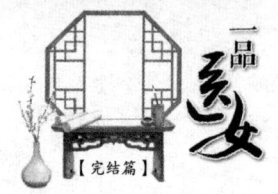

姚燕语立刻笑着凑过去，低声问："这么说，王爷说的是真的咯？"

"那个时候，他可不是王爷，我也不知道他是皇子。我还只当是一个赶路口渴的寻常客商，看他可怜，就给了他一盏茶喝。"姚凤歌恢复了原有的淡然，"后来听父亲说起才知道他是三皇子。"

姚燕语看着姚凤歌淡定的神情，心里的那点八卦因子又灭了。看情形就算是这两人有什么也是过去式了，而且凤歌明显不想多说，所以她也就不便多问了。

姚燕语回了将军府，见苏玉蘅已经回来，笑道："这些天你不在家，家里乱七八糟的事情闹得我头疼，医馆那边好几天没过去，院令大人怕是不耐烦了。你总算是回来了。"

"家里这些事情姐姐就交给我好了，外边的事情我帮不上姐姐，这点琐事还是难不倒我的。"苏玉蘅说着，转手从丫鬟手里接过茶盏递给姚燕语，又问，"新玻璃场的事情姐姐忙得怎么样了？"

"嗯，最难办的事情解决了，其他的就不成问题了。"姚燕语低头吹了吹茶，轻轻地啜了一口，又问，"萧逸出去有两天了吧？"

苏玉蘅轻笑道："可不是嘛，我回来还没见他人影呢。"

姚燕语轻笑着拍拍她的手："这几天他们都忙，将军也两天没见人影了。他们在一起呢，你不要担心。"

"我才不担心呢。"苏玉蘅轻笑，"我只担心姐姐。"

"可别，这话若是让唐将军知道了，可不得恨死我了？"

"他敢。"苏玉蘅轻哼。

"他当着你的面不敢，回头再跟我使坏。"

"姐姐还说，他现在怕姐姐比怕将军还甚，哪里还敢跟你使什么坏？"

姚燕语想起自己因为婚事把唐萧逸给作弄得那般样子，不禁失笑。

正笑着，外边忽然有婴儿的哭泣声，姚燕语便转头问香薷："哪里的孩子在哭？"

香薷便欠身应道："是之前玻璃场抱回来的那个孩子，爹娘都死了，就剩他一个小娃娃，夫人说让抱回来养，前儿冯嬷嬷叫人找了个奶妈子来，那孩子好像跟奶妈子不对付，动不动就哭。夫人莫要心烦，奴婢这就去说给她，把孩子抱得远一些。"

说着，旁边的乌梅便往外走，却被姚燕语叫住："慢着。"乌梅忙转了回来，姚燕语又吩咐："去把这孩子抱过来给我看看。"

"是。"乌梅应了一声出去，没多会儿果然抱了一个小奶娃进来。

七八个月大的孩子，小眼神什么的都有了，就是不会说不会走，人也认不全。

姚燕语看着孩子长得倒是挺好看，乌眉大眼，长大了应该是个挺英俊的男孩子。只可惜这么小就失了父母。再想想他父母也算是为自己所累才丢了性命，心里又生出几分怜惜来，便伸手接过这孩子捏了捏他胖嘟嘟的小手，问："这孩子叫什么名儿？"

"回夫人，这孩子小名儿叫南哥儿。"

姚燕语皱了皱眉，说道："他父母是南边来的吗？"

"是的，奴婢听说他父母是二舅爷从南边买来的人，所以才给这孩子取了这么个名儿。"

"改了吧。"姚燕语看着怀里咿咿呀呀的小孩儿，无奈地叹了口气，"这孩子我养了，名字就改成……凌霄吧，希望他长大后能够一冲凌霄，鹏程万里。"

"哟，这名字可真是好。"苏玉蘅笑着赞了一句，又迟疑地问，"姐姐刚说要养这孩子……是怎么个意思？"

"从今儿起，他是我的义子了。"姚燕语笑了笑，抬手揉了揉孩子有些发黄的软发。这是明显的营养不良的表象，她并不知道这孩子的父母是怎样的人，只是他们都死了，自己若是再苛待这孩子，又于心何安？

苏玉蘅立刻就笑不出来了，微微皱了眉头，低声提醒："姐姐，这可是大事儿，你不用跟将军商量一下？"将军府还没有孩子呢，夫人就收养义子，这叫外人怎么想？

姚燕语看着苏玉蘅凝重的神色一怔，轻笑道："这还用得着商量吗？"

怎么能不商量呢？苏玉蘅有些着急，转头看了旁边服侍的人一眼，示意众人都下去。

"姐姐，你是不是有什么事情不好说？"苏玉蘅握着姚燕语的手低声问，"之前你受的伤……是不是还有什么不妥？"

"没有啊。"姚燕语轻轻地摇了摇头。身体是她自己的她岂能不关心？虽然之前一直不怎么好，月事来的时候会疼，每日修习内息的时候也会有淤塞感，但经过这么久的调养，这些症状已经好多了。而且太医院的妇科圣手廖太医也说了，假以时日，好生保养，不过一两年的工夫就会复原如初，孕育孩子也不会有问题。

"那你这么着急收义子做什么？就算将军不多想，府里的下人能不多想吗？这事儿传到外头去，还不知被那些小人说成什么。"苏玉蘅自然是设身处地地为姚燕语打算，一个工匠的孩子，不缺吃不缺喝地养大也就很对得起他的父母了，想要孩子自己生，何必多此一举？

"他只是个小孩子，现在没了父母，若是我再不对他上心些，家里的下人们又如何会对他上心？不用说别人，其实就连香薷她们也觉得这孩子是个麻烦，就刚刚我一问，她们就说叫人把孩子抱走。你说，如此这般，这孩子还能不能健康地长大了？"

姚燕语淡淡地笑了笑，不等苏玉蘅说什么又道："这孩子又不姓卫，将来将军若有爵位也不会给他承袭，我不过是想让他健康地长大罢了。他父母的事情我也不会瞒着他，等他长大一些若是不愿留在府里，可以自己出去闯，我也不想多管。就如今的状况，我只是不想这小奶娃娃在府里受什么委屈。"

"如此而已？"苏玉蘅轻叹一声，笑了。

"不然呢？你当我自己没孩子，想孩子想疯了？"姚燕语失笑。

苏玉蘅低笑着摇头，她刚刚的确是有这样的想法，所以才紧张了。

真正的母子之情是什么样子的呢？姚燕语轻轻舒了一口气，靠在身后的引枕上。

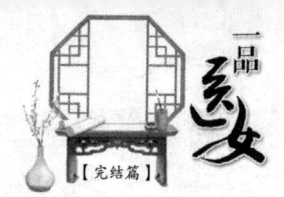

从她懂事，娘亲就一直卧病在床，不过六年的光景，娘亲便去世了。她在钟秀山近九年，身边是奶娘冯嬷嬷照顾。回了总督府，便受宋老夫人和王夫人的"教导"。而真正的母子亲情，她好像从没真正品尝过。

之前看见苏瑾月搂着姚凤歌的脖子说出贴心的话，姚燕语承认自己的确是羡慕妒忌了。只是，收养凌霄，恐怕也不能填补这一份空缺吧？她真的是很想很想有一个自己的孩子了。

这边两姐妹讨论着有关孩子的事情，外边却因为彻查黎奴而把云都城整个都翻了过来。

崖俊为了躲避这件事情撺掇着康平公主去了郊外的庄子里，他腿伤未愈，许多实事儿都办不了，但却并不影响他讨好女人。

说白了，为了达到一定的目的，放低些身份，使出点手段哄一个女人高兴对他来说还是不难的。何况，家国都没有了，族人被灭了一次又一次，纵然他身为王室后裔，那点骄傲也不值钱了。复仇才是最最重要的！

只是康平这个蠢货的一番作为，在京都里掀起了一场翻天覆地的排查，之前他花费了许多心思建立起来的情报网可以说彻底地废了。那些藏在各权贵府邸的眼线十有六七都被户部给监禁起来，更有不淡定的稍作反抗直接就被杀了。还有那些潜藏在军营里的军奴基本也被转走，可以说这一年多的苦心经营都化成了泡影。而且，他感觉这并不是卫章的真正目的。那个魔鬼真正的目的肯定是自己，而他现在这样做，也不过是想要让自己尝一尝这万般不能的滋味罢了。

看着身边熟睡的康平公主，崖俊的脸上一片狰狞——卫显钧，你为了个女人灭我族人，害我堂堂高黎王子之尊委身于一个女人！我与你势不两立！

伸手拉过一件华丽的披风裹住身体，崖俊抬手拉了一下床头的丝绳。没多会儿的工夫便有两个俊俏的小厮进来把崖俊半抱半扶从床上挪下来放到旁边的一只藤编的抬椅上，轻手轻脚地把人抬出了卧房。

一个身材消瘦面带病态的少年不知从哪里走出来，凑近崖俊的身边，低声回了两句话。崖俊本有些落寞迷茫的眸子里陡然点起了一团火："你说的是真的？"

少年低声回道："虽然不是十分真切，但也八九不离十。少主，能让大云狗皇帝亲自前往的事情，绝不是小事。"

"说得不错。"崖俊墨色的眸子里闪过一丝狠戾，"他不让我好过，我也不能让他好过。"

"那奴安排人去……"

"嗯，要快。"崖俊眸色一转，唇角带着一丝诡异的冷笑。

"是。"少年应声退下。

暗处，一身黑衣的唐萧逸收敛起身上所有的气息，把存在感降到最低，手里拿着一个西洋千里眼看着崖俊这边主仆二人说了几句话后，小奴退下，而崖俊则靠在榻上吹着夜风闭目养神。

还真他娘的清闲。唐萧逸默默地骂了一句。看来今晚又没什么收获了。唐萧逸默默地收回千里眼，悄然离去。

这座别院二里路之外的树林里，唐萧逸于茂密的枝叶之中寻到卫章，然后靠在他身边把自己挂在树枝上，从卫将军腰间摘了水囊，仰头喝了口水。

"没收获？"原本闭目养神的卫将军淡淡地出声。

"嗯。"唐萧逸抬手把水囊的塞子按进去，低声骂了一句，"我就不信这混蛋能这么淡定。"

"我们都逼到这份上了，他肯定无法淡定。或许是我们疏漏了什么。"卫章若有所思。

"要不我们直接出手吧，反正崖俊的亲戚已经找到了，画像也弄好了。直接跟皇上讲清楚抓人就行了。扣着高黎俘虏的帽子，我不信一个公主还能护得住他。"

"不行。"卫章蹙眉否定，"如果不能一次置他于死地，就不能轻易得罪康平公主。"免得皇上被后妃和公主闹得心烦，最后再把账算到我们头上。就算皇上不找碴，康平公主也不会善罢甘休，以后谁有工夫一直陪着个娘们儿折腾？

要出手，就必须是狠手，决不能留后患。上次灭族的时候就不该留俘虏，不然也不会留下这么多麻烦。卫将军恨恨地想。

"那我们怎么办？还继续在这里蹲守？"唐萧逸有点不耐烦了，为了这么个破事儿，他们两个将军级的人物已经在这里耗费了两天的工夫了。他家夫人已经回府了吧？他现在多想回去温柔乡啊！

卫章刚要说什么，忽然听见有萧萧的声音，于是立刻敛了气息，把自己藏在了茂密的枝叶中。唐萧逸也是一愣神的工夫，迅速把自己藏好。

是一个消瘦的身影，借着夜风踏月而行，身形极快，不过转眼之间便出去了十几丈。

跟上！卫章朝着唐萧逸做了个手势，率先追了出去。唐萧逸则从另一个方向抄近路疾步飞走。

卫章和唐萧逸两个人在这附近待了两天不是白待的，这一片方圆几十里哪里有小路，小路通往哪里，哪里拐弯，哪里有个坑他们都摸得一清二楚。而且这次他们也不是只有两个人，卫章在康平公主的别院周围安排了二十个烈鹰卫。别院里的人不管从哪个方向出来都躲不过卫将军的眼睛。

只不过这位有些点儿背，一出别院就撞上了两位将军在树杈上聊天。

卫章保持着一定的距离一路跟着那人一直奔跑，远远地看见他停在一片空旷的地上时，卫章及时地收住脚步把自己藏在一丛灌木之中。

那是一片十丈有余的开阔地，没有任何遮挡东西，唯有至脚踝的一片青草。消瘦的少年站在那里自顾环望，十分警惕。

似是终于放心了，那少年才把手指放到嘴里，学了两声山鸟的鸣叫。这种鸟并非中原所有，而是长在东北雪原里的一种不起眼的鸟，所以极少有人知道。不过恰好卫章知道，还

捉过这种鸟烤过肉吃。

鸟叫声三短一长,重复三遍。没过一会儿,夜色中便出现了一个身材娇小之人,远远看去,似是女子。

卫章轻轻地伏在地上,用耳朵贴近了地面。

十几丈外,两个人的谈话隐约可闻。

"少主说可以行动。"

"是。"

"要快!少主等不及了……"

"可是这件事情需要充分准备……"

"闭嘴。少主的话你听不懂吗?"

"是。"

"多久能听见动静?"

"三日。"

"太慢了!少主等不了那么久。"

"……"

"两日。后天这个时候,少主一定要看到姓卫的心急火燎,最好能被狗皇帝给一怒之下杀了!"

"明白。"

……

那两个人简单地商议之后便各自向着相反的方向离开。之前跟过来的那个人是没必要跟了,他定然是回康平公主府去的,另一个则必须盯住。跟卫章斜对角潜藏的唐萧逸毫不迟疑地跟上了后来的那个娇小的身影。

为了盯住这个人,卫章又把康平公主别院周围的烈鹰卫调过一半儿来帮忙。一直盯到了第二天晚上,发现这个女子带着两个人向着某个方向一路疾奔时,卫章的心猛地抽了一下。

连如此机密的地方都让他们摸到了?!

唐萧逸也是一副难以置信的表情,看着那三个人潜入那片山林,忍不住靠过来低声问道:"老大,我们这还有什么机密可言啊?"

"他们的目的是摧毁这里。"卫章答非所问,脸色比三九严寒的北风都冷。

"这里不会也有他们的人吧?"唐将军的自信直接被打击到了低谷。

这片山林后面掩着一个极大的山洞,里面是卫将军亲自招兵买马,建起来的一个火药基地。

因为过年放爆竹的时候,姚燕语随便说了几句话,启发了卫将军的灵感,他早就回明了皇上,着手办这件事情了。因为事关国家和军事机密,知道这里的人少之又少。除了那些自从进到这里就没出去过的工匠之外,知道并能进出这里的人除了皇上和他的近卫就是卫章和他的烈鹰卫。

难道这些人里也有高黎内奸？！

"行动，他们身上都有毒，一定要留活口。"卫章说完，自己便先动了起来。

唐萧逸随后跟上，二人身形如风，倏然而过不留一丝痕迹。

自己亲自盯着修建起来的地方，自然最熟悉不过，就算是闭着眼睛也比那些人一路小心翼翼躲过埋伏更快些。

卫章不相信自己严防死守到令人发指的程度，居然也能招了贼，于是让唐萧逸去跟上那三个人，而他自己则从另一条暗道进入了山洞之中。

外边那三个是在放走了手里的白地鼠之后被唐萧逸捉住的。

唐将军带着六个烈鹰卫，以压倒性的力量把这三个生擒，并及时打掉了他们嘴里的毒牙，卸了他们的下巴，并打断了他们的手筋脚筋，全方位预防了他们自杀的可能。

"用这种办法传递消息？倒是挺特别的。"唐萧逸看着嘴里被塞了东西的小白地鼠钻进草丛中消失，忍不住对对手的高明手段点了个赞，"养这玩意儿挺费精神的吧？"

只可惜那三个人没办法回答，因为他们的下巴被卸掉了，嘴巴歪向一旁，口水直流，一个字也讲不出来。

唐萧逸不放心这三个人，命一个烈鹰卫进去给卫将军送信。然后卫将军毫无悬念地捉住了那个弯腰捉白地鼠的火药工。

白地鼠的嘴里塞着一只极小的玻璃瓶，这还是姚燕语的玻璃场里生产出来的东西，是给闺阁女儿家装花草精油用的，小手指粗细，一指长短，可以放在荷包之中随身携带。

小瓶子里是一张极小的绢条，上面是极小的蝇头小楷：轰炸。

"字写得不错。"卫将军捏着那一点手指肚大小的绢片，淡淡地冷笑。

火药工不是高黎人，是大云都城里干了三辈子爆竹生意的一个工匠，卫章微微冷笑地看着他，说道："把你知道的都说出来，或许还能考虑留你一个全尸。"

"将军！"那人立刻跪了，"求你救救我一家老小！老奴一时糊涂犯下死罪，死不足惜，可怜我那小孙子才五岁……求将军救他！老奴愿把知道的一切都告诉将军。"

"不错，挺有胆识。"卫章淡淡地笑了笑，看了那老工匠一眼，"到了这种时候，你还敢跟我讲条件。"

那老工匠被这阴寒的冷笑和口气吓得一个哆嗦，不由得往后缩了缩身子。

"你不想在这里说，那就换个地方说吧。"说完，卫将军一摆手，身后的两名烈鹰卫上前，扣住老工匠的双手带了下去。

居然想毁掉这里，够狠！

卫章环顾这深邃宽广的山洞，以及已经制造出来的火炮雏形，阴冷一笑。

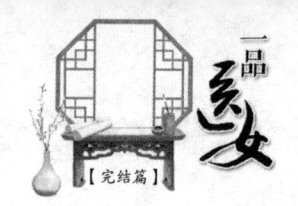

第九章

姚燕语被人从好梦中弄醒的时候，是夜里四更天。

"干吗！讨厌。"起床气极重的姚夫人生气地甩手，一把拍开了那只作乱的大手，想要翻个身继续睡。

"夫人。"卫章又反手握住她的手腕，轻轻用力把人直接从薄被中拉出来抱在怀里，"醒醒，真的有急事。"

"什么急事也要等我睡醒了再说……别吵。"姚夫人火大得很，她三更天才睡着的好吧？才睡了一个更次好吧？女人睡不好是会变老的好吧？女人变老很可怕的好吧？老男人可以纳美妾，老女人只能混吃等死好吧？她不想过那样的日子好吧？！

"再不醒我亲你了。"卫章知道她已经醒了，就是耍赖不睁眼。

姚夫人忽地一下坐直了身子，瞪着面前可恶的家伙："你到底想要干什么？"

"夫人帮我个忙，这事儿除了你恐怕没人能做得到了。"卫章说着，转身从旁边拿过姚燕语的衣裳就往她身上穿，"快，穿上衣服。"

姚燕语一边揉着太阳穴一边享受着辅国大将军的亲手服侍，然后穿戴完毕跟着他迷迷糊糊地出门上马，被他拢在怀里纵马疾驰，一直到了国医馆门口才彻底回神。

"你带我来这里干吗？"姚燕语疑惑地问。

卫将军不说话，率先下马后转手把她抱下来，并轻声叮嘱："慢点。"

进了国医馆的门口，姚燕语抬头看见几个护卫有些面熟，心思一转想起这乃是皇上身边的人，一时心里那点小傲娇全都收起来了。打起精神跟在卫章身旁往里走，一路穿过国医馆的前堂后厅，进了后院。太傅萧旦现如今又住进了国医馆，不过老爷子年纪大了身体又不好，皇上没叫人惊动。

针刑，也就是利用针刺穴道让人有极度的疼痛感，从而使人屈服，达到刑讯的目的。按说有卫章和唐萧逸这样的人在，刑讯应该不成问题，只是这些高黎族人受过严格的训练，卫章和唐萧逸的那些办法对他们作用不大，折腾得太狠了，一不小心弄死了一个，也得不到什么有用的消息。

后来还是张苍北跟皇上说，太乙神针里有一种针法叫针刑，是专门用来对付难缠的犯人的。皇上才命卫章回府把姚燕语给接了来。一场刑讯下来，那高黎人倒是什么都招供了，姚燕语自己也累得半死。之后皇上阴沉着脸离开。

诚王世子云琨带着锦麟卫的人包围康平公主别院的时候，康平公主正躺在崖俊的怀里枕着他的胳膊睡得香甜。

崖俊倏然睁开眼睛，不顾死活地把怀里的女人推了开去，刚要翻身下床，却被康平公

卷三　灵燕扶摇

主拉住了衣袖："外边怎么回事儿？"

"有人来了。"崖俊下意识地想推开康平公主的手，无奈这女人抓得太紧，他一时又不好翻脸。

"来人！"康平公主很快就反应过来，一手拉过披风裹住自己。

"奉圣上旨意，缉拿高黎三王子朴圻！"云琨朗声说完，又厉声吩咐左右，"动手！"

"谁敢！"康平公主裹着披风依然气势不减，柳眉倒竖挡在心肝宝的前面，愤怒地呵斥，"云琨！你疯了！连我的别院都敢乱闯！"

"康平姐姐，我也是奉皇上的旨意办事，对不住了。"云琨淡漠地朝着康平公主拱了拱手，然后又看了一眼腿上绑着白纱布的俊美男子，冷声吩咐身后的锦麟卫，"还不动手？是想等着领罪吗？"

锦麟卫再也顾不得康平公主，上前去把化名崖俊的朴圻用铁链绑了起来。

"你们这是污蔑！谁说他是什么高黎王子？卫章是吧？他说什么就是什么？大云朝到底是谁说了算！父皇算什么？我这个公主又算什么？！"康平公主气急败坏地上前踢打锦麟卫，不许他们带人走。

锦麟卫再怎么样也不敢跟公主动手，只得撊着朴圻回头看云琨。

云琨冷笑道："康平公主，我若是你，就赶紧想法子进宫去找皇伯父求个情，或许你的小情人还能死得好看些。你在这里撒泼耍赖，一点用都没有。"说完，他上前两步一把拉开康平公主，扭头呵斥锦麟卫："没用的东西！还不带人走？！"

锦麟卫赶紧答应一声，拖着朴圻出去了。康平公主疯了一样推云琨，无奈云琨乃是行伍出身的战将，康平那点力气在云世子跟前根本不够用。

却说皇上昨晚亲自审讯高黎余孽，也是闹了大半夜没睡。颁了一道圣谕命云琨带人去捉朴圻之后，诚王便劝着皇上去歇息了。

康平公主闯进皇宫的时候，皇上正在紫宸殿偏殿里睡着，外边的太监和护卫自然不准康平公主硬闯，但康平公主着实撒起泼来，侍卫们是没办法的。

皇上睡得迷迷糊糊地被外边的吵嚷声弄醒，心里便有些火气，再一问外边叫嚷的是康平公主，便抬手打翻了宫女递过来的茶，并怒道："把这不肖女给我关进宫监去！"窝藏逆贼等同谋逆，虽然康平公主不知情，被余孽给利用了，但只凭她这会儿执迷不悟来紫宸殿闹事叫嚷也不是小罪，怀恩不敢多言，赶紧答应一声出去传话。

只是匆匆地去又匆匆地回，进来时面色苍白，跪在地上颤声回道："万岁爷，不好了。公主她……撞了门口的石狮子……"

"什么？！"皇上又惊又怒，噌的一下站起来往外疾走了几步又回来，怒道，"她怎么样了？"

"回皇上，幸好护卫及时拉了公主一把，并没撞得太狠，但……也是流了一头一脸的血，

149

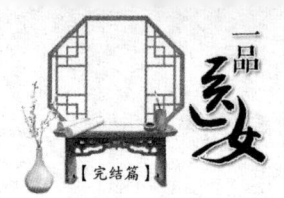

奴才已经叫人去传太医了……"

"她居然以死要挟朕！"皇上听说女儿没死，肚子里的火气又上来了，披着龙袍在屋子里来回地转圈。

"她不是想死吗？让她去死啊！朕很怕她死吗？！"

"为了敌族余孽跟自己的父皇叫板？！"

"朕怎么会养出这么不成器的东西！"

"真真可恨！"

"可恨！"

皇上越转越生气，忽然抬脚踹翻了屋子当中的镂花青铜鼎炉。

怀恩和一众小太监小宫女都吓得跪了。

皇上却气呼呼地站在原地半天没动，再抬脚想转圈的时候，忽然一个趔趄往地上栽下去。怀恩顿时魂飞魄散，忙一步冲上去，只来得及给皇上当了一回软垫。

"皇上！皇上！"怀恩不顾自己身上的疼痛，吃力地把皇上拉在怀里，连声喊道："快！快传太医！快——"

康平公主在紫宸殿外撞了石狮子！皇上在殿内晕倒了！

这事儿飞一样传遍了整个皇宫。然后三宫六院，从正宫娘娘到妃嫔宫女太监们全都炸了窝。

张苍北是被小太监抬着一路跑进皇宫的，等他到紫宸殿的时候皇上已经醒了。

诊脉毕，张苍北低声叹道："皇上不可再生气了。"

皇上幽幽地吐了口气，脸色十分不好看。张苍北又劝道："皇上，您肝火太旺，心律也不稳，千万莫要再动气了。这几天您胃口也不好，臣暂时也不敢给您用药，不如让姚燕语来给您施一次针？"

"好吧。"皇上点了点头，闭上了眼睛。

怀恩立刻下去安排，张苍北也不敢离开，只在一旁守着。

"康平呢？"皇上沉默了一会儿，淡淡地问。

张苍北有些莫名其妙，对宫里这些事情他素来不多问，于是转头看旁边的宫女。

宫女忙回道："静妃娘娘的人过来把公主抬过去找太医医治伤口去了。"

"哼。"皇上不悦地哼了一声，没再多说。毕竟是亲生女儿，又是头一个女儿，她的身上有皇上年轻时的美好记忆，而且血浓于水，哪个做父亲的能看着自己的孩子在眼前撞死？

姚燕语进宫给皇上施针之后，又跟御前的掌药医女交代了一番。趁着皇上睡着，她方跟张苍北悄悄地出了紫宸殿。

"师父，皇上的病素来不是您老人家操心的吗？"姚燕语低声问。

"师父老了，有些事情也是力不从心。你继承了师父的衣钵，就该替师父出点力嘛。"老家伙嘿嘿一笑，眼神狡黠。

卷三　灵燕扶摇

姚燕语无奈地翻了个白眼："师父你想偷懒，对吧？"

"你非要这么说也行。"老家伙又笑。

"给皇上诊脉看病，闹不好是要掉脑袋的！师父你忍心看着徒弟我英年早逝吗？"姚御医凑近了张老院令跟前，阴沉地瞪他。

"可你总要走这一步的嘛。师父还想趁着这老胳膊老腿能走得动，出去逍遥两年再去见师祖的。你不接手这件事，难道要让别人来接手？你愿意，我还不愿意呢。"

姚燕语左右看看没人，拉着老头儿寻了个僻静的地方，低声说道："我不想接这茬儿，师父你能不能另请高明？"

"那你还想不想制药，治病救人了？"

"想。"姚燕语诚恳地点头，她走到这一步已经没有退路了。行医这条路一定要走下去，可这并不代表要掺和宫里这些事儿。

"如果你想，就必须接手照顾皇上的龙体。"

"为什么？"姚燕语皱眉，天知道她有多想远离这些是是非非。

"你呀！"张老头儿失笑地摇摇头，"真是太天真了。"

"你以为，没有皇上的支持，国医馆能建起来吗？没有皇上的支持，你能安心在国医馆里研究你的新药吗？别的我不敢说，如果皇上今天对你冷了脸，明天就有许许多多的人踩到你的头上去。到时候你怕是连素净日子都过不上，更别说弄那些劳什子新药了。还治病救人？人家随便要个心眼儿就能把你绕进去，下大狱还是斩立决，也不过是凭着心情罢了。"

姚燕语微微皱起了眉头，老头子说的这些她也不是没想过，但她总觉得自己身怀绝世医术，而每个权贵都惜命得很。他们怕生病，就肯定会用得着自己，用得着自己，就会对自己好……

"这个世上永远没有中庸之道。"老头子看姚燕语陷入沉思，又给她添了把火，"你开始的时候选择了镇国公府和凝华长公主那边，就等于得罪了他们对立面的那些人。就算没有他们的对手，你们姚家就没有对手了？朝堂之上风云变幻，百年望族也有可能一朝覆灭。别说你一个小小的医女了。"

姚燕语无奈地叹了口气，这些话虽然很难听，但却都是事实。

"你若想安稳地活着，想要活得恣意，做自己想做的事情，就必须有皇上给你撑腰。除了皇上，谁都不行。明白吗？"

"明白了。"姚燕语轻轻地吐了口气，点头。

"对皇上的龙体，你务必要十二万分的小心。不过你也不用害怕，这些年皇上的身体被我调养得不错。今儿就是气坏了，才会这样。"张苍北终于开始安慰自己的爱徒，"而且，我也不是说走就走。我总要留下来等你完全掌握了才离开，不然也不能安心。"

"是，燕语谢师父关爱提携。"

"去！谁要你谢了？你正经把你的《大云药典》给我编纂好了，就算是谢了。"

一品医女

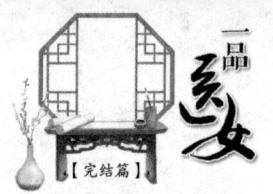

【完结篇】

姚燕语看着老头儿转身而去的萧然背影，忍不住失笑摇头。这老头，嘴上整天说一些不着调的话，其实心中对医道最为忠诚。他这辈子无儿无女，唯一的心愿就是把医道发扬光大。其实，他才算得上是真正的医痴。正想着，却见怀恩过来，说："姚御医，皇上醒了，正在找你。""好。"姚燕语微微一笑，跟着怀恩过去了。

姚燕语再从紫宸宫出来时，却看见康平公主和一位锦衣华服的贵妇跪在门外金砖上，想是康平公主的生母静妃娘娘，姚燕语愣都没打，匆匆而过。之后发生了什么，姚燕语并不知道，只听闻那日皇后阴沉着脸退出了紫宸殿，静妃被贬为静嫔。回到凤仪宫后，丰皇后以国母之尊立刻下了一道懿旨："康平公主病了，公主府里不宜养病，叫人把她送到慈心庵去安心礼佛，静心休养，直到病愈。"

过了不久，静嫔娘娘因担心女儿一病不起，为了让她安心养病，不受宫里繁杂事务的袭扰，皇后又命人把她从景华宫里移了出来，送到皇宫最僻静的沐恩斋去。此是后话，不必细说。

皇上的身体经过姚燕语连续七日的精心调理，渐渐地恢复如初。康平公主的事情就此掀过去，皇上闭口不问，宫里也没人再敢提及。

因张苍北上了一道奏折，说自己已经年老，照顾皇上龙体的事情已经有些力不从心，又说姚燕语医术精湛，已得自己言传身教，所以请皇上准许他偷个懒，平日进宫给皇上请平安脉的事情就交给姚燕语了。

皇上思量了半晌便下旨升姚燕语为正三品上太医，赐入宫的玉牌。

云都城折腾了半月有余，康平公主府基本覆灭，梁思阡最有力的依靠没了。梁家没好事，丰宰相府自然也多少跟着吃点挂落。况且，丰皇后被皇上骂了，心情一直抑郁，没两天也真的病了。后宫诸事便有一半儿交给了慧妃和贤妃，后宫风云暗涌，朝堂之上也是此消彼长。

这一切过去之后，人们安静下来反思，好像在这一场变故中，唯一获得利益的便是辅国大将军府的夫人姚燕语了。一时之间，云都城里几家欢喜几家愁。

这日姚燕语从国医馆回来，便见着了姚府派来的雪莲。雪莲现如今已经开了脸成了姚延意的侍妾。宁氏因为她跟姚燕语合得来，所以才打发她来向姚燕语传话。

原来是宋老太太想要姚燕语陪着去大悲寺上香礼佛。姚燕语为了不让王夫人难做，便空出一天的时间来陪她去上香。况且，想想也有很久没见到空相大师了，这次过去还可以找他聊一聊内息修为的事情。虽然跟一个佛门大师聊道家学术听起来有些诡异。

五月十六这日，姚夫人跟娘家的老太太定好了去大悲寺上香。本来卫章说要陪夫人一起去的，但姚燕语不想让卫章掺和到老太太那边去，便让他忙自己的去了。只叫苏玉蘅跟自己同去。

宋老夫人出门，王夫人留在家中处理家事，宁氏自然脱不掉要跟着服侍，同往的自然少不了姚雀华。

　　坐在马车里，宋老夫人拉着姚燕语说了两车皮的话，终于扯到了正点："你还记得宋家的表兄不？"

　　姚燕语的眼角一抽，不由得抬头看过去："宋岩青？怎么了？"

　　"他那会儿得了那种怪病，用了你的药果然就好了！"宋老夫人先是笑着，说完又叹了口气，"只是他时运不好。后来好不容易花了一千两银子走了个门路，在扬州水师那里谋了个缺，后来又丢了不说，还白白地挨了一顿打。"

　　姚燕语默默地乐了，心想挨一顿打算是轻的了吧？凭着卫章的手段，就算不是他亲自办这事儿，也不该下手这么轻啊。

　　"燕姐儿，谁没有个三亲四友的？宋家是我的娘家，你看在我这张老脸上，给他们那边的头儿写封书信，让他们把那一千两银子还回来，别再找你宋表兄的麻烦了，成不成？"宋老夫人拉着姚燕语，神情悲痛，泫然欲泣。

　　姚燕语看着宋老夫人悲苦的神情，不知道老太太这样子有几分是真的有几分是装的。于是轻叹一声，说道："老太太，我不过是个医官，哪里管得着军中之事？别说这信我不能写，就算是写了，怕那些人也不会听。将军虽然是辅国大将军，但却没有水师的兵权，扬州、洞庭水师都直属朝廷，将军若是随便插手，让皇上知道了必然怪罪，轻了被责问个越权办事，重了，都有可能被扣上谋逆的帽子。"

　　"哪有那么严重的事儿呢！他们收受贿赂，难道就没人问了？"宋老夫人一着急，说出这么句话来。

　　姚燕语顿时笑了："行，老太太的意思我明白了。"有人收受贿赂就有人行贿买官，这事儿捅出来两边都讨不到什么好，这倒是很合自己的心思。

　　"那我先谢谢你了。"宋老夫人立刻转悲为喜，拍着姚燕语的手笑得慈眉善目。

　　姚燕语笑了笑，心想若是你知道我心里怎么想的，怕不得掐死我啊？不过这事儿还真得办仔细了，不能叫人把消息传到老太太的耳朵里了，否则以后可真的没有清净日子过了。

　　好歹清静了一会儿，马车已经行至大悲寺门前的台阶前。小丫鬟先下车，然后扶着姚燕语下去，姚燕语又转身扶宋老夫人。老夫人因为姚燕语答应了她的请求，所以神清气爽，步履矫健，索性连拐杖都不用了。

　　原来皇后娘娘凤体欠安，丰老夫人今日也来上香为皇后娘娘祈福。姚燕语听寺里师父说完，看了一眼苏玉蘅，笑道："好巧。"

　　"既然是老夫人来了，那我过去请个安。"苏玉蘅说着，便站了起来朝着宋老夫人点点头，微笑道："老太太请先用茶，我去去就回。""既是这样，就麻烦夫人替我老婆子问候一声吧。"宋老夫人笑眯眯地说道。苏玉蘅又跟宁氏点了点头，转身出去了。

　　过得一时，丰老夫人那边便差了个管事媳妇来请老夫人和姚太医过去品茶。宋老夫人很高兴，立刻就应了。

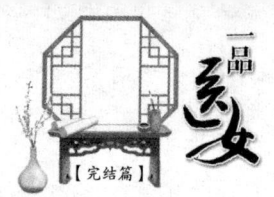

姚远之跟丰宰相不和这不是秘密，这么多年了丰宗邺就没正眼瞧过姚远之，一直把姚家当成唯利是图的商人。到现在姚远之身居都察院御史之位，且又有儿子女儿左右帮衬，还成了辅国将军的岳丈，丰宰相不像之前那么犀利了，但也是明里暗里地冷嘲热讽，就是看姚远之不顺眼。

这事儿宁氏和姚燕语都是知其然不知其所以然，也因此，姚燕语对宰相夫人一向都留有余地，就算她为苏玉蘅和唐萧逸保媒，姚燕语对她仍然只是场面上的应付，从不过多地交往。此时双方在大悲寺相遇，想来也只是场面上说几句话的事儿，宰相夫人可不是宋老夫人，心里明镜儿似的，一丝一毫都不糊涂。宁氏跟姚燕语对视一眼，心想但愿老太太见了丰家的老太太可别犯左性。

两个老夫人相见，自然要客套一番。午饭便是用的寺里的素斋，素斋分开几个小桌子，丰老夫人的宝贝孙子丰少琛陪坐在丰老夫人旁边，照顾自己的祖母，而宋老夫人身边则是宁氏照顾。姚燕语、姚雀华、苏玉蘅和丰家的两个姑娘分别在旁边的两个小桌上。大家随便用了点东西沾了沾佛气也就罢了。

回城的时候，姚燕语借口累了，没再跟老夫人坐一车。老夫人自以为自己的目的达到了，便也没再强求。

马车进城后，宰相夫人便派人过来跟宋老夫人说了一句自己有事先回府了，改日有空请老夫人过府一叙的话，便率先走了。丰少琛策马跟上去的时候犹自回头看了一眼姚燕语的马车。但终究也不能怎样，只能默默地离开。

姚燕语跟着宋老夫人的马车至姚府，见着王夫人简单说了几句，晚饭都没吃便走了。回去的当晚，姚燕语便跟卫章说了宋岩青之事，并表明了自己的态度：此事不管老太太必不会安生，必然是要管的，只是怎么个管法，却由不得他们说了算。你只叫人带话过去，行贿受贿买卖军职乃是重罪，任何人不能包庇徇私，看那边水师的将军怎么处置。

卫将军听了这话忍不住低笑着捏了捏夫人的脸，叹道："我之前还觉得你太善良，原来是装得好。善良可爱的小兔子也有阴险狡猾的时候。"

"所以啊，你以后要听话一些，不要老欺负我。说不定哪天我就反击咯。"姚夫人得意一笑。

"来啊。"卫将军忽然倾身把夫人压在身后的靠枕上。

姚燕语脸上一红，她一直以为，任何事情都是有保鲜期的，爱情也如此。两个人再爱得死去活来，天天守在一起，这股狂热也会渐渐地过去。等沸腾的感情平静下来，或许一切就会变得淡了。纵然不会两看相厌，但也会像他们说的如老夫老妻那样，"牵着你的手，像是左手牵右手"的感觉。

只是好像事情并不是那样。虽然卫章只要在家便会跟她腻在一起，可那种感觉好像永远不够。想要更多的耳鬓厮磨，长相厮守。好像赔上这一生也不够，还要期待来生。

姚燕语终于知道了为什么世间会有生生世世长相守的誓言，原来爱一个人真的会想把他刻入骨髓里，通过血脉一代一代延续下去，直至天荒地老的。

进了六月里，天气越发地炎热。一早起来便热浪冲天，扑得人头昏脑涨的。

这日姚燕语从国医馆回来，身上黏腻腻的难受得很，一进门便连声吩咐丫鬟们准备沐浴。

外边有传话的小丫鬟进来回道："回夫人，定北侯府传来消息，前天的时候那边的一位姨娘生了个姐儿。今儿另一个姨娘生了个哥儿。"

"谁先生的？是琥珀还是琉璃？"姚燕语一边脱外衣一边问。

"是琥珀。"珠帘被打起，苏玉蘅微笑着进来，说道，"三嫂子已经叫人来说过了，只是告诉一声，等摆满月酒的时候便把这两个孩子都记在自己的名下，如此，她也算是儿女双全了。"

"月儿有弟弟妹妹了。"姚燕语淡淡地笑了笑。真是白白便宜了苏玉祥那个人渣，这种人凭什么也能儿女双全？

"三嫂子这也算是求仁得仁吧。"苏玉蘅如今已经能明白姚凤歌的心思了，心里便添了几分苦涩。

苏玉祥的侍妾生孩子本不是什么大事儿，但姚凤歌要把这两个孩子都记在自己的名下却不是小事。最起码定北侯府就不能对这件事情等闲视之。应姚凤歌的要求，孩子满月这日姚家老太太，太太，宁氏都来了，姚燕语，苏玉蘅自然也来了。苏玉平则把定北侯府的人都聚在了一起，并把苏家的旁系近支也请了来，开了祠堂祭拜一番之后，便开了家宴。

虽然苏家热孝未过，但添子添丁是大事，这就表示苏玉祥这一脉后继有人了，颍定公夫妇在天之灵必然也是欢喜的。所以苏玉平做主，府中后花园里摆了几桌宴席，请几家姻亲和族中近支留下一起喝几杯素酒，表示一下。

此时，颍定公夫妇的丧事刚过去两个多月，此事也不宜太过声张。所以来的宾客有限。除了苏家本家之外，便是封夫人娘家人，孙氏娘家人，还有姚家。陆家如今跟定北侯府已经成了彻底的仇敌，大有老死不相往来的架势，此事自然不会通知他们。倒是镇国公府韩熵戈因为跟苏玉平一向交好，丰少颍悄悄地派了两个管事媳妇送了一份贺礼来。

这日，姚凤歌一早起来忙碌，姚家老太太和太太等人过来得早，封夫人在忙碌着宴席的事情，姚凤歌便把老太太和太太请到自己的院子里吃茶。

苏玉祥之前就病得厉害，后经过父母的丧事，更是雪上加霜。好歹调养了这两个月，也是勉强能下床走动。因丈母娘来了，他不能避而不见，勉强拄着拐杖扶着灵芝的手臂从东里间里出来给宋老夫人和王夫人见礼，说了几句话，王夫人看他病恹恹的，便有些心软，嘱他回屋好生休息着。苏玉祥便躬身行礼，扶着灵芝回东里间躺着去了。反正现在祺祥院里的大事小事都是姚凤歌做主，他也不过是个摆设罢了。

之后姚凤歌便命奶妈子把两个小奶娃抱过来给王夫人看，王夫人拿出给外甥和外甥女的见面礼之后，便问琥珀和琉璃在哪里。姚凤歌回头看了一眼珊瑚，珊瑚悄声下去，不多时

便带着琥珀和琉璃进来给王夫人和宋老夫人磕头。

这边正说着，珊瑚从外边进来回说姚燕语也到了，接着封氏也打发人来请。于是姚凤歌搀扶着老太太从榻上起身，宁氏随着王夫人，身后奶妈子抱着瑾月、萃菡，还有刚刚满月的二少爷苏瑾宁和三姑娘苏瑾晴等一行人逶迤而行，往前面上房去。

姚燕语见了宋老夫人和王夫人先上前请安，然后把碧绿色褪褓里的小奶娃抱在怀里笑道："这是哪个？"

姚凤歌笑道："这是晴儿。那个是宁儿。"

苏瑾宁的名字是苏玉平给取的，这让姚凤歌很是欣慰。有苏玉平的另眼相看，想来这个庶出的孩子将来的日子会好过一些。而苏玉平此时也是兑现当初请姚燕语来医治封氏的时候给姚延意的承诺，若姚凤歌有子，他必另眼相看。

满满一屋子的人，说的说笑的笑，热闹得很。

孙氏过来跟姚燕语说话，她的身后跟着封岫云。姚燕语很是奇怪，为什么明明封岫云是苏玉平的妾、封夫人的妹妹，却总是跟在孙氏的身边。

"许久没见着妹妹了，妹妹如今真是大忙人。"孙氏含笑道。

姚燕语也微微笑着："嫂子说笑了，我也是每日瞎忙活。"

"妹妹真是谦虚了，若妹妹是瞎忙，我们这些人可不是坐吃等死了！"孙氏说着，又回头笑看封岫云。

"夫人是咱们大云朝最有作为的女子，令我等望尘莫及。"封岫云如今四个多月的身孕已经很显怀，夏天衣服单薄，她的肚子已经有些圆滚滚的感觉了。

尽管封岫云为人有些木讷，说出来的话也不见精明，好像是很笨拙的那种夸奖，是那种不知道该怎么说才好的那种感觉。其实这种说话方式很多人会喜欢，好像这种赞美是最真心的。但姚燕语觉得很是别扭，说不清道不明的那种别扭。

"二夫人这话真是叫我无地自容了。有道是寸有所长，尺有所短，您这话我可是不敢当。"姚燕语微微一笑，目光便往旁边瞥，完全是不想再说下去的意思。

苏玉蘅刚好看见，便起身过来挽住姚燕语的胳膊，笑道："姐姐，我母亲找你有几句话说。"说完，便朝着孙氏点点头，拉着姚燕语走了。

"我总觉得封姨娘看姐姐的眼神不对。"苏玉蘅拉着姚燕语至梁夫人身边坐下后，悄声说道。

姚燕语笑了笑，说道："我倒是没觉得，只是觉得她说话太奇怪了。"

"她一向不喜言谈说笑，今儿却对着姐姐笑，那笑容总叫人觉得别扭。"

姚燕语轻笑着摇摇头，说道："算了，何必过多地在意别人。"

梁夫人拉着姚燕语说些家常的闲话，封母带着儿媳李氏姗姗来迟，一进门便有诸多亲友迎接寒暄，屋里又顿时热闹起来。

因今天的话题都是围着孩子转的，怀着身孕的封岫云无疑也成了众人议论的对象。封母问女儿:"可叫太医来看过了,这肚子里是男是女?"

封岫云在一旁含笑地点头,封夫人则笑道:"看过了,说是男胎。"

封母闻言自然高兴,旁边众人也都纷纷说恭喜。封岫云低头摸着肚子,眼角眉梢都是掩饰不住的笑意。

姚燕语之前对妇科没有过多地了解,但因为身边的女人一个接一个地怀孕生子,而她自己也对孩子十分向往,所以闲暇时候便找些相关的医书来看,如今跟前有凌霄的乳母,她也几次跟乳母询问过怀孕育儿的经验。如今从旁边看着封岫云泛着光彩的脸色明显比之前更加红润美丽,据说怀女儿的人脸色都比之前好看,而怀儿子的人脸色灰暗,会有妊娠斑出现。

或许这一点不是十分准确,但看封岫云的肚子,也不是那种尖尖鼓起来的样子,而是横向发育,撑开了她的腰身。这也是女胎的样子。于是姚燕语便很好奇,太医居然说封岫云怀的是男胎?如此那些稳婆乳母们的话还有几分可信?

姚燕语正想着,便听对面孙氏娘家的嫂子杨氏笑问:"听说还有一位姨奶奶也怀了身孕?将来侯爷喜得双儿才是可喜可贺。只是今日有如此喜事,怎么不见另一位?"

封母婆媳脸上的笑意顿时淡了几分。尤其是封母,竟冷笑着哼了一声,斜了孙杨氏一眼。

姚燕语心里暗笑,不管什么时候什么场合,孙家的这位嫂子总是忘不了挤对封家。这女人之间的明里暗里的拌嘴争锋真是有趣得很。

"哟!"孙杨氏歉然一笑,故意看了看旁边的人,像是完全不知道封母为何不高兴似的,问,"我是不是说错话了呀?惹得老太太不高兴了?"

封夫人忙笑道:"李氏这些日子一直不舒服,我叫她在后面躺着呢。若是嫂子有什么事找她,我叫人去唤她过来?"

"这可不敢,我不过是白问问罢了。"杨氏笑着摆摆手,又带着三分挑衅似的瞟了一眼封母。

气氛一时更加尴尬,幸好彩珠从外边进来回道:"侯爷说了,族里的诸位长辈都到齐了,准备开祠堂祭祖。"

于是众人才把这话题丢开,孙氏封岫云陪着宋老夫人、王夫人、封母等人先去后面的园子去吃茶,姚凤歌带着奶妈子抱着孩子和封夫人往祠堂去。

苏玉祥也换了一身新衣,拄着拐杖往祠堂来,一进祠堂的门便停住了脚步,仰起头看了看湛蓝的天,用力地把眼睛里的泪逼回去,才又往前走。跟在他身边的姚凤歌知道他是想起了那个突变之夜,老侯爷在祠堂发威,陆夫人和苏玉祥跪在祠堂里,苏玉安及封氏跪在祠堂外……那个夜晚,不仅仅是苏玉祥一个人的噩梦,更是整个定侯府的转折。时至今日,祠堂再次大开,而且惊动了几乎全族的人,只为上达祖宗,下传族人,他苏玉祥有后了!

后面花园子里,苏玉蘅拉着姚燕语说悄悄话:"姐姐,你看封氏那肚子,果然是个儿子么?"

姚燕语轻笑:"我又没有透视眼,我哪里知道这个?"

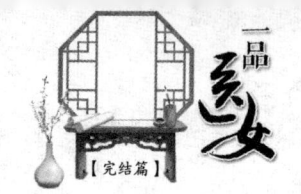

"你不是懂医术么？"

"我懂医术也不是百事通啊。"

"你说她若是真的生了儿子，还不得爬到大嫂子的头上去？"

"想爬到侯爷夫人的头上去怕是没那么容易吧？"封夫人也不是善茬呢。

"生了儿子就不一样了啊。"苏玉蘅有些闷闷的，封岫云可比不得琥珀琉璃她们，她们只是奴才，身家性命都攥在主子手里。纵然生了儿子也不敢炸毛起刺儿。可封岫云却也是封家的女儿，将来若有了儿子，怎么能甘于人下？

"你啊，不要杞人忧天了。"姚燕语拍拍苏玉蘅的手，笑道，"有道是车到山前必有路，我好久没来这园子了，不知道当年咱们两个弹琴的地方怎么样了，不如去走走？"

"好。"苏玉蘅立刻抛开烦恼，拉着姚燕语起身出门。

"三姑奶奶这是要去哪里？"封岫云从门口遇见姚燕语和苏玉蘅，微笑着问道。

"我们去那边假山上瞧瞧。"苏玉蘅说着，赶在封岫云再开口之前补了一句，"那边路不好走，你就不用跟着了。你留着这里陪陪几位亲家太太和舅奶奶们。"

封岫云到嘴边的话被苏玉蘅堵了回去，也只是抿了抿唇，看着她们二人携手笑嘻嘻地离去。

两个人携手一口气爬上那座小假山之后，苏玉蘅拿着帕子拭了拭额头的细汗，叹道："啊，好热！"

这点路对姚燕语来说却很是轻松，所以她连喘息都不曾，只坐在小亭子的栏杆上看着气喘吁吁的苏玉蘅笑："你可不能再懒下去了。"

"咦，姐姐怎么不累？一点汗都没有？"苏玉蘅这才发现姚燕语跟自己不同。

"所以我就说嘛！你每天窝在家里犯懒，可不就跑不动了？"

"哪有！"苏玉蘅不服气地坐过来上下打量着姚燕语，又神秘地笑道，"说说，是不是将军悄悄地教给你功夫了？"

"难道你家唐将军不会功夫？他没教你？"姚燕语说着，又嘻嘻地笑起来："也难怪，估计他见到你恨不得时时刻刻都滚在床上，哪里还记得什么功夫？"

苏玉蘅顿时红了脸，啐道："这也是当姐姐的说的话？你是越来越坏了！"

二人一边笑一边打闹，完全没看见从假山上面走下两个人来，直到其中一个惊讶地说了一声："三姑奶奶居然在这里……啊，姚夫人！"

"奴才给夫人，姑奶奶请安。"两个人至跟前，一起福身请安。

"这位是……"姚燕语看着这个陌生女子，目光滑过她微微隆起的腹部，大致猜到了此人是谁。

"奴才李氏。"李佳慧忙欠身应道。

姚燕语看着女子谦恭有礼的样子，便微微笑道："原来是李姨娘，快坐，你怀着身子怎么还爬假山？"

卷三　灵燕扶摇

"廖太医说胎儿已经稳定了，每日不必闷在房里。夫人请来的稳婆也说，平日里多走走路，将来也好生产。"李氏在姚燕语对面的栏杆上坐了下来，拿了帕子擦了擦鼻尖额角的细汗。

姚燕语看她两颊之上已经有了细微的斑点，这应该就是妊娠斑了。于是好心地提醒道："孕妇多走路有助于生产这话不假，可却尽量不要登高下低的，你就在那边花木之间走走就好了。爬山太危险了，一不小心绊一跤就得摔倒，到时候出了事儿可有你后悔的。"

李佳慧对姚燕语早有耳闻，知道这是连皇帝陛下都信赖的太医，她能提点自己几句，乃是自己的福气，于是忙起身应道："是，夫人的话奴才记下了，多谢夫人。"

姚燕语又道："你怀了身孕，夫人定然对你照顾有加，你的身边应该也不只是一个稳婆吧？你多听听，多问问，不要只听一个人的话。"

李氏听了这话不由得一怔，恍然回神后忙又朝着姚燕语一福："夫人的教诲奴才记下了。谢夫人。"

"行了，我们出来也有一会子了，要不要一起回去？"姚燕语说着，拉着苏玉蘅起身。

"好。"李氏忙答应着。

几个人一路慢慢地走下假山，李氏便跟姚燕语和苏玉蘅告辞："三姑奶奶和夫人先请，奴才就不送二位过去了。"

苏玉蘅点头道："也好，你先回房去休息吧。"

看着姚燕语和苏玉蘅走远的背影，李佳慧渐渐地敛了微笑，轻轻地叹了口气，"巧儿，晚上去跟夫人说，这个稳婆太懒了，我想换一个。"

"是。奴婢晚上便去跟夫人说。"身旁的小丫鬟忙答应着。

姚夫人，姚太医……真的谢谢你了！李氏往回走的路上，一只手轻轻地抚过肚子，嘴角泛起一丝浅浅的微笑。

却说姚凤歌带着两个孩子在祠堂给祖先磕过头，苏瑾宁的名字入了族谱之后，宴席即开。男客宴席和女客宴席隔着一片芦苇荡遥遥相望，虽然没有请戏班子杂耍，但因大家心情不错，来的又都是近亲，也算是宾主尽欢。

下午，从定侯府回来的路上，姚燕语靠在车里昏昏欲睡，马车却忽然停住猛地一晃，害得她的脑袋差点撞到车壁上。

"你怎么赶车的？！"香蕈立刻掀开车帘子斥责赶车的田螺。

"夫人……有人拦车。"田螺已经跳下车辕牵住了马缰绳。

前面拦住马车的锦麟卫已经下马行至车前，手中的玉牌一亮，沉声道："姚御医，快，皇上有急事传唤，你赶紧跟我们去一趟！"

姚燕语的瞌睡虫顿时散得精光，忙问："皇上怎么了？"

锦麟卫从来是不会多说一句话的，只拱手道："姚太医不要问了，您到了南苑自然就知道了。"

159

一品医女
【完结篇】

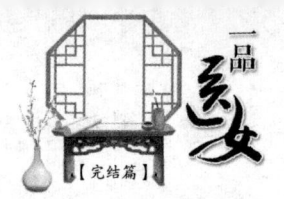

"南苑？"姚燕语蹙眉，南苑是皇上平时练骑射的地方，难道皇上出了什么事儿？

一路疾奔行至南苑的大门口，姚燕语一下车便看见卫章等在那里，于是忙跳下马车上前去。

卫章也上前几步拉住她的手，低声说道："快，跟我走。"

姚燕语很想问皇上到底有什么事情，却因为左右都是人没办法开口。

行至宫苑附近，便见锦麟卫多起来，几乎是三步一岗五步一哨。再往里走了一道门便见恒郡王、憬郡王，还有六皇子七皇子都在，而且几个皇子的脸上有很明显的焦虑之色。

难道真的是皇上出事儿了？！姚燕语转头看向卫章。

卫章只是攥了攥她的手，拉着她从几位皇子面前走过，直接进了皇上休息的行苑。

一进门姚燕语便被里面的气氛给压抑得喘不过气来，诚王、燕王、谨王三位王爷都在，另外还有镇国公韩巍以及韩熵戈也在，还有萧霖。

厚重的帐幔之内是什么情形姚燕语看不到，但从这几位王爷和萧霖的脸色上便可猜出，皇上怕是不吉祥。

"姚太医来了，张苍北和张之凌二人都在，你快些进去吧。"诚王爷的口气略显着急。

张苍北在姚燕语不纳闷，他毕竟在皇上身边这么多年了。可太医院的院令张之凌也在？姚燕语立在帐幔之前，一双腿跟灌了铅一样沉重，一步也迈不出去。

卫章上前掀开帐幔，低声叮嘱了一句："务必尽全力。"

姚燕语心头一颤，忍不住抬头看了卫章一眼。卫章目光沉静如水不见一丝波澜，朝着她轻轻地点了点头。

往前跨了两步，身后的帐幔便放了下去。姚燕语抬眼看见躺在床上昏睡的皇上和床榻跟前一筹莫展的两个院令大人。

"燕语，快来。"张苍北眉头紧紧地皱着，朝姚燕语招手。

"姚太医，你终于来了。"张之凌的眉头也拧成了疙瘩，微微叹了口气，"我和你师父商议了一下，有关皇上的伤，还得用太乙神针比较保险。只能麻烦你了。"

姚燕语蹙眉问："皇上怎么了？"

张苍北无奈地叹了口气，说道："从马上摔了下来，不巧有块石头碰到了头，当时就昏迷了。我跟张院令都给皇上施了针，但效果甚微。你来试试吧。"

姚燕语点了点头，上前去先给皇上诊脉，之后又取银针，直接针灸百会穴。轻轻捻动银针的同时，连绵不绝的内息也注入皇上的身体之中。

脑颅中有瘀血。瘀血血块压制了脑神经，促使人昏迷不醒。姚燕语的内息感受到阻力之后，微微皱起了眉头。暗暗地把更多的内息注入皇上的身体中去，力求用内息把瘀血打通。

只是，事情比她想象的要严重得多。

一炷香的工夫。姚燕语的内力已经接近贫乏，可皇上依然没有醒过来的征兆。无奈之下，姚燕语只好收针。

卷三　灵燕扶摇

　　张苍北看着姚燕语一头一脸的汗，焦急而关切地问："怎么样？"
　　姚燕语无奈地摇了摇头，说道："皇上的颅内的瘀血很严重，我内息不够，无法一次清除。"
　　"大概要几天？"张之凌低声问。
　　姚燕语看着这位太医院的院令一脸的迫切和紧张，心里的压力更大。这可是皇上，身系天下之安危，若有一丝一毫的差错，便可致浮尸千里，血流成河。
　　可是，她又能怎么办？今时今日她就算是把自己这条命搭上，也不能保证皇上立刻就能醒过来。
　　"真的没有别的办法了吗？"张之凌着急看了一眼张苍北。
　　张苍北又转头看向姚燕语，默默地咬了咬牙，问："我们最新提炼的银杏注射液给皇上注射两剂如何？"
　　"可以。但注射之后也不一定会醒过来。"姚燕语无奈地说道。事实上，什么药剂的效果都比不上太乙神针，平日里她尽量推广医药而基本不用太乙神针治病，一是没必要为了些小病而耗费自己的心力，再就是医药好推广。离开了她姚燕语，药剂一样可以治病救人，可以广泛而久远地流传。
　　可是如今面对皇上这种情况，连她的太乙神针都做不到的事情，两剂药液的效果也只是聊胜于无。
　　"怎么办？"张之凌盯着张苍北，问。
　　张苍北凝眉沉思片刻后，说道："告诉几位王爷，皇上或许明天就会醒过来。剩下的事情，就不是我们能操心的了。"
　　"这……"张之凌心里没底，万一醒不过来呢？！
　　"先这样。"张苍北又看了一眼姚燕语，做了最终决定。现在最重要的是稳住人心，此时此刻几位皇子肯定坐不住了，还不止，应该皇室宗亲里有作为有想法的人都坐不住了。
　　只要他们几个对皇上的伤情束手无策的话一传出去，必然大乱。
　　姚燕语自然也了解张苍北的苦衷，但心里也着实没底，不知道自己需要用多久把皇上治好，也或许她费尽了心力最后皇上也醒不过来。到那时，不光是她，连卫章，甚至姚家，还有一切跟她拴在一起的人都会陷入困境，甚至万劫不复。
　　但，这一切，跟天下大乱相比，她还是没得选择。
　　张苍北到底是无儿无女一身轻的人，而且他又是皇上的主治医官，这样的话自然是由他来跟几位王爷说。
　　诚王听了这话后，微微皱起了眉头。
　　燕王则只是看了谨王和镇国公一眼，没有说话。
　　镇国公则道："那就请三位太医留下来照顾皇上龙体。"
　　卫章抬头看了姚燕语一眼，从她苍白的脸色上看到了刻骨的疲惫。一时心中钝痛，便道：

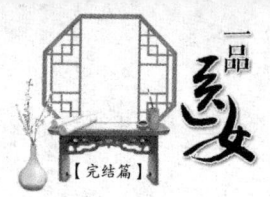

"既然三位太医要留下来照顾皇上,那就把偏殿收拾出来给三位轮流休息。毕竟等皇上醒来之后,也还需要几位调养。"

"这个好说。"燕王点了点头。

诚王也点头说道:"叫他们把东西偏殿收拾出来,看姚太医的样子着实累了,就先去休息一下。你们三个人轮流值守吧。"

此事是张苍北为主,他没有异言,张之凌自然不会多话。而姚燕语此时已经累得说不出话来了。

卫章也随着退下,陪姚燕语去了东偏殿,便悄声问:"你给我个准话儿,到底怎么样?"

姚燕语微微摇了摇头,眼底尽是无奈之色。

"不行了?"卫章脸色一沉。黑曜石一般的眼睛,散发着冰冷凌厉的光芒,给人带来无穷的压迫感。

"不见得,但我没有十分的把握。"姚燕语用极低的声音说道。

"没事。"卫章看着夫人焦虑而疲惫的神色,忙伸手握住她的手,"别怕,一切有我。"

"嗯。"姚燕语一颗惊慌失措的心就在这毫无由头的一句话中安静下来,莫名其妙地,连她自己都觉得奇怪,什么时候开始,她竟然对他有了这种盲目的信任?

"睡一会儿吧。"卫章把姚燕语送到榻上,替她拿了个靠枕。

姚燕语在他温和深沉的目光中躺下,伸手握住他的手,捏了捏他的指尖:"别离开太远。"

"我就在这里,你放心睡。"卫章捏着她的手放在唇边吻了吻,另一只手抚开她额上的一缕碎发。

姚燕语放心地闭上了眼睛,因为累得很了,片刻便睡得沉了。

不知过了几时,屋子里的安静被外边的吵嚷惊破,卫章眉头一皱便要起身出去。

"将军。"被吵醒的姚燕语一把拉住他的衣袖,"别着急,等一下。"

"嗯?"卫章不解地看着她,素日里清净明澈的眸子里全都是忧色,把他那个钢铁一样的心看成了一汪水。

"皇上受伤,难道连本宫都不得探视吗?!你们好大的胆子!"——是皇后来了!姚燕语心头一怔,跟卫章交换了一个眼神。

卫章轻轻地拍拍她的后背,低声说道:"皇后肯定会来。"身为皇后,在皇上受伤之后若是不来,那才奇怪了呢。只是没想到她会这么大张旗鼓地来,还在殿门之外耍威风。看来真的是忍得够久了。或者说是得到了什么风声,心急了。

"娘娘,皇上刚服了药,正在休息。您先请偏殿休息片刻,等皇上醒了自然会传旨召见。"

这是锦麟卫首领黄松的声音。此人虽然只是一个锦麟卫龙队的小队长,但却是直属于皇上的忠诚卫士,锦麟卫是皇上的贴身宝剑,而龙队则是这柄宝剑最锐利的剑锋。整个小队只有四十九人,这些人除了皇上之外,谁的话都不会听。

卷三　灵燕扶摇

"放肆！本宫是皇上的结发之妻！身为妻子，丈夫有难难道要我去一旁休息？！"皇后娘娘继续发威。

"请娘娘恕罪。"黄松依然不动如山。

堂堂一国之母跟一个护卫首领对上了，这事儿传出去的话得有多可笑？所幸诚王爷适时出现，朝着丰皇后深施一礼："臣请皇后娘娘大安。"

"七弟。"丰皇后脸色阴沉如水，比锅底还难看，"本宫安不安地不要紧，本宫只挂念皇上龙体可大安？"

"皇上受了点伤，正在休息。"

"原来是真的！"皇后立刻变了声调，"皇上六十的人了，居然从马上摔了下来！你居然说只受了点伤？！七弟，皇上与你一奶同胞，你究竟是何居心？！"

诚王爷冷笑一声，凉凉地反问："皇嫂是从何处听了谣言忽然来此寻衅闹事？皇嫂与皇兄几十年的夫妻，情深义重自然非别的妃嫔可比。皇嫂若是不放心，就请入内探视，只不过，若是惊扰了皇兄，皇兄若是怪罪，还请皇嫂不要往兄弟身上推。"

说完，诚王爷果然闪身让开门口，且吩咐黄松一声："皇上龙体不适，由皇后娘娘照顾最为妥善，尔等放心，皇上醒来，本王会替你们解释。"

黄松闻言，拱手应了一声："是。"

皇后愤愤地瞪了黄松等人一眼，一甩广袖进了殿内。

姚燕语和卫章在偏殿里听见了外边的所有对话，之后轻轻地叹了口气，说道："皇上这个样子，皇后定然要发怒。"

"你不用担心，这些事情有王爷和镇国公应付，你再休息一会儿吧。"

"御马怎么会忽然发疯？这事儿岂不是太奇怪了？"

"诚王爷正在加紧排查。不过，御马监负责照顾那匹御马的人已经畏罪自尽了，只怕这件事情不好查。"

"我现在最担心的是，如果明天皇上不能醒过来的话，这里会发生什么事情？"姚燕语说完这句话后，眼前闪过刚刚梦中的情景。那只带着金鳞的爪子像是一个预警一样，那忽然抓过来的利爪像是一下子抓在了她的心上，只是想一下，便是全身疼痛，战栗不止。

"你只要尽全力就好。太医院那么多人，他们也不能只盯着你一个。"卫章轻声安慰。

但这样的话他自己都不能相信。

太医院的人是有几百个，但能有资格给皇上切脉问诊的人也只有那么几个人。而如今，姚燕语便是其中一个，而且还是在两个院令都束手无策的状况下举荐的人。也就是说，她现在担负着让皇上苏醒过来的全部希望，如果做到了，自然是升官晋爵，但如果做不到，也将是千古罪人。下面不管哪个皇子登基为帝，为了给世人一个说法，都不会放过这个与世事格格不入的女太医。

但不管怎么样，他都会陪着她。

163

姚燕语靠在卫章的怀里歇息了一会儿，忽然说道："我不能睡了。"

"怎么？"卫章看着怀里的人挣扎着坐起来，忍不住皱起了眉头。

"我得好好地想一想，该用什么法子让皇上尽快醒过来。你先出去吧，让我一个人静一静。"姚燕语说着，在榻上盘膝坐好。

"好，我去外边守着，你有事叫我。"卫章伸手理了理她散乱的发髻，又皱眉道："我叫人给你拿套衣服来，等会儿你洗漱一下换上。"

"嗯，多谢夫君。"姚燕语俏皮一笑，宛如一阵清风，把二人之间的沉闷吹散。

卫章微微地笑了笑，指尖在她脸颊上轻轻地抚过，方转身离去。

姚燕语这边刚收拾利索，皇后便派人来传。姚燕语早就料想如此，便整理了一下衣领，随着来人进了正殿。

参拜毕，皇后也懒得说什么场面话，直接问姚燕语："皇上的伤情，以你看如何？"

姚燕语轻轻地吸了一口气，平静地回道："皇上的头部受了猛烈的撞击，颅腔内有瘀血导致暂时的昏迷。臣已经用太乙神针为皇上疏通血脉。但因瘀血比较严重，而臣的内息又不够强大，所以施针一次是不够的，臣想等恢复一下体力内息后，再给皇上施针。同时以药物辅助治疗，皇上会很快醒过来的。"

"很快？很快是什么时候？你给本宫个确切的时间。"皇后冷声说道。

"请皇后娘娘恕罪，这个臣不敢说。"

"不敢说？！"皇后立刻挺直了后背，"你不是神医么？你怎么会不敢说？"

姚燕语暗暗地咬了咬牙，尽量平静地回道："病情的事情，随时都有变化，所以臣只能说尽最大的努力医治皇上，让圣上尽快苏醒过来。"

皇后有冷冷地哼了一声，问："你有几成的把握？"

"回皇后，臣有六成的把握。"

"只有六成的把握，你就敢如此信誓旦旦？！"皇后忽然大怒，"若是皇上有什么闪失，你有十个脑袋也不够砍的！"

姚燕语一怔，顿时不知道该说什么好。

"那以皇后娘娘的意思，该当如何呢？"张苍北忽然从帐幔之后转了出来，问话的同时向皇后娘娘躬了躬身，"臣张苍北给皇后娘娘请安，还请娘娘恕臣因关心皇上的龙体而唐突了。臣想请问皇后娘娘可有更好的办法医治圣上？若有，还请娘娘不吝赐教，好教皇上早些醒来，也让臣等早些安心。"

"张院令，你莫不是老糊涂了？本宫是皇后，又不是神医！"皇后生气地斜了张苍北一眼，又道，"都说养兵千日用兵一时，张院令你受皇上恩宠这么多年，怎么如今到了用你的时候，你反倒不如个女子？"

"皇后娘娘！臣有话讲。"镇国公在一旁早就听不下去了。皇后今儿是来照顾皇上的还是想来弄死皇上的？就她这个样子这番言辞，幸亏皇上是昏迷的，不然非得被气死。

卷三　灵燕扶摇

"哦？国公爷请讲。"皇后面对镇国公还是有所忌讳的。没办法，国公爷手里握着大云的兵权，切不可等闲视之。

"臣想请问，皇后娘娘今日来此，意欲何为？"镇国公直视着当朝国母，目光凛然，强势迫人。

"本宫关心皇上的龙体，难道不应该吗？"

"皇后关心皇上的龙体乃天经地义之事，臣等不敢也不能有异议。可是皇后娘娘不就皇上的脉案说话，却揪着姚太医做字面功夫，真真令臣等费解。"

"国公爷，皇上还没怎样，你就想逼宫造反了吗？"皇后冷笑着，忽然反问发难。

镇国公闻言，仰天大笑："皇后娘娘，这话可不是随便说的。你说我韩巍谋反，可有证据？！若无证据，你便是造谣生事，离间君臣，意图毁我大云社稷，你便是误国的死罪！"

怎么这么快扯到了谋反误国上去了？姚燕语站在一旁，听得是胆战心惊。

"好了！"诚王上前两步，立在皇后和镇国公之间，"国公爷消消气，皇嫂不过是气头上的话，算不得数的。"

"哼，气头上就可以随便污蔑朝廷重臣么？！"别人怕皇后，镇国公不怕。皇后娘娘又如何？凝华长公主见了她从不示弱。他韩家也从来没怕过丰家。

诚王说完皇后娘娘，又转身劝镇国公："国公爷也消消气，大家都在气头上，话无好话。大家都少说两句。一切以皇上的龙体为要，当务之急是医治好皇上！"

"当务之急，是医治好皇上不假，但还有一件事情也很重要！"殿外忽然有人高声喊了一嗓子。接着便是护卫们拦截的声音，而那人显然位高权重，竟然直接推门而入。

"宰相大人？"诚王爷看着破门而入的丰宗邺，轻轻地觑起了眼睛——他来做什么？！是皇后娘娘派人叫来的？还是另有人怂恿蛊惑？又或者，这老狐狸想要趁机翻身？！

丰宗邺大步向前，在镇国公一侧站定，朝着皇后娘娘一拱手，朗声说道："臣以为，当务之急有两件事情，第一是医治好皇上的伤，第二，便是选出一个有能力有作为的皇子来监国。"

皇子监国！殿内众人齐齐一怔。

不过电石火光之间，卫章跟诚王爷交换了一个眼神，便闪身出去。

皇后和丰宗邺的全部精力都放在诚王、谨王、燕王以及镇国公和韩熵戈身上，他们甚至都没有注意到萧霖，更不会在意卫章这样一个小角色——没有大的家族权势的武将在丰家人的眼里都是小角色。

而姚燕语也早就被张苍北眼神一带，悄悄地躲到了角落里。这会儿王爷国公们正在谈论国家大事，没他们这些医官什么事儿。

"皇子监国？"谨王淡淡地笑了笑，说道，"丰宰相真是敢想。幸亏皇上平日那么看重你，如今皇上只是受伤了，丰宰相就急着抱皇子们的大腿了？之前是大皇子，现在又是哪个呢？"

丰宗邺听了这话也不着急，只朝着内室的帷幄拱手道："臣丰宗邺心向吾皇，忠心不贰，

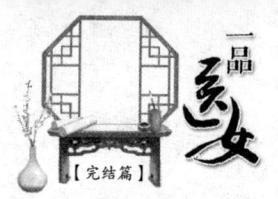

天地可鉴！只是皇上如今昏迷不醒，而朝政却不可荒废。只是暂时由皇子监国治理朝政，等皇上龙体康泰了，自然就无须皇子了。此事也非没有先例，有何不可？！难道谨王爷想要看着小人得逞，祖宗基业毁于一旦才高兴？！又或者说，谨王爷心里另有打算？！"

"丰宗邺！"谨王立刻暴怒，抬手指着丰宗邺的鼻子骂道，"你一派胡言！亏你还被大臣们推为文臣之首，依我看，那些人真是瞎了眼，你自诩为读书人，其实是再势利不过的一个小人！"

丰宗邺却气定神闲了，淡淡地瞥了一眼暴怒的谨王，凉薄地说道："谨王殿下，请你有理说理，难道没理可说就要学那市井泼皮，当街骂人？！此处是帝王宫苑，皇上还重伤未醒，谨王如此，难道不怕大云皇室的祖宗们怪罪吗？"

这边冷嘲热讽和暴怒咒骂相交融，姚燕语忍不住为帷幄里面昏睡的那一位感到悲哀。这些应该都是他最亲近的人，其中还有他的结发之妻。可他人躺在里面昏睡不醒，外边这些人便已经在忙着争夺利益了。

之前这些事情对姚燕语来说只是历史书籍里的某个事件，而如今身临其境，她真真切切地感触到了一件事：权力是一把利刃，可把这世间的亲情冷暖尽数诛灭。

诚王爷和镇国公交换了一个眼神之后，便对谨王和丰宗邺的争吵视而不见。

"够了！你们还要不要脸了！"燕王厉声喝道。他的妹妹灵犀郡主是丰宗邺的儿媳，可谨王却是他的堂弟，这两个人在这里无休止地争吵，让谦和的燕王实在看不下去了。

丰宗邺和谨王一怔，各自哼了一声转过身去。

燕王气势未减，生气地斥道："皇兄还在昏迷之中，你们便在这里争吵，到底是何居心？若想吵，都出去吵，莫要在此丢人现眼！"

燕王一声怒喝，止住了所有人的争吵。之后，诚王转身看向姚燕语："姚太医，请再为皇上诊脉吧。"

姚燕语躬身答应一声，转身进了里面。

张之凌正守在皇上旁边，看见姚燕语进来便道："刚刚皇上沉吟了两声，似是非常痛苦，然后接着昏睡过去。我本想请姚太医进来……"

姚燕语立刻会意，刚才那种状况，张之凌是不想出去当炮灰，于是微微笑道："那张大人可曾为皇上诊脉？"

"诊过，好像是比之前好些，但依然没有醒来的迹象。"张之凌说话之间已经起身，把皇上床榻跟前的凳子让给了姚燕语。

姚燕语上前再次为皇上诊脉，然后又施了一次针。依然是把自己的内息耗费了十之八九才收针。之前张苍北放出话去说皇上明天能醒，现在天色已晚，已经没多少时间了。

"我们需要取银杏提取液来做注射。"姚燕语说着，看向张苍北。

张老头干巴瘦削的脸严肃地绷着，皱纹更深眼神雪亮："我已经叫人把翠萍和林素墨叫来了，她们两个做注射是最好的。"

卷三　灵燕扶摇

"好。"姚燕语点了点头。

如今负责南苑行宫安全的首先是锦鳞卫。锦鳞卫由诚王掌控，是皇上的近身护卫。

另外一拨人则在暗处，是卫章的烈鹰卫，烈鹰卫人数不多，但个个儿都是精英，而且装备精良，轻型强弩是基本武器，另外他们的身上还配有卫将军和萧侯爷联手研制出来的火器——天罡雷。关键时刻可以以一敌十或者以一敌百。

只是很多人都不知道这件事情，包括诚王爷和镇国公也只是知道卫章手里有一支神秘的队伍，这支队伍只听从于卫章的指挥，而卫章却只忠诚于皇上。不过这对他们来说不是坏事，因为镇国公和诚王爷都是皇上的真正拥护者，他们不偏向任何一个皇子，更不会参与皇子们之间的明争暗斗。

所以对他们这几个人来说，保皇上万安才是最最重要的事情。退一万步说，如果皇上不能万安，他们也不能让丰宗邺和皇后得逞，如他们的愿选一个听命于丰家的皇子，把大云朝的万世基业拱手让给外戚之族。

于是乎，当皇后看着自己的老爹跟谨王对峙之后，想要起身回宫时，却被诚王爷给拦住了："皇嫂，你不留下来照顾皇兄吗？"

丰皇后无奈地叹了口气："后宫还有许多事情等着本宫去处理。皇上这里本宫也帮不上忙，再说了，不是还有七弟你和镇国公吗？大事上你们几位王爷和大臣做主，皇上的伤情又有两位院令和姚御医，本宫在这里也是碍事。"

"皇宫内院虽然离这里不远，但此时天色已经晚了，皇嫂回宫怕是多有不便。另外，我们几个男人总不比皇嫂心细，而那三位太医也只能负责皇上的伤，一些近身服侍的事情，还是皇嫂在更妥当些。况且，后宫的什么事情比得上皇兄的身体重要？！"诚王爷神情平静淡定，说出来的话却犀利无比。

躲在角落里的翠萍和林素墨听了，都暗暗地为之惊讶。诚王爷真不愧是皇上的亲兄弟，是真心真意关心皇上的身体，也不怕得罪了皇后一族。

第十章

第二日清早，当第一缕晨曦穿过窗棂照到姚燕语的床前时，她从睡梦中醒来，又叫床边的翠萍去睡。

姚燕语洗漱时看见自己留在姚府的衣裳不由得一怔，心想父亲这是知道了这边的事情，所以才会叫人想办法把这衣裳送进来。只是不知道父亲和二哥会是怎样地着急，一时想想又觉得应该想办法给家里通口气。

一品医女
【完结篇】

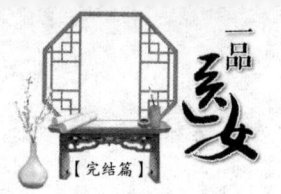

正犹豫着，卫章从外边进来，见姚燕语捧着衣服发愣，便把旁边的一个宫女打发出去，低声说道："你放心，我已经跟岳父大人联系过了。姚府和将军府有他老人家坐镇，不会出岔子的。你只管给皇上医治，别的事情不用多想。"

姚燕语点点头。如今的事情是明摆着的，治好了皇上，万事皆好说，若是皇上治不好，恐怕大家的日子都不好过。

"我去看看皇上，昨晚是谁守着的？"

"是张之凌院令。长公主昨晚过来了，不过当时你已经睡了，长公主没叫人惊扰你。"卫章抬手拿过姚燕语手里的粉蓝色外袍替她穿上，一边系衣带一边说："昨晚我也守在皇上身边，皇上睡得很平静，呼吸比之前悠长有力了许多，你的治疗应该是有效果的。不要着急，稳扎稳打就好。"

"我明白。"姚燕语握了握卫章的手，低声说道。

"走，我送你过去。"卫章虽然一夜没睡，但不见一丝疲惫之色。这让姚燕语的情绪又稳定了许多。

皇上身边不仅有张之凌，还有诚王和镇国公。这两位手握重权的天子近臣可以说是寸步不离地守着皇上。

见姚燕语进来，镇国公微微舒了口气："姚太医好早。"

"姚燕语给王爷、国公爷请安。"不管什么时候，礼数不可废。

"起来吧，先来给皇上诊脉。"诚王爷抬抬手，说道。

"是。"姚燕语应了一声上前去，半跪在床榻跟前给皇上诊脉。

脉象的确比之前强，但依然不是很乐观。看来今天醒过来的话很难兑现了！姚燕语的脸色渐渐地凝重起来，这可怎么办呢？

"姚大人，如何？"张之凌比姚燕语还紧张，就好像万一皇上醒不过来，王爷和国公爷以及皇后皇子们一定会拿他开刀似的。

"我继续给皇上施针。"姚燕语说着，取过针包，换了一支扁头长针，用医用棉花擦拭过，看了看皇上的睡颜，换在太阳穴上针灸。

对于太乙神针的妙处，大云朝太医院的人几乎都怀着一种崇敬的心情。而且医道越深，资格越老的太医，对太乙神针的虔诚崇拜也越深。张之凌便是其中一个。

这次施针的时间比昨天长了两倍。

昨晚姚燕语入睡的时候喝过了安神汤，一夜无梦睡得极其香甜，所以今天一早起来精神很好。也有更充沛的内息为皇上施针。并且，今天她虽然尽全力也不一定能把皇上医好，但必须尽全力。

收针后，姚燕语自然又进入疲惫状态，诚王立刻吩咐怀恩端上一碗浓浓的百年山参汤。

凝华长公主起身来看皇上的时候，皇后也正好过来，姑嫂二人在殿门口相遇，凝华长公主微微欠身，叫了一声："皇嫂。"

卷三　灵燕扶摇

"皇嫂。"丰皇后的脸色不怎么好看,年纪大了,心里装着一肚子的心事,加上连日来吃不香睡不好,任谁脸色都好看不到哪里去。

"皇嫂脸色不好,皇兄受伤,现在朝廷正是紧要关头,皇嫂还应该多为江山社稷着想,保重身体才好。"凝华长公主一番话说得冠冕堂皇,既找不出任何毛病,又提点了皇后。

皇后已经不再是昨日那种咄咄逼人的样子,因为此处有父亲坐镇,她已经换了一副淑德娴静的面孔,淡然一笑:"长公主说得是。不过皇上受命于天,自会洪福齐天,这次也不过是小小的灾祸罢了。有姚神医在,皇上今日必然会醒过来的。长公主也无须担心。"

凝华长公主一怔,便问:"姚燕语说皇兄今日会醒过来?"

皇后淡然一笑,没有接话。

张苍北刚好从后面过来,朝着皇后和凝华长公主躬身行礼,礼毕,又朗声说道:"刚刚臣听见长公主问皇上的病情。是这样的,昨日是臣说,臣与张院令、姚太医合力医治,皇上可能会在今天醒过来。"

"原来是张院令说的。"凝华长公主看了皇后一眼,淡淡地说道,"张院令服侍皇上龙体三十多年,皇上身体如何,你自然是最有数的。"

皇后惊讶地看了张苍北一眼,问:"怎么张院令也跟令爱徒学会了太乙神针?!"

张苍北对皇后的讽刺听而不闻,只是淡淡地笑了笑,拱手道:"皇后娘娘,长公主,二位若是没有别的吩咐,臣想先进去探视皇上。"

"去吧。"凝华长公主率先说道。

皇后还想讽刺两句,却被凝华的话给噎了回去。张苍北懒得看着两个女人斗气斗嘴,又躬身一揖,进了大殿。

姚燕语扶着翠萍的手从里间出来,跟张苍北走了个对过。张苍北一看姚燕语的神色便知道她又给皇上施过针了。于是低声问:"你要不要紧?"

"师父放心。"姚燕语轻轻地摇了摇头,皇上还没醒过来,她还不敢让自己昏厥过去。

张苍北幽幽地叹了口气,摆手让姚燕语快去休息,自己则挑起帐幔进去看皇上。

这一天在众人的焦虑和姚燕语刻骨的疲惫中度过。

眼看着暮色四合,天已经渐渐地暗下来,一天都保持沉默的皇后娘娘终于发话了:"皇上怎么还不醒?张苍北呢?"

张苍北应了一声:"臣在。"

"皇上到底什么时候能醒过来?你之前不是说今天能醒过来么?现在都天黑了!而且本宫看姚太医已经没什么力气再为皇上施针了吧?"丰皇后冷清的目光从凝华长公主身上拂过。眼神中多多少少都有几分挑衅的意思。

凝华长公主眼皮没抬,理都没理会皇后的挑衅。在她看来,皇上是在今晚醒过来和明天醒过来或者后天醒过来都是一样的。皇上只要能在十天半月之内醒过来,一切都不会有什么改变。就算丰皇后想借机挑事儿,也得看看她们丰家有没有那个实力。

凝华长公主端坐在榻上安然不动，身上那股凛然的气势便更胜一筹。

镇国公府兵权在握，满朝文武谁敢不从？她跟诚王两个人一里一外，足以能保住皇上的那把龙椅。就算哪个皇子想要逼宫篡位，也要仔细地掂量掂量自己能不能撼动凝华长公主和诚王这两块镇山石。

"回皇后娘娘，臣是说皇上有可能今天会醒过来，但一来今天还没算过去，二来，皇上的伤情已经大有好转，就算今晚不行，明天也就差不多了。"张苍北早就想好了说辞，所以不疾不徐地回皇后的话，完全一副成竹在胸的样子。

丰皇后立刻火大，抬手一拍手边的小几，怒道："你当这是菜市场呢？还跟本宫讨价还价！"

"臣不敢。"张苍北拱手回道。

"好了！现在皇上未醒，正是用人之际。皇后娘娘难道想把张苍北给推出去砍了不成？"凝华长公主淡淡地开口。

丰皇后神情一滞，转头看了凝华长公主一眼，从鼻孔里哼了一声，说道："如此老迈无用之人，砍了也不可惜。"

凝华长公主冷笑道："人家都说卸磨杀驴，皇后娘娘这里磨还没卸呢就着急杀驴了，看来皇后娘娘是不希望有人能给皇上治伤，不希望皇上早点醒过来了？"

"你……"丰皇后被堵得说不出话来，脸色骤变。

"皇后娘娘请息怒。"丰宗邺赶紧起身救场，然后转身朝着凝华长公主深施一礼，"那么，以长公主的意思，皇上的伤该如何呢？"

"自然是尽心医治。"凝华淡淡地说道，"刚刚张苍北的话你们也都听见了，皇上的伤情大有好转，张之凌也不是庸才，皇上的脉象如何他也应该清楚，是不是？"凝华说着，转头看向张之凌。

张之凌被凝华长公主的眼风一扫，立刻躬身应道："是，回长公主，皇上的脉象却是比之前平稳有力了许多。据臣所见，应该用不了多久就会醒来。"

"喏？皇后娘娘可听清楚了？"凝华长公主又扫了丰皇后一眼。

丰皇后要说话，却被丰宗邺抢了先："那请问张太医，皇上到底还要多久才能苏醒？苏醒之后是否还需要长期的调养？现在紫宸殿内堆积的奏折如山，请问长公主该如何处置？"

"朝政是你们王爷大臣的事情，我一个妇道人家如何懂得？"凝华长公主好笑地反问，"难不成丰宰相这个文臣之首是吃白饭的？皇上不过才伤了一天一夜，你就一筹莫展了？"

"国不可一日无君，之前皇上去行宫避暑或者去塞外狩猎，宫中都会留皇子监国。而臣今日的意思，也无非是想要跟几位王爷及国公爷商议一下，看皇上养伤之时由哪位皇子监国比较合适。"丰宗邺理直气壮地。

"哦，我明白了。"凝华长公主轻笑，"这是有哪个皇子皇孙逼着你来借机立储了？皇上待你丰家不薄，你们这样做，难道就不怕皇上心寒么？"

卷三 灵燕扶摇

"只不过是要选出一个皇子来监国,这跟立储有何关系?"丰宗邺依然据理力争。

诚王爷却淡淡地开口:"此事干系重大,还是等皇兄醒来之后再做决定吧。现在当务之急便是处理好积压的朝政。丰宰相心系皇上,自然是不适合回去的。依我看,不如由靖海侯、监察御史姚远之,再加上安国公张谦、太史令梁思阡四个人一起协理朝政,诸位意下如何?"

"这……"丰宗邺万万没想到诚王一开口便把自己踢出了圈儿外,四个辅政大臣里居然有镇国公府的两个嫡系——姚远之和萧霖!而他丰家嫡系里只有一个梁思阡。

安国公张谦又是三皇子的外祖父!之前丰家保大皇子,便跟三皇子不睦。现在丰家保四皇子,依然跟三皇子不睦。安国公对丰宗邺更是正眼不瞧一下。

这实在是……丰宗邺心里的感慨还没发完,燕王便开口了:"七弟举荐的这几个人很好,本王没有异议。"

谨王也点头道:"本王也觉得甚好。"

镇国公含笑点头:"这四个人很是妥当。"

凝华长公主虽然不发表意见,但却转头看向萧霖:"皇上的事情关系到国本,你回宫之后万不可肆意妄言。"

萧霖忙躬身应道:"是,臣谨记诸位王爷及长公主教诲。"

"如此,就由怀恩陪你走一趟。"诚王爷说着,转头看向怀恩。怀恩是皇上身边的人,大臣监政的事情如果由他去说,朝中之臣应不会有太多的异议。

怀恩应了一声,转身便走。丰皇后却厉声喝止:"慢着!"

"皇后还有何话说?"诚王爷抬头看向丰皇后。

"你们这样,算不算矫诏?!"丰皇后怒视着诚王,"监政大臣不也应该由皇上定么?!"

"丰宰相也是这个意思吗?"诚王爷看向丰宗邺。

丰宗邺却无法应诚王的话,因为辅国监政的事情是由他来提议的,如果他说这算是矫诏,就等于打了自己的脸,也等于他丰宗邺是本着矫诏监国的事情来的,然后就会被人指责他图谋不轨。

如果说不算,那就等于打皇后的脸,那可是他的女儿,他丰家目前最大的依靠!

诚王的这句话是圈套,可他丰宗邺跳也不是,不跳也不是。

丰宗邺此时才意识到事情走到这一步已经完全不由自己控制了。

"行了,后宫不干政,这是老祖宗留下来的规矩。皇嫂你只负责照顾好皇兄的身体就好了。朝政大事由丰宰相为主的文臣处理,是绝对不会出岔子的。"诚王爷摆摆手,示意怀恩赶紧该干吗干吗去。

以丰宰相为首的文臣里却不包括丰宰相,诚王这句话差点把丰宗邺的心头血给怄出来。

怀恩忙又躬了躬身,随着萧霖身后出去了。

入夜,寅时,姚燕语又来给皇上施针。

171

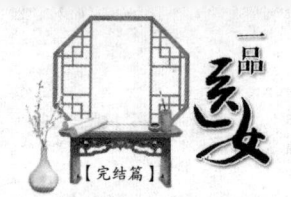

这一次诚王爷、镇国公、凝华长公主和皇后都守在旁边。大家对这次的期望很高，都觉得皇上能够醒过来，所以谁也不愿意离开。

姚燕语的内息虽然一直保留一二，但连番六次针灸下来，也几乎耗尽了心力。

这一次，她更是毫无保留地把内息尽数输入皇上的体内。

不过半炷香的工夫，皇上便轻声哼了一下，手指轻轻地动了动，然后低语喃喃，重复着一个字："水，水……"

"快！水！"皇后率先转身叫人。

林素墨忙递过半盏清水来，皇后忙接了喂给皇上。而姚燕语则在此时把最后一丝内息送出去，之后便眼前一黑，失去了知觉。

"夫人！"翠萍早就做好了准备，但姚燕语真正昏厥的时候她依然心疼地叫了一声。

卫章上前去把人抱起来，低声吩咐翠萍："给皇上把针取出来。"便抱着姚燕语出去了。

翠萍把皇上太阳穴里的那根银针慢慢地旋转着取了出来，皇上便幽幽地叹了口气，问："事情查清了没有？"

皇后顾不得许多，伏在皇上的身上便嘤嘤地哭起来。她自己没有儿子，所以如果皇上死了，不管拥立哪个皇子登基，她的日子都不如皇上活着好过。

皇上睁开眼睛，想说话，却半晌没说出来，只是伸手摩挲着扶住了皇后的肩膀。他这一举动别人没有注意，张苍北却吓了一跳，失声问道："皇上，您……的眼睛……"

"唔，怎么不掌灯？"皇上奇怪地问了一句。

然而，这简单的一句话便如晴天霹雳，把一屋子的人都给震了。

怎么不掌灯？怎么可能不掌灯？这可是皇上的行宫寝殿！就算是深夜皇上入睡，这殿内的灯也不能熄灭的！

皇后已经傻了一样坐在床边，瞪着眼睛看着皇上，不知道说什么好了。

"皇兄？"诚王上前去握住皇上的手，低低地叫了一声。

"七弟？"皇上双目无神，手指在诚王的手里动了动，"朕……怎么看不到？"

"皇兄莫要担心，这也许是颅内瘀血所致。我的王妃因去年冬天赏雪的时候不小心摔了一跤，磕到了头，也有一段时间看不见东西，不过后来经过姚太医的医治调理，现在已经恢复得差不多了。"诚王说得小心翼翼，生怕皇上受不了这份打击而发疯发狂。

皇上没有什么反应，只是沉默不语。

镇国公也十分为难，他们想过皇上可能今晚醒不过来，或许会推后几天，但却没想到皇上醒过来却双目失明。

凝华长公主忙道："既然七弟妹已经被姚太医治好了，那么皇上这病也不必担心的。皇上刚刚醒过来，身子还虚弱着，张院令，你看是不是应该给皇上进点补汤？"

"长公主说得是，皇上已经昏睡了一天一夜了，是应该进点温补的膳食。"张苍北经凝华长公主提点，赶紧吩咐身后的医女："快去把给皇上炖的红枣枸杞燕麦粥端上来。"

卷三　灵燕扶摇

　　林素墨忙端了一碗炖得烂烂的燕麦粥上前来，却被皇上一把推翻在地："都出去！"
　　众人一愣，皆有些反应不过来。
　　"都给朕出去！"皇上忽然嘶吼一声，连身上的被子都掀了下来。
　　"皇上！"丰皇后忙拉了被子给皇上盖上去，想伏在皇上的身上哭。
　　"出去！"皇上一把推开皇后，然后大手一挥掠过所有的人，怒喝："都出去！"
　　谨王和燕王对视，诚王和镇国公对视，凝华长公主看了看周围的几个男人，最后默默地叹了口气，率先起身往外走。于是几位王爷和镇国公也都跟着长公主出去了。
　　大家都明白，皇上暂时接受不了失明的事情，乱发脾气也情有可原。让他发泄一下就好了。只是皇后还有些不甘心，想要陪着皇上，却被皇上一把推开："你也出去！"
　　众人依次从帐幔之内出来，一个个脸上都是愁眉不展，万般无奈。
　　诚王爷叫了一声张苍北，问道："这件事情你怎么看？"
　　"正如王爷所言，皇上颅内的瘀血尚未完全消除，失明只是暂时的。可是……"张苍北说到这里，沉沉地叹了口气。
　　"可是什么？！"凝华长公主着急地问。
　　"可是姚燕语的内息已经耗尽，而且这次又与往日不同，也不知道她需要多久才能恢复。臣也可用五龙针法为皇上活血化瘀，可……五龙针法到底比不上太乙神针的功效快。"
　　"不是还有姚燕语研制的新药吗？"燕王问。
　　"是的，但用药也要有个限度，也需要循序渐进。"张苍北为难地说道。
　　凝华长公主急切地问："那如果用药和你的五龙针法加起来，大概要多久才能让皇上重见光明？"
　　"这个……"张苍北沉吟片刻，摇摇头，"臣不好说。毕竟还需要皇上的配合。就目前来看，皇上似乎很是激动，这对他的恢复也没什么好处。"
　　"哎！"诚王爷重重地叹了口气，心想这可麻烦了！难道真的要选皇子立储君了不成？
　　镇国公看了一眼凝华长公主，也默默地叹了口气。皇上失明，于朝政肯定是顾不上了，四个辅政大臣料理朝政也不是长久之计，看来立储君势在必行了！这可真是让丰宗邺那只老狐狸给算着了！
　　可是，目前这几位皇子之中，谁才是合适的人选呢？镇国公又看了一眼诚王爷，在心里把几个皇子都划拉了一遍，最终还是默默地叹了口气。几个皇子都不错，但登上帝位……还都差着火候。
　　皇上虽然把所有的人都赶了出去，但张苍北也不敢在皇上跟前不留人。
　　林素墨身为医女便被留在了里面，只不过这位姑娘躲在角落里大气儿不敢喘，只能眼睁睁地看着皇上靠在床榻上发呆。
　　皇上二十六岁登基，至今已经在位三十五年，在这三十多年的时光里，对外抵御强敌，对内礼贤下士，于朝政上从未懒惰过。纵然称不上千古明帝，但在他在位的这些年也算是国

173

泰民安。

想不到到了晚年，却忽然出了这样的事情。大云朝第四代皇帝不是龙御归天而立新帝，而是因为双目失明不得不退位！这将会成为大云朝历史上怎样的尴尬？！

皇上一个人抱着腿在床上坐了很久，不知忽然想到了什么，便转身下床，因一脚踩空，整个人便往前栽去。

林素墨吓了一跳，急忙跨上前去一把搂住皇上的腰："皇上小心。"

皇上差点摔个倒栽葱，心里烦躁之极，于是一把推开林素墨："狗奴才！谁让你在这里的？！"

林素墨惊慌之中立刻跪下，哀声求道："求皇上恕罪。奴婢是奉张院令之命，留下来服侍皇上的。"

"张苍北？"皇上伸手摸索着一边往前走一边问。

林素墨忙起身上前搀扶住皇上的手臂，引着他去窗下的矮榻上落座，方婉声回道："回皇上，是的。"

"你是国医馆的人？"

"回皇上，奴婢是国医馆的七品司医林素墨。"

"林素墨？"皇上喃喃地念叨了两遍，又问："姚燕语呢？"

"姚大人两日之内用太乙神针给皇上施针七次，现在已经殚精竭虑，昏厥过去了。"林素墨说着，又柔柔地叹了口气。那声音低低柔柔的，竟比春夜细雨更温润绵软。

皇上烦躁的心绪便在这一声轻轻的叹息之中莫名其妙地安静下来。

"你很担心你们姚大人？"皇上转头面向林素墨，虽然他看不到，但有这样温婉声音的姑娘，肯定长得不会太差。

"姚大人教奴婢医术医道，教奴婢治病救人的本事和为人处世的道理，是难得一遇的良师。奴婢尊重她，信任她，希望她能闯过这次的关口。况且，也只有她快些好起来，才能给皇上医治眼睛啊。皇上想，姚大人只用了两天的工夫便把皇上从昏迷中救醒，只要她恢复过来，肯定也能治好皇上的眼睛。"林素墨温言软语。

皇上淡淡地笑了笑，说道："你说得不错。"

林素墨漂亮的丹凤眼闪过一丝晶亮，忙用更柔更低的声音问："所以，皇上愿意让奴婢服侍您吃点东西吗？您睡了两天了，一直没有进膳，身体如何受得了？"

皇上沉思了片刻，方轻叹一声，应道："好吧。"

"请皇上稍等，奴婢去去就来。"林素墨温婉的声音里有掩饰不住的喜悦，这在皇上听起来，又觉得心间一畅。

皇上在大发雷霆之后，居然听了林素墨之言，同意进食了！

这在外边几个王爷及皇后和长公主看来是多么的不可思议。

但还是凝华长公主率先反应过来，立刻同张苍北说："皇上刚刚醒来，身边需要有细致入微的人照顾,这个林素墨很不错,皇上也喜欢她,就把她留在皇上身边吧。"

张苍北忙应道:"她本来就是七品司医,留在皇上身边照顾也是应该的。"

凝华长公主轻笑:"你这老头儿真是有趣,难道你还想让她回国医馆去?皇上喜欢她是她的福气,我说的是让她长留在皇上身边。"

张苍北一怔,尴尬地笑了笑,应了一句:"是。"

丰皇后不悦地皱眉:"后宫佳丽三千,难道还不如一个七品医女会照顾皇上么?皇妹也太操心了,竟然连皇上后宫的事情都管。"

凝华长公主轻笑一声,说道:"皇后娘娘说得是啊,后宫佳丽三千却没有一个能是皇兄的解语花,真不知道皇后这中宫之主是怎么做的。皇兄后宫的事情我没心思管,我只关心皇兄的身体。"

丰皇后咬牙,还要还嘴,凝华长公主又蹙眉叹了口气,盯着丰皇后的脸,问:"我真是搞不懂皇嫂心里在想什么。就算抛开国家大义不说,皇兄还是皇嫂你的丈夫。皇嫂身为人妻不能全心全意为丈夫打算,心里却想着那些别人生的儿子们,难道你能确定那些跟你隔了一层肚皮的儿子将来会真的孝顺你把你放在他们的亲娘前面?"

说完,凝华长公主嗤笑一声,看了皇后锅底一样的脸色一眼,转身走了。

皇上吃了一碗燕麦粥之后,心情已经从谷底走了出来,当即便传唤诚王、谨王、燕王、镇国公父子、丰宰相及卫章入内议事。

又听诚王说自己出事之后,三皇子、四皇子、六皇子、七皇子四个皇子都来南苑探视,但为了不让皇上昏迷不醒的消息扩散开来影响社稷安稳,诚王和镇国公做主,把四位皇子都留在了行宫,不许离开。皇上听说后,便赞诚王做得好,又吩咐让四个皇子觐见。

这边进进出出,一番忙碌,而东偏殿内,姚燕语却昏天黑地地睡着。

凝华长公主过来探视过,但除了叹息也没有什么办法,只吩咐旁边的翠萍:"好生照顾你家夫人,有什么事情及时跟本宫说,本宫会给你们做主。"

翠萍忙欠身答应,犹豫了片刻方道:"上次我们夫人昏倒之后,劳烦长公主请了空相大师过来帮她调理过内息,不知这次……"

"我已经安排人去找空相大师了,他与你们夫人也算谈得来,若是方便,自然不会拒绝。"

"谢长公主。"翠萍赶紧福身。

凝华长公主轻叹道:"谢什么,她是为了给皇上治伤才这样,说白了也是为了大云。我们都该谢她呢。"

皇上跟诸位王爷大臣们商议之后,决定第二天一早回宫。他如今双目失明,自然是无法料理朝政。那么国事便由恒郡王、憬郡王两个皇子会同四位辅政大臣料理,要紧的大事自然还是要呈报皇上定夺,诚王监管兵部,燕王监管吏部和礼部,谨王监管刑部,宰相丰宗邺监管工部和户部。

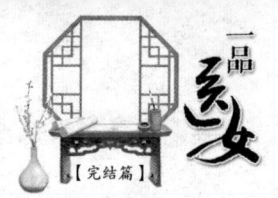

如此，六部事宜皆有天子近臣监管，而朝廷琐事又有两个皇子和四个辅政大臣料理，皇上便可安心养病了。

皇上回宫时姚燕语依然没醒，卫章脸色平静如水，看不出一丝情绪。只有自眉宇之间透出的煞气，一丝一缕的犹如实质般压过来，把周围所有有生机的东西都毙成渣。

唐萧逸看见卫章抱着姚燕语上车，乖乖地上前打起帘子，等着人钻进马车又体贴地把帘子放下去，还低声问了一句："将军，车内炎热，要不要叫他们搬一桶冰来？"

卫章低头看了一眼姚燕语苍白的脸色，冷冷地赏了他两个字："不用。"

唐萧逸暗暗地吁了一口气朝着翠萍做了个抹脖子的动作，舌头一伸："咔。"

翠萍无奈地笑了笑，这种时候，也只有唐将军敢上前去问将军话了，换了其他人，边都不敢往前凑的。将军是真的着急了！翠萍默默地想，真不知道夫人醒来后将军会怎样。

偏生空相大师心血来潮正在闭关，凝华长公主派去的人连人都没见到。唐萧逸闻言又长叹一声：空相大师啊你说你都一把年纪了闭的哪门子的关？！

回到府中，卫章抱着姚燕语下车。卫章寸步不离，一直守在姚燕语的身边。所有的军务都交给了唐萧逸，兵部那边也告了假。反正如今是恒郡王监国，一些事情也都大开方便之门。

王夫人、宁氏、姚凤歌、姚雀华等人都来探视，姚凤歌甚至想把瑾月交给宁氏去带，自己要留下来照顾姚燕语，被苏玉蘅劝住了。

韩明灿眼看就要生了，还坐着马车来了一趟，把苏玉蘅给看得心惊胆战的，生怕她一不小心把孩子生在将军府，只等她看了几眼便催促："姐姐先回去，等姚姐姐醒了我立刻派人去跟你说。"

韩明灿哀叹连连，只留下一些滋补的药品诸如老山参之类的东西，便回去了。

姚燕语这一觉睡了三天四夜，醒来的时候刚好是清晨。借着明媚的晨曦睁开眼睛，姚燕语一眼便看见那个坐在床边闭目养神的人时，不禁皱起了眉头，低低地叹了一声："唉！"

卫章立刻就睁开了眼睛坐直了身子，一把握住姚燕语的手，冷澈的眸子冰雪消融，乍开一丝暖意："醒了？饿不饿？要不要先喝点水？"

姚燕语轻轻地摇头。

"哪里不舒服？是不是浑身没有力气？"卫章又立刻紧张起来。

姚燕语继续摇头。

"那，想不想坐起来？"

"你去照照镜子。"姚燕语轻笑着，她没有力气，说话几乎也没有声音，但卫章只看唇型便知道她说的什么，于是低头看看自己身上的衣衫还是几天前的，再摸摸下巴上的胡楂已经不再扎手，长得挺长了——唔，说起来好像几天都没洗漱了？

这不好，夫人是最喜欢洁净的人。于是卫将军立刻唤了人进来服侍夫人，自己则匆匆去了净室。

不过是姚燕语喝了一盏温水的工夫，卫将军便去而复返。经过一番收拾，邋遢将军又恢复了往日冷锐清俊霸气逼人的大将军。姚燕语看见容光焕发的丈夫，忍不住微笑。

卫将军看见夫人笑，一身的冰碴子皆如春水消融。上前去半跪在床榻跟前，轻轻地拂过她的脸颊，低声叹道："你总算是醒了。"

"本来就没什么事，就是累了而已。这又不是头一次，你还这么紧张。"姚燕语低声笑道。

"这次实在是太危险了。"卫将军的眉头又蹙了起来，"在你完全恢复之前，不许再动银针，不许再给人看病。我会给皇上递奏折给你告假一年，你在家里好生休养。"

"不是吧？"姚燕语讶然地瞪大了眼睛，告假一年？皇上会答应吗？

卫章看着她明澈的眸子，握着她的手骤然用力，低声说道："如果你这次不听我的话，以后我都不许你行医。"

姚燕语抿了抿唇，愣愣地看着他不说话。

"之前成婚的时候我们曾经许下誓言相守终生，你知道什么是终生吗？差一天，差一个时辰都不是终生。所以你的身体不是你一个人的，不能由着你糟蹋。"卫章笃定地看着她。

"知道了。"姚燕语无奈地笑了笑，他的眼神太深太重，她纵有千言万语可反驳，此时此刻也说不出来。

姚燕语醒来的消息很快被诸多亲友知晓，纷纷而至。只是众人想不到的是，姚太医醒是醒过来了，但却因体力透支太过，依然躺在床上不能下地，平日饮食起居皆要人服侍不说，双手更是没有一丝力气，连针都捏不稳。

皇上听闻此事后，又着急起来："她连针都拿不稳，可怎么为朕施针？那朕要等到什么时候才能重见光明？你们速速想办法，务必要把姚太医的身体养好！"

恒郡王和诚王、镇国公以及几位辅政大臣听了这话俱都一筹莫展。天下能搜罗的补品都一一送至辅国大将军府，可姚太医的身体依然不见好转，这可如何是好？

然正在众人无计可施之时，卫将军的奏折递上来了，请皇上准许他陪同夫人姚氏去京郊农庄休养身体。皇上倒也痛快，顺便叫诚王安排人接管兵部的差事，让卫章陪着姚燕语休养。

皇上准了姚燕语出城休养，卫章十分高兴，至于兵部那点差事丢了就丢了，想想自从成婚之后，不是他忙得不着家，就是夫人忙得不见人，两个人几乎就没消停过。人家新婚夫妇都有个假期在家里卿卿我我。如今好歹可以抛开这些糟心事儿去过几天清静的日子了！

卫章也没打算去多远的地方，只打算带姚燕语去蜗居小庄住些日子。那里和牧月小庄连成一片，大片的土地种的都是草药，是夫人的心头宝。而且屋子修建在山林之中，凉风习习，不见一丝暑气，最适宜夏天休养。

姚燕语靠在榻上看着香薷、乌梅、半夏、麦冬四个人进进出出的收拾东西，便忍不住开心地笑。

有句话说得好，谁也不知道明天和意外哪个先来。姚燕语开心地想，趁着意外还没到来之前，先跟心爱的人去过几天随心所欲的日子吧。

"姐姐！姐姐！"苏玉蘅一边喊着一边进门，差点跟香薷撞个满怀。

177

姚燕语无奈地笑了笑，虚弱地说道："你怎么还这么冒冒失失的？不能好好地走路？"

"姐姐！韩姐姐要生了……"苏玉蘅着急地跑到姚燕语跟前，她习惯于有事就跑来找姚燕语，等到了她跟前才想起，姐姐现在自己都顾不过来了，哪里还能顾得上别人，于是一声叹息之后，把后面的话咽了下去。

"韩姐姐怎么样？"姚燕语一看苏玉蘅的脸色便知道不好，便皱眉问。

"稳婆说有些难产。"苏玉蘅无奈地叹了口气，"好像是胎位不正还是怎样的，我也说不清楚。"

"长公主呢？"姚燕语想着凝华长公主那么疼女儿，应该会给女儿找好有经验的稳婆了。

"长公主在侯府呢，长公主早就找了四个稳婆，可是……哎！"苏玉蘅无奈地叹道，"稳婆也说没有办法。"

"叫人准备轿子，抬我去看看。"姚燕语说着，便挣扎着坐起身来。

卫章忽然掀开门帘进来，冷着脸看了苏玉蘅一眼，沉声说道："你连路都走不动了，去了又能怎样？"

"有翠微和翠萍两个人足够了。"姚燕语抬头看着卫章，低声说道，"韩姐姐待我不薄，我不能眼睁睁看着她出事。"

"凝华长公主把廖太医传过去了，还有四个宫里的稳婆，他们自然会有办法的。"卫章说着，又看了一眼苏玉蘅，眼神凌厉，尽是责备之色。

苏玉蘅吓得往后退了两步，也跟着劝道："是啊姐姐，你不要担心了，廖太医是太医院的妇科圣手嘛，有他在，韩姐姐会没事的。"

姚燕语闭了闭眼睛，强压下心头的惊慌，其实胎位不正倒是不可怕，可怕的是脐带绕颈。如果脐带缠在孩子的脖子上，搞不好孩子生下来便被勒死了。

一个女人怀胎十月多么不容易，若是不能顺利地生下健康的孩子，那将是怎样的打击？可是这些话她现在又不能说。

卫章看着姚燕语一脸为难的样子，上前两步在她面前蹲下来，低声说道："上一次，你为了救萧太傅一命昏厥过去，你知道靖海侯夫人当时的神情吗？当时她一脸的悔恨，不停地说若知道会这样，绝不会让人来请你。你已经让她追悔莫及一次了，这一次就算你过去了，我想她也不会让你管她的。"

"不用我动手，如果真的生不下来，翠微和翠萍便可帮她。你还记得当初在凤城的时候她们为我治伤的事情吗？如果孩子真的不能顺产，她们两个完全可以用手术帮她生下孩子。输血，以及手术，她们两个都没问题的。我只是过去守着，提点她们一下就好了。"

卫章微微皱着眉头看着她，不说话。

"而且，也不一定是我说的这个样子啊。或许等我过去，她就能顺利地把孩子生下来了呢。"姚燕语说着，伸出手去捧住卫章的脸，又道，"如果是贺熙，或者萧逸、葛海他们随便谁身陷重围，有生命危险。而身负重伤的你有机会逃走，你会不会丢下他们不管？"

卷三　灵燕扶摇

"不会。"卫章几乎毫不犹豫地砸出这两个字。

"所以，我也不想在这种时候弃我的好姐妹于不顾。"姚燕语因为没有什么力气，所以声音很轻，像是一片轻柔的羽毛滑过人的心房，软软的没有什么力量，却足以留下一串悸动。

"我只是过去守着，有我在，翠微和翠萍她们两个才不会慌张。"

"像我这个样子，就算想做什么，也都做不成，不是吗？"姚燕语耐心地跟卫章讲着。

卫章转头看了一眼苏玉蘅，苏玉蘅又下意识地往后退了两步。将军的脸色太难看了，苏夫人真心不敢直视，而且十二万分地后悔自己莽撞地跑来说这件事情。

"你看苏妹妹做什么？你怪她跟我说这事儿？就算她不说，难道这事儿我就不会知道了？如果韩姐姐和她的孩子真的有什么事，你觉得我可以安心吗？"姚燕语平静地看着卫章的眼睛，手指轻轻地滑过锋利的唇线。

"来人！"卫章的手握成拳头，扭头朝着门外，沉声吩咐，"备车！去靖海侯府。"

苏玉蘅的心肝随着卫将军的吩咐颤了颤，暗想这事儿过去之后，将军还不知怎样找我们家那位算账呢！

靖海侯府，内宅，侯夫人的院子里。

凝华长公主听着厢房里女儿痛苦的沉吟声渐渐地低下去，坚韧的眸子渐渐地腾起一团雾气。

想当初生这个小女儿的时候她便是难产，足足生了一天一夜，孩子生下来根本是没有气息的，幸亏稳婆和太医急救才捡回一条小命儿。

而她自己也因此伤了身子，坐完月子之后再也没有了葵水。时至今日，自己的女儿又将要面临这样的痛楚吗？

贵为大云朝的长公主，她风光无限，连皇上都对她宠爱有加，几乎无所不依。

可那又怎样？她和她的女儿，照样要忍受这样的痛苦。

凝华长公主靠在紫檀木高背太师椅上，仰着脸，不停地用后脑碰着椅背的横梁。试图用头骨的疼痛来冲淡心里的痛苦。

旁边，萧霖的母亲也如坐针毡。屋门外，萧霖和韩熵戈两个人如热锅上的蚂蚁一样，一前一后在院子里转来转去。

外边有小丫鬟匆匆忙忙地跑进来，至萧霖跟前，欢喜地回道："回侯爷，卫将军和姚太医来了！"

"真的？！"萧霖立刻两眼放光，抬脚便往外跑，"人呢？在哪儿？"

"二门上的人进来回的，说已经下车了。"小丫鬟欣喜地跟上去回道。

韩熵戈长长地出了口气，之后又立刻摇头叹息："姚太医来？她不是……"都自顾不暇了吗？来了也只能看着吧？

凝华长公主听说姚燕语来了，先是一喜，后又无奈地叹了口气。

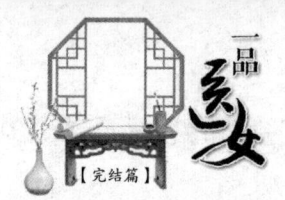

萧母倒是亲自迎了出来，见姚燕语坐在一顶肩轿上站都站不起来，不由得暗暗地叹了口气，脸上却客客气气地请屋里奉茶。

姚燕语摇头道："麻烦夫人叫人搬把椅子送到产房里去，我要看看韩姐姐。"

萧母有些为难地看了萧霖一眼，萧霖朝着姚燕语一拱手："夫人的深情厚谊萧霖感激不尽，只是夫人自己的身体还尚未恢复，所以……"

"我只是看看。"姚燕语轻声说道，"这会儿你就算是让我做什么，我也做不了。"

萧霖正在犹豫之际，里面一个稳婆急匆匆地冲出来，连礼也来不及行，直接问："夫人，侯爷，怕是不好了！孩子和大人……只能保一个……"

"你说什么？！"萧霖立刻急了，一把揪住稳婆的衣领，横眉怒目，"刚不是还说没事吗？！"

姚燕语无奈地叹了口气，伸手拉了拉卫章的衣袖。卫章上前去一把扯开萧霖，沉声道："你让她把话说完。"

那稳婆自以为性命不保，一时吓得说话都是颤音："求侯爷……饶命，之前只是断定胎位不正，可是刚刚……刚刚奴才们费尽了力气把孩子给转过来了，却不承想……那脐带却缠在了孩子的脖子上……若是强行助产，怕是……难以保住孩子的性命……"

"那就保大人！给我保大人！"萧霖疯了一样冲着稳婆吼着。

"是，是……"稳婆连连点头，匆匆往屋里跑。

"慢着！"姚燕语叫住了她，之后看向萧霖，"或许有个法子，可以大人孩子都保住。"

"真的？！"萧霖大惊之后又是大喜，一时忘乎所以地近前握住姚燕语的手，"真的可以吗？"

卫章上前再次把人揪开："你能不能好好说话？"

"不管用什么办法，只要能保住大人孩子，请姚太医尽管用。"凝华长公主沉稳的声音稳住了慌乱的萧霖。

"是，不管用什么办法，只求妹妹能保灿儿和孩子平安！"萧霖对着姚燕语深深一躬。

姚燕语深深地吸了一口气，吩咐身后的翠微翠萍："你们两个，准备一下。"说着，又转向韩熵戈："二公子，韩姐姐跟你是亲兄妹，你们的血型是相配的，她需要你的血。"

"没问题。"韩熵戈说着，便把袖子撸起来露出手臂，"给我妹妹用我的血，是天经地义的。"

姚燕语又转头看向萧母，微笑道："夫人，麻烦你叫产房里闲杂人等先出来，然后叫人送一把椅子给我。"说完，姚燕语又看了一眼卫章："你陪萧侯爷等在外边。"

卫章伸手抚了抚她消瘦的脸颊，无奈地叹了口气，点头。

两个粗壮婆子把姚燕语抬进了产房，安放在一张太师椅上。

翠微和翠萍两个人各有分工，一个负责给韩明灿针麻，一个负责取韩熵戈的血。准备工作就绪之后，姚燕语伸手握住韩明灿的手，低声说道："姐姐不要害怕，孩子一会儿就出来了，你跟孩子都会好好的。"

韩明灿欣慰地笑了笑，眨了眨眼睛。

姚燕语转头看向韩明灿鼓鼓的肚子，平静地说道："腹白线，看见了吗？"

翠萍的手指在韩明灿肚子上的腹白线上滑过，应道："看见了。"

"好。"姚燕语点点头，"从肚脐往下，下刀两分半深，开口七寸。"

"是。"翠萍轻轻地吸了一口气，应了一声，锐利的手术刀轻快地沿着腹白线割开了韩明灿的肚皮。

韩明灿只是觉得一线清凉伴着隐隐的痛，她甚至还能朝着姚燕语微微地笑。

旁边当输血架子的韩熵戈却忍不住背过脸去——娘哟！那把小刀轻轻那么一划，妹妹就被开膛破肚了！原来世界上最可怕的不是杀手和敌人，而是这些懂得什么手术的女医官！

孩子被取出来的时候，脸色是紫的，脐带绕颈两周，很紧，把孩子勒得几乎断气。翠萍一刀割断了脐带，把孩子交给旁边的一个稳婆，稳婆的手一抖，差点把孩子掉在地上。

"稳着点！"翠萍低声呵斥。

"是，是……"稳婆按说也是见惯了生死的人，可如今是头一次看见这开膛破肚的事情，没吓得瘫在地上已经很不错了。

姚燕语轻声安慰众人："不要害怕，伤口马上缝合，再用上我们配制的伤药，快速止血，七日之后，伤口便会很好地愈合。"

"是，是……"稳婆渐渐地回过神来，一手提着孩子的脚丫，一手狠狠地拍了一下小孩的屁股。

"哇"的一声，小家伙嘴里吐出一些黏液后便哭出来。嘹亮的声音把产房里的血腥味都冲淡了许多，让人精神一震。

"姐姐，听见了吗？"姚燕语握了握韩明灿的手，笑道，"是个男孩呢！你真的很了不起。"

"好妹妹……多亏了你了！我不过是怀胎十月，而你却救了这孩子一命。这也是你的孩子，我让他给你做义子，以后跟孝敬我一样孝敬你。"

姚燕语开心地笑了："好啊。这我可捡了个大便宜了。"

第十一章

夏日的清晨来得很早。寅时刚过天就放亮了，清凉的晨曦透过窗棂照进屋子里，碧青色的纱帐上光影交叠，朦胧了眼前的视线，也笼罩着床上这一片温情。

卫章睁开眼睛微微侧身，看着怀里沉睡的姚燕语，唇角忍不住地往上翘。这是来到蜗居小庄过清闲假日生活的第一天，是姚燕语恣意幸福的开始。以后的每一天，将军竭力地宠

她,所有一切都依着她的意愿,不管多过分的要求,也从不拒绝。

幸福的日子过得很快,转眼炎热的六月过去,进入了多雨的七月。

这日七月初七,正是牛郎会织女的日子。一清早天气便阴沉着,清晨的东风里也夹杂着潮湿的气息。

姚燕语最喜欢微雨的天气,喜欢在蒙蒙细雨中散步不撑伞,感受清新湿润的空气。洗漱完毕,姚夫人推开窗子深深地吸了口气,问旁边的香蕾:"将军呢?"

"回夫人,将军在后面的竹林里练剑呢。"香蕾麻利地把梳妆台上的簪环钗串一一收起来。

"我去看看他。"姚燕语说着便转身往外走。经过这段时间的调养,她出门走个路或者自己吃个饭什么的已经不成问题了。

"夫人等下!"香蕾忙转身拿过一把油纸伞跟上去,"要下雨了,不能忘了带伞。"

"这不还没下嘛?"姚燕语不耐烦地皱眉。

"夫人您可饶了奴婢,您若是就这样出去了,将军还不得把奴婢们冻死?"

"冻死?"姚燕语好笑地看香蕾。

香蕾学着卫将军的样子,上眼皮一压,眼神斜斜地瞥过来,只是她长得很是甜润,学得又没有底气,完全没有卫将军刀锋一样的眼神,反而把姚燕语逗得笑起来。

"夫人,求您了,您好歹让人跟着,带着把伞。"香蕾说着,把手里的雨伞递给乌梅。

姚燕语笑了笑,算是默许。

蜗居山庄的后面有一片竹林,原本是卫章的祖父在世的时候亲手栽种的,历经几十年的风雨,当初那片小竹林现在已经繁衍了半个山坡,若不是当初卫二斗曾经为了银子把那些粗壮的竹子都砍伐了,这片竹林必是如今几倍的茂密。

如今经过几番休整,有人专门修理了竹林的疏密度,这片竹林里更加干净清幽。

竹林间舞剑是卫将军最帅的时候。挥剑起舞,剑走游龙,所向披靡。

而且,这么帅的男人是属于自己的,他只对自己笑,只对自己心动,只对自己忠诚。

姚燕语看得心血来潮,便不自觉地想调集自己的内息,她虽然不会舞剑,随便练练他教给自己的奔袭步伐也好。

只是……一试再试,原本聚集在丹田之处的内息此时却浑然全无。不是之前的那种虚弱,而是真的一丝一毫都没有。

修炼了快三年的内息没有了!怎么会这样?!姚燕语顿时惊慌。

卫章练完一套剑法,转身看见夫人脸色苍白地站在那里,忙收了长剑两步跑了过来:"怎么了?哪里不舒服?脸色怎么这么难看!"

姚燕语忙伸手抓住他,眼里渐渐地蓄满了泪水:"我,我内力没有了……"

"没有了?没有就没有了。你别哭啊!"卫章心疼地把人抱在怀里,"没有又能怎么样?你随便坐在那里,就能保住靖海侯的儿子。谁能小瞧了你?再说,内力这东西本来就是可以

卷三　灵燕扶摇

修炼的，没有了咱再慢慢地练，你之前不也没有嘛？别哭了！乖……"

一向惜字如金的卫将军抱着夫人一时间滔滔不绝，把天下劝人的话都扯了出来，直到怀里的人渐渐地止了哭泣。

"怎么办啊！"姚夫人软软地靠在卫将军的怀里，似乎真的又回到了一个月前。

卫将军把手里的长剑递给她，然后弯腰把人抱起来，一边往回走一边说道："能怎么办？你想练就重新练，不想练就算了。反正你通药理，研究了那么多种新药，还懂外伤手术什么的，照样治病救人。如果想过清静的日子，那就什么都不做，只需在我身边就好了。我会给你想要的一切。"

"谢谢你。"姚燕语瞬间感动，把脸紧紧地靠在他的耳边。

"来，告诉我，我是谁？"卫章轻轻用力把人往上托了托，抬头看着她的眼睛，问。

"你是卫章，卫显钧。"姚燕语忍不住轻轻地笑了，"是辅国大将军，我的丈夫。"

"对，我是你的丈夫。"卫章伸长了脖子在她唇上狠狠地亲了一口，"所以永远不用对我客气。"

姚燕语笑了笑，轻轻点头："知道了。"

"现在，我们回去吃饭了。"卫章笑着加快了脚步。

……

牛郎会织女的日子，唐萧逸夫妇双双来访。

马车行至庄子门口便停了下来，苏玉蘅非要步行进去，说这庄子风景极好，要带唐将军观赏观赏。

唐萧逸是头一次进这庄子，跟在夫人身边一边走一边四处观望，见这里的每一处房舍都暗合攻守要略的精要，外边看去跟寻常的庄子无异，实则可攻可守，可瞭望远处，可快速通报，出击则占据有利地势，逃脱又可以不动声色，真真是一处绝妙的农庄。

"你说，这么好的庄子，当初将军怎么就舍得卖出去呢。"唐将军无限惋惜地摇头。

苏玉蘅立刻不服地反驳："说什么呢？这庄子当初姐姐买过来的时候就剩下几间破房烂瓦了，连前前后后的耕地都荒废了，若不是姐姐花费心思修整起来，你现在看见的就是一片废墟！"

"再是废墟，原来的基础都还在的。像这些房子，这里，还有这个吊楼，如果原来没有这个，夫人恐怕也不会平白在这里修建。"

"那以你的意思，这庄子是卫将军当初故意卖给姐姐的？"

"这还用说吗？"唐萧逸得意一笑。

苏玉蘅看了他一眼，忽然轻笑："等我回头问问姐姐当初买这庄子的时候知不知道。"

"哎哎——别，千万别。"唐萧逸心想若是让夫人知道那么早将军就惦记着她，指不定恼羞成怒又要什么整人的手段呢。

"我凭什么听你的。"苏玉蘅嘴巴一扁，转身加快了脚步。

183

一品医女
【完结篇】

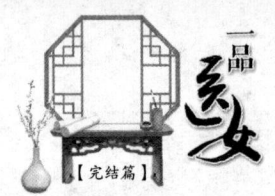

"哎,夫人……夫人!"唐将军快步跟上一把扯住夫人的袖子,挤着个苦瓜脸叹道:"我成婚那天出的丑还不够吗?你还要跟你的好姐姐合起来欺负我。"

"出息!"苏玉蘅扑哧一声笑了,拉着夫君的袖子催促,"快些走,还有正事儿呢。"

"好!"唐萧逸一把抱起夫人扛到肩上,纵身几个飞跃在主院的院子里落脚。

片刻后,唐将军夫妇在内院小花厅里落座。香蕳和乌梅奉上香茶。

卫章蹙着眉头直接问:"你们二人今儿来是有什么事吗?"

姚燕语悄悄地看了一眼卫将军,心想你说话就不能拐个弯儿?人家没事儿就不能来看看?卫章接到夫人责备的眼神,淡淡一笑。开什么玩笑,唐萧逸闲得疯了才来这里找不自在。

"老大,我来是想跟您说一声,南苑御马疯癫的事情查出些眉目了。"说到正题,唐将军神色一凛,"虽然照顾御马的那个人死了,但我找到了他在柳树巷子的家人,他妹妹说,他临死之前往家里送了二百两银子。还往家中的杏树底下埋了些东西,后来他妹妹把那些东西挖了出来,竟是一匣子珠宝。"

"嗯。"卫章点点头,看来是真的有人蓄意而为了。

"属下调查了事出前几天所有靠近过御马监的人,通过一番排查,有几个人十分可疑。"唐萧逸说着,从怀里拿出了一张名单递给了卫章。

卫章接过来看了一遍,若有所思。

"这几个人里,以胡青和马六最为可疑,他们后面的主子也不是寻常人。而且,据我推测,二百两银子和一匣子珠宝应该不是一个人给的。"

卫章点了点头,也觉得唐萧逸推测得有道理。

根据名单上的标记,看出胡青是恒郡王的人,而马六则是憬郡王的人。两个人都是皇子,且都已经封王,开始参知政事并渐渐地扩大自己的嫡系力量。

但卫章觉得,身为人子,两个皇子都不像是能做出这样事情的人来。尤其是恒郡王,他一向都没什么野心,只喜欢留恋山水,喜欢书画和茶道,更不像是能做这种事情的人。

皇上不但是皇上,还是他们的父亲。弑父这样的事情,若非有足够的先决条件,一般人是做不出来的。

难道真的是为了那把龙椅?应该还不到时候。卫章沉思着眯起了眼睛,心里默默地想着这事儿有多少"借刀杀人"的可能。

姚燕语对这些事情没兴趣,便朝着苏玉蘅摆摆手:"蘅儿,咱们去里面说话。"

苏玉蘅忙上前来扶姚燕语起身,两个人往里面去了。

"韩姐姐现在怎么样了?"姚燕语一边在凉榻上落座,一边问。

"我今儿来就是为了这个呢,后日是卓儿满月,韩姐姐让我来问问姐姐能不能回城参加满月宴呢。"

姚燕语无奈地笑着摇摇头:"怕是不行。我现在这种状态,走不了几步路就没力气了,将军不会答应的。"

卷三 灵燕扶摇

"我料想也是。姐姐这次是伤得太狠了。我现在都不敢看将军,那日真是把我吓死了,你不知道我有多后悔。"苏玉蘅想起那日自己跟姚燕语说韩明灿难产时卫将军那杀死人的眼神,依然心有余悸。

"你怕他做什么?他又不能吃了你。"姚燕语好笑地说。

"他是不能吃了我,但被他瞪一眼,我好几天都吃不下饭。"苏夫人夸张地拍了拍胸口,"我真是不敢想姐姐是怎么跟将军过日子的,你看着他那张脸不觉得害怕吗?"

"之前也没见你这么怕他啊?"姚燕语奇怪地问。

"那是因为之前我没惹到他。"苏玉蘅无奈地叹道,"我可记住了,以后不管怎么样,万万不可惹到将军,否则定会被他的眼神飞刀给'唰'的一下,直接戳死。"

里间屋里传来二人银铃般的笑声,外边唐将军忍不住看了珠帘一眼,摸了摸鼻子叹道:"将军真是好悠闲,睡在温柔乡里不想醒了吧?"

"难道你没有?"卫将军鄙夷地横了唐萧逸一眼,忽然问,"对了,我前些日子听大风说,十九楼的花魁盼着你去喝酒吟诗都盼出相思病来了,你怎么没去?"

"嘘——"唐萧逸跟烧了尾巴的猫似的蹦起来,然后压着声音咧嘴求饶,"老大我没得罪你吧?你这话可不能随便说!"

卫章似笑非笑地瞥了一眼珠帘,没再说话。唐萧逸赶紧表忠心:"军务和将军要查的事情我会努力的,尽快给将军一个满意的答复,将军你就放心地陪夫人休养吧,外边的事情有兄弟我呢,决不让你操半点心。"

"嗯,中午留下吃饭吧。"卫将军满意地点了点头,"这里有不少野味,还有夫人酿的药酒。"

"野味我喜欢,药酒就算了吧,我还有正事儿呢,不能饮酒。"唐将军现在对一切药酒都敬而远之。尤其是夫人配制的。

唐萧逸和苏玉蘅今日也是难得清闲,不仅留下来吃了午饭,还直接留宿一晚。原因无他,下午的时候雨开始下得大了,用唐将军的话说,这叫下雨天留客,不留也得留。

第二天,雨停了,卫章又带着姚燕语去山上采蘑菇。因为是奉旨休养,所以闲杂人等一律被挡在外边,无人打扰的小庄宛如世外桃源一样清静,悠闲。心情畅快,身体恢复得也很快,又经过十来天的调养,除了内息依然不见踪影之外,姚燕语的身体已经恢复了十之六七了。

转眼便是中元节。这是大云朝的传统,是超度亡灵的日子。每年的这日,大云朝的城郊便会有各大家族拿出银钱来,搭竹棚、立花牌、设神坛、演大戏、诵佛经、办斋宴、派白米……这是佛道两家都十分注重的节日,道士建坛祈祷,佛门则大行方便,超度亡灵,也叫盂兰胜会。

卫将军素来是不信鬼神之说的,但此乃大云民俗,不可不尊。

将军府里的祭祀之事自然有苏玉蘅打点,更有长矛上下奔走。只到了这一日傍晚,卫

185

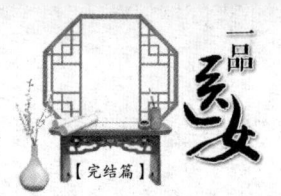

卫章带着姚燕语去云都城郊的护城河里放了几盏河灯，为逝去的人祈祷了几句，然后便牵着她的手顺着河边随便溜达。

以往冷清清的护城河边今日竟是十分的热闹。因见前面有人请了佛门子弟给自家先祖超度祭祀，法事做得很大，有许多百姓围观。姚燕语忽然说道："我们也去寺里上炷香吧？"

"这都晚上了，哪有去上香的道理？"卫章好笑地问。

孰料姚夫人却很执着，说道："今日与平时不同嘛，就算不能上香，大悲寺里肯定也有法事的，不如我们去捐赠些银子，请寺里的法师超度一下那些孤魂野鬼也好。"

"什么孤魂野鬼？"卫章皱眉。

"你常年征战，总是杀虐太重了。我们去捐些银子做些法事，也图个安心，好不好？"姚燕语低声叹道。

卫章紧紧地握了一下她的手，半响才应道："好。"

大悲寺身为皇家寺院，在七月十五这日没有别家寺院的繁忙纷杂，但也比平时忙碌了许多。僧侣们同样要做法事超度那些地狱里放出来的恶鬼。

卫章携夫人一进寺院便闻到了一股浓重的香火气息，有小师父上前行礼，卫章简洁地说明来意，小师父正要引着人去正殿，旁边闪出一位上岁数的老僧来朝着卫章夫妇道了声佛号："阿弥陀佛！二位施主终于来了！"

"哦？"姚燕语惊讶地问，"师父这话的意思是……一直有人在等我们？"

"请二位施主跟老衲来。"老和尚却嘴严得很，是一个字也不多说。

姚燕语回头看了一眼卫章，卫章伸手拉着她随老僧往后面去了。

后面的禅院相对前面来说清静了许多，卫章牵着姚燕语的手随那老僧进了一所干净宽敞的院落，进了院门后，老僧便住了脚步，又道了声佛号，欠身道："二位施主请进，大师已经久等了。"

"谢谢师父了。"姚燕语对老僧欠了欠身，随着卫章往院子里走去。

禅院里有两棵百年月桂，此时正是枝叶婆娑之际，树冠宛如硕大的伞，罩住了大半个院子。树下摆了两张简约的木榻，榻上设小几，几上两盏清茶。

小几两边一僧一道，正在品茶闲聊。一僧正是闭关两月的空相大师，而那一位道者，却是白发苍苍，精神矍铄，一派仙风道骨。

因见卫章夫妇进来，空相大师呵呵一笑，说道："道兄，老衲跟你说的那个奇女子来了。"

"哦？"那位道者抬头看过来，目光从卫章的身上扫过之后，直接盯住了姚燕语，待人走近了，才轻声一叹，不屑地摇头："不见丝毫奇异之处，明明是红尘中一俗人，老和尚如今也学会了夸夸其谈了。"

姚燕语一听这话，便知道这道者是瞧不上自己了，于是好胜之心一时突起，淡淡地说道："但凡能在这个世间行走的，有谁不是俗人？难道道长已经得道成仙，不再吃五谷杂粮，不再喝有根之水？"

卷三 灵燕扶摇

空相大师和那道者闻言皆是一怔，片刻之后，二人又哈哈大笑。

那道者捻着雪白的胡子上下打量着姚燕语，笑道："你这丫头好毒的嘴巴。你就是那个无师自通，凭着一本《本草拾遗》就学会了太乙神针的奇女子？"

姚燕语闻言不禁看向空相大师，见空相大师点了点头，方应道："奇女子不敢当，太乙神针精妙无穷，小女子只学了十之一二，更不敢说'会'了。"

那道者又嗤笑一声，摇了摇头，端起茶盏来品茶，不再说话。

空相大师抬手请卫章和姚燕语落座，方道："听闻姚夫人为给皇上治伤，耗尽了内息，如今看来果不其然，脸色还好，只是听这气息，似是还没恢复？"

姚燕语无奈地笑了笑，说道："这次是真的耗尽了心力，所以很难恢复了。"

空相大师轻轻一叹，又看向卫章："卫将军近日来倒是清闲？"

"抛开所有繁杂公务，一心只陪夫人调养，算得上清闲。"卫章朝着空相大师欠了欠身，说道。

"如此也甚好。"空相大师另外拿了茶盏，亲手斟了两杯茶分给卫章和姚燕语。

二人忙接茶道谢，之后姚燕语又悄悄地看了一眼那白发白须的道者，说道："刚进寺门的时候便有老师父说大师已经久等了，竟不知大师找我有何事？"

"不是老衲找你，是这位道长。"空相大师抬手为姚燕语介绍，"这位就是当初老衲送你《太平经》时跟你提及的那位道家长者，道号：青云子。"

姚燕语闻言，忙将手中的茶盏放下，起身朝着白胡子老道深深一福："刚刚是燕语言语无状，还请道长海涵。"

这老头的一本经书，为自己开辟了新的领域。虽然现在自己内息全无，但说到底人家还是间接地帮过自己的，想到刚刚自己对人家说的那几句话，姚燕语心里着实愧疚。

白胡子老道一摆手，又瞟了姚燕语一眼，问："你既然拿了我那本经书，为何不好生练习，给人治个伤就把自己搞成这副样子？听说还是一个半月之前的事情了？你研修太乙神针，救人一次就颓靡这么久？也太没用了吧？"

姚燕语一怔，有些不知该如何说才好。卫章却猛然一个凛冽的眼神扫过来，恨不得把这个戳了妻子痛处的老道给灭了。

"我……我也不知道为何会这样。"半晌之后，姚燕语低下头去特别心虚地回道。

"我们走吧。"卫章把茶盏往一旁小几上一放，起身便要拉着姚燕语离开。他捧在心尖子上的人对着一个外三路的什么老道低声下气的，凭什么？

"这位大将军好大的脾气。"青云子淡淡地说着，又悠闲地品了一口茶。

"道长不是自诩乃方外之人么？居然也关心这些世俗之事？"卫章冷冷地给了青云子一道眼风，拉着夫人转身就走。爱谁谁，本将军才不在乎呢。

姚燕语不想走，无奈她本来就没什么力气，如今内息全无，更抵不过卫将军的蛮力。于是不得已被他拉着走了两步。

187

之后，便忽然顿住了脚步。

"咦？"姚燕语莫名其妙地看着自己的腰，腰上不知何时缠上了一缕白色的丝缕，顺着丝缕看过去，却是青云子老道手里的拂尘。

"走什么走？你以后都不想用太乙神针了？"青云子淡淡地问。

"想用。"姚燕语频频点头。

卫将军立刻皱起了眉头，不悦地说道："不用太乙神针难道就不能给人治病了？"

"不用太乙神针也能治病，但太乙神针会在她的手里断绝，再无流传下去的可能了。"青云子看着姚燕语，目光平静无波，"你将是这世上最后一个曾经用太乙神针给人治病的人——啊，不，是用半拉子太乙神针给人治病的医者。"

姚燕语转头看向卫章，目露乞求之色。她是出色的医生，绝不能因为眼前的一点挫折就放弃，而且这老头儿明显就是想帮助自己，这么好的机会怎么能放弃呢？

卫章哪里不懂她的心思，于是轻声叹了口气，放开了手。

姚燕语回握卫章的手一下，转身朝着青云子深深一拜："求道长教我，帮我。"

"你起来吧。"青云子手腕一抬，把拂尘收了回去，又问，"空相大师说三年前已经给了你那本《太平经》，为何三年时间过去，你竟然不能修成一点内息，以养自身呢？"

姚燕语忙回道："承蒙空相大师指点迷津，弟子也曾修得几分道家的内息，只是一旦用过，便会减弱，需要时间慢慢地恢复。虽然这几年从不敢懈怠，但依然因为上次皇上受伤严重，我连续施针医治，致使昏迷三日，现在是内息一丝也无，休养了一个半月，依然没有用。"

"按照八段锦修习心法本来是不错的，但这需要修习的人从幼年做起，打下坚实的基础，循序渐进，顿悟之后，再修炼数年，方可形成浑厚的内息，从而通过太乙神针针法疏散病痛病灶，以达到治病救人的效果。而你——我说你半拉子你还不高兴。本来基础就弱，修习的时候心又不静，那点内息必然浮躁得很。一用就尽也没什么好奇怪的。"

姚燕语闻言忙应了几个是，不敢言他。

"这样吧，我也懒得再去找个徒弟去教他太乙针法，既然针法你都懂了，那我教你点内功心法也不过是举手之劳，如此能使太乙神针不在我辈手里失传，也是一种造化。"青云子说着，又问姚燕语，"你现如今住在哪里？"

"蜗居小庄。"姚燕语立刻目露欣喜，听这意思是这老头儿要跟自己走？她原本还以为自己会留在这寺里跟他学心法呢。

"什么小庄？这什么奇怪的名字？"青云子老头儿皱眉咧嘴。

"以前的六如山庄。"卫章老大不乐意的。

"哦！早说嘛！那不是那只死兽的地盘吗？"青云子清瘦的脸上闪过一丝笑意，之后又叮嘱了卫章："等等，你就是那只小野兽吧？"

"臭牛鼻子，别当我不敢揍你！"卫章怒视着青云子，拳头攥得咯咯响。

卷三　灵燕扶摇

"啊哈哈……"青云子忽然仰天大笑这从榻上跳起来，走到卫章面前左转右转，最后笑着叹了口气，"哎！二十年没见，你怎么长成这样了？"

"你是谁啊？本将军不认识。"卫章冷哼一声，别过脸去。

姚燕语这会儿才听明白，原来她家夫君是遇到了老熟人。不过，二十年？那时卫章还是个几岁的孩子嘛，怎么就不能长这样了？难道他小时候是个小怪物？

"臭小子！"青云子笑眯眯地扬起拂尘想去敲卫章的头，卫章迅速躲开，一把抓住他的拂尘，暗暗地用猛力，想要把这只讨厌的蝇甩子给拖过来，孰料这牛鼻子老道长得精瘦无比，力气却不小，只把他拽得晃了晃身子，然后二人进入僵持状态。

姚燕语看着脸色铁黑的卫章，再看笑眯眯的老道，无奈地叹了口气："好了！夫君，你放手。"

卫章冷冷地瞪了青云子一眼，忽然猛地放手，坏心眼的想把这牛鼻子晃一下。孰料青云子不上当，早就做好准备，借势往后一跳，又坐回到榻上，笑眯眯地点头："不错，臭小子，再练二十年，老夫就不是你的对手啦！"

姚燕语听了这话默默地腹诽：再练二十年你还活没活着都两说，当然不是我家夫君的对手了。

"好啦！几位是要在禅院中休息一晚呢，还是这就走？"空相大师笑眯眯地看着三个人，问。

"老和尚你这是要送客的意思？"青云子凉凉地横了空相大师一眼。

空相大师笑得跟佛爷似的，却不说话。

"罢了，咱们走吧，想那六如山庄也不比这千年古寺差。"青云子手中拂尘一甩，起身下榻。

"蜗居小庄。"卫章冷冷地提醒了一句。

青云子立刻一拂尘抽过去："啧！你个死小子，专门跟我作对是吧？你爷爷还不敢对我不敬呢，你这臭小子还敢翻天？"

卫章懒得理他，跟空相大师告辞后，转身拉着姚燕语的手往外走。

姚燕语回头看青云子，那老道将了将洁白的胡须，黑亮有神的眼睛一眨，嘻嘻一笑跃身而起，在月桂树上停留了片刻便纵身飞走，身影极其潇洒。

"好厉害。"姚燕语钦佩地赞叹。

"雕虫小技而已。"卫将军满不在乎地哼了一声，牵着夫人的手出寺院，骑上黑狼回蜗居小庄。

然后，在他们一进小庄庄门的时候，抬头看见躺在树杈上的老道正兴致勃勃地赏月呢。

青云子入住蜗居小庄，这对姚燕语来说是转折性的改变。只是令她感到奇怪的是，接下来的日子却跟她想的一点也不一样。

原本姚燕语以为身为道学高手，青云子会让自己行拜师大礼，然后帮自己打通任督二脉，

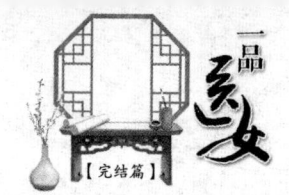

然后输入强大的内力给她，从此后，她姚燕语也是一代高手了。

只是，以上情节一个也没有。

青云子每天要做的事情便是带着姚燕语或往山林深处，或在水面泛一叶轻舟，或者直接在三更半夜拎着她去屋顶。

总之就是找一切幽静的地方，让她打坐冥想。冥想自己与周围的环境融为一体，冥想她就是树，就是水，就是石头，就是屋顶上的那片灰瓦。

开始的时候姚燕语只能安静片刻，没多会儿工夫就坐不住了，更别提冥想。于是青云子就带着她去找她喜欢的，她觉得舒服的地方。且从不强制她，对她的要求也只有一个：静心。

要求她把心静下来，摒弃一切杂念，无思，不想，让自己的身心进入混沌之中，和周围的环境融为一体，感受天地万物本身具有的灵气。

于是，姚燕语的全新修习历程，被青云子一步一步地开启。

这些日子，十几里路之外的大云帝都里依然是奢靡繁华，欣欣向荣。

首先是诚王世子娶亲，然后是镇国公府添子，继而镇国公府二公子也娶亲。接二连三的喜事闹得这个夏天分外热闹，各府各族也都是忙不迭地吃喜酒，送贺礼，往来频繁。

姚远之身为辅政大臣每日操劳十分辛苦，家里的事情便更是全都推给了夫人，再没精神多问一句，而王夫人越发忙碌，又有老太太时不时地添堵，真真是苦不堪言。

翠微和翠萍两个，被皇上召进了宫里，和已经被封为素嫔的林素墨一起为皇上治疗眼疾。翠微的针法是姚燕语亲传，她虽然没有内力，但太乙神针的针法却是不错的。

翠微给皇上针灸之后，翠萍又为皇上做注射。林素墨负责每日的按摩和推拿。经过两个多月的努力，皇上之前遗留下来的头晕、头痛等症状已经明显改善，虽然眼睛还是看不见东西，但已经能够感觉并区分明亮和黑暗的地方，这就是好兆头。

转眼已是中秋，正是"月桂树飘香，蟹黄顶壳肥"的时候。

跟着师父消失在山水之间的姚燕语终于在八月十五这日回来了。彼时卫章正在院子里看着下人们搬东西，苏玉薇和阮夫人叫人送了三大车的东西来，吃的喝的用的一应俱全。另外还叫人说晚上他们几个都来陪将军和夫人在庄子里赏月。

卫将军正心烦呢，夫人已经三天不见人影了，这些人偏偏在这时候都成双成对地跑来，故意气人的是吧？将军这边一口气闷在胸口里没处发呢，但见门口白影一闪，他家夫人回来了！

姚夫人脚步轻盈，面带微笑，一袭宽大的白衫无风自动，飘飘若仙。把卫将军看得眼睛一阵阵发热，他握紧了拳头目不转睛地盯着她一步一步地朝自己走，竟强忍着没迎上去。

"看什么看啊？不认识我了？"姚燕语在卫章的面前站定，不理会旁边下人们齐声请安，

卷三　灵燕扶摇

只笑眯眯地看着眼前这个男人。

卫章几乎不敢跟她对视，眼风扫过旁边的躬身请安的下人们，忽然抬手一把拉住她转身就往后面走。姚燕语跟着他快步往内院跑，一路脚不沾地。

"咣"的一声，卫将军一脚踹开房门，把里面正忙着收拾东西的香薷等人吓了一跳。几个丫鬟只来得及回头看见将军牵着夫人进来，还没等上前请安，便被吼了一声："都出去！"

"是。"香薷等人悄悄地看了夫人一眼，见夫人笑意盈盈好像没什么大事儿，便匆匆下去了。

晚上，贺熙夫妇带着吉儿，唐萧逸夫妇带着姚夫人的养子凌霄，葛海、赵大风以及翠微、翠萍都到了。中秋家宴被摆在后小院，左右分男女两席。男人席面上人都全了，女人这边主位却空着。因为姚夫人这会儿刚睡醒，还在月朦胧鸟朦胧之中。

"姐姐怎么还没来？"苏玉蘅低声跟阮氏说道，"要不我们去瞧瞧她？"

阮夫人偷偷地看了一眼卫将军，悄声说道："将军说一会儿就来，咱们还是等等吧。"

苏玉蘅也偷偷地瞄了一眼坐在那边主位上的卫将军，见将军的眼角带着千年不遇的淡淡笑意，抿了抿唇，应道："好吧，反正晚上也没什么事，不急着回去。"

姚夫人不到，宴席也不好开，于是大家先吃茶点闲聊等她的大驾光临。

这一等就是半个时辰。

好不容易，院门口丫鬟们喜庆的声音传了过来："夫人来了，奴婢请夫人安。"

"哟！来了！"唐萧逸赶紧坐直了身子，待回头看见一身碧色衣裙的姚夫人时，顿时瞪大了眼睛喃喃地问："不是吧？这真的是咱们夫人吗？"

赵大风也看呆了，花生米丢出去忘了接，啪的一下砸在了脑门上，才一下子醒神："哟！夫人怎么像是变了个人？！"

这句话说出了大家的心声。

姚夫人自然还是那个姚夫人，容貌身段都没变，只是那通身的气质却与之前大不相同。

溶溶月色下，她一路踏着淡淡清辉而来，一举一动顾盼之间皆灵气四溢，风华无限。之前的内敛和沉静丝毫不减，只是眉目之间更多了几分清灵之气——不到三个月的光景啊！

"姐姐？！"苏玉蘅轻声地叫了一下，然后不自觉地站起身来。

姚燕语微微一笑："干吗傻愣着？都坐啊。我来晚了，先罚酒一杯，如何？"

"好啊姐姐，我给你倒酒。"苏玉蘅跟傻了一样端起了酒壶，真的给姚燕语斟了一杯酒。

姚燕语端起酒盅朝着众人笑了笑，说道："让大家久等，对不住了。"说完，便一扬脸把酒痛快地喝掉。

"姐姐现在的身子……能不能饮酒啊？"苏玉蘅这才反应过来，紧张地看了卫将军一眼，心想搞不好将军心里又把我杀死好几遍了。

姚燕语微微一笑："没事，少喝一点无妨。所以待会儿你们不要灌我。"说完，她徐

徐入座。

卫章一直没说话，目光只是淡淡地看着这边，其实内心早就颠覆了狂澜。都怪自己白日里急色攻心，竟没有好好地看看她，如今白白地便宜了这帮混蛋们！

当晚觥筹交错，大家都开怀畅饮。喝到后来高兴了，唐萧逸居然舞了一套剑法，苏玉蘅也抱过瑶琴来弹了一首曲子，赵大风击掌高歌，唱的却是些乡野俚曲，引得大家笑得前仰后合。连贺熙和葛海都被逼着讲了个笑话。

只有卫章一直没怎么说话，只是坐在那里一杯接一杯地喝酒。若不是大家都习惯了他的冷漠，还只当是大将军又有什么事情不高兴呢。

及至月上中天，大家都有了五六分的醉意，便更加放得开。三三两两地凑在一起，或划拳或猜令，又把酒杯换成了大碗，一个个糙汉子敞开了量猛灌。

翠微皱眉看了一眼那边一脚踩着凳子拉着赵大风猜拳的葛海，微微皱眉："这些人真是了不得，竟耍开了酒疯。将军也不管管。"

阮夫人侧脸看她，悄声笑道："将军管不了他，你若是瞧不惯，直接去说他，看他敢不听。"

翠微低声啐道："呸！谁要管他？醉死拉倒！"

姚燕语如今听力更胜之前，对面翠微虽然耳语，但她也听得清清楚楚。姚燕语低头偷偷地笑，心想希望葛海这混球今晚能开窍，俘获翠微的芳心，这事儿也早点定下来。翠微这姑娘人好是好，平日里看着挺机灵的，偏生在感情上是个死心眼儿，姚燕语冷眼瞧着人家长矛大总管都已经放下了，偏生她还在那里往死里内疚，整天跟自己瞎较劲，真是笨死了。

姚燕语抬眼瞄了那边一直喝酒的卫将军一眼，心想他喝了有半坛子了吧？这么个喝法，晚上是不是又要发疯？

贺熙夫人阮氏是个极有眼色的人，她一看姚夫人不停地瞄卫将军，便道："今晚也喝得差不多了，夫人还抱恙在身，也不宜太劳累了。不如就早些歇息吧。若是这月色没赏够，明儿十六再接着赏也是一样的。"

姚燕语便道："此话极是。"于是便起身往那边席上去。

贺熙一见姚夫人过来，立刻起身让座，顺便被自家夫人给叫走了。

姚燕语便在卫章身边坐下来，低声叹道："几日不见，将军的酒量见长啊。"

卫章已经有了七八分的醉意，便借酒撒疯伸手搂住了夫人的香肩，低声说道："那些酸腐文人有一句话说得好，叫'秀色可餐'。本将军今晚有秀色佐酒，自然兴致无限。"

姚燕语低声一笑，说道："还以为将军是个极正经的人，天下美色皆不曾看在眼里。如今看来竟是我错了。"

卫章低声笑道："夫人说的是，天下美色我自然不放在眼里，只是自己家里的美色却是一直放在心上的。"

"说得也是，将军家里环肥燕瘦美色无限，只是却都是名花有主的。"姚燕语故作不解，

卷三 灵燕扶摇

还跟卫将军兜圈子。

卫章却一刻也等不了了，抬手把碗里的酒一口喝掉，一把抱起了自家夫人："夫人这话说得明白，名花自然都有主了，所以今晚这团圆之夜，需得尽情折花才是。"

姚燕语一边捶他叫他安分点一边偷偷地环顾四周，却见相干的不相干的都没了影，小院子里连个粗使的婆子都看不见，原来就在她坐到将军身边时，大家便都识趣地遁了。

有主的名花和有主的名草们都凑一起去了，至于无主的那些诸如香薷乌梅，半夏麦冬以及翠萍、赵长风等人便重新凑到一起去寻乐子。

第二日的早饭大家集体缺席，居然没一个能到前厅来的，准备早饭的管事媳妇在前厅等了一个时辰，派下小丫鬟们各处走了一圈，之后便悄悄地命人把早饭收好，准备午饭去了。然后午饭的时候倒是有人了，只是不见姚夫人。管事媳妇问卫将军，卫将军只说了一句："身体不适，还在休息。"

阮夫人便叹道："夫人这身体大概还要多久才能养好？"

卫章淡淡地看了她一眼，说了句模棱两可的话："应该不会太久了。"

贺熙笑了笑，说道："正好现在国家没有战事，将军也趁此机会好好地陪陪夫人。"最好回城的时候能变成一家三口。贺将军朝着卫将军神秘眨眼。

卫章轻声一笑，没有接话。

午饭后，贺熙等人都要回去了，赵大风则拉着卫将军去一旁说悄悄话。

"将军，属下负责的那些事情，能不能先交给别人去做？"赵大风低声求道。一直以来都是他负责搜集情报，而青楼里鱼龙混杂，是最好的消息散播地。

卫章皱了皱眉头："还有谁比你更合适吗？"

"怎么没有？贺大哥，唐二，他们两个谁都行。"媳妇都娶进门了，生米煮成了熟饭，自然跑不了了。不像他跟葛海，两人还在奋斗中。

"贺熙？你看他能行吗？"贺熙一副正人君子的模样，老成稳重，若是去逛青楼，还不得吓得老鸨子都不敢出门了？

卫章看着赵大风，语重心长地说道："至于唐二——怕也不行。这货对他那夫人死心塌地，肯定不会伤了他媳妇的心。"

"这有什么好伤心的！"赵大风委屈地反驳，"他们有媳妇有儿子了，连老四都有眉目了，我这还排在前面呢，老大你不要太偏心了。"

卫章立刻冷了脸："你拿着老子的银子去青楼欢馆风流快活，还不满足？滚！"

"老大你不能这样！"赵大风一边后退两步一边喊。

"随便你！你爱去不去！但该办的事情你若没给我办好，我让老四揭了你的皮做鼓敲，你信不信？"

"信，我信！"备受打击的赵将军委屈地抹了把脸，悄悄地瞥了那边正在上马车的翠萍一眼，转身牵过战马，一跃而上，催马跑了。

193

一品医女 【完结篇】

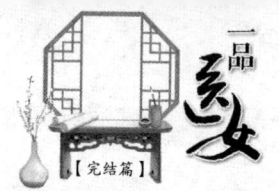

蜗居小庄的中秋聚会自然瞒不过京城权贵们的眼睛。

但根据贺熙夫人以及苏夫人等人嘴巴里透出的消息，说姚太医在中秋之夜陪着大家喝了两杯酒，第二天中午了还没露面，身体着实是没养好，卫将军对此事十分愁苦，面对兄弟们的关心，只给了一句话：应该不太久了。

"应该"不"太"久了！

这句话里含着多少无奈多少辛酸可想而知。于是，大云帝都的权贵们都在有意无意地传播一件事情：姚太医的身体十有八九是恢复不了了。

对于这件事情，首先着急的是诚王府。

诚王妃的眼睛尚未彻底治愈，虽然能看得见东西，但依然还模糊着，也就勉强能辨认出眼前的人是谁，像看个账册啊、庚帖什么的依然不行，细致的就更不敢想了。诚王妃还指望着姚太医身体恢复了能继续给自己治疗让她的眼睛恢复如初呢。

听了新娶进门的儿媳妇说了外头在传姚太医的医术怕是不成了，当即就火了，一拍桌子直接把儿媳训斥了大半个时辰。最后还是云瑶从外边进来才劝住了她。世子夫人自幼养在深闺，虽然识规矩懂礼数，可也是娇生惯养长大的，平白无故因为一句话就被这样训斥自然受不了，回房就趴在床上呜呜地哭，哭完了就要收拾包袱回娘家去。

恰好云琨从外边回来，听了屋里的丫鬟把事情的原委细细地说了一遍，少不得上前去细心安慰。正是新婚，世子夫人小女儿心性，见丈夫如此体贴温存，心里的委屈渐渐地散了去。一时也不再说回娘家的话。

只是云琨却从心里一叹再叹，至此时他才明白当初韩明灿舍弃他而选萧霖是多么明智的选择。就现在这个媳妇还是母妃自己相中的，娶进门来这点日子就厌烦了，若是娶母妃一直都不喜欢的韩明灿进门，那得是怎样的折磨揉搓啊！

云琨看着身边进入梦乡的妻子，从心底深处发出一声长长的叹息。所谓修身，齐家，治国平天下。他自问修身养性虽然不能算是顶尖的，但也不比谁差。可到了"齐家"这一步，怎么就举步维艰！

大云帝都皇宫。

丰皇后听了心腹太监低低地回完话之后，抬起头来看了那太监一眼，满不在乎地问："消息可靠吗？"

"这是从辅国大将军府里传出来的消息，十有八九是可靠的。这种话，他们自然是有十说一的，娘娘想一想，那姚太医的医术恢复不了了，对他们可是致命的打击。"

丰皇后淡淡地笑了笑："她本来就是个妖孽！现在老天开眼，收了她的妖法，也是顺应了民意。"

"娘娘说得是。"

丰皇后又轻声叹了口气："皇上肯定也得到这个消息了？是不是很生气？"

卷三　灵燕扶摇

"回娘娘，皇上今天下午摔了茶盏，晚饭也没怎么吃。今晚连素嫔都没宣，是一个人睡的。"

丰皇后脸上的笑意顿时晕染开来，眼角眉梢都是喜色。

那太监见皇后没什么话问了，便自请告退。

丰皇后一个人靠在凤榻上沉思片刻之后，又把贴身的宫女叫进来，问："老五最近怎么样？"

五皇子云琦，荣妃所出。荣妃生这个皇子的时候是早产，月子里落下了病，没过几年久病不愈便死了。当时皇后跟前已经有大皇子，便对五皇子不怎么上心。

但如今不同了。

大皇子被贬去了岭南，皇后无嫡子。等皇上龙御归天之后皇后若想在宫中立足，一是要有丰家的强力支撑，另外还要有个听话的新皇上。

云琦自幼没有生母照顾，外祖父镇南王尚大猷如今镇守西南，在帝都城里算是势单力薄。平日一直是附和在憬郡王身边的。如今被丰皇后慧眼识珠，渐渐地拉拢到了旗下。最主要的是，镇南王手中有兵权！丰家掌控着朝中大半的文臣。一旦有事，文武兼备，这是最好的打算。

"五殿下那边一切正常，四殿下对他很好。今儿两位殿下还一起去逛了八宝街。"

"很好。"丰皇后对目前这一切十分满意，"老四是个有心机的，这些年老五在他身边也没少出力。"

"娘娘英明。"宫女不敢多说，但称颂的话是绝对没错的。

定北侯府，祺祥院。

已经大有恢复的苏玉祥靠在院子里一棵秋海棠下的安乐椅上，由灵芝服侍着喝药。

姚凤歌不在院子里，这段时间她几乎每晚都在女儿的小院里住。苏瑾月小姑娘心思敏感，自从晴儿和宁儿被大张旗鼓地认在姚凤歌名下之后，她便以为母亲不喜欢她，不要她了。为了抚平女儿的情绪，姚凤歌自然要放开一切陪着她。

西厢房里传来小孩子的哭声，苏玉祥皱眉把药碗推开，不悦地喊了一嗓子："快去看看！小爷都哭了，你们这些奴才们还无动于衷！"

早有奶妈子把孩子抱了起来，哭声渐渐地低了下去。灵芝看看左右无人，便悄声回道："爷知道么？那位人人都敬仰的姚太医怕是不行了。"

"嗯？！"苏玉祥立刻瞪圆了眼睛，"不是说为了救皇上受了伤去庄子上休养了吗？怎么就不行了？"

"奴婢是说她的医术怕是不行了。据说一直养到现在也没养好，以后怕是没办法给人治病，只能窝在家里当她的将军夫人了。"

苏玉祥嘴角抽搐了一下，冷笑道："你莫不是说胡话吧？"

灵芝扁了扁嘴巴，不乐意地说道："这话是从三姑奶奶的嘴里说出来的，奴才还亲眼

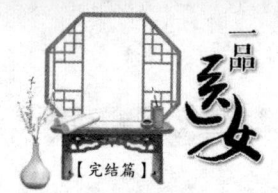

看见奶奶听了这话都哭了呢。连大姐儿都知道这事儿，偏爷不信。"

"不是我不信，这事儿太悬了。她医术那么好，怎么可能就一下子没了呢？她又没摔坏了脑袋。"苏玉祥说着，抬手敲了敲自己的脑壳。

"那不是……人家懂那什么玄门气功嘛！据说是因为给皇上治伤，把那什么气一次用尽了！水干井枯，再也生不出来了，所以那神奇的针灸术就失灵了。"

"那她不是还研制了许多新药？连爷现在不也用着她研制的补血益气丸么？"经历过大事之后，苏三爷的脑子渐渐地拐过弯儿来了，之前姚燕语对他的恫吓已经被父母双亡的悲伤所冲淡，如今他似乎能理智地面对自己的现状了。

"这个奴才就不知道了。"灵芝扁了扁嘴巴，她还以为这个消息会让三爷高兴呢。

苏玉祥喝完了最后一口药把碗递过去，淡淡地说道："时候不早了，睡觉。"

灵芝唤了婆子过来收拾，自己则扶着苏玉祥起身往屋里去。

苏三爷听见这些消息并没怎么高兴，定北侯府里却有高兴的人。

清平院里怀着八个多月身孕的封岫云半躺在一张藤椅上看着半空的明月，一边抚着圆滚滚的肚子一边轻笑，脸上尽是得意之色。姚燕语不行了，再也威风不起来了，如今只能夹着尾巴跑去庄子上养病去了。

想到这些，封岫云又敛了笑意，冷冷地低哼了一声，心想若是她早两年倒霉，如今自己就是侯夫人了！这整个定北侯府都是她说了算，二房算个屁？姚凤歌又算个屁？！如今这些人一个个都压在自己的头上，想想就窝火！早晚有一天把这些跟自己不对付的人一个一个都收拾了！

"姨奶奶，天气凉了不宜久坐，还是回房早些歇息吧。"旁边侍立的小丫鬟看着封岫云脸上忽喜忽怒的神情，低声劝道。

"好吧。"封岫云又扭头看了一眼东厢房的窗户纸上迎着的一个低头做针线的剪影，扶着小丫鬟的手起身进屋去了。

而东厢房里住着的李佳慧则在灯下认真地缝制一件湖绿色的小夹袄。

早几个月封夫人便已经请了太医过来悄悄地给两个姨娘都诊过了脉，据说大姨娘肚子里怀的是个小爷，而李姨娘肚子里这个是个姑娘。自古有红男绿女的说法，所以李氏给自己的孩子准备的小衣裳，襁褓之类的都是绿色。

其实李佳慧听说自己肚子里怀的是女儿的时候反倒松了一口气。

她自己的身份在这里，纵然生了儿子将来怕是也不能认的。定北侯府里大房不比三房，将来是要庶子来承袭爵位的，所以这庶子要记在夫人的名下用心教养，绝不是她这样身份的妾室可以随便亲近的。到时候孩子生下来，说不定自己就会被打发到庄子上去了，这辈子都别想回来，别想见自己的孩子一面。

如今是个女儿反倒更好，反正夫人已经有了大姑娘，不会稀罕自己这个，她可以陪着女儿长大，将来给她找一户殷实的小门小户去过平淡的日子，省得在这深宅大院里连一点自

卷三 灵燕扶摇

由都没有。

李氏想到这些，便情不自禁地抬手抚上了隆起的肚子，刚摸了两下，便觉得手心像是被什么推了一下似的，李氏顿时笑起来："小调皮！"

说着，她抬手放下衣裳，李氏从榻上慢慢地站起身来，坐得久了双腿有些酸麻，她扶着小炕桌站了一会儿才挪动脚步。小丫鬟从外边进来，见状忙上前搀扶："姨奶奶，您要什么只管吩咐奴婢一声。"

李氏刚要说什么，忽然觉得腹中一痛，于是忙弯腰扶住了肚子。

"姨奶奶？您怎么了？"小丫鬟吓了一跳，她是封夫人派过来的人，如今一条小命是拴在李姨娘身上的。她们母子安全，她就活，否则，她就去陪葬。

"肚子痛，快叫稳婆。"李氏的声音是平静的，脸色却渐渐地苍白。

小丫鬟急急忙忙地喊了一嗓子："来人啊！姨奶奶要生了！"

于是整个院子里都忙碌起来。

封岫云刚进屋，外边的大衣裳的扣袢才解开，便听见外边一通慌乱，便不耐烦地问："外边怎么回事儿？"

"奴婢去看看。"小丫鬟答应着转身出去，然后很快回来，"姨奶奶，李姨娘要生了！"

"不是还不到日子吗？！"封岫云一惊，心里忽然有种不好的预感。

"是啊，说是还有半个月呢！"小丫鬟也不知道什么原因，"或许是……刚刚有什么不妥当？"

磕着碰着，闪着扭着，都有可能造成早产。小丫鬟嘴里的不妥当便是这些。

封岫云听了这话，心里有一种说不出的感觉，有期待，有窃喜，也有恐慌。

当初两个人在同一天发现有身孕，封氏还专门叫稳婆来查过日子，稳婆说，两位姨奶奶的产期都在九月半前后。可如今刚进九月，怎么李氏就要生了？真的是有什么不妥当吗？或者她本来就隐藏了什么？

凭着她是没办法隐藏的，如果有人故意隐藏那肯定是……封岫云忽然就无法镇定了，她匆匆忙忙地转身往外走，把小丫鬟给吓了一跳："姨奶奶！您慢点！您小心着脚底下！"

封岫云大步流星地冲到院子里，但见院子里人来人往，十几个丫鬟婆子都在忙。

"姨奶奶，您小心着！"小丫鬟追上来扶住了封岫云的手臂，吓得脸都白了。姨奶奶平日里也是个挺稳重的人啊，怎么一听见李姨娘生就慌了呢？

"你出来做什么？这里人来人往地再撞着你。"封夫人进了院门便看见封岫云站在院子里，立刻吩咐身后的彩珠，"你们服侍妹妹进去休息。"

彩珠忙答应着上前来搀扶着封岫云的手臂，低声劝道："姨奶奶，奴婢送您进去，天色晚了您的身子可不能站在这里吹冷风。"

封岫云回头看了封夫人一眼，想问什么却又问不出来，只得由着彩珠和小丫鬟把自己扶进了屋里去。

197

一品农女【完结篇】

李姨娘要生的事情飞快地传遍了定北侯府,孙氏和姚凤歌没多会儿的工夫便听到了消息,先后来了清平院。

封夫人亲自坐镇,这院子里虽然忙但依然有条不紊。她也不进屋里去,就让人在院子里摆了榻几,安稳地坐在那里看着,那些丫鬟婆子们的皮便都绷紧了。孙氏和姚凤歌进来后,就在院子里坐下跟封夫人说话,看着婆子们忙碌。

"不是说九月中才生么?怎么竟然提前了这么多?"孙氏漫不经心地问。

封夫人淡淡地笑了笑:"这种事儿稳婆算得也不一定准。也或许是李氏自己记差了日子。"

姚凤歌笑道:"还有比这提前更多天的呢。"

封夫人笑着点了点头,别有深意地看了姚凤歌一眼:"是啊。"

"都说懒丫头懒丫头,那提前生的基本都是小哥儿,不是说李氏的肚子里怀的是个姐儿么?怎么也提前这么多?"

"凡事都有个别么。"姚凤歌笑道,"二嫂子也忒较真了些。"

这妯娌三个坐在院子里一边闲聊一边喝茶看着婆子们忙活,渐渐地更深露重,孙氏和姚凤歌也都不说回去。早有人给主子们拿了披风来,大家各自裹上,及至月上中天,依然兴致勃勃。

屋子里,封岫云躺在床上翻来覆去,外边妯娌三个的话一字不落地听进耳朵里,把她的心思全都搅乱。

万一李氏生的也是个儿子,姐姐会不会先养在身边?这长幼有序,自己肚子里的这个就不珍贵了!想到这些封岫云一下子从床上坐起来,把旁边打地铺的小丫鬟给吓了一跳,忙起身询问。

封岫云说了声无事便又躺下去,想着自己乃是封家的姑娘,身份比姓李的贱人高贵多少倍,就算她生了儿子,也是庶子,自己肚子里这个才是早就定下来的嫡子。

想到这些封岫云又舒了一口气,刚刚迷迷糊糊地睡着了,却又梦见李氏抱着儿子朝着自己笑,于是又忽地一下坐起来,眼睛没睁开就骂了一句:"贱人!"

地上的小丫鬟赶忙起身上前掀开帐子,一边安慰一边她抚背顺气:"姨奶奶做噩梦了吧?别担心,梦都是反的。奴婢给您倒杯水来?"

封岫云刚喘了口气,便听见外边一声婴儿的啼哭嘹亮地划开了浓浓夜色。

"哎呀!生了!"小丫鬟先反应过来。

"去看看,是男是女。"封岫云想起刚刚的梦境,脊背上又出了一层冷汗。

小丫鬟赶紧披上衣服趿上鞋子跑出去,还没询问便见一个婆子抱着个紫红色的襁褓给院子里的三位夫人报喜:"恭喜夫人!姨奶奶生了个小哥儿。"

小哥儿?!小丫鬟当即愣住,心想不是说李姨奶奶肚子里的是个姐儿吗?怎么忽然间成了哥儿?

卷三 灵燕扶摇

忽然身后咚的一声，把小丫鬟吓了一跳，忙转身看时，但见封姨娘倒在地上，脸色苍白。

"姨奶奶！"小丫鬟顿时魂飞魄散，再也顾不上什么哥儿姐儿，撒丫子飞奔过去，想把封岫云扶起来。无奈孕妇体重，她一个小丫鬟没有那么大的力气。

而倒在地上的封岫云已经脸色苍白，单手撑地，另一只手捂着肚子，颤声道："快……快叫人……"

"来人哪！"小丫鬟赶紧跑到门口大喊，"快来人哪！姨奶奶要生了！"

正抱着小婴儿的封夫人一怔，忙回头看过去。姚凤歌先反应过来，立刻吩咐："快！叫稳婆赶紧过去！"

封夫人起身把孩子交给旁边的彩珠便往封岫云屋里去。姚凤歌跟了两步忽然站住，转身看着彩珠怀里的孩子，上前去说道："看来你们大姨奶奶也要生了，夫人今晚怕是没空儿歇息了，叫奶妈子把小哥儿抱去好生照顾，刚出生的孩子别在风地里吹了。"

彩珠忙应了一声，抱着孩子去找奶妈子去了。孙氏在一侧笑道："三弟妹真是细心，不愧是带过三个孩子的人。"

姚凤歌淡淡地笑了笑，回道："我这人就是心软，实在是没办法。"

孙氏脸上的笑立刻冷了几分，瞥了姚凤歌一眼，反问："三弟妹这是什么意思？大家都是做娘的，难道谁的心是硬的？"

"哟，二嫂子怎么急了？我又没说什么。"姚凤歌轻笑着反问。

孙氏却冷笑一声，转身往封岫云的屋子里去了。

姚凤歌低声对身旁的珊瑚说道："你去叮嘱一下彩珠，今晚家里太乱了，让她务必守护好侯爷的儿子！"

珊瑚忙应了一声转身去了。

此时屋里的封岫云已经见了红，人已经被抬上铺了蓐草的窄榻上，稳婆刚累了几个时辰，这会儿不得不重新打起精神来准备为大姨奶奶接生。

封夫人心里极有数，李氏那边是瓜熟蒂落，到了日子。封岫云却是因为刚刚摔了一跤早产了。

至于为什么好好地会摔一跤已经无暇顾及，只是人家都说早产是七活八不活。封岫云肚子里这孩子正是八个月里……闻着屋子里的血腥味，封夫人心里一阵阵地发怵。

李氏分娩，她宁可坐在院子里吹冷风也不愿进屋，就是不想闻见这血腥味。

事情过去这么久了，当初那一劫封夫人依然心有余悸。深深地吸了一口气稳了稳心神，封夫人抬眼看见产床旁边的孙氏，顿时心头冒起一股无名野火。那份被她压在心底的仇恨顷刻复苏，让她恨不得立刻上前去把罪魁祸首撕个粉碎。

忽然一只手从旁边握住她搅在一起的十根手指，温和而沉静的声音从耳侧响起："大嫂子，李氏那边刚已经安排好了，你放心。这里忙乱，嫂子若是身体不适，可到外边坐坐。"

封夫人抬头看着面色沉静的姚凤歌，轻轻地吐了一口气，起身说道："妹妹说的是，

199

我这头一阵阵地发晕，这身子真是不行了。"

　　姚凤歌扶着封夫人出了屋门，叹道："现在已经快四更天了，忙了大半夜，任谁都撑不住。我已经叫人去回侯爷了，侯爷一会儿就该到了。"

　　封夫人看了一眼那边产床上口口声声叫"侯爷"的封岫云，无奈地叹了口气，点头说道："那我就放心了。"

　　姚凤歌和封夫人都出去了，孙氏自然也不好守在旁边，低声安慰了封岫云两句便跟着出了房门。本来封夫人就对那次害她小产的事情耿耿于怀，一直没发作只是苦于没有证据，如今人家姐姐都走了，自己一个妯娌却还留下来，岂不是授人以柄？

　　饶是这样，出了门之后，封夫人依然似笑非笑地看着孙氏说道："我这妹子跟二弟妹比跟我还亲厚。多谢二弟妹素日里照顾她。"

　　孙氏忙讪笑两声："夫人忙于家事，我大事帮不上忙，也只好在小事上多操操心了。"

　　"二弟妹这话可不对，我妹子肚子里的孩子关系到侯府的百年基业，这可不是小事，二弟妹辛苦了。"封夫人淡笑着嘲讽。

　　"大嫂子，你这是何意？！"孙氏脸皮再厚也架不住了。

　　姚凤歌见状，便朝着封夫人微微欠身："大嫂，我那边还有三个小娃和一个病人，这边也帮不上什么忙，就先告辞了。"

　　封夫人点头："三弟妹慢走，恕我不送了。"

　　姚凤歌又朝着孙氏点了点头，转身走了。

　　孙氏咬了咬唇，待要说什么又没法说，却听院门口姚凤歌说了一声："侯爷来了。"她便知道苏玉平进来，自己也不好待下去了，于是轻声哼了一声抬脚就走。

　　封夫人冷冷地看着孙氏的背影，默默地咬了咬牙。

　　苏玉平来了也不能进产房，只得隔着窗子安慰了封岫云两句便被封氏拉着去看李氏刚生下来的小娃娃。抱着小脸皱巴巴的儿子，苏玉平的心里一阵阵泛酸，不管是哪个女人肚子里生出来的，他都是自己的亲生儿子。只是为了这个儿子，他们一家人先先后后的那些事情，真是不堪回首。

　　封夫人看着苏玉平的脸色，知道他想到了老侯爷，想到了陆夫人，想到了之前自己去的那个孩子。只是时至今日，再想那些也没用了。于是轻声劝道："不管怎么说，这也是侯爷的长子呢，得给他取个好名字。"

　　苏玉平笑着点了点头，又犹豫了一下，说道："还是等岫云的孩子生下来再说吧。"

　　封夫人微微一怔，笑道："侯爷说的是。"

　　原来岫云在他的心中已经颇有地位了！封夫人心里默默地一叹，说什么一生一世，说什么天长地久，其实新欢代替旧爱也不过是一年半载的事情。

　　苏玉平看着封夫人渐渐收敛了笑意的脸色，便问："夫人怎么不高兴了？是不是……"

　　封夫人又淡然一笑，说道："没有。今天两个妹妹一起为侯爷开枝散叶，我高兴还来不及呢。"

　　苏玉平转手把孩子交给奶妈，然后摆摆手让她们退下，方握住封夫人的手，低声叹道："我知道那是你心里一辈子都抹不去的痛。你放心，不管将来怎样，你都是陪着我一起受封，一起进宫谢恩的夫人。在这侯府的内宅之中，你始终是主母谁也不能取代。"

　　"可是……有一件事情妾身一直瞒着侯爷，今日跟侯爷坦白，还请侯爷莫怪。"

　　苏玉平轻笑："你既然能坦白，我还有什么好怪的。再说你瞒着我自然有瞒着我的道理。"

　　封夫人心里的酸楚凄凉被这话给暖了过来，她回握着苏玉平的手，低声说道："妹妹肚子里的那个是个女娃，所以我决定把李氏生的这个哥儿记在我的名下，以后他就是侯爷的嫡长子。还请侯爷答应。"

　　"什么？！"苏玉平一怔，不解地看着封夫人。他一时不能理解为什么会是这样。

　　封夫人叹了口气，说道："这还是三弟妹提醒了我。当初她们两个先后有孕，我的确是找了太医给她们诊脉断定男女。当时太医就诊断出李氏腹中为男胎，岫云腹中是女胎。三弟妹说，李氏虽然身家清白，但总是弱了一层，怀了男胎，怕会成为众矢之的，从而重蹈覆辙，跟我当年一样。而岫云……因为是我的妹妹，有封家在身后撑腰，又因为来得早，这两年跟府里的妯娌们比较亲厚，所以会更安全些。再者，就算有个万一她腹中的孩子真的有个三长两短……"说到这里，封夫人的眼泪便唰的一下流下来了。

　　话已至此，苏玉平还有什么不明白的？于是他一把把夫人搂进怀里，低声叹道："为了我的子嗣之事，让你隐忍了这许多痛苦，总之是我对不住你们姐妹，我苏玉平有生之年决不会负了你。"

　　"这件事情一直是压在我心口上的石头，今日这孩子安全降生，我也算是松了口气。只要侯爷不怪我隐瞒了实情，我便无怨无悔了。"

　　"可是，你若将这个孩子记为嫡出，岳父大人那边怕是会有波折。"

　　"若是岫云也生的是儿子，那自然还是那个儿子优先。但如果是女儿，我也没办法了。现在我们家有三年的热孝，侯爷已经过了而立之年，子嗣的事情是绝不能再往后拖了。父亲那我自己去说，岫云若是不高兴，大不了我效仿三弟妹，儿子女儿我都认了！"

　　苏玉平再次为贤妻的举动而感慨，拍了拍她的后背，叹道："真是难为你了！"

　　"当年我命悬一线，侯爷不惜纡尊降贵去求姚太医，妾身便知侯爷对妾身的一片深情。所以这点小委屈对妾身来说，不算什么。"妾室和庶子庶女都忍了，难道还在乎一点半点的名分么？

　　苏玉平感慨地点了点头，正要再说几句柔情蜜语，便听门外的丫鬟慌张地回道："侯爷夫人！大姨奶奶不好了！"

　　"大姨奶奶本来就不到日子，因为摔倒了破了羊水，这……眼看着见红太多，孩子还没有下来，奴才们用尽了法子也不见效……求夫人饶命。"稳婆跪在地上颤声回道。

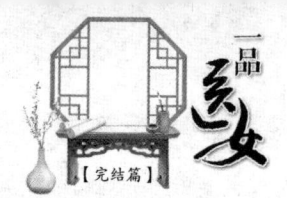

封夫人听完这些话后,一颗心又揪成了一团。情形与当初多么相似!只是当初自己腹中孩儿不足月,而如今这孩子已经八个多月了。

"无论如何,必须保她们母子平安。"封夫人深深地吸了一口气,立刻吩咐旁边的人,"马上派人拿着侯爷的名帖去请廖太医!"

旁边的人应声下去,封夫人又吩咐稳婆:"我不管你们用什么办法,务必保住大人和孩子的性命!否则我自有办法让你们一起去陪葬!"

"夫人!"稳婆还想辩解。

"赶紧进去照顾!你们最好自求多福。"封夫人冷声呵斥。

稳婆不敢多言,赶紧从地上爬起来又回了产房。苏玉平握着夫人的手,沉声一叹:"若是姚太医在就好了!"

封夫人无奈地苦笑:"听三妹妹说,她的身子大不如前了,如今连皇上都在等她恢复,岫云这事儿……"

"对了!不是还有翠微、翠萍二人吗?赶紧派人去请。"苏玉平眼前一亮。

"是啊。"封夫人也似乎看到了希望,立刻吩咐彩珠,"你和陈兴媳妇两个人立刻去一趟辅国大将军府,务必请翠微、翠萍二位医士过来一趟。好在唐将军和三妹妹现在还住在将军府,还能便宜行事。"

陈兴媳妇忙答应着匆匆而去。

然而,世上的事情竟是如人意的少。派去请廖太医的人半个时辰后回来,说宫里的素嫔娘娘身体不适,皇上派人把廖太医传进宫了,一夜未归。

又过了两刻钟的时间,陈氏媳妇也匆匆赶回来,说昨晚萧太傅身体不适,翠微、翠萍两位医士守在国医馆没回将军府。如今这个时辰,国医馆被皇上的护卫守着,连个苍蝇都飞不进去。

事情怎么就这么巧!封夫人无奈地看着苏玉平,长叹一声:"这可怎么好?!"

"去请别的太医来!要擅长妇科的!再派人去一趟白家!"苏玉平立刻吩咐。

两拨人马又纷纷出去请人。

这会子眼见着天已经蒙蒙亮了,东方的天空已经是鱼肚白,而头顶上冥蓝色的夜空中,还有寂寥的几颗星星极力地闪着几点清辉,为即将离去的夜色谢幕。而屋子里的封岫云这会儿已经连说话的力气都没有了。

两个稳婆比她也好不了多少,瞎折腾了一晚上,又是血又是水,又是推又是揉,又是干脆架着产妇在屋子里来回地走,好让胎儿往下走,进骨盆。身上的衣裳早就湿透了几回了。

封夫人进门看着躺在床上流泪的庶妹,再看看坐在地上靠着椅子喘气的稳婆以及旁边几个菜色面容的婆子们,无奈地闭了闭眼睛,心里哀叹一声:怎么会到了今天这种地步!

"姐姐……姐……姐……"封岫云躺在产床上,朝着封夫人伸手,含着泪的眼睛里尽是乞求之色,"救我……救救我……"

卷三　灵燕扶摇

封夫人迈着沉重的步子走过去，握住她的手，劝道："你放心，我已经派人去请太医了，太医这就到了。不会有事的。"

"姐姐……孩子……我……"封岫云说着，大颗的眼泪往下滚。

封夫人如何会不明白她的心思？她是怕自己为了子嗣舍弃大人而保孩子。毕竟侯爷的子嗣是最重要的，而她还以为她肚子里的这个是男胎。她死，不过是死个贵妾而已，孩子死，侯爷便没有嫡子了。

到了这种时候，封夫人反而没法跟她保证什么了，因为不管是孩子还是大人，保不保得住都得看老天爷的意思。但她还是安慰地说了一句："放心。"

说话间，外边有人回："回夫人，太医院的刘太医来了。"

"请太医进来。"封夫人说着，站起身来往外走。

这位刘太医是五品的职衔，也是专攻妇科的太医，进来后给封夫人行礼毕，转身去给封岫云诊脉。

"太医，怎样？"封夫人着急地问。

刘太医看了一眼闭着眼睛的产妇，犹豫了一下，说道："还是出去说吧。"

正忍着巨大痛苦的封岫云听见这话立刻睁开了眼睛惊恐地看着太医，见太医脸色深沉却不看她，她又立刻看封夫人，并低声哀求："姐姐……"

封夫人朝着她点了点头，说道："你放心。"然后转向太医："太医，这边请。"

"如夫人只有八个多月的身孕，古就有七活八不活之说，所以……"刘太医欲言又止，深深地叹了口气，连连摇头。

"请太医一定要想想办法！"苏玉平脸色很难看。前面刚喜得贵子，后面不能再死个人吧？

刘太医偷偷看了看侯爷的黑脸，无奈地说道："如夫人气血太弱，而且到了这种时候孩子还没下来，怕是……凶多吉少。所以下官也是无能为力啊！"

苏玉平顿时沉默了。他缓缓转头看向夫人，眼神十分复杂。

封夫人深深地叹了口气，说道："还是侯爷拿主意吧。"

苏玉平又转过头去看着刘太医，良久才问："你刚说孩子到了这种时候还没生下来怕是凶多吉少？"

"是的，羊水已尽，孩子还没出来，所以……"

"保大人吧！"苏玉平说着，缓缓地闭上了眼睛，手指紧紧地捏住高背交椅的扶手，"请太医无论如何也要保住大人。"

说话间，白家的三爷白竟春也来了，这位三爷跟入太医院的大爷不同，他专攻妇科，且有丰富的行医经验。他一来，刘太医反而轻松多了。

不过白家这位爷也料定这种情况下孩子是保不住了，十有八九生下来也憋死了，就算没憋死，恐怕将来也是个智障儿，当然话不能说得这么直白，不过苏侯爷听懂了。

于是又费了九牛二虎之力,终于把孩子给"生"下来了。而封岫云也在最后一刻昏迷过去。

婆子托着一个盖着白布的托盘出来,封夫人看了一眼便别过脸去,摆了摆手。苏玉平则一直没睁眼,战场上的堂堂男儿,流血不流泪的主儿今天也流下了两行清泪。

姚凤歌听完李嬷嬷把那边的事儿原原本本地说完之后,方轻轻地叹了口气:"可怜了那个没见过天日的孩子。她究竟是怎么摔倒的?服侍她的丫鬟估计要遭殃了。"

"奴才悄悄地问过服侍大姨奶奶的小丫鬟了,说当时大姨奶奶摔倒的时候,身边并没有什么障碍物,那小丫鬟哭着说,她应该是自己故意摔倒的。"珊瑚说到最后把声音压到最低,只有她们主仆二人能听得见。

"不是吧?!"姚凤歌顿时愣住,呆呆地想了半天。

故意摔倒,想要早产,就算是比李氏的儿子晚一步,也是同一天生下来,或许可以挣个长子?姚凤歌想明白了封岫云的心思,低声骂道:"果然是可怜之人必有可恨之处。这贱妇如今算是自尝苦果了!"

第十二章

秋声渐远,当最后一丝蝉鸣消失,山林浓重的胭脂烟霞之色被一场冷雨褪去。大雁南归,北风中的冷意再也抵挡不住,农夫们开始换上了夹棉厚衣,贵人们也渐渐地翻出了小毛衣裳。

已经在这里居住了三个月的青云子选在下元节(十月十五)这日跟姚燕语告辞,姚燕语也没有十分挽留,只是依依不舍地把老头儿送至山庄门口。

牛鼻子老道跟来的时候一样,依然是一身单薄的道袍,临风而立,衣袂飒飒,端的是仙风道骨。

姚燕语从身后香薷的手里拿过一个包裹递过去,说道:"师父,这里是两件冬衣并一包散碎银子,您好歹收着,是我们夫妇的一点心意。"

青云子笑了笑,没多说,伸手接过包袱挎在肩上,说道:"行了,你们回去吧。"

姚燕语点点头,她没有问师父何时再回来,也没问师父你要去哪里,她跟这老头儿在一起相处三个月,已经知道像他这种世外高人是不受世间任何束缚的,任何地方,任何时间,他想来就来想走就走,世间任何虚名浊利他全都不放在眼里,毕生追求的不过是"随心"二字。

于是她微笑着拱了拱手:"师父,保重。"

青云子又是淡淡一笑,却一言不发,转身走了。姚燕语看着他不紧不慢地一步步走远,想起昨日他跟自己说的那六个字:心清明,百脉通。

人的身体便是宇宙,所谓内息便是身体里可调用的力量。整个宇宙洪荒万物生生相扣,不休不止。力量也就没有枯竭的时候。人亦然。只要心静了,清了,明了,那么可用的力量无法估算。

看着青云子的灰色身影消失在一片苍茫原野之中，卫章轻轻地吐了一口气，暗道终于把这尊神仙给送走了。以后夫人就是我一个人的了，再也不会动不动就消失个三天五天不见人影了。

"我们该回京了吧。"姚燕语靠在卫章的肩头，低声说道。

"是啊。"卫章心里刚升起来的那股喜悦又被瞬间打落回去。云都城里，皇帝陛下还翘首以盼，等着他家夫人去给他治病呢。

"叫她们留下来收拾东西，咱们两个这就回吧。"经过三个月的修习，姚燕语越发神清气明，此时一想云都城，便有一种归心似箭的感觉。

不是她急着回去争名逐利，而是那里有她太多的牵挂。她在这里四个多月，时光如箭，云都城里的父兄家人必然是度日如年。她不是青云子，不可能放下这一切云游天际。

"申姜，备马。"卫章侧脸沉声吩咐。

"是。"身后的申姜立刻跑回去，没多时把黑风和桃夭一并牵了出来。

姚燕语接过马缰绳飞身上马。胯下红马扬蹄疾驰，素白色绵缎长衫和脑后用紫色丝带绑住的墨发一起飞扬，远远看去，便是一幅画。卫章故意放慢了速度跟在后面，一路策马追随，一路心里美翻了天。行至护城河外，姚燕语便放慢了速度。卫章策马跟上来与她并肩而行。

"是先回府呢，还是先进宫？"姚燕语问身旁的卫章。

卫章轻笑道："你跟那牛鼻子在一起待得久了，连皇宫里的规矩都忘了？这个样子怎么进宫？自然是先回府换官服，然后再递牌子觐见。"

姚燕语轻笑："规矩我没忘，我是觉得皇上应该是等急了。"

卫章想起皇上的贴身护卫几次三番地跑去蜗居山庄探视催促，也忍不住轻笑："也不在乎这一时半刻。还是先回府更衣吧。"

然而，卫将军夫妇还是低估了皇上对光明的迫切心情。

其实在他们一进城门的时候便有人认出了二人，于是立刻有人飞奔而去向锦麟卫汇报，而锦麟卫的首领一听这消息二话不说飞速上报。

锦麟卫是诚王爷手中掌控的一支卫队，这些人不但负责大云帝都和皇帝的安危，更是极其强大的情报机构。所以卫将军夫妇进城不过两刻钟的时间，紫宸宫里正靠在榻上听丰宰相姚御史等人细说朝政的皇上便得到了辅国大将军及夫人并辔而行由南城门入帝都的消息。

届时丰宰相正在跟皇上说明年春闱时主考官的人选，皇上身边的黄松悄然进来，在皇上耳边悄声回了两句话，皇上不等他说完立刻摆手："好了，别说了。"

丰宰相一怔，心想自己没说错什么话啊，待抬头看见黄松那张没有任何表情的脸便明白了，皇上有比春闱更重要的事情要处理，于是忙躬身道："臣等告退。"

姚远之和另外几个辅政大臣也忙跪拜告退。皇上却发话："姚远之，你给朕留下。"

丰宗邺猛然回头，放肆地看了姚远之一眼。这段日子皇上双目失明，丰宗邺比以前放

205

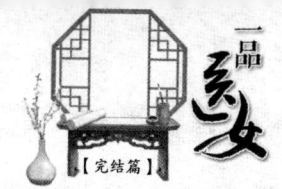

肆了许多，颇有几分倚老卖老的气势。

不过姚远之也不是好欺负的，他看丰宗邺瞪自己，便淡然笑道："丰大人因何这般看下官？"

丰宗邺也不怕，只忽而一笑，说道："皇上龙体抱恙，本官只是想提醒姚大人，一切都要以圣上的龙体为要，万不可让皇上劳碌了。"

姚远之给了丰宗邺一个淡讽的微笑："请丰大人放心。"

丰宗邺再也不能耽搁了，再耽搁下去就得被皇上问居心何在了，于是赶紧趁着皇上还没说话，麻溜儿地追着那几个辅臣的身影退了。

紫宸殿里一时间没了外人，皇上靠在榻上似笑非笑地说道："刚刚有人来报，说朕的辅国大将军与一女子并辔而行，看上去郎情妾意，情深意切，只是那女子看上去又不像是你的女儿，倒像是个江湖中的侠士。朕已经叫人去将军府传人了，你留下来帮朕瞧瞧，这个让卫章移情别恋的女子是何方神圣。"

姚远之听了这话心里顿时一凉，暗想那卫章不像是三心二意之人，燕语身体虽然一直没恢复，可只需用心调养也不至于就怎样，他这是去哪里弄了个江湖女侠来？还如此招摇过市，让皇上的人给遇见了？

这里君臣正各自疑惑猜测之间，外边有太监进来回道："回皇上，辅国大将军卫章偕同夫人国医馆上太医姚燕语奉旨觐见。"

"真的是姚燕语？"皇上刚刚那些话显然是逗姚远之的，锦麟卫是什么人？岂会连卫将军身边的女子是谁都摸不清楚？不过虽然有锦麟卫的话垫底，但此时听见真的是姚燕语来了，皇上依然有些惊喜过望，也有些不敢相信。

"回皇上，是姚太医。"太监忙又回了一声。

"快宣！"皇上立刻精神百倍地坐直了身子。

姚远之的心这会儿跟坐过山车一样，忽上忽下的，至此时才想明白定然是女儿的身体将养好了，急着回来给皇上医治眼疾呢。于是忙收拾好情绪立在一旁，等着卫章夫妇二人进来。

卫章一身紫色武将朝服，身侧姚燕语一身玉白色医官袍服，二人先后进门，至皇上榻前七步开外双双跪拜："臣卫章（姚燕语）参见吾皇陛下，皇上万岁万岁万万岁。"

"姚燕语？"皇上一双无神的眼睛看过来，脸上有掩饰不住的兴奋之色。

"臣在。"姚燕语忙应道。

"你的医术……"许是因为太过渴望，皇上这会儿反而不怎么敢问了。

姚燕语忙回道："回皇上，臣的身体已经调养好了，内息也回来了。这次急着回来就是要为皇上医治眼疾的。"

"啊哈！"皇上长长地出了一口气，叹道："朕这两眼一抹黑的日子终于要过去了！"

姚燕语微微一笑，悄悄地回头看了一眼姚远之，又轻轻地点了一下头。姚远之给她使了个眼色，让她赶紧给皇上医治要紧。

"拿一块绫子来。"姚燕语转头对怀恩说道,"先把皇上的眼睛蒙上。"

"为何?"皇上纳闷地问。

"皇上已经有四个多月没见光了,臣怕这阳光太烈,会刺了皇上的眼睛。"

皇上闻言越发地惊喜:"你是说……你今儿就可以让朕重见光明?"

姚燕语微微笑道:"臣今日必要尽全力。"

"好!好!"皇上一边拍案叫好,一边让怀恩给自己蒙上了眼睛。

姚燕语取了随身的银针,早有素墨闻言至前面来服侍,见状忙递过一块酒浸过的棉花,姚燕语接过把银针擦拭一遍,方又擦了擦皇上的睛明穴,然后徐徐下针。

青云子说过,练功修习的内息原不是自己的,而是向天地借来的。人的心神与天地合二为一的时候,内息则不可估量,会如天地般浩渺无穷,绵延不断。

姚燕语本来时常读那《太平经》,原本也是有些参悟的,只是自己不得要领,不能把所学所想串联起来,如今跟着青云子清修了几个月,虽然不能说领悟了其中的全部奥妙,但却也算是被领进了门。

如今小试牛刀,给皇上针灸清除脑颅里的瘀血,竟也只用了半炷香的时辰。取下针后,姚燕语问皇上:"皇上觉得如何?"

皇上的眼睛上虽然蒙了一层白绸,但也多少能透些光,他试着看了看眼前,但见人影憧憧,屋子里的一切光景都蒙了一层纱,若隐若现。另外,也觉得眼仁有些微微的刺痛,便如实说了。

姚燕语便道:"皇上且不要着急,等天黑了,且先不要掌灯,把这白绢解了去,让眼睛适应适应光线,过个三五日眼睛就不会疼了。"

皇上龙心大悦,高兴地说道:"太好了!这眼疾就像是压在朕心口上的大石头一样,如今终于被姚爱卿给碎了去!好!太好了!"

姚燕语忙后退一步,一撩袍角跪下,歉然道:"是臣学医不精,让皇上无端端受了这几个月的罪,臣无能,请皇上恕罪。"

"这不怪你!"皇上长长地出了一口气,叹道,"太医院上上下下二百多口子人都没办法,连张苍北也只有叹气的份儿。朕这些日子,也只能盼着你能早些恢复过来,再来给朕医治痼疾了。"

说完皇上又笑了笑,说道:"虽然等得久了些,不过今日你一来便让朕重见光明,真是令人惊喜!朕还想着就算你回来,也还要折腾个十天半月呢!"

姚燕语便如实回道:"本来臣也是灰心了的,想着这辈子也就只能跟药剂打交道了,却不想机缘巧合遇见一位道学高士,他点拨了臣一些日子,帮助臣重新修炼内息,借万物之灵气为我所用,才又慢慢地恢复过来。"

皇上点头说道:"竟然有这等奇事。"

姚远之便上前赞道:"皇上洪福齐天,自然能够得高人相助,遇难呈祥。"

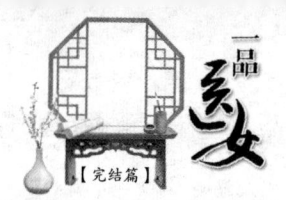

皇上高兴地点头,手指在小炕桌上轻轻地点着:"姚爱卿的话虽然不错,可朕遭此劫难,也全凭姚燕语倾力医治,若不是她,朕已经去侍奉先帝去了。朕素来赏罚分明,姚燕语救驾有功,今日起,晋封国医馆左院判,另外再赐封号辅国夫人。"

姚燕语之前跟着卫章一起受封为二品诰命夫人的时候并没有封号,平日里人家不是叫她姚太医便是称她为辅国将军夫人,今日这"辅国夫人"的封号虽然比"辅国将军夫人"少了两个字,意义却大不相同。

此为无上的殊荣。姚燕语忙再次撩起官袍跪拜谢恩。卫章和姚远之也一起跟着跪拜。夫人和女儿受封,身为丈夫和父亲,也是无上的荣耀。

皇上又道:"姚卿,你多日不见女儿,自然也有许多话说。你们父女暂且退下吧。显钧,你留下,朕有话跟你说。"

卫章和姚远之一起称是。姚燕语扶着姚远之起身,齐声告退后,慢慢地退了出去。皇上又抬手让卫章起来,方问:"南苑御马发疯的事情,你给朕查得怎么样了?"

这件事情卫章一直在让唐萧逸查,只是牵扯到两个皇子,唐萧逸再有本事也不敢擅自做主,卫章只好把唐萧逸能查到的都给皇上说了,看皇上脸色阴沉,方又劝道:"皇上且不要动怒,以臣看,这件事情没这么简单,说不定是有人故意栽赃陷害,离间皇上和二位郡王爷之间的父子感情。还请皇上派人细心明察。"

皇上听完这话之后,方沉沉地吐了一口浊气,说道:"朕知道了,你下去吧。"

卫章跪拜告退,又不动声色地看了一眼皇上的脸色,但见皇上面沉如水,心中自然是动了怒气,他虽然不比黄松常年跟在皇上身边,但近年来也把皇上的脾性摸了个十有八九,知道皇上是把自己的话听进去了,便放心地退了出去。

当时已经是晚霞满天时,姚远之的马车里,翁婿父女三人对坐。到了姚府,王夫人听说姚燕语回来了,不但给皇上治好了眼疾,还官升二级,赐封号辅国夫人,顿时喜笑颜开,忙吩咐宁氏:"快吩咐下去,让厨房准备宴席。"

宁氏笑道:"阿弥陀佛,咱们家的天儿总算是晴了。"

王夫人笑道:"再派人去定北侯府,把你大妹妹也接回来。再打发人去跟二爷说,让他早些回来。"

宁氏忙应道:"是,媳妇记下了。"

姚府上下一片忙活,不到一个时辰,姚凤歌带着瑾月回来了,瑾月刚扑进姚燕语的怀里,姚延意也回来了。一时间大家彼此见礼,院子里一片说笑之声。

丰盛的宴席摆上,女人在内,男人在外,说不尽的欢声笑语。姚燕语因一直没看见姚雀华,便悄悄地拉了一把宁氏的衣袖,低声问了一句。宁氏低声笑道:"三妹妹在庄子上修身养性呢。"姚燕语有些惊讶地眨了眨眼睛,宁氏淡淡一笑,没再多话。

后来王夫人又问起姚凤歌那边府里现在怎样,可有什么烦心事没有。姚凤歌忙回了一些话,琥珀琉璃如何,那一对小儿女如何,苏三爷的身体如何等。娘们儿说些闲话,便又扯到了苏玉平的子嗣上，宋老太太便问："听说定北侯夫人要立一个妾室生的庶子为嫡子？"

姚凤歌便把封岫云难产，孩子没活的事情说了，又道："这也是没办法的事儿，大嫂子总不能再等三年。况且小封氏的身子已经大亏了，到现在都过去快两个月了依然卧床不起。将来这生养上怕是越发地艰难了。"

"哟！这么说可不是跟她那姐姐一样了？"王夫人惊讶地问。

姚凤歌叹道："可不是么！不过她比她姐姐略好些。当初若不是二妹妹，大嫂子怕是早就作古了。她倒还好，最起码还不至于要了命。白家的三爷和刘太医也没说她以后能不能生养的话。"

"就算是能生也要三年以后了。"宁氏摇头说道。

父母双亡，热孝三年。三年内不摆酒宴，不行嫁娶之礼，连夫妻都不能同房，更别说姬妾了。虽然那些房中之事也没人监督，年轻人血气方刚也不可能熬三年，可若是弄出孩子来就不行了。不说御史台的奏折，就是老百姓的唾沫也能淹死人。

苏玉平可是世袭爵位的侯爷，比不得苏玉祥无官无职浪荡公子一个。况且父母的孝和祖父母的孝也是不一样的。

说到这些话题显然是跟今晚的喜庆之事不相符，王夫人便岔开话题，跟宁氏说道："你二妹妹不但升了官职，还受皇上的隆恩，加封为辅国夫人。此乃皇恩浩荡之事，必须得庆祝一下。"

说着，王夫人又笑着拍了拍姚燕语的手，说道："你刚回来，怕是没时间忙这些事，你们那边若是人手不够，就叫你二嫂子过去帮个忙。"

姚燕语忙向宁氏拱手："如此就有劳二嫂子了！"

宁氏笑道："为妹妹操心，也是我应该的。"

姚凤歌轻声叹道："我有心帮妹妹，却是不能出面了。"

姚燕语知道她是重孝在身，不适合参与这些事情，便笑道："我们姐妹何必说这些话。只求到时候姐姐过来多喝几杯酒也就是了。"

一时苏瑾月过来搂着姚燕语的脖子不放开，撒娇耍痴一定要去姚燕语府上玩。众人都说笑着逗瑾月小姑娘的时候，宋老太君却敛了笑叹了口气。王夫人脸上的笑容一僵，心想老太太又要添堵了。

看着老太太敛了笑拉长了脸，众人也不好再笑下去，姚凤歌便关切地问："老太太叹什么气呢？今儿二妹妹可回来了，你也不用整日里为她担心，该高兴才是啊。"

老太太叹了口气，问姚燕语："燕语啊，那日去大悲寺上香的时候，我跟你说的那件事情怎么样了？"

姚燕语早就料到老太太会有此一问，便笑着回道："早就办了，怎么老太太这边还没收到消息吗？"

宋老太君叹道："说来也奇怪了！怎么就连封书信都没有？"

姚燕语看了一眼王夫人,又道:"这我就不知道了。"

王夫人便道:"许是有什么事情耽搁了,等过年的时候或许就有消息了。"

姚凤歌又笑道:"太太说起过年来,大哥和大嫂在南边,过年不知能否来京?"

王夫人笑着摇头:"他也是有公职在身的人,没有圣旨岂能随便进京?"于是众人便又说起了姚延恩及长孙姚盛林来,把宋家的事情给带了过去。

吃喝玩乐,一直到了三更天,宋老太君的身子撑不住了,连连打哈欠,姚燕语便请辞回家。于是众人先送老太太回房,然后便送卫章和姚燕语回将军府去。

回去的马车里,姚燕语问卫章:"关于江宁宋家的事情,现在是什么结果?"

卫章轻笑:"那个收受贿赂的已经进了大牢,宋岩青么,现在应该去了福建。"

"福建?"姚燕语纳闷地皱眉,"这么说他还在军营里?"

"嗯,只不过差事比较苦而已。"

"什么差事?"

"杂役吧,搬搬抬抬的,做些粗活。你知道就他那小身板儿想要上战场,那肯定只有拉稀的份儿。"

姚燕语哼了一声,又低低地笑了。杂役什么的应该是军营里除了军奴之外最低等的兵种了吧?让他受受苦也好,省得整天以世子爷的身份欺压良善。

卫章看她笑,也跟着笑了笑伸手把人拉进怀里,低声问:"累不累?"

"还好,我现在已经不那么容易累了。你呢?喝了不少酒吧?"

"酒气很重吗?"卫章低头嗅了嗅自己身上的味道,酒气是挺重的,便不由得皱起眉头。

"还好吧,幸好是自家的家酿,酒味还不算难闻。"

"那改日跟岳父大人说一声,多讨点家酿来。外边的酒就不喝了。"

"去!以后少喝酒!"

"唔……夫人越来越厉害了!"

"怎么,嫌我管得宽啊?"

"不。"卫章低头吻了吻她光洁的额头,低声说道,"我是觉得有个厉害的夫人还是件挺幸福的事儿。"

"贫嘴!"姚燕语轻笑,这段时间在庄子里住着的唯一好处就是这家伙开始学会甜言蜜语了。

回到将军府,还没进门姚燕语便被门口的景象给吓了一跳——十几辆大马车,还有几十匹骏马在大门外排成一溜儿,把门前的明堂空地都给挤满了。

门口的焦急等待的二等管事斧头一看又来了一辆马车,还只当是又来了客人,忙上前迎接请安,待看见自家将军从马车里下来时,方松了一口气,叹道:"哎哟喂我的爷!您终于回来了!"

卷三 灵燕扶摇

"怎么回事儿啊？这些车马是做什么的？"卫章扫了一眼那些油壁大马车和高头大马，蹙眉问。

"各府的爷和夫人都来了！"斧头说着，就开始掰着手指头数，"靖海侯府侯爷和夫人，镇国公府勇毅侯爷和二公子以及二位夫人，定北侯府侯爷和夫人，诚王世子爷和夫人，燕王世子爷及郡主，安国公家的大爷和少夫人……"

"行了行了！这些人这么晚了来干吗的？"卫章的眉头皱成了疙瘩。

"说是听说将军和夫人回来了，特来拜会。"

"都这么晚了！不能等明天么？"

"二夫人也说了这话，只是……有些人听了劝回去了，说明儿再来。有几位爷和夫人却不肯走，都说来都来了，几个月不见将军和夫人，着实想念得紧，总要见将军和夫人一面。"

又不是见不到了！这些人……卫章无奈地叹了口气，把姚燕语从马车里抱出来放在地上，还叮嘱："小心点，看脚底下。"

姚燕语也知道但凡留下不走的都是很亲近的人，便轻笑道："还想回来睡个安稳觉呢。"

"将军，夫人，快进府吧。"斧头躬身道。

"走吧。"卫章拉着夫人的手往府里走去。

将军府春晖堂，苏玉蘅和阮氏二人陪着韩明灿、封氏以及韩熵戈的新婚夫人周悦琳等说闲话。这几位是早就来了的，晚饭都是在将军府用的，今儿是一定要见了姚燕语才会走。

外边丫鬟匆匆进来回道："回夫人，咱们夫人回来了。"

"姐姐终于回来了！"苏玉蘅欣喜地站起身来，对韩明灿等人说道，"几位且先稍坐，我去迎一迎姐姐。"

"我同你一起去。"韩明灿说着，也站起身来。她一站起来，旁人也不好再坐下去，便都纷纷跟着起身往外迎。

卫章行至外书房便被云琨、韩熵戈兄弟二人以及苏玉平等人拦下了，姚燕语同那几位见礼后便往后面来，刚进内院便见诸位夫人列队相迎，一时间脚步都顿住了，心想我这是回自己的家吗？

姚燕语一怔之际，韩明灿已经迎上前来，她看见姚燕语也顿时愣住，片刻后方欣喜一叹："怪不得蘅儿跟我说再见妹妹时定会大吃一惊。妹妹这次回来，变化真是太大了！"

"不是吧？"姚燕语自己尚未觉得，只朝着韩明灿微微一福，"见过姐姐。"

韩明灿这才伸出手去把她拉住，"说心里话，刚才我都不敢拉你了。总觉得你好像……"韩明灿沉吟片刻才笑道，"好像那池中白莲，只可远观，而不可亲近矣！"

姚燕语粲然一笑，明媚至极："姐姐真会开玩笑。我可不是什么白莲花！"

"是啊，白莲不足与你媲美。"韩明灿拉着姚燕语走到诸位夫人面前。

"让诸位久等，真是不好意思。"说着，姚燕语又嗔怪苏玉蘅，"怎么不叫人去给我送个信儿，我也好早些赶回来。"

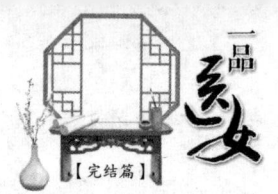

封夫人忙替苏玉薇说道："几位夫人都说妹妹与老大人和夫人也是几个月没见了，骨肉亲情自然要多说几句话，我们横竖无事，多等一刻也无妨。"

姚燕语又连连告罪，请众人进屋重新落座，互相之间免不了一番客套。

丫鬟们重新奉上香茶，把点心果盘等换过一遍，韩明灿方道："刚才我们几个人在这里商议了一下，你在庄子里受了这么久的苦，终于熬过去了，如今又加官晋爵，还有皇上隆恩钦赐'辅国夫人'的封号，这也算是双喜临门。必须要好生庆贺庆贺。"

姚燕语心想这还真是跟那边的太太想到一起去了。于是笑道："刚才在那边府里，母亲也这样说呢，只是皇上的眼疾虽然除了，但身体还需要用心调养，国医馆那边我也这么久没去了，肯定有很多事情。况且，我素来也不善于这些，没得又给家里二位夫人添麻烦。"

阮夫人笑道："我们巴不得有个乐子呢！"

苏玉薇也笑道："就是，我们都不怕麻烦。"

韩明灿笑道："听见了吧？到时候全不用你操一点心，你只露个面就成了。"

"敢情你们是借着我的由头凑在一起找乐子！"姚燕语笑道。

众人都笑起来："你才想明白呀！"

姚燕语也跟着笑，又打趣道："先说好了，你们乐是乐，我可只管场地，不负责花销。"

"这个姐姐不用担心，份子钱我们都凑好了。"苏玉薇笑道。

"不是吧？"姚燕语这下真的惊讶了，"连这个你们都凑好了？"

苏玉薇说着朝着琢玉使了个眼色，琢玉便拿过一本绯色的笺子来递给姚燕语，姚燕语接过来一看不由吸了口气——我的乖乖，这上面一大长溜儿的名单是闹哪样啊？这个几十两那个几十两，还有一百两的，一百二十两的，粗粗地算一下，这些人居然凑了上千两银子？

"你们这是准备请几日的酒席啊？"姚夫人直接傻了眼。一千多两银子只是吃酒看戏的话，差不多一两个月都够了吧？这意思是直接闹到过年？

"三日。"苏玉薇笑着伸出三个手指头。

"那也用不了这么多银子啊？"

"我们不在家里请。"

"不在家里去哪里？"

"韩姐姐叫人在依云湖上造了个画舫，趁着现在天还不算太冷，咱们湖上泛舟，吃酒听戏，好好地乐上三日。"

"真有你们的。"姚燕语忍不住抬手捏了捏眉心，"难道这宴会只请各府的夫人们？爷们儿不请？"

"爷们儿自然请，不过不归我们管。"韩明灿笑道，"我交给哥哥了，他们去张罗爷们儿的事情，到时候几艘画舫一起泛波湖上，说不定能成就咱们大云帝都的一段佳话。"

这大冷的天。姚燕语从心里腹诽了一句，却也不好驳了众人的心意，只道："那就有劳几位了。"

卷三　灵燕扶摇

　　韩明灿便道："我们平日里受你大恩，若都这般客气起来，怕你也受不了。所以你也别跟我们客气了。"

　　封夫人便道："靖海侯夫人说得极是，妹妹就不要说这些客套话了。只是到时候我恐怕不好过去，就让云儿替我去。"

　　姚燕语知道她热孝在身，不能参加这样的宴会，便道："嫂子的心意我自然知道，我们之间也无须说这些客套话。"

　　封夫人笑着点头，又道："既然这样，天色也不早了。妹妹从宫里回来一直忙到现在怕是累坏了。我们也该回了。"

　　韩明灿笑道："正是，若不是今日见不到她晚上回去睡也睡不好，真不该这么晚了还等她。"

　　众人又笑着说是。姚燕语也只好客气挽留，韩明灿拍拍她的手，笑道："好生歇息两日，后日记得跟老院令告假。"

　　姚燕语含笑答应，和阮夫人、苏玉蘅三人把韩明灿、封夫人等送出二门，看着她们上了马车。

　　里面女眷起身告辞，外边男人们自然也不会再耽搁，事实上这些爷们儿都是被自家夫人给拉来的，她们不走，身为丈夫自然也不能先回。

　　好不容易把这些侯爷世子以及夫人们送走了，姚燕语站在卫章身边长长地舒了口气。

　　卫章悄悄地拉住她的手，低声问："累了吧？"

　　"还好。"姚燕语弯起嘴角笑了笑。

　　"不累？"卫将军剑眉微挑，眼神中闪过一丝别有深意。

　　"嗯，我现在已经不那么容易累了。"这话说得多少有点嗳瑟，不过确是实情。自从她跟青云子找到修习的正门，能把周围万物的能量化为己用，就真的没觉得累过了。

　　"好。"卫将军握了握夫人的手，嘴角泛起一丝笑意，不累就好。

　　第二天一早，夫妻两人沐浴完毕换上朝服，便匆匆出门上车进宫去接受皇上的封赏。

　　车里早就预备了点心和热粥，姚燕语在最后一口粥咽下去的时候进入睡眠状态，连马车的颠簸都感觉不到了。到了宫门外，看看时间还来得及，卫将军又让夫人睡了一刻钟才把她叫醒，害得姚燕语匆匆忙忙整理衣冠，并连声埋怨他为何不早点叫人。

　　夫妇二人先后下了马车并肩走在天街上，此时大臣们基本都已经进宫去了，只有丰宰相、谨王、燕王等几位位高权重之臣往常都是掐着点上朝的还在不紧不慢地走着。

　　丰宗邺看见卫章先是一怔，待看清卫章身边一身月白色贡缎绣金丝孔雀朝服，身材窈窕，步履轻盈如风的女子时，便惊讶出声："咦？这不是姚太医么？"

　　姚燕语回头朝着丰宗邺微笑拱手："下官姚燕语见过宰相大人。"

　　"果然是姚太医啊！"丰宗邺一脸的惊喜，"姚太医的身体恢复了？！啊呀！这可真

213

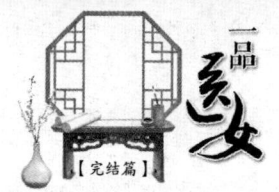

是我大云之幸啊！皇上的眼疾有救了！"

这已经不是什么秘密了好吧？姚燕语实在不知道丰宰相这会儿唱的是哪一出，只得拱手笑了笑："宰相大人言重了！眼看早朝的时间已经到了，大人，下官可不敢耽搁，就先行一步了？"

"这话说得，老夫也不敢耽搁呀！不过你们年轻人走得快些，我等老朽自然跟不上你们的步伐。你们且先行吧。"

姚燕语淡淡地笑了笑，顾不上跟这老家伙绕弯子，便拱了拱手，道了声："谢丰大人体谅。"便跟卫章加快了脚步，没多时把丰宗邺给甩出了几丈远。

丰宗邺看着那一对夫妇翩然走远的身影，深邃的眼窝里闪过一丝精光。

昨天他在跟皇上说春闱的事情被打断，便很好奇是什么事情让皇上如此上心，于是便留了个神。后来听说是卫章和姚燕语进宫面圣，而且姚燕语一举治好了皇上的眼睛。

当时他觉得匪夷所思之外，更多的是心惊。这姚燕语到底什么来路？！几个月前还半死不活，这么快又卷土重来，而且针到病除！

"丰大人，再不快点走，就要误了早朝了。"身后有人笑呵呵地说道。

丰宗邺忙回头，同时拱手见礼："给王爷请安。"

燕王笑眯眯地抬了抬手，跟丰宗邺并肩而行，一路进了皇宫。

太极殿上，群臣林立，鸦雀无声。

伴着三声鞭响，尖细而高昂的声音从九龙屏风之后传了出来："皇上驾到！"

群臣齐声山呼万岁万万岁，呼啦啦跪倒一片。

眼睛上蒙着一块玄色轻纱的皇上扶着怀恩的手臂慢慢地坐在龙椅之上，方缓声道："众卿平身。"

众大臣齐声谢恩，之后方缓缓地站了起来。

虽然臣子不能直视君上，但皇上久不早朝，今日上朝眼睛上却蒙了一层黑纱，众人顿时觉得不好。甚至猜测皇上这眼睛是不是彻底地瞎了。

皇上瞎了是不是该禅让帝位了？会是哪个皇子登基呢？恒郡王、懍郡王，还是恒郡王的可能性多一些吧？毕竟这段时间可都是恒郡王监国呢。

大殿之内一时间嗡嗡声四起，宛如飞进来成千上万只苍蝇。皇上端坐在龙椅之上，轻轻地咳嗽了两声。众臣立刻闭嘴，然后恭听圣训。

"众爱卿，好久不见啊！"皇上淡淡地笑着，"朕很想你们，所以今儿早朝来看看你们。"

这话说得，有些迂腐忠臣立刻热泪盈眶，扑通跪倒，伏地悲泣："臣等也万分思念皇上！还请皇上保重龙体！"

"皇上圣体安康才是大云之福！"

"君父痾疾在身，而臣子无良策为君分忧，臣等罪该万死！"

"臣等罪该万死！"不知道皇上龙目复明的臣子们纷纷跪倒，高声请罪。

卷三　灵燕扶摇

　　皇上哈哈一笑，说道："行了，都起来吧。这也不是你们的错。"说着，皇上便一抬手把眼睛上的黑纱掀了去。

　　站在最前面的丰宗邺、燕王、诚王、镇国公等几个人早就听见了消息，知道皇上的眼睛已经被姚燕语治好了，但刚刚看见皇上眼蒙着黑纱出来还当是所谓的治好，应该还需要些时日，却不想皇上居然把黑纱掀了？！

　　并且，看皇上眯起双眸逐一打量殿内众臣的样子，好像是真的能看见了？

　　"皇上？！"丰宗邺不敢置信地看着皇上的眼睛。

　　"皇兄，真的可以了吗？"诚王爷也有些担心，看皇上的样子，似乎对光线还很敏感，有些不大敢睁眼的样子，于是又关切地问，"要不要宣姚太医上殿来给皇兄诊脉？"

　　"哈！"皇上又开心地笑了，"朕好得很。"

　　"皇上真的可以看见了？"燕王也惊喜地问。

　　"二哥，你的朝珠没整理好，朕就不怪你的失仪之罪了。"

　　皇上笑得有些诙谐，把燕王笑得有些脸红。忙低头看去，果然见自己脖子上挂着的珊瑚朝珠有两颗打了结，扭在了一起。于是忙抬手整理好，然后高声道："臣谢皇上隆恩！皇上万岁！皇上万福啊！"

　　"臣刚才在殿外看见了姚太医，请问皇兄，可是姚太医治好了皇兄的眼睛？"诚王爷虽然早就知道了，但如今在金殿之上还是要问一句的。

　　"当然。"皇上高兴地说道，"除了姚太医，还有谁能针到病除，让朕重见光明呢？姚太医何在？"

　　太极殿门口的太监高声宣道："宣——上太医姚燕语进殿！"

　　"宣——上太医姚燕语进殿！"外边的护卫紧接着把话传了出去。

　　"臣，大云国医馆上太医姚燕语奉旨觐见。"一声清泠的女声远远地传来，缥缈而清晰。

　　声音一落，殿内之人纷纷愣住。此时的姚燕语应该在太极殿之外几十丈远的地方恭候，离得这么远，她的声音怎么会这么清晰？

　　文臣们不知其中缘故，武将们已经猜到了几分，但也更加纳罕——几个月前尚且半生不死的女子，怎么会有这么深厚的内息？！她是怎么做到的！有何方高人相助？

　　姚燕语踩着天阶，从左侧一步步登上大殿。满朝文武或错愕，或惊呆，或傻愣。连姚远之都微微张开了嘴巴，心里默默地问，这是我女儿吗？昨日匆忙之间还没觉得她有什么变化，怎么今日倒像是换了个人？

　　殊不知昨日姚燕语急着进宫给皇上医治，后来又与父亲同车而行，在最亲近的家人身边，自然是最轻松的状态，一身的华彩气势全部收敛，是最温婉可人的样子。

　　而今天她医术小成，归来面圣，为的是受封谢恩，面对的是当今圣上以及文武群臣，当然就不自觉地散开了气场，通身灵气四射。卫章在心里默默地抱怨，这女人怎么就不知道收敛一下？看看这些老少色鬼们看她的眼神，卫将军真的是很抓狂啊！

215

一品毒女
【完结篇】

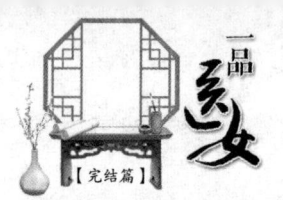

文武众臣悄然往两侧分开，给姚燕语让开道路。姚燕语坦坦然然地迈进大殿，从容地走上前去，徐徐跪拜，朗声道："臣，姚燕语，参见皇上！吾皇万岁万岁，万万岁！"

"姚爱卿平身。"皇上微微笑着抬手。

"谢皇上！"姚燕语再次叩头，然后缓缓地站起身来。

"姚爱卿，你昨天有一句话说得不怎么对。"皇上温和地笑着。

姚燕语微微一愣，忙拱手低头："是，臣恭听皇上圣训。"

皇上笑眯眯地弯下腰，看着姚燕语，说道："你说朕许久不见光明，怕眼睛会受不了光线的刺激，要朕等几天再摘了这黑纱。朕没听你的话，不过，朕却并没有感觉到什么不适。朕不用再等了！"

"皇上受命于天，自有神灵护体，所以不与常人一般。是臣太过谨慎了！"姚燕语忍着全身的鸡皮疙瘩，一边说着一边低下头去。没办法，她是个诚实的孩子，撒谎总是有点心虚。

"哈哈……"皇上显然很吃这一套，开心地笑过之后，方朗声道："怀恩，宣旨。"

旁边的怀恩这才抱过一卷明黄色绸子绣龙纹的圣旨徐徐展开，尖细而高昂的声音遍及大殿的每个角落。

"谢主隆恩！"姚燕语再次徐徐跪拜，连着磕了三个头。然后徐徐起身，接过圣旨之后，再次请退。

皇上捻着胡须笑道："你且去紫宸宫等候，待朕散朝之后，再找你说话。"

"是，臣告退。"姚燕语再次跪拜，然后退出大殿，随着一个年轻的小太监往紫宸宫去了。

且不说皇上重新出来主理朝政，那些文武大臣们如何绷紧了皮应对，且说姚燕语这一受封领赏，却让多少人红了眼。别人不说，单说凤仪宫的丰皇后就第一个不高兴了。

"真的？！"丰皇后听完小太监的回话后，蹙眉问。

"大殿之上，皇上让怀恩当着文武众臣宣的旨意。绝对错不了。"

"哼！"皇后顿时冷了脸，捏着玻璃茶盏的手指指肚泛白，恨不得把这只玲珑剔透的小茶盏给捏碎了。

旁边的小太监低着头不敢说话，生怕皇后娘娘的怒火一不小心烧到他的头上去。

半晌，皇后方摆了摆手，让那小太监退下了。小太监从凤仪宫出来，去别处转了几个圈儿之后方回到紫宸殿当差。

紫宸宫前后三进宫殿，院子里有玲珑的山石盆景，布置得大气而雍容。姚燕语在院子里夏日纳凉的石凳上坐了将近两个时辰，喝了两杯热茶，终于等到万岁爷散朝了。

万岁爷回来的时候，身后跟着怀恩以及诸位执事太监，另外还有丰宰相、诚王爷以及辅国大将军卫章。姚燕语忙站起身来躬身行礼。

进了大殿，姚燕语上前去半跪在脚踏上安心诊脉，之后又道："皇上的身体近期调养得很好，看来是素嫔娘娘用心了。如今皇上颅内瘀血已除，之前的治疗便可终止了。臣另外

卷三 灵燕扶摇

给皇上写两道药膳的方子，让御膳房照做即可。"又说了些养生之谈之后，皇上便命姚燕语先退下，留几个大臣商议国事。

姚燕语不便等卫章，便先行出宫，想着去国医馆看看张苍北老头子去，不料在宫门口遇见了云琨。

云琨似是早就等在这里，看见姚燕语出来便上前拱手打招呼："姚大人。"

"世子爷。"姚燕语忙拱手还礼，"好巧啊。"

云琨笑道："不巧，我是专门在这里等姚大人的。姚大人刚从宫里出来，按说该累了。只是我母妃的病还需姚大人多多帮忙啊！"

姚燕语忙道："这事儿是我的责任。我既然答了王爷，就不会不管王妃的病。既然世子爷专程在这里等下官，那咱们这就去给王妃医治吧。"

云琨原指望着是跟姚燕语约个时间的，不想她如此痛快地答应这就去，于是喜出望外，忙道："如此，真是多谢了。"

诚王妃的眼疾本来已经医治好了大半儿，按照当时的治疗，只需再针灸个三四回便可痊愈了，偏生出了皇上那档子事儿给耽误下来，说起来姚燕语也觉得挺不好意思的。

今日再来诚王府，不消半炷香的工夫，银针一拔出来，姚燕语便微笑着让诚王妃睁开眼睛。

诚王妃睁开眼睛，眼前便是一片清明，一应旧景丝毫不差地展现在眼前，以及她的儿子、女儿，还有从进门就没看清楚的儿媳。一时间诚王妃又高兴又心酸，直接搂着儿子女儿呜呜地哭起来。

世子夫人见状，只先向姚燕语道谢："真是多亏了姚太医了！"

诚王妃哭够了，方转身握住姚燕语的手，连声道："姚太医，真是谢谢你了！"

姚燕语笑道："治病救人乃是医者的本分。况下官又食大云的俸禄，为王妃治病乃是应当的。王妃不必言谢。"

诚王妃立刻不乐意了："大云朝养的太医多了，少说也有二百个，却没一个有你这样的本事。若说食君俸禄与君分忧，那他们那些人都该杀了！"说完，又笑着拍拍姚燕语的手，"还是你的医术高，治好了皇上，也治好了本宫。你放心，本宫一定会回明王爷，请皇上重重地赏你。啊，对了，我王府也必有重谢！"

姚燕语一听便知道诚王妃是真的高兴坏了，连说话都颠三倒四的，于是忙笑道："那臣先谢王妃的恩典了。"

"这还不是应该的！"诚王妃说着，又说留姚燕语用饭。此时一番折腾下来可不正好是午饭的时候。

姚燕语忙道："自从回京还没去国医馆看看，也不知道那边现在是何等情形。饭是不敢领了，还请王妃恕罪。等改日有时间，下官摆宴给王妃请罪。"

"也好，总不能因私废公。"诚王妃似乎也觉得留饭有些仓促了。

一品医女
【完结篇】

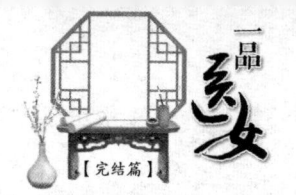

姚燕语从诚王府作别出来，上马车吩咐申姜去国医馆。她离京养病小半年的光景，国医馆里前一批医女已经学成结业，进宫的进宫，分府的分府，自然也有成绩优异又不想回去的，被留下来当差。

姚燕语先去老院令那边去拜见师父，老院令正在用饭，见她回来了，便翘着胡子问："今天是你受封的好日子，怎么这个时候回来了？皇上没留你啊？"

姚燕语笑道："皇上龙体康复，有多少家国大事要操心，学生又不懂国事，留下作甚？"

张苍北哈哈一笑，说道："你这点就不如为师多了！想当初为师给皇上治病，那可是时常被皇上留饭的。"

那是因为你是个老光棍儿嘛！无家可归皇上可怜你才留饭。姚燕语心里腹诽了一句，脸上却笑得比花儿还灿烂："学生哪能跟老师比！"

"得啦！我也不要你拍马屁。"张老院令指了指身旁的椅子，说道，"一个人吃饭甚是寂寞，请姚院判坐下来陪陪我老头子吧。"

"是，学生遵命。"姚燕语笑眯眯地落座，拿起酒壶来给老头儿把酒斟满。

老头儿甚是满足，一边抿酒一边笑眯眯地问："看你气色比之前好多了。想必山庄里的日子过得不错吧？"

"山中环境清幽，空气又好，没有那些繁杂之事叨扰，最适合静养。说起来若不是记挂老师和家人，学生真的不想回来了呢。"

"啧！"张老头儿咂了咂嘴巴，眯起眼睛捋了捋稀疏的胡须，"说得这么好，是想羡慕死我老头子吗？好吧，你现在医术突飞猛进，也是我老家伙歇息的时候了。明儿我就把奏折递上去，请皇上准我辞官，去民间游历。"

姚燕语立刻笑不出来了："不是吧？我刚一回来您就走？"

"你都回来了，我还不走？"老头胡子一翘，瞪了姚燕语一眼。

"不是，"姚燕语回头看了一眼翠微，又问，"咱师生总得好生坐下来交接交接吧？这国医馆衙门虽然不大，好歹也几十口子人呢！"

"你不在的这些日子，都是翠微和翠萍两个人在操心。我不过是混吃混喝罢了，所以你大可放心，只要有她们两个在，那些琐事就不叫事儿。"老头子说着，又抿了一口酒。

姚燕语扁了扁嘴巴，坐在那里不动。老头子左等右等，得意门生就是不给倒酒，于是一瞪眼："你个没出息的！还想让别人罩着你一辈子？"

"我没想让你老人家罩着我一辈子。"

"那你还跟我赌气？"

"最起码你要等过完了这个年才行。"

"为什么？你要知道，这天一冷，云都城外有多少贫苦百姓会因为吃不饱穿不暖而患上风寒？若逢大雪，会有多少民居坍塌？又有多少百姓挣扎在生死边缘？为师我出去游历，就是要救治那些没钱看病只能等死的穷苦人。过了这个冬天，春暖花开，他们的日子就好过

卷三　灵燕扶摇

了！该死的也都死透了！"

姚燕语听着这老头说得头头是道，扁了扁嘴巴，没说话。

"怎么，你还不信？"老头子瞪眼。

"学生不是不信。只是但凭老师一己之力，就算是一冬天日夜不休，又能医治多少人呢？况且不过是风寒而已，哪里用得上您这位国医出手？学生叫他们多配几万包中药冲剂就能办到，您非要跑出去风餐露宿？"

"……"这下老头没话说了。

"还有，那些大雪造成的房屋坍塌之类的事件，您除了医治伤民之外，又有什么好办法呢？难道您还能揣着尚方宝剑下去，督察民情，监理地方官员赈灾啊？或者，您家财万贯，可以施舍粥米，解救灾民？"

"你个不孝徒！"老头儿被抢白得翻白眼。

"不是老师说，要握住权力这柄宝剑，除魔扶正，为天下人谋福祉吗？"

"我没说！"老头气得脸都红了。

"反正就是那么个意思嘛。"姚燕语笑眯眯的。

此时翠萍带着两个医女抬着一个食盒进来，把刚做好的四样精致菜肴一一摆在了桌子上：荷叶粉蒸肉、清炒冬笋、龙井虾仁还有一个宋嫂鱼羹。

张老头儿一看这菜色，立刻笑骂："你们这些死丫头们也只有在你们姚大人在的时候做饭才会用点心。"

翠微和翠萍含笑不语，姚燕语拿起筷子夹了一片冬笋尝了尝，点头道："不错，手艺没退步。"

"请二位大人慢用，奴婢厨房里蒸着竹筒饭呢。"翠萍笑着福了福身，退了下去。

"老师，趁着学生在，您再享受一个冬天，怎么样？"姚燕语说着，拿过汤碗来给老头子盛鱼羹。

"好吧，最晚到明年二月初二。老头子是必须走了！"老头儿看在鱼羹的分上，算是答应下来。

"行。"姚燕语端起自己的酒杯，跟老头子碰了一下，"一言为定。"

"你说我现在怎么混到这种地步了？想做什么事儿还得跟你个丫头片子商量。"

"学生这也是关心老师的身体么。"姚燕语笑嘻嘻地喝了酒，开始拿筷子吃菜。

敲定了这事儿，终于可以放心地吃饭了。之前皇上说升自己为院判的时候姚燕语便想到这老头子肯定会旧话重提，要求离开。只是自己不问世事在蜗居小庄里住了小半年，虽然京都的事情也没逃开卫章的眼线，但总有些细节不能掌控。这个时候老头子若是走了，国医馆怕是会遇到一些难题。当然，姚燕语觉得自己也不是怕那些人，但有人在上面给撑着，她好歹也能缓一口气。

哄好了老头子，姚燕语又去探视了萧太傅。回到自己以前的屋子里，一切如故，翠微

219

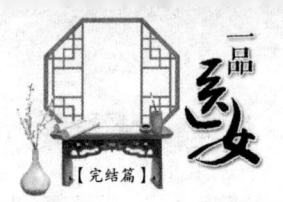

和翠萍每天都会亲自打扫，今日她回来了，二人更是把茶水点心什么的都叫人准备好了送了过来。

惬意地靠在铺了狐皮褥子的藤椅上，姚燕语听着翠微和翠萍把国医馆今日的概况回了一遍，之后说道："你们两个现在好歹也是六品的职衔了，以后但凡公事，都落到纸上。"

"啊？"翠微有些傻眼，她们跟着姚燕语这么多年，字是认得的，也会写几个。但要把这些事情都写在纸上——那不是跟做文章一样吗？那她们怎么会啊？

"啊什么啊？等将来你们再升职，还得写奏折呢。"姚燕语看面前两个人一脸的衰样，又丢过去一颗炸弹。

"不是吧？！"这回翠萍也傻了。

"啧！"姚燕语皱眉看着二人，上下打量了一圈儿，方笑骂道，"有困难自己想办法克服！不然的话出去别说是跟我的人。"

"是。"翠微欠身答应。

"奴婢知道了。"翠萍也蔫蔫儿地点了下头。

"还有。"姚燕语伸出一根手指点了点二人，"以后在这里，跟我说话不许自称奴婢，要自称下官。我们是上下级关系。"

"可我们也是夫人的贴身婢女啊。"

"再说这里又没有外人。"

姚燕语皱眉道："回去我把你们俩的卖身契找出来烧了，然后让父亲另外给你们补一份履历来。从今儿起，你们就不是我的贴身婢女了。你们只是大云国医馆的医士。"

此言一出，翠微翠萍两个人扑通跪下了，连声音都带了哭腔："夫人不要我们了吗？！"

姚燕语长长地叹了口气，笑道："瞧你们这点出息！在国医馆里当差，你们不照样还是我的人？"

"那不一样。"翠萍抬手抹泪。

"看看！连顶嘴都学会了？"姚燕语笑眯眯的。

"奴婢不敢。"翠萍赶紧低头。

"还不敢！公然违抗上级的命令，我看你胆子挺大嘛。"

"下……下官不敢。"翠萍不得不改了口。

"你看，这多好。"姚燕语笑眯眯地摆了摆手，"天色不早了，我先回去了。有什么事明儿再说吧。"

"是。"翠微和翠萍二人赶紧答应着，把自己从小服侍到大的上司给恭送出去。

第二日一早，姚燕语来国医馆上任，办的第一件事就是上了一道奏折给皇上，说萧太傅的身体已经没什么大碍了，臣建议太傅大人回家休养，当然，对于给殿下们上课的事儿，或者去皇宫的上书院，或者在靖海侯家里另开书房，那就是皇上的事儿了，反正国医馆不用住了。

第三日是韩明灿和苏玉蘅为姚燕语准备的庆贺宴。身为本尊虽然大事小事都不用操心，但开宴这日人是必须到的，不然大家还庆祝什么呢？

于是姚院判又告了三天假。幸好老院令还坐镇国医馆，姚燕语告假不用上奏皇上，只跟老院令说一声也就罢了。当时老院令哼了一声，笑骂：原来你死活要留我过冬，竟是为了自己偷懒。姚燕语又许了两坛子二十年的状元红才把老头子给安抚下去。

第十三章

开宴这日，恰好天公作美，竟是艳阳高照，一丝北风也无。暖洋洋的日头让人几乎产生阳春三月的错觉。纵然是秋光已老，那官道两旁耐寒的杂草野花也愣是平添出一点顽强的生机来。

姚燕语和苏玉薇同乘一辆马车出城往城外依云湖的方向去。因为是主家，所以苏玉薇和姚燕语二人来得比较早，此时画舫正靠在岸边，宾客们却大多还没到。

靖海侯夫妇是早就到了，镇国公府韩熵戈夫妇，韩熵戈夫妇也早就到了。湖边停着两只大大的楼船，雕棁画柱，彩绸飞舞，端的是华丽奢靡。那几位却不在船上等，只叫人在岸边摆了榻几，就靠在榻上晒太阳喝茶，悠闲自在得很。

说笑间，姚家的车队到了。前面是姚延意骑马引路，后面是十几辆马车。宋老太君、王夫人、宁氏、姚凤歌几个人一起过来，连同服侍的丫鬟婆子们，人还没下车，欢声笑语便满了湖畔。

恰好卫将军也带着唐将军一起过来，后面跟着一串马车，乃是阮夫人引着诚王妃和云瑶郡主以及云湄、燕王妃带着云珂郡主以及云漾、云汐，还有谨王妃。

只是这里才进画舫落座说完客套话，茶也只喝了两口，外边又有人回，凝华长公主到了。于是宋老太君和王夫人等又要起身相迎，而今日与凝华长公主一起过来的还有韩明灿的亲姐姐，原直隶总督的嫡长媳汉阳郡主韩明烨。直隶总督因任满回京，韩明烨因为思念母亲家人便跟夫君二人随直隶总督的车队先行进京，一进城便被凝华长公主接回了公主府，今儿才是第二天，因想念妹妹，便跟着母亲一起过来凑热闹了。

凝华长公主入内，三位王妃也都站起来互相见礼。之后韩明烨又给几位王妃行礼，又是一番说不尽的客套之后，众人按照身份品级及长幼有序落座。而韩明烨因为离京许久才回来，便被燕王妃和谨王妃拉在身边说话。座位不够，丫鬟们又加了一把椅子进来。

外边接着又有人来，乃是家里有女儿在国医馆学习，或者曾经在国医馆学习拜姚燕语为师的人家。

这边画舫上笑语盈天，那边爷们儿乘坐的那艘画舫上也十分的热闹。萧霖、韩熵戈、韩熵戊、云琨、云珩、云珅、卫章、贺熙、唐萧逸、葛海、赵大风以及代表定北侯府来的苏

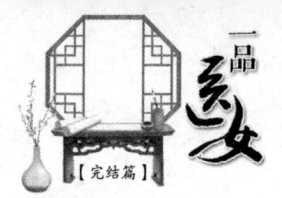

玉康，安逸侯府世子周承阳，打着替祖母表示谢意的宰相府大公子丰少琛等但凡平日里跟辅国大将军府有来往的基本都到了。

见人来得差不多了，长公主点了一出《赏花时》，那边的戏子们精心装扮了，锣鼓声起，咿咿呀呀地唱了起来。船上原本说说笑笑的众人立刻停了下来，开始专心听戏。

姚燕语开始在凝华长公主一席陪坐敬酒，之后又去次席坐了片刻跟老太太和几位少夫人说笑了几句。这会儿开戏，众人都不再说笑，她便趁空悄悄起身去舱外透气。

香蕗悄悄地端着一盏温热的冰糖雪蛤送上来，低声回道："夫人，先吃一点吧，待会儿估计要吃不少酒呢。"

"嗯。"姚燕语接过仿琉璃色的玻璃汤碗来，又低声吩咐，"你进去照应着，我一会儿就进去了。"

"是。"香蕗微微福身，应声退回了船舱。

姚燕语靠在船舷的护栏上，一边看着那边戏台上的华丽表演，一边慢慢地吃冰糖雪蛤。却不知道另一条船上已经有人在悄悄地看着她，且近乎痴迷。

卫章是在不经意间才发现这件令人抓狂的事情的。他原本是要跟韩熵戈说话，回头却看见了发呆的丰少琛，然后顺着丰少琛的目光看过去，那边船舷上一穿着胭脂紫妆花贡缎白狐长袄的女子正凭栏而立，一分闲适，两分慵懒，三分清雅，四分雍容。可不是他的爱妻皇上新晋封的辅国夫人吗？卫将军顿时觉得胸口里一阵阵的邪火往上蹿，却又找不到发泄口，一时间脸色比锅底还黑。

韩熵戈见卫章回了回头，却没说话，脸色渐渐地阴沉下去，顿时有一种不好的感觉。毕竟是并肩作战的同袍，默契还是有的。当韩熵戈也看见丰少琛盯着那边船舷上姚夫人的目光时，不免暗暗一叹，心想这个少琛，可不是要撸老虎须嘛！

"咳咳！"韩熵戈咳嗽了两声，直接问丰少琛，"少琛，你刚才一直在说这蒋蕙香如何好如何妙，如今看来也不过如此嘛。"

丰少琛回神，侧脸看了一眼戏台上已经准备退下去的蒋蕙香，微笑摇头道："他的《长生殿》是一绝，这《赏花时》显不出唱功来。"

"哎，那《长生殿》点了没？"韩熵戈立刻问萧霖。

萧霖抬手比画道："点了，下一个是《二郎救母》，再接下来应就是《长生殿》了，大哥别急，今儿有一天的工夫慢慢看呢。京城五个戏班子，咱请了四个。还怕没有好戏看么？"

"好！"韩熵戈大声笑道，"文人都说，偷得浮生半日闲，今天咱们也尝尝这半日闲的滋味。来，我借花献佛，先敬大家一杯。"

众人忙随声附和着端起酒杯。韩熵戈看卫章的脸色还不怎么好看，便点了他的名字："显钧，想什么呢你？今儿按说是你的东道啊！"

卫章忙微微一笑："刚才确实想到了一点事情，实在抱歉。"说着，端起酒杯跟韩熵戈碰了一下，又向众人道："今天是为我的夫人庆贺，卫章多谢诸位赏脸。我先干为敬。"

卷三 灵燕扶摇

说着，一仰头，把杯中酒一口闷下去。

众人都笑着把酒喝了，卫章却吩咐旁边的侍女："换大杯。这奶头小盅子喝酒实在是憋屈。"

"哈哈……我刚还想说呢，只是咱今儿是做客的，总有些不好意思。"韩熵戈也讨厌极了这小酒盅。

"你们这些人自然不怕，不过萧霖、少琛他们……"韩熵戈有点担忧地看了一眼丰少琛，其实他最担心的还是自家的这位妻弟。

"哎！瞧不起文人？"萧霖本来没想说什么的，但被云琨那揶揄的目光一扫，脑袋立刻发热，把手里的酒盅一丢，抬手拍桌子："换大杯！谁怕谁！"

"好！痛快！是汉子就不能娘们唧唧的。"卫章大手一挥，又恍然看向丰少琛，一脸的歉意，"丰公子不会嫌我们这些粗野莽夫斯文扫地吧？要不，你还是用小杯？"

他刚才明明说了"是汉子就不能娘们唧唧"的话，现在又让人家换小杯，分明是挤对人。

丰少琛跟他比实在不是一个段位。不过两句话，丰公子的那股意气便被激发出来："卫将军说什么话？难道书生就是娘们儿吗？"

"好！"卫章对着丰少琛竖起大拇指，"丰公子果然让在下刮目相看！"

旁边的韩熵戈心里那个气啊！暗骂丰少琛真是愚蠢，对方不过三言两语他就跳进了圈套，就他那点儿酒量，就奶头小盅他都不一定能喝过人家，如今换了大杯，恐怕一杯下去他就云里雾里，两杯就钻桌子底下打呼噜去了！还瞎充什么汉子？大云朝有他这样的汉子吗？！百无一用是书生！韩熵戈从心里狠狠地骂了一句。但还是做好了救场的准备，谁让这倒霉公子是自己的妻弟呢。

换了大杯，酒壶里的酒就不够用了，侍女们不等主子吩咐，立刻弄了四只酒壶来分别斟酒。

众人的酒都满上，卫章再次举杯："今天还得特别感谢萧侯爷和世子爷。若不是二位前后张罗，我卫章一个粗人，可无法如此周全。小弟敬二位一杯，还请诸位从旁作个陪，给在下一点薄面，如何？"

"好。"云琨也瞧出卫章的意思来了，反正是有乐子看，不看白不看。先站好队，排在自己兄弟这边儿，等会儿好党同伐异。

萧霖无奈地看了一眼韩熵戈，韩熵戈知道若是不喝这杯酒，卫章面子上确实过不去，于是端起酒杯来，淡笑道："显钧和我们两个人都喝了。其余诸位既然是陪酒，就请随意吧。"

"那怎么能成？"唐萧逸不干了，"咱们兄弟们的感情，怎么能随意呢！干了！"

"对！干了！"坐在末位上的赵大风也端起酒杯。

安逸侯世子周承阳笑道："素闻卫将军颇有霸王遗风，是个不折不扣的硬汉子，今日一见，果然如此。兄弟实在佩服。干了。"

223

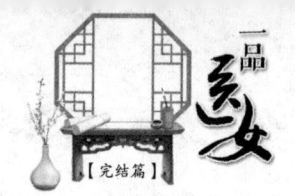

韩熵戈默默地瞪了韩熵戈一眼：怎么你家大舅子也跟着起哄架秧子？

韩熵戊无辜地笑了笑：我哪里知道，大舅哥嘛，我也不敢得罪。

卫章不管韩家兄弟眉来眼去，只一举酒杯："我还是先干为敬。"然后一仰头，慢慢地一杯老烧酒一口闷了下去。

"好！"韩熵戊叫了一声好，"真痛快！"然后也一口闷了整杯酒。

接着是韩熵戈，然后萧霖、唐萧逸等也全都干了。

丰少琛有点打怵，但此时已经是箭在弦上，再也没有二话了，于是一闭眼一狠心，学着众人的样子，也一口把酒倒进了嘴里，却被那辛辣的滋味给呛出了眼泪，但好歹是喝下去了，喝完后他还不忘朝着众人亮了亮杯底。

"好！丰公子真不愧风流名士！痛快！"卫章大声赞叹着，又招呼侍女，"倒酒！"

至此时，若是唐萧逸再看不出点门道来就白跟了卫章这么多年了。只是他却怎么也搞不懂为什么他家英明神武的将军跟一个弱不禁风的公子哥儿铆上劲儿了呢？按说这两人八竿子打不着的，凭着他家将军的秉性，实在是不应该有这等欺软之举啊！

而此时的丰公子差不多半斤酒下肚，已经有些飘飘然了。

俗话说，酒壮尿人胆。丰公子有这半斤酒垫底，之前压在肚子里的那些情绪便如开了锅一样，咕嘟咕嘟地往上冒。尤其是看卫章的时候，便多了几分怨气，几分嫉妒，几分不甘。

萧霖心里明镜儿似的，岂能让他说出不该说的来？于是立刻伸手抓住丰公子的手腕，笑道："少琛，你跟我来。"

"不去，我还要喝酒。"丰公子一甩手，不领情。

"赶紧，有要紧事儿。"萧霖不管三七二十一拉了丰少琛离席。

卫章冷冷地一个眼风扫过去，萧侯爷顿觉脊背生凉，但还是硬着头皮把人拉走了。韩熵戈暗暗地松了一口气，举杯笑道："来，咱们一起干这第三杯，庆祝显钧有个好夫人。"

这话说得一点也不错。在座的这些人除了安逸侯世子之外，其他多多少少都受过姚燕语的恩，于是纷纷举杯，向卫章祝贺，七嘴八舌，舌吐莲花，卫章又连着喝了三大杯。

席间正喝得热闹，卫章见萧霖一个人回来，淡淡地笑道："萧侯爷真是聪明人，知道跑出去躲酒。"

萧霖苦笑："不带这么挤对人的啊！我还不是为了你好？"

"少来。"卫章才不领情呢，为了谁好谁心里有数，"你不在的这会儿我们每人喝了四杯了。你自己说说你该罚多少？"

萧霖心里骂了丰少琛一句，转头看韩熵戈，希望大舅子能看在自己也算是替他解围的状况下帮自己说句话。韩熵戈笑了笑，说道："就罚四杯吧。"

云琨不用看卫章怎样便先笑了："那也叫罚啊？大哥你可不能偏心。在战场上我们若是半路当逃兵，回来可是要杀头的！人家都说酒场如战场，酒品如人品，萧侯爷自己说，该罚多少？"

卷三　灵燕扶摇

卫章哈哈一笑，说道："酒品如人品，世子爷这话说得着实有道理。"

萧霖从心里骂娘，脸上还得笑着跟这些混蛋们敷衍："怎么，杀人不过头点地，世子爷是想让萧某醉死在这里？"

"醉死就不必了。萧侯爷上有老下有小的，我们也不是那么狠心的人。"云琨颇为大度地一笑，"你把丰公子带走了，就喝个双人份儿，不过分吧？"

萧霖看看在座的这些幸灾乐祸的家伙，知道多说无益，倒不如痛快些，于是一卷袖子："来吧，双份儿就双份儿，不过是图个痛快！"

"好！"周承阳率先叫好，"侯爷真是豪爽，给咱们读书人争气！"

韩熵戈则皱眉问："行不行啊你？"

"行！"萧霖一拍桌子，这种时候是个男人就不能说不行。

八杯酒一溜儿排开。每一杯四两，也足足三斤多。

凭萧霖之前早有准备先吃了两粒国医馆独门秘制的醒酒丸怕也无济于事。不过到了这个份儿上，不喝是不行了，大不了醉了去睡觉，只能落个酒量不行，人品却保住了。

萧霖心一横，端起一杯酒来咕咚咕咚两口下去，然后默默地愣了一下。

搞什么？这什么酒啊这么寡淡无味？掺了多少水？！

萧侯爷的脑袋瓜子转得多快啊，顿时就明白过来。于是不动声色，一杯接一杯地继续喝。喝完之后还不忘晃了晃身子，喃喃地说道："你们这些家伙……都不是好人！"

"子润，怎么样啊你？"韩熵戈担心地问。

"没……没事！接……接着喝！"萧霖一挥手，依然豪言壮志。不过气势却大不如从前。

再掺水的酒也是酒，对半掺的话那酒也有一斤半，加上之前喝的那些，萧侯爷刚开宴没一会儿就喝了两斤了。

"先扶他下去休息一会儿，咱们先喝着。等会儿他酒醒了再说。"韩熵戈说着，看了一眼身后的侍女。

这边船上的侍女都是镇国公府的，不然萧侯爷那酒也不可能被掺水。侍女接到主子的示意，忙上前来搀扶着萧霖往楼上去歇息。

这边放倒了一个，吓跑了一个，席间的热闹气氛依然不减。

云琨和卫章分外高兴，两人一起招呼，加上唐萧逸等人凑趣，席间是群情高涨，比之前更热闹了些。

萧霖被扶走了，云琨是出了口气，只是卫章回过味来又觉得是萧霖替了丰少琛，心里又觉得不足兴。

而且最重要的是，卫将军戎马倥偬，不管是从性格还是从外表走的都是硬汉子的路线，跟那些吟诗弄文的公子哥儿完全不是一回事儿。也因为如此，他从心底里不待见这些酸腐的读书人。可丰少琛和别人不一样。他虽然也酸腐，虽然也只知道吟诗弄文，可他长得好啊！听说女子都爱风流俏郎君，虽然卫将军深信自己的夫人不是那等轻浮之人，可爱美之心人皆

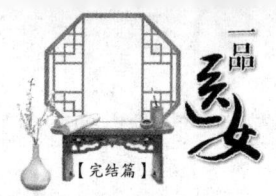

有之，谁知道自家夫人的心底里是不是也喜欢这样的小白脸？许是因为酒劲儿上来了，卫将军越想心里越没底，一副铁石心肠顿时也生出几分惆怅来。

偏生这会儿丰少琛的酒气散得差不多了又回到席上，想明白了一些事情，丰公子比之前淡定多了。一上来先拱手告罪，说自己酒量浅，实在不该逞强，差点扫了大家的兴，然后便大大方方地要求换小杯。

卫将军对此等油滑小人只有在心里骂娘的份儿，又不好不给他换。

之后丰少琛便拿出看家的本事来，潇洒地谈天论地，不仅诗词歌赋，琴棋书画，连天文地理，古往今来，都说得头头是道。他们丰家底蕴深厚，他虽然娇生惯养，但到底书没少读。有道是"腹有诗书气自华"，丰公子在席间嬉笑怒骂，侃侃而谈，一时间竟连唐萧逸也没什么办法压他的风头，让卫章恨得牙根儿直痒。

却说那边船上，凝华长公主同几位王妃都是玩乐的行家，这些人从小时候就开始吃喝玩乐了，到如今几十年早就玩成了骨灰级。

凝华长公主对姚燕语既感激又疼爱，只是碍于姚家人在侧，她又身为长公主不能把姚燕语拉到身边来当女儿疼，于是便使出了长公主的外交手段，坐在主位上把几位王妃侯夫人等都陪得欢欢喜喜，连诚王妃这个老对头今日也特别给面子，竟然没跟凝华长公主对着干。

宋老太君也因为席间有诸多大人物儿而收敛了不少，拿出当初她身为国公之女的身段来应付，心里却是一阵阵地自豪，也没给王夫人宁氏添堵。王夫人暗暗地松了口气，在心里连声念佛。

云珂郡主、云瑶郡主、云漾、云湄、云汐五位王爷之女跟宋老太君王夫人坐在一桌实在没什么话说，喝了几杯酒说了几句闲话之后，便各自离席一起跑去船舷上钓鱼去了。

姚凤歌则一心照顾苏瑾月还有姚盛林这两个小孩子，宁氏在一楼船舱陪林丛立夫人等吃酒说笑。

苏瑾云、姚萃菡两个小姑娘则在一起说悄悄话，两个人如今都开始学针线了，正好凑在一起交流一下各自的心得。

韩明灿和苏玉蘅一左一右陪着姚燕语在每个席面上坐一会子，劝酒劝菜，忙了一阵子之后，便被云珂拉去一起钓鱼。

船舷上，云瑶屏息凝神，手持鱼竿立在寒风里仿佛入定一般对旁边的说笑听而不闻。

恰此时，那边戏台上的小旦甜润的声音正在唱着："……风流不用千金买，月移花影玉人来，今宵勾却了相思债，一双情侣趁心怀……"

姚燕语顺着云瑶鱼竿那端的鱼线看过去，但见碧波之下，有一条青色的鱼儿正待咬钩，于是立刻屏住了呼吸。但见那鱼儿围着鱼饵游了两圈儿，不知是成了精还是怎的，居然甩了甩尾巴又游走了。

姚燕语忍不住轻声一叹。

云瑶微微侧目，看了姚燕语一眼，淡然问："你叹什么气？"

卷三 灵燕扶摇

姚燕语轻笑摇头："我看那鱼儿快咬钩了，却又终究走了。真是可惜。"

"没什么可惜的。"云瑶又转过脸去，双眸平静地盯着水面，"你没听说过愿者上钩吗？"

姚燕语忽然失笑，用赞赏的目光看着云瑶，点头道："郡主说的是。"

云瑶又沉默了半晌，方道："恭喜你了。"

姚燕语听得一怔，又笑道："谢谢了。"

两个人说的话都没头没尾，但也是各自心知肚明罢了。

韩明灿只知道云瑶对卫章的心思，生怕两个人凑在一起会有不痛快，便让云珂过来陪云瑶说话，自己则拉了姚燕语以晚上怎么安排为由，去了另一边。

小戏连台唱了将近两个时辰，众人算是吃饱喝足了。

韩明灿便令戏班子暂时先停下，然后把早就准备好的游戏项目搬了出来。

在大云朝老少皆宜的游戏有两款，一款是投壶，另一款是打牌。宋老太君自然是要打牌的，王夫人便在一旁陪着她，另外又有素嫔娘娘的母亲和另外一位夫人也要打牌，便被请至宋老太君这边来，和谨王妃、燕王妃凑成了一桌。

凝华长公主和诚王妃以及年轻的郡主夫人们都喜欢投壶，输了的要么喝酒，要么抚琴一曲或吟诗一首，实在不想喝酒，琴和诗词也作不出来的，就讲个笑话也可。于是众人嘻嘻哈哈地开始。

傍晚之时，湖面上越发冷了。画舫靠岸，众人依次下船。依云湖畔有一所别院是韩明灿的陪嫁，已经早早地收拾出来供大家休息，韩明灿说晚上大家接着玩。然几位王妃都说家中还有诸多庶务，今天玩了一天也该餍足了，便带着郡主姑娘们回城去，那些夫人们自然也不会留下。

姚燕语想留姚凤歌和宁氏明日再玩一日，姚凤歌低声叹道："我是不能的。家里那些事情你也知道。"

王夫人便让宁氏带着姚萃菡留下，自己则陪着宋老太君回城去了。

女眷们要回城，那几位世子爷们自然要护送各自的母亲回去。众人上车的上车，上马的上马，没多会儿的工夫，便散了大半儿。卫章站在岸边看着那些车马队伍渐行渐远，回头看看留下来的几位：唐萧逸、萧霖、韩熵戈、韩熵戍两兄弟。丰少琛被韩熵戈留了下来，此时还在船舱三层睡呢。

女眷这边，凝华长公主和汉阳郡主已经先行去别院更衣去了。只有韩明灿、苏玉薇、姚燕语三人各自裹着斗篷瞧着丫鬟婆子们收拾船上的杯盘器皿。

"好了，让她们收拾吧，我们先上去休息休息。"卫章看着姚燕语被风吹起的斗篷，微微蹙眉。

韩熵戈自然心疼妹妹，也跟着说道："你们都回别院去，这里留两个管事看着收拾就好了。"

韩熵戍便道："你们都去吧，我留下来照顾丰公子，等他酒醒了，这边也收拾得差不

多了。"

"也行。"萧霖也心疼自家夫人。唐萧逸更是巴不得。

卫章还想客气两句，却被韩熵戈一拍肩膀："跟我还见外？快陪你家夫人去休息吧。晚上多喝两杯酒，算是谢我。"卫章也不是婆婆妈妈之人，当即便叫来马车，扶着姚燕语上去，和众人一起去了别院。

话说当初国库财政紧张，但依云湖却不得不清淤修缮，否则若有暴雨，必定为害大云帝都。皇上便让大臣们想办法。凝华长公主直接拿出十万两白银给皇上，成了皇室亲贵们的表率，皇上也不会亏待了自己的妹妹，当时便承诺依云湖修缮完毕后，会让她在湖边挑拣一块最称心如意的地修建别院。如此一来，其他诸位公主王爷们不得不割肉拿钱，才有了今日风景秀丽的依云湖。也正是因为这样，依云湖边上的别院基本都是皇室宗亲及各位公主们的私产。

当然，凝华长公主在此地的别院并非一座，她十万两白银换来极大的一片地，后来依云湖修整完毕之后，她的别院也一步一步地修建，经过十几年，她先后在依云湖边修建了四座别院，这座给了韩明灿的江南风格的园林型别院陪嫁只是其中之一。

到了别院之后，韩明灿也没有客气，直接吩咐下人带着唐萧逸夫妇和卫章夫妇去了各自下榻的小院。自己则拉着萧霖急匆匆地去见凝华长公主了。

且说姚燕语和卫章带着香蕣等几个近身服侍的丫鬟，抱着大小包袱跟着别院的下人进了一座名曰"浣月"的小院，里面当值的丫鬟早就预备好了热水香茶，服侍二人各自洗漱后换了衣裳，卫章那一身酒气才去了大半儿。

"你喝了多少？怎么这么大的酒气？"姚燕语抬手给卫将军把脖子上的扣袢系上，低声埋怨。

卫将军没说话，只是低垂着眼睑看着眼前的人，一脸的别扭样儿。姚燕语抬头看他那张老大不乐意的脸，忍不住笑问："谁惹你了？拉着个长脸。"

卫将军还是不说话，姚燕语看卫章的脸色越来越难看，还当是他不舒服，忙伸手扣住他的手腕替他诊脉。卫将军也不知道哪里来的邪火，一把推开了她。

"你怎么了？"姚燕语忍不住蹙眉。

"没事。"卫章冷着脸坐下来。

姚燕语立刻跟上去坐在他身边，又关切地问："是不舒服吗？要不晚上你留下来休息，我过去应付一下就回来？"

卫章一听这话，立刻想到丰少琛会趁着自己不在跟他的夫人说什么，于是更加不高兴，冷冰冰地说了一句："不用。我要过去的。"

姚燕语皱着眉头盯着他看，闭口不言。卫章被终于被看得不自在了，索性一转身往一旁的靠枕上躺过去，然后闭上了眼睛。

香蕣端着醒酒汤进来，见将军躺在榻上，便看了一眼姚燕语。

卷三　灵燕扶摇

　　姚燕语不想当着下人的面跟他怎样，便起身接过醒酒汤坐在卫章身边，看着他一脸的别扭，又觉得不该叫他，该让他睡一会儿。孰料香薷却先开口，轻声唤了一句："将军，喝了醒酒汤再睡吧。"

　　卫章眉头皱起，抬手一挥，低声冷喝了一声："走开。"

　　"啪"的一声脆响，伴着姚燕语低声的惊呼。

　　香薷吓了一跳，赶紧跪在地上："将军恕罪，夫人恕罪，奴婢该死。"

　　卫章听见姚燕语轻呼的时候已经睁开了眼睛，看见是她被醒酒汤烫得微红的手指，一颗心顿时拧成了麻花，赶紧抓过来含在嘴里。

　　姚燕语生气地甩开他，转头吩咐香薷："你下去吧。"

　　香薷还想收拾地上的碎瓷片，姚燕语却冷声吩咐道："下去。"

　　"是。"香薷再不敢多言，自从她跟着夫人以来，还从没见过夫人这么生气。但这个时候身为奴婢她自然不敢多说一个字，拿着托盘乖乖地下去了。

　　姚燕语也抬脚往外走，却被卫章一把搂住。

　　"对不起。"卫章把人拉回来抱在怀里，伸手去握着她的手指细心检查，"夫人，对不起，我不是故意的。"

　　姚燕语这回是真生气了，冷着脸一个字也不说，然后拼命地挣脱。

　　卫章怕她这样挣扎总会弄伤了自己，也不敢多用力，便放松了些力道，却控制着她不会挣脱，依然连声道歉："我真不是故意的，夫人别生气！你先让我看看你的手，烫伤了没？疼不疼啊？"

　　姚燕语依然不说话，一直低着头，挣了几下就放弃了，却掉下两颗大大的泪珠砸在了卫将军的手上。

　　这下卫章顿时跟被人挖了心一样，抱着她没头没脸地亲，一边亲一边道歉，连声说对不起，不是故意的，还当是香薷呢，如果知道是她打死也不会推那一下。总之赔尽了丧权辱国的小心，恨不得让人端一碗热汤来让夫人给自己兜头一浇。

　　姚燕语听他说了半天，方吸了吸鼻子，抬手抹了一下被亲得满脸的唾沫，低声说道："你放开我。"

　　"那你还生气吗？"卫将军这辈子都没这么曲意小心过。

　　"你先放开我。"姚燕语平静地说道。

　　"我去给你拿药膏，你的手疼不疼啊？"卫将军不敢太过违抗夫人的话，还是放开了她。

　　姚燕语立刻起身往外走，无意之间甚至用上了内息和卫教给她的特殊步法。

　　卫将军一个不防见夫人已经到了门口，赶紧起身追过去想要拦住她，但到底晚了一步。

　　姚燕语出了屋门也不看路，闷头往前跑，把身体里的内息全部调用起来，身形如风，把身侧的丫鬟仆妇们给吓得傻了眼。

　　卫章随后追了出来，因为心里着急，也用上了功夫。

229

这夫妇两个一个狂跑一个飞奔,俨然成了别院里的一道风景。

恰好唐萧逸过来找卫章,看见这两道身影从自己面前飞过,愣愣地问:"怎么了这是?啊——夫人怎么跑那么快?疯魔了?!"

苏玉蘅从后面跟了出来,皱眉问:"谁疯魔了?"

"夫人——跟飞一样跑了过去,将军都追不上她。"唐萧逸绘声绘色地比画了一下。

"那就疯魔了?!我看你才疯魔了呢!"苏玉蘅生气地骂道。

唐萧逸无奈地摇了摇头,没敢还嘴。

姚燕语一口气跑出别院,最后在一棵枫树下停了下来。已经是初冬,枫树上的叶子已经落了七七八八,还剩下几十片顽强地挂在树枝上不肯掉,不甘心化为泥土。

姚燕语靠在枫树的树干上轻轻地喘息。卫章很快便追了上来,一把握住她的胳膊,紧皱眉头看着她的脸色,然后叹了口气把人拉进怀里,低声问:"到底怎样你才能原谅我?"

"你说你不是故意的,是因为香薷才那样。这是真心话吗?"姚燕语生气地问,"你一进门就鼻子不是鼻子眼不是眼的!我到底哪里做得不好让你生气了?或者你根本就是厌弃我了!"

"不是!没有!"卫章把人搂进怀里,焦虑地吼道,"我是不高兴,可那只是因为我担心!"

"你有什么好担心的?或者有谁说闲话了?"姚燕语首先想到的是有人借着子嗣的事情说话了。毕竟韩熵戈、萧霖都当了父亲,而自己的肚子一直还没动静。

其实在很早之前姚燕语便已经想过了。任何一对夫妻都会吵架,都会有大小的矛盾。就算是爱得海枯石烂,两个人也不可能永远都蜜里调油。可理智归理智,当卫章一脸的不耐烦挥手把自己手里的醒酒汤打掉的那一刻,她只觉得自己委屈得要死了。

拼尽力气跑了这段路,等停下来的时候,理智回来了几分,她本来以为可以跟他好好地谈谈了,却不想说了几句话还是觉得委屈,眼泪又不争气地流下来。

卫章见她又哭,又立刻心疼得要死,想用手给她擦泪又觉得自己手指太过粗糙,便干脆弯腰去吻她脸上的泪,一边吻一边认错:"乖——别哭了,是我不好,我不该把对别人的厌恶带回来,影响我们的感情。对不起了,你原谅我,只此一次,以后再也不会了。好不好?"

"那你跟我说,你厌恶谁?顺带着把我也厌恶了?"姚燕语转头把脸上的眼泪狠狠地擦在卫章的胸襟上。

"我没有厌恶你!我怎么可能厌恶你?!"卫将军着急地辩解。

姚夫人给了他一个白眼,侧过脸去。卫章的大手扣着她的后脑勺又把她的脸扶过来和自己对视着,认真地说道:"我决不会厌恶你,就算有一天我厌恶了自己,也不会厌恶你。"

姚燕语心里一酸,心里骂着这混蛋现在真的是进步了,这种时候也能说出情话来!

"嗯?"卫章弯腰低头,以自己的额头抵了抵她的,轻声问:"听见了没?"

"回答问题!"姚燕语从心动中挣扎出来,抬手狠狠地点着他的额头把人推开两寸的

卷三　灵燕扶摇

距离。

"我讨厌姓丰的！"卫将军低吼完这一句，心里也委屈开了，"我讨厌他死乞白赖地盯着你看！"

"那怎么办？难道我以后就不露面了？或者出门戴个斗笠，再遮上面纱？"

卫将军却不答话，只顾恨恨地说下去。

姚燕语无奈地笑看着他那张别扭的帅脸，无奈地问："那你就怪我？觉得是我招蜂引蝶了？跟别人家的夫人比起来，我是不够贤德恭良？"

"没有。"卫将军再次把人搂进怀里，声音却比之前委屈了八倍。

"那你是想怎么样呢？暗杀了他？"

"怎么可能？"那可是宰相大人的独苗嫡孙。

"把他秘密关个一年半载的，等人关成神经病再送到军营里去做军奴？"

"开什么玩笑。"卫章抬手拢了拢怀里人的碎发，"好了，总之是我不对。"

"没关系，你也有喝醋的权利。"姚燕语低低地笑着，又朝着卫章做了个鬼脸，"只是下一次再喝醋的时候不要把醋坛子打翻了祸害不相干的人就好了。"

看着她重新展开的笑颜，卫章心里一暖，继而低头狠狠地吻住了她的唇，半天才放开。

"喏！以前没发生这样的事情呢，我也懒得跟你说。现在事情发生了，咱们得先说好。"姚燕语脸上还浮着一层红晕，就开始一本正经地教育卫将军。

"你说。"卫章情不自禁地抬手抚过她脸颊上的那一抹红。

"俗话说呢，小醋怡情，大醋伤身。以后吃醋可以，不许再摔了醋坛子。"

卫章看着她一本正经的小模样，忍不住笑道："有今天这一次就够我记一辈子的了。哪敢有下次？夫人放心。"

"第二，我再跟你说一次，我既然嫁给了你，就会一心一意跟你白头到老。除非你休妻，我绝对不会跟别的男人有什么。人与人之间最重要的是信任，你若是连这点信任都没有，可不配做我的夫君。"

"好了好了！我都说了不会了。况且这事儿我本来也没怀疑你嘛，我就是看那混蛋心里不舒服而已。"

"第三，你娶了我，我嫁给了你，我们两个组成了一个家，我们的家是我们两个的，它跟一个国家的领土一样神圣不可侵犯。外边的男男女女对我们的家虎视眈眈想要闯进来，我们两个应该齐心合力把他们打出去。不应该跟我搞内斗！"

"是是！夫人的话有道理。"卫将军赶紧点头，他太喜欢这句话了——外边的男男女女对我们的家虎视眈眈想要闯进来，我们两个人应该齐心合力把他们打出去，太对了！

"你也别不高兴，今天不过一个丰少琛，以后你的烂桃花肯定比我多！"姚燕语扁了扁嘴巴，哼道。

"不可能，我决不纳妾。"卫将军立刻保证。

231

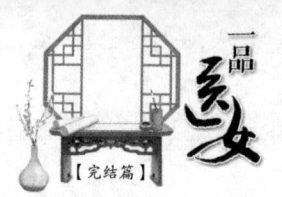

姚夫人立刻昂起了小脑袋，气势汹汹地说道："还纳妾？告诉你，你娶了我，这辈子只能有我一个。谁敢跟我争男人，我有的是手段让她生不如死。"

"啊！说的是！"卫章重重地点了点头，装出一副惊恐的样子来，"谁敢跟女神医争男人啊？不要命了！"

"去你的！"姚燕语抬手推了他一把，"说得我跟母夜叉一样。"

"哟，你不是啊？"卫章笑着打趣。

"混蛋你！"

"好好，我是混蛋。那你就是混蛋的夫人了。"

"别碰我，讨厌你。"

"好，不碰。"卫章说着，弯腰把人打横抱了起来，"不碰你，我就抱着你。"

"你怎么这么烦人呢！"姚夫人无奈而幸福地叹了口气，把脸埋进了她家夫君的水獭毛衣领里。

当晚安排的节目一律没用上。归根结底自然是因为卫将军跟夫人闹的这一场。

没有人知道两个人是为什么吵架，连参与了事情经过的香蕌也说不清楚。苏玉蘅只从她的嘴里问出了一件事：将军好像不高兴，不小心打翻了夫人递过去的醒酒汤，然后夫人也不高兴了。

"我说呢！两人一前一后地跑出去，原来是这样。"唐萧逸心里先为他家将军竖起了大拇指，敢掀翻夫人递过来的醒酒汤那可不是一般的英勇啊！不过接着又为他家将军双手合十求了一声佛祖保佑，保佑将军使出十八般武艺把夫人哄回来，不然接下来倒霉的可是兄弟们。

所以聪明如唐将军，赶紧牵着自家夫人回房去了，并着人通知了萧霖，白天大家都喝多了，今晚就别接着喝了。缓一缓，明儿再接着玩儿。

至于明天该怎么玩儿，那得看卫将军能不能把夫人哄得开心满意了。

第二天萧霖却不得不回城了，他现在是礼部的主官，快过年了，朝廷祭天祭神祭祖宗的事情特别多，还有边境属国的使臣就要进京进献贡品，礼部要安排这些使臣的吃喝拉撒睡等一应杂事。

如今四海升平，倒是武将们难得清闲，韩家兄弟以及卫章唐萧逸等人都不急着回去。

不过韩熵戈让萧霖回去的时候带上了丰少琛，昨晚卫将军夫妇闹了那一出，大家虽然嘴上不说，心里却也猜了个七八分，为了不再激化矛盾，大家默默地记下了此事，以后能避开的就避开，尽量不让卫章夫妇和丰少琛遇到一起，别的不说，现成的就玩不痛快。

因为天气不如昨日好，竟有些阴沉沉的，凝华长公主便说不去湖上了，大家在家里凑一起说说话儿，清清静静地听个曲儿什么的更好。

于是韩明灿便叫人准备了两桌精致的宴席摆在别院主厅里，分男女两桌。依然是女内男外,中间放一架双面绣渔樵耕织图的四扇屏。

外边席上,韩熵戈对坐在身边的卫章含含糊糊地说了些话,无非是为丰少琛开脱,说什么读书人就是有些酸腐,行事做派跟我们不是一个路数云云,还请卫章不要往心里去。

卫章自然要看韩熵戈的面子,嘴上微微地笑着,一边点头答应,说昨天大家都喝多了,自己也有些狂傲了。心里却想着,那花心大萝卜若是再落到自己手里一定要让他好看。

比起昨日的欢腾来,今天实在是平淡得很。

不过平淡有平淡的好处,姚燕语可以跟凝华长公主母女说自己将来的打算,城南的药场怎么发展,国医馆想怎么改革,甚至是整个大云的医药体制有哪些不足,应该如何整改才能在旱涝灾害到来的时候,朝廷在第一时间迅速地对灾民进行抢救医治等等。

凝华长公主听得很用心,汉阳郡主也时不时地插嘴问上一两句。韩明灿和苏玉蘅则保持沉默,只是细心地听着。

姚燕语把自己的想法讲完之后,凝华长公主幽幽叹了口气,转头看向汉阳郡主,问:"你在直隶住了这两三年,算是比较了解地方上的事务了,你觉得姚夫人说的这些如何?"

汉阳郡主赞叹道:"如果姚夫人说的这些能够实现,那真是太好了!我记得那年洪灾,虽然直隶受灾并不严重,但也把总督大人给愁得够呛,连着两个多月吃不好睡不安稳,整日为那些灾民难民发愁。朝廷上发下去的赈灾银米是一方面,但更麻烦的是疫情难控制。"

说到这里,汉阳郡主又道:"那次不还是多亏了姚夫人发现了一种叫'毒驹草'的东西才算是解了危难?不然的话,别的地方我不知道,单只直隶这边,我听公公说,至少多死两三万人。"

凝华长公主叹道:"这话说得不错。我虽然不管朝廷里的事儿,但国家兴亡匹夫有责,何况我一个长公主。姚夫人你尽管先把这些想法写成奏折交上去,皇兄最近虽然政事繁忙,但也会给你应有的重视。如果你有什么需要我帮忙的尽管说,本宫会支持你的。"

姚燕语忙欠身道:"谢长公主支持。燕语能有今天,也幸亏有长公主。燕语今日借花献佛,敬公主一杯,聊表谢意。"

凝华长公主微笑着端起酒杯:"虽然你这客气话我不爱听,不过我若是不喝这杯酒你也不安心。我早说过,你对我来说,仅次于明烨明灿。若不是因为皇室宗族里规矩繁冗,我早就收你为义女了。不过你我之间若没有那层虚名,一些事情反而更好说,更好做。"

"是!"姚燕语忙欠身应道,"燕语谢长公主的一片苦心。"

这日的聚会更像是一场家庭会议。众人凑在一起总结过去,展望未来,说笑之间,两坛子酒竟然也见了底。凝华长公主到底五十多岁的人了,便觉得有些头沉,被丫鬟扶着回去歇息了。

韩明烨姐妹和姚燕语苏玉蘅四人便叫人把杯盘撤去,和外边的韩家兄弟及卫章唐萧逸凑在一起,摆了一桌茶点果子等物,八个人凑在一起玩骰子赌大小,一直玩到深更半夜方各自回去睡下。

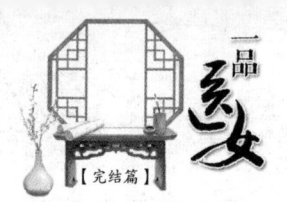

第二日，姚燕语一早便醒了，她跟青云子养成的习惯，每日寅时二刻必然起来先练一遍八段锦，然后微微出点汗再沐浴更衣，梳洗装扮，之后正好是早饭时间。

卫章唐萧逸等武将自然也不会睡懒觉。唯有凝华长公主母女和苏玉蘅因为宿醉，迟迟未起。

"不如再睡一会儿？这么早，主人家还没睡醒呢，做客的先起来了，是不是不太好？"卫章看着坐在梳妆镜前拢着长发照镜子的夫人，一撩袍角坐在了她的身边。

"这有什么好不好？难得清静，不如你随我出去转转？"

"大冷的天，你不该窝在暖炉边看书吗？"卫章抬手抓住一缕墨发，缠绕在指尖轻轻捻着。

"没有多冷吧？"姚燕语转头看了看窗外，北风不小，昨晚就呜呜地刮了一夜，到了早晨还不停，光秃秃的树枝被北风压得低低的，几欲折断。

"外边已经结冰了。"卫章又抬手捏了捏姚燕语身上薄薄的蚕丝棉小袄，若有所思地问，"你现在不但轻易不会累，好像连冷也不怕了？"

姚燕语认真想了想，点头："好像是啊。"

卫章轻笑："青云子那牛鼻子算是有点真本事。"

"那是自然，人家是世外高人。"姚燕语抬手把自己的那缕墨发从卫章的手里拉出来，和其余的拢到一起，松松的编成一根麻花独辫，一直编到发梢。

"那既然这样，你的身体应该是完全没问题了吧？"卫章伸手拉过姚燕语的手，低声问。

"是的吧。"姚燕语点头。

"那我们什么时候会有自己的孩子呢？"卫章伸手把她揽进怀里。

姚燕语一怔，微微抬头看着他，却因为角度的问题看不见他的眼睛，只能看见他方正的下巴锋利的唇线以及直挺的鼻梁。

卫章感觉怀里的人身子一僵，忙低头轻笑道："我觉得瑾月那小丫头挺好玩的，就想你什么时候也生一个给我玩？"

"去！孩子可不是你的玩具！"姚燕语低声笑骂，"你是觉得别人家的孩子随便怎么宠都没关系是吧？反正宠坏了也不是你家的，你没有责任，对吧？"

"难得有小孩子肯亲近我嘛。"卫章低声笑道。

"你还说，瑾月这回估计有得受了。"

"怎么了？她没闯祸啊。"卫章皱眉。

姚燕语又笑："你没见姐姐看见她骑在你脖子上的时候，脸色有多难看。"

"不会吧？"卫章觉得不可思议，因为在他看来，姚凤歌是很宠爱这个女儿的。

姚燕语轻笑着叹了口气，摇了摇头："将来我们有了孩子，可不许你这样娇惯着。"

卫章认真地想了想，点头："嗯，夫人说得有道理。"

可是，孩子……什么时候才能有呢？姚燕语看着镜子里的自己，默默地犯愁。

放松了三天，众人回城。

姚燕语回国医馆之后，繁杂事情全都不问，关了门认认真真地写了一天的奏折。

她先找了张白纸，从上面写下了"医药司"这三个字，之后又写下了"学院"两个字，之后，又"医药司"下面写下了"监督"两个字，再从"学院"两个字下面写下了"经济独立"这四个字。

然后她便以这两件事情为主线，向皇上写了一道奏折，主要阐明自己关于医药监督的观点和经济独立的想法。

在大云朝，太医院也好，国医馆也好，到目前为止都是为皇上服务的衙门，然后以皇上为中心向各大贵族辐射散开，对那些老百姓来说，想看病只能找民间的药店和郎中。

虽然民间医药也有药行行会什么的，但那毕竟是民间组织，那些医药基本没什么监督，若是药方药材有了质量问题而出了事故，一般都被药商花几个钱给压下去了，碰到难缠的百姓告到官府也基本没什么结果。

一来是药商总比老百姓有钱，再者，因为人家是专业的，你说药有问题，拿出证据来呀！你懂吗？你懂医懂药的话还用得着请医延药花那个冤枉钱？

当然，这不是重点。对于一个封建王朝的帝王来说，这些事情不足以撼动他的统治，所以也很难让皇上重视起来。所以姚燕语也不能拿着老百姓的这点事儿去烦皇上。

但灾情疫情就不一样了。疫情这种事情是一不小心就会传播到大云帝都并且威胁到皇室家族甚至皇帝老子本人的，所以等闲轻视不得。所以姚燕语便以"防疫，控疫，治疫"这六个字为中心思想，展开了对在大云朝十七个大省依靠督抚衙门设立医药司的建议。

设立医药司主要有两个要点，一是钱，二是人。

说起来，人不算什么，太医院里吃闲饭的有的是，而且能进这地方混饭吃的总会有两把刷子，随便扒拉出十几二十个人来便都能够独当一面。最关键的还是钱。虽然大云国库不算空虚，但若是凭空多出这一项开销，别说皇上他老人家会肝疼，就是户部的那些官员也绝不会同意。所以姚燕语又顺带给了一个让国医馆经济独立的办法。

她想扩大对医女的培训。当然，如果有男丁想来学医她也大大的欢迎。收学费当然只是最基础的，学费作为国医馆本身的费用支出勉强能够，所以发不了财。关键是，她想用她手里这三十几张药方赚钱。

国医馆里配制出来的药品明码标价，不仅仅供应皇宫和贵族，而且要面向老百姓，面向大江南北所有的三教九流，只要有钱都可以买药治病。也就是让国医馆站在神台上开创副业创收，然后再用这笔银子去全省各地开设医药司。

医药司自然是为了第一时间防疫，另外可以搜集民间古方，也可以设立医学讲堂，适当地收一点讲课费，医药司归当地的督府管辖，只对本地的医药行有监督权，但不能私自开方子卖药。这一点姚燕语主要是怕派下去的医药司主官唯利是图，在下面搞出一些乱七八糟的事情来。

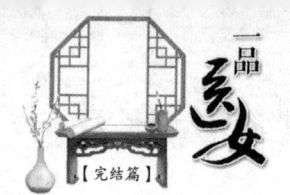

另外还有许多环节的问题，姚燕语也都尽量地想到，如此她以自己的语言习惯，洋洋洒洒地写了万字左右，而这一万多字她写了一整天，连午饭都没吃。

冬天黑得早，刚过申时天色就暗了下来，饶是姚燕语的书案靠近窗户，光线也有些模糊了。姚燕语便抬手叩了叩窗户上的玻璃，喊了一声："来人，掌灯。"

有人应声而入，把烛台上的几支蜡烛都点上，放到了书案上，并低声劝道："夫人，该回去了。"医女把烛台放好后，开始替姚燕语收拾书案。

"你们该干吗干吗，不用管我。我今晚忙完再说。"姚燕语想着趁热打铁，赶紧把这份东西给弄出来，不然一丢恐怕就断了思路。

"那您晚上在这里用饭么？"医女又问。

"再说吧。哎——那个别动。好了，这里不需要收拾，你先下去吧。"姚燕语有些不耐烦了。

医女没敢再问，悄悄地退了下去。

姚燕语这一忙起来便忘了时间，外边漆黑一片，何时飘起了雪花她都不知道。

却说卫将军今天正好不忙，早早地从兵部回来，想着冬天天冷正好吃汤锅，便吩咐厨房新宰了一只肥羊，切了薄薄的肉片，炖了浓浓的鸡汤等着夫人回来一起吃。

孰料他家夫人却是一等不回来，二等不回来，三等还是不回来。

"怎么回事儿？！"卫将军不耐烦地问，"夫人怎么还不回来？"

香薷忙道："已经叫人去国医馆瞧了，应该很快就回来了。"

"再叫人去催！"卫章说完站起身来，围着饭桌转了半圈儿，又问，"派了谁去？再叫人去瞧瞧，是不是宫里有事？"

香薷答应着刚要下去，恰好半夏从外边进来，有些着急地回道："将军，田螺回来说夫人今日忙了一天了，午饭都没吃，这会儿还在忙。翠微姐姐她们劝也不听，说还得将军过去瞧瞧。"

"真是不叫人省心！"卫将军叹了口气走到门口又站住脚，转身吩咐两个丫鬟："把这些吃的都装上，叫人备车你们都跟着去。"

香薷赶紧答应一并装了盒子抬上，跟着卫将军出府上了马车直奔国医馆。

姚燕语终于把能想的都写上，觉得不合适的都画掉，如此折腾了两遍，看着雪浪纸上写写画画乱七八糟的样子，长长地出了口气。刚坐下，便觉得腹内空空，竟咕咕地叫起来。

"唔——有没有吃的？"姚夫人疲倦地靠在高背交椅上，无力地问了一声。

"有。"卫将军恰好推门而入，身后跟着四个提着抱着抬着的丫鬟。

"啊！你们怎么来了？"真是意外的惊喜，姚夫人立刻不觉得累了，一摁桌子站了起来——她闻见香喷喷的鸡汤味了。

"你不回去，我不就来了嘛。"卫章说着，回头吩咐丫鬟们，"摆上来吧。"

翠微和翠萍两个人担心了一天了，见将军来了，自然赶紧进来伺候。

姚燕语这屋子平日以公事为主，还真是没准备饭桌。翠微便叫人现抬了一张桌子进来，

卷三　灵燕扶摇

　　各种汤锅食材一样一样地摆上来，姚燕语在旁边看得口水都要流下来了。

　　卫章看着汤汩汩地开起来了，方拿了筷子夹了羊肉放进去煮。跟着姚燕语的这些都是明眼人，见将军无微不至的样子，小的那几个早就悄悄地退了。翠微和翠萍不好悄悄地走，只得福身道："奴婢不打扰将军和夫人用餐，先下去了。"

　　姚燕语要挽留，卫将军已经摆摆手："我叫人带了羊骨汤来，你们都下去用点吧。"

　　翠微和翠萍赶紧道谢，心想这真是太阳打四面八方出来了，真是太惊悚了——将军居然会关心人！

　　屋子里没了外人，卫章也不用端着了，捞了嫩嫩的羊肉蘸了酱料便往夫人的嘴里喂。

　　"我自己来就好了。"姚燕语忙抓起筷子夹了肉往嘴里送。

　　卫章皱眉道："听他们说你连午饭都没用？"

　　"唔唔……"姚燕语一边吃一边点头，羊肉鲜美无比，汤料也是自己最喜欢的口味，她又饿极了，这会儿哪里还顾得上说话？

　　"慢点！"卫章一边劝，一边往她的面前捞羊肉，又低声埋怨，"你这是何苦？当个院判就如此卖命，若是给你个院令，你不得把家门口朝哪边开都忘了？！"

　　"嗯嗯……"姚夫人一边吃一边摇头，待把嘴里的食物咽下去之后，方笑道，"哪能呢。这不是还有将军你在吗？就算是我忘了，你也会把我带回家的嘛。"

　　卫章无奈地笑了笑，又抬手弹了一下她的脑门，叹了口气："你呀！"

　　一声叹息里是满满的宠溺，万般不舍，又无可奈何，一味地迁就，只图她此时的展颜一笑。这两天卫章时常在想，他从没想到自己竟然也可以这样。对着一个女子，心里只有扯不尽的柔情，诉不完的爱意，恨不得把天上的星星都摘下来捧在她的面前，只愿她能开心快乐。

　　"慢点吃。"看着她自己捞了一块豆腐，斯哈斯哈地吹热气，卫将军又忍不住皱眉，"你都忙什么了？连饭都顾不上吃？"

　　姚燕语神秘一笑，端起旁边的菊花茶喝了一口，低声说道："大事。"

　　"大事？你这能有什么大事？"在卫将军看来，除非敌国来犯边境战乱，天下就没什么大事儿。

　　"一件做成之后，可以名垂青史，功在千秋的大事。"

　　卫章认真地看着姚燕语，半晌方问："你这能跟我细说说吗？"怎么听着这么没底呢？当然，后面这句卫将军不敢正面质疑，只能从肚子里腹诽了一下。

　　姚燕语又吃了两片白菜，喝了两口茶，然后拿过帕子抹了下嘴巴，起身去拿过自己忙活了一天的那几张纸过来，卫将军很配合地把面前的杯盘都推到一边。

　　"喏，你看。"姚燕语指着纸上乱七八糟的鬼画符，对卫将军侃侃而谈。

　　卫章一开始看着那些乱七八糟的缺胳膊少腿的字直觉得头疼，但听姚燕语有条有理地一番神侃下来，忽然觉得他的夫人正在想的这件事没准儿真的可以名垂千古功在千秋！

　　姚燕语说完之后，看着卫章一言不发只盯着自己写的那几张纸看，一时间便有些心虚，

237

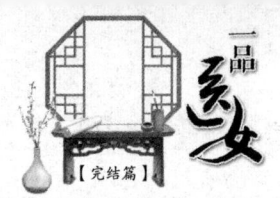

忙把她的劳动成果收起来，笑道："你是不是觉得匪夷所思了些？皇上怕也不会准。不过我还是想去做。"

卫章抬头看着她，烛光朦胧，给她清丽端方的面容笼上一层浅浅的金色，越发显得眉目如画。

"算了，不说了。"姚燕语看他这样，一时间心里的那股豪气也散了几分，把那几张纸收起来，重新坐回来吃东西。

"我觉得你这的确是一件了不起的大事。乃是福泽万千子民的事情。做好了真的是功在千秋。只是……这有多难，你想过没？"

姚燕语满不在乎地笑了笑："这世上有什么事情不难？捧着个诰命夫人的封号在家混吃等死也不容易啊！还得整天跟内宅的那些女人勾心斗角，担心生不出儿子，生出儿子又怕养不活。实在不行还得给丈夫纳妾，还得替妾室养儿子！一个不小心小命儿都得丢了。"

"我不是苏玉平。"卫章苦笑着摸了摸下巴，"绝不会让你过那种日子。"

"其实都一样，定北侯府还算是好的呢。我敢说，在这云都城里，还有比他们更不堪的事情。只是我们不知道，也懒得去打听罢了。"姚燕语嘴上这样说，心里想的却是姚凤歌。那么聪明美丽的一个人，出身也不差，如今怎样？若不是娘家的兄弟姐妹扶持着，再有个能干的老爹给撑腰，早就化成灰了。

像这些女子，一生碌碌无为，也不一定能够过上自己想要的那种日子。而自己，如今什么都有，又有什么好怕的呢？再说，这些事情虽然难做，总也还是行善积德的事情，不至于丢了性命吧？

其实姚燕语想的跟卫章还真的不一样。卫章所谓的不好做，是真的担心姚燕语的安危。

她要在各省设立医药司，以朝廷的名义对药行进行监督，那就摆明了跟天下药行过不去。若是那些凭着良心做买卖的药商还好说，他们不至于以假乱真，以次充好，也就不怕什么监督。但所谓无商不奸，凭谁好好地做着生意，也不愿有人给自己套个紧箍咒。

当然，如果这医药司睁一只眼闭一只眼，也还好说。可以姚燕语的性子，那种事情又绝对不会容忍。如此就很难说那些人不会狗急跳墙，使出一些极端手段。

他卫章自然不怕那些蝇营狗苟之辈，可明枪易躲暗箭难防，让他的小心肝去冒天下之大风险的事情，卫将军想都不敢想。

一时间，两人各怀心事，屋子里安静下来。蜡烛安静地燃烧着，一滴滴烛泪缓缓地流下来，在黄铜铸就的莲花式烛台上结出累累的珊瑚珠子。

最终还是姚燕语打破了沉静："这事儿我还没计划好呢。等回头再理一理，弄出个章程来你再帮我参详参详。"

卫章始终是说不出阻止她的话来，他知道不让她去做这件事情就跟不让自己上战场一样，她会抑郁成病，一蹶不振。他不要她那样，那不是真正的她，也不是他喜欢的她。

于是，卫章微笑着伸出手去握住她的手，鼓励道："好，我会尽全力帮你的。"

卷三 灵燕扶摇

"嗯,只要你不怪我不够贤良淑德,不怪我不顾家,就好了。"

"怎么会?"卫章微笑着伸手扣住她的后脑,手指在她的脖颈上轻轻地揉捏,"现在可以安心吃饭了吗?"

"饱了。"姚燕语坐直了身子揉了揉肚子,一张清秀的脸庞皱成了包子,"好像吃撑了。"

"外边下雪了,我们早些回去吧?"

"下雪了?!"姚燕语惊讶地问。

卫章无奈地笑了笑:"你看你都忙傻了,什么都不知道了。"

三日后,姚燕语把那份乱糟糟的思路整理成章,又细细地斟酌着措辞,写了一份五千多字的奏折,在给皇上请平安脉的时候递了上去。

恰好当时皇上没有要紧的事情,便随手打开看了一遍。看完后皇上微微皱着眉头半天没说话。

姚燕语立在一侧也不好说告退,只得安下心来等着。

倒是旁边侍立的恒郡王悄悄地看了一眼面色略带紧张的姚燕语,又看一眼沉默不语的皇上,上前一步躬身问:"父皇若是没什么吩咐,儿臣先请告退。"

皇上却举起手来,把姚燕语的奏折递给了恒郡王:"你看看。"

恒郡王颇为诧异地看了一眼姚燕语,上前去双手将奏折接过,展开后从头到尾细致地看了一遍。之后深深地吸了一口气,叹道:"姚院判的思路可谓妙不可言,而这番事业若真的要做又可谓烦琐冗杂,且一不小心便会把药行的人都得罪尽了!实在是……太大胆了。"

皇上便问姚燕语:"连恒郡王都说你这想法太大胆了。姚燕语,你就不怕把天下药商都得罪了?"

"回皇上,若说得罪,也只是得罪那些黑心药商。至于有仁善之举的药商,应该是巴不得朝廷能这样。"姚燕语躬身回道。

皇上忍不住笑了起来:"你说得轻巧,俗话说无商不奸,那些药商若是无利可图,又怎么存活于世?"

"回皇上,臣并没有挤对他们的利益和利润。臣只是想让他们对得起赚的那些钱,不要弄些假药烂药来糊弄百姓草菅人命而已。"

恒郡王又回头看了一眼姚燕语,躬身回道:"父皇,臣以为,姚院判说的成立医药司一事尚可等以后再议,倒是国医馆要独立经营,不需国库出银子的事儿倒是件利国利民的好事。"

姚燕语感激地看了一眼恒郡王,知道他其实是变相为自己说话。也就是说,医药司的事情不管怎样,将来反正不要国库出钱,而且听姚燕语的意思,国医馆还可以每年向国库缴纳一些管理费。如此一来,可不就是利国利民么?!

大云朝立国至今,经历了四代君主,开国时期的艰难已经过去了,随之而来的是奢华

239

靡费之风。

但前几年西征，后来又是北胡，算起来也打了五六年的仗了。打仗就是打银子，这几年的国库收入有将近一半儿都送去了边疆。

另外加上皇家园林的修缮，以及六部各处的必要费用之外，剩下的也没多少了。

说到底，国库还是缺钱的。恒郡王自然知道朝廷现在最迫切的是什么，所以才会从皇上最感兴趣的地方切题，从侧面给姚燕语架起了一道上梁梯。

果然，皇上听了这话，轻轻地叹了口气，问姚燕语："朕也知道，凭着你的医术，配制出来的药品若是往大云各地卖的话，肯定能积累巨额财富，可如果那样的话……你又怎么能顾得上朕呢？"说到底，皇上不是嫌钱多，而是他自己长命百岁才是最重要的。

姚燕语微微笑了笑，说道："臣自然不会离开国医馆，这么大的事情，臣当然不能亲力亲为。"

"嗯。是得需要些帮手。"皇上点了点头，思量了片刻后又问恒郡王："你觉得此事可行？"

恒郡王躬身道："回父皇，儿臣以为此事可先试行。其实一直以来国医馆就在招收医女，研制新药。只是那些药材的来源是太医院，而制出来的新药也大部分都送去了太医院。当初父皇曾说过，国医馆只管研制新药，不管看病诊脉。只是如今看来，这医和药分开是有利于各持所长，但姚院判却有更远大的志向为我大云子民造福。俗话说，匹夫之志尚不可夺，何况我大云的女神医乎？"

皇上听完之后，忍不住笑了："好，不过这事儿急不来，让朕再好好地考虑一下。就算是要做，也要过了这个冬天了。下个月各国的使臣也该到了，这些人远道而来，奔波劳碌，气候也不适应，难免会有个头疼脑热的。姚院判你协助恒郡王好好地料理此事，要做到有备无患。"

姚燕语忙躬身应道："是，臣领旨。"

"好了，朕累了，你们退下吧。"皇上说着，把手里姚燕语的奏折递给了旁边的怀恩，怀恩双手捧着这奏折转身放在了旁边专放奏折的案子上。

姚燕语和恒郡王齐声告退，从紫宸殿里出来之后，恒郡王微笑道："姚大人心系我大云百姓，小王先替百姓们说一声谢谢了。"

"今日之事，下官还要多谢王爷从旁相助。"姚燕语赶紧朝着恒郡王拱手。

"本王也是为了朝廷和百姓着想，再说，姚大人说的事情对你本人并没有什么好处，父皇若是准了，姚大人肩上的担子更重，责任更大，好处么，除了招人记恨之外，似乎也没什么。所以本王刚说的那些话，也算不上是帮大人你。"恒郡王微笑着说道。

姚燕语刚要说什么，身后便传来一声呼唤："三哥！"

二人忙回头，恒郡王微微一笑："五弟。"

姚燕语忙躬身行礼："臣姚燕语参见五殿下。"

卷三　灵燕扶摇

"免礼。"五皇子云琦随便抬了抬手，却朝着恒郡王笑道："三哥今日怎么出来得这么早？父皇说公务繁忙，免了兄弟们每日的请安，兄弟也不好去紫宸宫走动，不知父皇近日身体可好？"

恒郡王笑着看了看姚燕语，说道："姚院判刚给父皇请了平安脉，父皇的身体如何她是最有话语权的。"

云琦这才侧脸看姚燕语，却也只是淡淡一笑："姚大人，请问我父皇的身体今日如何？"

姚燕语也是淡淡一笑："圣上龙体甚安，五殿下大可放心。"

云琦又笑着点头："听了姚大人的话，我便安心了。回头去跟母后说一声，也让母后安心。"说着，云琦又似是不在意地问了恒郡王一句："三哥不去给母后请安？"

恒郡王抬头看了看天色，笑道："这个时间，母后应该要午睡了吧？我这会子就不去打扰了。等晚饭时再来给母后定省。"

"还是三哥细心，怪不得父皇喜欢三哥在身旁服侍。"云琦的话说得有些酸，但脸上的笑意却风轻云淡，一点也不像是吃味的样子，好像只是兄弟间无伤大雅的玩笑话。

恒郡王自然不能因为这样的话就怎么样，所以也只是微微笑着。

姚燕语便趁机道："二位殿下若是没什么事的话，下官先请告退了。"

云琦轻笑道："我还要去上书院听太傅讲书，三哥，改天兄弟再找你闲话。"

恒郡王微笑点头："功课是最重要的，你且去吧。替本王向太傅问一声好。"

"好，兄弟记下了。"云琦朝着恒郡王拱了拱手，又看了姚燕语一眼，率先转身离去。

姚燕语很久没尝过这种被无视的滋味了，一时间心里自然有些不快。

恒郡王看了一眼那张清丽冷漠的脸，微微一笑："姚大人，咱们也走吧。"

姚燕语躬了躬身："是，王爷先请。"

恒郡王便转身往宫门的方向走着，姚燕语蹙着眉头随后跟着。出宫门后，恒郡王在上车之前回头叫了一声姚大人，姚燕语只得上前去，躬了躬身问："请问王爷有何吩咐？"

"父皇说请姚大人帮忙准备些防风寒的药，请问姚大人，本王何时派人去国医馆取药？"

姚燕语略一沉吟，便道："不敢劳烦王爷，下官回去后安排一下，叫人把药品送到馆驿去，请王爷示下，该交给何人？"

"别交到馆驿去了，这几日馆驿里正在收拾房屋，乱得很，你叫人把药品直接送到礼部，交给靖海侯便是。"其实恒郡王是想说让姚燕语派人把药品送到自己府上的，却又觉得自己该避避嫌，因为刚刚遇见五皇子的时候，他的心里就有一种很怪的感觉，说不出来怎么样，但总是隐约觉得事情不会那么顺利。

姚燕语倒是没想那么多，只拱手应了。在她看来，靖海侯自然比恒郡王可靠多了。药品交给他自然是很放心的。殊不知也正是恒郡王的一念之间，为姚燕语撇开了一场官司，也悄无声息地挑开了一场不见刀枪却更加血雨腥风的争斗。

第十四章

礼部各级官员忙了大半个月，终于把大云帝都的馆驿里里外外收拾一新。

进入十一月，北胡使者第一个到了云都。萧霖亲自带人迎接招待。因为萧侯爷曾经参与过北胡新王的夺权政变，所以北胡使者跟萧侯爷算是老熟人了。双方见面，寒暄过后，竟像是老朋友一样并肩而行。

姚燕语跟往常一样，每天晚上睡前静心打坐，早晨一早起来练八段锦，一早一晚的比卫章还勤谨。白天去国医馆，晚上回来看看医书，听家里的管事回说家事。

唐萧逸的府邸已经建好，苏玉薇正准备搬家的事情，姚燕语是一点忙也帮不上，只好把自己家里的事情揽了回来，最起码不给人家添乱了。

天气一天天冷起来，云都城里却因为诸国使臣来访而呈现一片繁华喜庆之景象。

因为外域使臣入京，锦麟卫从上到下都更加谨慎，诚王爷甚至抽出一部分人来化装成平民百姓，猫在京城各处的犄角旮旯里，防的自然是那些使臣和他们带来的护卫。

连定北侯府的二爷苏玉安也被诚王爷召回来分派了任务，叮嘱他秘密管好那一支分散在角落里盯梢的锦麟卫。

如此，苏玉安也算是夺情起复的意思，因为诚王爷已经答应他过了年等这些使臣们走了之后，也不必回去丁忧了，说国家正是用人之际，让他留下来专门带这一支锦麟卫，为皇上盯着这座云都城。

这样一来，孙氏自然十分高兴。一扫往日沉寂郁闷的神色，连笑容也多了几分光彩。于是这日她打发丈夫上任之后便往清平院来看小封氏，顺带着炫耀一下。

封岫云自从那次早产出事之后，身子一直没有好起来。这也是没办法的事情，毕竟她这已经算是万幸了，在这个时代，生孩子出意外造成一尸两命的大有人在。别人不说，单说她的姐姐封夫人不就是活生生的例子么？

所以这也没什么好抱怨的，封岫云心里有数，要怨也只能怨自己太心急，想着自己肚子里的孩子若是跟李氏的那个一起出生，那么属于自己孩子的嫡子身份才能万无一失。却再也没料到会是如此凶险，差点搭上自己的一条命，更没有料到的是，自己肚子里的孩子居然是个女胎。身体和心灵上的双重打击，让封岫云几乎一蹶不振，养病养到现在也没什么起色。

孙氏来看她的时候，她正围着被子靠在榻上闭目养神。旁边的小几上放着一碗汤药，已经热过了三次都没喝，负责服侍的小丫鬟苦苦哀求了几句被她打发出去了。

"哟，我才几天没来，这怎么又憔悴了？"孙氏进门，小丫鬟自然没有人敢拦着。

封岫云睁开了眼睛看了孙氏一眼，淡淡地说了一声："二夫人来了。"便又闭上了眼睛。

孙氏也不在意，只在她旁边的鼓凳上坐下，看了一眼那碗冒着热气的汤药，叹道："你不能总跟自己的身子过不去呀！这药还是要按时地吃。"

卷三　灵燕扶摇

"都是些庸医！不过是吃个苦滋味罢了！难道我还不够苦？要去一再地回味？"封岫云说着，眼泪便掉了下来，"倒不如早些死了干净。"

孙氏忙拿了帕子给她拭泪，劝道："这眼看着就要过年了！可不许说这种不吉利的话。俗话说，留得青山在不愁没柴烧，你呀，就是糊涂！你现在跟自己的身子怄气有什么用？倒不如好好地吃药，养好了身子才能有将来。"

封岫云淡淡地冷笑："人家什么都有了，我不过就是个多余的罢了！还能有什么将来？"

"你再这样下去，就真的没有将来了！"孙氏皱眉叹了口气，又抬头看了一眼自己的贴身丫鬟青荇。青荇忙福了福身，带着封岫云的丫鬟出去并关上了屋门。

孙氏方劝道："我跟你说个实话吧！你知道你是被谁害得这样？"

"是我自己没福气罢了！"封岫云无奈地叹息。

孙氏鄙夷地笑了笑，说道："我早就说过你被人家利用了，给人家当了挡箭牌，你偏生不信。如今我也不瞒着你了，其实从一开始太医来诊脉的时候，你那好姐姐就知道你肚子里的这个是女胎，李氏那肚子里的才是男胎。"

封岫云顿时如遭雷击，猛然瞪大了眼睛盯着孙氏从榻上坐了起来，嘶声问："你说的是真的？！"

"你不信就当我没说。"孙氏嘲讽地瞥了她一眼，像是在鄙视一个白痴。

封岫云瞪大的眼睛缓缓地闭上，两颗大大的泪珠顺着憔悴的脸庞滚下来落在松花色的绵缎小袄上，留下指肚大小的水痕。

"所以，我说你就是太傻了！"孙氏趁机表露出自己的关切之情，"你把她当亲姐姐看，人家可未必向着你。对你还不如外三路的阿猫阿狗。如今你这个样子，可不是自作自受么？"

封岫云缓缓地睁开了眼睛，眼底尽是恨意："我也不是那么好玩弄的！她把孩子生下来又怎样？能不能养活还两说着呢！"

孙氏立刻伸手捂住了她的嘴巴，惊慌地斥道："这话可不许乱说！叫人知道了，你可真活不成了！"

封岫云抬眼看着孙氏，抬手把她的手推开，低声冷笑："你大可去夫人那里告发我啊！"

"哼！"孙氏生气地转过身子，"我拿你当自己人，你却这样想我？"

封岫云忙伸手拉住孙氏的手，低低地叫了一声："好姐姐！也只有你可怜我了！是我说错话了，你别生气。"

孙氏方勉强转过来，看着她深深一叹，又恨其不争地说道："你呀！就只看中了我心软。你把这些话说给你正经的姐姐听，她或许还能待你好些。"

"不能了！"封岫云无奈地叹道，"她现在已经有儿子了，我对她来说就是个整天吃药花钱，填不满的无底洞罢了。"

"你好好地想一想，这个侯府真正说了算的人是谁！"孙氏的声音压到极低，"是你那好姐姐，还是你的枕边人？"

243

封岫云一怔，眼底渐渐地燃起了希望，嘴角微微一勾，带了一丝嘲讽的微笑。

孙氏见她听进去了，便拍了拍她的手说道："你赶紧把身子养好了再说。"

封岫云点头。是啊，既然死不了，那就得像模像样地活着。从此以后，我也只为自己而活。封岫云自然不是傻子，孙氏的话她听进去了是不假，但也不会完全听她的。

默默地等到冬至这日，因家里要吃团圆饭，封夫人打发人过来瞧封岫云，封岫云便强撑着起身，换了衣服梳洗打扮了往前面去。

苏玉平有些日子没见着她了，到底是同床共枕过的人，还为自己怀了个孩子，苏侯爷也不是钢铁之心，况且封岫云在他面前一直曲意逢迎，也没什么错处。隔了那么久，今日一见，人憔悴成这个样子，免不了有些心疼。便趁着没人的时候，问了她一句："怎么这么久了还没养过来？"

封岫云立刻红了眼圈儿，说自己福薄命小。

苏玉平便问旁边的夫人："是哪位太医给岫云诊脉开药？"

封夫人便道："之前是刘太医，我见妹妹吃他的药从不见好，前些日子刚请了廖太医来。"

"廖太医是太医院里的妇科圣手，有他照料你的病，应该很快就好起来了。"苏侯爷如是说。

封夫人看了封岫云一眼，又道："既然妹妹身子不舒服，不如先回去歇着，有你爱吃的，我叫人单送到你房里去，如何？"

封岫云还没说话，苏玉平便道："这样很好，你本来就弱，这天又冷。你还是回去养着吧。"

孙氏在一旁笑道："难得过节，一家人坐在一起多热闹？回去一个人冷清清的，也不利于养病。"

封夫人淡淡一笑，说道："虽然是一家子，但规矩总不能废了，不然你屋里的那几个不都得上来了吗？咱这桌子可不够大呢，要不二夫人再叫人抬几张桌子进来，拼一拼？"

论起侍妾，苏家三兄弟谁也不少，若是封岫云上桌入座，那么苏玉安的那几个妾室也该上桌，包括苏玉平的那些。

孙氏顿时没话说了。平日里她就看那些狐媚子不顺眼，不敢做得太过了也是因为苏玉安有他男人的霸气在，绝不会被一个女人摆布，但总算还有规矩在，那些姨娘们不敢炸毛挑刺的。但若是今天让她们上了桌，回去还不都成了二夫人了？

姚凤歌倒是笑了："人多倒是热闹，不如夫人就开一次恩？"

封夫人笑着看孙氏："二弟妹觉得呢？"

孙氏咬了咬牙，说道："规矩还是不能废的，咱们家可不比别人家，传出去了可叫人笑掉了大牙。"其实孙氏最在意的是，搞不好这宠妾灭妻的罪名闹出去，连爷们儿的前程也误了。

卷三 灵燕扶摇

封夫人笑道："那就依了二弟妹吧。来人，去偏厅摆一桌，把各房的姨奶奶们都请来，让她们也过个冬至。"

说着依了孙氏的话，却还是让人单独摆了席面，这无疑是给了一嘴巴。

孙氏的脸上一阵红一阵白，实在是下不来台。姚凤歌轻笑着斜了她一眼却没说话，只顾给女儿拈松子儿吃。

封岫云今天强撑着上来，无非就是想找个机会见苏玉平一面，博得他的同情心，然后想办法求他去找姚燕语来给自己看病。姚燕语一针治好皇上的眼疾，一针治好诚王妃的眼疾，然后一针让萧太傅迈着四方步回家的事情现在已经传遍了整个云都城。

她在床上躺了太久了，多么想也让姚燕语给自己扎一针，然后一切又回到从前，可以重新来过。

只是今晚冬至，家里又有重孝，侯爷如今根本就不进内宅，每晚只歇在外书房，身边也只有两个老家人伺候，连丫鬟都不用，这让封岫云真是无从出手。

思来想去，封岫云觉得若想尽快地好起来，必须得想办法去求得姚燕语的治疗。而现在指望侯爷是明显不行了，那么这内宅之中便只有一个人能帮上自己了。

第二日，封岫云先派人去祺祥院打听姚凤歌在不在，得知姚凤歌在祺祥院后，便打起精神起床，梳洗穿戴了，扶着丫鬟的手往祺祥院来。

姚凤歌早在丫鬟来打探的时候就猜到了封岫云的心思，于是便安心地等着她来，看她怎么说。

封岫云进来后，规规矩矩地给姚凤歌行礼，姚凤歌淡淡地笑着吩咐琥珀："快给姨奶奶搬个凳子坐。你这病恹恹的身子，有什么事儿派个丫鬟过来说也就罢了，何苦要亲自走一趟？"

封岫云颤颤巍巍地坐下后，便开始抹眼泪。

姚凤歌微微蹙了蹙眉，心里自然厌烦得很，便道："你来我这里哭，是因为我这边有人得罪了你？"

"不敢，三奶奶不要多心，妹妹我来是有事要求三奶奶。"

"既然有事，那就直说吧。"姚凤歌接过珊瑚递过来的茶，轻轻地吹着茶沫。

"是。三奶奶是明白人，素来不喜欢拐弯儿抹角的，那妹妹我就直说了。"封岫云说着，又扶着旁边的高几颤颤巍巍地站了起来，然后朝着姚凤歌深深一福。

姚凤歌惊讶地问："哟！你这是做什么？"

"妹妹求三奶奶救我一命。"封岫云弯着身子低着头，啜泣着说道。

"你这不是好好的吗？怎么说起这种话来？这眼看着要过年了，说这话可不吉利。"姚凤歌转头吩咐珊瑚："快扶姨奶奶坐下。"

珊瑚答应着忙过去扶封岫云，封岫云抬手推开珊瑚，依然弯着身子，又抹了一把眼泪，说道："三奶奶也看见了，妹妹我这副破败的身子已经经不起折腾了。那些太医们开的药都

245

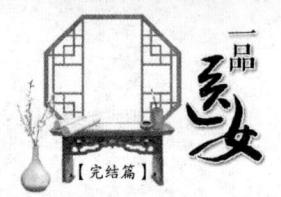

没有效验，如今想想，也许只有姚神医能救我一命。所以请三奶奶行行好，帮妹妹一把。妹妹这辈子感恩戴德，永世不忘。"说着，封岫云便对着姚凤歌跪了下去。

姚凤歌淡淡地笑了笑，转头看了珊瑚一眼，没说话。珊瑚便上前劝道："姨奶奶身子病着，地上冷，还是起来说话吧。"

封岫云豁出去了，便跪在地上说道："三奶奶不答应，我就不起来。"

"哟！"姚凤歌惊讶地笑了笑，"你这是威胁我呢？"

"不，不……三奶奶明鉴，妹妹没有。"封岫云赶紧解释，"妹妹也绝对不敢威胁三奶奶。"

"那你就先起来说话吧。"姚凤歌轻轻地啜了一口茶。

"求三奶奶成全我。"封岫云不甘心，依然跪在地上。

姚凤歌淡淡地叹了口气，说道："不是我不成全你。是你这事儿让我为难了。我那二妹现在是国医馆的院判，正二品的职衔，皇上的专属医官。连诚王妃要看病，还得先跟皇上说一声，要皇上允许才行。太医院的人管诊脉看病开药方，国医馆那边只负责教导医女，研制新药，对付疑难杂症。这是早就有的规矩。所以你实在是叫我为难啊！"

姚凤歌说着，站起身来往窗口走了两步，又回头来笑道："要不，你去求求侯爷，让侯爷替你讨一道圣旨？这样，我二妹肯定会来给你看病的。"

封岫云一听这话就知道姚凤歌不肯帮忙了。毕竟凭着她跟姚燕语的姐妹关系，若是肯帮忙，不过是一句话的事情，姚燕语来定北侯府看姐姐，顺便给她诊脉施针，不过是举手之劳。难道皇上还会因为此事而怪罪于她？

但现在是她求人，这样的话只能想不能说，于是跪在地上转了身，又哀求道："姚神医跟三奶奶是亲姐妹，我姐姐又跟三奶奶素日情深，求三奶奶看在咱们都是姐妹的分上，救我一救。"

"姐妹？"姚凤歌淡然冷笑，"你当初在侯府里散播谣言的时候，可曾把燕语当成姐妹？你现在来说这些话，是不是太幼稚了？"

"三奶奶此话从何而来？妹妹从来没有。"封岫云心里暗暗地吃惊，嘴上却不会承认。

"妹妹？你也配称我的妹妹？我妹妹是国医馆正二品的院判，我又哪里多出来你这样的妹妹？敢做不敢当，只能从背地里嚼舌根子，你也配！"姚凤歌冷声道。

封岫云再想不到会是这样，她来的时候做好了各种打算，甚至还把几件最值钱的首饰带在了身上，想着那姚家祖上本是经商的，肯定喜欢这些珠宝财物。只要姚凤歌肯帮忙，自己的身子恢复了，再生个儿子，将来就是这侯府的主子，她姚凤歌也得仰自己的鼻息过活，又何愁没有珠宝？

只是她完全没想到姚凤歌会把陈芝麻烂谷子的事情拿出来说话。而且还是这等咄咄逼人的语气。

姚凤歌看着封岫云跪在地上无话可说，又淡然地笑了："当初三爷被那姓刘的害了，白太医来给三爷治病，说得明明白白，是那姓刘的给三爷用了虎狼之药。可整个府里的下人都在传言,说那药方是我二妹的,是我二妹差点害死了三爷。这话你敢说不是你捏造出来的?我二妹对你姐姐有救命之恩,我二妹救你姐姐的时候,你母亲就在旁边。我二妹有什么对不起你封家的地方?要你在背后这样毁她名声?"

封岫云一时被堵得一句话也没有,只是咬着嘴唇跪在那里。

姚凤歌又冷笑:"你现在病了,吃了那么多药也不见好,终于想起我二妹医术高明来了?难道你不怕我二妹的药是害人的药了?不怕送了你这条金贵的小命儿?"

"三奶奶,我……我没有……"封岫云憋了半天,也说不出什么。其实她承认与否,狡辩与否都不重要了。时至今日,侯爷和夫人是不会听她一面之词的。

这三夫人有娘家撑腰,尤其有姚燕语这样的妹妹,在这定北侯府里可谓趾高气昂,连侯爷都敬她三分,三爷如今的花销都在她的手里出,更是半句话也不敢说。

知道自己纵然是跪到海枯石烂人家也不会动心了,封岫云便不愿再受辱,想要站起来。只是此时她却已经站不起来了。她身体本就受了重创,又没养好,这会儿在地上跪了这么久,腿已经没了知觉。

她抬起手臂来扶着旁边的椅子动了动,依然没站起来。旁边的丫鬟见了忙上前去扶,并低声劝道:"姨奶奶小心头晕。"

封岫云忽然眼前一亮,嘴角微微勾起一抹似有似无的微笑,然后脑袋一晃,真的晕了过去。

"哎呀!姨奶奶你怎么了?"小丫鬟顿时惊慌失措。

姚凤歌转过身来,先是看了珊瑚一眼,见珊瑚轻轻摇头,又低头看躺在小丫鬟怀里"晕倒"的封岫云,便冷静地吩咐:"拿杯冷茶来。"

旁边琥珀忙端了一盏残茶递过来,姚凤歌接过来二话不说抬手浇在封岫云的脸上。

十一月的天气,虽然算不上滴水成冰,但一碗残茶也是冰凉的。就那么泼到了脸上,封岫云被冷得打了个寒战,不得不睁开了眼睛。

"醒了?"姚凤歌说着站起身来,吩咐外边的婆子,"去叫人回一声大夫人,就说封姨娘在我这里晕倒了。赶紧请太医来给她诊治一下。"说着,姚凤歌又转身去暖榻上坐下,极其不耐烦地叹了口气:"身子不好就在屋里躺着,何苦来着?来我这里串个门不要紧,差点让我背上黑锅。"

没多时,有两个粗壮的婆子抬了一顶软轿来,众人把封岫云抬到软轿上,送回清平院去了。

苏玉祥这才扶着腰从东里间出来,问姚凤歌:"她干吗来了?好歹也是大哥的人,你就不能给她点面子?"

姚凤歌冷笑:"我给她面子,她要得起么?"说完,便一甩手起身往外走。

苏玉祥顿时气短,皱眉道:"我也没说什么呀!你有气也别往我头上撒。"

姚凤歌走到了门口又站住了脚步,回过头来看了一眼自家的病秧子夫君,三分生气七

247

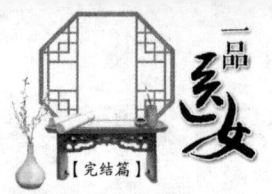

分嘲讽地说道："我一个人在这府里被算计来算计去也就罢了，难道我们姚家一家子都合该被人算计？若真的被个正经人算计我也没话说，她算什么东西？也配算计到燕语的头上？！我呸！"

苏玉祥听这话已经听得耳朵长茧子了，此时已经完全没了感觉，只无奈地笑了笑，摆了摆手："你有事就忙你的去吧，我懒得跟你吵。"

姚凤歌横了灵芝一眼，心想你们吃我的喝我的，还想跟我吵？！

后来姚凤歌专门找封氏说了封岫云的事情，她说得很明白，姚燕语现在身份敏感，与之前大不相同。两家虽然是亲戚，但有些事情也要小心谨慎些。所以她没答应封岫云的要求，还请嫂子体谅。

封夫人如今怎么可能因为封岫云的事情跟姚凤歌翻脸？别的不说，放眼现在定北侯府谁最有钱？苏玉平现在在家里丁忧，没什么差事，每年也就是侯爵的那点俸禄。苏玉安在家里闲了那么久，如今刚刚才回锦麟卫去当差。二房的水有多深封夫人多少也能摸透。

总之定北侯府如今颇有坐吃山空的意思，唯有姚凤歌在娘家兄长和妹妹的帮助下开了个玻璃场，赚得盆满钵满。要不然苏玉祥那么能闹腾，如今也偃旗息鼓，处处都看姚凤歌的脸色呢？这年头，有钱的还是气粗啊！

再说，就算姚凤歌没钱，那姚家如今也是如日中天呢！姚远之、姚延意，还有留在江宁的姚延恩，哪个也不好惹。另外还有姚燕语和卫将军就更不用说了。

俗话说三十年河东三十年河西，之前是姚家仰定侯府的鼻息。如今差不多已经倒过来了！连老侯爷去世之前都叮嘱过苏玉平，定侯府若想不败，内宅之事，要多跟姚氏商议。

有老侯爷临终前的这句话，苏玉平对姚凤歌那是敬重有加，并且对瑾月以及三房的其他两个孩子都很重视。从取名到年节以及各种小事上便能看得出来，瑾月在苏侯爷的面前，比瑾云还得宠。

封夫人自然不能有任何异议，她也知道为了将来，她必须敬着这个三弟妹。

所以姚凤歌跟她说封岫云的事情时，封夫人只是跟姚凤歌致歉："给弟妹添麻烦了！是她病糊涂了，真不该去跟弟妹说那些。弟妹不要往心里去。"

姚凤歌笑道："我也是有些迂腐了，按说燕语跟我是姐妹，咱们又是一家子。也不用专程请她，只在她有事过来的时候，顺便给她医治一下应该也无妨。可偏偏如今各国使臣觐见，燕语又奉了皇上的旨意，准备些应急的药材，防备着那些使臣来了咱们云都城水土不服或者有个伤风头疼什么的，也是不美。我前儿叫人去给她送东西，回来的人说她忙得两日没回府吃晚饭了。都是府里的人把饭菜给送到国医馆去。大嫂子听听，我可还能去跟她说这些？少不得大嫂子多多包涵吧。"

总之一句话，你的妹妹你看管好，以后别再放出来丢人。

封夫人忙道："弟妹这话说得，我也不是那种没见过世面，不懂得规矩的小户妇人，万事以国家大事为先的道理还是知道的。我若是因为这事儿跟姚夫人计较，成个什么人了？

卷三　灵燕扶摇

这是我那妹子不像话，回头我会好好地说她。只求三弟妹别往心里去。"

姚凤歌笑了笑，自然没再说些不好听的。

两个聪明的女人互相说了些体谅的话之后，这事儿也就算是过去了。而姚燕语对此事却一无所知，只是一心把皇上说的那些常用药认真地准备好，打点整齐，写好用法用量以及对应的症状之后，封存起来，让葛海带人送至靖海侯府。

萧霖见这些药品一箱一箱地码放得十分规整，说明的标签也写得仔细认真，便笑道："任何事情到了你们姚大人那里，就是一等一的仔细。"

葛海笑道："这些东西完完整整地交到侯爷手上，下官也算是松了口气，出来的时候我们家夫人一再叮嘱，万不可大意。"

萧霖笑道："这话说的是，药品这东西从来就马虎不得。"

葛海自然连声称是，眼看着手下忙活完后，跟萧霖拱手告辞。

北胡使者耶律柬入住大云驿馆两日之后，东倭使者野川也到了，随后的十来天里，佛郎机使者，南印度使者，以及曾经灭了阿尔克的西回鹘使者邱格达等大云周边属国及邻国的使者都到了。

一直居住在大云帝都的阿尔克王子阿巴客刹听说西回鹘人来了，恨得牙根儿痒痒，却也只能看着仇人大大咧咧地入住馆驿。

礼部跟钦天监的主官一再地合计之后，把皇上接受各国使臣朝拜的日子定在了十一月二十二这日。而且这一天的具体事宜礼部也拿出了具体的章程：

二十二这日一早，皇上在卯时在太极殿接受文武百官的朝贺，至辰时，再接受各国使臣的朝贺，各国使臣朝贺完毕之后，文武百官及各国使臣陪同皇上一起登上太极门检阅大云朝的三军将士。午时初刻，南苑的云安大殿之内赐百官宴，宴会之后按说是歌舞，一直到晚上。

但皇上看过安排之后说，只给各国使臣参观我大云英勇三军的气势未免震慑力不够，一定要给他们一个机会。所以便把歌舞改成了骑射比赛。

因为这个提议，诚王爷和镇国公都劝过，他们二人一致认为皇上上次在南苑骑马出了事儿，虽然御马监的小太监都处死了，但真正的幕后指使者并没有查出来，如今各国来使云集至大云帝都，这事儿说起来也算是万国来朝，极其繁华热闹。可这些使臣个个都心怀鬼胎，本质上也是凶险万分。

这种时候，主要以粉饰太平为主，弓马骑射这样的事情，自然能避免就避免。

然皇上却说，作为一个大国来说，最好的防御便是威慑！大云朝要以绝对的威慑力让这些小国震撼，害怕，最好能用大云雄厚的实力把他们的使臣吓得半死，回去后带话给他们的国君，永远不要对大云朝有非分之想。

诚王爷和镇国公见皇上心意已决，也不好再劝。只得各自加紧防范，把大云朝的角角落落全部左三层右三层都派上自己的人，让每个外邦使者甚至大云朝的重臣要臣都在他们的

249

监视之下,不敢有丝毫纰漏。

私下里,诚王爷跟儿子云琨随口说了一句:"如此坚持个把月,说不定连之前指使御马监对皇上的御马动手的幕后之人也能揪出来。"

云琨比诚王爷还累,王爷不过是操心,而他不但操心还要劳力。事情牵扯到皇上的安危,任谁也不敢怠慢。云琨连日来亲自查看各处的部署,大云帝都的每个角落现在都装在他的心里,一闭上眼睛就能想象得出某处某处扮作卖早点的几个锦麟卫,或者某处某处挤进贫民窟里的谁和谁。

听了诚王爷的话,云琨幽幽地叹了口气,说道:"就算是查出来了现在也不能说。好歹过了这个年吧。"

诚王也叹了口气却摇头说道:"这个可不好说,若是真有人不安稳,是没有安稳年可过的。不过……希望那些人有点眼色,哎!"

这边爷俩对坐在一起,借酒解乏。辅国大将军府里,卫将军也在忙碌了一天之后陪着夫人说话。

"听说西回鹘的使臣是他们的王子?你说阿尔克人会不会趁机捣乱?"姚燕语坐在榻上,背对着卫章,回头看了他一眼。

卫章正在给夫人捏肩,看她看过来,微笑着摇摇头:"阿巴客刹没有那个实力。"

"那也要小心点。毕竟是灭族之恨呢。"姚燕语说到这里,忽然问,"那个高黎王子现在怎么样了?"

"妄图毁我大云基业的人,万死莫赎。"卫章给姚燕语捏了一遍肩膀,又轻轻地在她的后背上敲。

"死了就一了百了。"姚燕语幽幽地叹了口气。但愿那些散在各处的高黎族人在知道他们最后的王子也魂归离恨之后能够安分下来。

高黎王子死了,按说姚燕语应该是放心了,但依然隐隐地觉得不安。这种不安一直持续到十一月二十二日中午。

中午的宴会十分盛大,整个御膳房大半儿的人都抽调至南苑。

皇上携皇后一起出场,文武百官和各国使臣齐声参拜。之后,皇上和皇后入座,并请各国使臣就座,之后文武百官才在各自的位置上落座。

其实,能进得了大殿的臣子并不多,几位皇子自然是少不了的,再就是皇上的几位兄弟,另外镇国公、安国公等几位有功于社稷的老国公也在,再就是几位官居一品的内阁大臣、六部尚书、御史台左右御史,几位太傅、九卿等,加上十来位外邦使臣,满满地坐了一大殿的人。

韩嫡戈、卫章、云琨这些人也在殿内,只不过他们的席位皆在那些王公们之下,位置并不显眼,他们也不负责陪酒陪聊,只是暗中关注着大殿内的一切动静。尤其是那些使臣们身后的护卫仆从,稍有异动便都落进这几人的眼里。

开宴自然是皇上先说话,然后丰宰相身为文臣之首再次致辞。之后是各国使臣恭祝大

卷三　灵燕扶摇

云万世基业，皇上万岁万万岁等等一应烦琐冗杂的礼仪规矩，大家先饮酒，然后动筷子吃菜。

酒过三巡之后，东倭使者率先站起来向皇帝敬酒。

皇上笑吟吟地应了，和皇后一起喝下杯中酒之后，又向东倭使者说了两句客套话，刚抬手说了一句："请坐。"便见那东倭使者野川忽然抬手捂住胸口，痛苦地低吼一声，趔趄着倒在了地上。

"怎么回事儿？！"皇上惊讶地问。

"酒有问题？！"丰宗邺低声惊呼。

"不可能！"礼部尚书立刻反驳。

"￥&@……"野川的护卫立刻叫嚷起来，一个上前搀扶他们的长官，另一个则随手掀了桌案，直接把檀木长条案当作武器拎在手里怒视着皇上。

皇上愤怒拍案："来人！"

云琨早就在野川倒下的时候便一跃而起，把给野川倒酒的那个宫女给辖制了，并夺过了她手里的酒壶。

这种宴会，张苍北和姚燕语自然躲不开，只是他们两个和其他太医一起都在偏殿等候，没有传召是不能进大殿的。此时大殿里一下子乱了，早有人来传唤："张老院令何在？姚院判何在？！"

张苍北和姚燕语对视一眼，二话没说赶紧进了大殿。

野川的症状是很明显的中毒，毒也很简单，是寻常药店里都能买得到的东西——砒霜。

立刻有人上前来验看酒菜。

菜里没有毒，酒里也没有。但尽管这样，那位侍奉斟酒的宫女也不能放过。不用皇上吩咐，云琨已经悄悄地派人把所有接触过东倭使者所用酒水菜品的人全都拘禁起来听候皇上发落。

而那边姚燕语在给野川施针的时候，也受到了野川的护卫们的阻挠。他们认为他们的长官是被大云人所害，自然不相信大云的医官。无奈之下，礼部的人又过来解释一番，最后那两个护卫同意姚燕语给野川施针，但必须是在大庭广众之下，尤其要当着各国使臣的面医治。

这没问题，只要同意施针，当着天王老子的面都没问题。姚燕语手中银针迅速刺天枢、巨虚、曲池三处穴位。

砒霜属于剧毒，致死的剂量很小。但不知是野川幸运，还是下毒的人失手放少了毒药，野川中毒不深不至于毙命。

姚燕语以太乙神针解毒，不过半炷香的工夫，野川便低低地呻吟一声苏醒过来，腹中的疼痛基本不在，刚才的事情不过是做了个噩梦一般。

东倭护卫见他们的长官神奇地醒了过来，便不再那么剑拔弩张，但依然冷着脸，并叽里呱啦地叫着，那意思很明显，若是大云皇帝不给他们一个说法，这事儿就不算完，他们东倭国家虽小，但也不是那么好欺负的云云。

251

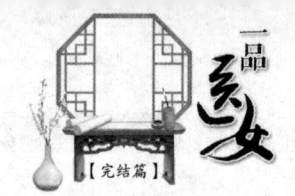

皇上自然万分震怒，国宴之上出这样的事情，无疑是大嘴巴子抽他皇帝佬儿的脸，以后还有什么脸面跟各国来往？就算是在自家的文武大臣们面前，也太过窝囊！

"查！"皇上一拍龙案，"给朕彻查！这件事情若是查不清楚，谁也不许给朕过年！"

怎么查是皇上和诚王爷的事情，姚燕语却不关心这个，只是她悄悄地用心扫视了大殿里的众人一眼，心里暗暗地叫了一声不好。于是二话不说赶紧上前躬身道："回皇上，臣建议封锁大殿，以臣看来，诸位大臣们十有八九都中毒了。"

这句话无疑是一道惊雷，把大殿里上百口子人都给劈晕了。半晌，姚远之才率先反应过来，那毕竟是自己的女儿，于是忙低声斥道："不许危言耸听！"

姚燕语回头看了自家父亲一眼，无奈地说道："父亲，你是不是有些眼晕？看东西都是模糊的？"

姚远之一怔，眨了眨眼睛看看姚燕语，然后又眨了眨——是啊，怎么燕语的脸都是双影的？

姚燕语这话说完之后不仅姚远之的脸色变了，大殿之内有一半的人脸色都变了。因为他们才发现自己也有些眼晕，眼前的景象有些模糊，怎么眨眼都像是隔着一层雾气，怎么都看不清楚。

当然这些惊慌的人基本都是年过半百的人，年轻人如卫章、云琨以及韩家兄弟等人都没什么感觉。他们且能冷静，从怀里各自拿出一颗丸药来放在嘴里含住，清凉的薄荷香在唇舌之间散开，头脑清醒了许多。

"来人！把大殿给朕封了！"皇上看了一眼旁边扶着额头靠在龙案上的皇后，立刻变了脸色。

幸好皇上自从御马发疯案之后便万分谨慎，不管去哪里身上都带着张苍北配制的可解百毒的香囊，所以此时他倒是没有什么不适之感。

镇国公行伍出身，身强体壮，虽然也有些许不适，但却能撑得住。皇上话音一落，镇国公立刻大手一挥："动手！"

韩家父子、卫章以及云琨、黄松等人立刻行动起来，锦鳞卫、烈鹰卫里应外合，把南苑的云安大殿围得水泄不通。

姚燕语带人把大殿的门窗打开，让外边的冷风吹散大殿内伴着香味的热气，张苍北则命人把那些铜鼎香炉等全都搬了出去。

丰宗邺扶着太史令梁思阡的手颤颤巍巍地朝姚燕语拱手："姚大人，务必想想办法！"

"丰大人放心，有张老院令在，这点小小的十香软还成不了什么气候。"姚燕语说着，清冷的目光扫过周围几个大臣的脸，之后落在自家老父的脸上，然后上前两步，伸出手去拉过姚远之的手搭上他的脉搏。

姚远之总归是老臣，便一甩手，说道："你是皇上的专属医官，这种时候应该先给皇上诊脉！"

"父亲放心，皇上无碍。"姚燕语说着，再次扣住姚远之的脉搏。

这种时候便看出亲生父女的好处来了，大殿之内那么多人都中了毒，神医却越过众人先给自己的父亲诊脉。连王爷国公都不放在眼里。这让周围有不适感的几个大臣心里都不怎么舒服。

片刻之后，姚燕语放开姚远之的手腕，叹道："父亲刚刚挨着那只香炉太近，中毒应该是最深的。待女儿为您施针。"

说完，姚燕语已经银针在手，姚远之只得扶着旁边的案几慢慢地坐下来。取百会穴针下去，内息通过银针进入姚远之的身体一个巡回不过是片刻的工夫。银针取下之后，她轻声说道："父亲睁开眼睛吧。"

姚远之缓缓地睁开眼睛，果然眼前一片清明，再无一丝不适之感。

"姚院判！"太史令梁思阡冷声道，"纵然皇上无碍，还有皇后娘娘！你只顾着自己的父亲而罔顾君臣之义，究竟是何居心？！"

"梁大人，是视老夫为无物么？"张苍北低沉的声音透着冷意，替姚燕语反问回去，有张苍北这个院令在，哪里轮得到别人对皇上皇后的身体指手画脚？张苍北在皇上身边几十年如一日，可不是随便谁都能比下去的。

"可是皇后娘娘的身体明显不适！"梁思阡指着伏在龙案上昏昏沉沉的皇后，说道。

"待老臣去给娘娘诊脉。"张苍北冷冷地瞥了丰宗邺一眼，转身行至龙案跟前，一撩袍角跪倒在地，朗声请罪："臣不能及时发现大殿里熏香的不妥，罪该万死，只求皇上让臣先解了这殿内的十香软，再诛臣之性命。"

皇上一摆手，淡淡地说道："议罪之事过后再说，现在当务之急是赶紧解毒。"

"是。"张苍北说着，从自己随身的荷包里拿出几颗药丸，又命人重新拿了一个干净的白玉香炉来，点了炭火之后，把药丸掰开，放在炭火上烧了。

这药丸的味道有些浓重，还有些刺鼻，众人闻到之后都连打喷嚏，眼睛更是止不住地流泪。丰宗邺忍不住问了一句："这是什么药丸？怎么这么难闻？"

"这又不是什么香饼子，只是解毒的丸药罢了。"张苍北淡淡地说着，又上前去给皇上叩头，"皇上，臣要给皇后娘娘诊脉。"

"快些。"皇上已经被这些事情搅乱了心神，至此时心里尚无头绪，脸色自然不好看。

张苍北给皇后诊脉，姚燕语则去给那几个外邦使臣把脉。香炉里的丸药燃烧得很快，不一会儿的工夫，白烟便渐渐地淡了，那些刺鼻的药味也渐渐地散开。

皇后娘娘揉着额头坐直了身子，目光迷离地问："皇上，这是怎么回事儿啊？臣妾刚刚觉得好困，竟像是做了个梦似的。"

张苍北看了一眼神情恹恹的皇后，方朗声回道："回皇上，皇后娘娘凤体无碍，许是这连日来有些操劳，身子吃不消罢了。"

虽然是国宴，但因为来的使臣都是男子，所以跟后宫却没什么关系，今天早晨皇上还

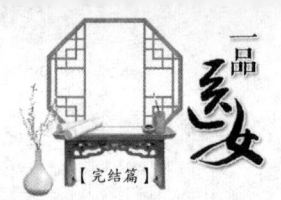

虚问了皇后一句身子如何，皇后说休息了这段日子神清气爽，身子已经大好了。

听到张苍北的话，皇上不由得盯住了张苍北的眼睛。张苍北眼神坦荡地看了皇上一眼，跟皇上交换过一个眼神之后，匆匆低下头去。皇上的脸色却愈发难看了。

等屋子里刺鼻的药味散去，所有的大臣们也都恢复了清明，就连刚刚中毒的野川也跟常人无异。只是，一场国宴被搅了，皇上颜面扫地，心里自然郁闷无比。大臣们战战兢兢，使臣们群情激愤。

饶是这大殿的门窗都大开着，气氛依然沉闷得令人窒息。

姚远之忙上前劝道："皇上，风波已经过去，幸亏是有惊无险，这也是天佑我大云国祚绵长，皇上洪福齐天。所以臣以为，此事可过后细细地查问，只是这国宴还是要进行下去的。"这满朝文武和各国使臣不能在这儿干坐着。再说，今日是大云国庆的大日子，岂能因为此事就中止庆典。

皇上听了这番话，心神方才渐渐地安定下来，便道："吩咐下去，叫御膳房准备加菜，宴席继续！"

"是！"礼部尚书赶紧磕头领命。

又是好一番忙乱，大殿之内侍奉的宫女们都被拘走，不过立刻又有一批新的宫女进来服侍。

不过经此一事，在座的众人皆有所防备，所有的菜肴在上桌之后又用银针试毒，并且原来的红木镶金的筷子如今都换成了乌木镶银，跟性命比起来，庆典的细节就无从讲究了。

虽然文官们更加健谈，歌姬舞姬们也更加卖力。但大殿之内的气氛总是无法缓解，连这些有意拔高的谈笑声和歌舞声都成了粉饰太平的尴尬。

皇上心里更是气闷，想要喝酒解闷，又怕酒里有毒，菜也不敢吃，肚子气得鼓鼓的，又没处发泄，简直肝儿疼。

诚王已经悄悄地下去查问此事了，镇国公在一旁看着气鼓鼓的皇上，便在一曲歌舞结束之后，上前提议："皇上，宴席也差不多了，围猎场里已经早早地准备好了。皇上英明神武，自然不怕，只是臣等若是酒喝多了，待会儿骑射失了准头可要丢脸了。臣请皇上和诸位贵使且少饮几杯，待我等出去猎了那鲜活的野兽，烤得香喷喷的再来佐酒！"

皇上闻言大喜，当即便拍案道："说得好！诸位且留着点肚子，等会儿朕与你们一起大碗喝酒！"

不但武臣和各国使节，这会子就连那些迂腐文臣也都不愿在这大殿之内坐下去了。这不敢吃那不敢喝，连气儿都不敢喘的日子真是不好过啊！还是赶紧出去透透气吧，就算是吹冷风，但至少不会死于非命啊！

围猎场里的猎物是精心挑选出来的，都是养得肥肥的野兔、野鸡、山狍子、野獐子等没什么攻击性的野物。

皇上自从上次从马上摔下来之后便没骑过马，今日上马，镇国公从旁护卫真是心有余悸。

卷三　灵燕扶摇

不过还好，皇上是经过大风浪之人，心理准备够强大，从认镫上马到射杀猎物，可谓是一气呵成，没有一丝不妥之处，紧跟在旁边的镇国公总算是放了心。

却说姚燕语见皇上带着诸位皇子使臣等去了狩猎园，便跟张苍北商议了一下，由张苍北随驾，而她则去找诚王协助调查投毒一事了。

诚王爷身为皇上最亲厚的兄弟，掌管着两万名锦麟卫，控制着大云帝都的四城九门，其手段自然是错不了的。而且倭国使臣中毒事件牵扯到大云国体，等闲马虎不得。诚王爷便使出浑身的解数也要把事情查个水落石出，以给皇上一个交代。

事已至此，唯有全力以赴。

只是这件事情说起来容易做起来难。

就算把云安殿里的所有太监宫女都拘禁了严刑拷打也没用，今日的宴会，上千道菜肴，光酒水就有几十种，这些酒菜吃食在端到宴席上之前，至少也过了十几个人的手。所以只提审云安殿里的人是远远不够的。

难道要把这南苑里所有的奴才都扣起来？今日这国宴庆典还办不办了？

姚燕语过来的时候，诚王爷已经让云琨把手下分成十个小组，加上刑部派过来的官吏从旁协助，对刚刚云安殿里的宫女太监们逐一审讯。

见姚燕语过来，诚王爷微微叹了口气，说道："你来得正好。这些人虽然是刑讯高手，但却不懂毒药。今日之事关系到边疆的安稳以及朝廷的体面，办不好，大家的日子都不好过。"

姚燕语躬身道："王爷有什么需要下官做的，尽管吩咐。下官必竭尽全力。"

诚王爷回头看了看立在身旁的云琨，问道："你刚才不还说要请姚院判过来帮忙吗？有什么需要就说吧。"

云琨便朝着姚燕语一拱手，说道："有劳姚大人随我来。"

姚燕语便朝着诚王爷拱了拱手，随着云琨往一旁的耳房走去。

云琨的意思很简单，东倭侍者中毒的事件太过蹊跷，这么多侍者，唯有他被下了砒霜。本来他们还都防着阿巴客刹会想尽办法买凶做掉西回鹘的王子的，再想不到野川也会出事。

"姚大人，之前你给野川施针解毒的时候说过，他所中的毒并不足以致命。是不是？"云琨一边进屋，一边问。

"是的。"姚燕语应道。

进屋之后，云琨又问："那十香软跟野川中的毒有没有什么关系？"

姚燕语闻言忙道："下官也正想跟世子爷说这事儿。十香软是一种慢性毒药，若是连日服用必然会丧命，但若只是混杂在香薰里点燃，却不会致命，只会使人感官变得混沌，人的身体渐渐地进入休眠状态。而对于野川来讲，唯一的作用就是延缓他身体里的毒药发作的时间。"

云琨闻言一震，恍然道："这么说，那野川中毒并不一定是在宴席上？！"

"或许是之前喝的茶水，或许是再之前盥洗的时候用的漱口水，总之，时间不会太久。因为砒霜毒发的时间不长。"

"如此说来，我们或许已经放过真正的凶手了……"云琨长长地叹了口气，浓黑的剑眉深深锁住。

沉默之间，忽然有一个锦麟卫急匆匆地跑过来，至跟前，躬身道："世子爷！有一个宫女中毒了！"

"人在哪里？！"云琨厉声问。

"在那边，还没死。王爷说请姚大人过去看看。"

"走。"云琨看了姚燕语一眼，低声说道。

姚燕语没有二话，随着云琨和那位锦麟卫匆匆过去，但见那边几个太医已经在给那宫女灌催吐的汤药。

"闪开！"云琨低声喝道。

众人闻言立刻给云琨和姚燕语让开地方。

"姚大人。"云琨看着姚燕语，"务必救活她。"

"嗯。"姚燕语上前去一把扣住那宫女的脉搏，并低声吩咐："银针。"

有位太医顺手递上一根银针，姚燕语看了一眼，没有说话，只是抬手把银针刺入那宫女左手的合谷穴。

这宫女中毒居然比野川更深，姚燕语用了一炷香的时间把她体内的毒逼出来，宫女泛青的脸色终于有了几分血色。收针的时候姚燕语却无意间发现这宫女的小手指甲是断的，于是莫名其妙地心思一转，握着她的手仔细地检查那根小手指的指甲缝。

"怎么？"云琨立刻蹲下身来问。

"她这指甲是咬断的。"姚燕语捏着那根小手指头对云琨说，"叫人拿碗水来。"

不等云琨吩咐，旁边早有人递上一碗清水。姚燕语回头看了一眼刚刚醒来一脸惊慌的宫女，淡淡一笑，说道："若你现在实话实说，或许我可以求世子爷饶你一命。"

那宫女只是满脸惊慌，一双大眼睛里蓄满了泪水，咬着嘴唇使劲地摇头却不说一个字。

姚燕语无奈地蹙了蹙眉，把她的小手指放进了碗里轻轻地洗过，之后又检查她另外的手指，后来干脆把手指挨个儿地在碗里洗了一遍。之后，姚燕语放开那宫女的手，吩咐旁边的人："看好她，不许她再咬指甲。"

旁边的人此时若再不明白发生了什么事就不用在诚王爷手底下混了。有人立刻拿了绳子来把宫女的双手反剪到背后捆结实，另有人拿了帕子塞住了那宫女的嘴巴。

姚燕语把那只碗递给一个太医，说道："试试看，这水里是不是有毒。"

太医立刻拿了一根银针来放进去，银针瞬间变黑。周围一阵暗暗的吸气声。云琨再回头看那宫女时，已经是凌迟一样的目光："来人，把这宫女带去西偏房，爷我要亲自审讯她！"

卷三　灵燕扶摇

　　有了这个突破口，事情的进展就很快了。
　　到晚上，皇上在镇国公、卫章等人的拥护下，带着各国使臣和诸皇子围猎归来，就吩咐人在大殿内支起架子准备烤上一整只野山羊。
　　经过一下午的策马围猎，中午的那些尴尬被冲淡了许多。各国使臣们也不再是全神戒备的样子，西回鹘的王子尤其高兴，大赞大云皇室个个好男儿，皇上豪爽威武，皇子们更是生龙活虎云云。
　　皇上很高兴，笑着敷衍了西回鹘王子几句，便借口更衣去了后殿。后殿内，诚王爷已经等在那里。连怀恩都赶了出去，皇上在诚王爷的搀扶下落座之后，沉声问："事情查得怎么样了？"
　　诚王爷在审完那个宫女之后，便决定对皇上坦言相告，决不偏袒。于是便一撩长袍，跪在地上，哀叹一声，说道："皇兄，此事臣弟已经查到一半儿了，但兹事体大，所以臣弟也不能妄加评判，还请皇兄先听臣弟之言。"
　　皇上一看诚王跪下，心里便是一颤。这是自己一母同胞的兄弟，自己登基之后，自己的一妹一弟都是奉旨免跪的。如今他话没出口先跪下，可见事情有多严重。
　　"你只起身说话。"皇上目光阴沉如水，低头看着诚王的脊背。
　　"今天出了这样的事情，使我大云朝颜面尽失，臣弟心中惶恐不安，皇兄还是让臣弟跪着说吧。"
　　皇上又重重地呼了一口气，说道："说吧。"
　　"是。"诚王又磕了个头，开始把姚燕语如何急救一个忽然中毒的宫女，然后发现那宫女的指甲缝里藏毒的事情跟皇上细细地说起。
　　殿外，卫章跟黄松交代几声之后便去寻姚燕语，此时的姚燕语正跟张苍北在一起，卫章进来时，她刚好说到那中毒的宫女之事，卫章已经从锦麟卫那里听了几句，虽然不甚详细，但大致是个怎么回事儿已经猜测得差不多了。只是后来对那宫女的审讯是秘密进行的，审讯的结果除了诚王父子之外，别人都不知情。
　　这会儿听姚燕语又说了一遍，卫章便道："好了，事情查到这里，总算是有个交代了。至于再深的事情就跟我们没什么关系了。"
　　张苍北却冷笑一声，说道："你不想有关系就没有关系吗？别的不说，就那位文臣之首就不一定能够罢休。依我的话，还是早作打算。"
　　卫章伸手拉过姚燕语，对张苍北说道："老院令放心，此事我已有打算。"卫章想着，那些文臣不过会揪着姚燕语先给姚远之施针解毒的事情大做文章，便没把此事当回事儿。
　　"嗯，你有数就好。"张苍北说着，瞥了一眼卫章那张冷峻的脸，摆摆手说道，"好了好了，你们去吧，我老头子累了半日了，要歇息歇息，别在这儿碍事儿。"
　　卫章不满地瞪了老头子的背影一眼，拉着想要说话的姚燕语直接出去了。
　　毕竟是非常时期，二人也不好在这皇苑之内卿卿我我，卫章只叮嘱了姚燕语几句话，

257

无非是让她自己多加小心,现在整个皇苑内虽然看起来尽在掌握之中,但那些藏在暗处的人也不是傻瓜。他们既然敢公然用毒,便不容小觑,万不可大意,给对方可乘之机云云。

姚燕语轻笑着反问:"都说大将军是不善言辞之人,怎么今天这么婆婆妈妈的?"

卫章又低声叹道:"总觉得事情没那么简单,所以一定要小心了。"

两个人又说了几句话,卫章便说去皇上那边,让姚燕语趁空找地方休息一会儿,待会儿晚宴开始,还有得忙。姚燕语看着卫章匆匆离去,心里那种莫名的不安又涌了上来。

第十五章

不知道这些乱七八糟的事情何时是个头!她默默地叹了口气,转身想要回房,却见走廊尽头一个穿石青色绣五彩金丝蟠龙的男子翩然而来,正是恒郡王。于是只得站住脚步,等恒郡王走得近了,方躬身施礼:"下官姚燕语请王爷安。"

"姚大人请起。"恒郡王微微笑着抬了抬手,又问,"我听说下午姚大人救了一个准备服毒的宫女?"

"是的。"姚燕语躬身点了点头。

"具体是怎么回事,能跟本王说说吗?"恒郡王笑得非常温和,说话也很是客气。

姚燕语只得把自己当时如何给那宫女施针又怎么发现她的小手指甲被咬断等前后琐事都跟恒郡王说了一遍。恒郡王听完后又问:"后来呢?"

"后来那宫女被诚王府世子爷带走,之后的事情臣就不知道了。"

恒郡王点了点头,刚要说话,便听旁边有人朗声道:"恒郡王,皇上传召。"

那声音太冷,姚燕语听得心头一颤,忙转头看过去,却只见那人披着墨色的羽缎斗篷,里面是朱红织锦麟纹的朝服,淡淡的暮色里,竟给人一种脊背发凉的诡异感。

"好,我这就来。"恒郡王点了点头,又跟姚燕语微笑道:"姚大人请便,我去见父皇了。"

姚燕语微微点头,没有说话。恒郡王转身走时,那锦麟卫却又朝着姚燕语拱手道:"圣上口谕,臣等见到恒郡王时,不管王爷跟谁在一起,都请一起过去面见圣上。姚大人,也请你走一趟吧。"

姚燕语心头猛地一慌,那股不安直接变成了不祥的预感。

果不其然。等她随着恒郡王进到皇上的内殿之内时便被里面凝重的气氛给压抑得喘不过气了。而下一刻,当她看见跪在地上的卫章时,一颗心几乎从嗓子眼里跳出来。

发生什么事情了?!她猛然转身看向恒郡王,无奈恒郡王也是一头雾水的样子。再转头,看见跪在地上的憬郡王时,她心里的惊慌更深了一层。

"回皇上,臣在找到恒郡王时,王爷正在跟姚院判说话,二人谈论的是今日下午宫女服毒自尽的事情。臣奉圣谕，把王爷和姚院判带来了。"

这位锦麟卫的名字叫黄岩，是皇上的贴身近卫首领黄松的同胞兄弟，手下几十个人都是皇上身边的暗卫，等闲不露面，露面必定有大事。

恒郡王已经徐徐跪拜，朗声给皇上叩头。姚燕语不敢怠慢，也赶紧强压下心底的不安跟在恒郡王身后跪拜叩头。皇上却不叫起，只冷声一笑，叹道："恒郡王！朕养的好儿子！"

恒郡王显然已经预感到了自己不妙的处境，然却并不惊慌，只朗声道："儿臣疏忽大意，致使大宴之上出了使臣中毒事件，让我大云和父皇颜面扫地，实在罪责难逃。请父皇降罪。"

"疏忽大意？！"皇上冷笑着扫视了跪在面前的几个人，最后目光又落在恒郡王的身上，却忽然抬手拿起手边的茶盏，照着恒郡王的头砸了过去，一杯热茶泼了恒郡王一头一脸，茶盏在他的脑门上留下一道血痕之后落在地上，骨碌碌滚出老远。

皇上依然不解气，又狠狠地拍了一下手边的炕桌，骂道："疏忽大意得好啊！你若是再谨慎些，连朕也被你害了去了！"

恒郡王虽然不知道皇上为何这样，但此时也来不及多想，只得叩头辩解："父皇明察秋毫，我大云朝不管大事小事都逃不过父皇的法眼，儿子再无才无德，也绝不敢有一丝一毫弑父弑君的想法。求父皇明察！"

"好！老四你说！"皇上怒视着跪在恒郡王旁边的憬郡王。

憬郡王赶紧回道："回父皇，那苏蝶儿虽然是儿臣一个姬妾的妹妹，但儿臣素来跟她没什么瓜葛。她做什么，儿臣并不知情。反而是三哥府里的简儿的奶娘跟她来往甚是密切，而且这次的宴会又是三哥在全权负责。所以这些事情儿臣并不知情，儿臣觉得三哥应该能给父亲一个完整的答案。"

说完，憬郡王又重重地磕了个头，哀声道："儿子不孝，不能为父皇分忧，求父皇降罪。"

皇上等憬郡王说完，又指着恒郡王喝问："老四说的这些，是不是事实？！"

恒郡王忙回道："回父皇，简儿的奶娘跟宫里的宫女亲厚的事情儿子实在不知。这些内宅之事一直都是儿臣的王妃在料理。至于今天的宴会出了这样的事情，儿臣也自问难逃其咎。请父皇治儿臣治家不严，玩忽职守之罪。"

"就只是治家不严，玩忽职守吗？！"皇上厉声喝问，"这是你七叔审讯那宫女的结果，自己看去！"说着，皇上哗的一声丢过来一个折子。

恒郡王伸手捡起那折子来展开大致看了一遍，顿时变了脸色，哀声道："此等谋逆之事儿臣万死不敢想！求父皇明察。"

"白纸黑字写着呢，上面还有那宫女的画押！"皇上怒声喝道，"难道你七叔还会冤枉你？！"

"儿臣不敢怀疑七叔，但也请父皇三思！今日这宴会儿臣准备了这么久，这是儿臣的责任，儿臣纵然想生事，也绝不会选在此时此刻！求父皇明察！"

"还有这些！"皇上说着，又摔过一卷东西，并怒声道，"你若是没有图谋不轨，为

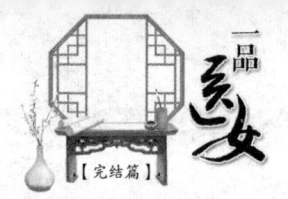

何在苏月斋先后约见姚燕语和卫章？！他们两个一个是朕的御用医官，一个是朕的辅国大将军！你身为皇子秘密约见他们，究竟所为何事？你心里若是没有鬼，为何会私下约见他们二人？！"

姚燕语听到这里，才拨开云雾见青天。原来卫章和自己会跪在这里，竟是因为这件事情！她迅速地抬头看了一眼高高在上的皇上，但见皇上满脸怒容，目光犀利如刀，看着自己的亲生儿子宛如仇敌。

"皇上！"姚燕语想忍，但是没忍住。她觉得这太冤枉了！她跟恒郡王平日并无往来，不过是跟他合伙开了个玻璃场而已，怎么就跟谋逆扯到一起去了？

"闭嘴！"皇上就是皇上，平日里和蔼可亲的不觉得怎样，此时盛怒之下气势凌人，只需两个字便把姚燕语满肚子的理由给压了下去。

皇上见跪在地上的四个人都不再说话，便缓缓地站了起来，一边往外走一边吩咐黄岩："把他们四个看管起来，等朕忙完了再问他们。"

黄岩躬身领命，等皇上出了内殿之后，方上前来对着恒郡王、憬郡王、卫章、姚燕语拱了拱手："二位王爷，大将军，姚院判，得罪了。请四位跟下官走吧。"

姚燕语暗暗地咬着牙站起身来，眯起眼睛看了恒郡王一眼，恒郡王一脸的为难，欲言又止。憬郡王却回头看了三人一眼，冷声哼了一记，一甩袖子率先走了。卫章伸手拉住她的手腕，低声说道："走吧。"

毕竟事情尚未有定论，而且恒郡王憬郡王是皇上平日最看重的两位皇子，黄岩再怎么样也不敢苛待了。所以便把四人带到后面一处偏僻的院落里，拱手道："二位王爷、大将军、姚大人，请先在此处委屈两日吧。"

卫章和姚燕语对视一眼之后，方点了点头，说道："那我们夫妇就选东厢房了。"

恒郡王和憬郡王都没有异议，憬郡王依然板着个脸直接进了正屋，恒郡王歉然地看了卫章和姚燕语一眼，也去了正屋。

"走吧。"卫章拉着姚燕语的手进了东厢房。

内殿发生的一切，都被诚王爷压制下去，前面大殿里依然是欢声笑语，不知诚王爷和镇国公以及丰宗邺等能臣说了什么做了什么，大殿之内，那些使臣们甚至把中午的中毒事件完全忘记了一样，再也没有人提及此事。

而且连野川也都加入了烤肉的行列，只是他不再喝酒，他吃的烤肉也是他自己猎杀的野兔，连洗剥这样的事情都是他的护卫自己动手弄的。这一切锦麟卫看在眼里，诚王爷记在心里，大家面上谁都没说。

丰皇后以身体不适为由没有出席晚上的宴会，皇上便叫人从宫里把贤妃接了来。贤妃乃是四皇子的生母，在这个时候皇上把她接来，在诚王爷看来，三皇子和四皇子之间的角逐结果显而易见。只是他对皇嗣之事素来闭口不言，所以该怎样还怎样，并没有任何异常。

倒是镇国公因为卫章和姚燕语的事情心里多少有点不痛快，虽然嘴上不说什么，但却

卷三　灵燕扶摇

以身体不适为由，推了好几拨人的敬酒。至于姚远之，他的消息没有那么灵通，此时对卫章和姚燕语的事情还一概不知。

到底是皇上的宫苑，就算是最角落的院子，收拾得也很是干净。里面桌椅榻几倒也齐备。卫章拉着姚燕语在榻上落座，把人搂进怀里，方低声叹了口气："没想到会是这样。"

"这可真是匪夷所思。"姚燕语至此时还有点没缓过劲儿来。虽然曾经预想过皇室内部争斗的惨烈，但也没想到会是这样。今天她亲眼看见父子兄弟反目成仇，互相之间恨不得把对方弄死的样子，真真令人胆寒。

卫章心里想的倒是跟姚燕语不一样，什么父父子子，君君臣臣，反目成仇的事情他并不觉得奇怪，而是非常纳闷为什么憬郡王会把自己和姚燕语拉进来，和恒郡王捆绑在一起。自己跟恒郡王明明没那么熟。

憬郡王弹压恒郡王可以理解，毕竟为了那把龙椅，皇室子孙反目成仇的事情历朝历代都有。就拿当今圣上来说，当初为了皇位也曾不惜血染皇宫，借刀杀人弄死了比他年长的两位兄长才夺得了皇位。

可他为什么要跟辅国大将军府作对呢？仅凭姚燕语跟恒郡王在城南合作的那个玻璃场？或者自己跟恒郡王的一次不期而遇？这样的理由，实在是太牵强了些。

毕竟卫章跟几位皇子之间都是若即若离的关系，他一向奉守镇国公的规则，远离皇子党派，一心只服从皇上的调派。这样不管将来哪个皇子继位，都不会对他痛下杀手。最关键的是，皇上虽然上了年纪，但身体一向很好，镇国公曾预言，大云朝十年之内应无萧墙之祸。可如今看来，可真是不好说啊！

房门被敲响，卫章扬声问："谁？"

门外传来一个尖细的声音："卫将军，奴才给您和夫人送饭来了。"

"等一下。"卫章把怀里的人放开，起身过去开门，接了一个食盒进来。食盒里是四样宫制的菜蔬和两碗白饭，另外还有一大碗八珍豆腐汤。姚燕语看过之后轻笑："饭食倒还不错。"

卫章闻言一阵心酸，这才想起来从现在起姚燕语便要跟着他过上被拘禁的日子了，而且照这种情形看，自己被扣上了恒郡王党派的帽子，事情就很难水落石出。这日子也不知道什么时候才是个头。想到这些，卫章沉声叹了口气，揉着姚燕语的后脑，说道："夫人跟着我受委屈了。"

姚燕语一摆头躲开他的大手，笑道："这有什么委屈的？四菜一汤呢，而且看这卖相应该是御厨做的饭菜，味道肯定错不了。开吃吧。"

姚燕语却在吃之前细细地闻了闻，又把一点米饭放到嘴里去耐心地品了品滋味。

"怎么？这饭菜有问题？"卫章立刻皱起了眉头。

"没有。"姚燕语摇了摇头，又把另外的两个菜尝了尝，方道："不过小心点总是好的。"

卫章也知道皇上是不可能把自己和姚燕语不明不白地毒死的，但这并不代表有些小人

从中作梗。又或许，这本来就是某些人的计策？先是在倭国使臣的饭菜里下毒，然后引起皇上的震怒，之后再把下毒的宫女暴露，利用宫女把矛头指向恒郡王和憬郡王，并顺带着把自己和姚燕语也给网进来……

那么这个人是谁呢？卫章托着饭碗陷入了沉思。以自己和姚燕语在皇上心目中的地位，可不是谁都能随随便便构陷的。以如今的情形看，这个人很明显是抓住了皇上的软肋，并一击成功。而且一定对自己跟姚燕语恨之入骨，不然不可能出这样的阴招。

算起来自己夫妇二人得罪的人放眼大云朝廷，几乎用一个手就能数得过来。其中首当其冲的便是姚家的死对头丰家了。只是丰家这么做，最后的目的是谁？难道是四皇子？可经过此事，皇上对四皇子也一样会忌惮起来。

姚燕语看着卫章端着饭碗却不吃的样子，便伸手用自己的筷子敲了敲他的碗，问道："怎么不吃？想什么呢？"

"我在想今天中午宴席之上，那些大臣们各自的反应。"卫章说着，便把手里的饭碗放到一旁，拉着姚燕语回忆当时的情景："我觉得最可疑的是皇后娘娘。张老院令说皇上身上带着他配制的可解百毒的香囊，而皇后跟皇上并肩而坐，两个人离得那么近，且离香炉甚远，皇上一点不适之感都没有，而皇后娘娘当时的状况却像是中毒颇深，还伏在龙案上眯了一会儿。"

姚燕语点了点头，没说话。这样的话云琨也跟她说起过，虽然没说这么仔细，但听那言语之中也是起了疑心的。既然这样，诚王爷和皇上未必就没起疑心。可为什么他们对此事却忽略不计了呢？

"而且，我觉得不管是恒郡王还是憬郡王，都没有投毒的动机。恒郡王就不用说了，这场国宴是他最近一个多月来倾心准备的，他怎么可能搬起石头砸自己的脚？而憬郡王——害死东倭使者对他来说有百害而无一利。就算是大云跟东倭开战，我大云的军队从来都不在皇子们的手里。"

姚燕语无奈地叹了口气，说道："那这件事情闹起来，对谁有好处呢？"

"如果三皇子和四皇子都倒霉了……"卫章低低地沉吟着，一个名字就在嘴边，呼之欲出。

姚燕语似乎也想到了什么，便紧张地问："难道大皇子的党派还在？"

卫章轻笑一声，抬手刮了一下她俏挺的鼻梁，笑道："怎么可能？岭南到大云帝都足有三千里路，别说大皇子临走之前已经被削了爵位，就算他还是郡王爷，手也伸不到云都城来。"此人只能是整日游走在皇城之内的权贵。

卫章素来心思缜密，今日之事又牵扯到自身，便更加马虎不得。他由此时的猜测往前推，又联想到皇上御马发疯的事情，一些原本扑朔迷离的线索便渐渐地明朗起来。

姚燕语也不再插话，只看着他默默地想。良久，当卫章下意识地往嘴里放了一口冷饭时才恍然回神，便见姚燕语也没吃一直在盯着自己看，便歉然地笑道："只顾着想事情了，忘了吃饭。瞧这饭菜都冷了。"

"那你想到了什么？"姚燕语干脆放下饭碗，低声问。

卫章正要详说，便听见院子里有人轻微的脚步声。这人必然是练家子，脚步极其地轻盈。只是卫章多年来养成的习惯，但凡用心思索之时，心神便越发地清明，周围的风吹草动都在他的感知之内，此时有姚燕语在身边，他自然更加谨慎小心。

姚燕语看他神色一凛，立刻用心去听。果然听见有人从屋后上了屋顶，然后便没了动静。她抬头看了卫章一眼，卫章却伸手端起饭碗，轻笑道："真是难得清闲，吃了饭好好地睡一觉。"

姚燕语会意，笑了笑端起饭碗来继续吃饭。两个人恩恩爱爱，你给我夹菜我喂你喝汤。仿佛屋顶上伏着的那个窃听者根本不存在一样。

饱餐一顿之后，卫章唤人进来收拾碗筷，然后自己倒了漱口茶给姚燕语。姚燕语漱口之后又从荷包里拿了两颗解百毒的药丸来给了卫章一颗，两个人各自含在嘴里。

屋子里有一张胡床，但上面仅铺着一床石青色撒花大条褥和两个靠枕，没有被子。卫章便把身上的黛青色鹤羽大氅脱下来盖在姚燕语的身上，轻声说道："睡吧。"

姚燕语一把拉住他的手："一起睡。"

"……好吧。"卫章本来想着料理完了屋顶上的人再睡的，可是现在难得夫人相邀，那些乱七八糟的事情暂时往后放放吧。于是侧身坐过去，掀开鹤氅把人拥进怀里。

姚燕语上前去躺进卫章的怀里，抬头看了看屋顶，忽然坏坏一笑，欠身在他的唇角吻了一下。卫章身子一僵，下意识地单手扣住她的腰。低头看着她明澈的双眸，目光有些深沉的炙热。

"是你说的嘛，好不容易清闲了……"

"嗯。"卫章低头吻住她，并辗转加深。

半响，姚燕语才慢慢回神，才抬手在他的胸口写了两个字：走了？卫章轻轻地点了一下头，然后低头狠狠地吻了她一下，说道："今晚绝不会太平，趁着这会儿没事你先睡一会儿吧。"

"还是你先睡。"姚燕语从他的怀里挣扎着坐起来，把他推开一些，手指轻轻地按着他的太阳穴，然后以指做梳，轻轻地在他的头皮上按压。

卫章本来就已经累极，如今哪里抵得住姚燕语如此用心的揉捏。没多会儿的工夫，便觉得四肢百骸都酥了，他强撑着不要睡，但最后还是靠在她的肩上慢慢地眯着了。

而与此同时，因为身体不适而不能参加晚宴的皇后娘娘病恹恹地靠在内苑寝宫的床上，一边喝着贴身宫女喂的汤药，一边问旁边躬身而立的凤仪宫掌案太监富春："你说他们两个丝毫不惊慌？"

富春躬身道："回娘娘，他们两个不但不惊慌，还……还……"

"说！"丰皇后不悦地皱眉。

一品毒女【完结篇】

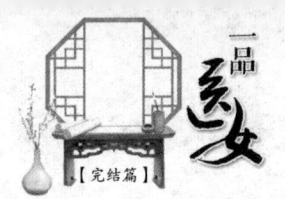

"他们两个还行那夫妇同乐之事,而且……浓情无限,听得奴才这等人都……"

"混账!"丰皇后忽然抬手掀翻了宫女手里的药碗,"你个没用的东西,连这等障眼法都看不明白?那卫章身怀绝世武功,只怕你一靠近他就听见了!"

"娘娘明鉴,奴才的身手连锦麟卫的人都能躲过去……"富春有些不服气,他可是凭着一身绝世轻功才得以在皇后娘娘身边吃得开的。

丰皇后给了他一个白眼,淡淡地哼了一声,没再说话。

这个奴才曾经是江湖盗贼,凭着一身无与伦比的轻功盗遍大江南北,身上还背负着十几条命案。他来无影去无踪,官府也拿他没办法。只是再强的人也有弱点,他的弱点就是好色。

十几年前他被人设计擒获,本应该是送入天牢永不见天日,丰宗邺暗中使了手段,把他变成了阉人送进了宫中,后来辗转被丰皇后要到身边服侍,一步步升为凤仪宫的掌案太监。以他的身手,只是去探个消息应该是不在话下的,所以丰皇后也没再说什么。

富春见丰皇后没再多说,便又问:"娘娘,那慈心庵那边……"

"你且去告诉她,现在正是风头紧的时候,让她再等些日子。"丰皇后的脸上顿时有些不耐烦。

"可是,公主一直提出要见崖俊……"富春又低声说道。

丰皇后立刻不高兴了,瞪了富春一眼,冷笑道:"你到底收了她多少好处?这么死乞白赖地为她说话?别忘了谁才是你的主子!"

"奴才不敢。"富春忙躬身道,"奴才只是怕那疯婆子等不及了,又该四处乱嚷,坏了娘娘的大事。"

丰皇后冷笑道:"你去告诉康平,其实给她自由也不过是我一句话的事情,只是要看她听不听话!"

富春忙应道:"是,奴才记下了。"

"还有。"丰皇后眯了眯眼睛,低声哼道,"崖俊早就死了,那姓朴的也早就成了灰。现在那个人叫彦开!下次再说错了,自己去把舌头割了!"

"是,奴才不敢了。"富春忙应道。

丰皇后终究是累了,便摆了摆手,说道:"下去吧。"

富春忙又应了一声恭敬地退了出去。

待富春退出去之后,皇后方幽幽地叹了口气,对面前的贴身宫女说道:"明儿你回去一趟,见着老太太就说我的养心丸用完了,让家里再给我配四十粒来。"

宫女忙起身应道:"是,奴婢记下了。"

丰皇后伸手握住宫女的手,低声叹道:"子霜,如今这里又没有外人,你大可叫我一声姑母。其实在我的心里,你跟六公主是一样的。"

原来这宫女的真实身份乃是丰少琛的庶妹,只是丰紫昀娶的是老燕王的女儿灵溪郡主,所以这庶女一直被偷偷地养在外边,后来丰宗邺为了给丰皇后找贴心使唤的宫女,才把她送

卷三　灵燕扶摇

进了宫里，被丰皇后要到身边。丰皇后给她取名子霜，原本也是从了丰家庶女的辈分，和丰子星，丰子月同列。

子霜忙跪在地上，低声道："奴婢不敢。"

丰皇后欠身把她拉起来，微笑道："你放心，若是计划顺利，我们的苦日子就到头了。到时候宫里会放一批宫女出去，你便趁机回家去，我会跟你祖父说，让他帮你挑个知冷知热的读书人为婿，再给你预备一份丰厚的嫁妆，以后你们夫唱妇随，远离这风波不断的大云帝都，过安安稳稳的日子去。"

"奴婢不去，奴婢一辈子都服侍皇后娘娘。"

"傻丫头，本宫哪里能耽误你一辈子呢！"皇后抬手摸了摸子霜的头顶，慢慢地闭上眼睛睡去。子霜看皇后睡着了，方轻轻地起身，把被子拉高掖好被角，悄悄地退了出去。

云安殿里的宴会进行到四更天方才罢休，气氛被几位能臣调节起来，众人都把中毒事件掀过去，大家推杯换盏，开怀畅饮，结束的时候各国使臣都有了七八分醉意。西回鹘的王子醉得最厉害，是被他的护卫抬着回去的。

皇上也很高兴，待众人散了之后，便扶着怀恩的肩膀回内殿去歇息。诚王爷和镇国公互相交换了一个眼色，二人一致认为今晚不是为卫章和姚燕语求情的好机会，便各自忍下，只等明日。

只是姚远之已经感觉到了一些不对劲的气氛，大殿之中，纵然姚燕语不适合出现，那卫章应该是不能少的。他可是二等伯的爵位，又是辅国大将军，西征北战的风云人物，怎么能躲了呢？

于是待众人散后，姚远之寻了个机会上前问镇国公："敢问国公爷可曾知道显钧他们夫妇做什么去了？怎么一个晚上都不见人影？"

镇国公实在不是个能说谎的人，况且姚远之也不是那么好骗的。于是他略一沉吟，便抬手做了个请的手势："姚大人，咱们去那边慢慢说。"

姚远之答应了一声随镇国公去了一间偏殿，镇国公把里面的人都打发出去之后，对姚远之实言相告。

"不可能！"姚远之当时就火了，"这分明是诬陷！"

镇国公苦笑："我的姚大人！自古以来，这种诬陷还少吗？别人这样也就罢了，怎么你也如此不冷静？"

"国公爷见笑了！"姚远之朝着镇国公拱手，然后摇头叹息，"是下官心乱了。"

"此事皇上还没下定论，但皇子结交权臣的事情素来为皇上所忌惮，更何况又加上一个可以手起手落间掌控人性命的神医，皇上不生气才怪呢！"

姚远之此时心神未定，尚不能完全理解镇国公的话，只焦急地说道："可明眼人一看就知道今日的下毒事件绝不会是恒郡王所为。"

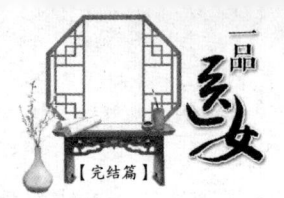

"现在已经不是下毒事件了！姚大人你要冷静一下！任何事情牵扯到皇子争储便都是大事！况且皇上的性子你也知道，自从那次从马上摔下来之后……哎！"有些话涉嫌诋毁圣誉，镇国公自然不能明说。

姚远之自然明白他后面的话，自从那次皇上从马上摔下来之后，人就变得容易猜忌、多疑，尤其是对自己的几个儿子，更是严加防范，好像一个不小心某个皇子就会逼宫篡位似的。

今日出了这样的事情，试着联想一下，如果东倭使者真的被毒死了，东倭人肯定不会善罢甘休，到时候真的打起来，皇上十有八九会派卫章领兵出征，因为现如今能带兵的这些将军里，就属卫章手下的烈鹰卫是全天候训练，其中一半人是从水师里层层选拔出来的，对于海战，这些人乃是精英里面的精英。

恒郡王曾在皇上双目失明之时监理国家政事，深得臣子之心。另外，恒郡王的外祖父安国公手里也有一支精锐部队，而恒郡王妃又是安国公的嫡长孙女，还有，诚王府世子夫人乃是安国公的嫡次孙女。

笼统算一下恒郡王的实力，若是他真的跟卫章联手的话，也不是完全没有胜算。

姚远之坐在那里沉默着，脑子里却抽丝剥茧般顺着镇国公提示的话想明白了对手的大致计划。之后，便忍不住长长一叹："如此说来，我姚家肯定也会被裹进去的。之后还会有谁？是不是跟那位作对的，都会被夹带进去？"

镇国公淡淡一笑，哼道："姚大人这话说得不假，老夫也觉得这正是他们的本意。只是，难道我们这些人就等着他们随便夹裹不成？"

姚远之朝着镇国公拱了拱手，只为国公爷嘴里的"我们"两个字："下官还请国公爷给指条明路。"

"你且不要着急，就算皇上可以没有卫章，也不能没有令媛。姚院判的医术在大云朝乃是绝无仅有的。皇上的年纪越发地大了，以后是绝对离不开她的。今日之事，估计是雷声大雨点小，只要他们夫妇二人不会言语不当触怒皇上，应该没什么大碍。"

姚远之听了镇国公的话，心里多少安稳了些。其实他也是这么想的，辅国大将军府和恒郡王之间的联系也无非是那么一个玻璃场而已，钱财之事素来都是小事，皇上看不惯，那就把玻璃场关了好了。

以姚燕语现在的医术，姚远之也认为皇上是万万离不得她的。当然也正是因为离不得她，所以才要借机敲打一下，以免她以及姚家恃宠而骄吧？

只是——朝廷之事历来都是风云变幻的，谁知道下一刻又会发生什么？那些人是不是还有别的东西攥在手里，等着给出致命的一击？

姚远之心里再有底也没用，现在卫章和姚燕语两个都已经被皇上的人给看押起来，皇子自然是不会有生命危险的，皇上再生气也不会杀自己的儿子，可卫章夫妇就很难说了……尤其是卫章这种掌握着一支特殊军队的人，皇上若真是生气了，说不定他就得人头落地。

镇国公看着姚远之难看之极的脸色，又忍不住叹了口气，说道："姚大人，天色不早了，

卷三 灵燕扶摇

着急也没用。还是先休息一会儿，等那些外邦使臣们撤了再说吧。"

"国公爷说的是。"姚远之也不能再说什么，只好起身拱手告辞。

"你也别太着急……呃！"镇国公话没说完，便觉得身子猛然一震，手边高几上的茶盏一通哗啦啦地响，旁边百宝阁上的古董珍玩也噼里啪啦地往下掉，一件件价值连城的宝贝顷刻间碎了一地。

"国公爷！快出去！"姚远之大惊之下，不忘上前拉了镇国公往外跑。

"地震了！"镇国公被姚远之拉了一把才反应过来，立刻高喝一声："快！保护皇上！"

大云朝文德三十五年冬的这场地震规模之大，可谓史上罕见。

皇上是被黄松匆忙之中背出来的，他们前脚出了殿门，后面内殿便塌了一角。那轰隆一声，把宿醉中的皇上吓得魂飞魄散，差点当场去云家列祖列宗面前请罪去。

整个皇宫行辕在顷刻之间倒塌半数以上，南苑里哀号惨叫之声和房屋轰塌之声连成一片，死者伤者一时难以统计。

姚远之和镇国公从屋子里跑出来后，立刻顿足哀号："燕语！燕语……"

镇国公顾不得许多，只高声喝道："保护皇上去那边的空地上！速速营救各部大臣和各国使臣！"

锦麟卫、烈鹰卫以及镇国公带进来的护卫们早就行动起来。云琨、韩熵戈、韩熵伐等人也没闲着，待确定皇上和几位王爷无大碍之后，便分头投入到救援之中去。

后面偏远的院落里，几乎在地震的同时，伏在姚燕语怀里的卫章忽然醒来，醒来的同时，手脚动作先于敏锐的心思，抱着姚燕语便冲出了房门。

姚燕语尚在迷糊之中，被凌晨的冷风一吹忍不住打了个哆嗦，往卫章的怀里挤了挤，方问："怎么了？"

"地震了。"卫章拉过鹤氅把姚燕语裹紧。

"啊？"姚燕语猛然一惊，睁开眼睛的同时听见呼啦一声响，却是院墙塌了，屋顶上的瓦片也哗啦啦地往下掉。

早有护卫冲进正屋去把恒郡王和憬郡王给拉了出来，两位王爷一出来，正屋的东南角便哗啦一声坍塌了一块，东里间刚好是恒郡王休息的屋子，此时他头上缠着一块白布，伤口还渗出一抹血渍，看着自己刚刚还躺着休息的屋子瞬间坍塌，顿时目瞪口呆。

地震依然在继续，院子里的几个人都被震得说不出话来。只能眼睁睁地看着，看着一切都在这一场天灾之中毁灭，看着那些熟睡之中的人们伴着坍塌声永眠。

"走！此地不宜久留！"卫章伸手把姚燕语打横抱在怀里，转身吩咐那几个护卫，"我们必须到开阔地去！"

几个护卫乃是诚王爷的手下，但素日里也敬重卫将军的威名。况且在这种时候，他们也不敢让两位王爷受伤，于是便各自俯身分别背起恒郡王和憬郡王，随着卫章离开小院往前面的马场奔去。

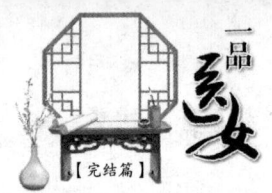

至天亮的时候，能在第一时间救出来的人都已经到了南苑的马场。

皇上裹着一件大氅在寒风里来回踱步，镇国公、谨王爷、燕王爷都立在旁边，诚王爷被一根廊柱砸到了腿，此时正疼得满头大汗。怀恩的头上缠着一块白布就倒在诚王爷旁边的地上抱着胳膊直哼哼。

而且，倒在地上哼哼的显然不只是怀恩一个人，而是一大片。除了皇上和少数几位大臣及时被值夜的护卫救出来之外，整个马场上上百口子人，就没几个全须全尾的。

卫章抱着姚燕语在姚远之面前停了下来，姚远之看见他们两个，顿时老泪纵横。姚燕语忙上前握住父亲的手，关切地问："父亲，你无碍吧？可有伤到哪里？"

"我无事！幸好我还没睡……"姚远之抬手抹了一把脸，急忙挥手，"赶紧去见皇上！诚王爷受伤了！张院令还没找到……皇上快急死了！"

"是！"卫章答应一声，拉着姚燕语挤进了围着皇上的锦麟卫。

皇上于焦头烂额之际看见卫章和姚燕语二人，顾不得多说，只忙招手唤道："姚燕语！快！快来瞧瞧诚王的腿！"

姚燕语忙答应一声上前去，这边刚把诚王的伤处理好，外边便有人焦急地喊着："快！皇后娘娘受伤了！快宣太医！"太医？太医这会儿还不知在哪个屋子里埋着呢。

皇上皱着眉头一挥手，立刻有人抬了一张胡床来摆在当场，富春背着已经昏迷过去的皇后挤开人群上前来，把皇后放在胡床上之后，姚燕语自然不能怠慢，忙上前去给皇后诊脉。

皇后倒是没什么重伤，主要是被吓坏了。据富春说，是子霜护住了她，自己挡住了一根屋顶上断裂的柱子，子霜伏在皇后的身上，血溅当场。皇后吓得昏死过去。

姚燕语施针不过片刻，皇后便醒了过来，睁开眼睛半天都不说话，眼神呆滞，整个人如傻了一样。

但姚燕语顾不上这些，因为就这片刻的工夫，便有受伤的佛郎机使者和西回鹘使者都被送了过来。而且，还有许多大臣也正被护卫们或背，或架，往这边送过来。

皇上心急火燎地问："太医呢？那么多太医，人都哪里去了？！"

"回皇上，给太医们休息的那所院子房子几乎都塌了，属下们正在全力抢救。"有个锦麟卫的首领刚把受伤的萧侯爷送过来，正好回了皇上的话。

姚燕语闻言，急切地问："师父……张老院令呢？"

"据守在那边的护卫说，张老院令当时已经休息了……"那护卫说着，悄悄地瞄了皇上一眼，又立刻回道，"属下们会竭尽全力把张老院令救出来的！"

姚燕语只觉得一颗心像是猛然间被抽空了，有好大一会儿都站在那里没动。

还是皇上沉得住气，大手一挥，喝令："愣着干什么？！还不赶紧去救人！"

"是！"那护卫应声，匆匆离去。

救人，救人……从那一刻起，所有的人都在说同样的话：赶紧救人！立刻救人！救人……

卷三　灵燕扶摇

然而，这一场天劫袭来，天下生灵涂炭，这些侥幸活下来的人又能救活多少人？

那一天，姚燕语根本什么都来不及想，只是不停地施针，包扎，再施针，再包扎……

她今生所医治过的所有病患都没有这一天多。天什么时候黑下来的她都不知道，只是忽然听见有人说：张老院令的尸身搬出来了……

尸身？姚燕语把金针从一位礼部侍郎的身上取下来缓缓地站直了身子，顺着声音翘首看过去，但见一个满身泥土的护卫抱着一个同样满身泥土瘦骨嶙峋的老人踏着最后一抹霞光从废墟里走过来时，只觉得整个人都被抽空了。

她直直地站在那里，宛如一座木雕一样，看着护卫把张老院令平放在枯黄的草地上，还看见那护卫的嘴巴一张一合，却听不见他说的是什么。直到后来有人在她耳边喊了一声："燕语！"她才茫然抬头，却看见卫章一双布满血丝的眼睛。

"师父……师父他……"姚燕语声音发颤，说不出一句完整的话来。

卫章扶着姚燕语蹲下身去，拿了一块湿帕子给她，低声劝道："老爷子去了，给他擦擦脸吧。"

姚燕语接过帕子来，手却一直在抖，一块湿帕子几乎都握不住。

旁边的众人，从几位王爷到皇子，以及六部九卿都沉沉地叹了口气，各自默默地擦泪。

马场上临时搭建起来的帐篷里，皇上、皇后以及重伤的诚王爷等都在里面休息，听说张苍北找到了，人却已经没了气息，皇上手里的一盏热茶尽数倾倒在腿上，把单手服侍的大太监怀恩又给吓了个半死，忙一迭声地叫人："快传姚院判来！"

皇上却一把推开他，怒声骂了一句："滚！朕没事儿！"的确没事，皇上身上穿着厚厚的皮袍，那茶虽然热，但也不至于滚烫，倒在皮袍上根本就没浸透。

见皇上过来，围在一起的众人无声地散开，给皇上让开一条路。皇上行至近前，见姚燕语跪在地上，正拿着那方湿帕子，颤颤地给张苍北擦拭着脸上的灰尘。又想起这老头儿随侍自己将近四十年的光景，一个人孤孤单单的一辈子，连个儿女也没有，如今就这么去了，实在是孤苦得很。便长叹一声，说道："国医馆院令张苍北，为研修传扬医术之道献出毕生之精力，朕感念其精诚，特追封其为一等伯，赐谥号'成'。准其衣钵传人姚燕语于年后送其尸骨回湖州祖籍安葬。"

"臣，遵旨。"姚燕语缓缓地朝着皇上磕了三个头。

当厚重的云层吞噬了最后一缕霞光，整个南苑的废墟便被黑暗笼罩。浓墨般的夜色像是一堵没有门的墙，把人们隔绝在光明之外。

有护卫燃起第一支火把，橘色的火光太弱，不足以驱散人们心头的阴霾。接着，是第二支，第三支。火把一支一支地亮起来，倔强的人们无声地和黑暗抗争，和死亡抗争，和命运抗争。

姚燕语给张苍北把脸，手都擦干净，然后有人抬过一块门板来把他放上去，姚燕语又接过卫章递过来的一块白色的麻布把他整个都盖了起来和之前那些搬出来的尸体都并排放到

一品医女

【完结篇】

了一旁。

　　经过一天的努力，锦麟卫们已经搭起了几十个帐篷，把那些使臣、大臣以及重伤的太监宫女们分别安置。另有人从御膳房找出了吃的喝的，已经支起锅灶来准备饭菜。

　　明黄色的大帐里，皇上面色凝重地端坐在正中的龙椅上与几位内阁大臣们议事。

　　地震这种天劫，绝不是一城一池之难。大云文德七年的时候，也曾经发生过一次地震，那一场显然没有这一次这么严重，但也波及一省五十四县，死于灾难者十几万，伤者无数，灾民流亡，疫情扩散，大云朝各地都深受牵连。

　　当年为了赈灾救民，朝廷寅吃卯粮，连文德九年的赋税都提前征收了。以至于后来还引起民变，弱化了海防，致使沿海地区海盗泛滥，民不聊生。当今圣上用了将近十年的时间才让大云朝从那场噩梦中醒来。

　　有宫里留守的燕王世子云珩带着护卫匆匆赶来，正跪在地上跟皇上汇报皇宫里各处宫殿及妃嫔的状况。

　　皇上听到后来就不耐烦了，摆摆手说道："够了！你下去吧。"说着，又转头问诚王爷："京城百姓的状况如何？"

　　诚王爷拱手道："回皇上，臣弟中午时派出手下四下查看，百姓们的房屋不够牢固，十有八九都有坍塌的现象，死伤现在无法估量，镇国公已经派出手下兵丁四散开来，帮着百姓们转移安置。别的倒还好说，只是这吃喝药品却成了奇缺之物……"

　　"粮食的事情叫户部的人想办法！至于药品——张之凌呢？让他去找京城的各大药商，告诉他们，谁能帮着朝廷渡过这次的难关，过后朕可保他们封妻荫子！"皇上说到最后，抬手敲了一下手边的扶手，忽地一下站了起来，又道："若是有谁想趁机囤粮屯药，闷声发财的，一经查出，朕诛他九族！"

　　"是。"诚王爷躬身领命，转身出去招呼手下去办事。

　　姚远之从几位大臣之中出列，躬身道："皇上，臣以为，只有京都粮仓的粮食是不够赈济灾民的。不出十日，云都城外必然会出现大量的灾民，臣请皇上早些下令调集江浙一带的粮食北上，以解京城之难。"

　　皇上沉沉地叹了口气，说道："姚爱卿言之有理。"说着，皇上背负着双手在帐篷里来回转了一圈，刚张开嘴要说什么，被帐外忽然传来的声音打断："回皇上！属下找到丰宰相了！"

　　"人在哪里？"皇上立刻把调集粮食的事情放下了。

　　话说自从凌晨时分发生地震到现在已经七个时辰了，大臣们死的活的都已经扒拉出来了，却唯独不见宰相大人。皇上还因为此事发了顿脾气，丰宗郲再怎么样也是两朝元老，先帝在位时就很重用他，在当朝更不用说，文臣之首可不是谁都能当得起的。

　　可发生了这么大的事情，这位文臣之首，一品宰相居然活不见人死不见尸？！

　　这让皇上怎么想？满朝文武以及外邦使臣们怎么想？！

卷三　灵燕扶摇

"回皇上，人已经没了气息。"一身泥土的护卫跪在地上回道。

"在哪儿找到的？"不知为何，听见人已经死了的消息，皇上心里居然莫名其妙地一松。

"在云霓阁。"

"云霓阁？！"皇上的眉头再次皱了起来。

云霓阁是南苑的正殿后面一座空置的院落，二层的小楼，是临时收拾出来给嫔妃换衣服的地方。而这次国宴皇上原本只打算带皇后参加，所以云霓阁里是皇后的人在当差。

国宴之后，众臣借着七八分的醉意，身为文臣之首的丰宰相年高体弱，更是不胜酒力，按说应该回房沉睡才对，怎么会跑去云霓阁？！就算云霓阁是皇后放置衣物更换衣裳的地方，就算他是皇后的亲爹，身为外臣也不应该在这种时候去那里！

"跟他在一起的，还有没有其他人？"

"有一个太监，属下已经查明身份，乃是之前服侍四皇子的人，前年调来南苑当差，掌管南苑的杯盘器皿等物。"

这事儿一琢磨便知道其中必有猫腻。皇上虽然在万分悲痛之时，尚没有迷了心智，当即便沉了脸色，怒声喝问："那太监呢？！"

"回皇上，也死了。"

"可有活口？！"

"回皇上，只有一个小宫女被砸到了头，正在昏迷之中，尚有一口气在。"

"告诉姚燕语，务必救活这个宫女！朕要亲自审问她！"

"是！"护卫领命，转身退了出去。

明黄色的大帐之侧，描绘有凤纹的帐篷里，因为受了风寒正在发热而脸色绯红的丰皇后裹着一袭貂裘半靠在一张胡床上，双眸紧闭，嘴唇干裂，一脸的狼狈。

四公主云琼正坐在她母后的旁边，拿着一方冷水浸透的帕子给丰皇后擦脸降温。

富春悄无声息地走进大帐里，看了一眼靠在斜对面胡床上闭目养神的贤妃之后，方走到丰皇后的榻前，低低地叫了一声："皇后娘娘！皇后娘娘！"

云琼蹙眉转头，不悦地问："什么事？没看母后正在休息吗？"

"公主恕罪。"富春给云琼躬了躬身，又看了一眼昏睡不知世事的丰皇后，无奈地叹了口气，俯身上前，在云琼的耳边低语了几句。

云琼皱眉道："那该怎么办？难道一个微贱的宫女还能往母后身上泼脏水不成？"

斜对面闭目养神的贤妃眼皮一动，眼睛悄悄地睁开一丝缝隙，默默地瞄着皇后跟前的四公主和富春。

富春自然也不会放过贤妃那边的小动作，只是不经意的一瞄，就发现了贤妃身子僵直，捏着帕子的手指肚微微泛白，明明是全神贯注这边的动静，却还偏偏装睡。

"公主，一个微贱的宫女自然不敢往皇后娘娘身上泼脏水，但若是她背后有个心思缜密的主子，可就不一样了。"

271

云琼直接回头看向贤妃,然后冷冷一笑,说道:"凭哪个心思缜密的,也别想在皇宫之中妄称主子。后宫之内,只有我母后才是主子。"

"公主说的是。"富春躬身应了一声,又叹了口气。

"怕什么?"云琼冷声哼了一下,把手里的帕子递给富春,起身说道,"我去见父皇。"

"公主莫急。"富春忙劝住云琼,"现在千事万事都不如皇后娘娘的凤体重要,那些杂七杂八的事情就交给奴才去办好了,公主且好生侍奉娘娘要紧。"

云琼迟疑地看着富春,富春朝着云琼点了点头。

"好吧,你去吧。"云琼似乎明白了富春的意思,摆摆手让他下去了。

……

姚燕语接到的皇命是无论如何都要保住这个小宫女的命。所以她在给这小宫女诊脉确定她是被砸到了脑袋而陷入昏迷之后,便毫不迟疑地拿过金针来给她施针。

只是这宫女受伤极重,头颅里有大块的瘀血,而且前臂骨骨折,且有外伤造成失血,太快地活血化瘀会造成她失血过多,饶是太乙神针也不能在活血化瘀的同时又能止血凉血。

正在她全神贯注施针之时,一个穿着四品太监官服的男子悄然靠近,围在姚燕语旁边的两个六品医官正在给小宫女包扎外伤,对身后之人全然没有发觉。

说来也是凑巧,就在富春迅速出手,以光电般的速度把医官手边的伤药换掉时,姚燕语刚好收回金针。

"你是谁?"姚燕语蹙眉看着忽然出现的陌生人,忍不住蹙起了眉头。这人什么时候来的,她怎么一点都没察觉到?

"奴才富春,是皇后娘娘宫里的掌案太监。"富春对自己的身份毫不隐瞒。他是谁,姚燕语或许不知道,但宫里的人谁不知道?说谎是没用的。

"你来这里做什么?"姚燕语听说是皇后身边的人,心里多少有些厌烦。皇后一再刁难,她又不是菩萨,做不到心静如水。

"皇后娘娘一直高热不退,四公主命奴才过来请姚院判去一下。"富春拱手回道。

姚燕语轻轻地叹了口气,低头正要想个什么借口推延一下,却蓦然看见那两个医官正在给小宫女涂的外伤药有些不对,来不及多想便伸手拍掉了医官手里的药粉,低声喝道:"这药粉不对!"

"啊?"那医官完全没反应过来,被姚燕语愤怒的低喝给吓傻了。

"这药粉哪里拿的?!"姚燕语用指尖蘸了一点地上的药粉放在鼻息之间轻轻地嗅了嗅——没有味道。但也正是因为没有味道才不对,她配制的止血药粉是有一股淡淡的腥味的,那是地蛹炒熟之后的特有味道。

"就在那边拿过来的。"医官指了指那边临时搭建起来的白色帐篷,那里面放的是锦麟卫从太医院和国医馆弄来的各种药品。

姚燕语的心顿时一沉,暗想难道那些药品都被人动了手脚?

于是她立刻伸手搭上那宫女的手腕，宫女的脉象较之以前虚弱了很多，生命正在迅速地枯竭。这药粉的威力果然厉害！

姚燕语立刻取出银针来对着宫女的天枢穴刺了下去。

源源不断的内息顺着金针注入宫女体内的同时，姚燕语且静下心来，让自己的气息和周围的环境融为一体。乌云涌动，寒风凛冽，她甚至可以感知到千丈以外从厚重的云层里飘落下来的第一朵雪花的晶莹。

"姚院判，皇后娘娘那里还等着呢！"富春看着老僧入定般的姚燕语，忍不住叫了一声。

"你是什么人？胆敢打扰姚院判救人？"一记凛冽的质问从身后传来，把富春给惊得一个哆嗦。他自问自己的轻身功夫了得，却想不到山外有山，身后这位到了他的跟前他同样没有察觉——或许是刚刚分心了？

"奴才凤仪宫掌案太监富春见过韩将军。"富春一惊之后，便讪笑着朝韩熵戈拱手作揖，夸张地吸了一口气，叹道，"韩将军悄没声儿地在奴才身后问话，可吓死奴才了！"

"你不做亏心事，有什么好怕的？"韩熵戈看了一眼全神贯注为宫女施针的姚燕语，又吩咐富春，"行了，你也别在这儿耗着，皇后娘娘那里本来就没人伺候，你还在这里磨牙。等会儿姚院判忙完了，我替你转告一声。"

"哟！那可真是谢谢将军了。"富春谄笑一声，又朝着韩熵戈作了个揖，方恭敬地退了。

姚燕语施针完毕，轻轻地吐了一口浊气，抬头看见韩熵戈站在身边却不见了刚才那个太监，却也顾不上许多，立刻起身说道："韩将军，伤药有问题，有人混了毒药在止血的药粉里面，请你立刻吩咐下去，止血药慎用！"

"怎么会有这种事情？！"韩熵戈立刻惊了！止血药粉混了毒药？这得害死多少人啊？！

姚燕语神色凝重地看了缓缓醒转的宫女一眼，说道："刚刚这名皇上点名必须救治的宫女就差点死在这止血药粉上。将军，事不宜迟，赶紧去查！"

"好！"韩熵戈答应一声，转身去吩咐近卫立刻四散开来，把所有止血粉都收起来交到姚院判这里来辨认真伪。这一句话喊出去，对劫后众人来说无异于雪上加霜。很多人听了这话后剩下的半条命都要给吓没了。

姚燕语看着顿时慌乱起来的人们，忍不住沉声叹了一口气，并低头吩咐那两名医官："立刻把她送到皇上身边去！不许再有任何意外！"

那两名医官已经从惊呆中反应过来，明白自己又从阎王殿前转了一遭，托姚神医的福，这条小命暂时是保住了，但若是这宫女再有什么事儿，怕是天王老子也救不了自己了！于是二人赶紧把这宫女扶到门板上，抬去了皇上的营帐里。

姚燕语这才如释重负地呼了一口气，理了理脏乱的衣裳，转身从水盆里洗了把手，往皇后的凤帐走去。

皇后不过是风寒高热，姚燕语给她诊过脉之后，叮嘱四公主每隔两个时辰喂皇后吃两粒银翘丸，多喝白开水，用毛巾冷敷等便起身告退。

富春则趁机问道:"奴才听说姚院判最神奇的医术是太乙神针,刚刚看您给那小宫女诊治,金针一收,那宫女立刻就醒了,可为何不给皇后娘娘施针?"

云琼冷冷的目光立刻扫过来,盯着姚燕语说道:"还请姚院判用心医治我母后,或者,姚院判你有什么要求?只管提出来,本宫能做主的自然给你做主,若不能做主,也会替你去求父皇。如此,姚院判就不要再有所保留了吧?"

姚燕语微微一笑,说道:"公主误解了。臣并无所求。之所以不给皇后娘娘施针,是因为太乙神针虽然疗效神速,但也太霸气,不易掌控。而且臣已经忙了一天了,救治了不下一百多个伤患,此时已经心力交瘁,怕一时控制不好这神针术反而对娘娘的凤体有害。况且娘娘只是外感风寒,银翘丸是臣精心配制的药丸,臣的丈夫曾经高热一天一夜昏迷不醒,当时臣重伤在身,便是靠这一味药医治好了他的病。所以银翘丸是目前最适合皇后娘娘凤体的药。还请公主明鉴。"

十六岁的四公主云琼冷笑着哼了一声,说道:"本宫早就听说姚燕语舌吐莲花,端的是能说会道,之前还不怎么相信,如今算是见识了。"

姚燕语蹙眉道:"公主若是不信,只管请别的太医来为皇后娘娘诊脉。下官还要去皇上那里回话,若没有别的吩咐,请准下官告退。"

"你不过是仗着父皇离不开你罢了!"云琼转身拿了冷帕子继续给丰皇后贴在额头上。

姚燕语不欲跟小女孩一般见识,便朝着她拱了拱手,说了一声:"臣告退。"便转身出了凤帐。

伴着凛冽的寒风,天空中开始飘起了雪花。而且一朵一朵大如鹅毛,映着几百支火把簇簇的火苗,十分壮观。白天还是艳阳天,晚上就飘起了鹅毛大雪。一片片雪花随风起舞,仿佛是一只只哀怨的精灵。

哎!地震后的天气怪异到没地儿说理去。

姚燕语在寒风中站了片刻,仰着头深呼吸了几口凛冽的空气,方准备去那顶明黄色的营帐。

"二妹!"一声低沉而清冷的呼唤从身后传来。

姚燕语忙转身看过去,见姚延意行色匆匆大步流星而来,一缕碎发从发髻中散下来被寒风吹着飘扬在耳边,给人一种洒脱不羁之感,这形象似乎跟平日里那个明眸善睐,谈笑间便能拨乱反正的姚二公子不符。

"二哥?"姚燕语这才想起,如此大的地震,家里人会怎么样?姚府、将军府、贺府,还有新建起来的唐府,以及长公主府镇国公府……这京都城内,今天该有多少亡灵在夜空中飘荡?

"父亲怎么样?你没事吧?"姚延意行至近前,把姚燕语上上下下打量了一遍,见她除了衣服上满是泥污,脸色有些苍白,眼圈泛红,发丝从锦丝冠下散落了两缕之外并没什么不妥,方暗暗地松了口气。

卷三　灵燕扶摇

"父亲无碍，皇上也无碍。家里怎样？老太太，太太他们……还有二嫂子和两个孩子都怎么样？"

"这事儿说起来还多亏了源儿那兔崽子，昨晚上不知怎的就是哭闹不肯睡觉，害得你二嫂也没办法安睡。整个院子被他那哭声弄得，十有八九都睡不着觉，所以一家子才逃过了一劫。"

姚燕语忍不住双手合十，念了一声佛，叹道："都说小孩子对危难有奇准的直觉，原来这话果然不假。"

"将军府那边我也过去看过了，那些家丁护卫个个儿都是警醒之人，一有动静便大多醒了，那些丫鬟婆子们十有八九被他们救了出来，死了七个，伤了十六个。冯嬷嬷受了点伤，幸好翠微翠萍她们两个在，你也不必挂念。倒是你大姐姐那边，琥珀没跑出来，她用身子护住了琉璃的那个姐儿，小孩子被救出来的时候还能哇哇地哭，大人却不成了。其他人都是无碍的。我是奉了太太的话来瞧瞧父亲跟你，也顺便告诉你们一声，家里没有大乱，好叫父亲跟你们夫妇放心。"

"好在损失的无非是些房屋和古董珍玩，大部分人都无碍，这就该知足了！"姚燕语幽幽地叹了口气，又低下头去揉了两下眼睛，叹道："只是……师父死了。"

"师父？"姚延意一怔，片刻便反应过来，"张老院令？"

姚燕语点了点头。

"怎么会这样？护卫们怎么没及时救他出来？！这行辕之内有皇上和各国使臣在，护卫密密麻麻，比宫女太监都多，当时的境况，就算一个护卫救一个人也来得及！何况张老院令是皇上的人，住处应该离皇上不远！"

姚燕语闻言一怔，心想对啊！那些值夜的护卫是干什么吃的？！救皇上，只需几个人就够了。而张苍北休息的屋子就在皇上的寝殿一侧的院子里，属于锦麟卫重点保护之所，为何没有及时把人给救出来？！

姚延意看妹妹陷入沉思之中，便抬手拍拍她的肩膀，说道："你不要再多想了，看你累得这样子，还是找个地方休息一下吧。现在出了这样的事情，最累的应该就是你们这些医官了。"

姚燕语咬了咬下唇，说道："我不能让师父死得不明不白。"

"但这事儿不是你的专长啊。不如交给显钧去查。你一个人就算是想破了大天，也想不出个所以然来。"姚延意无奈地叹道。

这话说得也是。姚燕语抬手揉了揉涨痛的脑门，叹道："好吧。我得去那边的营帐查看药品，二哥跟我去吧。父亲在皇上跟前，等会儿寻个机会再跟他老人家说话。"

"好。"姚延意点头，随姚燕语往那边白色的帐篷走去。

韩嫡戊也是雷厉风行的性子，更何况伤药若是真有问题，又是一场腥风血雨，所以不到半个时辰，分发下去的所有伤药便都被收了回来。

275

姚燕语进来的时候，几个医官正凑在一起研究那些药粉。见姚燕语进来，众人忙让开一些，为首的太医院院令张之凌朝着姚燕语拱手道："姚院判，快请过来验看伤药，那边好多人都等着用呢。"

"好。"姚燕语也没废话，直接走到那一堆药箱跟前，拆开一包药粉倒了一点在指尖上，送到鼻子跟前闻了闻，说道："刚我见到了假的药粉，跟真药比起来，假药粉的颜色要深一些，而且闻起来没有任何味道。而我们的真药粉闻起来是有一股极淡的腥味的，这是地蛹特有的味道。诸位大人都闻一下，待会儿给伤者用药的时候也好注意。"

众人闻言都纷纷拿过拆开包装的药粉轻轻地嗅，然而这些药粉里并没有姚燕语说的那种没有味道的假药粉。姚燕语初时还不信，直到她把已经打开的药粉挨个儿都闻了一遍后，方恍然道："难道是他？"

"谁？"韩熵戈沉声问。

姚燕语看了他一眼，没说话。韩熵戈的脑子里忽然闪过富春那张白皙无须的脸，眉头立刻皱了起来。

姚延意见状，拿起一包未开封的药粉举到眼前，说道："诸位，时间紧迫，救人要紧，若是分辨不出药粉的真假，请看这里——这个纸袋子封口的地方有这样的标记，大家且先别用已经开封的，只拿未开封的放心去用，只是拆开以后各自小心，不要让潜在的坏人钻了空子就好了。"

众位医官纷纷称是。韩熵戈觉得如此也算妥当，便道："如此甚好，请诸位先去忙吧，有什么事情我会再派人通知大家。国宴上的投毒事件还没有水落石出，坏人还潜伏在我们之中，大家都小心些，万不可大意。"

众人纷纷称是，各自拿了药粉退了出去。韩熵戈又遣退了不相干的人，方低声问姚燕语："你怀疑是富春那个狗奴才？"

"我在给那个宫女医治的时候只有他靠近过。给我打下手的两个医官绝不会做这样的事情，因为那宫女若是救不活不但我会被皇上怪罪，他们两个也逃不过去。所以，只有他。"

"这个狗东西！"韩熵戈低声骂了一句，转身去帐外招进一个亲兵来，低声吩咐道："从这一刻起，你什么都不要做，只管给我盯住了这个阉奴。"

"是。"亲兵拱手领命，转身欲走。

姚燕语却忽然说道："等下！"

那亲兵奇怪地看了韩熵戈一眼，又拱手道："姚院判还有什么吩咐？"

"我觉得他绝不是等闲之辈，或许身怀绝世武功，你一定要多加小心。"姚燕语想起自己给那宫女医治的时候，那人什么时候靠近的她都没察觉。就算是因为她集中精力给人治伤，能逃过她感知而靠近的人也是屈指可数。

那亲兵满不在乎地笑了笑，说道："姚大人放心，小的记下了。"

姚燕语见他十分轻敌，却也不好再多说，毕竟他是韩家的亲兵，这些人跟着主子上过

卷三　灵燕扶摇

战场，杀过敌见过血，怎么可能把一个宫奴放在眼里？

等那亲兵出去之后，韩熵戈方问："姚夫人，还有什么不妥吗？"

"那个太监……绝不是等闲之辈。二公子一定要叫手下多加小心，免得吃闷亏。"姚燕语语重心长地说道。

"好，我知道了。"韩熵戈满口答应着，"二位请稍坐，我去安排一下。"

等韩熵戈也出去之后，姚延意才问："显钧呢？"

姚燕语轻轻地吐了口气，转身在一只药箱上坐下，方道："奉旨去查看各处的灾情了。"皇上不放心云都城的百姓们，又没有更多的人手可用，只得把恒郡王和辅国将军私下密会的事情搁置不提，调动全部可用的力量去查看灾情。

如此，既可向大臣们彰显皇上的仁厚之心，又让卫章感恩戴德鞠躬尽瘁，还能让自己不辞辛苦，并让恒郡王和憬郡王都惭愧反思，真是一举多得！高深莫测的帝王心啊！姚燕语默默地腹诽着。

"累坏了吧？"姚延意在妹妹的身边坐了下来，其实他自己又何尝不是累了一整天连口水也没来得及喝呢？

姚燕语回头看了一眼姚延意，忙从荷包里拿出一粒褐色的药丸递过去："含着。"

"做什么用的？"

"生津止渴的，看二哥的嘴都爆皮了。"姚燕语说着，起身出去叫住一个正好经过的护卫，吩咐他去想办法弄点水来。

那护卫知道这位是姚神医，自然不敢怠慢，匆匆跑去那边临时支起来的锅灶旁，跟御膳房的人要了一大碗野鸡汤并一大碗米饭来。

姚燕语一看就乐了："得，吃的喝的都有了！纯正的野鸡汤加御田庄的珍珠米，二哥你有口福了。"

姚延意笑道："什么时候我们兄妹也会因为一碗饭一碗汤而高兴成这样子了？"

"哎！有道是，一文钱难倒英雄汉。如今这情形，能有这个吃就不错了！还不知道云都城的大街上有多少人衣不遮体，食不果腹呢！"姚燕语叹息着，把汤浇到米饭上，又把米饭拨到汤碗里大半儿，然后把那只汤碗和筷子递给姚延意，"二哥，吃吧。"

姚延意接过那碗饭，忽然觉得喉间一哽，鼻子发酸，差点就掉下眼泪来。

兄妹二人肩并肩坐在药箱上吃了有生以来最简单却最有滋味的晚饭，之后姚燕语又找护卫要了一只水囊来倒了水给二人漱口。

"二哥在这里等一下，我去皇上的营帐里找父亲。"姚燕语说着，把手里的水囊递给姚延意。

姚延意拿了自己的帕子浸了水递给她："擦擦脸，不必着急。皇上跟前要懂得见机行事。"

"我知道。哥你放心。"姚燕语用湿帕子擦过脸，又从怀里拿出一只小巧的白玉梳子来蘸了水把散乱的发丝往上抿了抿，便又是雅兰脱俗的清秀新贵一枚。

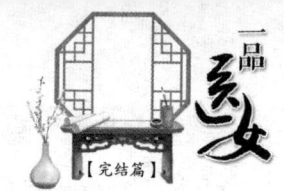

姚延意满意地点点头："去吧。"

第十六章

　　此时，皇上已经亲自审讯完了那个差点死于非命的小宫女。审问的结果与设想的完全不一样，然皇上却更加震怒。

　　皇上原本以为丰宗邺是跟那个曾经服侍过憬郡王的太监有勾结的，孰料那小宫女却一口招认自己是奉皇后娘娘的贴身宫女子霜的话去云霓阁见宰相大人，要告诉宰相大人一句话：娘娘的药丸没有了，叫家里再配四十粒，尽早送来。

　　这是一句无关痛痒的话，皇后跟娘家要东西这种事情根本无须计较，后宫之内，上至妃嫔下至宫女，谁不能跟家里要点东西？可时间地点都不寻常，这话也就耐人寻味起来。

　　皇后跟前的贴身宫女子霜已经死了，皇后至今昏迷不醒。不过能为皇后传话的宫女也必定不是寻常的宫女，皇上一心要查到底，自然会不择手段。身为一国之君若是连个小宫女也治不了，皇帝陛下真的可以找块豆腐撞死了。

　　姚燕语行至明黄色的龙帐跟前时，便听见里面一声暴喝："姚远之！替朕拟旨！朕要抄了丰家！朕要灭他九族！"于是吓了一跳，赶紧止住了脚步。

　　龙帐内，姚远之和诚王爷，燕王爷等人一起跪倒在地，齐声道："请皇上息怒！"

　　皇上却拍着桌子怒吼道："朕自问待他们不薄！上次大皇子跟异邦勾结，试图卖国篡位的事情朕也看在他丰家乃两朝元老的分上从宽处，谁知道他居然不思悔改！做出这等欺天灭祖，无法无天的事情来！朕若是再不惩治他们，天理难容！"

　　姚燕语知道这些事情并不是自己能听的，于是匆匆转身要走，却被巡逻的护卫拦住："姚院判是有事求见皇上么？"

　　"啊，不是，是我兄长来了，想要见父亲一面，说一说家中的事情……"说到这里，姚燕语沉沉地叹了口气，又道，"我听皇上好像是生气了，所以还是让兄长再等一会儿吧。"

　　一场地震，毁的不是一家一户。护卫听了这话想到也不知自己家里现在如何，便忍不住叹了口气。

　　"你们辛苦了。"姚燕语说着，解了自己的荷包递过去，"这里面是几颗生津止渴的药丸，和兄弟们分分吧。"

　　这种时候，药可比银子珍贵，那护卫接过之后连声道谢，脸上的肃穆也缓和了几分。

　　龙帐之内，姚远之和两位王爷及镇国公一起跪在地上。皇上则一手叉腰背对着几位众臣，呼呼地喘怒气。根据那小宫女招供，皇后是要国丈爷设法立刻去处死一个人，这个人叫什么

卷三　灵燕扶摇

　　她不知道，只知道他的代号是"十"。皇后娘娘要这个人快些死，所以是"药丸四十粒，尽早送来"。

　　是什么人，要在这个时候尽快弄死？这不是杀人灭口又是什么？连名字都没有，且需要丰宗邺亲自出动的人，绝对不是一般的人。而且编号为"十"，那么前面的一二三四呢？后面还有没有？丰家到底养了多少这样的人？在国宴上发生投毒事件之后，皇后为什么要急于处死这个编号为"十"的人？

　　皇上要下旨抄了丰家，把丰家所有的党羽都抓起来严加审讯真是一点都不过分。这些问题连起来，足以判丰宗邺一个谋逆之罪。

　　然而，姚远之以"大局为重，大难当前正是用人之际朝廷不宜对文武百官严加惩处"为由劝住了皇上。

　　镇国公也劝皇上先把此事放一放，反正丰宗邺已经死了，剩下的同党可以慢慢料理，为今之计是先如何赈灾。现如今整个云都城满目疮痍，还有外国使臣在京，多少紧要大事都必须皇上拿主意，还请皇上保重龙体，不要大动肝火。

　　总之几个人劝来劝去总算把皇上劝住了，答应暂时不抄丰家，但心里那口气总是难平的，只让人去通知丰紫昀把丰宗邺的尸首领回去，连一句安慰的话都没有，更没见丰家人。

　　当晚，大地虽然不再剧烈震动，但余震不断，就算有些宫殿没有坍塌，众人也不敢进去住。君臣主仆们便在这冰天雪地之中搭建起的帐篷里凑合着睡了一会儿。

　　姚延意终于得空跟父亲见过一面后便匆匆回家了，家里老老小小的就他一个顶梁柱，实在不能耽误太久。看着儿子青色斗篷上的泥污，姚远之轻轻地叹了口气，在他上马之前又叮嘱了一句："照顾好老太太和你母亲。还有，写封书信给你大哥，问问南边怎么样。"

　　"嗯，儿子明白。"姚延意重重地点头，又朝着姚远之躬身道，"父亲多保重，儿子先回去了。"

　　姚远之站在风雪里，看着儿子策马离去不见了踪影才扶着姚燕语的手臂往回走。

　　帐篷有限，姚远之只得跟镇国公诚王爷挤在一起，姚燕语把父亲送进帐篷的时候，诚王和镇国公正面对面坐在毡子上喝热汤，见他们父女进来，镇国公忙招呼："远之，来，这野鸡汤不错，来喝点暖暖身子，燕语也来。"

　　姚燕语送父亲去下首坐下，方躬身道："谢国公爷，下官还得去看看那些伤患。"

　　诚王爷摆摆手，说道："你一个人累死也忙不过来，歇歇吧，没有什么生命危险的人都交给他们去救治。"

　　"谢王爷体恤。"姚燕语又躬身谢过，才在姚远之的身边跪坐下来。

　　这种时候聊天，无非是绕着"赈灾"二字，镇国公是个武将，不怎么懂这些，但云都城的安定却算是他的责任；诚王爷是参政王爷更是深知这其中的利害，更何况各国使臣还在；姚远之自然是能臣，虽然这一天一直没闲着，但对赈灾之事的几个要点早就在肚子里成文成条。

279

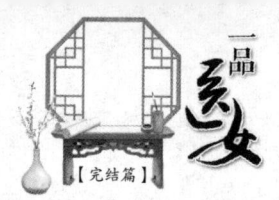

此时三位大臣凑在一起侃侃而谈，竟然忘了疲惫。这些事情并不难懂，姚燕语在一旁安静地听着，并不时地给三人端茶递水。

第二日一早，丰紫昀带着弟弟丰紫昼，儿子丰少琛以及侄子丰少瑱来领丰宗邺的尸首时，想要来叩拜皇上，被镇国公以皇上累了正在休息为由挡驾了。又听说皇后娘娘病重，便请求见一面。大太监怀恩又打着皇上的旗号宣称后宫内眷不宜见外臣，也没见到。

丰紫昀便觉得十分不好，但也不敢说什么，只怀着一腔悲痛带着老父亲的尸体叩谢皇恩后离去。

又过了两日，余震停止，大雪初晴，天地之间又恢复了之前的平静。燕王世子云珩带着一队护卫前来，回说皇宫里已经收拾妥当，请皇上回宫。

回宫的路上，丰皇后醒了一次，但听说老父亲在这次劫难中去世，母亲病重人事不知的消息后，又一口气没上来，接着晕了。马车里，四公主心急火燎地叫人，却是一个粗使的宫女进来听命。四公主便没好气地问："富春呢？"

那宫女回道："富公公昨晚就出去了，说是有要紧的事情。到现在还没回来。"

"有什么要紧的事情比母后的身体重要？！这天煞的狗奴才！"云琼骂了一顿，又吩咐宫女，"快去传太医来！不，把姚燕语找来！"

那宫女不敢多说，便跳下马车去寻姚燕语。

冰天雪地中睡帐篷，再加上怒火攻心什么的，皇上也病倒了，姚燕语身为皇上的专属医官，和太医院的张之凌院令一起在龙辇之中时刻不离地守着皇上。对四公主的召唤自然无从应答。

皇上回到紫宸宫，早有妃嫔们上前迎接服侍，最后在贤妃的吩咐下，诸位妃嫔都各自回去，只留素嫔和两个掌药医女在紫宸宫伺候。姚燕语给皇上施过针，高热退下，但皇上依然全身酸痛无力，精神也极差。

素嫔知道这是风寒过后的必然症状，也知道如何侍奉，便悄声跟姚燕语说："皇上已经没什么大碍了，夫人且先请回，这里有我和几位太医便可。"

至此时，姚燕语已经好几天没回家了，也有两天没见到卫章了。她心里自然记挂得很，便辞别了素嫔和两位当值的太医，匆匆出了紫宸宫。

王公贵族的房子几经风雨，年年修缮，经过这次劫难虽然也是十房九塌，但好歹还能有个安身之所，那些百姓们就不一样了，这些人现在不仅无家可归，连吃的喝的都没有了，更有半数以上不是死了爹娘就是死了孩子，总之基本没有一个家庭是完整的。

现在京城里一拨一拨的灾民就在大街两旁蹲着，四周还有灾民正往云都的方向逃奔。整个大云帝都简直是惨不忍睹。

诚王、镇国公自然不能掉以轻心，早就劝说了皇上暂时让卫章回去当值，他跟恒郡王的事情过后再说。

姚远之则被皇上临时任命为赈灾总督察，全权负责赈灾事宜，并下令各部官员，但凡牵扯到赈灾一事，都必须听从姚总督的调派，若有不从，直接尚方宝剑伺候。

姚燕语出了皇宫的玄武门便看见一身戎装的卫将军立在青石铺就的街面上。整个人如一方稳固的塔，站在那里，任凭风寒雪暴，都无法撼动一丝一毫。

看见姚燕语出来，卫章抬脚迎着她走过去。姚燕语便不自觉地飞奔过来，忘乎所以地张开双臂，扑进他的怀抱之中。把身后宫门口那些铁血护卫给看得傻了眼，一个个黝黑的脸膛上泛起一抹血色。

"累坏了吧？"卫章紧紧地抱住她，低头吻了吻她锦丝冠下的墨发。

"唔，我身上都臭了，赶紧回去。"姚燕语忽然又羞涩起来，抬手推着他的肩膀。

"哪里臭了？我夫人就算是一年不沐浴，也是香喷喷的。"卫章低笑着吻了吻她红透了的耳垂，一弯腰把人抱起来往那边停靠的马车跟前走去。

尽管早就彼此报了平安，但当姚燕语真的回到将军府看到那些时常在自己跟前打转的家人们时，依然有一种劫后余生的感慨。

长矛带着前院的家丁一起向夫人行礼请安。姚燕语上前去低头看着跪在面前的几十口子人，有的头上缠着白布，有的胳膊上渗着血渍，还有的腋下夹着拐杖，一时间又觉得鼻子泛酸。

"都起来吧。在此大危大难之际，大家都能够抱成一团，不离不弃，我很欣慰。这才是一家人！"姚燕语说着，弯腰亲自拉起了长矛。长矛大总管顿时没出息地哭起来。

"闭嘴！"卫将军冷声喝道，"哭哭啼啼的跟个娘们儿一样，成何体统！"

长矛哭到一半被吓了回去，张着嘴巴不敢出声，差点哽住。姚燕语回头不满地看了卫章一眼，卫将军黑着脸哼了一声，没再说话。

姚燕语便微笑着安慰长矛及众人："你们都辛苦了，尤其是身上带着伤的，都赶紧回去养着。身上没伤的这几天就多辛苦些。大总管你半个时辰后过来见我，我有事要你去做。"

"是。"长矛被夫人顺了毛，赶紧擦干眼泪换上一副笑脸，"夫人的燕安堂受损并不大，只有那些玻璃窗子被震烂了，咱们家玻璃场那边也损失得厉害，所以没有合适的玻璃装，奴才已经叫人找了厚厚的毛纸来把窗户重新裱糊过，虽然不如之前透亮，但却暖和。"

"其余各处的房舍怎么样？贺将军和唐将军家呢？"

长矛立刻回道："两位将军家的主院都没什么大问题，有些院墙什么的塌了，这两天家里人已经重新收拾过。就是偏院和下人们住的房子塌了一半儿，不过大家挤一挤也不算难挨。总比街上的那些百姓们强了百倍。"

说话间姚燕语已经到了春晖堂，这栋将军府标志性的建筑经过这次劫难，依然屹立不倒，看来老祖宗造房子的技术还真是精湛。姚燕语从心里叹了口气。

姚燕语命长矛先退下，自己跟卫章一起穿过春晖堂的正厅往后面的燕安堂去。

翠微翠萍两个人不在家，国医馆那边收留了几百个重伤的灾民，可以说是忙得脚不沾地。冯嬷嬷伤到了腿，行动不便没有出来，凌霄的奶妈子抱着凌霄，身后跟着十几个丫鬟婆子们

281

上前请安，姚燕语看着哭红了眼睛的凌霄，叹了口气伸出手去把他抱在怀里，问："孩子没事吧？"

奶妈子忙躬身回道："就是一直哭着找夫人，睡着了也总是惊醒，怕是受了惊吓。"

"凌霄不怕，娘不会丢下你的。"姚燕语抱着孩子进屋，一边坐下一边吩咐丫鬟，"去给我预备热水，我要沐浴。"

香蕾忙道："知道夫人今天必会回来，热水已经预备好了。"

姚燕语刚要说准备衣服，怀里的小娃娃便忽然伸出胳膊搂住了她的脖子，怯生生地叫了一声："娘……"

一屋子的人顿时都愣了。大云朝的人对母亲的称呼不外乎两种，大户人家规矩多，儿女便会称母亲为"太太"，私下里亲昵些，便会直接叫"娘"，也有些地方语言称呼"阿娘"、"阿姆"等。刚刚姚燕语自称"娘"的时候，众人都没反应过来，当凌霄搂着她的脖子叫"娘"的时候，大家接着愣住。

"要叫太太。"奶妈子看了一眼将军无表情的脸色，忙上前教导凌霄，"小少爷乖，叫声'太太'给夫人听，夫人会很高兴的。"

"娘。"凌霄固执地重复了一遍，一双泛红的大眼睛一眨不眨地看着姚燕语。

"乖。"姚燕语笑着摸摸凌霄的头又对奶妈子说："他喜欢叫什么就叫什么吧。"姚燕语爱怜地抚着凌霄的后脑，越摸越觉得手感挺好，怪不得旁边那位那么喜欢揉自己的后脑呢，这种宠溺的感觉真心不错啊！

"好了！把孩子抱下去吧，夫人累了几天了，需要休息。"旁边冷着脸的卫将军早就不乐意了，你说你好几天没回家，两天没见你家夫君了，这一回来就抱着个孩子不撒手，到底是想怎样？

家里所有的下人都是怕将军的，奶妈子也不例外，于是忙上前去把凌霄抱起来，赔笑道："夫人，您先请去沐浴吧。"

姚燕语给了卫将军一个美丽的白眼，摆摆手让奶妈子把孩子抱下去了。

长矛大总管接到的夫人指示是过半个时辰来燕安堂。大总管想着，夫人几天没回来了，肯定要沐浴更衣什么的，于是便故意磨蹭了一刻钟才过来。

没等多会儿便听见屋里将军沉声问："长矛来了没有？"

"哎哟，将军叫我呐！"长矛赶紧应了一声，心道夫人说话果然靠谱，颠颠地跑了过去。

卫章裹着一袭斗篷从屋里出来，一脸神清气爽地看了长矛一眼，说道："夫人说了，让你看看家里还能收拾出多少空屋子来，然后去街上转转，挑那些孤寡老人和失了父母的孩子带回来暂时养着。再有，看看仓里的粮食能余出多少来，都装了车给朝廷的施粥棚送去。"

"啊？"长矛一听这话立刻心肝肺都疼了，空屋子还好说，这粮食如今可是比黄金还贵重的东西啊！怎么能说捐就捐呢！

《卷三　灵燕扶摇》

"将军，今年大灾，那庄子里的小麦什么的肯定歉收，咱们府里的粮食也不多了，若是捐出去……"

卫将军冰冷的眼风一扫，淡淡地问："怎么，夫人的话你敢不听？"

"是是，奴才不敢，奴才这就去办。"长矛赶紧缩了缩身子，连声答应。

"滚吧。"卫章摆摆手丢下这两个字转身进屋了。

"是。"长矛攥着袖子擦了擦脑门子上的汗，叹了口气出去办差了。

当第二天一早长矛带着装满粮食的十辆大车赶到云都城最大的施粥棚时，抬头看见正在视察的赈灾总督大人，猛然间吓了一跳："哎哟喂！这不是姚老爷子嘛！"于是长矛顿时觉得自己这粮食捐少了！

你说，姚老爷子为赈灾总督，将军府能不事事赶在前头吗？让别的公族世家压下去，老爷子的脸往哪里搁。想到这里，长矛大总管抬手抽了自己一记嘴巴，回头低声吩咐一个二等管事："赶紧回去，再装十车粮食送过来！"

"可是，您不是说……"二等管事还有些犹豫，捐了粮，他们还得往家里带几十口子老少难民呢！

"说个屁！"长矛大总管又啐了一口，拍了一下自己的嘴巴，"我的话在夫人的面前连个屁都不是，赶紧！"

送完了粮食回来，长矛大总管正好跟定北侯府的大总管碰到了一起，原本是老熟人，碰了面自然要打声招呼。

苏家的大总管朝着长矛拱了拱手："哟，长大总管这是去捐粮了？"

"是啊是啊！老哥你也是这差事啊？"长矛拱手打哈哈。

苏家总管看了一眼身后的十几辆大车，叹道："我们家侯爷说了，定北侯府人太多，只能为京城的百姓们尽一点绵薄之力了！"很显然，苏家总管看见长矛身后的十辆车，那种优越感盖也盖不住。

长矛笑了笑，叹道："哎哟，还是老哥府上气派，哪像我们，凑来凑去也只有十辆车，这不，拉了两趟了，还得再来一趟。"

苏家的总管立刻哽住，半晌才抱拳笑道："兄弟真是辛苦了！那你赶紧回去，我也不能耽误了。"

"回见了，苏老哥。"

"回见。"苏家总管立刻敛了那身傲气，挥手催着下人们赶紧走。

"大总管，真是痛快！"长矛身边的一个小厮，笑嘻嘻地说道，"咱们终于压了定北侯府一筹。"

"痛快个毛！"长矛抬手抽了那小子后脑勺一下，"定北侯府跟咱们府上是什么关系？压他们一筹有什么好痛快的？"

小厮被抽了一下，也不吃恼，只揉着后脑勺笑问："那您还跟人家说再来一趟？哎——

283

大总管，咱还真的再来一趟啊？"

长矛叹了口气，说道："你没看见刚刚太史令梁府只送了三车粮食来？还是些霉烂了的糙米。这老大人的差事可不好干啊！这种时候，咱们不帮衬着点，那还算是亲戚吗？！"

"那梁家多少还捐了些，听说丰宰相家是一毛不拔。"

长矛闻言笑了："他们家忙着办丧事呢！哪有心思来捐粮。"

"哼，人家都说，老天爷还是开眼的，要砸也专门砸那些为富不仁者。"

"嘶——"长矛吸了一口气，转头瞪身边的小厮，"你这小杂种哪儿听来的这些话？告诉你，这种话不能乱说！你再敢这样，老子割了你的舌头！"

小厮立刻吓白了脸，连声求饶："是是！总管大人饶命，小的记住了。"

被小厮骂"为富不仁"的丰家此时正是满门哀痛之中。

丰宗邺之于丰家，无疑是顶梁柱的存在。地震震塌了宰相府的无数楼阁并不可怕，丰宗邺死了，丰家才真是天塌了。丰老夫人听说老伴儿被砸死的消息之后便昏迷过去，经太医连续医治总算是醒过来了，待丰宗邺的尸首被运回府中后，她一看老伴儿那副狼狈的样子又晕过去了。

丰紫昀也暗暗地埋怨自家长姐身为皇后，稳坐中宫，怎么连父亲的尸身都不知道收拾一下，就任凭他老人家这么脏兮兮地被运了回来。就算是地震了，那宫中也不会缺人至此。

后来还是灵溪郡主主理丧事，命人给老爷子擦洗干净换上寿衣，经过一番整理之后，停放在灵房之内。待到安放牌位的时候，灵溪郡主方问丰紫昀："皇上没有赐下谥号么？"

丰紫昀摇了摇头："没有，现如今举国上下满目疮痍，怕是皇上一时还没想到吧。"

灵溪郡主皱了皱眉头，又问："那老爷可曾上折子奏请？"

丰紫昀想了想，皱眉道："不用上折子了吧？"

"那若是皇上忘了怎么办？"灵溪郡主显然不满意丰紫昀的做派，"你就是懦弱。我听说那张苍北死时皇上当场赐下谥号并命国医馆院判姚燕语过了年后送他的灵柩回祖籍安葬。可为什么我们家老爷子就这么无声无息地被抬了回来？这可是堂堂当朝一品宰相！难道还不如一个国医馆的院令？这让我们的脸往哪里搁？"

"皇上自有皇上的道理。"丰紫昀在去领尸首的时候已经在皇上那里碰了一鼻子灰了，此时只愿息事宁人，赶紧把老爷子的丧事料理完了再说。

灵溪郡主冷笑道："你就是懦弱！这事儿也不用你管了，我回燕王府问问再说吧。"

丰紫昀从小在父亲的荫庇下长大，读书，做官，大小事情都没做主过，后来又娶了灵溪郡主，郡主府那边的事情更轮不到他说话，如今被奚落一句"懦弱"也无可辩驳。见丈夫没什么异议，灵溪郡主便拿定了主意等会儿空了回一趟燕王府。

这日一早卫将军自然是忙碌的，天不亮就起身，早饭没吃就带着人出府去了。现在满大街都是难民，他得配合锦麟卫负责云都城的治安。

卷三　灵燕扶摇

　　姚燕语比他还忙，将军前脚走她后脚便起身了，洗漱更衣后立刻坐车进宫，皇上的身体安康是大云朝能稳定的关键，她一刻马虎不得，早点都是在车上用的。

　　事实证明有个懂医的妻妾是多么幸福的事情，经过素嫔一晚上精心地照料，皇上一觉醒来已经没什么大碍了，据说还吃了两块桂花糕喝了一碗珍珠米粥。

　　姚燕语进殿来叩头请安毕，上前诊脉后，再次叩头："皇上的身体已经没有大碍了，只是这几天饮食清淡些就好了，汤药也无须再用。"

　　素嫔忙微笑道："这可好了！皇上今天早晨还说烦了那些劳什子汤药呢。"皇上却没有喜色，只摆了摆手命素嫔等人退下。素嫔福身退下的同时，把屋里的宫女太监们都带走了。

　　姚燕语面色肃整从容地跪在地上，心想该来的总会来，不做亏心事不怕鬼敲门，自己不过就是一时贪便宜用了恒郡王的庄子罢了，难道皇上会强加个谋逆的罪名在自己的头上？

　　皇上不说话，姚燕语也不敢吱声，大殿里一时安静下来。唯有旁边镂花铜鼎里的银丝雪炭静静地燃烧着，偶尔噼啪轻响。良久，皇上沉沉地叹了口气，问："你来的时候看见外边怎么样了？"姚燕语轻轻地吸了一口气，缓缓地回道："回皇上，云都城里除了公侯世族的百年老宅能经得住这场浩劫之外，民宅民房十有八九全都倒塌了。臣进宫的路上除了天街有卫兵把守没有人敢靠近之外，大街两旁全是偎在一起取暖的灾民。"

　　皇上脸上的表情如古井般不见一丝波澜。姚燕语的话自然没有夸张，但皇上却也早已经料到会是这样的景象。他不是轻狂少年，地震这样的事情他也曾经历过，虽然那是他帝王生涯中最不愿意回忆的一段。

　　"你是不是有些庆幸呢？"皇上的声音有些冷，低头看过来的目光也犹如实质，让姚燕语的后脖颈子一阵阵发凉。

　　姚燕语缓声回道："回皇上，自从灾难降临以来，臣不敢说心痛难当，但也是寝食难安。"

　　"可这样一来，朕就暂时不会追究你跟恒郡王私下勾结的事情了。而且你身怀医术，朕的万千子民正处于水深火热之中，朕还要仰仗你的通天医术来救治子民，如此，你难道不觉得庆幸么？"皇上说完之后，淡淡地冷笑了一声。

　　姚燕语微微顿了顿，方开口说道："回皇上，臣并没有。"

　　皇上淡淡地哼了一声，显然是不信，却也耐着性子等姚燕语辩驳。

　　姚燕语便道："臣乃习医之人，人家都说，医者父母心。臣自问年轻，并不懂得父母之心是什么样的，但臣却不愿看着那些百姓们受伤痛之苦，所以臣自当竭尽全力为他们医治。"

　　皇上依然不说话，盘膝坐在榻上，一双深邃的眼睛看着前面，目光虚无没有焦点，显然是在思考着什么。姚燕语接着说下去："至于臣与恒郡王私下勾结图谋叛逆之事，臣自问不是狼心狗肺之人，皇上对臣恩同再造，没有皇上，臣纵有天大的本事也不过是一介女流，只能在闺阁里绣花，哪里有今天的一切？臣承认，当初恒郡王说可为臣提供一所庄子做玻璃场的时候，臣是有了贪财的小心思。可臣也是万般无奈。玻璃场炸炉致使周围的百姓无辜死伤，臣愧疚万分，自然不能再在城内建场。然城郊的农庄臣又买不来。"

一品医女【完结篇】

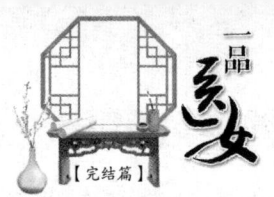

"恒郡王的提议可谓雪中送炭，臣只以为这无非是两家合伙做点生意，况且生意之事，自有下人打理，臣连账目都不过问。恒郡王贵为王爷，自然也不理会这些俗务。所以，臣自那次见过王爷一面之后，便再无往来。皇上千古圣君，明察秋毫，臣但凡有龌龊之事也必然躲不过皇上的法眼。臣并无侥幸之念，是以也没有庆幸之感。"

"你倒是会狡辩！"皇上这句话极为平淡，倒是少了之前的怒气。

姚燕语又磕了个头，恭敬地回道："臣不敢。"

"起来吧！"皇上说着，抬手端起茶盏来要喝茶，却发现茶水早就冷了，便又放回去。

姚燕语起身后，伸手拿过茶盏把里面的冷茶倒进旁边痰盂里，另拿了素嬷早就备好的养生茶包冲了一杯，双手递上去。

皇上接过养生茶来，轻轻地啜了一口，看了一眼榻前的矮凳，淡淡地吩咐了一句："坐吧。"姚燕语赶紧谢过皇上恩典，方在矮凳上坐了下来。

"朕今天早晨收到了加急奏报，云都城方圆三百里皆受到了天灾的洗劫，方圆五百里皆不安生。只有五百里外稍感震颤，幸没有房屋坍塌现象，也没有百姓伤亡。"

可是，大云帝都乃是最繁华的所在，人口密集，富商贵族更是云集至此，方圆五百里内的人口往少了说，三四十万总是有的。按照地震发生的时辰看来，说是死伤无数，哀号遍野一点也不夸张。"而且，云都城的灾难不是最厉害的。"皇上说着，长长地吐了一口气，站起身来走到紫宸殿西墙壁上挂着的那幅大云国舆图跟前，抬手指在一个点上，缓缓地说道："死伤最多，损失最重的地方在这里。"

姚燕语早就乖乖地跟过去，看着泛黄的绢图上浓重的两个小字——济州。

"臣愿意挑选国医馆的医女过去救治受伤的百姓，请皇上恩准。"明知道皇上这是画了个圈，姚燕语也是义无反顾地往里跳。没办法，不跳的话，皇上会逼着跳的，还不如主动些，给皇上留个好印象。再说，她也的确在这京城里待烦了，想出去透透气。

从皇宫里出来，姚燕语一路看着大街上的凄惨景象，便去了姚府。她明日就要离京去济州，今天说什么也得过来打声招呼。宋老夫人是个很神奇的老太太，经过这场地震，她不但没受惊吓没有病倒，反而更精神了。她比王夫人还干练，坐镇家中，指派家里的奴才们这样那样，竟也是井井有条。反观王夫人倒是受了风寒，身上发热，躺在床上不敢起身。

姚燕语回来，自有家人报进去，宁氏忙迎了出来，挽着姚燕语的手上下打量过后，才叹道："之前听你哥哥说你安好无恙，我们到底还是挂念的，今日见妹妹果然毫发无损才算是放了心。只是……怎么这形容如此憔悴？"

姚燕语笑道："我就是累。嫂子不出门不知道，这外边满大街都是灾民难民，国医馆里的院子里都挤满了，轻伤重伤，风寒痢疾，无所不有。真真要把人给累死了。"

"快些进屋吧。"宁氏对此事也是万般无奈，只得吩咐身边的雪莲，"你去厨房亲自炖一盅山参鸡汤来。"进了家门自然要先去给老太太请安，宋老夫人见姚燕语又拉着感慨了一回，说她这辈子经历过三次地震，就数这回最玄最可怕云云。

卷三　灵燕扶摇

宁氏怕老夫人说起来没完，便在一旁提醒道："正好二妹妹回来了，太太躺了这几天吃药也不见效，倒是请二妹妹过去给太太瞧瞧吧！"

宋老夫人幽幽地叹了口气，连连摇头："真是屋漏偏逢连夜雨！偏生这个时候你们母亲病倒了！这府中里里外外的还得我老婆子操心！幸亏还有燕丫头，也合该你母亲少受罪。对了——你三妹妹伤到了胳膊，我已经派马车去接她回来了，好歹你吃了午饭再走，等她来了给她瞧一瞧。年纪轻轻的，可别落下什么毛病。"

姚燕语闻言忍不住抬头看宁氏，宁氏淡淡地笑了笑，应道："一切都听老太太的。"

从老太太那里出来，姚燕语便随着宁氏来给王夫人请安。王夫人果然病得挺重。不过再重的风寒在姚燕语这里也不是什么难事，只需半炷香的工夫，便是针到病除。

收针后，王夫人命丫鬟把自己扶起来靠在枕上，问姚燕语："那天你父亲回来，我恍惚听见他说了一句话，也没怎么听真切他就累得睡了，说是皇上因为你们夫妇跟恒郡王的事情恼了？到底是怎么回事，我悬了几天的心了，又不敢问你父亲。"

姚燕语便把事情简单地说了一遍，又道："本来就没什么事情，只不过被那些人揪住不放，非要扣一顶大帽子，皇上偏生在气头上，也就信了三分。所以才怒了。不过今日女儿进宫给皇上诊脉，已经把事情辩白清楚了，皇上应该不会再拿此事说话了，太太放心吧。"

王夫人叹了口气，说道："皇家之事，素来是要万分小心的。这事儿是你欠考虑了，才将把柄递到人家的手里。你呀！还是年轻。"

姚燕语忙道："太太说的是。经此一事，女儿以后必然万分小心。"

王夫人又叮嘱姚燕语一些话，宁氏只在一旁作陪安静地听着。没多会儿工夫便有丫鬟进来回道："太太，二奶奶，三姑娘回来了，马车已经进了大门。"

听了这话王夫人便有些厌烦地揉了揉眉心。宁氏忙道："太太说了这会子话，该是累了。且先躺下休息一会儿，等吃饭的时候，媳妇和二妹妹再过来吧。"王夫人闭着眼睛轻轻点头，又说道："燕语，雀华那孩子是十二万分地不懂事，这也怪我没教好她。可说到底她还是你父亲的骨肉，如今她伤了，你若是能帮她医治的话，也算是替你父亲分忧了。"

"是。"姚燕语欠身应道，"太太的话，女儿记住了。"

且说姚燕语从姚雀华那里出来跟宁氏回房，随便吃了几口饭便匆匆告辞，想着先去国医馆看看，然后再回府收拾行装，明天便可上路去济州。孰料她的马车刚从姚府门口的巷子出来便遇到了云琨和卫章二人并辔而行。

赶车的田螺见了自家将军赶紧下车勒住马缰绳，行礼问好。

卫章看见是姚燕语的马车，便已经翻身下马行至近前，掀开车帘子往里看。姚燕语朝着他微微一笑，说道："好巧，居然在大街上遇到了将军。"

"你这是要去哪里？"卫章低声问。

"想去国医馆看看师父和那边的灾民，然后回家。皇上命我明日去济州，我得早些回

去收拾行装。"

"去济州？！"卫章的眉头顿时皱成了疙瘩，济州是最严重的灾区，皇上怎么能让一个弱女子去济州？太医院里养的那些爷们儿都是木头吗？

姚燕语伸出手去轻轻地抚过他冰冷的脸颊，低声叹道："皇上肯不再追究我们和恒郡王之间的事情已经是极大的恩典了。再说，我自己也想去重灾区看看。京城这边毕竟有那么多太医在，还有皇上也在，百姓们必然吃不了多少苦，而济州那边更需要医官。"

"且不说这事儿，你先跟我走一趟。"明天她就要走了，堂堂钢铁汉子此时的心里竟然生出一股酸涩的不舍来。剩下这半天的时间他实在不想跟她分开。

"去哪儿？"姚燕语纳闷地看着卫章上了马车，然后对着外边的云琨打了个手势。卫章一把拉下车帘子把外边的寒风隔开，转身把人搂进怀里，方低声应道："到了就知道了。"

姚燕语无心再问，只软软地靠在了他的怀里。

"非去不可吗？"卫章搂着她的腰身低头轻吻她的唇角，小心翼翼又恋恋不舍。

"我在皇上跟前跪了足有半个时辰呢！"姚燕语低声撒娇。

"腿疼？"卫章的大手立刻抚上她的膝盖，五指并拢轻轻地揉着。

许是太累了，许是马车颠簸得太过均匀。姚燕语靠在卫章的怀里没一会儿就睡着了。

马车行至锦麟卫的督抚司的门口停下来，云琨上前敲了敲车壁，卫章掀开车窗帘子给了他一个"你先进去"的眼神。云琨借着车窗的缝隙看见靠在卫章怀里睡着的姚燕语，剑眉一挑，抿嘴笑着转身离开。卫章搂着姚燕语靠在车壁上等了一会儿，见怀中人始终没有醒来的迹象，便暗暗地叹了口气，扶着她往一侧慢慢地躺下，想要自己先去把公务处理完了再同她回家。孰料怀里的人是躺下了，她的手却一直攥着他的衣襟，卫章起身的时候被拽了一把，低头看见那只紧紧攥着自己衣襟的手，一颗钢铁之心顿时化为绕指柔，软得都拿不成个儿了。卫章轻轻地叹了口气重新把人抱进怀里，拉过自己的斗篷把人裹好，自己也闭上了眼睛。

云琨不好打扰人家伉俪亲密，只得自己进了金鳞卫督抚司的大门后直接去了刑堂。这会儿他和卫章是奉了诚王爷之命过来审讯那个叫富春的狗奴才的。

却说那晚姚燕语提醒韩熵戈富春有问题，韩熵戈派了个亲兵去暗中盯人却被他发现，这狗奴才居然假意出逃引得那亲兵追至宫苑之外暗下杀手。幸亏韩熵戈不放心，另派了四个锦麟卫暗中跟着那个亲兵。饶是这样，也是损失惨重。韩熵戈派出去的五个亲兵死了两个，一个重伤，两个轻伤，才算把这个狗奴才给捉住了。如今这狗奴才被韩熵戈悄悄地关进了锦麟卫的刑狱里，刑讯师对他严加拷问却没问出一点有用的东西来，诚王爷怒了，才派云琨和卫章两个人过来并放下了话，若是今天再审不出个所以然来，让他们两个就别回去了，跟富春这狗奴才一起在刑狱里待着，直到这狗奴才招供为止。

锦麟卫的刑讯师狠名在外，但其实刑讯的手段也无非是那么多，每一套刑具都是以让犯人疼痛难忍为主。但天下间就是有这样的硬骨头，任凭打得遍体鳞伤，依然不招供一个字。

云琨在刑讯室里看了一会儿，见富春不但不招供，还反咬一口说锦麟卫严刑逼供，屈

卷三 灵燕扶摇

打成招，滥杀无辜，世子爷心里这股火着实憋得难受，当即便抽了佩剑要砍了这狗奴才的脑袋，幸好旁边的一位手下手脚麻利，及时拦住了。一肚子火憋着没处发的世子爷从里面出来，被冷风一吹才想起卫将军怎么还没来，难道他们夫妇二人还打算在马车里过夜不成？

于是世子爷满腔怒火出了衙门，径自走到马车跟前，抬手就敲。姚燕语被惊醒，猛然从卫章的怀里挣扎起身，却被卫章又按回了怀里。

"世子爷好大的火气！是那厮还没招供么？"卫章懒洋洋地打了个哈欠，搂着夫人小睡一觉的滋味真是不错啊！

"你倒是清闲！"云琨怒气冲冲的。

"怎么了？"姚燕语低声问卫章，云琨可不是寻常人，若能把他气得六神无主了，也算是个有本事的。

"走，我们去看看。"卫章抬手拿过姚燕语的斗篷给她披上，又拉起风帽系好了宫绦，方牵着她下车。

姚燕语一眼看见"锦麟卫督抚司"的匾额时，便觉得脊背生寒。早就听说这地方是炼狱般的存在，据说进去的人求死都是一种奢望。想不到自己也有幸能来这里观光旅游。

一边走一边听云琨骂骂咧咧地抱怨，等进了刑讯室看见被吊在架子上遍身伤痕面目全非的富春时，姚燕语只觉得自己全身的汗毛都竖起来了。云琨恨恨地看着富春，说道："姚夫人，听说太乙神针里有一个绝活叫针刑？实在不行就得给这狗东西尝尝滋味了。"听卫章说此人乃是富春，被锦麟卫遇见暗杀韩家亲兵所以才捉拿至此进行审讯的事情之后，姚燕语微微笑了："世子爷，对付这种人哪里用得着太乙神针？只需一副注射器便可解决。"

"哦？"云琨一听这话立刻来了兴致，立刻吩咐身旁的人，"去拿一副注射器来。"

连接玻璃管的注射器在大云朝现在已经不算什么珍稀物品了，国医馆里出来的医女个个儿都会用。不多时，注射器拿来，姚燕语撕开包装的油纸袋走上前去，仔细打量了一番被绑在架子上半死不活的富春，淡淡地笑道："富春公公倒是一副好筋骨。如此折磨都还生龙活虎，真是叫人佩服。"

富春睁开眼睛瞄了姚燕语一眼，冷笑道："姚院判！看来洒家真是好大的面子，连你也惊动了！锦麟卫也不过如此嘛！有本事你们弄死我！"

"你想死啊？我成全你。"姚燕语笑着捻着针头，看了一眼富春被绑在架子上的胳膊，选了一块还算好的皮肉，轻轻地摁了摁，便找到了一根合适的血管把针头刺了进去。殷红的血顺着细细的玻璃管流出来，一滴一滴地落在青砖地面上，发出清脆的声响。

"好了！"姚燕语拍拍手，说道，"如此美妙的声音，你慢慢地享受吧，听着它，黄泉路上也不算太寂寞了。"

"你……"富春低头看着那滴血的玻璃管，手臂猛然用力，铁链子被整得哗哗直响，却无济于事。"别着急，等你身体里的血一滴一滴地滴完了，你自然也就死了。"姚燕语说着，转身走到卫章身旁，轻快地叹了口气，"我饿了，你们这儿有吃的吗？"

卫章微微一笑，吩咐身后的人："去弄点吃的来，这里太脏了，我们去外边等着。"

姚燕语出门之前又回头看了一眼，笑道："怕是富春公公见不惯这血腥的场面，不如给他蒙上眼睛吧。哦，对了，给他加个火盆，这屋里太冷了。"

她的吩咐，云琨自然照做。之后三人出了刑讯室来到督抚前厅，落座后，云琨不放心地问："夫人该不会真的要那狗奴才的命吧？他可什么都没招呢。"

姚燕语笑了笑，说道："半个时辰的工夫，若他还不招，我就去救他。"

云琨更为不解，转头看向卫章。卫章笑道："你看我作甚？我也不知道其中的缘故。"

"那这事儿能不能成？若是办砸了，可没办法跟皇上交代。"云琨不放心地说道。

姚燕语叹道："都说了若是不成我救他性命，不会耽误你们继续审讯的嘛。"

云琨再看卫章，卫章却笑了笑端起热茶来慢慢地吹，待吹得温热了却不喝，只递到了姚燕语的唇边。云琨在旁边看得直瞪眼，心里暗骂卫显钧你什么时候沦为了妻奴？！世子爷不愿在这里闪瞎眼，便闷闷地起身出去吹冷风去了。姚燕语吃了两块点心，喝了一盏茶，脸色好看了许多。卫章又想起明天她就要离开云都去济州了，心里又一阵阵犯堵，便道："办完了这件事情我去找陛下，请旨跟你一起去济州。"

姚燕语笑着摇摇头："怕是没那么容易。皇上应该是故意要我们两个先分开。"

卫章顿时不满，低声哼道："我们是夫妻，就算是天涯海角，也是夫妻一体。不是谁想分开就能分开的。"

"他不过是不放心我们两个。说白了其实是不放心我罢了。"姚燕语无奈地笑了笑。

皇上的近身医官被皇子收买，这是多么可怕的事情。卫章自然也明白皇上的感受，但明白归明白，他怎么能放心她在这种时候离开自己的视线？那些视她为眼中钉肉中刺的人，怎么会放过这个机会？

"不管皇上答不答应，我都要进宫请旨的。"卫章已经打定了主意。

姚燕语知道劝也没用便只得由他。夫妇二人闲聊了没多大会儿的工夫，刑讯室里值守的人便匆匆跑来回道："卫将军，夫人！那狗奴才口口声声叫着要招供了！"

"真的？！"卫章惊奇地问。

"是啊，请将军快些去审问！"

"走！"卫章一把拉起姚燕语转身冲去了刑讯室。

富春果然什么都招供了，从丰皇后为何要挑拨大云朝和倭国的关系给倭国使臣下毒开始，到她为何要丰家尽快处死代号为"十"的高黎族三王子为止，云琨和卫章问什么他说什么，老老实实，一点也不敢炸毛起刺。云琨让他签字画押他也听话得很。

弄完一切之后，富春方哀求地叫了一声："姚院判！你可以把我胳膊上的那什么拔了吗？！"姚燕语轻笑着扬了扬下巴，说道："把他眼睛上的布条扯了。"

旁边有人上前去扯掉了富春眼睛上的黑布条，富春摇了摇脑袋眨了眨眼，便侧脸看向自己的手臂——注射器的针头还留在他的胳膊里，只是玻璃管里的血早就凝固了。

没办法，这屋子太冷了，那么细小的玻璃管里的那点血其实没流多久就被冻住了。而那滴答滴答的声音却一直在，富春循声望去，但见刑讯房一角的屋顶上正在往下滴水。

因为地震，刑讯房的屋顶有些裂了，裂缝下高高架起了一只火盆，微弱的炭火靠着屋顶的裂缝，便有积雪的融水一滴一滴地落下来，滴答滴答的声音清脆得很。

按说，那边滴水的地方跟富春离得并不近，凭着富春这老江湖的听力，这点远近距离还是能分得出来的。只是，他的胳膊始终微疼冰冷，而且一开始也亲眼看见自己的血正一滴一滴地流出来，再加上他之前已经经过严刑拷打，身体再强也是肉长的。

在身体和心灵的双重折磨下，那点负隅顽抗不过是一层窗户纸。姚燕语让人蒙住他的眼睛，把刑讯房里只留下他一个，让他在万分的寂静中听自己的血一滴一滴落在地上的声音，让他情真意切地感受着死神一步一步地走到他面前，对着他笑。那层窗户纸自然被轻而易举地捅破。当云琨听姚燕语解释完之后，抬手弹了一下富春画押后的供词，叹道："夫人你是笃定了这货怕死，是吧？"

"其实很多人不怕死只是因为他们觉得死不过是一瞬间的事情。那么多痛都受得住，等那一瞬间必定不难。死了也就一了百了。所以他们不是不怕死，是不怕快死。"

"精辟！"云琨笑呵呵地竖起大拇指，又悄悄地对卫章眨了眨眼睛。

卫章揽着姚燕语的肩膀低声说道："你先回家，我跟世子爷进宫面圣。"

姚燕语点点头："好。那我先走了。"说着，又朝云琨点了点头。

云琨看着姚燕语上车离去，方抬手拍拍卫章的肩膀，低声笑问："显钧，有这么个夫人，你晚上能睡着觉吗？"卫章轻哼："世子爷操心太多了吧？"云琨哈哈大笑，抬手接过属下递过来的马缰翻身上马，直奔皇宫的方向策马而去，卫章也接过马缰绳来疾驰跟上。

却说姚燕语从锦麟卫督抚衙门出来后看着天色不早，便不再去国医馆而是打道回府。她明天一早就要启程离京，今晚还有许多事情要安排，怕是连睡觉的工夫都没有了。于是姚夫人的马车匆匆穿过冰冷的大街直奔辅国大将军府，却没想到在自家门口被一家老小给拦了下来。"你们这些人怎么回事？跪在这里做什么！"赶车的田螺从车辕上跳下来，生气地问那跪在马车跟前的一家子。

"请问这是辅国夫人的马车吗？"为首的老者颤巍巍地问。

田螺皱眉道："你们是不是无家可归？将军府是收留老弱病残，你们直接去找管事的就可以了。不必跪在这里找夫人。"

"这位爷您行行好！小老儿不是来求收留的！小老儿是来求医的！"老头说着，便跪在地上磕头。他身后的一个婆子和两个半大小子及一个小姑娘也跟着磕。

田螺忙道："你求医直接去国医馆衙门吧，我们家夫人发话了，国医馆里给灾民看病不要钱。还管饭，你们快去，这会儿工夫过去还能赶上晚饭。"

"我儿子的手除非夫人亲自医治，否则就得废了！老汉一家就靠这点手艺养家糊口，这可是我们家祖传的手艺啊……这手废了，这手艺就断了啊……"老头一边说一边哭，一边

连连磕头。那可是真磕头啊，青石铺就的地面被磕得砰砰响。姚燕语在马车里便坐不住了，抬手掀开车窗帘子吩咐田螺："先把人带进府里说话。"田螺答应一声，招呼着老汉一家跟着进了府门。姚燕语下车，那老汉也不敢上前来，只带着一家子规规矩矩地站在那里。姚燕语看着那一家子衣衫褴褛的样子，自然心软，只吩咐田螺："带他们进来吧。"

"好嘞！"田螺躬身领命。进了二门至春晖堂偏厅，便有阮氏和苏玉蘅两个人迎了出来，一时香薷进来回说："夫人，那老汉一家子已经过来了，夫人这就见他们，还是先用晚饭？"

"我不饿，你叫他们进来吧。"姚燕语说着，转身去榻上坐下。

那老汉带着二十来岁的男子进门，隔着珠帘给姚燕语磕头："老汉莫洪携犬子莫桢给夫人磕头，求夫人慈悲，救救我莫家！"

姚燕语还未说话，阮氏倒是先开口了："老莫？你怎么跑这里来了？"

那老汉闻言一时忘了规矩，抬头往珠帘里看，待看清了阮氏之后，忙又叩头："老汉给夫人磕头！求夫人替老汉说句好话吧！"姚燕语便问阮氏："你认识他们？"

阮氏叹道："他就是我之前跟夫人说过的那个金银匠，祖传的手艺，打制的首饰精巧无比。就是人脾气臭些，不喜欢巴结权贵，所以被逼到城郊农庄子上混饭去了。"

说着，阮氏又问莫老汉："你遇到了什么难事儿？居然求到辅国夫人这儿来了？"

那老汉一边抹泪一边说了缘由，原来因为地震，他两个儿子大的死了，留下个孙子只有十三岁，还瘸了腿，二儿子又被砸伤了手腕子。若说别的还好，可他们家是工匠，祖上留下来的手艺就是打造金银首饰，他二儿子不但伤到了骨头，而且还伤了筋脉，一只右手算是废了。要不说莫老汉也算个有见识的，他早就听说辅国夫人身怀通天医术，可接骨续筋。所以才拖着一家老小赶了两日的路来辅国大将军府求医，姚燕语从南苑随皇上的车驾回京的时候全城戒严，他们自然没机会靠上去，后来姚燕语从宫里回来随卫章一起，将军府的护卫自然不许这些流民靠近。还是今日将军府里开始收留灾民，他们才有了机会在门口等，一直等到此时才有幸见着姚夫人。姚燕语靠在榻上听莫老汉说完，便转头吩咐香薷："去准备吧。"

香薷福身答应着退了出去，不多时便进来回："夫人，准备好了。"

干净的耳房里，香薷和乌梅上前去把莫桢那只被包成粽子的胳膊慢慢地解开，露出里面冻猪蹄一样的手。姚燕语看过后微微蹙眉，先吩咐香薷用她自制的消毒液把那只手精细地擦了三遍，之后方戴上手套，捏着这孩子的手指慢慢地检查伤情。莫桢被捏得嗷嗷直叫，被他老爹在身后踹了一脚："有神医给你治伤是咱们祖上八辈子修来的福气，不许鬼叫！"

姚燕语淡淡一笑，说道："待会儿我给你施针麻醉后就不疼了。"

"谢夫人。"莫桢委屈地道谢，心里却想既然可以针麻，你为什么现在不用，非要捏得我死去活来？

"如果没确定伤情就给你针麻，我是不能确定筋脉伤在何处的，你总不能让我把你的手腕上的皮肉都剥开吧？"姚燕语看他眼神闪烁便猜到了他的心思，微微一笑，毫不留情地揭穿。莫桢二十来岁的汉子一听这话，吓得出了一身的冷汗，再也不敢叫了。姚燕语欺负完

卷三　灵燕扶摇

病号之后心情莫名地好起来，开始施针麻醉，动刀切开伤处的皮肉，给这小子接骨续筋。

姚燕语虽然内息大长，现在给人治病已经不存在内息透支的问题了，但续接筋脉却是个细致活，堪比绣花，很是耗神。一支梦香甜燃尽了，姚燕语这边还没好。苏玉蘅便又拿了一支重新点上。莫桢自己倒是不觉得怎样，因为针麻的效果很好，他除了能感受到针尖凉凉的，其他什么感觉都没有。而且姚燕语也不许他看，已经叫人蒙上了他的眼睛。只是守在旁边的莫老汉眼看着那银针在自家儿子的血肉里来回地刺，他的一颗心便跟着不停地颤，好像那银针是刺在了他的心尖上一样，不停地擦汗。

两炷香的时间，姚燕语把伤口缝合完毕，拿了自制的接骨伤药给他涂抹并包扎，之后又让香薷拿了注射器来给这家伙推了一针大青叶提取液。

"伤口不准碰水，七日内不能用力——罢了，你们且不要回去了，先在将军府安顿下，半个月后他这伤就无碍了，但依然不能受寒受冷，不能提重物。养过这冬天等开春就无碍了。"姚燕语一边洗手一边叮嘱着。"谢夫人大恩大德！"莫老汉拉着儿子再次跪拜磕头。姚燕语笑了笑，又吩咐香薷："去跟大总管说一声，把这一家人暂时安顿下来。我明儿出门会带翠微走，回头你说给翠萍，多关照一下他那只手。等将来好了，给我打几副精致的首饰戴。"

莫老汉一直跪在地上千恩万谢，这会儿听姚燕语说明儿要出门，便伸手从怀里摸出一个蓝布包来，双手递上去："夫人治好了犬子的手，便是救了我莫家一脉传承的手艺。小老儿无以为报，只有这样东西是小老儿的祖父去波斯的时候带回来的，我等贫寒人家自然是用不上，留着也不过是个念想，今日献给夫人，愿它能保夫人一路平安。"

姚燕语拿过帕子来擦了手，又从半夏递过的小玻璃瓶里倒出些乳液来搓在手背上，自始至终都没看莫老汉手里的东西，只微笑着说道："既然是你家祖传的怎么好轻易送人？你好生收着吧，我不收你的医药费。"

"这是小老儿的一点心意，还请夫人不要推托！"莫老汉说着，双手高高举过头顶。

姚燕语诧异地看了一眼阮氏，阮氏便道："我们夫人断不会做那等乘人之危，夺人所爱的事情。既然这东西是你祖上留下的，必然价值非菲，你们如今连家都没了，也只有这点念想了，还是好生收起来吧。"

"夫人误会了！"莫老汉说着，一边打开那蓝布包一边解释，"这并不是什么珠宝玉器，而是一件波斯物件儿，这东西老汉留着确实无用，倒是送给夫人，是极有用的。"

姚燕语看着那一层层蓝花棉布解开，露出里面黄铜打造的一样拐形的古怪东西，忍不住皱了皱眉。"这是什么啊？"阮氏蹙眉问。"回夫人，这是波斯国能工巧匠做的东西，小老儿的爷爷给这东西取了个名字，叫'夺命拐'。"

"噗——"姚燕语刚喝到嘴里的一口茶不小心给喷了出来。幸好她反应快，及时扭头，才没喷到那莫老汉的头上。夺命拐！哈哈哈！姚燕语看着老头儿一脸的崇拜，真是太有才了您哪！苏玉蘅忙递过帕子来关切地问："姐姐你没事吧？是不是茶太烫了？"

"没事没事。"姚燕语看着莫老头一脸的茫然，忽然觉得自己很不厚道，忙把手里的

茶盏递给丫鬟,接了苏玉蘅的帕子擦手,"莫老爷子,你知道这玩意儿怎么用么?"

"当然。"莫老汉自信地丢了蓝花棉布,把那只夺命拐拿在手里,给姚燕语及阮氏苏玉蘅三人演示如何装铁珠,如何填火药,如何引爆云云。

"这也太麻烦了!"阮氏叹道,"这若真的遇到歹人,就这一连串的事儿没弄完,就被人家大刀一挥'咔嚓'了。还夺命呢,被人家夺命还差不多。"

莫老汉的倔脾气上来了,一时也顾不得礼仪规矩,梗着脖子说道:"这个都是提前弄好了准备着,等有危险的时候,直接拿火折子点这里,然后对准了坏人,一扣这里,砰的一响,十几丈外坏人的脑袋就开了花。比刀剑强了多少倍,而且,这个东西小巧灵便,女子也能用。像咱们辅国夫人这样天仙一样的人,哪里能扛着个大刀出门?"

阮氏见他急了,便笑道:"你也知道咱们夫人是辅国夫人?辅国夫人出门,哪有不带护卫的?"莫老汉被抢白了一句,顿时没话了,只抱着那只"夺命拐"憋得满脸通红。

姚燕语却微笑着伸出手去,朝着莫老汉勾了勾手指。莫老汉傻傻地抬起头看姚燕语。

"怎么,不是说你这宝贝送我了吗?又舍不得了?"姚燕语轻笑着问。

"舍得!"莫老汉赶紧把东西递上去,"怎么舍不得!就怕夫人瞧不上眼呢!"

姚燕语小心地拿过那把铜铸的东西翻来覆去地看了一遍,开始有些害怕,越看越爱不释手。那次和卫章说起过火药,她便开始留心,一天很偶然地在一本讲波斯国见闻的杂书里看到几句话,说是那里有一种武器,名叫火枪,也叫火铳,形状精巧似拐,内填火药,威力无穷。没想到今天竟看到了实物。有了这东西,绝世武功都成了浮云啊!

"你这东西很好,我很喜欢。不过你这是传家的东西,我也不好就这样霸占了。这样吧,你既然是能工巧匠,不知能不能打造一把一模一样的?"

"唉!夫人真是太瞧得起小的了。小老儿家传的手艺虽然精巧,但却从没敢拆开这宝贝细致地研究过,所以不知道该怎么打制。"

"没关系,我急着出门,这东西就先借我用。等这场灾难过去咱们有了空闲,再好生研究研究。"姚燕语说着,抠开机关,把里面的铁珠子倒在手心里——一共六颗,小手指肚大小,圆滚滚沉甸甸的。这东西里面应该也填了火药,打进人身体里便会爆炸,夺人性命。

莫老汉脖子一梗,又犯了驴脾气:"说好了这是送给夫人的,小老儿虽一介草民,但也不能说话不算。"

"好吧,那我就收下了。"姚燕语笑眯眯地看了一眼旁边的莫桢,又道,"既然我收了你们的宝贝,那你们就安心地在府里住下来吧。"说着,她又对苏玉蘅说道:"他们想什么时候走就什么时候走,走的时候奉送二百两银子,算是给他们的安家费。"

"这可使不得!"莫老汉赶紧摇头摆手。姚燕语笑道:"就这么说定了,你若是不要银子,回头我把你这'夺命拐'再给你送回去。""这……"莫老汉为难地看阮氏。

阮氏笑道:"你就听夫人的吧,不过眼下这样子你也别回去了,回去也是缺吃少喝,依我说你就在府里住下来,回头等太平了,就在云都城里找个铺面安顿下来,凭你的手艺,难道还赚不到吃喝？非得躲到那山沟子里去吃苦受穷的？"

莫老汉只得带着儿子磕头："小老儿谢谢夫人们了。"

打发走了莫老头父子，苏玉蘅便问姚燕语："不知道卫将军何时回来？今晚我们还想给姐姐送行呢。"姚燕语摆手道："这却不能了，他进宫去了谁知道何时才能回来，晚饭我们先用吧，别等他了。"阮氏便叹道："夫人明日离京，这样是不是太冷清了？"

"这是什么时候？外边的百姓们吃的喝的都没有了，我们还在家里摆酒摆宴的，岂不是要叫人捉住把柄，一本参到圣上面前去？以后太平日子可没有了。"姚燕语说着，便起身往花厅去，又叮嘱阮氏和苏玉蘅，"此乃国难之时，咱们虽然富贵之家，也要多想想那些灾民们，能节省的就节省些，不要一味地骄奢靡费。"阮氏和苏玉蘅连声答应。

燕安堂的花厅里烧了地龙，一进门便暖烘烘的，空气里有苏合香淡淡的苦味。丫鬟们鱼贯而入摆上晚饭，虽然是清粥小菜，但依然精细得很，姚燕语和两个夫人一起用饭，又细细地叮嘱了一些家事，便让二人各自回去了。

姚燕语一个人在屋子里缓缓地踱步，然后慢慢地进了卧室，转过紫檀木雕花大床一侧的百宝阁暗门，进到她根据自己的习惯设计的衣帽间。姚燕语随手拉开一道橱柜的描金雕花门，露出里面一层一层的格子。每一道格子里都放着一套叠得整整齐齐的衣袍，黛青色暗纹织锦，鸦青色贡缎，墨色素缎……一件一件半新不旧，都是卫将军素日的衣裳。看过之后，姚燕语把橱门关上，又拉开另外一道。这个橱子里放的是卫章贴身的里衣，几乎都是月白色的，都是上等的丝质，最熨帖的衣料。

姚燕语随手拿起一件展开，轻轻地搭在脸上深深地吸了一口气，然后轻笑着扯下来搭在胳膊上，又继续扯了一件，然后又一件。

卫章进来的时候，姚燕语正抱着十来件他的贴身里衣坐在地毯上发呆呢。

"怎么了？"卫章心里猛地一抽，弯腰把她拉起来抱到外边的床上，又把那些里衣都扯出来丢到一边，抬手拂过她凉凉的脸颊，低声叹道："皇上让我等粮草和药材筹齐之后，押送去济州。明日我不能跟你一起走了。"

姚燕语轻笑："这就比我想的好多了。最起码皇上答应让你押送粮食和药材去济州。"

"这要多亏了富春那个狗奴才的供词为我们洗清了罪责。"卫章说着，又叹了口气，"虽然这次的事情说明白了，但皇上还是很生气。以后我们得注意些，尽量跟所有的皇子都保持距离，不要再给别人递把柄，也别再让皇上疑心了。"

"嗯，我知道。"姚燕语点点头，半晌又问，"那恒郡王和憬郡王呢？"

"虽然我们是清白的，但皇上到底不放心他们两个，已经下了圣旨，让他们一个去平州，一个去利州，监督地方官赈灾去，也是明日一早出发。"

"派两个王爷去赈灾，又是在这种情况下，可以说是灾区百姓的福气了。"姚燕语幽幽地叹了口气。卫章把人抱在怀里，低头在她的耳边蹭了蹭，叹道："还有你这个神医也被派出去了，济州的百姓更是有福，我都妒忌了。"姚燕语轻笑一声抬手点了一下他的鼻尖，

295

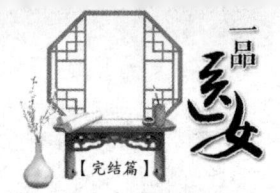

坐直了身子把旁边乱糟糟的衣服拿过来细细地整理。

卫章见了上前去握住她的手,说道:"你明天就走了,别弄这些了,咱们说说话,嗯?"

"你有什么话只管说,我明儿就走了,所以得带几件贴身的衣服。"姚燕语说着,微微侧过头去掩饰着自己脸上飞起的红晕。

卫章轻笑道:"夫人莫不是糊涂了?这是我的衣裳,你带去作甚?"

姚燕语低声哼道:"就是要带你的衣裳么。"

卫章一怔,然后慢慢地反应过来,却呼吸一骤上前把人拉进怀里侧身压在身下便是一通狂吻。姚燕语起初还挣扎两下,待到被他吻得气都喘不过来的时候便干脆放弃了挣扎,伸手钩住他的脖子热情地回应。不知过了多久,姚燕语已沉沉睡去。卫章侧身窝在她身边,等她睡熟了方悄悄地起身,把那些乱七八糟的里衣收拾了,又另去衣柜里拿出他平日里最喜欢穿的几件来叠好,放进了夫人的包袱里。

第二日早饭后,卫将军再次半跪在夫人跟前,掀开她的衣袖仔细地给她绑袖箭。赶过来送行的阮氏和苏玉蘅都没好意思进房门。翠微带着香蕳等人一共收拾了几个包袱,里面大多还都是应急的药粉药丸,可谓真正的轻装简从出辅国大将军府的大门。

卫章亲自牵过桃夭的马缰递到姚燕语的手里,叮嘱道:"凡事小心,不要争强好胜,若有人欺负你,就狠狠地欺负回去,若是欺负不过就暂时隐忍,等我过去给你报仇。不许拿自己的安全去赌,明白吗?"

姚燕语轻笑着牵过马缰绳,说道:"我又不是小孩子了,还不知道怎么保护自己吗?再说,不是还有葛海他们跟着么。"

姚院判再怎么样也是二品的职衔,而且这次是奉旨离京,到了灾区那就是钦差大人,就算再省事,也得带着护卫随从不是?卫章回头看了葛海一眼,什么都不用说,意思已经传达到了。葛海朝着卫章拱了拱手:"将军放心,末将等誓死保护夫人的安全。"卫章便扶着姚燕语上马,轻声说道:"走吧。"姚燕语点点头,手中马鞭缓缓抬起,"啪"的一声抽了马屁股一下,桃夭便驮着它的主人扬蹄奔走而去。身后翠微和香蕳等人也各自上马,背着大包袱小包袱追着姚夫人而去。

"等一下!等一下!"有人从另一个方向疾奔而来,一边跑一边喊。

姚四喜手里攥着个信封,跑到卫章跟前连气都喘不过来了:"卫将军,我们家二爷让奴才把这个送来……奴才紧赶慢赶……还是……还是慢了一步……"

葛海伸手接过那信封,笑道:"放心,一定会交到夫人手上。"说罢,他翻身上马,朝着卫章一拱手便拍马而去。